KB261378

김종회 비평집
문학과 예술혼

김종회 비평집

문학과 예술혼

이광수에서 천운영까지

문학의숲

문학과 예술혼

김종회 지음

1판 1쇄 발행 | 2007. 2. 20.
1판 3쇄 발행 | 2011. 3. 18.

저작권자 ⓒ 2007 김종회
이 책의 저작권자는 위와 같습니다. 저작권자의 동의 없이
내용의 일부를 인용하거나 발췌하는 것을 금합니다.

발행처 | 문학의숲
발행인 | 고세규
신고번호 | 제300-2005-176호
신고일자 | 2005. 10. 14.
(121-819) 서울특별시 마포구 동교동 200-19번지 501호
전화 02)325-5676 팩시밀리 02)333-5980

값은 표지에 있습니다.
잘못된 책은 바꿔드립니다.
ISBN 978-89-959049-1-6

　한 작가가 자신의 이름 석 자를 걸고 내놓은 작품의 가장 밑바탕에 잠복해 있는 것이 무엇일까? 세상의 명리나 이해타산으로 좌우할 수 없는 근원적이며 본질적인 그 무엇, 작가를 작가이게 하는 추동력을 발양하는 그 무엇을 우리는 '예술혼'이라 호명할 수 있겠다.

　현대문학 1백 년에 이른 우리 작가들, 개화 세대의 교사였던 이광수에서부터 동시대의 이야기꾼 천운영에 이르기까지 우리 문학의 대표 작가들은, 모두 이 예술혼을 끌어안고 혹은 불사르며 작품을 썼다. 그로 인한 창작열의 치열함과 표현 방식의 정치함이 집적되어 한국문학사를 이룬 형국이고 보면, 작가의 가슴속에서 발아한 예술혼이야말로 유목 생활에서 농경 정착 생활로의 변화를 가능하게 한, 그리고 인류 문명 세계의 모태가 된 '볍씨'의 지위와 다르지 않다.

　이 책은 바로 그 예술혼의 존재 양식과 발화의 유형, 그것이 당대적 삶 또는 통시적 시대사와 부딪치고 반응하는 형상을 좇아, 한국 현대문학의 주요 작가 32명을 탐조한 비평적 기록이다. 작품에 접근하는 근본적 시각에 있어서는 문학적 창작심리학의 원론을 적용하고, 작품을 검색하는 실제적 분석에 있어서는 그 내용과 형식의 현상학적 각론에 충실하려 했다. 그리하여 보다 포괄적인 시각으로 우리 문학사 1백 년의 주요 소설 작품을 개관하려 했던 터이다.

이 만만찮은 작품 읽기와 비평적 글쓰기는 기실 필자의 비평 활동 전반에 걸쳐 있는 것이었으며, 한 작가나 작품에 대한 심층적 이해가 연륜을 달리하면서 새로운 감응력을 촉발한다는 사실을 일깨워 주기도 했다. 32편의 작가 작품론은 모두 4개의 장으로 나뉘어 기술되었고, 필자로서는 그 하나하나가 일제히 작가에 대한 건실한 애정이야말로 작품에 대한 올곧은 해명을 가능하게 한다는 사실의 증빙이라 해야 옳겠다.

제1장은 이광수에서 이병주까지 개화 세대에서 일제 강점기 세대를 포함하고 있고, 제2장은 손창섭에서 김원일까지 전후 세대와 전란기에 유년 시절을 보낸 세대를 포함하고 있다. 제3장은 윤흥길에서 복거일까지 산업화 및 탈근대적 성격의 시대를 표방하는 작가들의 세대를 포함하고 있고, 제4장은 양귀자에서 천운영까지 우리 당대에 창작을 시작한 작가군 세대를 포함하고 있다.

여기서 논거된 바와 마찬가지로 이들은 그 출생 연대에 따라 순서가 정렬되어 있으며, 이 작가 작품론을 전체적으로 통독하는 일은 곧 일찍이 아나톨 프랑스가 언표한 바와 같이 걸작들을 징검다리로 해서 한국 현대소설사를 한눈에 판독하는 유익을 가져다 줄 수도 있을 것이다. 독자 여러분의 많은 질정과 편달을 바라마지 않는다.

이 책이 독자들과 만나기까지 깊고 따뜻한 정으로 함께해 준 류시화·이문재 두 시인에게 마음으로부터 고맙다는 말을 전해야겠다. 그리고 이처럼 좋은 모양으로 책을 만들어 준 고세규 대표에게도 같은 심정임을 밝혀 둔다. 작가와 작품을 통해 우리 문학사와 그 문학의 숲 속에 한 그루 한 그루 소중한 나무처럼 임립해 있는 예술혼들을 찾아 나가는 문학적 탐색의 여행을, 앞으로도 지속적으로 수행하겠다는 약속으로 머리말을 막음하고자 한다.

2007년 새해 아침
김종회

차 례

2

4

_1

개화 세대를 향한 우주론적 교범

—이광수의 〈사랑〉

춘원 이광수는 그의 삶과 문필 양면에 걸쳐 우리 근대사에 지울 수 없는 중요한 의미를 형성하였고, 그를 대상으로 한 논의는 현대문학 1백 주년에 이른 오늘날에 이르기까지 방대한 부피로 집적되어 왔다. 근대문학의 초입을 화려하게 장식한 광영이 그의 몫인가 하면, 일제의 지배 체제에 영합한 훼절이 강고한 멍에로 그를 얽어매고 있기도 하다.

신소설로부터 근대소설로 넘어오는 관문이 된 〈무정〉을 시발로 하여, 그의 작품들은 문학을 통한 현실의 개량이라는 시대사적 명제의 저변을 다졌고 시제 및 대명사의 활용과 같은 표현 방법이나 근대적 문체의 확립 등 문학 기법의 진보에 있어서도 선도적 역할을 담당했다. 요컨대 개화기 세대의 계몽사상가로서 민족의식을 주창하고 숙명론에 물든 인생관의 탈피와 자유연애주의의 신장을 계도하는 한편, 선과 악의 이분법적 구분과 관념 편향의 오랜 관습을 타파한 창작 정신의 주체로서만 그의 이름이 남아 있었다면, 우리는 어렵지 않게 그를 최상급의 수식어로 치장할 수 있었을 것이다.

그의 작품에서 흔하게 목도할 수 있는 성격, 구성상의 일관성 결여라든지 치명적인 단처短處로 비판되는 역사의식의 실종 및 개인적 윤리와 사회적 윤리의 혼동 등의 항목도, 당대 문학에 미친 광범위한 교화력이나 감응력을 덮개로 하여 가려두는 데 보다 관대할 수 있었을지도 모른다. 이러한 관용의 평점을 허락하는 일을 완강하게 가로막는 걸림돌은 언제나 그의 근시안적 오판에 의거한 친일 행각이었다. 그런 점에서 이광수의 작품들은 작품 자체로서의 생명력보다는 창작 환경과 결부되어 그 효용성이 감정되는 상황을 야기하게 되었고, 이는 다분히 감정적인 요소가 작품의 해명에 개입할 수 있다는 부정적인 측면과 당대에 그가 점유한 지도적인 위치로 보아 작품이 작가로부터 자유로울 수 없다는 수긍할 만한 측면을 거멀못처럼 동시에 끌어안게 된 셈이다.

이광수는 끊임없이 자신이 일개 문사가 아님을 강변했다. 문학이라는 특정한 분야에 입지를 둔 문사가 시대의 조류를 포괄적으로 통어해 보려는 논객이라는 지위에 비추어 얼마만한 한정성을 갖게 되는지 새롭게 따져 보아야 할 터이지만, 그럼에도 불구하고 그는 삶의 마지막까지 문사였고, 또 때로는 문사 이상이었다. 이와 같은 유형의 자기기만이 시각의 불안정성을 초래했고 동시에 그의 눈앞에 펼쳐진 격변의 역사가 너무 높은 파고를 유지하고 있었기에 이광수야말로 온갖 영광 가운데에서도 극심한 상처를 자초할 수밖에 없는 불우한 운명의 주인이었던 것이다.

그러할 때 그가 너무 늦게 또는 너무 빨리 태어난 세대 풍속 비판가이며 만약 그의 시대가 영·정조 때나 1945년 이후였다면 문제없이 최고의 작가였을 것이라는 김붕구의 지적은 상당한 설득력이 있다.

작가 자신의 이상이 투여된 교술자 안빈

예술가와 인격자를 동일한 수준으로 치환될 수 있는 절목으로 간주하고 삶의 한 방편으로 문학을 가늠하며 문학 속에서 삶의 방향성을 탐색해 온 그의 모든 작품들처럼, 첫 전작장편 〈사랑〉 역시 소설적 발화법을 통해 차원 높은 정신적 경지를 추구하려는 도덕적 교화론의 소산임이 분명하다. 〈무정〉이나 〈흙〉과 같은 작품이 그러하듯이 그것을 위한 담화 구조를 이끌어 나가는 이는 궁극적으로 중심인물의 등 뒤에 서 있는 전지적 작가이며, 따라서 〈사랑〉의 교술자 안빈은 작가 자신의 이상이 투여된 작중의 대역자에 해당된다.

그의 삶과 문학이 전시대의 그것에 일대 개혁을 감행한 것이면서 한편으로는 다음 세대에 비판적 극복의 대상이 된다는 사실에 있어서도 다른 작품들과 마찬가지이다. 정돈된 이성에 바탕을 둔 박애주의가, 이 작품 하나로써 톨스토이를 필요로 하지 않게 되었다는 김문집의 사뭇 격앙된 감탄을 유발하는 요인으로 작동되는가 하면, 비현실적인 설교 투의 당위론이 동우회 사건 기소 중의 내면적 고민을 위장하는 수법에 불과하다는 김동인의 날카로운 비난을 이끌어 내기도 했다.

〈사랑〉은 1938년 8월에 상편이 탈고되고 김동인이 이광수에게 자살을 권고하러 갔던 10월에 간행되었으며, 이듬해 4월에 하편이 탈고되었다. 상, 하편으로 나눈 단계의 구분과 각 편의 목차를 나눈 감각만 해도 그 이전의 다른 작가들이 모방할 수 없는 질적 변별성을 보여 주고 있다.

이 소설의 주된 동력은 의사 안빈과 그를 지순한 감정으로 사랑하는 간호사 석순옥에 부하되어 있다. 전문학교를 졸업하고 중등학교 교원 자격까지 갖추고 있는 석순옥은, 안빈의 글을 읽고 10년 전부터 그에게심취하여 안빈 없이는 사는 일조차 무망하다고 느낄 정도이다. 석순옥은 뒤늦게 간호사 자격을 얻어 안빈의 병원에 취직하고 안빈의 부인 천옥남이 병석에 누워 있을 때나 세상을 떠난 후에도 정성을 다해 그를 시중든다.

석순옥이 허영과 결혼하는 대목도 허영에 대한 사랑이 개재된 것이 아니라 단지 안빈과의 사이에서 발생하는 부당한 오해를 불식시키기 위해서이다. 만약 이러한 사건 전개가 전체적인 일관성을 확보하려면, 허영과 결혼한 후의 석순옥이 안빈을 보살피려는 노력을 지속한다거나, 그것이 불가능할 때, 어떤 양상으로든 갈등하는 심리 상태 및 행위를 표출해야 마땅하다. 그러나 석순옥은 비록 당분간이지만 너무도 쉽사리 새 삶에 안착해 있고, 내면적인 갈등보다는 외면적인 조건의 변화에 의지하여 그 늪을 빠져나오고 있다.

마침내 허영이 죽고 나서 다시 안빈의 곁으로 돌아온 석순옥은, 그 말미에 이르기까지 계기가 허락될 때마다 인간적인 사랑의 대상이면서도 성자와도 같이 변동이 없는 교술자 안빈으로부터 설법을 듣기도 하고 또 스스로 깨우치기도 하는 형식을 빌려 지고한 사랑의 논리를 체득해 나간다. 물론 석순옥의 이러한 내면적 성장은 작가가 불특정 다수의 독자를 향해 요구하는 인식의 확장과 동궤의 맥락 아래에 있다. 말하자면 작가의 사고와 사상이 담화의 진행을 압도하여, 소설의 진 과정이 결국 결말에서 제시되는 네 가지 우주론적 사랑 논의로 다가서는 길목 이상도 이하도 아니게 되는 것이다.

"첫째로, 우리의 마음속에 사랑과 옳음의 씨를 주시고 이것이 돋아나도록 힘써 주시는 부처님(하느님)이시고, 둘째로, 우리가 질서 있는 사회에서 살고 옳은 일을 하도록 하는 조국님, 셋째로, 부모님, 넷째로, 중생, 즉 남남이 곧 우리가 시시각각으로 고마운 절을 드릴 분"이라는 안빈의 결론은, 당초 석순옥의 작은 가슴에서 발아한 사랑의 싹이 결코 단편적이고 우발적인 사건일 수 없다는 작가의 생각을 함축하고 있다.

육탈이 끝난 이상주의적 사랑론

우리는 이 소설 전반을 통하여 단 한 구절이라도 안빈이 석순옥에게 감성적인 사랑의 말을 토로하는 장면을 볼 수 없다. 그것은 이 소설이 여러 가지 극적인 사건의 굴곡들을 배치하고 있으되, 그 행간을 채우는 핵심에 있어서는 도덕적 사랑론을 표방하는 근엄한 성자의 얼굴을 조금도 누그러뜨리지 않고 있기 때문이다.

대신에 안빈은 석순옥의 동료 박인원을 통하여, 석순옥에 대한 자신의 사랑이 천지가 여러 억만 번 부서져도 변하지 않는 사랑이며 너무 사랑하기 때문에 혼인할 수 없다는 논리를 내세운다. 그리고 그에 대한 설명으로 여러 남편과 살다가 죽은 다음 부활한 뒤에 그 여자가 누구의 아내가 되겠느냐는 신약성서의 문답법을 인용한다. "사람보다 이상 경계에 가면 벌써 남성이니 여성이니 하는 구분이 없어져 버린다"는 강론은, 이미 범속한 세상사의 저변을 초탈하여 육탈이 끝난 이상주의적 사랑론으로 진입해 있다.

이와 같은 면모는 이광수가 동우회 사건 기소 중의 가혹한 삶의 고비에 〈사랑〉을 집필하였다는 사실을 비추어 볼 때, 그 고통스러운 질곡을 대사하는 역설적 심리 상태를 이 소설에 탄력성 있게 장치하였을 것임을 짐작하게 한다.

여기서 참으로 흥미로운 사실 하나는, 안빈의 도저한 논점을 지탱해 주는 이론적 근거로 여러 종교적 교리의 편린들이 제각기의 역할을 맡고 있다는 점이다. 곳곳에서 하느님께 빌고 부처님께 빈다는 표현이 나오는가 하면, 확고부동의 교사 안빈이 아내를 위로하는 데 있어서도 하느님께 맡기라고 권유하는 한편 입에서는 염불이 흐르고 있다. 경우에 따라서는 인과율의 정당성과 탐, 진, 치에 대한 경각심이 주요한 개념이 되기도 하고, 시편 23편이나 찬송가의 문면이 그대로 작품의 표면에 떠오르기도 한다. 또한 유학의 삼강이 인류 사회 모든 도덕 관계의 벼리이며, 그 다음 단계 곧 신성의 경계야말로 석순옥에게서 찾는 안빈의 지향점이라는 해명이 부여되어 있기도 하다.

우리는 이광수가 왜 이처럼 한 작품 가운데서 기독교, 불교, 유학의 가르침들을 혼용하여 사용하고 있는가를 살펴볼 필요가 있다. 특히 기독교는 절대자의 존재와 경전의 절대 타당성으로 말미암아 강력한 배타성을 지니고 있으며, 다른 종교와 공존할 수 없는 교리가 명백하게 확립되어 있다. 그렇다면 이 소설에서 이광수가 끌어 오고 있는 종교적 교리는 그 종교의 본령에 충실한 것이 아니며, 자신이 주창하는 우주론적 사랑의 개념을 떠받치기 위하여 편의에 따라 나열한 백과사전식 자료일 따름이다.

기실 서로 다른 종교적 인자의 공통점을 한 작품 속에 통어하는 지적 응용력도 당대에 있어서는 개화, 개명의 진취성을 밑바닥에 깔고서야 가능하다 하겠거니와, 각 단락들의 구체적 세부를 이루는 자잘하고 잡다한 이야기들도 한 선각자의 대중 교화 의지라는 범주를 한 치도 넘어서지 않는다.

고소설이나 신소설의 전통적 서술 방식에 젖어 있던 당대의 문학적 감각으로는 이광수가 개간하고 있는 미지의 세계와 그 도구로서의 대사 및 묘사의 방법 등속이 가히 획기적이고 폭발적인 감응력을 불러일으킬 수밖에 없었다. 우리는 이를 축약하여 우리 문학의 근대성을 개척한 공로로 일컫는 것이며, 비록 오늘날의 세련된 시각으로 검증할 때 삼류 통속소설의 외양이 명백하다 하더라도 그러한 확정된 성과로 인하여 이광수와 그의 문학을 우리 문학사의 소중한 한 징검다리로 받아들이게 되는 것이다.

〈사랑〉에서 볼 수 있는 생경한 외국어의 남발, 자유연애사상 및 독신주의의 존립 가능성, 당대 지식 계급 청년들의 형상이 대중적 지지 기반을 조성하고 석순옥이나 안빈의 성격이 갖는 평면적 성향도 별다른 거부감을 촉발하지 않는 상황이 말하자면 당대 의식의 수위였다고 할 수밖에 없다.

이 근대 의식의 개화기에 이광수가 그의 문학을 통하여 그리고 이 소설의 자서에서 경구처럼 제기하는바 끝없이 높은 사랑을 찾아 향상해야 한다는 사회 개량의 사명감을 통하여, 우리 역사와 민족을 향해 내던진 육성에는 한 시대의 중심을 울리는 통렬함이 있다. 그러하기에 그의 돌이킬 수 없는 배신의 행적에도 불구하고 어느 누구도 그를 아무런 유보 조건 없이 폄하할 수 없으며, 현대문학 1백 년을 맞아 그가 남긴 대표적인 작품들을 다시금 진지하게 되새겨 보는 일이 요구되는 것이다.

시대의 장벽을 넘은 오연한 기개
—한용운의 소설

　과거의 역사에서 교훈을 얻지 못하는 민족에게 과연 미래가 있을 것인가. 더욱이 그 과거사라고 하는 것이 말할 수 없는 고통으로 점철되고 그로부터 벗어나는 데 수많은 희생이 지불되었음에도 불구하고 이를 가벼이 응대하고 있는 형편이라면 어떨까. 이는 그 민족 공동체가 자기 정체성과 당면한 좌표에 대해 그야말로 예리한 경각심을 발동하지 않으면 안 되는 지점에 와 있는 상황이라 할 터이다.

　이와 같은 도덕 교과서적 발상의 잣대를 들이대는 어색함을 무릅쓰고서도, 오늘날과 같이 올곧은 가치관이나 정신적 질서가 유실된 상황에 있어서 범민족적으로 새롭게 환기해야 할 인물이 바로 만해 한용운 선생이라고 본다. 선생의 생애와 문학을 주의 깊게 일별해 본 이라면, 여기에 미소한 이의 하나라도 제기하기 어려울 것이다.

　한 세기를 획한 뛰어난 학문과 문학, 고승으로서의 경지와 시대를 꿰뚫어 본 혜안, 나라의 독립을 주장함에 주저함이나 거칠 바가 없었던 기개……. 가히 선생은 존중할 만한 민족적 지도자요 그 내면이 광대한 선각자였다. '만해 문학의 서사성'이란 주제로 선생의 세계에 문학적 분석을 목표로 접근하던 필자는, 순간 그처럼 근시안적이고 구태의연한 태도를 버려야겠다는 생각에 이르렀다.

기실 그러한 문학적 연구는, 그간의 축적된 논의를 통해 충분히 이루어졌다. 거기에 작은 돌 하나를 더 갖다 얹는 일이 별반 뜻이 없을 것이라는 생각과, 선생의 웅혼 활달한 세계관에 근접한 감명이 필자로 하여금 원래의 본분을 좀 벗어나도 좋겠다는 판단에 이르게 했다.

그러나 선생에 대한 감명과 존경의 심정을 주로 앞세워 나간다면 마침내 논의 자체가 허술하게 겉돌 수밖에 없을 것이므로, 여기에서는 선생이 남긴 서사문학, 곧 소설 작품을 중심으로 그 가운데 선생의 세계 인식과 문학적 표현 방식이 어떻게 악수하고 있는가를 검토해 볼 요량이다.

그리하여 선생이 남긴 그 문학 속의 깨우침이 어떻게 후세의 경계가 되며 후인들이 어떻게 이를 계승해야 할 것인가에 대한 인식의 근거 자료를 마련해 보고자 한다. 그것은 곧 오늘날 왜 선생이 지속적인 문제의 인물로 우리 앞에 서 있는가를 해명하는 일이기도 하겠다.

만해 소설의 당대적 의미

만해의 시는 그간 그 시기 문학사의 대표적 성과로 평가받아 왔지만, 소설은 그다지 크게 주목을 받지 못했던 것이 사실이다. 미상불 그 소설들은 개화 세대의 소설적 특성을 반영하는 여러 면모를 끌어안고 있고, 그것은 때로 미숙한 문학적 수준을 드러내거나 기술상의 또는 구조적 취약성을 여과 없이 보여 주기도 한다. 그러나 그러한 까닭으로 오히려 그 시대의 당대적 의식과 문제점을 극명하게 반영하는 양가성을 갖는다.

만해의 소설은 모두 다섯 편이 전하고 있는데, 발표된 네 편의 소설 중에서 〈흑풍〉과 〈박명〉은 완결되었으나 〈후회〉와 〈철혈미인〉은 미완으로 끝났다. 그리고 창작 시기는 알 수 없으나 그 내용으로 보아 3·1 운동 직후에 창작되었을 것으로 예상되는 중편 분량의 〈죽음〉이 발굴되었다.

만해 시에 대한 연구가 그 양과 질에 있어 대단한 성과를 보여 주고 있는 데 비하면, 소설의 성가聲價가 그러한 만큼 연구의 성과도 그다지 괄목한 만하다고 보기는 어렵다. 일찍이 한용운 전집에서 백철이 만해의 소설을 소개한 이래 김우창, 이명재 등의 평문 및 연구가 알려져 있고 본격적인 만해 연구의 일환으로 소설 장르를 검토하고 있는 김재홍의 연구가 있으며 만해 소설의 탈식민주의적 경향을 살펴본 송현호, 이선이의 연구가 주의를 요한다. 또한 1990년대 초반부터 나오기 시작한 석, 박사 학위 논문을 통한 연구가 근자에 와서 더욱 증가되고 있다.

이 연구들에서도 언급되고 있지만, 만해가 이미 뛰어난 시적 성취를 이룬 시인이면서도 소설 장르를 선택한 이유는 대체로 다음과 같이 몇 가지로 요약될 수 있겠다.

우선 만해의 신분적 환경이나 세계관이 발양하는 바, '주제 의식'에 관한 강박감이다. 민족적 선각자로서 일제 치하의 시대적 상황 아래에서 계몽의식을 고취하는 데는 비유적이고 암시적인 시보다 직접적으로 논증하고 해설할 수 있는 소설이 보다 유용했을 수 있다. 실제로 그의 소설 문면이 민족주의적 계몽 의식으로 충일해 있음을 염두에 두면 이는 한결 더 설득력을 가질 것이다.

다음으로 앞서의 '주제 의식'이 자발적 대응에 해당한다면, 이와는 다른 타의적 원인을 찾아볼 수 있을 것이다. 주위의 권유, 특히 신문사의 집필 의뢰가 촉발한 여러 가지 동인들을 들 수 있겠다. 신문사로서는 만해와 같은 지명도를 가진 인사를 필자로 확보하는 반면, 만해 자신은 이를 통해 생활의 문제를 해결할 수 있는 이점이 있었을 것으로 보인다.

김재홍은 이와 같은 안팎의 사정을 두루 고찰하여 다음과 같이 총괄적인 원인 분석을 내놓았는데, 그 가운데 만해가 소설을 선택한 사유는 모두 포함되어 있는 것으로 사료된다.

1) 신문사의 집필 의뢰(민족 운동의 지원 방편 내지 사회사적 이념 지향성)
2) 만해 자신의 소설의 중간 장르적 고유 기능 인식(논설문의 직접성과 시의 상징성을 동시에 표출할 수 있는 장르)
3) 모더니즘 시와 시론에 대한 반동 성향(서정적 포에지의 상실과 시단에 대한 불만감)
4) 당대 시단에 대한 선민의식(육당, 춘원 등과 비견되는 민족적 선구 불만감)
5) 원고료가 어려운 현실 생활에 도움을 준 점(개인적인 사정)

이중 3)과 4) 항목은 만해 문학 전반, 그리고 당대의 문학적 현실을 총체적으로 검색한 시각과 더불어 가능한 평가일 터이다.

다만 만해의 소설 창작 사유에 관한 이명재의 언급 가운데 시 창작적인 역량의 한계를 지적한 대목이 있는데 이는 시를 창작하는 문필가 만해의 재능이 부족했던 것을 말하기보다는 시 창작의 환경 조건이 가져오는 한계와 결부하여 설명되어야 옳지 않을까 한다.

공동체 인식과 애정 윤리의 이중 구조―〈흑풍〉

만해가 쓴 다섯 편의 소설 가운데 가장 대표적인 작품을 고르라고 한다면 아마도 〈흑풍〉을 지목해야 할 것이다. 장편으로서의 분량도 그러하거니와 이야기의 스케일이나 그 구조, 작품의 배경, 그리고 무엇보다도 민족적 계몽 의식에 의거한 주제 의식에 있어서도 그러하다.

특이한 것은 이 소설의 발단이 중국 청나라에서 시작되며, 주인공이 중국인으로 그려지고 있다는 점이다. 이는 1930년대 중반 일제의 탄압과 검열을 방법적으로 비켜 가기 위한 하나의 장치로 보이며 논자에 따라서는 중국을 무대로 하는 고대소설의 잔재로 보는 시각도 있다. 만해가 가진 진취적이고 선각적인 의식은 그것대로 생생하기 이를 데 없으되, 이를 작품 속에 갈무리하는 기법에 있어서는 아직 개화 세대의 전근대적 미숙성으로부터 자유롭기가 어려웠을 터이다.

〈흑풍〉은 그 이야기의 무대를 미국 대륙까지 넓혀서 매우 광활한 공간적 배경을 설정하고 있다. 미국의 시카고라는 도시를 만해가 여러 작품에서 등장시키고 있는 것은 따로 탐색해 볼 바인 듯하며, 만해의 측량으로는 일본이나 중국의 경계를 훨씬 넘어서 있는 미국이 새로운 주의 주장 또는 생활 방식의 표본적 산실로 간주되었을 것으로 여겨진다.

이 소설의 중심인물 왕한은 매우 드라마틱한 일생의 여정을 보여 주는, E. M. 포스터의 분류법에 의하면 여러 단계로 그 성격이 발전해 가는 입체적 인물이다. 그는 당초 빈한한 소작농의 아들로 일자리를 찾아 객지로 떠돌던 자였으나, 여동생 영애를 첩으로 데려간 악덕 지주 왕안석을 혼내 주면서 평범한 삶의 궤도를 넘어선다.

그는 상해로 나가 악덕 자본가 장지성을 살해하고 돈을 빼앗아 빈민을 구휼하는가 하면, 북경에서 계략을 꾸며 경찰청장 소욱을 구해 주고 강도 살인에 관한 죄를 면책 받기도 한다. 소욱의 주선으로 미국 유학을 떠나는 배 위에서 나중에 자신의 아내가 되는 호창순을 구해 주는가 하면, 시카고에서 유학 생활 중 콜란이라는 여자를 만나 연애를 하기도 한다. 콜란은 나중에 장지성의 딸로 밝혀지고, 왕한에게 복수하려다가 오히려 자신이 다쳐 죽게 된다.

유학 시절부터 마음이 기울었던 '혁명'에 뛰어들어, 귀국 후에는 혁명 본부의 일을 맡아 보았으나 경찰의 검거를 피해 동지들이 뿔뿔이 흩어진다. 아내 창순과 함께 벽촌에서 농사를 지으며 한가롭게 살고 있는 왕한을 혁명 본부에서 여러 차례 불렀으나, 전원의 안일에 묻힌 그는 듣지 않는다. 마침내 자기 때문에 벽촌에 묻힌 왕한을 일깨우고 왕한의 앞날과 혁명 사업의 성공을 위해 창순은 자살을 선택한다.

　이 소설은 너무도 많은 제재를 그 내부에 저장하고 있는 셈인데, 이와 더불어 왕한을 비롯한 여러 인물들의 행동 유형이 보여 주는 객관적 사실성 결여 문제, 작품 속에 일어나는 갈등 양상의 지나친 도식성 문제, 이야기 전개에 있어서 빈번한 우연성의 남발 문제 등 여러 단처를 함께 내포하고 있다. 그러나 결말의 호창순 자살이라는 극단적 처방을 통해 보듯이, 작가가 전달하려는 메시지의 주관적 관점은 매우 선명하다.

　전근대적인 지주 제도, 일상적인 삶에 미치는 정부의 부당한 통치 형태, '혁명'을 중심으로 한 사회 내부의 극단적인 갈등 등을 디테일하게 제기하는 동시에 이들을 혁파할 혁명적 사회 운동 등 새로운 시대를 향해 나아가야 할 실천적 덕목들을 한데 결집시켜 놓은 형국이다.

　이러한 소설적 논리를 중국이 아닌, 조선의 현실에 적용해 보면 어떻게 될까. 이는 곧 식민 통치의 이념적 근거와 실제적 운용 전반에 대한 비판이요 거부가 될 터이다. 만해가 소설의 무대를 중국으로 가져갈 수밖에 없었던 이유가 이로써 명백해진다.

　호창순의 자살은 혁명 사업이 사랑보다 우선이라는, 곧 개인적인 삶의 소중함을 지키는 것보다 공동체적 목표의 실현이 먼저라고 확신하고 그렇게 일관한 만해의 세계관을 단적으로 드러낸다. 왕한이 겪게 되는 여러 사랑 이야기가 소설의 재미를 더하는 한편, 소설적 형상력이 목표하는 바를 상대적으로 부양하는 역할을 맡고 있는 것이다.

　이러한 표현 방식은 만해의 경직되지 아니한 품성과 세계 인식을 반영하는 측면이기도 하다. 또한 이는 만해가 가졌던 종교적 박애주의의 정신과도 두루 상통한다. 만해는 그의 소설 여러 곳에서 불교적 세계관에 바탕을 둔 인과응보, 사필귀정, 회자정리 등의 인간사는 말할 것도 없고 하나님의 구원, 사자, 신, 천사, 구주 등의 기독교적 용어 내지는 표현까지도 서슴지 않고 구사하고 있다.

신소설 또는 고대소설의 패턴을 유지하고 있으면서도 그 정신에 있어서는 한 시대의 진행 방향을 매우 멀리까지 조망한 소설이 만해의 〈흑풍〉이다. 그 가운데는 인간사의 근본인 평등과 자유의 사상, 사소취대의 대승불교적 사상, 민족 현실을 혁신하기 위한 계몽적 사상 등이 고루 용해되어 있어, 형식적인 단처만 보고 그 사상의 웅혼함을 간과한다면 이는 올곧지 않은 일이 된다. 또한 이는 신문학 1백 년에 있어 부분적으로 단절된 도의적 정신사의 흐름을 복원하는 하나의 근거가 될 수도 있을 것이다.

만해판 '여자의 일생'—〈박명〉과 〈죽음〉

만해의 근대적 주제 의식을 가장 잘 드러낸 대표작이 〈흑풍〉이었다면 그의 소설 가운데 문학적 완성도가 가장 높은 작품이 〈박명〉일 것으로 보인다. 물론 이 작품에도 앞서 살펴본 바와 같은 단처들이 소거된 것은 아니나 스토리의 사실성이나 플롯의 견고함이 한결 더하여 그와 같은 단정을 가능하게 한다.

〈흑풍〉이 세계를 무대로 유전하는 삶의 극적인 장면들을 소설 속 여러 곳에 매설하고 있다면 〈박명〉은 한 여자의 일생을 비교적 설득력 있게 그리면서 사랑과 용서의 참 의미를 소설의 표면으로 밀어 올리고 있다. 만해 자신도 '작자의 말'에서 "나는 내 일생을 통하여 듣고 본 중에 가장 거룩한 한 사람의 여성을 그려 볼까 합니다”라고 적고 있다. 이 소설 창작의 방향성이 큰 무리 없이 알뜰한 소설적 성과를 추수하는 요인이 되었을 것이다.

만해 소설의 여성 인물, 곧 여성 주인공을 내세운 발화 방식은, 미발표작 〈죽음〉이나 미완성작 〈후회〉 및 〈철혈미인〉에도 그대로 이어진다. 그리하여 여성적 시각으로 삶의 여러 굴곡에 대한 서술을 전개하는 방식이 가진 장점을 비교적 잘 활용하고 있다.

그의 여성 인물은 대체로 봉건사회의 인습적 전통에 익숙해 있으며, 남자의 전횡에 인고의 세월을 보내거나 아니면 그 남자를 헌신적으로 뒷받침하는 수동적 자세를 견지한다.

물론 〈흑풍〉에서 제시하고 있는 ‘여성해방회’와 같은 단체나 여성 주권에 대한 변론이 등장하는 경우도 없지 않으며, 중심적 여성 인물에 대응하는 신여성적 인물이 나타나기도 하지만, 그것은 소설의 중심 주제와는 거리를 둔 자리에 있다. 이러한 여성 인물의 입지를 두고 이를 가부장적 유교 관념에서 나온 것이 아니라, 〈님의 침묵〉의 ‘님’처럼 남자 곧 ‘님’을 절대자로 가정한 구도자의 차원에서 파악해야 한다는 주장도 있다.

〈박명〉의 여성 주인공 ‘순영’은 시골 훈장의 딸로 성장하여 계모의 학대를 견디다가 퇴기 송 씨와 동네 친구였던 운옥을 따라 경성으로 나온다. 경성에서 사숙으로 ‘소리’를 배우고 인천의 색주가로 팔려 가게 되는데, 이 색주가는 근자의 인식과는 달리 술과 음식 시중을 들 뿐 몸을 파는 곳은 아니다.

월미도로 놀러 갔다가 김대철을 만난 순영은 종내 그와 결혼한다. 김대철은 순영이 경성으로 나올 때 원산에서 물에 빠진 것을 건져 준 자였으나, 그 본색은 무위도식하는 사기꾼이었다. 김대철은 철저히 순영을 배신하고 그 와중에서 둘 사이에 난 아이 수복도 죽는다. 혼자 사는 순영 앞에 다시 나타난 김대철은 구제불능의 아편 중독자가 되어 있다.

순영은 자신이 거지가 되는 것도 마다하지 않고 그를 돌본다. 알고 보니 그가 물에서 건져 준 것도 어느 여승으로부터 돈을 받고 한 일이었다. 김대철이 죽자 순영은 그 여승을 찾아 환희사로 가고, 이윽고 '선행'이라는 법명과 함께 불교에 귀의한다.

한 여자의 일생이 얼마나 기구할 수 있는가라는 질문에 최대치 답변을 보여 주려는 듯한 줄거리이다. 사정이 그러할 때 김대철을 받아들이는 순영의 헌신적 포용력은 그것이 가부장적 제도의 인습에 의한 것이라기보다 절대자를 향한 구도의 경지를 닮아 있다는 주장을 납득할 만하다. 이 문제 제기에 답변 시위라도 하듯, 순영은 상좌승이 되어 불문의 제자가 된다. 순영의 '팔자'가 기구하면 할수록 불가로의 귀의는 더욱 탄력적인 결말로 확장되는 구조이다.

비록 외형에 있어서는 봉건적 잔재의 너울을 둘러쓰고 있는 것처럼 보이지만, 만해는 여성의 주권과 인간적 처우의 확립이 대결과 투쟁으로 얻어지지 않으며 진실한 사랑의 완성과 더불어 가능하다는 인식을 표현하려 한 것 같다. 〈박명〉 가운데 서술되는 한 인물의 말이 이를 뒷받침한다.

저런 일이라도 구도덕이나 소위 사회 이목을 구속받지 아니하고 자유의사에 의하여 하는 일이라면, 저보다 더한 일을 한대도 관계가 없겠지. 그 역시 개성을 발휘하는 것이니까. 그렇다면 남편을 위

하여 일평생을 희생하는 것도 좋고 남편이 죽으면 따라서 죽는 것
도 좋지. 이것은 구도덕에서 보는 정조 관념이라든지, 남자들이 주
장하는 절대 복종의 의미로 말하는 것이 아니라, 자기의 자유의사
로 하는 일이라면 무엇이든 좋다, 이런 말이야. 우리 운동을 위하여
희생하는 것이나 정신에 있어서는 마찬가지거든. 하니까 저런 여자
의 행동도 덮어 놓고 무시할 것은 아니다, 이런 말이야.

이 대목은 만해가 가졌던 포괄적 세계관이나 박애주의적 정신과
도 관련이 있다. 그리고 그 결말이 종교적 해결을 찾아가는 것은,
종교인으로서 만해가 신봉했던 진리의 세계를 자연스럽게 원용하
고 있는 모양새가 된다.

〈죽음〉 또한 한 여자의 기구한 일생을 그리기는 마찬가지이나,
〈박명〉에 비해서는 문학적 짜임새나 사실적 설득력이 떨어지는 작
품이다. 전체적으로 보아, 이 소설의 이야기는 너무 급박하여 상당
부분 우연성의 사건 전개에 기대어 있다. 최영옥의 남편 종철의 유
학이나 결미의 죽음 등이 〈박명〉만한 사실성 획득에 미치지 못하
고 있다. 사랑의 복수를 위해 어린아이조차 남겨 두고 목숨을 초개
같이 버리는 최영옥을 보면, 그런 면모를 손쉽게 찾아볼 수 있다.

그러나 이렇게 단호히 죽음을 선택할 수 있다는 결연한 의지는,
당대 다른 작가들의 작품에서 찾아보기 어려운 것으로 이를테면
만해 자신이 가졌던 결연한 의지 또는 의협의 반영이라고 할 수 있
을 터이다. 이러한 죽음을 당대 현실의 부정적인 측면에 대한 저항
의 논리로 환산해 보면, 겉보기에 불안정해 보이는 이 소설의 얼개
아래에 어둡고 힘겨운 시대를 관통하는 만해의 정신적 예기가 잠

복해 있음을 인정할 수 있지 않을까.

종철의 유학을 두고 '신조선을 건설하는 일꾼'이 되기 위한 것이라고 언명하는 것을 보면, 이 소설 역시 만해의 확고한 시대 인식과 사랑의 논리를 중층적 이중 구조로 교직하고 있다고 보아 무방하겠다. 그리고 지나친 분석적 방법을 버리고 그러한 전체적이며 시대사적인 시각에 근거할 때, 만해 소설이 가진 장점이 보다 잘 촉발되리라 여겨진다.

미완의 소설, 미완의 꿈

만해가 남긴 미완의 소설 〈후회〉와 〈철혈미인〉은 각각 1936년과 1937년에 연재 형태로 집필이 시작되었으나 모두 시작된 그해에 중단되었다. 시작하면서 곧 중단된 작품들이라 소설적 분석의 대상으로 삼기는 어려우나 두 작품 다 앞서 언급한 바와 같이 기구한 운명의 여성 인물을 내세워 시대적 인식과 애정 윤리의 양자를 결부시키는 거멀못의 기능을 감당하게 했다.

〈후회〉는 지식인 남편이 소위 '신여성'과 외도하면서 그 아내에게 부여하는 역경의 삶을, 〈철혈미인〉은 전장의 군인이었던 아버지의 원수를 갚는 딸의 파란만장한 삶을 예고한다. 그런데 지금까지의 소설과 그 분위기에 있어 크게 다를 바 없는 이 소설들의 연재가 왜 신문 또는 잡지에서 중단되었는지는 분명하게 알려져 있지 않다. 다만 〈철혈미인〉의 경우 연재를 시작할 때의 작명이 '성북학인'이었고 작품의 무대도 중국으로 하여 우회적인 태도를 취하였으며 그 내용에 보다 과감한 직설이 내포되어 있음을 미루어 보아 당국의 압력을 받았을 것이라고 짐작할 수 있다.

이 두 소설이 미완의 작품으로 그치고 있듯이, 자신의 시대를 오연한 기개로 살면서 나라와 문학과 불교의 일에 불퇴전의 열망을 가졌던 만해 선생은 그 뜨거운 꿈들을 미완으로 남겨 놓고 갔다. 선생의 입적 60년에 이르러 다시금 그 삶과 문학을 되새겨 보는 일이 절박한 것은 선생이 가졌던 꿈의 길이 모양만 다를 뿐 여전히 난감한 과제와 함께 우리 앞에 펼쳐져 있는 까닭에서이다.

일제의 식민 통치는 사라졌으되 국제 사회에서 자주적 정체성을 확보하지 못한 나라의 현실이 그러하고, 언설의 표현에 대한 속박은 없어졌으되 한 줄 문장에 명운을 담는 진지한 창작 태도가 실종된 문학의 현실이 그러하며, 신앙적 자유와 다양성이 넘치는 가운데 진실된 구도자의 자세가 아쉬운 종교의 현실이 또 그러하다.

그러하기에 '지금 여기'에서 다시 '만해'인 것이다. 우리는 선생의 생애와 문학이 우리에게 공여하는 그 교훈과 감동의 폭발력을 우리 사회의 바람직한 동력으로 전화할 책임이 있다. 한 민족의 정신적 사표는 그것이 주어져 있는 존재 양식만으로는 전혀 효용성이 없다. 이 사표를 현실적인 삶의 구조 속에 수용하고 본받으며 활용하기를 프로그램화해야 그 값어치가 살아난다.

왜 우리는 오늘 다시 선생을 생각하면서 선생의 문학을 기리는 일을 민족적 관심과 목표 아래 이끌어 가야 하는가. 그것이 바로 선생을 비롯한 우리 선각들이 근대사의 현장에서 못다 이룬 꿈을 계승해 나가는 일이기 때문이다. 다시 선생의 깨달음과 가르침으로 돌아갈 때, 나라의 앞날과 각기 사람들의 앞날이 한가지로 온전한 방향성을 붙들고 나아가리라는 믿음 때문인 것이다.

좌절과 초월의 대위법
―이상 연구의 방향

이상은 1910년 서울(당시 경성부 북부)에서 부친 김연창(호적에는 영창, 당시 27세)과 모친 박세창 사이의 장남으로 태어나 이름을 김해경이라 했다. 세 살 때 백부 김연필의 집으로 양자로 들어가게 되는데, 이곳에서 백부의 사망(1932년) 때까지 지내게 된다. 이러한 성장 체험, 그리고 백부 집안의 복잡한 가정환경 등은 이상의 성격 형성에 중대한 영향을 미친 것으로 판단되며, 그와 같은 사실은 첫 소설 〈12월 12일〉에 잘 나타나 있고, 저항적이고 굴절된 정신세계의 근원을 익히 짐작하게 해 주는 바 있다.

1929년 19세 때 경성고등공업학교를 졸업하고 조선총독부 내무국 건축과 기수, 관방회계과 영선계 등에서 근무했으며 이때 시 짓기, 소설 쓰기, 그림 그리기를 동시에 시도하였는데 우리 문학사에 독특한 족적을 남기고 있는 이상 문학은 이렇게 그 시발을 보이게 되었다.

1930년에서 1931년 사이에 제1차 각혈을 경험한 것으로 추측되고, 1933년에는 배천온천에 요양(3월)을 갔다가 금홍(연심)을 알게 되었으며, 이와 같은 여러 가지 환경 조건을 밑바탕으로 한 채 9인 회에 입회(1934년)하는 등 문필 활동을 해 나가게 된다.

1936년 변동림과 결혼하고 동경으로 건너갔으나 결국 지병에 눌려 이듬해인 1937년 27세를 일기로 동경제국대학 부속병원에서 요절하였다.

이와 같은 전기적 사실을 서두에서 언급하는 이유는 이상의 문학을 해명하고 평가할 때에 그의 삶의 행적 및 동시대의 사회상을 함께 점검하지 않고서는 그 목표를 달성하기가 용이하지 않기 때문이다. 바꾸어 말하면, 그만큼 이상의 문학이 안고 있는 시대적이며 개성적인 요소들이 복잡다기하고 난해하기 때문이다.

전기적 사실에서 확인되는 바와 같이, 그의 반역의 정신, 공포와 경이의 기록, 유클리드 기하학의 원용, 시를 희화화하는 모더니즘적 기법, 각혈로부터 촉발 받은 끊임없는 자살 충동, 금홍의 소설적 형상화, 9인회 원로인 김기림에의 동경, 동경 지향 및 현해탄 콤플렉스 등 이상 문학의 중심부를 관류하고 있는 모티프들은 모두 특이한 생애사와의 관련 아래에서만 설명이 가능하다.

소설을 비소설화하고 난해한 시를 쓰며 다다이즘, 심리주의적 경향, 무의식 상태의 기술, 모험과 좌절의 표현, 과다한 실험성을 내보이는 등 그의 문학은 한마디로 부정과 파괴와 가치 전도의 대명사 같은 것이었다.

물론 그의 문학이 오늘날 우리의 세련된 문학적 시각, 훨씬 격이 높아진 지식과 감성의 수준에서 볼 때 사회사적 측면, 문예사조적 측면, 작품 내재적 측면에서 여러 가지 한계와 문제점을 내포하고 있음을 변별해 낼 수는 있지만 당대의 문단과 문학인들에게는 하나의 격렬한 충격일 수밖에 없었을 터이다. 따라서 그 당대와 우리 시대 사이의 시간적 거리를 풀어서 말하는 일은 곧 이상 문학의 좌표를 우리 문학사 가운데서 설정하는 일이 되기도 할 것이다.

이상 문학의 의의와 그 평가

지금까지 이상의 시와 소설에 관해서는 수없이 많은 평자들의 논의가 있어 왔고 또 그러한 논의는 오늘날까지 연장되어 끊이지 않고 계속되고 있는 형편에 있다.

그동안의 문학사적 평가 및 연구사도 대단한 분량과 다양성을 보여 주고 있는데 이를 개괄적으로 요약해 보면, 이상이 독특한 개성을 가진 문학인이었으며, 현대시 또는 현대소설의 세계와 영역을 확충하는 의미 있는 문학사 업적을 남기었고, 그러한 사실이 문예사조적인 측면에서는 한국 모더니즘 문학의 심화를 가져왔다는 점, 그리고 시적 리듬이나 소설적 기법에 있어서도 파괴적인 변형을 통해 새로운 지평을 일구어 놓았다는 평가를 받고 있음을 확인할 수 있다.

특히 그의 생애사와 시대적인 배경에 비추어서 작품을 분석하는 사례가 많았으며, 이 경우의 분석이 주로 작품의 주제적 측면에서 접근하는 것인데 비하여, 기법적 측면으로는 경성고등공업학교에서 체득한 유클리드 기하학의 초보적인 지식이 어떻게 작품과 관련되어 나타나는지를 주목하는 평자가 대다수였다.

이를 문학사의 기술을 통해 전체적으로 간략하게 정리해 놓은 문면을 보면 다음과 같이 설명되어 있다.

1) 문학사적인 평가를 통해 볼 때, 종전까지의 평면적 진행적인 구성 방식을 버리고 문체적 분석적인 구성 방식을 통하여 인간의 심리적 내부를 해부, 표현한 점에 있어 프로이트류의 새로운 방식을 적용한 경우라는 점(조연현, 〈한국현대문학사〉)

2) 이상의 문학사적 가치를 두 가지로 나누어 볼 때, 첫째로 그가 부정적인 자기 폐쇄를 통하여 정당하게 나 있는 사회와의 통로를 차단당한 인간의 파산을 여실하게 보여 주었다는 사실과, 둘째로 표현되어야 할 것과 표현해야 하는 기교 사이에는 떼어 낼 수 없는 긴밀한 관계가 있다는 것을 뚜렷하게 인식한 것으로 대별될 수 있다는 점(김윤식·김현, 〈한국문학사〉)

3) 그리고 이상 문학의 특징으로서 그 이전의 우리 문학사의 영역에서 어떠한 친족 관계도 찾을 수 없다는 사실, 다시 말하면 전통의 문학 형식이 무참하게 파괴되고 병리성과 이상성의 명제로 조형된 특유한 세계를 보여 준다는 점(이재선, 〈한국현대문학사〉)

등의 논의를 대표적인 것으로 거론해 볼 수 있겠다.

다음으로 이상 문학의 전반에 대한 연구의 일반론을 살펴보면, 최재서로부터 김윤식에 이르기까지 다양하면서도 독창적인 많은 성과들이 있음을 알 수 있다.

최재서는 이상 문학 논의의 서두를 장식한 이론가이며 그로부터 본격적인 이상론이 시발되었다고 하겠는데, 이상이 가진 실험성의 조건으로 전통적 요소의 배제, 주관적 경향에의 경도, 현실의 가치 폄하, 시적 산문성의 소설 등을 예로 들었다. 아울러 이상이 현대 문명에 파괴되어 보통으로는 도저히 수습할 수 없는 개성의 파편을 추려 거기에 될 수 있는 대로 리얼리티를 부여하려 한, 테크닉의 실험을 시도한 작가라 말하고 표현주의적 리얼리즘을 심화시키는 데 기여했다고 평가하였다.

이어령은 이상의 모든 예술적 작품들 속에 흐르고 있는 절망과 행동은 두 세계, 즉 치매 상태의 의식 세계와 일상성의 세계의 상극 대립한 모순을 해결하기 위해 고투한 데 특징이 있다고 지적하고 일상생활에의 재귀, 일상생활과의 화해, 그에 대한 끊임없는 저항 등의 다양한 시도로써 의식의 성에 감금당해 버린 자기 해방의 작업을 감행했다고 보다 긍정적으로 평가하고 있다.

또한 염무웅은, 이상의 생애사적인 측면과 작품을 결부시켜 설명한 다음, 오늘날 그가 문제되는 것은 예술로서의 문학작품보다도 오히려 시대적 환경의 어려움 속에서 혈투하듯이 살아간 그 삶의 심각성과 적나라함에 있다고, 어느 정도 도식적이고 리얼리즘 이론의 준거 틀에 의거한 관점으로 진단하고 있다. 비록 이상의 문학이 당대의 문화 현상에 대한 정면적인 반대 명제로서 제기되었다 할지라도, 그의 삶이 현실적 조건에 대한 반발과 저항으로 자아를 내던져 버리고 그러한 불균형, 불평정의 위기 상황을 가열한 갈등을 동반한 채 문학적으로 형상화시켜 놓은 것일 뿐이므로, '시대적 환경의 어려움 속에서 혈투'하듯이 살아갔다고 말하게 될 때, 평자의 논리에 복무시키기 위한 자의적 해석이 부가되었다고 볼 수밖에 없다.

정명환은 한국 문학의 문학사적인 측면과 부정의 정신이 이루는 상관성의 맥락을 검토한 후, 이상이 우리에게 남긴 것은 좌절의 궤적이었으며 부정을 창작의 기초로 하였으나 현대적이면서도 서구적인 생산적 부정과는 거리가 먼 센티멘털리즘을 노정하였다고 언급하였다.

김용직은 이상의 현대열現代熱과 작품의 실제를 논하면서, 그가 지향한 것은 근대와 그 문학의 지양, 극복이었는데 그러한 요량에서 〈오감도〉, 〈날개〉 등이 쓰였다고 말하고, 그와 같은 열망에도 불구하고 이상의 문학이 반근대, 반현대적인 단면을 동시에 드러내는 혼합물이 되어 버렸다고 하였다. 또한 1930년대 중반기에 보여 준 이상의 한계는 곧 우리 문학 전체의 한계이기도 하다고 보았다.

이상 문학에 대한 연구를 가장 의욕적이고 입체적인 방식으로 수행한 평자는 김윤식이다. 김윤식은 이상에 대한 거의 모든 자료를 섭렵한 다음 그의 생애와 작품 전반에 걸쳐 그 의미와 문학적 성과를 점검하고 있다. 여기서 내려진 평가가 기존 평가의 테두리에서 크게 벗어나지 않는다 하더라도 450쪽에 이르는 분량으로 종합하고 체계화한 공로는 기억될 만하다.

이상의 시에 대한 논의 역시 많고도 다양하다.

김주연은 "모든 현대인은 절망한다. 절망은 기교를 낳고 그 기교 때문에 또 절망한다"는 이상의 말을 인용하면서 신시 이후 인간을 그 의식의 면에서 관찰한 최초의 시인이라고 평하였다.

이보영은 기하학의 심리적 에스프리를 중심으로 이상의 작품을 분석하고 그것이 수식을 바탕으로 하고 있다는 사실로부터 "합리적 질서를 구하면 구할수록 혼란에 빠져 왜곡과 타락을 일삼았음"

을 결말로 제시했는데, 이는 앞서서 살펴본 염무웅의 견해와는 정반대편에 서는 것이라 할 수 있겠다.

김열규는 이상의 언어가 곧 '언어의 놀이'였음을 인식하고 작품 속에 나타나는 언어의 실상을 구체적으로 분석하였으며, 그가 인간 모순을 역설적으로 향락하고 있었는데 그것이 그에게 있어서는 구제였다고 결론을 내리고 있다.

또한 오세영은 이상과 김소월 시의 이미지를 비교한 다음, 신화문학론의 체계를 동원하여 이상의 시어 1,380개, 김소월의 시어 1,185개를 신화문학론 이미저리의 도식에 대입하여 분석하고, 이상이 사색적, 의식 분열적 시인이자 당대 모더니즘의 한 경향인 엑조티시즘(exoticism)에 편승한 시인이라고 평가하고 있다.

그 외에도 김준오의 〈거울〉 시편(3편) 분석과 김주연의 〈꽃나무〉 시편(3편) 분석 등 다각적인 논의가 있으나 여기서는 상기한 연구 성과를 검토해 보는 것으로 그치고자 한다.

한편 이상의 소설에 관한 연구는, 그 분량은 시에 못지않게 많지만 주로 〈날개〉의 분석에 집중되어 있는 형편이다. 이와 같은 사정은 그의 소설 세계에서 〈날개〉가 점하고 있는 위치와 비중을 가늠하게 해 주며, 다른 소설들에 비해 〈날개〉가 당대 사회의 풍속도나 작가 이상의 내면 풍경을 가장 잘 드러내 주고 있는 작품이라는 단정을 내릴 수 있게 해 주고 있다.

구인환은, 문학의 변혁은 기법의 자각이나 혁신에서 시작된다고 보고 한국 소설은 김동인이 기법을 자각하고 이상에 의해서 혁신된다고 하였으며, 그를 기법적 측면에서 매우 긍정적으로 평가한 반면 문체에 있어서는 조잡하고 무질서한 시작에 머물렀다고 혹평

하였다.

김중하는 〈날개〉의 패턴을 분석하면서 '한 작품을 전체적으로 통일시키는 미적 양식'이라는 패턴의 개념(E. M. 포스터)과 '플롯 속의 우발적 사건과 작은 사건들의 되풀이와 같은 의미 있는 반복'이라는 패턴의 정의(워렌과 브룩스)에 기대어서 날개의 소설적 패턴이 주인공의 외출임을 밝혔다. 그리고 이 패턴의 끝머리에서 〈날개〉는 자아의식의 강화, 즉 인간성의 회복 또는 비본래적 자아가 자아를 찾아 통일을 이루는 의지를 보여 주고 있다고 판단하고 있다.

〈날개론의 방향〉이라는 글에서 최동호는, 최재서, 김문집, 조연현, 이어령, 임종국, 정명환, 송욱, 오생근, 김종은, 정귀영, 고은, 이재선, 김중하 등 여러 평자들의 비평적 태도와 성과를 검증한 다음, 그 결론으로 현대성, 한국의 원형적인 본질 및 처용과의 관련성, 내향적 자아 탐색의 첨예한 한계선과 차단된 퇴로 등의 문제를 제기하고 있다.

그리고 이 글과 함께 쓰인 특집에서, 황패강은 사이렌의 상징을 중심으로 한 〈날개〉론을, 최래옥은 새, 용마, 아기장수 전설 등의 날개와 소설 〈날개〉의 공통점 및 차이점을, 김태곤은 신화적 상상력 및 카오스-코스모스의 미분적 순환과 관련된 원본 사고의 시각에서 〈날개〉를 분석하였는데, 이들은 거의 공통적으로 〈날개〉의 이미지가 상승과 초월을 나타내는 것으로 보고 이를 긍정적 성과로 평가하고 있다.

이상 문학론으로서 독특한 성격을 띠고 있는 논문 가운데는 리듬 파괴의 의미를 연구한 서우석의 글이 있는데, 이상 시의 리듬은 그 난해성에 걸맞게 미궁으로 빠지려는 경향을 갖고 있으며 판단을 불능케 하고 리듬 분절을 허용치 않음으로써 아예 인식을 거부하려는 태도를 보이지만, 그와 같은 마비 현상의 반복적, 부정적 방향에서 효과를 얻고 있다고 지적했다. 아울러 이상이 세계에 절망했다는 사실과 관계될 이 현상을 두고, "절망하는 순간 우리는 리듬을 잃는다"는 레토릭으로 설명을 축약하고 있다.

한편 오생근은 동물의 이미지를 통한 이상의 상상적 세계를 논하면서, 원숭이, 개, 돼지, 거미, 고양이, 나비 등의 동물 이미지로서 그의 문학 세계를 관류하는 작가의 심리 상태를 구명하였다. 그리하여 사회와 인간에 대한 풍자의 효과로서 동물의 비유를 하고 있다고 보고 이러한 이상의 태도는 카프카의 〈변신〉과 유사하며 1930년대 불행한 시대의 진실한 절망의 고백을 남기고 있다고 보았다.

이처럼 이상 문학론의 부피는 우리 문학 논의의 마당 위에 넓게 펼쳐져 있는데, 그가 계속해서 우리 문학사의 문학적 쟁점 가운데 있고 문제적 시인 및 작가로 부각되어 온 것은 시대나 사회적 환경 속에서 꾸려 가는 삶의 내용 및 형식에 대결하는 자세의 격렬함과 독특함 때문일 터이며, 그러한 사실이 역시 유례없는 독특함으로 이름 불릴 수 있는 그의 문학을 통해 잘 드러나고 있기 때문이라 할 것이다.

이상론의 방향

지금까지 여러 논자들의 글을 두루 살펴본 결과 이상 문학에 대한 평점은 긍정적인 시각과 부정적인 시각으로 대별되어 나타남을 알 수 있었다.

김윤식을 비롯하여 문학사회학의 창을 통해 이상을 진단한 논자들은 그의 문학사적 역할과 기여를 인정하면서도 그 미덕을 부각시키는 것보다는 자폐적 문학 공간이 내포하는 부정적 측면과 넘어서지 못한 한계를 더 노출시켜 논의를 진행시키고 있다.

반면에 황패강을 비롯하여 신화문학론의 견지에서 이상을 연구한 학자들은, 이상이 새로운 삶을 촉발시키는 희망적 전망을 내보이고 있다는 제의적 관점의 설정과 더불어 이를 긍정적 측면에서 검토해 나가기를 주저하지 않았다.

이와 같은 두 논점의 다각적이고도 날카로운 대립은, 궁극적으로 이상의 시 정신 또는 작가 정신이 좌절의 지평에 머물면서 초월에의 꿈을 꾸다가 추락한 형태를 나타내느냐, 아니면 비상의 계기를 마련하고 초월의 세계로 나아가는 출구를 확보하고 있느냐를 가늠하는 일을 그의 문학을 해명하는 데 있어 하나의 중요한 과제로 남겨 놓게 한다.

만일 우리가 이 문제를 해결하려 한다면 이상 문학에 나타난 비상이미지를 면밀하게 살펴보는 일을 유효한 덕목으로 선행시켜야 할 터인데, 이에 잘 부합되는 작품이 시 〈오감도〉와 소설 〈날개〉라 할 수 있겠다. 더구나 이 시와 소설은 이상의 전체적인 작품 세계 속에서뿐만 아니라 당대의 새로운 모더니즘 문학 가운데서도 가장 상위 수준에 있는 작품이라고 할 때 이를 체계적으로 분석해 보는 일은 여러모로 유익한 작업이 될 것으로 생각된다.

오감도란 조감도란 말의 시니컬한 변형으로서 새가 아니라 까마

귀가 하늘에서 내려다 본 그림을 말한다. 그리고 날개는 현실적인 제약조건에 묶여 있는 지상과 이를 타파하고 넘어서 있는 하늘을 이어 주는 비상의 수단이다.

시 〈오감도〉와 소설 〈날개〉의 문면을 통해 살펴보면, 〈오감도〉는 이미 하늘에 떠 있는 상황이지만 〈날개〉는 지상에서 하늘을 향하는 지향성의 의지를 내포하고 있다. 이 두 가지 상황의 위상은, 마치 기하학의 대칭점처럼, 또는 거울과 마주 서서 그 속에 비친 자아를 응대하고 있는 이상 시의 반복적인 형태소처럼, 대단히 역설적인 아포리즘으로 나타난다는 사실을 알 수 있다.

〈오감도〉에서도 비상에의 의지는 부분적으로 나타나지만 전체적으로 삶에 대한 권태와 의욕의 절멸을 더 큰 뉘앙스로 읽을 수 있다. 〈날개〉는 참담한 삶의 국면을 묘사하고 있지만, 주인공이 그 심각성을 인식하지 못하는 치매 상태에 빠진 가운데, 나태와 무기력의 표층에 덮여 있는 비상 욕구를 그 심층에서부터 매우 강렬하고 직설적으로 발산하고 있음을 보여 준다.

가치의 혼란과 전도가 작품을 훨씬 앞질러 가고 있는 이상의 세계에는, 이처럼 하늘에 떠 있으면서도 추락과 쇠잔의 이미지를, 그리고 땅 위에 발을 두고 있으면서도 비상과 초월의 꿈을 가꾸는 서로 상반된 의식의 국면이 서로 대칭적으로 나타나고 있다.

만약에 우리가, 신화문학론의 측면에서 이상의 작품에 나타난 비상 이미지를 주요한 관건으로 받아들일 경우, 우리는 그의 세계에 잠재되어 있는 초월의 미학을 추출해 내는 데 있어서 그렇게 문학사적 환경의 눈치를 보지 않아도 될 것이다.

그러할 때의 초월이란 좌절의 자리를 점유하고 있는 암울하고 참담한 분위기를 대체하는 새로운 감정의 등가물로 드러나게 된다고 하겠다. 이상의 문학 자체가 우리 문학사에서 유례가 드문 별종에 속하는 것이라 할지라도, 이와 같은 측면에서 유사한 계보를 찾아본다면 서로 접맥되는 흐름이 있음을 알아차릴 수 있다.

그것은 앞서 김태곤을 비롯한 신화문학론자들의 지적처럼, 암담하고 혼돈된 삶 속에서 행복에의 동경과 질서의 회복으로 나아가는 세계의 전환을 꿈꾸면서, 문학적 상상력을 통하여 비상의 수단인 날개를 획득하려고 하는 원형적 의식과의 관련성이다. 이러한 접맥의 기미와 증거를 이상의 문학을 통하여 구체적으로 예시할 수 있을 때, 우리는 실현 가능한 바람직한 세계를 추구해 온 한국문학의 한 맥류 가운데 어느 언저리에 이상의 시와 소설을 올려놓고, 그로부터 나타나는 순응과 역반응의 입체적 양상을 두루 고찰해 나갈 수 있을 것이다.

여기서 〈오감도〉와 〈날개〉의 분석을 통한 단계적인 검증의 절차를 추후의 과제로 돌려놓은 채 그 결과에 대한 전망을 진술해 보자면, 이상은 깊고 어두운 현실의 고통과 가능성 있는 미래의 희망 사이에 손발을 함께 담그고 있는 엉거주춤한 모습으로 자리하고 있다고 하겠다. 그리고 그 불균형성의 극점에 도달한 비틀린 의식으로 인하여 그의 문학이 보이는 외형과 내면의 형상이 유례 드문 아이러니컬한 모습으로 나타나고 있음을 결론적으로 말해 둘 수 있을 터이다.

이상론의 과제

지금까지 우리는 이상의 문학을 논의하면서 시대 및 사회적 환경, 그리고 생애사적인 문제, 문예사조적인 문제 등이 어떻게 작품에 영향을 미치거나 반영되어 있는가를 살펴보고 또한 그의 문학을 논의한 많은 평자들의 시각과 관점을 일반론, 시론, 소설론, 기타의 순서에 따라 검토해 보았다.

아울러 그의 문학이 오늘날까지 문제시되는 것은 세계를 보는 태도의 독특함과 강렬성 때문이란 판단 아래, 이 문제를 발전시켜 나갈 이상론의 새로운 방향에 대해서도 일정한 토대를 세워 보았다.

이와 관련된 과제는 〈오감도〉나 〈날개〉와 같은 작품들의 비상 이미지를 그 내면적 체계 속에서 면밀하게 분석하면서, 작품의 실제를 자재로 하여 이미 마련해 놓은 토대 위에 논리적 구체화의 집을 지어 내는 일이다. 그리고 그것이 제대로 집의 모습을 갖추게 되면, 필자가 준비하고 있는 다른 논문—한국 소설에 나타난 낙원 의식의 분석에 관한 글과 연계하여 이상의 문학사적 위치를 새롭게 따져 볼 수 있으리라 생각된다.

그러나 그 자리매김은 이상 문학의 본질이 복잡다기한 만큼 단선적인 적용이 되어서는 안 될 터이고, 외형과 내면의 작품 형식 및 문학성을 골고루 대입시키고 적용시켜 보는 체계적이고도 다면적인 접근을 통해 올바르게 설정될 수 있으리라고 본다.

신성과 인본주의의 접점
―김동리의 〈사반의 십자가〉

김동리는 한국 근·현대문학사를 논술할 때 결코 간과하고 넘어갈 수 없는 작가이다. 우선 시, 소설, 평론의 여러 분야에 걸쳐 활발하게 작품 활동을 했고 또 그러한 작품에서 예술성과 문제의식이 객관적 가치를 확보하고 있다는 점에서 그러하다. 아울러 소설을 통하여 그가 보여 준 새롭고도 치열한 정신적 범주의 확장이 가히 한 시대의 굵은 획을 긋는 독보적 문학의 성취라 이를 만한 형편에 있다는 점에서도 그러한 것이다.

김동리는 1913년 경북 경주에서 태어나 기독교 계열의 학교인 경주 계남소학교와 대구 계성중학교를 다녔다. 어린 시절 기독교 문화와의 접촉은 나중에 작가가 된 그로 하여금 기독교 또는 종교 소재의 작품을 쓸 수 있도록 하는 계기가 되었다.

또한 한학자인 맏형 김기봉의 영향과 20대 중반 경남 사천의 다솔사와 합천의 해인사를 중심으로 한 생활 기반 등이 불교 소재의 작품을 쓸 수 있도록 하는 주요한 체험이 되었을 것으로 보인다.

탈고되었다. 상, 하편으로 나눈 단계의 구분과 각 편의 목차를 나눈 감각만 해도 그 이전의 다른 작가들이 모방할 수 없는 질적 변별성을 보여 주고 있다.

이 소설의 주된 동력은 의사 안빈과 그를 지순한 감정으로 사랑하는 간호사 석순옥에 부하되어 있다. 전문학교를 졸업하고 중등학교 교원 자격까지 갖추고 있는 석순옥은, 안빈의 글을 읽고 10년 전부터 그에게 심취하여 안빈 없이는 사는 일조차 무망하다고 느낄 정도이다. 석순옥은 뒤늦게 간호사 자격을 얻어 안빈의 병원에 취직하고 안빈의 부인 천옥남이 병석에 누워 있을 때나 세상을 떠난 후에도 정성을 다해 그를 시중든다.

석순옥이 허영과 결혼하는 대목도 허영에 대한 사랑이 개재된 것이 아니라 단지 안빈과의 사이에서 발생하는 부당한 오해를 불식시키기 위해서이다. 만약 이러한 사건 전개가 전체적인 일관성을 확보하려면, 허영과 결혼한 후의 석순옥이 안빈을 보살피려는 노력을 지속한다거나, 그것이 불가능할 때, 어떤 양상으로든 갈등하는 심리 상태 및 행위를 표출해야 마땅하다. 그러나 석순옥은 비록 당분간이지만 너무도 쉽사리 새 삶에 안착해 있고, 내면적인 갈등보다는 외면적인 조건의 변화에 의지하여 그 늪을 빠져나오고 있다.

마침내 허영이 죽고 나서 다시 안빈의 곁으로 돌아온 석순옥은, 그 말미에 이르기까지 계기가 허락될 때마다 인간적인 사랑의 대상이면서도 성자와도 같이 변동이 없는 교술자 안빈으로부터 설법을 듣기도 하고 또 스스로 깨우치기도 하는 형식을 빌려 지고한 사랑의 논리를 체득해 나간다. 물론 석순옥의 이러한 내면적 성장은 작가가 불특정 다수의 독자를 향해 요구하는 인식의 확장과 동궤의 맥락 아래에 있다. 말하자면 작가의 사고와 사상이 담화의 진행을 압도하여, 소설의 전 과정이 결국 결말에서 제시되는 네 가지 우주론적 사랑 논의로 다가서는 길목 이상도 이하도 아니게 되는 것이다.

"첫째로, 우리의 마음속에 사랑과 옳음의 씨를 주시고 이것이 돋아나도록 힘써 주시는 부처님(하느님)이시고, 둘째로, 우리가 질서 있는 사회에서 살고 옳은 일을 하도록 하는 조국님, 셋째로, 부모님, 넷째로, 중생, 즉 남남이 곧 우리가 시시각각으로 고마운 절을 드릴 분"이라는 안빈의 결론은, 당초 석순옥의 작은 가슴에서 발아한 사랑의 싹이 결코 단편적이고 우발적인 사건일 수 없다는 작가의 생각을 함축하고 있다.

육탈이 끝난 이상주의적 사랑론

우리는 이 소설 전반을 통하여 단 한 구절이라도 안빈이 석순옥에게 감성적인 사랑의 말을 토로하는 장면을 볼 수 없다. 그것은 이 소설이 여러 가지 극적인 사건의 굴곡들을 배치하고 있으되, 그 행간을 채우는 핵심에 있어서는 도덕적 사랑론을 표방하는 근엄한 성자의 얼굴을 조금도 누그러뜨리지 않고 있기 때문이다.

대신에 안빈은 석순옥의 동료 박인원을 통하여, 석순옥에 대한 자신의 사랑이 천지가 여러 억만 번 부서져도 변하지 않는 사랑이며 너무 사랑하기 때문에 혼인할 수 없다는 논리를 내세운다. 그리고 그에 대한 설명으로 여러 남편과 살다가 죽은 다음 부활한 뒤에 그 여자가 누구의 아내가 되겠느냐는 신약성서의 문답법을 인용한다. "사람보다 이상 경계에 가면 벌써 남성이니 여성이니 하는 구분이 없어져 버린다"는 강론은, 이미 범속한 세상사의 저변을 초탈하여 육탈이 끝난 이상주의적 사랑론으로 진입해 있다.

이와 같은 면모는 이광수가 동우회 사건 기소 중의 가혹한 삶의 고비에 〈사랑〉을 집필하였다는 사실을 비추어 볼 때, 그 고통스러운 질곡을 대사하는 역설적 심리 상태를 이 소설에 탄력성 있게 장치하였을 것임을 짐작하게 한다.

여기서 참으로 흥미로운 사실 하나는, 안빈의 도저한 논점을 지탱해 주는 이론적 근거로 여러 종교적 교리의 편린들이 제각기의 역할을 맡고 있다는 점이다. 곳곳에서 하느님께 빌고 부처님께 빈다는 표현이 나오는가 하면, 확고부동의 교사 안빈이 아내를 위로하는 데 있어서도 하느님께 맡기라고 권유하는 한편 입에서는 염불이 흐르고 있다. 경우에 따라서는 인과율의 정당성과 탐, 진, 치에 대한 경각심이 주요한 개념이 되기도 하고, 시편 23편이나 찬송가의 문면이 그대로 작품의 표면에 떠오르기도 한다. 또한 유학의 삼강이 인류 사회 모든 도덕 관계의 벼리이며, 그 다음 단계 곧 신성의 경계야말로 석순옥에게서 찾는 안빈의 지향점이라는 해명이 부여되어 있기도 하다.

우리는 이광수가 왜 이처럼 한 작품 가운데서 기독교, 불교, 유학의 가르침들을 혼용하여 사용하고 있는가를 살펴볼 필요가 있다. 특히 기독교는 절대자의 존재와 경전의 절대 타당성으로 말미암아 강력한 배타성을 지니고 있으며, 다른 종교와 공존할 수 없는 교리가 명백하게 확립되어 있다. 그렇다면 이 소설에서 이광수가 끌어 오고 있는 종교적 교리는 그 종교의 본령에 충실한 것이 아니며, 자신이 주창하는 우주론적 사랑의 개념을 떠받치기 위하여 편의에 따라 나열한 백과사전식 자료일 따름이다.

기실 서로 다른 종교적 인자의 공통점을 한 작품 속에 통어하는 지적 응용력도 당대에 있어서는 개화, 개명의 진취성을 밑바닥에 깔고서야 가능하다 하겠거니와, 각 단락들의 구체적 세부를 이루는 자잘하고 잡다한 이야기들도 한 선각자의 대중 교화 의지라는 범주를 한 치도 넘어서지 않는다.

고소설이나 신소설의 전통적 서술 방식에 젖어 있던 당대의 문학적 감각으로는 이광수가 개간하고 있는 미지의 세계와 그 도구로서의 대사 및 묘사의 방법 등속이 가히 획기적이고 폭발적인 감응력을 불러일으킬 수밖에 없었다. 우리는 이를 축약하여 우리 문학의 근대성을 개척한 공로로 일컫는 것이며, 비록 오늘날의 세련된 시각으로 검증할 때 삼류 통속소설의 외양이 명백하다 하더라도 그러한 확정된 성과로 인하여 이광수와 그의 문학을 우리 문학사의 소중한 한 징검다리로 받아들이게 되는 것이다.

〈사랑〉에서 볼 수 있는 생경한 외국어의 남발, 자유연애사상 및 독신주의의 존립 가능성, 당대 지식 계급 청년들의 형상이 대중적 지지 기반을 조성하고 석순옥이나 안빈의 성격이 갖는 평면적 성향도 별다른 거부감을 촉발하지 않는 상황이 말하자면 당대 의식의 수위였다고 할 수밖에 없다.

이 근대 의식의 개화기에 이광수가 그의 문학을 통하여 그리고 이 소설의 자서에서 경구처럼 제기하는바 끝없이 높은 사랑을 찾아 향상해야 한다는 사회 개량의 사명감을 통하여, 우리 역사와 민

족을 향해 내던진 육성에는 한 시대의 중심을 울리는 통렬함이 있
다. 그러하기에 그의 돌이킬 수 없는 배신의 행적에도 불구하고 어
느 누구도 그를 아무런 유보 조건 없이 폄하할 수 없으며, 현대문
학 1백 년을 맞아 그가 남긴 대표적인 작품들을 다시금 진지하게
되새겨 보는 일이 요구되는 것이다.

시대의 장벽을 넘은 오연한 기개

—한용운의 소설

　과거의 역사에서 교훈을 얻지 못하는 민족에게 과연 미래가 있을 것인가. 더욱이 그 과거사라고 하는 것이 말할 수 없는 고통으로 점철되고 그로부터 벗어나는 데 수많은 희생이 지불되었음에도 불구하고 이를 가벼이 응대하고 있는 형편이라면 어떨까. 이는 그 민족 공동체가 자기 정체성과 당면한 좌표에 대해 그야말로 예리한 경각심을 발동하지 않으면 안 되는 지점에 와 있는 상황이라 할 터이다.

　이와 같은 도덕 교과서적 발상의 잣대를 들이대는 어색함을 무릅쓰고서도, 오늘날과 같이 올곧은 가치관이나 정신적 질서가 유실된 상황에 있어서 범민족적으로 새롭게 환기해야 할 인물이 바로 만해 한용운 선생이라고 본다. 선생의 생애와 문학을 주의 깊게 일별해 본 이라면, 여기에 미소한 이의 하나라도 제기하기 어려울 것이다.

　한 세기를 획한 뛰어난 학문과 문학, 고승으로서의 경지와 시대를 꿰뚫어 본 혜안, 나라의 독립을 주장함에 주저함이나 거칠 바가 없었던 기개……. 가히 선생은 존중할 만한 민족적 지도자요 그 내면이 광대한 선각자였다. '만해 문학의 서사성'이란 주제로 선생의 세계에 문학적 분석을 목표로 접근하던 필자는, 순간 그처럼 근시안적이고 구태의연한 태도를 버려야겠다는 생각에 이르렀다.

기실 그러한 문학적 연구는, 그간의 축적된 논의를 통해 충분히 이루어졌다. 거기에 작은 돌 하나를 더 갖다 얹는 일이 별반 뜻이 없을 것이라는 생각과, 선생의 웅혼 활달한 세계관에 근접한 감명이 필자로 하여금 원래의 본분을 좀 벗어나도 좋겠다는 판단에 이르게 했다.

그러나 선생에 대한 감명과 존경의 심정을 주로 앞세워 나간다면 마침내 논의 자체가 허술하게 겉돌 수밖에 없을 것이므로, 여기에서는 선생이 남긴 서사문학, 곧 소설 작품을 중심으로 그 가운데 선생의 세계 인식과 문학적 표현 방식이 어떻게 악수하고 있는가를 검토해 볼 요량이다.

그리하여 선생이 남긴 그 문학 속의 깨우침이 어떻게 후세의 경계가 되며 후인들이 어떻게 이를 계승해야 할 것인가에 대한 인식의 근거 자료를 마련해 보고자 한다. 그것은 곧 오늘날 왜 선생이 지속적인 문제의 인물로 우리 앞에 서 있는가를 해명하는 일이기도 하겠다.

만해 소설의 당대적 의미

만해의 시는 그간 그 시기 문학사의 대표적 성과로 평가받아 왔지만, 소설은 그다지 크게 주목을 받지 못했던 것이 사실이다. 미상불 그 소설들은 개화 세대의 소설적 특성을 반영하는 여러 면모를 끌어안고 있고, 그것은 때로 미숙한 문학적 수준을 드러내거나 기술상의 또는 구조적 취약성을 여과 없이 보여 주기도 한다. 그러나 그러한 까닭으로 오히려 그 시대의 당대적 의식과 문제점을 극명하게 반영하는 양가성을 갖는다.

만해의 소설은 모두 다섯 편이 전하고 있는데, 발표된 네 편의 소설 중에서 〈흑풍〉과 〈박명〉은 완결되었으나 〈후회〉와 〈철혈미인〉은 미완으로 끝났다. 그리고 창작 시기는 알 수 없으나 그 내용으로 보아 3 · 1 운동 직후에 창작되었을 것으로 예상되는 중편 분량의 〈죽음〉이 발굴되었다.

만해 시에 대한 연구가 그 양과 질에 있어 대단한 성과를 보여 주고 있는 데 비하면, 소설의 성가聲價가 그러한 만큼 연구의 성과도 그다지 괄목한 만하다고 보기는 어렵다. 일찍이 한용운 전집에서 백철이 만해의 소설을 소개한 이래 김우창, 이명재 등의 평문 및 연구가 알려져 있고 본격적인 만해 연구의 일환으로 소설 장르를 검토하고 있는 김재홍의 연구가 있으며 만해 소설의 탈식민주의적 경향을 살펴본 송현호, 이선이의 연구가 주의를 요한다. 또한 1990년대 초반부터 나오기 시작한 석, 박사 학위 논문을 통한 연구가 근자에 와서 더욱 증가되고 있다.

이 연구들에서도 언급되고 있지만, 만해가 이미 뛰어난 시적 성취를 이룬 시인이면서도 소설 장르를 선택한 이유는 대체로 다음과 같이 몇 가지로 요약될 수 있겠다.

우선 만해의 신분적 환경이나 세계관이 발양하는 바, '주제 의식'에 관한 강박감이다. 민족적 선각자로서 일제 치하의 시대적 상황 아래에서 계몽의식을 고취하는 데는 비유적이고 암시적인 시보다 직접적으로 논증하고 해설할 수 있는 소설이 보다 유용했을 수 있다. 실제로 그의 소설 문면이 민족주의적 계몽 의식으로 충일해 있음을 염두에 두면 이는 한결 더 설득력을 가질 것이다.

다음으로 앞서의 '주제 의식'이 자발적 대응에 해당한다면, 이와는 다른 타의적 원인을 찾아볼 수 있을 것이다. 주위의 권유, 특히 신문사의 집필 의뢰가 촉발한 여러 가지 동인들을 들 수 있겠다. 신문사로서는 만해와 같은 지명도를 가진 인사를 필자로 확보하는 반면, 만해 자신은 이를 통해 생활의 문제를 해결할 수 있는 이점이 있었을 것으로 보인다.

김재홍은 이와 같은 안팎의 사정을 두루 고찰하여 다음과 같이 총괄적인 원인 분석을 내놓았는데, 그 가운데 만해가 소설을 선택한 사유는 모두 포함되어 있는 것으로 사료된다.

1) 신문사의 집필 의뢰(민족 운동의 지원 방편 내지 사회사적 이념 지향성)

2) 만해 자신의 소설의 중간 장르적 고유 기능 인식(논설문의 직접성과 시의 상징성을 동시에 표출할 수 있는 장르)

3) 모더니즘 시와 시론에 대한 반동 성향(서정적 포에지의 상실과 시단에 대한 불만감)

4) 당대 시단에 대한 선민의식(육당, 춘원 등과 비견되는 민족적 선구 불만감)

5) 원고료가 어려운 현실 생활에 도움을 준 점(개인적인 사정)

이중 3)과 4) 항목은 만해 문학 전반, 그리고 당대의 문학적 현실을 총체적으로 검색한 시각과 더불어 가능한 평가일 터이다.

다만 만해의 소설 창작 사유에 관한 이명재의 언급 가운데 시 창작적인 역량의 한계를 지적한 대목이 있는데 이는 시를 창작하는 문필가 만해의 재능이 부족했던 것을 말하기보다는 시 창작의 환경 조건이 가져오는 한계와 결부하여 설명되어야 옳지 않을까 한다.

공동체 인식과 애정 윤리의 이중 구조―〈흑풍〉

만해가 쓴 다섯 편의 소설 가운데 가장 대표적인 작품을 고르라고 한다면 아마도 〈흑풍〉을 지목해야 할 것이다. 장편으로서의 분량도 그러하거니와 이야기의 스케일이나 그 구조, 작품의 배경, 그리고 무엇보다도 민족적 계몽 의식에 의거한 주제 의식에 있어서도 그러하다.

특이한 것은 이 소설의 발단이 중국 청나라에서 시작되며, 주인공이 중국인으로 그려지고 있다는 점이다. 이는 1930년대 중반 일제의 탄압과 검열을 방법적으로 비켜 가기 위한 하나의 장치로 보이며 논자에 따라서는 중국을 무대로 하는 고대소설의 잔재로 보는 시각도 있다. 만해가 가진 진취적이고 선각적인 의식은 그것대로 생생하기 이를 데 없으되, 이를 작품 속에 갈무리하는 기법에 있어서는 아직 개화 세대의 전근대적 미숙성으로부터 자유롭기가 어려웠을 터이다.

〈흑풍〉은 그 이야기의 무대를 미국 대륙까지 넓혀서 매우 광활한 공간적 배경을 설정하고 있다. 미국의 시카고라는 도시를 만해가 여러 작품에서 등장시키고 있는 것은 따로 탐색해 볼 바인 듯하며, 만해의 측량으로는 일본이나 중국의 경계를 훨씬 넘어서 있는 미국이 새로운 주의 주장 또는 생활 방식의 표본적 산실로 간주되었을 것으로 여겨진다.

이 소설의 중심인물 왕한은 매우 드라마틱한 일생의 여정을 보여 주는, E. M. 포스터의 분류법에 의하면 여러 단계로 그 성격이 발전해 가는 입체적 인물이다. 그는 당초 빈한한 소작농의 아들로 일자리를 찾아 객지로 떠돌던 자였으나, 여동생 영애를 첩으로 데려간 악덕 지주 왕안석을 혼내 주면서 평범한 삶의 궤도를 넘어선다.

그는 상해로 나가 악덕 자본가 장지성을 살해하고 돈을 빼앗아 빈민을 구휼하는가 하면, 북경에서 계략을 꾸며 경찰청장 소욱을 구해 주고 강도 살인에 관한 죄를 면책 받기도 한다. 소욱의 주선으로 미국 유학을 떠나는 배 위에서 나중에 자신의 아내가 되는 호창순을 구해 주는가 하면, 시카고에서 유학 생활 중 콜란이라는 여자를 만나 연애를 하기도 한다. 콜란은 나중에 장지성의 딸로 밝혀지고, 왕한에게 복수하려다가 오히려 자신이 다쳐 죽게 된다.

유학 시절부터 마음이 기울었던 '혁명'에 뛰어들어, 귀국 후에는 혁명 본부의 일을 맡아 보았으나 경찰의 검거를 피해 동지들이 뿔뿔이 흩어진다. 아내 창순과 함께 벽촌에서 농사를 지으며 한가롭게 살고 있는 왕한을 혁명 본부에서 여러 차례 불렀으나, 전원의 안일에 묻힌 그는 듣지 않는다. 마침내 자기 때문에 벽촌에 묻힌 왕한을 일깨우고 왕한의 앞날과 혁명 사업의 성공을 위해 창순은 자살을 선택한다.

이 소설은 너무도 많은 제재를 그 내부에 저장하고 있는 셈인데, 이와 더불어 왕한을 비롯한 여러 인물들의 행동 유형이 보여 주는 객관적 사실성 결여 문제, 작품 속에 일어나는 갈등 양상의 지나친 도식성 문제, 이야기 전개에 있어서 빈번한 우연성의 남발 문제 등 여러 단처를 함께 내포하고 있다. 그러나 결말의 호창순 자살이라는 극단적 처방을 통해 보듯이, 작가가 전달하려는 메시지의 주관적 관점은 매우 선명하다.

전근대적인 지주 제도, 일상적인 삶에 미치는 정부의 부당한 통치 형태, '혁명'을 중심으로 한 사회 내부의 극단적인 갈등 등을 디테일하게 제기하는 동시에 이들을 혁파할 혁명적 사회 운동 등 새로운 시대를 향해 나아가야 할 실천적 덕목들을 한데 결집시켜 놓은 형국이다.

이러한 소설적 논리를 중국이 아닌, 조선의 현실에 적용해 보면 어떻게 될까. 이는 곧 식민 통치의 이념적 근거와 실제적 운용 전반에 대한 비판이요 거부가 될 터이다. 만해가 소설의 무대를 중국으로 가져갈 수밖에 없었던 이유가 이로써 명백해진다.

호창순의 자살은 혁명 사업이 사랑보다 우선이라는, 곧 개인적인 삶의 소중함을 지키는 것보다 공동체적 목표의 실현이 먼저라고 확신하고 그렇게 일관한 만해의 세계관을 단적으로 드러낸다. 왕한이 겪게 되는 여러 사랑 이야기가 소설의 재미를 더하는 한편, 소설적 형상력이 목표하는 바를 상대적으로 부양하는 역할을 맡고 있는 것이다.

이러한 표현 방식은 만해의 경직되지 아니한 품성과 세계 인식을 반영하는 측면이기도 하다. 또한 이는 만해가 가졌던 종교적 박애주의의 정신과도 두루 상통한다. 만해는 그의 소설 여러 곳에서 불교적 세계관에 바탕을 둔 인과응보, 사필귀정, 회자정리 등의 인간사는 말할 것도 없고 하나님의 구원, 사자, 신, 천사, 구주 등의 기독교적 용어 내지는 표현까지도 서슴지 않고 구사하고 있다.

신소설 또는 고대소설의 패턴을 유지하고 있으면서도 그 정신에 있어서는 한 시대의 진행 방향을 매우 멀리까지 조망한 소설이 만해의 〈흑풍〉이다. 그 가운데는 인간사의 근본인 평등과 자유의 사상, 사소취대의 대승불교적 사상, 민족 현실을 혁신하기 위한 계몽적 사상 등이 고루 용해되어 있어, 형식적인 단처만 보고 그 사상의 웅혼함을 간과한다면 이는 올곧지 않은 일이 된다. 또한 이는 신문학 1백 년에 있어 부분적으로 단절된 도의적 정신사의 흐름을 복원하는 하나의 근거가 될 수도 있을 것이다.

만해판 '여자의 일생'—〈박명〉과 〈죽음〉

만해의 근대적 주제 의식을 가장 잘 드러낸 대표작이 〈흑풍〉이었다면 그의 소설 가운데 문학적 완성도가 가장 높은 작품이 〈박명〉일 것으로 보인다. 물론 이 작품에도 앞서 살펴본 바와 같은 단처들이 소거된 것은 아니나 스토리의 사실성이나 플롯의 견고함이 한결 더하여 그와 같은 단정을 가능하게 한다.

〈흑풍〉이 세계를 무대로 유전하는 삶의 극적인 장면들을 소설 속 여러 곳에 매설하고 있다면 〈박명〉은 한 여자의 일생을 비교적 설득력 있게 그리면서 사랑과 용서의 참 의미를 소설의 표면으로 밀어 올리고 있다. 만해 자신도 '작자의 말'에서 "나는 내 일생을 통하여 듣고 본 중에 가장 거룩한 한 사람의 여성을 그려 볼까 합니다"라고 적고 있다. 이 소설 창작의 방향성이 큰 무리 없이 알뜰한 소설적 성과를 추수하는 요인이 되었을 것이다.

만해 소설의 여성 인물, 곧 여성 주인공을 내세운 발화 방식은, 미발표작 〈죽음〉이나 미완성작 〈후회〉 및 〈철혈미인〉에도 그대로 이어진다. 그리하여 여성적 시각으로 삶의 여러 굴곡에 대한 서술을 전개하는 방식이 가진 장점을 비교적 잘 활용하고 있다.

그의 여성 인물은 대체로 봉건사회의 인습적 전통에 익숙해 있으며, 남자의 전횡에 인고의 세월을 보내거나 아니면 그 남자를 헌신적으로 뒷받침하는 수동적 자세를 견지한다.

물론 〈흑풍〉에서 제시하고 있는 '여성해방회'와 같은 단체나 여성 주권에 대한 변론이 등장하는 경우도 없지 않으며, 중심적 여성 인물에 대응하는 신여성적 인물이 나타나기도 하지만, 그것은 소설의 중심 주제와는 거리를 둔 자리에 있다. 이러한 여성 인물의 입지를 두고 이를 가부장적 유교 관념에서 나온 것이 아니라, 〈님의 침묵〉의 '님'처럼 남자 곧 '님'을 절대자로 가정한 구도자의 차원에서 파악해야 한다는 주장도 있다.

〈박명〉의 여성 주인공 '순영'은 시골 훈장의 딸로 성장하여 계모의 학대를 견디다가 퇴기 송 씨와 동네 친구였던 운옥을 따라 경성으로 나온다. 경성에서 사숙으로 '소리'를 배우고 인천의 색주가로 팔려 가게 되는데, 이 색주가는 근자의 인식과는 달리 술과 음식 시중을 들 뿐 몸을 파는 곳은 아니다.

월미도로 놀러 갔다가 김대철을 만난 순영은 종내 그와 결혼한다. 김대철은 순영이 경성으로 나올 때 원산에서 물에 빠진 것을 건져 준 자였으나, 그 본색은 무위도식하는 사기꾼이었다. 김대철은 철저히 순영을 배신하고 그 와중에서 둘 사이에 난 아이 수복도 죽는다. 혼자 사는 순영 앞에 다시 나타난 김대철은 구제불능의 아편 중독자가 되어 있다.

순영은 자신이 거지가 되는 것도 마다하지 않고 그를 돌본다. 알고 보니 그가 물에서 건져 준 것도 어느 여승으로부터 돈을 받고 한 일이었다. 김대철이 죽자 순영은 그 여승을 찾아 환희사로 가고, 이윽고 '선행'이라는 법명과 함께 불교에 귀의한다.

한 여자의 일생이 얼마나 기구할 수 있는가라는 질문에 최대치 답변을 보여 주려는 듯한 줄거리이다. 사정이 그러할 때 김대철을 받아들이는 순영의 헌신적 포용력은 그것이 가부장적 제도의 인습에 의한 것이라기보다 절대자를 향한 구도의 경지를 닮아 있다는 주장을 납득할 만하다. 이 문제 제기에 답변 시위라도 하듯, 순영은 상좌승이 되어 불문의 제자가 된다. 순영의 '팔자'가 기구하면 할수록 불가로의 귀의는 더욱 탄력적인 결말로 확장되는 구조이다.

비록 외형에 있어서는 봉건적 잔재의 너울을 둘러쓰고 있는 것처럼 보이지만, 만해는 여성의 주권과 인간적 처우의 확립이 대결과 투쟁으로 얻어지지 않으며 진실한 사랑의 완성과 더불어 가능하다는 인식을 표현하려 한 것 같다. 〈박명〉 가운데 서술되는 한 인물의 말이 이를 뒷받침한다.

저런 일이라도 구도덕이나 소위 사회 이목을 구속받지 아니하고 자유의사에 의하여 하는 일이라면, 저보다 더한 일을 한대도 관계가 없겠지. 그 역시 개성을 발휘하는 것이니까. 그렇다면 남편을 위하여 일평생을 희생하는 것도 좋고 남편이 죽으면 따라서 죽는 것도 좋지. 이것은 구도덕에서 보는 정조 관념이라든지, 남자들이 주장하는 절대 복종의 의미로 말하는 것이 아니라, 자기의 자유의사로 하는 일이라면 무엇이든 좋다, 이런 말이야. 우리 운동을 위하여 희생하는 것이나 정신에 있어서는 마찬가지거든. 하니까 저런 여자의 행동도 덮어 놓고 무시할 것은 아니다, 이런 말이야.

이 대목은 만해가 가졌던 포괄적 세계관이나 박애주의적 정신과도 관련이 있다. 그리고 그 결말이 종교적 해결을 찾아가는 것은, 종교인으로서 만해가 신봉했던 진리의 세계를 자연스럽게 원용하고 있는 모양새가 된다.

〈죽음〉 또한 한 여자의 기구한 일생을 그리기는 마찬가지이나, 〈박명〉에 비해서는 문학적 짜임새나 사실적 설득력이 떨어지는 작품이다. 전체적으로 보아, 이 소설의 이야기는 너무 급박하여 상당 부분 우연성의 사건 전개에 기대어 있다. 최영옥의 남편 종철의 유학이나 결미의 죽음 등이 〈박명〉만한 사실성 획득에 미치지 못하고 있다. 사랑의 복수를 위해 어린아이조차 남겨 두고 목숨을 초개같이 버리는 최영옥을 보면, 그런 면모를 손쉽게 찾아볼 수 있다.

그러나 이렇게 단호히 죽음을 선택할 수 있다는 결연한 의지는, 당대 다른 작가들의 작품에서 찾아보기 어려운 것으로 이를테면 만해 자신이 가졌던 결연한 의지 또는 의협의 반영이라고 할 수 있을 터이다. 이러한 죽음을 당대 현실의 부정적인 측면에 대한 저항의 논리로 환산해 보면, 겉보기에 불안정해 보이는 이 소설의 얼개 아래에 어둡고 힘겨운 시대를 관통하는 만해의 정신적 예기가 잠

이 가문의 기질적 전통이 황순원의 조부 연기, 부친 찬영, 황순원 자신, 그리고 장남인 시인 동규에 이르도록 생생하게 발견된다고 김동선은 〈황고집의 미학, 황순원의 가문〉이라는 글에서 밝히고 있으며 이를 구체적 사료와 사례를 들어 설명하고 있다. 예컨대 노환으로 몸져누웠을 때나 자녀의 훈육에 있어서 조부가 보여 준 결백과 과단성, 3·1 운동 때 옥고를 치르며 과수원, 산림, 저수지 사업에 차례로 집착을 보인 부친의 외골수 성격 등이 그에 해당된다.

30여 년에 걸쳐 지속적으로 변화하고 승급하면서도 순수문학과 미학주의를 지향하는 그 전열을 흩트리지 아니한 황순원 작품 세계의 본질을 구명함에 있어서, 우리는 이와 같은 황고집 가문의 기질과 음덕이 밑바탕에 잠복해 있음을 간과할 수 없는 것이다.

1919년 3·1 운동이 일어나던 해 황순원은 다섯 살이었으며 평양 숭덕학교 고등과 교사로 재직 중이던 부친이 태극기와 독립선언서 평양 시내 배포 책임자의 한 분으로 일경에 체포되었다. 부친은 이로부터 1년 6개월의 실형을 언도받고 감옥살이를 시작했다.

그 시절이라면 아버님께서 3·1 운동 관계로 옥살이를 하실 때다. 나는 어머님과 단둘이 시골 고향에 살았다. 지금도 생각난다. 어머님께서 혼자 김매시는 조밭머리 따가운 햇볕 아래서 메뚜기와 뻐꾸기 소리만 벗하여 기나긴 여름날을 보내던 일……. 그리고 시력이 좋지 않으신 어머님을 모시고 다섯 살짜리 내가 앞장을 서서 그 말승냥이가 떠나지 않는다는 함박골을 지나 외가로 오가던 일이……. 아마 나의 고독증은 이 시절에 길리워진 것인지도 모른다.

이 고독증에 대한 확인의 한 형태가 일본 가 있을 때 동경학생예술좌라는 극연극단체 창립의 한 사람이 되게 한 것은 아닐까.

어린 시절의 고독증에 대해 1951년에 쓰인 이 글은 동경학생예
술좌까지만 연계하여 그 상관성을 상정하고 있지만, 마침내는 그것
이 추후 우리가 〈일월〉이나 〈움직이는 성〉에서 목도하게 되는 존재
론적 고독감에까지 그 파장을 미치게 한다고 볼 수도 있을 법하다.

일곱 살이 되던 1921년에 황 씨 집안은 평양으로 이사하고, 이
태 후 황순원은 숭덕소학교에 입학한다. 소학교 시절에 황순원은
당시로서는 드물게 스케이트도 타고 철봉이나 축구도 했으며 바이
올린 레슨도 받았다고 한다. 평양에서의 소학교 시절에 화가 이중
섭과 함께 학교를 다녔다는 기록도 있다.

열두세 살 때부터 체증을 다스리기 위해 어른들의 허락을 받고
소주를 마시기 시작했는데, 그로써 소주 애호가가 되고 스스로도
문학보다 술을 먼저 알았다고 술회한 바 있다. 그때 반 홉씩 마셨
으니 나이에 비추어 그 주량이 미소한 것이 아니었고 학창 시절에
는 대체로 두 홉 정도의 주량을 일정하게 유지했다고 한다.

열다섯 살 나던 1929년, 황순원은 정주의 오산중학교에 입학한
다. 건강 때문에 다시 평양의 숭실중학교로 전학하기까지 한 학기
를 정주에서 보낸다. 여기서 황순원은 중요한 체험 한 가지를 얻게
되는데 그것은 다름 아닌 남강 이승훈 선생과의 만남이었다. 단편
〈아버지〉(1947)에 그분에 대한 작가의 감회는 다음과 같이 서술되
어 있다.

그때 이미 선생은 현직 교장으로서는 안 계셨는데도 하루 걸러끔

은 꼭꼭 학교에 오셨다. 언제나 한복을 입으신 자그마한 키, 새하얗게 센 머리와 수염. 수염은 구레나룻을 한 치 가량 남기고 자른 수염이었다. 참 예쁘다고 할 정도의 신수시었다. 그때 나는 남자라는 것은 저렇게 늙을수록 아름다워질 수도 있는 것이로구나 하는 걸 한두 번 느낀 것이 아니었다.

물론 이때 그가 남강에게서 본 노년의 기품과 원숙한 아름다움은 겉으로 드러난 외형적인 것만일 리 없다. 그렇기에 〈아버지〉에서도 남강의 기개와 인품에 대한 부연이 있다. 아울러 그는 또다시 그러한 유형의 아름다움을 가진 남자를 부친에게서 발견했다고 적었다.

이러한 범례의 적용은 우리들, 즉 독자나 제자나 친지들이 이 작가의 노년을 바라보는 시각에도 아무런 주저 없이 도입될 수 있는 것이었다.. 대표적으로 제자이자 작가인 전상국이 〈문학과 더불어 한평생〉(1980)이란 제하의 대담에서, 중학 신입생 시절에 남강을 관찰한 그 혜안에 감탄하면서 스승의 그 관찰력을 자신이 스승을 바라보는 시각에 겹쳐 보이는 글쓰기의 묘미를 나타낸 바 있다.

오산중학교에서 한 학기를 지내고 평양으로 돌아왔으니 숭실중학교로의 전입학은 그해 9월이었다. 부친과 삼촌 세 분이 모두 숭실 출신이었는데, 바로 밑의 아우 순만은 후에 평양 제2고보를 졸업했다. 같은 해 11월, 저 남쪽에서는 광주학생사건이 일어났고 동시대 젊은이들의 가슴에 맺힌 식민지 지식인의 울혈이 점점 깊어가던 때였다.

숭실중학교 재학 중이던 1930년, 이팔청춘 열여섯의 나이에 드디어 황순원은 시를 쓰기 시작한다. 나중에 익히 알려진 일이지만, 그는 시인에서 출발하여 단편소설 작가로 자기를 확립했고 다시 장편소설 작가로 발전해 간 사람이다.

이듬해 7월에 처녀시 〈나의 꿈〉을, 9월에 〈아들아 무서워 말라〉를 〈동광〉에 발표하기 시작하여 시작詩作과 발표를 거듭했으며 1932년 5월 시 〈넋 잃은 그대 앞가슴을 향하여〉가 〈동광〉 문예 특집호에 발표됨과 함께 주요한으로부터 김해강, 모윤숙, 이응수와 더불어 신예 시인으로 소개받았다.

계속해서 시를 써 나가는 도중에 황순원은 1934년 숭실중학교를 졸업하고, 일본 동경으로 유학하여 와세다 제2고등학원에 입학한다. 여기에 재학하는 동안 이해랑, 김동원 등과 함께 전기한 바 있는 극예술 연구 단체 동경학생예술좌를 창립한다. 그해 11월, 이 단체의 명의로 첫 시집 〈방가〉를 간행하기에 이른다. 교포가 경영하는 삼문사에서 인쇄하고 서울 한성도서를 총판으로 한 이 시집은 양주동의 서문과 시인의 짧은 머리말, 그리고 스물일곱 편의 시를 수록하였다. 모두 84면, 정가 50전, 500부를 찍었는데, 이듬해 여름인 8월에 방학을 맞아 귀성했다가 조선총독부의 검열을 피하기 위해 동경에서 시집을 간행했다 하여 평양 경찰서에 29일간 구류를 당하기도 했다.

한편 1935년 1월, 황순원은 재학 중에 당시 일본 나고야 금성여자전문의 학생이던 양정길(본관 청주, 1915년 9월 16일 생으로 동갑임) 여사를 일생의 반려자로 맞아들인다. 숙천에서 과수원을 경영하며 만주 봉천에 사과를 수출하기도 한 양석렬의 장녀인 신부는 평양 숭의여학교 다닐 때 문예반장을 지냈고 황순원과는 이때부터 교제가 있었던 것으로 알려져 있으나, 더 이상의 자세한 정보는 밝혀지지 않았다.

세월이 오늘에 이른 다음에 돌이켜 보면, 황순원과 그의 문학은 신앙심이 깊고 활동적이며 무엇보다도 문학에 대한 조예를 갖춘 부인의 조력을 비길 데 없는 원군으로 얻게 되었던 셈이다. 작가 자신도 언젠가 부인이 없었더라면 이만큼의 황순원 문학이 불가능했을 것이라고 회고한 적이 있다.

시집 〈방가〉로 인하여 한 달간 구류를 살고 나온 그해, 그러니까 결혼하던 해 10월, 황순원은 신백수, 이시우, 조풍연 등이 주도하여 서울에서 발행하던 〈삼사문학〉의 동인으로 참가한다. 이 동인지는 모더니즘을 표방하되 김기림이나 김광균의 서정적 요소에 불만을 품고 쉬르리얼리즘의 경향을 보였다.

그 다음 해인 1936년, 황순원은 와세다 제2고등학원을 졸업하고 와세다 대학 문학부 영문과에 입학한다. 입학하던 3월에 동경에서 발행되던 〈창작〉의 동인이 되어 시를 발표하는가 하면, 5월에 제2시집 〈골동품〉을 역시 동경학생예술좌 발행으로 첫 시집과 같은 인쇄, 총판사를 통하여, 그러나 발행인은 시인 자신의 이름으로 간행하였다. 모두 스물두 편의 시를 수록하고 고급 케이스 장정으로 제작한 이 시집은 56면, 정가 90전에 220부 한정판이었다.

이 두 권의 시집 발간 이후에도 황순원은 간간이 시를 썼으나 단행본으로 묶지는 않았으며, 연이어서 단편소설과 장편소설의 세계로 넘어간 다음 노년에 이르러 다시 함축적이고 의미 깊은 시편들을 발표하여 주목을 끌었다.

1985년 문학과지성사에서 낱권으로 기획한 전집의 제11권 〈시선집〉에서 황순원은 두 시집 이후 자신의 시를 〈공간〉(1935~1940), 〈목탄화〉(1945~1960), 〈세월〉(1974~1984)의 세 단락으로 정리함으로써 독자들의 편의 및 후학들의 연구를 도왔다.

단편 작가로 입신, 문학적 성숙을 예비한 서장

황순원이 스물세 살 나던 1937년은 그의 문학에 있어 하나의 중요한 전환점이 된다. 문학의 길로 들어선 이래 시만 써 오던 창작 관행을 탈피하여 소설을 발표하기 시작한 첫해였기 때문이다. 그의 첫 소설 작품은 7월에 〈창작〉 제3집에 발표된 〈거리의 부사〉였고, 이듬해인 1938년 10월 〈돼지계〉와 시 〈과정〉, 〈행동〉을 〈작품〉 제1집에 발표함으로써 이 동인지에도 발을 들여놓았다.

1938년 장남 동규, 2년 후 차남 남규, 3년 후 딸 선혜, 또 3년 후 3남 진규를 얻음으로써 황순원은 3남 1녀의 아버지가 되고 동규를 얻은 그 이듬해 스물다섯 살의 나이로 와세다 대학을 졸업한다.

소설을 쓰기 시작한 지 3년 만인 1940년 황순원의 첫 단편집인 〈황순원 단편집〉이 서울 한성도서에서 간행된다. 이 책의 표지화인 선인장 그림은 동생 순필이 그렸다. 후에 작가 자신에 의해 〈늪〉으로 제목이 바뀐 이 창작집에는 집필 시기가 기록되지 않은 열세 편의 단편이 실려 있으며, 그 전 단계인 시인의 체취가 사뭇 강력하게 남아 있는 단단한 서정성의 세계를 보여 준다. 이 작품들은 주로 와세다 대학 문학부에서 수학하면서 쓴 것인데, 황순원은 이들에 대해 〈자기 확인의 길〉에서 '시가 없어 뵈는 나 자신에 대해 소설로써 내게도 시가 있다는 확인을 해 보인 것은 아닐까'라고 기술해 놓고 있다.

이해에 황순원에게는 또 하나 중요한 사건이 있었다. 일생을 두고 가장 가까이 교분을 맺은 친구였던 원응서와의 만남이 그것이다. 원응서는 황순원의 인간과 문학을 말한 〈그의 인간과 단편집 기러기〉(1973)에서 1940년 여름 평양 기림리 모래터의 ㄱ자집 뒤채 그의 서재에서 '황형'을 처음 만났다고 했다. 이곳은 또한 작품집 〈기러기〉의 간접적 배경이 되는 장소이기도 하다.

〈기러기〉가 출간된 것은 1951년이지만 거기에 실린 작품들의 생산연대는 1940년에서 해방 직전까지의 기간이었다. 〈별〉과 〈그늘〉 두 편을 제외한 나머지 열세 편은 1941년 태평양 전쟁 발발 이후 일제의 한글 말살 정책으로 발표되지도 못하고 '그냥 되는 대로 석유 상자 밑이나 다락 구석에 틀어박혀 있을 수밖에 없었던' 것인데, 황순원은 그곳 기림리에서 술상을 가운데 놓고 원응서에게 작품을 낭독해 주곤 했다. 말하자면 원응서는 당시의 유일한 독자가 되었던 셈이다.

원응서는 황순원보다 한 해 먼저 1914년 평양에서 출생했으며, 일본 릿교대학 영문학부를 졸업하고 집에 와 있던 때였다.

이 두 사람은 문학의 친구이자 술친구이며 인생의 진진한 친구였다. 월남한 후 황순원과 함께 〈문학예술〉을 발행하던 원응서는 1973년 11월 즐겨하던 낚시터에서 뇌일혈로 쓰러져 세상을 떠났는데, 그 이후까지 생사의 갈림길을 넘어서 계속된 두 사람 사이의 청신하고 눈물겨운 우정은 단편 〈마지막 잔〉(1974)에 잘 나타나 있어 여기서는 상술을 생략하기로 한다. 언젠가 작가는 또 한 분 〈고향의 봄〉을 지은 이원수 씨와 셋이서 친했는데 세 사람의 이름에

으뜸 원자가 차례로 들어가 있어서 예사롭지 않게 생각한다고 들려준 적이 있다.

일제 말기의 어지럽고 뒤숭숭하던 시절을 피하여 1943년 향리인 빙장리로 소개해 갔던 황순원은, 계속해서 단편소설을 쓰면서 1945년 해방을 맞았다. 해방되던 해 9월 평양으로 돌아온 황순원은 해방의 기쁨에 젖어 다시금 〈그날〉을 비롯한 시 몇 편과 단편 〈술〉을 썼으며 처음이자 마지막으로 라디오 드라마를 한 편 쓰기도 했다.

그러나 해방은 진정한 해방이 아니었다. 지주 계급 출신의 지식인 청년은 점점 신변의 위험을 느끼기 시작했고 공산 정권이 구체화되면서 월남의 길을 찾지 않을 수 없었다. 그의 온 가족은 1946년 3월과 5월의 두 달 동안 모두 월남했고 처가는 그보다 앞서 월남했으나, 불행히도 삼촌 세 분은 북쪽에 남고 말았다. 월남한 그 해 9월, 황순원은 서울고등학교 국어 교사로 취임했다.

월남 후에도 계속해서 시와 단편소설을 발표하던 그는, 마침내 1947년 장편 〈별과 같이 살다〉를 부분적으로 독립시켜 잡지에 발표하기 시작하면서 장편소설로 넘어가는 길목을 닦기 시작한다.

남한만의 단독으로 대한민국 정부가 수립되던 해 1948년 12월, 황순원은 해방 후의 단편만을 모은 단편집 〈목넘이마을의 개〉를 육문사에서 간행했다. 〈신천지〉, 〈개벽〉 등에 발표되었던, 당시의 피폐한 사회와 삶의 모습을 담은 단편 일곱 편을 묶은 이 창작집은 현실의 구체성과 자전적 요소들이 강하게 드러나 있다. 그의 저작 가운데서는 유일하게 강형구의 〈발〉이 수록되어 있다. 표제작 〈목넘이마을의 개〉에 나오는 목넘이마을은, 작가의 외가가 있던 평안

남도 대동군 재경면 천서리를 가리키는 지명이다.

1950년 동란이 발발하기 이전까지 황순원의 작품 세계는, 당초의 시적 정서가 초기 단편소설에까지 이어져서 작가 자신의 신변적 소재가 주류를 이루는 주정적 경향을 보여 준다. 이 시기의 작품들은 "비록 삶의 현장에 과감히 뛰어든 문학은 아니로되, 압제의 극한 상황 속에서 자기 자신을 가다듬으며 뒷날의 문학적 성숙을 예비한 서장" 격으로 받아들일 수 있겠다. 기실 황순원은 이 시절에 갈고 닦은 단단한 서정성과 문학적 완전주의를 끝까지 밀고 나간 작가인 것이다.

전란의 상흔과 모순에 맞선 인간애 및 인간중심주의

6·25 동란이 발발하기 넉 달 전인 1950년 2월, 황순원은 첫 장편 〈별과 같이 살다〉를 정음사에서 간행한다. 1947년부터 〈암콤〉, 〈곰〉, 〈곰녀〉 등의 제목으로 이곳저곳에 분재되었던 것에 미발표분까지 합쳐서 묶은 이 소설은, 그 중간 제목들이 말해 주듯이 일제 말기에서부터 해방 직후까지의 참담한 시대상을 통해 우리 민족의 수난사를 담으려 했다. 그의 장편소설로서는 유일하게 〈곰녀〉라는 한 여인을 주인공으로 설정하고 있기도 하다.

6월에 동란이 나고 황순원은 가족들과 경기도 광주로 피난했으며, 1·4 후퇴 때에는 또다시 부산으로 피난한다. 이 부산 망명 문인 시절, 김동리, 손소희, 김말봉, 오영진, 허윤석 등과 교유하며 그 포화의 여진 속에서도 작품 창작을 계속해 나간다.

1951년 8월에는 전기한 바와 같이 해방 전에 써서 모아 두었던

작품을 모아 단편집 〈기러기〉를 명세당에서 내었다. 간행 순으로
는 〈목넘이마을의 개〉에 이어 세 번째이지만, 집필 순으로는 본격
적인 소설 창작의 길로 들어선 두 번째의 것이 된다. 주로 아이와
노인이 주인공으로 등장하며 민족 전래의 설화적 모티프와 현대소
설의 정제된 기법이 악수하는 깔끔한 작품들이다.

부산에 머무르던 1952년 1월, 단편 〈곡예사〉가 〈문예〉에 발표되
었다. 피난살이의 설움과 고생을 핍진하게 드러낸 작품으로, 황순
원 일가의 어려운 삶과 작가의 울분 그리고 뜨거운 가족 사랑을 명
료하게 드러내고 있다.

이들은 잠잘 방 때문에 곤욕을 당했으며 그는 피난 학교의 교사
로 나가면서 잘 팔리지도 않는 소설을 쓰고 부인과 아이들은 가두
에서 신문과 껌을 팔아야 했다. 황순원은 인생이 힘든 곡예요 인간
은 능숙한 곡예사라고 생각했고 소설 속에도 자연히 인생에 대한
환멸과 쓰라림이 스며들곤 했다.

그해 6월에 그러한 작품들을 묶은 단편집 〈곡예사〉가 명세당에
서 간행되었다. 여기에 수록된 작품은 모두 열한 편으로 전란 발발
이후에 쓰인 작품이 여덟 편이다. 가까이 지내던 김환기 화백의 장
정으로 7백 부 한정판으로 찍었는데 그의 창작집 가운데 유일하게
스스로의 작품을 간략히 소개한 '책끝에'가 붙어 있으며, 내표지의
표제는 '부제父題'라 하여 부친이 쓴 것임을 밝히고 있다.

1953년 5월, 황순원은 단편 〈학〉을 〈신천지〉에, 그리고 단편 〈소
나기〉를 〈신문학〉 제4집에 각각 발표한다. 단편소설로서는 원숙의
경지에 이른 기교와 선명하고 감동적인 주제, 따뜻한 인간 사랑의
정신으로 널리 알려져 있는 이 단편들은 두고두고 우리 마음 속 저

깊은 바닥의 심금을 울린 명편들이다. 시에서부터 출발하여 온갖 간난신고를 헤치면서도 갈고 다듬어 온 단편소설 창작의 기량이 그러한 차원에까지 이르게 했을 터이다.

그해 9월부터 〈문예〉에 새 장편 〈카인의 후예〉를 연재하기 시작했으나 5회까지 연재하고 이 잡지의 폐간으로 중단했으며 나머지 부분은 따로 써 두게 된다. 그 다음 해인 1954년 12월에 〈카인의 후예〉는 중앙문화사에서 역시 김환기의 장정으로 단행본으로 상재되었다.

이 소설은 해방 직후 북한에서 지주계급이 탄압받는 이야기가 중심축이 되어 있는데, 그런 만큼 상당 부분 황 씨 가문의 자전적 요소들이 들어 있으며 그 일가가 월남할 수밖에 없었던 배경도 잘 내비치고 있다. 이 소설의 무대는 작가의 향리, 곧 평양에서 40리 떨어진 그 빙장리이다. 1950년대 한국 문학의 대표작이 된 이 작품으로 작가는 이듬해 아세아자유문학상을 수상하게 된다.

1955년 1월부터 황순원은 장편 〈인간접목〉을 〈새가정〉에 1년간 연재하여 완결하였다. 발표 당시의 제목은 〈천사〉였으나 1957년 10월 중앙문화사에서 단행본으로 출간할 때 오늘의 제목으로 바꾸었다. 이는 작가가 30대 후반에 체험한 동란의 비극을 소설로 옮긴 것이며, 이 민족적인 아픔을 본격적인 장편문학으로 수용한 한국 문학의 첫 6·25 장편소설로 일컬어진다.

1956년 12월에는 단편집 〈학〉이 중앙문화사에서 나왔다. 우리의 눈에 익숙한 김환기의 학이 춤추는 그림으로 표지를 장식하고 있는 이 창작집에는, 〈곡예사〉 이후 1953년에서 1955년 사이에 쓰인 작품 열네 편이 실려 있다. 작품의 소재와 시대적 배경이 그러한 만큼, 전란과 전후의 상황을 예민하게 반영하고 있는 작품이 대다수이다.

마흔세 살이 되던 1957년 2월에 장남 동규가 서울고등학교를 졸업하고 서울대 영문과에 입학했으며, 작가 자신은 4월 경희대 문리대 조교수로 직장을 옮기는 한편 예술원 회원에 피선된다. 모처럼 화창한 봄날 같은 일들이 많았다.

황순원에게 있어 경희대로의 전직은 그 의미가 가볍지 않다. 이때부터 정년퇴임을 하던 날까지 23년 6개월 동안, 단 한 가지의 보직도 갖지 않은 채 그야말로 평교수로서 초연히 살아오면서, 3분의 2에 해당하는 단편과 다섯 편의 장편을 집필하게 된다. 뿐만 아니라 김광섭, 주요섭, 김진수, 조병화 등 쟁쟁한 문인 교수들과 더불어 활기찬 창작열을 북돋워 많은 문인 제자들을 생산한 시기이기도 했다. 필자 자신도 1970년대를 가로지르며 작가의 말없는 정신적 훈육 아래에 있었다.

1958년 3월에 여섯 번째 창작집 〈잃어버린 사람들〉이 중앙문화사에서 간행되었는데, 여기에는 1956년 이후에 쓴 다섯 편의 단편과 중편 〈내일〉이 수록되어 있었다. 1981년 문학과지성사에서 전집이 나올 때 작가는 〈잃어버린 사람들〉과 〈학〉을 제3권으로 한데 묶고 〈내일〉을 따로 뽑아 〈너와 나만의 시간〉과 함께 제4권으로 묶었다.

1960년 1월부터 또 하나의 중요한 장편 〈나무들 비탈에 서다〉를 〈사상계〉에 연재하기 시작하여 7월호에 완결하게 되는데, 이는 9월에 같은 출판사에 단행본으로 상재되었다. 피카소의 그림을 표지화로, 김기승의 글씨를 제자로 한 이 단행본에서는, 발표 당시

허무주의자 주인공 현태를 자포자기의 자살로 버려두었던 것을 일부 수정하여, 일말의 정신적 구원 가능성을 암시하는 것으로 바꾸어 놓는다.

이 작품은 작가에게 이듬해 예술원상 수상을 가져다주었으나, 이 작품을 평한 백철과 더불어 작가의 의식과 시대상의 반영에 관한 두 차례의 유명한 논쟁을 촉발하게 한다. '작가는 작품으로 말한다'는 신념 아래 일체의 잡글을 쓰지 않으며 심지어 신문 연재소설도 끝까지 마다한 작가의 문학적 엄숙주의에 비추어 보면, 한국일보에 발표되었던 두 편의 논쟁문은 매우 특이한 사례에 속한다. 오늘날에 와서 우리가 이 논쟁을 다시 돌이켜 볼 때, 다른 모든 소설적 가치들을 제외하고라도 작품의 총체적 완결성에 관한 한, 자기 세계를 치밀하고 일관되게 제작해 온 작가의 반론을 무력화시킬 수 있는 어떠한 논리도 작성되기 어려웠으리라 짐작된다. 미상불 〈비평에 앞서 이해를〉(한국일보, 1960년 12월 15일)과 〈한 비평가의 정신자세—백철 씨의 소설 작법을 도로 반환함〉(한국일보, 1960년 12월 21일)이라는 제목만 일별해도 그의 오연한 결의가 느껴지는 바 없지 않다.

1962년에 이르러 황순원은 그의 장편소설 시대의 만개를 예고하는 〈일월〉을 〈현대문학〉 1월호에서부터 연재하기 시작한다. 그리하여 5월호까지 제1부가 발표되고 제2부는 그해 10월호부터 이듬해 4월호까지, 제3부는 1년여의 시간적 거리를 두었다가 1964년 8월호부터 11월호까지 연재되었다.

이처럼 만 3년에 걸쳐 끝난 〈일월〉은 1964년 창우사에서 간행된 황순원 전집 전 6권 중 제6권으로 편입되어 나왔다. 생존 작가로는 최초의 개인 전집이었던 이 전집의 제자는 부친이 써 주었다.

백정 일을 하는 가장 천민층이었던 사람들의 소회, 갈등, 고통을 소설적 형상력으로 표출하면서 인간 구원의 길을 예시한 이 작품으로 해서, 작가는 1966년 3·1문화상을 수상하게 된다.

그는 이 소설을 쓰기 위하여 진주의 형평사운동을 비롯, 광범위하게 자료 조사를 한 것으로 알려져 있으며 언젠가 필자를 포함한 제자들이 있는 자리에서 "작가는 조사한 자료 모두를 소설로 쓰지 않고 오히려 더 많은 분량을 그대로 묵혀 두는 경우가 많다"는 자못 의미심장한 말을 들려준 적도 있다. 〈일월〉은 그 제목의 설정에도 하나의 모범이 되어, 인간의 의지와는 관계없이 경과하는 세월을 뜻하는가 하면, 해와 달이 영원히 함께할 수 없음을 통해 어떤 근원적 괴리감을 표상하는 것으로도 보인다. 작가는 이 제목의 설정 사유에 대한 질문에는 저 이름 있는 이백의 〈답산중인〉에서처럼 웃고 대답하지 않았다.

필자가 석사학위 논문으로 〈황순원 소설의 작중인물 연구〉를 쓰고 심사를 받을 때, 마침 작가는 그 심사위원장이었다. 심사가 끝난 후 필자는 논문 외적인 문제로 하나의 질문을 드렸었다. 인철의 가문과 같이 백정의 후대이지만 완전히 신분 상승을 이룩한 경우에도 그 전대의 굴레가 그렇게 치명적이겠느냐는 것이었다.

필자로서는 조심스럽고 어려웠던 질문에 비해 작가는 매우 쉬운 말로 대답했다. 작가로서 독자의 질문에는 대답하지 않는 것을 원칙으로 하고 있으되, '김 군'의 질문에 특별히 답한다고 전제한 연후에, 신분 상승이 이루어졌으므로 오히려 전대의 신분이 문제될 수 있는 것이라는 말씀이었다. 필자는 그 간단한 답변에 쉽게 승복

할 수 있었다.

1964년 5월, 단편집 〈너와 나만의 시간〉이 정음사에서 간행되었다. 일곱 번째 작품집인 이 단행본에는 40대 중반에 쓰인 작품 열네 편이 수록되었다. 이 작품들에는 작가의 개인적인 모습이 번번이 드러나고 있어 작가 연구에 소중한 자료가 되기도 한다. 이 책은 정음사가 모두 열 권으로 기획한 〈한국 단편문학 선집〉 중 제5권으로 나왔다.

실존적 삶의 고통과 존재론적 인식의 확장

〈일월〉의 탈고에 이르기까지 황순원의 문학은, 초기의 시적 서정성과 단편소설의 수련을 거쳐 인간의 삶을 깊이 있게 조명하며 숙명적이고 선험적인 상황에 대응하는 자아의 의지를 추구하였다. 〈일월〉이 간행된 다음 해, 즉 1965년 이후부터 황순원의 문학은 또다시 새로운 변화 곡선을 그려 나간다. 그해 4월의 〈소리그림자〉를 필두로 나중에 단편집 〈탈〉로 묶게 되는, 세상을 복합적이며 함축적이고 원숙한 시각으로 바라보는 단편들의 지속적인 제작이 그 하나이다. 그리고 1968년부터 발표하기 시작한, 한국인의 근원 심성을 소설 미학으로 구명한 〈움직이는 성〉의 집필이 다른 하나이다. 그는 이러한 창작 경향을 통하여 삶의 실존적 고통 및 존재론적 자아의 위상에 관한 탐색을 활발히 전개해 나간다. 물론 이와 같은 형이상학적 문제에 대한 인식의 확장과 깊이 있는 천착은, 우리 문학에서는 그 선례를 찾기 어려운 것이었다.

또한 이 시기를 전후하여 그의 작품들이 인문계 및 실업계 중고교 교과서에 수록되고 여기저기 한국 문학 전집이나 선집에 수록되며, 영어, 불어, 독일어 등으로 번역되어 해외에 소개되는가 하면, 여러 작품이 영화로 만들어지기도 한다. 작가 자신도 문예지의 추천위원이나 여러 종류의 시상에 심사위원으로 확고한 문단 원로의 지위를 점하고 있어 가히 황순원 문학의 전성기라 할 수 있겠는데 이를 자세히 서술하기에는 그 수가 너무 많아 여기서는 약할 수밖에 없다.

1969년에는 외동딸 선혜가 결혼하여 미국으로 이민을 떠났고 1972년에 조선일보에 입사한 막내아들 진규도 나중에 누이와 같은 길을 따라가게 된다.

1970년에는 토속성 있는 작품을 주로 써 온 작가로서는 매우 의욕적으로, 6월 국제 펜클럽 제37차 서울대회에서 한국 대표로 〈한국 문학에 있어서의 해학의 특성〉이란 제목으로 주제 발표를 하게 된다. 그동안의 작품 창작으로 한국 문학 발전에 기여한 공로와 이때의 공로를 통하여 그해 8월 15일 광복절에 국민훈장 동백장을 받았다.

1972년에서부터 몇 해 동안은 그의 삶에 있어 문학 외적인 몇 가지 큰 사건들이 연이어 일어났다. 실향민 일가로서 꿈에도 그리던 고향으로 돌아가 보지 못한 채, 마침 남북 간에 7·4공동성명이 발표되고 남북적십자 본회담과 남북조절위원장 회의가 열리던 1972년 12월 부친상을 당한다. 또한 삼중당에서 전 7권으로 〈황순원 문학 전집〉이 발간되기 한 달 전인 1973년 11월, 누구보다도 그의 인간과 문학을 이해해 주고 동고동락하며 지내던 오랜 지기지우 원응서를 잃는다. 이듬해 1974년 1월에는 모친이 세상을 떠났다. 그리고 그 다음 해인 1975년 3월이 자신의 회갑이었으나, 온갖 세월의 풍상을 한꺼번에 당하고 견뎌 낸 그는 다른 모든 행사를 사양하고 예년과 같이 지냈다.

이와 같은 여러 유형의 시련, 요컨대 진행 중에 중단되거나 의미가 무화되는 일이 없어 세상사의 굽이굽이를 모두 감당한 삶의 체험들이, 그의 문학을 더욱 웅숭깊고 유장하게 가꾸는 추동력이 되었다고 볼 수 있겠다.

일찍이 천이두가 '노년의 문학'이란 명호를 사용하면서 '단순히 노년기의 작가가 생산한 문학이라는 의미가 아니라 노년기의 작가에게서만 느낄 수 있는 원숙하고 독특한 분위기의 문학'이라고 서술부를 마련한 것은 이에 대한 하나의 해명이 될 것으로 보인다.

황순원의 여섯 번째 장편 〈움직이는 성〉은 〈일월〉 이후 4년간의 구상 끝에 이루어진, 황순원 문학의 천정을 치는 작품이다. 제1부가 〈현대문학〉 1968년 5월호에서 10월호까지, 제2부가 같은 잡지에 2년 후인 1970년 5월호에서 다음 해 6월호까지, 제3부 및 제4부는 역시 같은 잡지에 다음 해인 1972년 4월호에서 6월호까지 연재되었다. 집필에 5년이 걸린 이 작품의 초판은 1973년 5월 삼중당에서 간행되었고 그해 12월 그의 세 번째 전집인 삼중당판 〈황순원 문학 전집〉에 그대로 수록되었다.

〈일월〉에서 〈움직이는 성〉으로 넘어가면서 황순원의 소설 작법은 전반적으로 확산되는 경향을 보인다. 이 확산은 작품의 중심 과제를 종합적으로 투시하려는 시선에서 기인하는 것이며, 그 대상 역시 개인적인 문제에서 사회적인 문제로 확대되고 있다.

〈일월〉보다 앞서 발표된 작품들과 〈움직이는 성〉 이후 〈신들의 주사위〉에까지 연장해 고찰해 보면, 이러한 확대 변화의 경향은 더욱 확실해진다. 황순원은 〈움직이는 성〉을 거치면서 집합적 소설 구조로부터 해체적 소설 구조로의 변화를 시도하고 있으며, 그 변화는 인물, 구성, 주제의 모든 측면에서 함께 이루어진다.

〈움직이는 성〉의 결말은, 건실한 내일의 삶으로 가는 통과제의적 전환의 예시와 함께 '창조주의 눈'이란 알레고리를 사용함으로써 작품의 주제를 심화시키는 상징적인 장면으로 되어 있다. 이러한 소설적 종말 처리법은 그의 장, 단편을 막론하고 거의 공통적으로 나타난다. 이러한 사실들은 결국 황순원이 끝까지 낭만적 휴머니스트임을 반증한다. 그는 상황의 냉혹함 속에서도 인간의 아름다움과 순수함을 되찾아 가야 한다는 의지를 갖고 있는 듯하다. 외부로부터 가해지는 비인간적인 힘으로부터 인간의 고귀함과 존엄성을 지키는 일이 결코 쉽지 않을 것이라는 인식조차도 그러한 의지의 변경을 가져오지 못함을, 그의 소설들이 결말을 통해 지시하고 있다고 보인다.

〈움직이는 성〉의 세 주인공 준태, 성호, 민구는 〈나무들 비탈에 서다〉의 현태, 동호, 윤구와 포괄적인 의미에서 동류항으로 묶을 수 있다. 준태가 우리 민족의 심리적 기조에 근거한 허무주의자라면, 현태는 가혹한 현실 상황에 반발하는 허무주의자이다. 성호가 진실된 기독교적 사랑의 실천을 추구하는 이상주의자라면, 동호는 인간의 순수성과 존엄성을 지향하는 이상주의자이다. 민구가 인간 본성으로서의 이기심을 따라가는 현실주의자일 때, 윤구는 혼란의 와중에서 물욕을 키워 가는 현실주의자이다. 이들의 이름 끝 자가 서로 일치되고 있음은, 작가의 작명법 취향에 대한 암시일 수도 있을 것이다. 현대적 교양과 세련미를 가진 여성으로서 〈일월〉의 나미와 〈신들의 주사위〉의 세미도 이와 유사한 경우이다.

1976년 3월 문학과지성사에서 간행된 단편집 〈탈〉은 50대 이후 작가의 내면세계를 보여 주는 중요한 작품집이다. 모두 21편의 단편이 수록된 이 책은 김승옥의 장정과 연이어 문학과지성사 판 전집의 제자를 쓰게 되는 서희환의 제자로 만들어졌다. 작가는 나중에 그의 제자를 12폭 병풍으로 만들어 서재에 두고 있었다. 필자가 보기에 병풍은 어떤 명장의 예술품보다 더 귀해 보였다. 문지 전집에서는 이 〈탈〉과 〈기타〉라는 제목으로 〈그물을 거둔 자리〉(1977) 및 〈그림자풀이〉(1984)라는 두 편의 단편을 합하여 한 권(제5권)으로 묶었다.

이 지점에까지 이른 황순원의 세계는, 한 단면으로부터 전체를 제시하는 제유법적 기교로부터 전면적인 작품의 의미망을 통하여 삶의 진실을 부각시키는 총체적 안목에 도달하는 과정이라 할 수 있겠다. 작은 시냇물의 물줄기에서 풍부한 수량으로 만조를 이룬 것 같은 이와 같은 독특한 경향이 한 사람의 작가에게서 순차적으로 진행되고 있음은 보기 드문 경우이며, 그 시간상의 전말이 한국 현대문학사와 함께했음을 감안할 때 우리는 황순원의 소설 미학을 통해 우리 문학이 마련하고 있는 하나의 독보적 성과를 확인할 수 있는 것이다.

〈탈〉은 1965년에서 1975년까지 11년간에 걸쳐 쓰인 작품 모음이며 그 가운데서 직접적으로 노년이나 죽음의 문제를 다루고 있는 작품이 열다섯 편, 소재로서 이러한 요소가 내포된 작품이 다섯 편, 단지 한 편(〈이날의 지각〉)만이 이 문제와 거리가 있다. 이와 같은 빈도는 이순의 세계 전망을 드러내기까지 10년여를 지탱해 온 작가의 관심과 인식이, 얼마만한 넓이와 깊이로 삶의 근원적이고 본질적인 뿌리를 투시하고 있는가를 예시하는 언표일 것이다.

내포적 자유에의 추구와 완결의 미학

어느 누구라도 시인이라기보다 소설가라고 알고 있는 가운데 그동안 간헐적으로 시를 쓰고 또 발표해 온 황순원은, 1977년 3월 〈한국문학〉에 시 〈돌〉, 〈늙는다는 것〉, 〈고열로 앓으며〉, 〈겨울 풍경〉 등을 발표하면서 다시금 시의 창작에 경도되는 성향을 보인다. 이에 대해서는 여러 가지 설명이 부가될 수 있겠으나 그중 간과할 수 없는 하나는, 시-단편-장편의 발전 단계를 거쳐 온 황순원이 암시적이고 함축적인 시편들, 그 언어의 절약과 여백의 활용을 통해서 자신의 삶과 문학을 정리하고 완결한다는 의미일 터이다.

그 초입에 해당하는 1977년에 재미있는 사건 하나가 있었다. 작가 홍성원과 함께 서울신문 신춘문예 심사를 하게 되었는데, 마지막으로 두 작품이 남아 홍 씨가 그에게 결정을 구했더니 그는 외려 홍 씨더러 골라 보라고 했다는 것이다. 그래서 군대물과 뱃사람 얘기 중 기법상으로 더 우수해 보이는 후자를 추천했더니 동석했던 문화부장과 함께 이를 당선작으로 결정했다고 한다. 그런 연후에야 황순원은 군대물을 쓴 이가 제자였음을 밝혔고 홍 씨는 그를 새삼 다시 인식했다는 것이다.

그때 결심에 올랐던 두 사람은 그 뒤로 계속 좋은 작품을 썼고 문단에 넓게 이름을 드러내었는데, 뱃사람 얘기가 곧 당선작이었던 손영목의 〈이항선〉이었고 군대물을 쓴 이가 후에 〈빙벽〉을 쓰게 되는 고원정이었다.

1978년 2월, 황순원은 계간 〈문학과 지성〉 봄호에 마지막 장편 〈신들의 주사위〉를 연재하기 시작한다.

1980년에는 23년 6개월 동안 재직하던 경희대 교수를 정년퇴임하고 명예교수로 취임했다. 이 무렵 필자는 대학에서 대학원으로 진학하면서 몇 친구들과 함께 특히 작가를 가까이 모시고 있었으며, 그해 12월 문지 전집이 제1권과 제9권부터 낱권으로 발간되기 시작했을 때 경상도 지방 방언의 교정에 대한 구술 실증으로 곁에서 미력을 다하기도 했다. 〈곡예사〉에 나오는 아들들의 이름을 발표 당시와 다르게 개명되었으므로 그것을 맞추어 고치던 일이라든지, '제과점'이 나으냐 '베이커리'가 나으냐고 검토하던 일들을 지켜보던 기억이 지금도 생생하게 남아 있다.

그즈음 그의 주량은 두 홉들이 소주 한 병 반 정도였다. 술을 건강의 바로미터라고 생각하는 경향이 있었고, '주신은 밤에 발동한다'는 철학(?)으로 오후 다섯 시 이전에는 술을 시작하지 않았지만, 가끔 예외가 있었다. 야외에 나갔을 때나 즐기는 보신탕을 할 때가 그러했다. 아마도 그와 그 제자들이 소화한 구육을 합산한다면 만만찮은 더미가 될 터이다.

〈신들의 주사위〉는 문지 전집 제10권으로 1982년에 간행되었다. 〈움직이는 성〉이 탈고된 이후 6년 동안의 구상 끝에 집필되어 전기한 바와 같이 〈문학과 지성〉 1978년 봄에 그 첫 회가 발표되었다.

그러나 1980년 7월 신군부의 파워 시위로 인한 이 잡지의 정간으로 제3부 제2장에서 발표가 중단되었으나 작가는 집필을 계속했으며 〈문학사상〉 1981년 8월호부터 기왕의 발표분을 3회에 걸쳐 집중 분재한 다음 연재를 계속했다. 최종회가 발표된 것은 1982년 5월호였으며 이 대작은 4년 만에 완성되었다.

〈움직이는 성〉 이후 10년 만에 선보인 작가의 일곱 번째 장편소설인 이 작품은, 한국 농촌의 한 소읍과 한 중산층 가정을 중심으로 새로운 문물과 가치관의 유입을 보여 주는 동시에, 현대 사회의 교육, 공해, 통치 문제 등을 복합적인 시각으로 조명하였다.

이 소설의 서두는 "관계없다아, 관계없다아!"라는 고함소리, 두식 영감의 맏손자 한영이 자기집 대문 밖에서 지르는 소리로 시작되는데, 작가는 사석에서 재종형 중에 실제로 그런 소리를 지른 이가 있었으며 두식 영감도 맨 큰할아버지가 그 모델이라고 들려준 바 있다.

이 소설은 〈움직이는 성〉에서부터 확립된 해체의 구조와 조직성을 그보다 더욱 유연하게 운용하고 있다. 작가는 이 소설로 이듬해인 1983년 12월, 대한민국 문학상 본상을 수상했다.

1983년 3월 막내 진규 가족이 미국으로 이민을 가고 난 후, 그 이듬해인 1984년 6월 22일부터 두 달 동안 부부 동반으로 미국의 딸네 부부와 함께 미국 중서부 지방과 유럽의 영국, 프랑스, 스위스, 이탈리아, 오스트리아, 독일, 벨기에 등지를 여행했다. 그 여행의 개인적인 감회야 우리가 다 짐작할 수 없는 일이로되, 그러한 연후의 시 〈기운다는 것〉과 짧은 감상록 〈말과 삶과 자유〉를 통해 일단을 짐작해 볼 수는 있다.

그대여

그대의 시각에
나는 얼마나 기울어져 있는가
아무리 위태롭게 기울었다 해도
버텨 줄 생각일랑 제발 말아다오
쓰러질 것은 쓰러져야 하는 것
그저 보아다오
언제고 내 몸짓으로 쓰러지는 걸
　　　　　－〈기운다는 것〉

　로마에서 피사의 사탑을 바라보며, 이러한 결기를 다진 시인의 심사는, 1975년 용문사의 은행나무에서 그 잎의 무수한 흩어짐을 통해 장엄한 결미를 표상한 바 있는 단편 〈나무와 돌, 그리고〉의 의식 세계와 곧바로 소통된다. 범상한 경험 가운데 장엄한 것이 숨어 있고 어떤 경우에라도 사람의 몸짓은 격에 맞는 것이어야 하며 남은 날들을 그 의지와 신념대로 살아갈 것을 다짐하는 마음의 움직임이 시의 행간에 배어 있는 것이다.

　1985년부터 1988년까지 모두 여섯 차례에 걸쳐 발표된 단상 〈말과 삶과 자유〉는 수필 형식의 짧은 글들로서 지금껏 우리 문학에서 유례를 찾기 힘든 새로운 형식이었다. 거기에는 세계와 인간 관계와 자연의 섭리와 신의 존재를 바라보는 심오한 생각의 깊이가 개재되어 있어서, 그가 그 이후에도 8편의 시를 쓴 바 있지만 필자는 이를 그의 문학에 대한 완결성의 징표로 간주하고, 이 글의 부제에 그의 문학이 이른 끝막음으로 잡았던 것이다.

　1985년에는 실향민인 그가 대범하게 넘길 수 없는 역사적 사건이 하나 있었다. 9월 20일부터 나흘간에 걸친 남북 이산가족 고향 방문 및 예술 공연단 151명의 서울, 평양 교환 방문이 그것이었다. 그중 이산가족 50명의 기초 선정 작업에 참여했던 필자는 직능 분야별 안배 기준에 따라 작가가 수락한다면 고향 방문을 가능하게 할 수 있으리라는 확신으로 의사를 타진해 보았다. 그랬더니 아마도 가족회의를 거쳐, 북한에 근친의 가족이 없을 뿐 아니라 보다 절박한 사람이 한 사람이라도 더 갈 수 있도록 사양한다는 간곡한 회보가 있었다. 생각해 보면 그것이 그가 평양을 방문할 수 있었던 마지막 기회였던 것 같다.

1992년 일흔여덟 살 나던 해 9월에 그는 한 치의 흐트러짐도 없는 시상으로 〈산책길에서 1〉, 〈죽음에 대하여〉 등 8편의 시를 〈현대문학〉에 발표했다. 이것이 지금까지 그가 발표한 문학의 결미이며, 이로써 그는 시 104편, 단편 104편, 중편 1편, 장편 7편의 거대한 문학적 노적가리를 이루게 된 것이다.

그의 자연적 연령이 만 85세에 이른 2000년 9월 14일, 일생의 동반자인 부인과 함께 깊은 기독교 신앙에 진입하면서 정정하게 지내던 그는, 잠자리에 누운 모습으로 정갈하게 영면했다. 평소 "어떻게 죽을 것이냐 하는 문제는 곧 어떻게 살 것이냐 하는 문제이다"라고 술회하던, 이 작가다운 인생의 마감이었다.

혹자는 역사적 사실주의의 시각에 근거하여 황순원의 전반적 문학이 서정성과 순수문학 속으로 초월해 버렸다고 비판하기도 한다. 그러나 그렇게만 말한다면 이는 단견의 소치이다.

황순원의 문학과 시대 현실과의 관계는 흥미로운 굴곡을 이루고 있다. 초기 단편에서는 작가 자신의 신변적 소재가 주류를 이루면서, 토속적 정서와 결부된 강렬하고 단출한 이미지가 부각되고 있다. 〈목넘이마을의 개〉를 전후한 단편에서부터 〈나무들 비탈에 서다〉까지의 장편에서는, 수난과 격변의 근대사가 작품의 배경으로 유입되어 현실의 구체적인 무게가 가장 크다. 장편 〈일월〉과 〈움직이는 성〉, 단편집 〈탈〉에서는 인간의 운명에 관한 철학적, 종교적 문제가 천착되면서 시대 현실은 배제되고 있다. 그러나 〈신들의 주사위〉에 이르면 인간 존재에 대한 철학적 탐구는 그대로 지속되되, 한 지역사회가 변모해 가는 내면적 모습이 함께 그려진다. 이처럼 황순원의 소설들을 발표순에 따라 배열해 보면, 작품의 주제와 시대 현실 사이의 직접적인 상관성이 대체로 '무-유-무-유'의 순서로 나타난다.

이와 같은 굴곡은 이 작가가 시대 현실에 대한 인식을 위주로 소설을 써 온 것은 아니지만, 작품의 구조에 걸맞도록 시대 현실을 유입시키고 있음을 뜻한다고 할 수 있다. 처음의 세 단계는 신변적 소재-사회적 소재-철학적 소재로 작품 성향이 변화하는 양상을 말해 주는 것이며, 마지막 단계에서는 시대 현실을 다루는 작가의 복합적 관점을 느끼게 하는 것으로 삶의 현장에 대한 관조적인 시야가 없이는 어려울 것으로 보인다. 그렇기에 작품 활동의 후반기를 오면서 그의 세계는 인간의 운명과 존재에 대한 깊은 성찰에 도달하고 있다는 사실에 유의할 필요가 있겠다.

황순원의 문학은 인간의 정신적 아름다움과 순수성, 인간의 고귀함과 존엄성을 존중하는 바탕 위에서 출발했고 이를 흔들림 없이 끝까지 지켰다. 그가 일제하에서 침묵을 지키면서도 읽혀지지도 출간되지도 않는 작품을 은밀하게 쓰면서 모국어를 지킨 일도 이러한 상황과 무관하지 않을 것이다.(그는 언젠가 춘원 이광수에게 작품을 보냈더니 큰 격려의 말과 함께 앞으로 국어, 즉 일본어로 글을 쓰라고 하면서 말미에 향산광랑香山光郎이라 적었더라고 들려준 적이 있다.)

대부분 그의 작품이 배경으로 되어 있는 상황의 가열함 속에서도 진실된 인간성의 회복을 위한 암중모색을 잊지 않고 있는 것은 그 때문이며, 문학사에서 그를 낭만적 휴머니스트로 기록하고 있는 것도 그 때문일 것이다.

하나의 완결된 자기 세계를 풍성하고 밀도 있게 제작함으로써 깊은 감동을 남긴 황순원의 작품들은, 한국 문학사에 의미 있고 독특하고 돌올한 한 봉우리를 형성하고 있다. 그것은 또한 근대사의 질곡과 부침을 겪어 오는 가운데서도 뿌리 깊은 거목처럼 남아 있는 이 작가에게 우리가 보내는 신뢰의 다른 이름이요 형상이기도 하다.

여성 인물의 소설적 자화상과 이중적 성격

—한무숙의 소설

한국의 여성 문학은 근대적 의식의 각성 이후 그 창작 및 연구에 있어 여러 단계를 거치면서 지속적인 확장의 경과를 보여 왔다.

개화기와 일제 강점기에 소위 '신여성'이란 이름으로 불렸던 김명순, 나혜석, 김일엽 등의 선구적 사회 활동과 글쓰기, 시대사적 어려움과 기층 여성의 문제를 작품으로 드러내었던 강경애, 최정희, 박화성 등의 글쓰기는 오늘에까지 이르는 한국 여성 문학의 서막을 열며 동시에 여성 문학의 가능성과 방향성을 보여 주었다.

해방과 6 · 25 동란을 거쳐 1960년대로 넘어오면서 우리 문단에는 많은 숫자의 여성 문인들이 등장했다. 문예지와 일간지의 신춘문예 등용문을 통해 재능을 겨루는 여성 문인들이 기하급수적으로 늘어나는가 하면 혹자는 동인지나 잡지를 통해, 혹자는 개인 창작집을 통해 문단에 등단하였다.

임옥인, 손소희, 한무숙, 강신재, 박경리, 한말숙 등의 소설가와 홍윤숙, 김남조 등의 시인이 그 대표적 문인들이며, 이들은 여성의 창작 활동을 하나의 문화적, 제도적 관행으로 정착시켰다는 점에서 중요한 의의를 가진다.

1970년대 이후 박완서, 오정희 등 작품의 문학성으로 성과를 인정받은 작가들, 1980년대 '운동 개념으로서의 문학'과 더불어 이름을 얻은 작가들, 그리고 1990년대 시대상의 변화와 더불어 신경숙, 은희경, 공지영, 김형경, 김인숙 등 적어도 수용성의 측면에서는 문단의 중심세력으로 부상한 작가들에 이르기까지, 이제 우리 문학의 여성 작가들은 과거와 같은 불평등한 관습의 굴레를 모두 벗어던진 차원에 도달했다고 보아도 무방하게 되었다.

여기서 대상으로 하는 한무숙은, 해방 이후부터 1960년대에 걸쳐 현실적 삶 가운데 여성에 대한 억압 기제가 별다른 반성적 성찰 없이 하나의 환경 조건으로 주어진 시대에 작품 활동을 했다. 그런 만큼 그가 작품을 통해 표방하는 여성 차별과 억압에 대한 인식의 방법은, 한편으로는 그 시대적 현실에 맞서는 반발적 태도를 견지하면서 다른 한편으로는 그에 타협하고 동화하는 수동적 현실 의식을 노정하는 것으로 나타난다.

이러한 상황은 비단 한무숙에게만 국한되는 것이 아니며, 이것은 당대에 작품 활동을 한 거의 모든 여성 작가에게 동시적으로 작용한 시대적 명제였다. 여성의 삶과 사회적 지위에 대한 각성은 진행되고 있으나 그것을 실천적으로 뒷받침할 구체적 행위나 그것을 문학으로 치환하는 여력이 불충분하던 시기였기 때문이다.

거기에다가 한무숙에게 특정한 유형으로 주어진 삶의 양상, 극히 보수적인 가문에서 여성으로서의 삶을 규정받아야 했던 강고한 형편과, 그로부터 하나의 탈출구이자 자아 회복 및 실현의 방략으로 선택한 글쓰기의 방향성이 곧 한무숙 문학이 가진 이중적이며 중간자적 태도를 이미 예비하고 있었다고 볼 수 있다. 적어도 한무숙의 문학이, 여성의 글쓰기가 자전적인 성격을 갖는 것은 여성적 자아의 재발견이라는 내적 욕망과 관련되어 있다는 지적으로부터 자유롭기는 어려울 것이며, 뿐만 아니라 그 자전적 글쓰기의 태생적 한계를 넘어섰다고 보기도 어려울 것이다.

한무숙은 1918년 서울에서 격식 있는 관료였던 아버지와 유학적 전통에 익숙한 어머니 사이에서 태어났으며 성장 과정에서 계속해서 병마에 시달리는 유별난 체험을 가지고 있었다. 더욱이 결혼 후 시댁이 현모양처의 엄정한 규격을 요구하는 가문이어서, 이러한 체험이 그의 문학에 강력한 바탕을 형성했을 터이다. 여성에게 가해진 가혹한 운명이나 성적 불평등의 문제, 가족이라는 집단 구성체의 성격과 의미, 병고와 죽음이 인생에 부과되는 비중 등 한무숙 소설의 주된 관심사들이 그 체험들의 변종임을 짐작하기는 그다지 어려운 일이 아니다.

작가로서의 한무숙은 1942년 〈등불 드는 여인〉으로 문단에 나와 1986년 종교를 소재로 한 장편 〈만남〉에 이르기까지, 비교적 활발하게 작품 활동을 했다. 특히 1960년대의 한무숙은, 당시로서는 소외되어 있던 여성적 글쓰기로부터 여성적 자아를 발굴하고 그 가능성을 증폭시킨 작가로 기록되고 있다. 인간의 다각적인 심리와 광기, 삶의 여러 국면에 대한 예리한 통찰, 성과 죽음에 대한 체험적 발화 등 다양한 주제론의 측면에서도 그러하거니와 특히 '매우 밀도 있는 문장', '부드러우면서도 정확하게 매듭지어져 있는 말씨의 아름다움' 등 문체에 대한 평가에서 볼 수 있듯이 여성적 문장의 미학적 가치를 제고시킨 공로가 있다.

여기서 한무숙의 문학을 '여성 인물의 특성' 중심으로 살펴 나가는 데 있어서, 그것을 페미니즘 의식이 충일하고 그것의 논리나 문학 작품으로의 표현이 자유로운 오늘날의 시각으로 재단하는 것은 극히 조심해야 할 일이다. 그렇게 하지 않으면 우리의 문학 해석에 있어 이른바 불후의 고전으로 기록되어 있는 〈홍길동전〉이나 〈춘향전〉을 그 부분적 불합리성으로 인하여 분별없이 폄하하려는 태도와 다를 것이 없다.

그러나 여성 억압적 상황에 대응하는 여성적 글쓰기의 주체로서 그 억압적 현실을 고발하면서 일견 현실과 타협하고, 가족 윤리의 부정적 측면에 대한 문제의식을 내보이면서 동시에 그 정돈된 지위에 안주하며, 왜곡된 세계에 대한 명료한 의식을 가졌으면서도 이에 대한 실천적 전망을 끌어안지 못한 것은 분명히 짚어 두어야 할 대목이다.

당대에 드문 선진적 의식과 관조적이고 운명론적인 세계관의 조합이 빚어낸 이 이중적 태도는, 당시 남성 중심의 사회적 구조들이 여전히 완강했다는 반증이면서 또한 한무숙의 작품을 넘어 여성문학 전체의 한계점이기도 했다. 그리하여 궁극에 있어서는, 여성 억압적인, 남성 중심적인 사회적 요소의 장치들을 구체적으로 극복할 방안이 없는 이상, 작품 속의 여성들은 결국 주체적 자아와 욕망을 실현하지 못하고 현실 귀일적, 운명 순응적 태도를 보여 주게 되는 것이다.

이 글에서는 이와 같은 한무숙 소설의 문학적 가치와 한계, 그리고 어쩌면 불가항력적이었던 이중적 태도 등에 유의하면서, 그의 작품 전반에 나타난 여성 인물의 특성을 고찰해 보게 될 것이다.

죄의식, 광기, 억압된 여성성의 소설적 형상력

1960년대 초에 발표된 〈대열 속에서〉는 1960년대 한무숙의 소설이 확보한 운동 범주와 그 특성을 잘 예시하는 작품이다. 그것은 당대의 시대적 배경과 여성적 글쓰기의 방향성 등 양자가 모두 잘 나타나 있다는 사실을 뜻한다.

4 · 19라는 극명한 역사 과정 속에서 정부 고위직의 아들인 명서와 그 집 운전수의 아들인 창수가 4 · 19의 현장에서 함께 죽음을 맞게 된다. 앞 장에서 살펴보았듯 시대 현실에 대한 적극적인 개입과 평가가 한무숙 소설의 본령이 아닌 만큼, 이 명료한 역사적 사건에 있어서도 공동체적 과제보다는 개인적인 고뇌가 더 세력을 얻는다. 그리고 그것은 명서가 느끼는 끊임없는 죄의식으로 표현된다.

여기서 명서가 느끼는 죄의식은 왜곡된 사회 현실을 왜곡되지 않은 순수한 시각으로 바라보는 것이며, 이는 1950년대의 작품들을 비롯하여 사회적 현실이 반영된 한무숙 소설에 거의 공통적으로 드러나는 하나의 모티프다.

이와 같은 경우 죄의식을 실체적으로 구현하는 남성 인물의 상대역으로서 여성 인물은, 본원적 순수성과 서정적 분위기를 동반한 이상적 여인상으로 등장한다. 〈대열 속에서〉의 애희와 〈파편〉의 신미령이 그에 속하는 인물이다.

이 단순 소박한 여성 인물이 여성의 억압된 삶이나 성적 죄의식의 희생자를 그리는 작품들로 자리를 옮기면, 여성성의 문제가 보다 구조화되고 '죄의식'과 '순수성'이란 개념이 여성의 사고 및 행위, 지위 및 환경과 더불어 어떻게 작용하는가를 구체적으로 보여주게 된다. 이때의 죄의식과 순수성은 서로 대립하는 개념이 아니라 동전의 앞뒷면처럼 연접되어 있는 심리적 기제다. 그것은 한무숙 소설 전반을 관류하는 이중적인 태도와도 관련이 있다.

한무숙의 단편들, 더욱이 여성 인물의 입지를 주제로 하는 단편들은 대개 이러한 양가적 접근법에 익숙해 있으며, 그것은 작가 한무숙이 세계를 바라보는 방식이었다. 동시에 그것은 이미 앞서 살펴본 바와 같이 해방 이후 우리 여성 문학이 전개되면서 당면했던, 지향점과 한계점을 함께 표출하는 방식이기도 하다.

오랜 역사와 더불어 여성들의 삶이 '타자'의 생존 유형을 탈피하기 힘들었다는 구조적 인식에 근거해 볼 때, 그리고 그것이 소설적 이야기의 제작과 더불어 한층 강화될 때, 한무숙의 여성 인물들은 '환상'과 '광기' 사이에 발을 두어야 하는 운명에 처한다. 〈축제와 운명의 장소〉의 '전옥희'나 〈명옥이〉의 주인공 '명옥', 〈감정이 있는 심연〉의 주인공 '전아'가 모두 그러한 인물군에 해당한다.

'전옥희'는 평범하고 보편적인 삶을 벗어나 주체적 자아와 시대를 앞선 의식을 가진 인물이었다. 물론 그 배경에는 독립운동을 하던 첫사랑이 옥사했다든지 그의 아이를 사산했다든지 하는 주의 깊은 장치들이 숨어 있기는 하다. 그러나 그의 이상은 이상으로 끝나고, 실제 그는 나이 오십이 되도록 이상적 남성을 찾지 못한 채 시립 병원의 무료 환자가 되어 선고된 죽음을 기다리고 있다. 마침내 그가 이른 곳은 과대망상적 착각과 광기의 심리 상태, 타자로서의 여성이 자기 주체성을 확보하지 못한 채 도달할 수 있는 가장 극단적인 반응의 자리다.

'명옥'은 17년 만에 만난 보통학교 동창 경주에게, 자신의 외모와 전혀 어울리지 않는 '꿈같고 기구하고 소설적인' 반생의 체험담을 들려준다. 그런데 그 모두가 '창작'이라는 것이다. 여기서 비관적 외모와 볼품없는 삶의 형편을 가진 절대적 타자로서의 여성 인물이, 자신의 피해 의식을 과대망상으로 탈바꿈시키는 기괴한 이야기를 목격할 수 있다. 주목을 요하는 것은 그 거짓말의 심각성이 아니라, 그와 같은 거짓말에 이를 수밖에 없도록 불행하고 소외되고 타자화된 여성 인물의 구조적 상황이라 할 터이다.

그러한 여성적 삶의 비정상적 징후와 그 예시의 단계를 넘어, 정신병력의 실제적 증상, 죄악 망상증에까지 나아가는 인물이 '전아'다. 이 인물은 무려 3대에 걸쳐 4명의 과부가 함께 사는 특별한 조건의 가정에서 성장한다. 광신적 기독교인인 큰고모, '행실이 부정해서 욕된 씨를 지우려다가 철창 신세를 진 큰 기와집 최대의 추문'을 일으킨 작은고모, 산후발로 정신이상자가 되어 '줄곧 혼자서 히죽히죽 웃고' 있는 어머니 등, 병풍처럼 둘러선 여러 이야기의 장식들은 '전아'의 원죄 의식과 성에 대한 뿌리 깊은 죄의식 및 콤플렉스를 유발하도록 마련되어 있다.

이를테면 '전아'는 사회적으로 환경적으로 또 심리적으로 억압된 여성의 총체적 형상이라 할 만하다. 그런데 이에 대응한 '전아'의 실신과 병원행은 부정적 사태의 심도를 증빙하는 것이기는 하되, 그 궁극에 있어서 현실의 장벽 앞에서 무너져 버린 여성의 주체성, 곧 상황 돌파의 전망을 담보하지 못하는 한무숙 소설의 한계이며, 거기까지가 한무숙 소설이 나아간 가장 전방 지점일 것이다. '전옥희'나 '명옥'이 보인 소극적 반응 양상의 의미 또한 이와 다르지 않다.

여성의 사회 제도 편입이라는 명제와 관련하여, 전통 사회와 그 연장선상에 있어 가장 총체적 성격을 가진 것은 결혼 행위였다. 한 여성 인물의 외모가 가진 미와 추의 구분도 그것이 여성의 사랑이나 결혼을 전제로 했을 때는 사회 구조적인 문제가 된다. 잘못 전달된 사랑 고백의 편지를 받고 변신을 시도하다가 그것이 배달 사고임을 안 후 스스로의 여성성을 포기해 버리는 〈램프〉의 '옥란', 외모의 추함을 정신의 고귀함으로 승화시키려는 〈얼굴〉의 '명희'는 미와 추의 이분법적 구분이 여성의 보편적인 삶에 얼마나 격렬한 장애 요소인가를 반면교사로 증거한다.

그렇기에 순결성과 아름다움의 상품성을 내세운 결혼이 자신의 삶을 허위와 기만으로 몰아가는 것을 발견하는 〈돌〉의 '영란', 결혼의 개념적 약속을 배반하는 남편과 그 배반을 합리화하는 사회 제도에 속수무책인 〈수국〉의 '명희'는 전통적인 방식의 억압과 이에 대한 인내로 점철된 여성의 삶이 오늘날의 현실에 어떻게 여전히 그 뿌리를 내려놓고 있는가를 보여 주는 여성 인물들이다. 전통 사회에서 사대부가의 여성들이 그것을 감당한 전후 사정을 〈이사종의 아내〉에서 저 이름 있는 황진이와 맞선 이사종 아내의 입을 빌려 들려준 것은 그의 다른 소설들을 효율적으로 부양하는 소설적 상대성 이론이다.

제도적 범주 안에서 고뇌하고 문제의식을 제시하지만, 그 범주를 박차고 나아가지 못하는 것이 한무숙 소설의 여성 인물들이다.

이때의 그 인물들이 심리적 대사 행위로 선택하는 것이 출산, 자녀의 양육, 부덕이 높은 아내 등 이른바 현모양처의 이름이다. 〈월운〉의 홍 여사가 보이는 성적 억압에 따른 퇴행 현상도 그러한 반응의 당위성을 상대적으로 비추어 보이는 방식 가운데 하나다.

결국 개별적 주체로서의 인식은 분명하지만 그 주체가 자신의 삶을 통해 실천적 자아를 확립하는 지점으로 나아가지 못하는 양태, 그러한 양가적 존재 방식이 한무숙 여성 인물들의 의식을 완강하게 점유하고 있는 것이다.

여기에서 논의된 죄의식과 순수성, 이상적 환상과 광기 또는 병력, 결혼 제도에 의한 억압과 여성성의 포기 및 순응 등은, 부분적인 이야기의 성립에 있어 차이는 있을지언정 대체로 이미 전제한 바 한무숙 소설의 이중적 태도와 구조적 양면성을 동일하게 나타내고 있다고 판단된다.

'여성 의식'의 지속적 탐색, 또는 중간자적 태도

한무숙의 중편 〈유수암〉과 비교적 짧은 장편 〈석류나무집 이야기〉 및 〈어둠에 갇힌 불꽃들〉은 전통적 가치관과 개별적 욕구로서의 정념 사이에서 중간자적 태도를 취하고 있는 여성 인물들을 보여 준다. 비록 그의 소설이 확고한 방향성을 가지고 한 통로를 열어 나가지는 못했다 하더라도 이 상호 대립적인 두 세력 사이에서 절묘한 균형 감각을 유지하면서 변동하는 사회의 문화 충격을 드러내는 수준으로 발전해 갔다면, 한무숙의 소설에 대한 평가가 상당 부분 달라졌을 가능성이 있다. 그러나 그러한 소설적 진행 방향 설정은 여러 가지 제약 조건 가운데 있었던 한무숙에게 무리한 주문이 될 수밖에 없었다.

〈유수암〉은 1930년대에서 1960년대까지 한 세대에 걸친 '기생'의 삶을 조명하여, 그 이율배반적인 삶과 사랑, 곧 기예와 풍류와 지적 수준을 갖추었으되 어떤 경우에든 '제2의 여자'일 수밖에 없었던 여성적 지위를 탐색한다. 〈어둠에 갇힌 불꽃들〉은 물리적 배제와 소외 상태를 벗어날 수 없었던 '맹인'들의 삶을 역사적으로 검증하면서, 이들이 가진 또 하나의 '타자성'을 일반적 삶의 문맥에 비추어 보이고 있다. 그런가 하면 〈석류나무집 이야기〉는 운명과 관습의 울타리 안에서 다층적 의식을 가진 인물들이 결국은 그 운명의 수용에 이르고 만다는, 한무숙 소설의 일반적 패턴을 반복하는 작품이다.

이들 작품에 등장하는 여성 인물들이 가진 문제의식은 자신의 욕망이 가진 정당한 지위를 인식하는 것으로 시작되지만, 그 욕망을 정면으로 수용하지는 못한다. 전통적 여인상의 전방위적인 그림자를 헤치고 나오기에, 그의 현대적 여인상은 허약하고 확신이 부족하다. 그리고 마침내는 '전통성'으로 귀의하는 태도로 '현대성'을 상대적으로 평가절하 하는 결말에 이른다. 이 고정화된 도식을 넘어서기가 그토록 어려웠던 것이다.

〈유수암〉의 기생 '진경'은 남성들과 자유롭게 접촉하지만 그 신분 자체가 남성들의 유희 대상을 넘어서지 못하며, 또한 상대역의 여성들로부터도 미움과 질시를 당하는, 그야말로 '이중적 타자성'에 의거해 있다. 〈어둠에 갇힌 불꽃들〉의 '교동 아주머니' 또한 맹인의 부인이자 수동적이며 순종적인 여성이라는 '이중적 타자성'

에 침몰해 있고 그에 대비되는 '정례'라는 여성을 통해 이 사정이 한층 강화된다. 이렇게 볼 때, '기생'이나 '맹인'은 이 작가가 여성의 이중적 고통스러움을 효율적으로 구조화하기 위해 선택한 주밀한 장치이며, 그만큼 여성이 겪어야 하는 삶의 질곡에 대한 인식이 남달랐던 셈이다.

〈석류나무집 이야기〉의 '선영'은 오빠가 죽은 후 오빠의 친구인 '박창근'에게 마음이 기운다. 남자의 냉정한 태도와 그럼에도 불구하고 맹목적인 순정, 수동적이며 고착적인 평면성의 여성 인물은 기실 한무숙의 소설 곳곳에 널려 있는 캐릭터이다.

반면에 〈어둠에 갇힌 불꽃들〉에 '정례'가 있었다면 이 작품에는 '애자'가 있다. '우재민'에 대한 이 여자의 사랑하는 방식은 '선영'의 그것과 다르다. 작가가 결미의 암시와 서술을 통해 스스로 전통성을 지닌 여인을 편들고 있음을 알아차리기는 그다지 어려운 일이 아니다. 그리고 그것은 작가 한무숙 소설이 지닌 고유한 빛깔이기도 했다.

그 스테레오 타입을 극복하고 넘어서기가 힘들었던 만큼, 〈유수암〉 같은 작품에서 보이는 육체적 욕망, 또는 정념에 대한 긍정적 태도도 끝내는 이 작가의 소설적 과녁이 되지 못한다. 이 소설들은 여성을 지배하고 억압하는 무소불위한 힘의 정체를 적발하는 데는 적잖은 값어치가 있으나, 그것을 분석하고 해체하는 힘을 섭생하지 못한, 사회적 실천력의 소설적 발화를 도모하지 못한 어정쩡한 형상으로 남아 있는 것이다.

장편 〈역사는 흐른다〉는 구한말에서 일제 강점기에 이르는 근대사의 격동기를 조동준 일가의 3대에 걸친 이야기로 서술하고 있다. 이 소설은 중간계층에 해당하는 3대의 남자들에 관한 이야기이지만, 노비 '부용'과 그 딸 '금년'을 등장시켜 여성의 관점을 병렬하고 있다. 이처럼 통시적 전통 아래 요지부동으로 보이는 봉건적 제도와 체제에 대응하여, 성별이나 신분에 있어 취약하기 이를 데 없는 이들 모녀가 어떻게 여성으로서의 자기 정체성을 정립하는가는 극히 주목을 요하는 일이다.

비록 노비의 딸이기는 하나 '금년'은 가주인 조동준의 자식이다. 이 혈연관계의 성립에서 볼 수 있듯이 '부용'의 삶은 의고적이고 비극적이었지만, '금년'은 다르다. '금년'은 어미가 죽던 날 여자교육장학대를 따라가 여학교에 들어가고 나중에는 '박옥련'이라는 이름으로 여학교의 교장이 된다.

작가는 이 자기 성취와 인간 승리의 이야기를 소설의 말미에까지 감추어 둔다. 종의 자식이라는, 그리고 여성이라는 이중적 신분의 차별성을 넘어 영웅적 여성 인물로 도약하는 '금년'은 여성의 지위와 정체성에 관한 의식을 일찍부터 가다듬었던 작가 한무숙에게 하나의 긍정적 지표이기도 했을 것이다.

조동준 일가가 보이는 중간계급 남성의 세계관과 대조하여, 하층계급으로부터 영웅적 여성상에 이르는 한 여성 인물을 그린 한무숙의 시도는, 그것의 실현가능성 여부를 떠나 매우 진지하고 치열했던 이 작가의 여성 문제에 관한 의식을 대변하고 있다.

장편 〈빛의 계단〉은 '경전'이라는 여자 주인공과 '임형인'이라는 남자 주인공을 내세워 이상적 여인상이 '신념과 목표와 자기를 상실하고 방황하는 공허한 인간에게 영혼의 부활을 의도하게 한 운명의 여인'으로 증폭되는 사랑의 이야기를 그렸다. 이 편의하고 감성적인 소설적 도식에 여성을 타자화시키는 허위의식의 소산이라는 비판이 부가되는 것은 당연한 일이다. 뿐만 아니라 여성의 욕망 억압이 여성의 생존 전략의 하나라는 문제와 관련하여 수다한 페미니즘적 논의를 촉발시킬 수 있는 이야기 구도이기도 하다.

페미니즘적 관점에서 오히려 더 중요해 보이는 여성 인물은 중점적인 이야기의 주변에 있다. 여성 지식인으로서 주체적 자각을 가진 '정란'이나 '순임' 그리고 '난희'의 삶을 인간적 도리의 본류에서 어긋나는 것으로 그리는 것은, 우리가 익히 보아 온 한무숙 소설의 순종주의와 다르지 않다. 참된 사랑이 중요하지 않은 것이 아니라 그 참된 사랑의 방식에 비판적 성찰이 가해질 수 있다는 말이며, 그런 점에서 이 소설은 페미니즘적 시각에 입각해서도 긍정적 측면과 부정적 측면을 함께 포괄한 양가성을 가진 셈이다.

마지막 장편 〈만남〉은 거대한 역사의 진행을 뒤따라가기보다는 자기 운명의 짐을 지고 살아간 개인들의 구체적인 삶에 주목하는 작가의 시선을 볼 수 있는 작품이다.

이 작품은 다산 정약용과 그의 조카 정하상을 중심으로 하여 초창기 천주교 신자들에게 가해진 박해와 순교, 그 가운데서의 인간적 고뇌와 모순의 문제를 다룬 실증적 역사소설이다.

이 소설이 종교 소재의, 그것도 실사 위주의 종교적 성향을 가진 작품인 까닭으로, 그 가운데서 개성적 여성 인물을 찾는다는 것은 무모한 일이다. 다만 소설의 가장 극적인 장면 중 하나인 허구적 인물로 그려진 세 자매의 우연한 만남, 깊은 신앙심과 훌륭한 품성을 가진 권 진사의 세 딸인 매아, 난아, 국아의 만남을, 소설의 주제에 육박하게 하는 정도의 여성 인물들을 산출할 수 있었을 뿐이다.

이렇게 보면 한무숙은 여성적 의식과 시각을 중심으로 여성과 삶과 운명에 지속적인 관심을 기울였음에도 불구하고, 작가로서의 이력이 가장 원숙한 지점에 도달한 마지막 장편에서는 '여성 의식'이라는 과제에 별다른 강세를 두지 않았다. 한 작가의 작품 세계와 그 궤적을 연역적으로 추론하고 그것을 작품 해석에 적용하는 것은 아주 무리한 일이기는 하나, 이 작가의 이러한 태도는 그가 내내 견지해 왔던 여성의 수동적 태도로의 귀일이 일정한 문제점을 내포한 것이라는 혐의를 짙게 한다.

그 숱한 이중적이고 중간자적인 태도, 여성적 가치관에 대해 직접적 대응을 유보해 온 태도의 공과 및 장단을 새롭게 검색해 보아야 한다는 의구심이 다시금 새롭게 발발할 수 있는 것이다.

여성적 글쓰기의 가치와 한계

이 글은 '여성주의 문학'의 시각을 차용하되 한무숙 작품 세계의 전반적 면모와 그 내용의 온당한 해석에 시각의 초점을 두는 방식으로, 이 작가의 여성 인물들을 살펴보았다.

여성에 대한 억압이 상존하는 시대적 환경 조건, 작가 스스로의 삶이 그 억압적 상황의 실제에 잇대어져 있는 체험의 구체성 등은 한무숙으로 하여금 새롭고 선진적인 의식으로 여성의 문제를 응대하며, 그 고통스러운 현실 또는 일탈의 욕망을 소설의 표면으로 밀어 올리도록 작용했을 것으로 보인다.

그러나 우리가 지금으로부터 4세기 전의 문학사적 사건, 허균과 〈홍길동전〉의 경우를 통해 목격한 바와 마찬가지로, '선진적 의식'

이 현실의 얼개를 뛰어넘는 추동력을 자기 체계 안에서 발양하기란 지극히 어려운 일이었다. 그것은 궁극적으로 이 작가의 창작 성향을 수동적이고 운명론적인 방향으로 몰고 갔으며, 작품의 곳곳에서 보이는바 이중적이고 중간자적이며 양가적 태도에 대한 설명이 될 터이다.

그와 같은 양가적 태도에는 우선 작가의 창작심리학적 입지와 작품의 제재 자체가 가진 양면성의 문제, 곧 위에서 언급한 바와 같이 소설의 외형으로 나타나는 중층적 반응 양상이 있을 것이다. 그런가 하면 이야기 구조의 내면에 있어서도 하나의 제재에 부가된 두 속성, 이를테면 죄의식과 순수성이, 환상과 광기가 서로 다른 발화의 내용을 함유하면서도 동시에 긴밀하게 연접되어 있는, 내포적 의미의 양가성이 있을 것이다.

더욱이 결혼 행위라는 제도적 장치의 문제를 소설적 이야기로 전화하는 작품을 전제해 놓고 보면, 이 양가적 태도는 오히려 작품의 외형과 내면 모두를 동시적으로 효력있게 진술할 수 있는 계기가 된다. 하지만 한무숙은 그 어지러운 외나무다리를 건너서 새로운 풍광의 시계를 열기보다는, 그것이 가진 제도적 편의함과 쉽사리 악수하고 마는 아쉬움을 남긴다.

그 외에도 기생이나 맹인의 아내, 성공한 여성상이나 구원의 여인상, 그리고 종교적 승급의 지경에 이른 여성 인물 등 한무숙이 공들여 생산한 많은 캐릭터들이 있다. 이들을 여기서 '여성주의의 관점'이란 굳고 획일적인 잣대를 사용하여 평가하고 판단하는 것은 자칫 무리한 전횡이 되기 쉽다. 그것은 일생을 두고 문학의 길에 명운을 걸었던 한 작가를 대하는 태도가 아니며, 문학사에 그만한 이름을 남긴 그의 작품들을 대하는 태도도 아니다.

앞으로 우리가 한무숙이 그토록 줄기차게 붙들고 있었던 '여성 의식'이라는 중심 주제가 어떤 선각적 지평을 마련해 놓았으며, 오늘날의 소위 '세력 있는' 여성 작가들에게 어떻게 전수되고 계승되는가를 면밀히 살펴보는 것이, 이제 이 세상을 떠난 지 10여 년이 훌쩍 넘은 이 작가에게 우리가 보내는 올곧은 경의의 표현일 것이다. 그러나 그 일은 또 다른 자리에서의 연구를 기약할 수밖에 없다.

실향의 아픔과 비판 의식, 또는 인간애의 회복
—이범선의 소설

학촌 이범선은 1920년 평남 안주군 신안주면 운학리에서 태어나, 비교적 부유하고 유복한 가정에서 성장하였다. 독실한 기독교 집안에서 청소년 시절을 보낸 체험이 그의 삶에 적잖은 영향을 미쳤으며, 그것은 작품 곳곳에 세계관의 원형으로서 얼굴을 보이고 있기도 하다.

이범선은 남북 분단과 그 민족적 비극의 산 증인이다. 8 · 15 해방 이듬해, 지주들에 대한 탄압을 피해 토지를 소작인들에게 나누어 주고 월남하게 된다. 그 이전까지 북한에서 결혼을 하고 직장을 가졌으며, 이와 같은 삶의 경력 역시 작품 속에 다각적으로 반영되어 있다. 월남 후에 맞은 6 · 25 동란의 참혹한 실상과 그 목격에 따른 비판 의식은 그를 대표적인 전후 문학 작가의 한 사람으로 우리 문단의 표면으로 밀어 올렸다.

이범선은 1955년 김동리의 추천으로 단편 〈암표〉와 〈일요일〉을 〈현대문학〉에 발표하면서 문단에 나왔다. 1958년 첫 창작집 〈학마

을 사람들〉을 시발로 하여, 1982년 작고하기까지 27년간 10여 편
의 장편을 포함, 모두 90편 가까운 소설을 남겼다.

'학마을'이라고 하는 그의 출생지 또는 호명과 관련하여 살펴보
면, 그 소설의 성향이나 작가로서의 인품이 가히 '학鶴'의 품격에
비견할 수 있을 만큼 청신했다는 후평을 얻었다.

1958년 〈갈매기〉로 현대문학 신인상을 수상한 후 문단의 주목을
받기 시작했으며, 1961년 〈오발탄〉으로 동인문학상을, 1970년 〈청
대문집 개〉로 월탄문학상을, 1981년 대한민국 예술상을 수상하는
등 작가로서도 다복한 족적을 남겼다.

그밖의 작품 세계는 실향민으로서의 숙명적인 비극과 통한을 바
탕으로 지속적인 사회 고발의 비판 의식을 보여 주었으며, 지천명
을 넘긴 1970년대 이후에는 회고적 성향의 작품들 가운데 사회 풍
자의 깊이를 담은 원숙한 분위기를 보여 주기도 했다.

이 글에서는 먼저 전후문학 작가로서의 특질이 잘 드러나는
1950년대와 1960년대의 작품들을 실향민 의식과 비판 의식의 발
현이라는 측면에서 살펴보고, 이어서 1970년대의 작품들이 나타
내는 회고와 풍자의 경향을 검색해 본 다음, 이 모든 작가로서의
성취가 어떻게 따뜻한 인간 사랑의 정신에 도달하는가를 살펴보려
한다.

첨예한 실향민 의식, 그 고통스러움의 미학적 발현

고향을 버리고 떠나야 하는 사람의 의식, 그 정황을 직접 체험해
보지 않은 사람은 이 실향민 의식의 깊은 바닥을 두드려 보는 데 절

박함이 덜할 것이다. 그런데 이범선의 경우는 자신의 삶이 곧 그 표본에 해당하며, 그로 인해 여러 편의 수작을 생산하기에 이르렀다.

〈수심가〉는 이범선 실향민 의식의 뿌리에 해당하는 작품이다. '민'이라는 이름의 지주 집안 청년과 그 집안에서 견마지로犬馬之勞를 다하던 '천식'이라는 이름의 장년, 두 인물의 관계에 대한 짧은 소설이다. 세상이 험악해지자 지주 집안은 핍박을 받고 천한 신분이던 천식이 세력을 얻는, 우리가 황순원의 〈카인의 후예〉에서 익히 본 상황이 전개된다. 결국 '민'은 이범선 자신이 그러했듯이 월남할 수밖에 없는 운명이지만, 여기서 중요한 것은 두 사람 사이에 존재하던 따뜻한 인간애가 궁핍한 환경 가운데서도 그 불씨를 살려 가고 있다는 점이다. 이 인간애의 불씨는 두고두고 이 작가의 작품에 작용하는 모티프가 된다.

작가 이범선의 이미지를 대표하는 작품 〈학마을 사람들〉은 앞서 언급한 작가 황순원의 〈학〉과 비슷한 시대적 배경과 감성적 인본주의의 색채를 가졌다. 강원도 두메의 학마을이라는 세상과 차폐된 공간에까지 전란의 여진이 밀어닥쳤다. 몇 가구 안 되는 선하고 순수한 사람들의 마을이다. 그들은 피난도 가야 하고 또 그들 내부에서 발생하는 이단아, 곧 공산주의가 무엇인지도 모르면서 그 앞잡이의 역할을 맡은 공동체 구성원을 감당하기도 해야 하는 형편에 처한다.

그러한 어려움 가운데서도 이들의 삶과 그 소망을 지탱하는 것은 전설처럼 전해 오는 마을 안의 학나무와 거기에 깃드는 학의 가족들이다. 이 학의 전설이 세상의 풍파로부터 이들의 삶을 지켜 주지는 못한다. 학나무가 불타고 사람이 죽고, 꿈은 멀고 현실은 가

깝게 있다. 사람들의 순정한 의식과 학마을 본래의 정취가 아름다
움이라면 이는 비극성의 미학인 셈이고, 그것이 이 작가가 가진 실
향민 의식의 바탕에 있다.

전후문학 작가로서 이범선의 위상을 결정해 준 작품이 〈오발탄〉
이다. 계리사 사무실의 서기 '송철호'라는 인물이 주인공이다. 고
향을 북한에 두고 온 그의 어머니는 실성하여 "가자! 가자!" 하는
외침만 남았다. 그런데 이 한마디의 언사는 수십 절의 문장보다
더 강력하게 실향민의 아픔을 담았다. 남동생 영호는 은행 강도
로, 여동생 명숙은 양공주로 전락하고, 아내는 애를 낳다가 병원
에서 죽었다. 이를테면 더 이상 악화될 수 없는 질곡의 늪에 빠진
형국이다.

작가는 송철호의 형편을 충치가 쑤시는 알레고리적 사건으로 치
환하고, 또 말미에서는 택시를 타고 경찰서와 병원 사이에서 목적
지조차 정하지 못하는 패배적 인물로 끌고 간다. 택시 운전수는 이
렇게 중얼거린다.

"어쩌다 오발탄 같은 손님이 걸렸어. 자기 갈 곳도 모르게."

그런데 어찌 송철호만이 오발탄이랴. 그 전후의 시대 상황도, 동
시대 사람들도, 작중인물도, 어쩌면 작가 자신의 의식도 오발탄일
지 모르는 우울한 풍광, 그것이 이 소설의 모양새이다.

시절이 험난하면 사람의 품성도 그만큼 완악해지는 것이 아닐
까? 그것을 소설적 예증으로 보여 준 작품이 〈살모사〉이다. 살모사
는 말 그대로 혈연의 친족 관계를 도외시하고 이기심의 극단에 선
사태를 형용한다. 전란을 전후하여 변전하는 세태 속에서, 이범선
은 우리에게 '궁남'이라는 아주 특이한 인물을 그려 보인다. 더 정

확히 말하자면, 그의 살모사적 품성을 그려 보인다.

궁남은 의부든 친부든 혈연의 유대가 자신의 출세를 가로막을 수 없다고 생각한다. 심지어 죽음 앞에서도 구원의 손길을 내밀지 않는다. 이처럼 극악한 인간 유형은 전상국의 〈썩지 아니할 씨〉나 〈싸이코 시대〉의 극악무도한 인물들과 닮아 있고, 그의 과거와 현재의 전말을 목도하는 서술 유형은 이문열의 〈우리들의 일그러진 영웅〉을 닮아 있다. 작가는 이러한 인간의 유형이 그 시대의 토양 위에 돋아난 독버섯과 같다는 사회사적 인식을 붙들고 있다. 이 도식에 의하면 6·25 동란은 전후문학 작가로서의 그에게 충실한 원인에 해당하고, 그는 이를 작품의 원자료로 잘 활용하고 있다 하겠다.

이상의 작품 이외에도 분단의 아픔과 실향민의 고통스러운 사정을 다룬 작품은 많다. 그것이 작가 자신의 삶이었기 때문에 그 표현에 있어서도 한결 친숙할 수밖에 없을 터이다. 그렇게 본다면, 우리는 이범선의 작가로서의 체험과 그 문학적 소산을 공동체적 기억의 회복과 그것의 기록 또는 예술적 치장에 복무하는 한 개인의 고투로 받아들여도 무방할 것이다.

의용군 낙오병의 문제를 다룬 〈분수령〉, 전란 중의 체험에 비추어 아이를 강하게 기르기 위해 권투로 단련시키는 〈몸 전체로〉, 전방 지역의 북한 출신 미친 여자 이야기인 〈단풍〉, 그리고 인민군에 희생당하는 육촌 형님의 이야기인 〈그의 유작〉 등은 바로 그 치열한 고투의 기록들이다.

동시에 그것은 패배자와 반항의 군상을 그린 여러 전후문학 작가들 가운데서도 이범선이 확보하고 있는 미학적 성과의 부피들이다. 전후 세대의 실향민 의식, 그 고통스러움을 예술적 발화법으로 전환하는 이야기 구조, 거기에 전후 이범선 문학의 주력이 잠복해 있다.

사회 고발의 비판 의식, 인간성의 내면 탐색

1950년대와 1960년대 이범선의 작품들은 분단과 실향의 문제를 직접적으로 부각시키는 동시에, 그 문제에 대한 인식의 정체성에 있어서는 끈질긴 사회 고발의 비판적인 정신을 보여 준다. 그리고 그것이 때로는 실종된 인간성으로, 또 때로는 인간의 내부에 깊이 갈무리된 인간애로 나타난다. 그러나 두 경우 모두 사회 고발의 차원을 외형적 현시화에 두기보다 인간의 내면을 탐색하는 깊이의 시각으로, 유실의 위기에 처한 인간애를 되살려야 한다는 의지를 읽을 수 있게 한다.

앞서 언급한 〈수심가〉, 〈학마을 사람들〉, 〈오발탄〉, 〈살모사〉 등의 작품이, 모두 이범선의 이 내면읽기 패러다임에 복속될 수 있는 작품들이다. 이 시기의 작품 중에서 아주 특이한 스토리를 가진 〈환원〉은 이범선이 인간성 탐구의 수준과 차원을 증폭시키기 위해 특별히 구상한 것으로 납득해도 될 만큼, 한계 상황에서 인간의 심리적 기제가 반응하는 방식을 잘 드러낸다. 그리고 〈사망 보류〉와 〈자살당한 개〉는 메마르고 몰인정한 세태를, 〈돌무늬〉와 〈명인〉은 관습적 압제의 잔인하고 무거운 모습을 그리고 있다.

〈환원〉은 출구 없이 울울한 삼림 속에 불시착한 통역 장교 김 소위가 기이한 부녀를 만나 함께 살다가 탈출을 도모하는 이야기이다. 한국적 지형에 있어서 상상해 보기가 쉽지 않은 이 소설적 환경 구성은 작가의 핵심적 관심 대상이 아니다. 그처럼 앞뒤가 차폐된 공간에서 살아온, 그리고 살아야 하는 인간의 심리적 반응 양상을 치밀하게 걷어 올리는 것이 이 소설의 향방인 것이다.

그런데 왜 이 작가에게 이와 같은 실험적 소설 제작의 방식이 필요했을까? 민족적 환부의 배면에서 구차한 삶을 이어가지 않을 수 없었던 사람들이 어떻게 마음먹을 수 있었는지 되짚어 보는 힘이 이 소설에 있다. 그렇다면 이 소설이야말로 작가가 자신의 작품들 내부에 매설할 수 있는 여러 가지 심리 상황의 장식들을 실험적으로 가늠해 보는 시금석에 해당할 것이 아닌가?

〈사망 보류〉는 한 가난하고 병든 교사가 곗돈을 타기 위해 아내에게 그 돈을 타는 날까지 자신의 죽음을 알리지 말라고 다짐하는 쓸쓸하고 처연한 이야기이다. 이미 곗돈을 타는 다른 사람이 죽음에 이르러 부채 때문에 그 돈을 압류당하는 것을 본 터이라, 자기 자신에게 '사망 보류'의 선고를 내리는 것이다.

전후의 힘든 세상살이 속에서 인간관계들이 속절없이 무너져 나갈 때, 얼마간의 금전 때문에 사망 사실을 숨겨야 하는 가난한 사람들을 통해 작가는 무엇을 발화하려 했을까? 이 소설 속에는 각박한 세태를 고발하는 비판 의식이 살아 있다. 그러나 왜 그러한 세태에 이르렀는가를 고찰하는 큰 그림의 흔적은 전혀 없다. 그것은 이범선의 몫이 아닐 뿐더러 전후 상황에 즉각적으로 반응해 온 전후문학 작가들의 몫도 아니었다. 우리 문학은 그때까지는 아직 그만한 안목과 기량을 섭생하지 못하고 있었다.

〈자살당한 개〉의 경우도 이와 유사한 입지 위에 있다. 무직자인

데다가 불구의 몸을 가진 한 청년이 자신의 처지를 상징적으로 대변하는 외양을 가진 개를 목 졸라 죽이는 것이다. 집에서 기르던 개를 목 졸라 죽이는 엽기적 사실의 배후에 역시 각박하고 살벌한 염량세태에 대한 비판 의식이 웅크리고 있는 셈이다. 다만 주인공인 영철을 사랑하는 '난'이라는 여자와 기르는 개를 박대하는 형구를 대비해 보면, 비판 의식과 맞서 있는 인간다움의 의식이 만만찮음을 주목해 둘 필요가 있겠다.

〈돌무늬〉는 남편의 외면과 축첩으로 인해 인고의 세월을 살아야 했던 한 여자의 일생을 그렸다. 그런가 하면 〈명인〉은 솜씨가 훌륭한 백정이지만, 그 백정 일 때문에 아내와 딸에게 엄습한 불우한 운명을 보아야 하는 한 남자의 일생을 그렸다. 이 두 작품을 통해 작가는 우리가 무분별하게 붙들고 살아온 관습적 행동 양식이 얼마나 크게, 또 구체적으로 개인의 삶을 무너뜨리는지 증명한다. 그러나 그들 당사자의 가슴속에 끝까지 꺼지지 않는 온기를 남겨 두는 것 또한 이 작가의 '관습'이다.

그리하여 〈갈매기〉 같은 작품을 보면 온갖 간난신고 끝에 아버지를 찾는 아들과 그 아버지를 돌보던 관찰자의 훈훈한 이야기를, 그리고 〈가을비〉 같은 작품을 보면 거지 아이를 불쌍하게 여길 줄 아는 아들과 그 아들을 응시하고 있는 아버지의 풋풋한 시각을 잘 살려 내고 있다.

한 작가의 작품 세계에서 예리한 비판의 정신과 따뜻한 인간애의 미덕이 함께 공존하는 것은 쉽지 않은 일이며 동시에 매우 소중한 일이다. 이범선은 그것의 공존을 가능하게 하는 작가이며, 그것은 어떤 의미에서 작가의 품격을 짐작하게 하는 대목이기도 하다.

회고의 눈, 또는 사회 풍자의 폭과 깊이

우리 문학에 있어 1970년대는 전후의 현실이 점차 안정되고 전란으로부터 객관적 시간의 거리가 확보됨에 따라 분단문학의 새로운 조류가 형성되던 시기였다. 따라서 전후에 활동하던 전후문학의 작가들은 작품 활동을 그만두거나, 아니면 작품의 경향을 바꾸지 않을 수 없었다. 손창섭이나 장용학 같은 작가의 경우를 생각해 보면, 이는 쉽사리 납득이 가는 말이다.

이범선은 전후문학 작품을 쓰면서도 전후 현실에 즉자적으로 매달려 있던 경우가 아니어서, 시대의 변화가 그렇게 큰 충격으로 작용하지는 않은 편이다. 그러나 1970년대의 이범선은 더 이상 그 이전과 같은 자리에 머물 수 없는 것이 사실이었고, 그것은 전체적인 작품의 분위기가 변화하는 양상으로 나타났다.

1970년대 이후 이범선의 작품은 여전히 사회적 비판 의식과 사회 고발적 성격이 약여한 형편에 있으면서도 이와 병행하여 회고적 성향과 풍자적 특성을 함께 포괄하는, 말하자면 보다 유연한 자세를 취하게 된다. 그와 더불어 인간의 내면에 대한 탐색에 있어서도, 그것이 단순한 인간애를 드러내는 데 그치지 않고 사회사적 의미 구조 속에서 인간됨의 문제를 다루는 방향으로 발전해 간다.

〈청대문집 개〉라는 작품은 과거의 어려웠던 시절에 대한 회고와 이제 좀 형편이 나아질 만한 때에 이르러 둔감하고 교만하게 변해 가는 세태의 풍자를 함께 담고 있다. 그런가 하면 〈초배〉라는 작품은 어느 시골 여관방에 초배지로 발린 4·19 혁명 때의 신문을 읽는 세 명의 신문기자를 통해, 가장 격렬한 방식의 회고담으로 그 시기를 소설적 현재의 시각에 비추어 보는 이야기이다.

왜 이와 같은 회고체의 이야기들이 이 작가에게서 발생했을까? 그것은 세월의 흐름을 따라잡는 이 작가의 균형 감각이기도 하고, 또 세상사를 원숙하고 이지적인 눈으로 바라보는 작가의 성격적 특성을 반영하는 것이기도 하다.

그런가 하면 사적 이익의 극대화에 탐닉하는 사람들, 사회제도의 모순에 항거하는 개인, 세계와의 불화에 침윤한 자아 등을 풍자적으로 그린 작품들이 1970년대 이범선 소설의 한 축을 이루고 있다.

〈문화주택〉은 재산 증식의 수단으로 집 장사를 하는 한 집안, 그래서 수시로 이사를 다니지 않으면 안 되는 집안의 아이가 어떤 심경으로 이 사태를 응대하는지 보여 준다. 구가옥들의 틈새를 비집고 날림으로 지은 문화주택은 그처럼 부유하는 시대의 천박한 천민자본주의를 대행하는 용어이다. 그런 만큼 아이의 순진한 눈에 비치는 세태는 그 자체로 강력한 풍자성을 발휘하게 마련이다.

〈미친 녀석〉은 자신을 장군이라 생각하는 한 정신이상자, 주변 사람들이 다른 거지들과는 색다르다 하여 '백작 거지'라 부르는 정신이상자를 서술의 중심에 두고 있다. 소설의 말미에서 화자인 '나'는 약방 주인과의 대화에서 "어쩌면 녀석은 미치지 않았던 것이 아닐까요?" 하고 말한다. 물론 그가 미치지 않은 것은 아니지만, 이와 같은 발화가 가능하다면 그 '미친 녀석'을 제외한 사회 구성원 일반의 의식, 당대의 사회상 전체에 문제를 제기하는 풍자성에 이르게 된다.

〈정 교수의 휴강〉은 평소에 휴강이라고는 없던 정 교수가 분명한 사유도 없이 강의실에 나타나지 않은 사태를 외관의 줄거리로 한다. 그런데 놀랍게도 그 정 교수는 자신의 꿈으로부터 시달림을 받거나 기억의 불분명함 때문에 고민하는 아주 사소한 장애에 가로막혀 있다. 그에게 발생하기 시작한 세계와 자아의 부조화는 기실 누구에게나 있는, 누구나 겪게 되는 일이다. 그런데 이를 특별한 휴강이라는 상황으로 이끄는 것은 작가의 민첩한 기지이며, 어쩌면 자신의 세대와 연륜의 무상함을 향한 풍자성의 숨은 질책인지도 모른다.

장편소설 〈흰 까마귀의 수기〉는 한 법관이 자신의 지위를 버리고 행방불명되면서, 그가 살아온 삶의 갈피에 적층된 여러 가지 진실들을 들추어 보이는 작품이다. 형의 죽음, 결벽증, 여자 관계 등 여러 사건들을 반추하면서 존재론적 자아의 정체성을 질문하는 이 소설은 기실 사건 자체의 전개보다는 하나하나의 사안에 접근하는 작가의 관조적이고 숙성한 세계관에 더 중점이 있다. 그리고 그 가운데 지금껏 우리가 논거해 온 1970년대 이범선 소설의 성격적 특성들이 거의 그대로 수용되고 있는 편이다. 다만 너무 통속적이고 확고한 의미망의 부재라는 단처가 그대로 남았다.

특정 주제에 기울인 전문성의 힘—기독교, 새

글의 서두에서 언급한 바와 마찬가지로, 이범선은 기독교 가정에서 출생하여 일생을 기독교 신자로 살았다. 그런 까닭으로 기독교를 통한 종교성의 구명은 그의 소설이 이룬 독특한 성과 가운데 하나이다.

〈피해자〉는 이와 같은 성과를 대표하는 소설이다. 화자인 '나'는 장로의 외아들 최요한이다. 그는 아버지가 돌본 고아 양명숙을 사랑하여 결혼하려 했으나, 부모가 반대했다. 나중에 미션 스쿨의 교사가 된 화자, 그리고 술집 마담이 된 명숙이 다시 만나지만, 그들에게 화해로운 미래는 없다. 소설은 결국 비극적 결말에 이르고 명숙은 수학여행지인 석굴암까지 따라갔다가 자살로 삶을 마감한다.

기독교 정신의 본령은 우리가 익히 알다시피 이와 같지 않다. 그러므로 '나'와 명숙은 왜곡된 기독교 정신과 그것이 사회적으로 적용된 사례의 피해자들이다. 이러한 이야기를 풀어 나가는 과정에는 작가가 기독교의 교리와 발현 방식에 정통하지 않으면 서술하기 어려운 전문성이 개재해 있다. 실제로는 이와 같은 소설적 노력들을 디딤돌로 하여, 오늘날 이문열, 조성기, 이승우 들의 기독교 소재 소설들이 가능했을 것이다.

〈지신〉은 교회를 옮겨 가라고 압박을 받을 때 이에 무모하게 대항하는 목회자를 통해, 그 무모함이 어떤 결과에 이르는지 보여 준다. 그런가 하면 〈천당 간 사나이〉는 교리나 실생활 어느 측면에 비추어서도 요령부득의 태작에 해당한다. 대체로 이범선의 기독교 소재 소설은 비판적 인식을 드러내고 있는데, 그것은 기독교 자체에 대한 부정이 아니라 오히려 소망스러운 종교성에 대한 인식을 반증한다고 할 수 있겠다.

이범선의 소설에서는 동물, 특히 새를 소설의 핵심에 둔 작품이 여럿 있다. 〈태자까치〉, 〈비둘기〉, 〈선녀제비〉, 〈두메의 어벙이〉 등이 그러한데, 특히 참새를 다룬 〈두메의 어벙이〉는 이를 단편집 단행본의 표제작으로 내놓았다.

그렇다면 이범선에게 있어 새의 이미지는 무엇일까? 그것이 가진 자유로움, 인간과의 상관성, 새를 발화자로 하는 의인법의 효율적인 적용, 새가 가진 특성과 이야기의 능란한 결합 등이 그 세항을 이룰 것이다. 이 서술 방법의 성취가 그에게는 중요하게 받아들여진 듯하여, 우리가 흔히 놓치고 지나가기 마련인 사건과 사물의 후편을 살피는 작가의 섬세한 눈이 작동된 결과라 하겠다.

우리 문학의 비극적 낭만성, 그 한 도면

지금까지 살펴본 바와 같이 이범선은 1950년대 전후문학 작가로 출발하여 30년 가까운 세월을 창작으로 일관했으며, 실향민 의식과 사회사적 비판 의식, 그리고 원숙한 풍자의 정신을 작품을 통해 보여 주었다.

그가 전후의 현실에 직접적으로 반응한 다른 작가들과 달리 관조적이고 유장한 사유의 기질을 가진 것은 작가로서의 그의 생명을 길게 연장시킨 요인이 된 듯하다. 그런가 하면 가열한 상황을 다룬 작품들 속에서도 인본주의와 따뜻한 인간의 심성을 포기하지 않은 것은 그로 하여금 작가로서의 품격과 원숙성을 갖추었다는 평판을 유발하기도 했다.

그러나 각 작품들이 대체로 원만하고 고른 수준을 갖추고 있기는 하되, 치밀하고 정교한 맛, 이를테면 맵고 쏘는 맛이 덜한 편이다. 이는 그의 작품을 우리 문학사의 가장 상층부에 진열하도록 하는 데 적잖은 장애 요인이 된다.

아울러 관심의 범주가 너무 산만하게 흩어져서, 중심 주제의 확고한 방향성을 정초하지 못한 것도 아쉬움으로 남는다. 그런데 이는 부분적으로는 이범선 개인의 창작에 따른 문제로되, 전체적으로는 그 당대의 우리 문학이 가졌던 전반적인 취약점의 하나인 것이어서 보다 포괄적인 판단을 필요로 한다.

어쩌면 이범선은 자신의 창작 성향과 시대적 환경의 상관 아래, 1950년대적 작가도 아니요 1970년대적 작가도 아닌 어정쩡한 모습일 수밖에 없었는지도 모른다. 그러나 이 냉정한 지적은 그가 쌓아 올린 90편의 문학적 노적가리, 그것이 가진 인본주의적 성과와 더불어 제기되어야 하며, 그러한 평가의 태도는 곧 자기 시대를 고투의 정신으로 살았던 한 작가에게 우리가 보내는 애정이기도 하다.

근대사의 격랑을 읽는 문학의 시각
―이병주의 〈관부연락선〉

1992년 타계한 작가 이병주는, 당대의 한국 문학에 보기 드문 면모를 남긴 인물이었다. 그는 1921년 경남 하동에서 출생하여 일본 메이지 대학 문예과와 와세다 대학 불문과에서 수학하였으며, 진주 농과대학과 해인 대학 교수를 역임하고 부산 국제신보 주필 겸 편집국장을 지냈다.

이상에서 거론한 이력이 그가 40대에 작가로 입문하기까지 겉으로 드러난 주요한 삶의 행적인 셈인데, 그러나 그 내면적인 인생 유전의 실상에 있어서는 결코 한두 마디의 언사로 가볍게 정의할 수 없는 엄청난 근대사의 파고를 밟아 왔다.

기실 이 기간이야말로 일본 제국주의가 이 나라를 통치하던 시절로부터 해방 공간을 거쳐, 남과 북의 이데올로기 및 체제 대립과 6·25 동란 그리고 남한에서의 단독 정부 수립 등 온갖 파란만장한 역사의 굴곡이 융기하고 침몰하던 격동기였다. 그처럼 험악한 세월을 관통하여 지나오면서, 한 사람의 지식인이 이렇다 할 상처

없이 살아남기란 애초부터 불가능한 일이었던 것이다.

요컨대 지금까지 알려져 있는 그의 삶은 몇 편의 장대한 소설로 쓰일 만한 것인데, 그러한 객관적 정황을 외면하지 않고 그는 스스로 소유하고 있는 탁발한 글쓰기의 능력을 발동하여, 이른바 우리 근대사에 기반을 둔 역사 소재의 소설들을 써 나갔다. 그런 만큼 이러한 성향으로 그가 쓴 소설들은 상당 부분 자전적인 체험과 세계 인식의 기록으로 채워져 있다. 이 글에서 말하게 될 〈관부연락선〉은 특히 이 유형의 대표적인 작품이 된다.

우리는 그의 데뷔작 〈소설 알렉산드리아〉를 읽고 눈을 크게 뜨며 놀란 여러 사람의 글을 볼 수 있으며, 그로부터 꼭 30년이 지난 오늘에 그 작품을 다시 읽어 보아도 한 작가에게서 그만한 재능과 역량이 발견되기는 참으로 쉽지 않은 일이겠다는 감회를 얻을 수 있다.

산뜻하면서도 품위 있게 진행되는 이야기의 구조, 낯선 이국적 정서를 작품 속으로 끌어들여 누구든 쉽사리 접근할 수 있도록 용해하는 힘, 부분부분의 단락들이 전체적인 얼개와 잘 조화되면서도 수미쌍관하게 정리되는 마무리 기법 등이 이 한 편의 소설을 편만하게 채우고 있었으니, 작가로서는 아직 무명인 그의 이름을 접한 이들이 놀라는 것은 무리가 아니었다고 할 수밖에 없다.

작가는 자신의 문학적 초상에 관해 서술한 글에서 이 작품을 두고 '소설의 정형'을 벗어난 것이지만 그로써 소설가로서의 자신이 가진 자질을 가늠할 수 있었다고 적었는데, 아닌 게 아니라 그 이후에 계속해서 발표된 〈마술사〉, 〈예낭 풍물지〉, 〈쥘부채〉 등에서는 그 소설적 정형을 완연히 갖추면서도 오히려 그것의 고정성을 넘어서는 창작의 방식을 보여 주기 시작하였다.

이러한 초기의 작품들에는 문약한 골격에 정신의 부피는 방대한 문학청년이 등장하며, 거의 모든 작품에 소위 '감옥 콤플렉스'가 나타나고 있다. 이는 작가의 현실 체험이 반영된 한 범례이며 향후 두고두고 그의 소설을 간섭하는 하나의 원형이 된다.

이 초기의 단편에서 장편으로 넘어가는 그 마루턱에서 작가는 〈관부연락선〉을 썼다. 일제 말기의 5년과 해방 공간의 5년을 소설의 무대로 하고 거기에 숨은 뒷그림으로 한 세기에 걸친 한일 관계의 팽팽한 긴장을 깔았으며, 무엇보다도 일제하의 일본 유학과 학병 동원 그리고 그 과정에서의 교유 관계 등 작가 자신이 걸어온 핍진한 삶의 족적을 함께 담았다.

그러면서 이 소설은 장차 그의 문필과 더불어 호방하게 전개될 역사 소재 장편소설들의 외양을 짐작하는 데 중요한 이정표가 된다. 〈산하〉와 〈지리산〉 같은 대하 장편들이 그 나름의 확고한 입지를 가질 수 있는 것은, 〈관부연락선〉에서부터 보이기 시작한 역사적이고 시대적인 사실과 문학의 예술성을 표방하는 미학적 가치가 서로 씨줄과 날줄이 되어 교직될 수 있었기 때문이다. 이 소설적 판짜기의 구조를 통하여, 그는 역사를 보는 문학의 시각과 문학 속에 변용된 역사의 의미를 동시에 걷어 올릴 수 있었던 것이다.

특히 역사와 문학의 상관성에 대한 그의 통찰은 남다른 데가 있어, 역사의 그물로 포획할 수 없는 삶의 진실을 문학이 표현한다는 확고한 시각을 정립해 놓았다. 매우 오래 전 어느 자리에서, 필자는 그에게 "역사적 기록의 신빙성에 대해 어떻게 생각하느냐?"는 선문답류의 질문을 던져 본 적이 있었다. 그때 그는 서슴없이 "역

사는 믿을 수 없는 것"이라는 답변을 내놓았다. 표면상의 기록으로
나타난 사실과 통계 수치로써는 시대적 삶의 실상이 노정한 질곡
과 그 가운데 스며 있는 사람들의 뼈아픈 사연들을 제대로 반영할
수 없다는 논리였던 것이다.

그런데 문제는 그가 남겨 놓은 이와 같은 유수의 작품들과 문학
적 성취에도 불구하고, 당대 문단에서 그에 대한 인정이 적잖이 인
색했으며 또한 그의 작품 세계를 정석적인 논의로 평가해 주지 않
았다는 데에 있다. 물론 거기에는 그 나름의 사유가 있다.

그가 활발하게 장편소설을 쓰기 시작하면서 역사 소재의 소설들
과는 다른 맥락으로 현대 사회의 애정 문제를 다룬 소설들을 또 하
나의 중심축으로 삼게 되었는데, 이 부분에서 발생한 부정적 작용
이 결국은 다른 부분의 납득할 만한 성과마저 중화시켜 버리는 현
상을 나타내었던 것으로 여겨진다. 말하자면 지나치게 대중적인
성격이 강화되고 문학작품이 지켜야 할 기본적인 양식의 수위를
무너뜨리는 경우를 유발하면서, 순수문학에의 지구력 및 자기 절
제를 방기하는 사태에 이른 감이 약여했던 것이다. 뿐만 아니라 여
기에 구체적인 예증으로 열거할 만한 작품이 너무 많기까지 하다.

그러나 이러한 부정적 측면을 제하여 놓고 살펴보자면, 우리는
여전히 그에게 부여되었던 '한국의 발자크'라는 별호가 결코 허명
이 아니었음을 수긍할 수밖에 없다. 일찍이 대학에서 문학을 공부
하던 시절, 그는 자신의 책상 앞에 '나폴레옹 앞엔 알프스가 있고,
내 앞엔 발자크가 있다'고 써 붙여 두었다고 술회한 바 있다.

이 오연한 기개는 나중에 극적인 재미와 박진감 넘치는 이야기
의 구성, 등장인물의 생동력과 장쾌한 스케일, 그리고 그의 소설

곳곳에서 드러나는 세계 해석의 논리와 사상성 등에 의해 뒷받침
된다.

반복해서 말하자면, 그는 우리 문학사가 배태한 유별난 면모의
작가였으며, 누보로망(nouveau roman)의 작가이자 이론가인 로브
그리예가 토로한바 "소설을 쓴다고 하는 행위는 문학사가 포용하
고 있는 초상화 전시장에 몇 개의 새로운 초상을 부가하는 것이다"
라는 명제의 수사에 여실히 부합하는 작가라 할 수 있겠다.

왕성한 작품 활동과 아쉬운 '발자크적 신화'

이병주의 첫 작품은 대체로 1965년에 발표된 〈소설 알렉산드리
아〉로 알려져 있다. 작가 자신도 이 작품을 데뷔작으로 치부하곤
했다. 하지만 실제에 있어서 첫 작품은 1954년 부산일보에 연재되
었던 〈내일 없는 그날〉이었으며, 이를 통해 그는 자신이 오랫동안
심중에 품어 왔던 작가로서의 길이 합당한지 어떤지를 시험해 본
것 같다. 물론 그 시험에 대한 자평이 어떤 결과였든지 간에, 그 이
후의 작품 활동 전개로 보아 그의 내부에서 불붙기 시작한 문학에
의 열망을 사그라뜨릴 수는 없었을 것이다.

무엇보다도 그는 참으로 많은 분량의 작품을 썼다. 문학 창작을
기업 경영의 차원으로 확장한 마쓰모도 세이쪼 같은 작가와는 경
우가 다르겠지만, 그래도 우리의 작가 가운데서 그에 가장 유사한
사례를 찾는다면 아마도 이병주가 아닐까 싶다.

그런 만큼 그의 소설이 보여 주는 주제 의식도 그야말로 백화난
만한 화원처럼 다양하게 펼쳐져 있다. 〈예낭 풍물지〉나 〈철학적 살

인〉 같은 창작집에 수록되어 있는 초기 작품의 지적 실험성이 짙은 분위기와 관념적 탐색의 정신, 앞서 언급한 바와 마찬가지로 시대성과 역사소재의 작품에서 볼 수 있는 숨겨진 사실들의 진정성에 대한 추적과 문학적 변용, 현대 사회 속에서의 다기한 삶의 절목들과 그에 대한 구체적 세부의 형상력 부가 등을 금방이라도 나열할 수 있다.

더욱이 현대 사회의 여러 현상을 주된 바탕으로 하는 작품들에서는, 〈행복어사전〉, 〈무지개 연구〉 등 그 사회의 성격에 대한 주인물의 반응을 부각시킨 경우, 〈미완의 극〉과 같이 추리소설의 기법을 도입하여 시사성 있는 사건에 접근한 경우, 〈허상과 장미〉, 〈풍설〉, 〈배신의 강〉, 〈황백의 문〉, 〈서울 버마재비〉, 〈여로의 끝〉 등 애정 문제와 사회 윤리의 상관성에 초점을 둔 경우, 〈여인의 백야〉, 〈낙엽〉, 〈인과의 화원〉, 〈꽃의 이름을 물었더니〉 등 여인의 정서와 의지 및 애정의 균형 감각을 살펴보는 경우, 〈저 은하에 내 별이〉, 〈지오콘다의 미소〉 등 젊은 세대의 의식구조를 추적한 경우, 〈황혼〉과 같이 노년의 심리적 갈등을 표출한 경우, 〈니르바나의 꽃〉과 같이 종교적 환각의 체험을 극대화한 경우, 그리고 〈허드슨 강이 말하는 강변이야기〉와 같이 해외에까지 연장된 삶의 고난과 맞서는 경우 등 천차만별의 창작 유형들을 만날 수 있다.

1980년대 이후에는 〈허망의 정열〉, 〈그 테러리스트를 위한 만사〉 등의 창작집에서 역사적 사건과 현실 생활을 연계시킨 중편이나 함축성 있는 단편들을 볼 수 있는데, 여기에까지 이르면 이미 그의 작품에 세상을 입체적으로 바라보는 원숙한 관점과 잡다한 일상사에서 초탈한 달관의 의식이 깃들어 있다.

그런가 하면 〈청사에 얽힌 홍사〉, 〈성－그 빛과 그늘〉, 〈사랑을 위한 독백〉, 〈나 모두 용서하리라〉, 〈바람소리 발소리 목소리〉, 〈사상의 빛과 그늘〉 등의 수필집을 통해, 소설에서 다 기술하지 못한 직정적인 담화들을 표현해 놓기도 했다.

이병주는 분량이 크지 않은 작품을 정교한 짜임새로 구성하는 능력이 뛰어난 작가이지만, 그보다 훨씬 더 강력하게 인식되기로는 부피가 장대한 대하소설을 유연하게 펼쳐 나가는 데 탁월한 작가라는 점이다. 일찍이 그가 도스토예프스키의 〈죄와 벌〉을 읽고 그 마력에 사로잡혔다고 고백한 것도 이 점에 견주어 볼 때 자못 의미심장해 보이기도 한다.

〈산하〉, 〈행복어사전〉, 〈바람과 구름과 비〉, 〈지리산〉 등이 그 구체적인 사례에 속하는 작품들인데, 이는 단순히 작품의 분량이 엄청나다는 외형적 사실에 그치는 것이 아니라, 그 속에 도도히 흐르는 시대적, 역사적 현실과 그것에 총체적인 형상력을 부여할 때 얻어지는 사상성이나 철학적 개안의 차원에까지 이른 면모를 보인다.

〈산하〉는 남한에서의 단독 정부 수립으로 이승만 정권이 들어서고 3·15 부정선거와 4·19 학생혁명에 의해 그 정권이 끝날 때까지, 이와 더불어 부침한 한 인물을 주인공으로 했다. 우리는 '이종문'이라는 그 흥미 있는 인물의 행적을 통하여, 한 인간의 내부에서 일어날 수 있는 거의 모든 가능태에의 목도와, 당대의 세태풍속 및 시대사적 풍향의 의미를 가늠하는 일을 함께 달성할 수 있다.

〈행복어사전〉은 우등생의 모범 답안을 추구하여 그것으로 세상의 갖가지 생존 경쟁에 이기려는 사람들의 한가운데에, 그러한 것을 추구하지 않고도 내면적 충일함으로 삶을 채우려 시도하는 한 젊은이를 그렸다. 신문사의 교열 기자에서 작가로 길을 바꾸어 나가는 '서재필'이라는 이름의 매우 유다른 주인공을 통해서, 우리는 범상한 삶의 배면에 응결되어 있는 여러 형태의 인식을, 예컨대 '가두철학'이라 호명해도 좋을 만한 정신적 성숙의 단계에서 해석하는 세련된 교양을 접하게 된다. 어쩌면 이는 우등생의 삶의 방식을 추단하는 것보다 더 어려운 작업일지 모르며, H. E. 노사크가 〈문학과 사회〉에서 주장한바 "등장인물은 작가에게 자기 자신의 행위에 대한 설명을 요구한다"고 한 그 인물 형상화의 어려움이 어떻게 자연스러운 형태로 소설적 구조와 악수하는가를 짐작하게도 한다.

〈바람과 구름과 비〉는 구한말의 내우외환 속에서 중인 신분의 한 야심가가 어떻게 세상의 경영을 꿈꾸는가라는 대단히 의욕적인 상황을 설정하고 그를 위한 주도면밀한 계획과 추진 및 그에 관련된 여러 가지 이야기를 다루었다. 일견 무소불위하게 여겨질 만큼 치밀하고 치열한 '최천중'이라는 인물의 행위 규범들을 통해, 우리는 하나의 세계를 부피 있게 기획하고 이를 극채색으로 치장해 나가는 작가의 배포와 기량을 읽을 수 있다.

〈지리산〉은 어느 모로 보나 이병주의 대표적인 작품이라 할 수 있겠다. 남북 간의 이데올로기 문제를 정면에서 다루면서 지리산을 중심으로 집단생활을 한 좌익 빨치산의 특이한 성격을 조명한 소설의 내용에서도 그렇거니와, 모두 7권의 분량에 달하여 실록 대하소설이란 명호를 달고 있는 소설의 규모에서도 그러하다. 이 소설에 등장하는 주요 인물들, 작가가 특별한 애정을 갖고 그 성격을 묘사하고 있는 '박태영'이나 '하준규' 같은 인물, 그리고 해설자인 '이규' 같은 인물은 일제 말기에 학병과 관련된 공통점을 가지고 있다. 그 '치욕스런 신상'과 한반도의 걷잡을 수 없는 풍운이 마주쳤을 때, 이들의 삶이 어떤 궤적을 그려 나갈 수밖에 없었는가를 뒤쫓고 있는 형국이다.

이병주의 역사 소재 소설들을 통틀어 우리가 주목해야 할 하나의 요체는 〈지리산〉에서의 '이규'와 같은 해설자의 존재이다. 그 해설자는 이름만 바꾸었다뿐이지 다른 작품들에서도 거의 유사한 존재 양식을 갖고 나타난다. 예컨대 〈관부연락선〉에서 '이 군' 또는 '이 선생'으로 불리는 인물, 산하에서 '이동식'으로 불리는 인물, 한참을 거슬러 올라가서 〈쥘부채〉 같은 초기 작품에 나오는 대학생 '동식'이라는 인물도 모두 본질이 동일한 '이 선생'이다.

작가는 이 해설자에게 시대와 사회를 바라보고 판단하고 평가하는 자기 자신의 시각을 투영했으며, 그런 만큼 그 해설자의 작중 지위는 작가의 전기적 행적과 상당히 일치되는 특성을 나타내고 있다.

만약에 그 해설자가 불학무식하거나 당대의 한반도 현실에 대해 사상적이며 철학적 사유를 할 수 없는 인물로 그려진다면, 작가는 애초부터 스스로의 심중에 맺혀서 울혈이 되어 있는 이야기들을 풀어낼 수가 없는 것이다. 불학무식한 부역자를 주인공으로 한 조정래의 〈불놀이〉와 좌파 지식인을 주인공으로 한 같은 작가의 〈태백산맥〉이 동일한 작가의 작품이면서도 역사와 현실을 읽는 시각의 수준에 현저한 차이를 드러내는 것이 여기에 좋은 보기가 됨 직하다.

이병주가 너무 많은 작품을 간단없이 제작해 낸 관계로 곳곳에 비슷한 정황이 중첩되거나 중, 단편의 내용이 장편의 한 부분으로 편입되어 있는 양상도 적잖이 발견된다. 이러한 측면은 정작 한 사람의 작가로서 그를 아끼고 그와 더불어 가능할 수도 있었던 한국의 '발자크적 신화'를 아쉬워하는 이들에게 만만치 않은 안타까움을 남긴다.

〈그 테러리스트를 위한 만사〉라는 작품을 보면 늙은 독립투사 정람 선생에게서 작가 이 선생이 "재능의 낭비가 아닌가?"라고 회의하는 대목이 나온다. 정람이 동서고금을 섭렵하는 박람강기한 지식을 자랑하면서 곰, 사자, 호랑이에 이르기까지 수준 이상의 박식을 피력하자 그러한 감상을 내보이는 것인데, 아마도 작가는 자신의 작품을 읽는 독자들이 작가 자신을 두고 그러한 감회를 가질지 모른다는 생각은 못하지 않았나 싶다.

그가 보다 미학적 가치와 사회사적 의의를 갖는 주제를 택하여 힘을 분산하지 아니하고 집중했더라면, 빼어난 문필력과 비슷한 유례를 찾아보기 어려운 극적인 체험들로써, 그 자신이 마력적이라고 언급한 도스토예프스키의 〈죄와 벌〉 같은 웅장한 작품을 생산할 수도 있지 않았을까 하는 안타까움인 것이다.

이병주는 타계 후 〈월간조선〉 1994년 6월호에서 박윤규라는 소장 문필가의 글을 통해, 그 자신이 빨치산이었다는 충격적인 시비에 휘말렸다. 그러자 곧바로 그 다음 달의 7월호에서 작가의 외아들인 이권기 교수가 이를 반박하는 내용을 인터뷰하여, 앞의 불을 진화하는 사건이 있었다.

근본적으로 그가 교전 중 피접해 있던 해인사에서 납치되어 지리산에서 부역을 할 수밖에 없었는지 아니면 그것이 낭설인지 정확하게 확인하기는 어렵다. 또한 오늘날에 와서 그 둘 가운데 어느 것이 사실이었는지는 그렇게 중요하지 않을지도 모른다.

문제는 온전한 이성을 가지고 이 땅에 살았던 한 사람의 지식인이 피치 못하게 당면할 수밖에 없었던 사태, 광란하듯 춤추던 역사의 회오리바람과 어떻게 대응해야 했는가라는 사실일 것이다.

이를 제대로 설명해 보기 위하여 이병주는 1972년부터 근 15년에 걸쳐 대표작 〈지리산〉을 썼고, 그보다 한 단계 앞선 시대를 배경으로 그의 장편 시대 개화를 예고하는 문제작 〈관부연락선〉을 썼다고 할 수 있겠다.

아픈 시대 속 젊은 지식인의 향방에 대한 치열한 고민

〈지리산〉이 그러한 것처럼 〈관부연락선〉 또한 거대한 좌절의 기록이다. 유태림이라고 하는 한 전형적 인물, 일제 시대에서 해방 공간에 걸쳐 살았던 당대 젊은 지식인의 전형성을 갖는 그 인물만의 좌절을 기록한 것이 아니라, 그가 대표하는바 이성적인 사유 체계를 가진 젊은 지식인 일반과 그 배경에 있는 우리 민족 전체의 좌절을 기록한 것이다.

앞서도 언급한 바 있지만 이 소설의 시간적 무대는 1945년 해방을 전후한 5년간, 도합 10년간이다. 그러나 이야기의 파장이 뻗어 있는 내포적 공간은 한일 관계사 전반을 조망하는 1백여 년간에 걸쳐져 있다. 작가는 이 넓은 공간적 환경을 자유롭게 활용하면서,

역사적 사실을 문학적 시각으로 조망하는 직무를 수행한다.

　중학교 역사책을 보면 의병을 기록한 부분은 두세 줄밖에 되지 않는다. 그 두세 줄의 행간에 수만 명의 고통과 임리한 피가 응결되어 있는 것이다.

〈관부연락선〉의 주인공 유태림이 의병 대장 이인영의 기록을 읽으며 역사의 무게라는 것을 새삼스럽게 느끼는 대목이다. 작가는 바로 이러한 정신, 역사의 행간을 생동하는 인물들의 사고와 행동, 살과 피로 메우는 정신으로 이 소설을 썼다. 그것은 곧 그가 독특한 표식으로 내세운 역사와 문학의 상관관계이기도 하다.
　이 소설은 동경 유학생 시절에 유태림이 관부연락선에 대한 조사를 벌이면서 직접 작성한 기록과, 해방 공간에서 교사 생활을 함께하며 해설자인 이 선생이 유태림의 삶을 관찰한 기록으로 양분되어 있다. 그리고 이 두 기록이 교차하면서 순차적으로 진행되고 있으며, 따라서 하나의 장이 이 선생인 '나'의 기록이면 다음 장은 유태림인 '나'의 기록으로 되는 것이다.
　유태림의 조사를 통해 관부연락선의 상징적 의미는 물론 중세 이래 한일 양국의 관계가 드러나기도 하고, 이 선생의 회고를 통해 유태림의 가계와 고향에서의 교직 생활을 포함하여 만주에서 학병 생활을 하던 지점에까지 관찰이 확장되기도 한다.
　때에 따라 관찰자인 이 선생의 시점이 관찰자의 수준을 넘어서는 전지적 시점으로 과도히 진입하는 경우가 적지 않으며, 유태림에게서 들은 얘기를 종합했다는 태도를 취하면서도 실상은 유태림

자신이 아니면 설명할 수 없는 부분도 간간이 눈에 띈다. 또한 이야기의 내용에 있어서도 진행되는 사건은 픽션인데 각주를 달고 각주의 문면은 실제 그대로여서 소설의 지위 자체를 혼란스럽게 만드는 대목도 있다.

이는 아마도 이 소설의 대부분이 작가 자신의 사고요 자전적 기록인 까닭으로, 사실과 픽션에 대한 구분 자체가 모호해져 버린 결과가 아닌가 싶으며, 어쩌면 작가는 소설의 전체적인 메시지 외의 그러한 구체적 세부를 덜 중요하게 생각한 것이 아닌가 싶기도 하다.

작가가 시종일관 이 소설을 통해 추구한 중심적인 메시지는, 그 자신이 소설의 본문에서 기록한 바와 같이 '당시의 답답한 정세 속에서 가능한 한 양심적이며 학구적인 태도를 가지고 살아가려고 한 진지한 한국 청년의 모습'이다. 능력과 의욕은 가지고 있으면서도 이렇게도 못하고 저렇게도 못하기로는 유태림이나 우익의 이광열, 좌익의 박창학이 모두 마찬가지였다.

일제시대를 지나 해방 공간의 좌우익 갈등 속에서도 교사와 학생들이 어떻게 처신해야 옳았으며, 신탁통치 문제가 제기되었을 때 어떻게 하는 것이 올바른 선택이었으며, 좌우익 양쪽 모두의 권력에서 적대시될 때 어떻게 처신해야 옳았겠는가를 작가가 질문하는 셈인데, 거기에 이론 없이 적절한 답변은 주어질 수가 없을 것이다. 작가는 다만 이를 당대 젊은 지식인들의 비극적인 삶의 마감 ― 유태림의 실종 및 다른 인물들의 죽음을 통해 제시할 뿐이다.

"한국의 지식인이 그 당시 그렇게 살려고 애썼을 경우, 월등하게 좋은 환경에 있지 않는 한 거개 유태림과 같은 운명을 당하지 않았을까 하는 생각"이나 "유태림의 비극은 6·25 동란에 휩쓸려 희생된 수많은 사람들의 비극과 통분되는 부분도 있지만, 일본에서 식민지 교육을 받은 식민지 청년의 하나의 유형"이라는 기술들은 곧 상황 논리의 거대한 물결에 불가항력적으로 침몰할 수밖에 없는 인간의 모습이라는 인식과 소통된다.

유태림이 동경 유학 시절에 열심을 내었던 관부연락선에 대한 연구는 바로 이 상황 논리의 발생론적 구조에 대한 탐색이었으며, 제국주의 통치국과 식민지 피지배국을 잇는 연락선이 그것을 극명하게 상징하고 있다는 바탕 위에 놓여 있다 할 것이다.

유태림이 관부연락선을 도버와 칼레 간의 배, 즉 사삼프튼과 르아브르 간의 배에 비할 때 영락없는 수인선이라고 해도 과언이 아니라고 적으면서도 이를 맹목적 국수주의의 차원으로 몰아가지 아니하고 그중 80퍼센트는 조선의 책임이라고 수긍하는 것은, 을사보호조약에서 한일합방에 이르는 역사적 과정에 있어서의 민족적 과오의 반성을 병렬시키고 있기 때문이다.

이와 같은 역사적 관점의 정립과 더불어 작가는 매우 비판적이고 분석적인 어조로 당대의, 특히 좌익 이데올로기의 허실을 다루어 나간다. 아마도 이 분야에 관한 한 논의의 전문성이나 구체성에 있어 우리 문학에 이병주만 한 작가를 찾기는 어려울 것이다.

예컨대 "여순반란사건이 대한민국 정부를 위해서는 꼭 필요했던 시련"이라는 언술이 있는데, 이와 같은 수사는 여간한 확신과 논리적인 자기 정리 없이는 쓸 수 없을 터이다. 그의 논리에 의하면, 만일 그런 반란 사건이 없었고 그러한 반란 분자들이 정체를 감춘 채 국군 속에 끼어 그 세위를 확장해 가고 있었다면, 6·25 동란 중에

국군 가운데서의 반란을 방지할 수 없었을 것이라는 가설이 세워
진다.

동시에 그는 남한에서의 단독 정부 수립과 이승만 정권의 제1공
화국 성립이 필수불가결한 일이었다고 변호하고 그럴 만한 이성적
인 논리를 앞세워 이를 차근차근 설명한다. 이 험난한 이데올로기
문제에 이만한 토론의 수준을 마련한 작가가 우리 문학에 쉽지 않
다는 감상과 더불어, 우리는 그의 주장이 단순한 보수 우익의 기득
권 보호 의지와는 차원이 다르다는 사실을 인정하지 않을 수 없다.
말하자면 그는 한국 문학의 지평 위에서 소설을 통해 심도 있는 정
치 토론을 유발한 거의 유일한 작가이다.

그렇기에 그가 계속해서 내보이는 여운형, 이승만, 김구 등 당대
정치 지도자에 대한 인물평에는 우리 시대의 정치사에 대한 새로
운 개안을 가능하게 하는 힘이 있다. 특히 그는 여운형 암살 사건
에 대하여, "몽양의 좌절은 이 나라 지식인의 좌절이며 몽양과 더
불어 상정해 볼 수 있었던 모든 가능성의 말살"이라고 개탄했다.

이 모든 혼돈하는 세태 속에서 유태림과 그의 동류들은, 역사의
파고가 높고 험한 만큼 가혹한 운명적 시련과 부딪칠 수밖에 없었
다. 유태림이 실종되기 전에 그가 좌익 기관에도 잡히고 대한민국
검찰에도 걸려들고 한 사실 자체에 적잖은 충격을 받는 대목이 나
오는데, 이는 실로 당대의 이 나라 젊은 지식인들이 회피할 수 없
었던 구조적 질곡을 실감 있게 드러내 준다.

이 소설의 마지막, '유태림의 수기 5' 끝부분은 이렇게 막음되어
있다.

운명……. 그 이름 아래서만이 사람은 죽을 수 있는 것이다.

다른 소설들에서 ‘운명’이라는 단어가 등장하면 토론은 종결이라고 하던 작가가 유태림의 비극을 운명의 이름으로 결론을 내렸을 때 거기에는 도도한 역사의 흐름에 밀려 부서져 버린 한 개인의 삶에 대한 깊은 조상이 함유되어 있다. 운명의 작용을 인식하고서 그 비극의 답안을 발견했다는 어투도 된다.

작가는 ‘작자부기’에서 “소설이라는 각도에서 볼 때 〈관부연락선〉은 다시 달리 쓰여야 하는 것이다”라고 적었고, 송지영 씨가 ‘발문’에서 “어떠한 소설 〈관부연락선〉도 그 규모에 있어서 그 내용의 넓이와 깊이에 있어서 이처럼 감동적일 수는 없을 것이라는 결론에 이르렀다”고 반박했다. 소설의 순문학적 형틀이 완숙해야 한다는 측면에서 작가의 말은 틀리지 않으며, 소설 전체의 박진감과 감동에 있어서 송지영 씨의 표현 또한 틀리지 않는다.

우리 역사에는 너무도 많은 유태림이 있으며 그들의 아픔과 비극이 오늘날 우리 삶의 뿌리에 맞닿아 있다. 이 명료한 사실을 구체적 실상으로 확인하게 해 준 것은, 오로지 이 작가의 공로이다.

_2

체험소설의 발화법, 그 특성과 한계
─손창섭의 소설

　'예술적 형상은 현실의 반영'이라는 등식이 통용되던 시대의 작가는, '그 명제가 옳지만 단지 그것만을 주장한다면 이는 오류'라는 판단이 일반화된 시대의 작가보다 행복했을지도 모른다. 세계관과 창작 방법의 분리 문제를 걱정하지 않아도 좋았던 시대적 상황 속에서 작품 활동을 한 작가는 "험한 시대를 깨어 있는 정신으로 살았다"고 말한 밀턴의 아포리즘에 충실하면 그만이었다.

　기교주의나 과도한 형식 실험을 동반한 모더니즘 문학과, 사회적 실천 문제를 앞세운 보다 직접적인 화법의 리얼리즘 문학이 독자들의 공감대를 나누어 가지는 오늘날에 이르러 체험 중심의 문학은 언뜻 단조롭고 덜 세련되어 보이기도 한다. 하지만 그와 같은 단계를 밟아 오면서 우리 문학의 내용이 다져졌다고 할 때, 결코 전 시대의 투박한 문학이 지금의 개량된 시각으로부터 일축될 수 없다.

　"나는 나의 다리를 이끌어 주는 유익한 램프를 갖고 있다. 그것은 경험이란 램프다"라고 O. 헨리가 말했는데, 이제 우리는 O. 헨리식 인식의 방법으로 우리로부터 한 세대 전의 작가 손창섭의 작품 세계를 살펴볼 터이다. 소설 문학이 사회상을 반영하는 것이며, 그 사회나 시대정신의 가장 첨예한 테제와 긴밀하게 대결하면서 그것이 안고 있는 본질적 특수성을 개시해 보여 준다는 측면에서 보면, 손창섭은 주목에 값할 만한 작가이다.

손창섭은 1922년 평양에서 출생했다. 14세 때 고향을 떠나 10년간 만주와 일본의 경도, 동경 등지를 전전하면서 고학으로 중학교를 거쳐 일본 대학에서 수학했으며, 해방 이듬해인 1946년에 귀국하고 그로부터 2년 뒤에 월남했다. 한때 교원으로 있었으며 출판 관계의 일에 주로 종사했다.

1952년 단편 〈공휴일〉, 1953년 단편 〈사련기〉가 〈문예〉에 추천되어 문단에 데뷔했지만, 연보상으로는 그보다 3년 전인 1949년 단편 〈얄궂은 비〉를 발표한 것으로 되어 있다.

1955년 〈혈서〉로 제1회 현대문학 신인상을 수상했고 단편소설 위주로 작품 활동을 하면서 1959년 〈잉여인간〉으로 제4회 동인문학상을 수상했다. 같은 해 장편 〈낙서족〉을 발표한 후, 첫 창작집 〈비오는 날〉과 〈낙서족〉을 간행했으며 신문 연재 등으로 장편소설을 쓰기 시작했다. 1969년 〈손창섭 대표작 전집〉을 간행했으며, 1973년 도일하여 일본에 귀화했다. 그 후로도 1978년 한국일보에 장편 〈봉술랑〉을 연재한 바 있다.

지금까지 대다수의 평자들은, 손창섭의 소설을 암울하고 폐쇄된 현실 속에서 패배하고 절망한 인물들을 구도화한 것이라고 보아 왔다. 당대의 사회적 배경, 작가의 환경 조건과 기질, 작품의 어조와 분위기 등으로 보아 그러한 평가는 당연한 귀결일 것이다. 더구나 그는 인생의 추악하고 일그러진 단면을 극명하게 묘사함으로써 개성적인 작가의 반열에 올라선 경우에 해당된다. 손창섭 소설의 이와 같은 문맥을 해명하기 위하여 우리는 그의 삶이 어떠한 토대 위에 서 있었는가를 살펴보는 것이 유익할 터인데, 중요한 것은 그가 동시대의 다른 사람들과 마찬가지로 불우하고 참담한 상황 속에서 성장하고 생활했다는 사실을 확인하는 일이 아니라, 그러한 상황을 통해 형성된 매우 독특하고 도전적인 삶 의식을 어떻게 소설로 발화하고 있는가를 견주어 보는 일이다.

또 한 가지 우리가 관심 깊게 살펴보아야 할 일은, 손창섭이 시종일관 그러한 비정의 신화와 자기 모멸에만 사로잡혀 있지 않다는 사실이다. 그는 작품 활동의 후반기에 와서 분명한 문학적 변신을 보여 준다. 물론 그 변모에 따른 문학성의 성과는 별개의 것이지만.

이 글은 손창섭 소설 연구의 경향과 범위의 현 단계를 검토하고 이에 잇대어 그의 소설이 보여 준 변모의 과정과 그 득실의 평가에까지 논의의 폭을 넓히기 위한 것이다. 아울러 이 작가를 통해 당대의 우리 문학이 안고 있던 숙제가 무엇이었는지 밝혀 보고자 한다.

현실에의 부정적 시각과 자기 폭로

손창섭의 소설이 작가의 삶을 기본적인 토대로 하고 있고 그 삶은 시대적, 사회적 배경의 직접적인 영향권 안에 있었다는 사실 때문에, 그의 소설은 문학과 사회의 연관성을 설명하는 데 자주 인용되는 보기가 되어 왔다.

지금까지 발표된 손창섭의 소설에 대한 비평은 대체로 몇 개의 골자로 간추려질 수 있다. 시에 있어서 애매모호성이나 소설에 있어서 다면적 해석의 여지와 같은 입체적 창작 방법은 손창섭과는 거리가 멀다. 그는 선택된 제재를 향해 망설이지 않고 곧바로 나아간다. '작가여적'이란 글에서 모파상의 〈목걸이〉를 두고 그는,

나 같으면 작품에 나오는 목걸이가, 가짜라는 점을 첫 줄에서 먼저 밝혀 놓겠다. 그러고 나서, 목걸이를 빌려 갔던 그 여인이 가짜 목걸이를 진짜 목걸이로만 알고, 그것을 보상하기 위해 오랜 세월을 두고 고심참담하는 이야기를 자질구레하니 전개시켜 나갈 것이다.

라고 쓰고 있다. 문학적 수식의 방법이나 기교를 부차적인 문제로 생각하고 단도직입적으로 문제적 상황에 부딪쳐 가는 소설 작법은, 한편으로 우리 문학사상 유례가 드문 강렬한 개성의 산출을 가능하게 했지만, 다른 한편으로 그의 전체 작품이 몇 마디의 언술로 요약될 수 있는 동어 반복적인 단조성과 일회성에 그치게 하는 결과를 초래하기도 했다.

손창섭이 "〈문예〉지에 〈공휴일〉과 〈사련기〉로 추천을 받아 문단에 나온 이래 센세이셔널한 문제 작가"(윤병로)였으며, "시대와 사회를 보는 작가의 독특한 눈과 소설적 재미가 악수하여 아쉬운 대로 소설의 성격을 고찰할 수 있는 매력 있는 예"(유종호)이면서, "자기 폭로를 통한 사회 고발의 동기와 그 독자성"(정창범) 및 "형이상학적 의식의 심연 속에 부동하는 인간의 아이디어"(이어령)를

통해, "인간의 문제가 이렇게 중대하게 달리 취급"(조연현)됨을 보여 주고 있다는 언급들을 통해, 우리는 손창섭 소설의 대체적인 면모를 그려 볼 수 있다.

그의 유다른 개성이 뿌리내릴 수 있는 토양은 시대와 사회를 보는 작가의 부정적인 시각이 독자들의 주의력을 붙들어 두는 설득력 있는 문장력과 자기 폭로라는 형식으로 소설의 스토리를 꾸려 나가는 담화의 역량에 결부되어 마련되고 있다. 그러할 때 손창섭은 전후 1950년대의 흉흉한 사회 현실 속에서 당대 삶의 본질을 소설로써 부각함에 있어 한 모퉁이의 몫을 채운 작가라 불러도 무방할 것이다.

손창섭이 '자화상'이란 부제를 달아 발표한 〈신의 희작〉(1961)을 비롯하여 자전적 요소가 강한 작품들을 면밀하게 살펴보면, 그 저류에 일관해서 흐르고 있는 무엇인가를 발견할 수 있다. 그것은 열등감, 소외감, 섹스 콤플렉스, 무모한 도전 같은 것들이다. 도가 지나친 야뇨증이나 불우한 가정환경으로부터 출발한 열등감 및 소외감은 〈신의 희작〉에서 작가 자신인 S가 상급생의 앞길을 가로막고 "야이, 이 새끼야, 내 눈깔 좀 봐라. 난 부모두 형제두 집두 돈두 없다"고 앙칼지게 쏘아붙이는 데서 단적으로 드러난다.

그의 열등감이 소설의 분위기를 구성하는 데 일조한다 하더라도, 눈과 귀가 쇠퇴한 베토벤이 훌륭한 음악을 남길 수 있었던 사실과는 벌써 그 궤적이 다르다. 섹스 콤플렉스는 어린 날의 생활환경, 어머니에 대한 개운치 않은 기억 같은 데서 유래한 것으로 그가 토로하고 있는데, 여기에는 오이디푸스 콤플렉스처럼 일말의 정돈된 질서는 없다.

그의 주인공이 무모한 도전을 감행하는 것은 주로 중반 이후의 작품에 나타나며, 앞서 나열한 부정적 요인들이 결합되어 극심한 자학과 충동적인 공격욕을 형성하고 결국 앞뒤가 맞지 않는 무모한 행동을 유발하는 것이다. 그 양태를 보고서 우리는, 작가가 강박신경증과 같은 정신의학적 증상을 보이고 있지 않나 의심할 정도이다.

손창섭은 〈문예〉지 추천 소감에서,

　돌, 나무, 염소, 개, 제비, 두더지, 노루, 이런 것들의 어느 하나로 태어나지 않았는지 모르겠다. 하고많은 물건 가운데 하필 인간으로 생겨났는지 모르겠다. 일찍이 나는 인간 행세를 할 수 있다는 것에 자신을 느껴 본 적이 없다. (중략) 나는 염소이고 싶다. 노루이고 싶다. 두더지이고 싶다. 그나마 분에 넘치는 원이 있다면 차라리 나는 목석이노라. 나의 문학은 목석의 노래다. 목석의 울음이다. 목석의 절규다.

라고 썼다. 그는 작품 활동을 시작하면서부터 인간이 동물보다 하등 나을 게 없다는 생각을 갖고 있었다. 그래서 그의 주인공들은 반푼수 지식인, 병자, 불구자, 철면피하고 파렴치한 인간 등의 모습으로 얼굴을 내민다. 그리고 음산한 비의 이미지가 군데군데 얼룩져서 암울한 세계를 구성하는 데 조력한다. 우리가 이러한 소설적 분위기를 큰 거부감 없이 받아들이게 되는 것은 앞서 말한 문장력과 이야기꾼으로서의 힘, 그리고 그가 소설적 스테레오 타입의 구사에 능하다는 기법상의 미덕 때문일 터이다.

우리가 일상생활 속에서 흔히 접하는 고착적인 인간의 속성들을 소설 속에 교묘히 배치함으로써 그는 이국의 거리를 거닐면서도 고향 산하의 풍물과 마주치는 듯한 안도감을 느끼게 한다. 예컨대 〈공휴일〉에서 파혼 선언을 하러 가는 아들을 보고 어머니가 "가정이나 여성에게, 아니 누구하고든 도무지 알뜰히 굴 줄 모르는" 아들이 좋은 의미에서 약혼녀를 찾아갈 결심을 한 줄 알고 반색을 하며 "얼굴에 환히 주름이 펴지는 것"으로 이야기를 끌어 나가는데, 우리에게 익숙한 그 어머니의 표정이 곧 아들의 행위를 안정적으로 설명해 주는 소설 구성법의 소산임을 알 수 있다.

손창섭이 작가로서 사회를, 그리고 인간을 보는 시각의 부정적 성향은 작품 제목에서도 선명하게 드러난다. 삶의 내실을 향상시키려는 의욕 없이 나태함에 침잠한 공휴일 같은 정신 상태를 말하는 〈공휴일〉, 감옥에 갇힌 인간들의 정황이 우리 속에 갇힌 동물의 형편과 다르지 않다는 〈인간동물원초〉, 인간의 선의지가 정상적인 생활력으로 발현되지 못할 때 남아돌아가는 물건과 같다고 보는 〈잉여인간〉, 삶에 있어서의 정신적 부피가 증발하고 물량적 수치와 개량주의의 그늘 아래 인간을 상품처럼 취급하는 〈인간시세〉, 그리고 인간관계의 진솔성을 정면적으로 받아들이지 않고 낙서처럼 무가치하게 여기는 〈낙서족〉 등의 작품 제목을 일별해 보면, 부정적인 사회와 패배한 인간을 보는 시선을 따갑게 느낄 수 있다. 작가이기 이전에 인간으로서의 자신을 의도적으로 모독하고 인간의 정신적 가치를 철저하게 하락시키려는 주견이 역력하게 드러난다.

그러면서 손창섭은 암담한 현실 속에서 반항 의지가 완전히 말살된 인간 군상, 인간다움의 조건들이 헐가로 방매되는 가치 덤핑의 세계를 시대적 조건보다 더 강한 퍼스낼리티로 그리고 있다. 여기에서 '시대적 조건보다 더 강하다'는 지적은 중요하다. 삶의 고난과 질곡으로부터 오는 중압감이 너무 무거워서, 동시대 사람들의 내면적 진실이 어떤 모습으로 응결되어 있으며, 그것은 또한 어떤 방향으로 매듭이 풀려 가야 할 것인가, 그 시대적, 역사적 원인이 무엇이고 책임이 어떠하며 이를 누가 감당해야 할 것인가를 가늠하는 방향감각이 자라날 여지가 없었음을 짚고 넘어가는 것이 좋겠다.

그것은 손창섭의 소설이 당대의 문학적 풍토와 동행하면서 형성한 한계점을 드러내는 동시에, 우리의 전후문학이 왜 근대문학사의 돌올한 봉우리에 설 수 있는 역작을 산출하지 못하였는가를 함께 밝혀 주는 근거가 되기도 한다.

이러한 상황은 해방 후, 특히 전후의 젊은 작가들이 해방 전에 나온 작가들과 구분하여 자기들을 '신세대'라 부르면서 외형적 사건보다 내면적 심상의 묘사에 더 비중을 두기 시작한 창작 태도의 연장선상에 있고, 해외에 있어서는 영국의 '앵그리 영맨', 미국의 '비트 제너레이션' 등 새로운 문예사조와도 동류의 문학적 등가물로 접맥되어 있다.

그러나 한 사람의 인간이, 한 작가가 참으로 철저하게 비인간적일 수 있을까? 정도를 넘는 비정상적인 의식 세계를 펼쳐 놓는 것은, 이를 뒤집어 볼 때 정상적인 의식의 테두리를 인식하고 있으며 나아가 정상으로 환원하고자 하는 욕구를 내포하고 있는 것이 아닐까? "고뇌를 아는 인간이 웃음을 발명했다"고 한 니체의 선언적 경구는, 그러한 의식 세계의 이중적 의미를 통찰하지 않고서는 가능한 일이 아닐 터이다.

이와 같은 이유에서, 눈에 보이는 모든 물상을 부정적으로만 받아들이는 작품 활동의 초기 단계에서부터 손창섭이 알게 모르게 소설 속에 깔아 놓고 있는 자기 연민의 편린을 우리는 주목해 볼 필요가 있다. 그의 소설을 전체적으로 통독해 보면 결국 그러한 우리의 주목이 요긴한 일이었음을 알게 되기 때문이다.

비록 사회와 타인과 자기 자신을 완강하게 평가절하 시키고 있기는 하지만, 창을 뚫고 지하실에 이르는 두어 줄기 햇살처럼 희화화된 유머를 주의 깊은 독자는 찾아낼 수 있을 것이다. 처음엔 미약한 이 소립자가 철저한 자기부정을 거치면서 드디어는 긍정적 삶과 문학을 끌어내게 되리라는 예측을 가능케 하는 단서로 기능하고 있다.

밝은 세계를 향한 변화의 움직임

1952년 〈공휴일〉을 발표한 이래 1958년 〈잉여인간〉에 이르기까지 7년간에 걸쳐 내놓은 20여 편의 초기 소설들은, 어두운 지하에 유폐된 개인의 기록이었다. 예술가의 육체적 불구나 혹독한 내면적 고통을 모태로 하여 종종 탁월한 예술 작품이 생산되는 경우가 있음을, 우리는 슈만의 음악, 고흐의 그림, 게오르그의 문학에 기대어 알고 있고 더 가까이로는 이상의 시와 소설에 나타난 정신적 고투를 통해 보아 왔다.

만약 손창섭이 가열한 내면세계의 통증을 지하실 밖으로 끌어내어 빛바래게 하지 않고, 더욱 그 속으로 가라앉아 그 통증의 질긴 외피에 싸인 중핵적인 인자를 삶의 진면목을 드러내는 효능 있는 본보기로 부화시킬 수 있었다면, 이 작가의 소설을 평가하는 우리의 준거 틀을 바꾸어야 했을지도 모른다.

아무튼 손창섭의 소설은 〈잉여인간〉이 쓰이는 시기를 전후해서 조금씩 향일의 율동을 보이기 시작했다. 그 변모의 문맥은 아래에서 구체적으로 논술하겠지만, 이 무렵 손창섭의 문학적 장래에 대한 유종호의 비평은 음미할 만한 가치가 있다.

나는 내가 겪어 보아서 파악한 대로의 인간을 그렸을 뿐이다. 인간을 공연히 미화하는 호의나 우정을 인간에게 베풀 필요는 없다. 그들의 추태를 두둔해서 가려 줄 이유도 내게는 없다. 나에게 아무런 호의나 우정도 베풀어 주지 않는 인간들에게 어째서 나만 유독 일방적으로 호의를 베풀어야 한다는 말인가? 오는 말이 고와야 가는 말이 고울 게 아닌가? 내가 남에게 좋은 일을 하기 위해서 글을 쓰는 줄 아는가?

"〈설중행〉에서 고 선생의 입을 빈다면" 하고 전제를 붙여 허무한 작품 세계의 개혁을 요구하는 문학계에 내심 이렇게 항변했을지도 모른다는 이 글은, 소설적 분위기가 변모의 갈림길에 서기 전까지의 손창섭 소설을 지배하고 있는 절박한 창작 심리를 추출해 낸 강론이다.

이어서 유종호는 "인생을 무의미한 낙서로 보고, 인간을 주책없는 낙서꾼이라고 보면서도 그것을 표현하는 데 고심참담한 청서로 했다는 사실을 새삼스레 기억할 것이다. 그리하여 어느 화창한 봄 날, 그의 얼굴에 회심의 미소가 떠오르면서 이렇게 중얼거리지 않는다고 누가 단언할 수 있으랴?"라고 말하면서, 고 선생의 변화된 어투를 다음과 같이 추론하였다.

인간들도 너무했지만 나도 너무했다. 사실 지나놓고 보니 조금 과했다는 생각도 든다. 인간이란 그렇게 무가치하고 몹쓸 존재는 아니다. 역시 이 세상은 한번쯤 살 만한 곳이다.

결론적으로 말하자면, 이 예언은 한 비평가의 대단히 예리한 안목을 입증하였다. 손창섭은 자신의 내부에 촉발되기 시작한 감정의 유로와 주변 상황의 변화를 아울러서 청개구리의 보호색처럼 문학적 체질을 바꾸게 된다. 하지만 푸른색 잎사귀 위에 앉아 있을 때의 푸른색 청개구리가 보다 청개구리답듯이 한 발 햇볕 비치는 땅으로 내려선 변색의 손창섭은 그때까지의 치열한 내면 의식을 적지 않게 손상시키고 있다.

그러면 이제 손창섭의 소설이 당초 뿌리내렸던 입지점과 점진적인 향일 작업 및 그 연후의 문학적 성과 문제를 검토해 보기로 하자. 손창섭의 초기 작품들이 부정적인 사회 현실과 비관적인 인간 관계를 매우 시니컬한 눈길로 바라보는 형태임은 앞서 말한 바와 같다.

〈공휴일〉의 도일은 가족 관계의 친화력을 믿지 못하며 회사의 상사나 동료처럼 그저 언제든지 가볍게 헤어질 수 있는 대상이 아닌지 의심한다. 그래서 누이더러 '도숙 씨'하고 부르거나 어머니에게 "어머니가 정말 날 낳으셨수?" 하고 질문해 본다. 〈사련기〉의 성규는 병으로 죽어가면서도 아내 정숙과 친구 동식을 믿지 못하는 비틀린 인간상인데, 그들 세 사람 사이에 얽힌 과거 사연이 이 우울한 삼각관계를 어두운 장막 속으로 몰아가고 마침내 성규의 죽음에 뒤이은 정숙의 자살을 가져온다. 어쩌면 청신한 교유가 가능하리라 여겨지는 동식과 정숙의 관계는 끝내 밝은 빛으로 조명되지 않는다. 〈비오는 날〉의 원구는 친구의 여동생 동옥을 집주인이 사창가에 팔아넘겼을 것이라고 짐작하면서도 끝내 한마디 따져 묻지 못하는 무기력자이다. 〈생활적〉의 동주는 대답하기가 귀찮아 우물에 오물을 퍼 넣었다는 오해를 풀려 하지 않는다. 〈혈서〉의 규홍, 달수, 준석, 창애는 삶의 활력과 올바른 방향감각을 상실해 버린 인간 군상을 대변한다. 그리고 〈피해자〉의 병준은 장인과 아내에게 눌려 얼토당토않은 혹사를 당하면서도 그 가운데서 자기를 찾아 세울 생각조차 못하는 무능력한 인물이다. 엄밀한 의미에서 그는 피해자가 아니다. 피해자란 최소한 자신이 부당한 대접을 받고 있다는 사실을 자각할 수 있어야 할 것이며, 그와 같은 자각은 자기 자리와 소임을 지키려는 최소한의 자존심을 바탕으로 할 것이기 때문이다.

이와 같은 캐릭터들이 전후의 시대적 삶의 굴곡 속에서 점하는 위상은, 식민지 시대의 한가운데서 권태와 무력감에 빠져 있는 이상 소설의 캐릭터들보다 그 치매함이 한결 더 심하다. 〈날개〉의 주인공은 그래도 자기 존재의 의미를 구체적으로 탐색해 보려는 의지를 지속적으로 전개한다. 더구나 정오의 사이렌 소리와 함께 건물 옥상에 선 그의 겨드랑이에 날개가 돋고 있다는 환각은, 그때까지의 졸렬하고 치기 어린 캐릭터의 존재값이 신화적 상징으로 채워지면서 소설 전체를 단선적인 논리로 해석할 수 없도록 하는 절묘한 마무리 기법을 보여 준다.

손창섭의 소설이 〈날개〉가 넓혀 놓은 권태로움과 무기력함의 다층적 지평을 모두 밟아 보지 못하는 것은 앞에서 지적한 대로 어쩌면 도중의 노선 변경으로 말미암았을 가능성이 짙다. 또한 그가 시대사의 변환에 따라 개인사의 개량을 기도했다 하더라도, 그렇다면 어느 정도의 사회성이나 역사성을 작품 속에서 수용하는 비판적인 작가 의식을 확보했어야 옳았다는 비난은 면하기 어려울 것이다.

우리가 단편적으로 살펴본 이 초기의 작품들에서는 전도된 도덕적 가치관과 상실된 방향성, 미래지향적 향상심이 전혀 없는 암울한 현실의 모습들만이 담겨 있다. 〈혈서〉에서 규홍이 '혈서'라는 제목으로 쓴 시는 이를 압축적으로 제시해 준다.

혈서쓰듯
혈서라도 쓰듯
순간을 살고 싶다

(중략)

모가지를
이 모가지를
뎅겅 잘라

내용 없는 혈서를 쓸까

일반적인 의미에 있어서 혈서란 가장 고양된 생명의 상태, 정제된 이념, 강인한 의지 가운데서 가능하며, 인간이 물리적인 힘으로 밀고 나아갈 수 있는 극단적인 한계를 표상한다. 손창섭은 생명 그 자체인 '모가지'를 '뎅경 잘라 내용 없는 혈서를 쓸까' 하고 회의하는 극심한 파행성의 의식을 그려 놓은 것이다.

어두운 작가의 가슴 한구석에서 조금씩 얼굴을 내밀기 시작하는 삶에 대한 긍정적 의욕은 〈미해결의 장〉, 〈인간동물원초〉, 〈설중행〉, 〈낙서족〉 등의 작품 속에서 산견된다. 물론 이는 암운이 감돌고 있는 사이로 비치는 한 줄기 햇살 같은 것이며, 전체적으로 무겁고 비극적인 분위기는 그대로 남아 있다.

〈미해결의 장〉에서 지상은, 비록 실천적 구속력은 없으나 드디어 '인생의 해결'에 관해 생각해 보기 시작한다. 〈인간동물원초〉의 통역관은 감옥 창살을 통해 밖을 내다보며,

모두들 푸른 하늘이, 저 드높은 하늘이 그리운 게지! 저 하늘을 차지하고 싶거든 용감해져야 합니다. 강해져야 한단 말입니다.

라고 말한다. '약자끼리의 싸움이란 언제나 강자를 위한 자멸'임을 알고 있는 그는 '남을 깔보는 것 같은 눈웃음'의 주인이기는 하나 스스로 자기 의식을 조정할 수 있는 인물이다. 〈설중행〉의 고 선생은 제자로부터 감금되어 있는 자아를 발견하고 그 운명적인 속박으로부터 벗어나려는 결의를 보인다. 그것은 '치미는 분노를 누를

수가 없는' 심적 상태에까지 나아간다. 고 선생이 '평생 처음 부당한 모욕을 당한 것 같다는 생각이 막연히 들었다'고 느끼는 것과 마찬가지로, 손창섭의 소설도 그의 소설사상 볼 수 없었던, 부당함에 대해 분노할 줄 아는 인물을 형상화하고 있다. 그리고 〈낙서족〉의 상희는 어느 정도의 역사의식까지 갖춘 올바른 판단력과 정당한 행위 규범을 갖고 등장한다.

이 변모의 정체가 명확한 에포크를 이루는 작품은 앞의 세 작품과 〈낙서족〉 사이에서 1958년에 발표된 〈잉여인간〉이다. 여기에 나오는 치과의사 서만기는 손창섭 소설의 캐릭터로서는 전혀 생경한 속성을 보인다.

문벌 있는 가문에 태어나서 화초 가꾸듯 정성 어린 어른들의 손에서 구김살 없이 곧게 자라난 만기는 예의범절이 자연스럽게 몸에 배어 있을 뿐 아니라 미술, 음악, 문학을 비롯해서 무용, 스포츠, 영화에 이르기까지 깊은 이해와 고급한 감상안을 갖추고 있었다. 크레졸 냄새만을 인생의 유일한 권위로 믿고 있는 그런 부류의 의사와는 달랐다. 게다가 만기는 서양 사람처럼 후리후리한 키와 알맞은 몸집에 귀공자다운 해사한 면모를 빛내고 있었다. 또한 넓고 반듯한 이마와 맑고 잔잔한 눈은 그의 총명성과 기품을 설명해 주고 있었다. 누구를 대해서나 입을 열 때는 기사가 바둑돌을 적소에 골라 놓듯이 정확하고 품위 있는 말을 한 마디 한 마디 신중하게 골라 썼다. 언제나 부드러운 미소와 침착한 언동으로 남에게 친절히 대할 것을 잊지 않았다.

이 인용은 작가가 서만기의 인품을 최상의 수식어를 달아 묘사해 놓은 부분이다. 이 정도의 인품이라면 손창섭의 소설이나 당대 문학의 예외적 인물이기를 넘어서 오늘날에도 찾기 힘든 탁발한 교양과 인간성의 소유자라 해야 마땅하다. 그는 물질적 곤궁함에 부대끼면서도 금전의 유혹이 따르는 불륜을 물리치고 가족과 친구들을 더없는 선의로 대한다. 이러한 건실한 인품은 손창섭의 소설에 있어 일대 혁신이 아닐 수 없다.

서만기의 친구 채익준은, 집을 떠나 막노동판에서 번 돈으로 아이들의 고무신을 사들고 돌아오는 길에, 아내를 묻고 오는 장모와 아이들, 그리고 친구들과 마주선다. 장모는 "아이구, 차라리 쓸모없는 저 따위나 잡아가지 않구, 염라대왕두 망발이시지" 하고 핍박하지만 채익준의 정황에는 결코 조소할 수 없는 결곡한 진정성이 서려 있다. 그러한 정황은 간호사 홍인숙에 대한 천봉우의 일방통행적 연모에 있어서도 크게 다르지 않다.

나중에 다시 논의하겠지만, 손창섭의 소설이 삶의 의미를 탐색하는 데 있어 지금까지 사용해 오던 색다른 탐조등을 버리고 얼마간의 안전판이 마련되어 있는 일상적인 방향감각을 작동시키기 시작했을 때, 그의 소설을 지탱해 주던 절박성이나 긴장감은 크게 후퇴하게 된다. 쉽게 말하면 소설에서 세계를 보는 시각이 바뀌어 가면서 작품의 질적 저하를 초래하고 있다는 의미이다.

그러한 변모 과정의 공제선상에 놓여 있는 작품이 〈잉여인간〉인데, 이 소설에 동인문학상이 주어졌다는 사실은 시사하는 바가 적지 않다. 전후의 고통스러운 시대 상황으로 보아, 문단의 비중 있는 문학상을 수여함에 있어 자폐적 공간에서 문학적 감응력의 소진을 겁내지 않고 계속해서 소모성의 언어유희를 일삼는 작가로 남아 있었다면, 그의 작품을 선정할 수 없었을 것으로 보이기 때문이다.

손창섭 소설의 변모 과정을 살펴봄에 있어 〈인간동물원초〉를 비롯한 몇 편의 소설이, 참담한 현실과 패배한 인간만이 숨 쉬는 폐허에서 구원 의지의 발아를 엿보게 하는 것임은 앞에서 언급한 바와 같다. 이 작가의 소설을 개별적인 작품의 성향이나 수준에 의거해서가 아니라 전체 작품이 구축하고 있는 도식 속에서 파악해 보면, 〈인간동물원초〉가 '인생의 막다른 골목이기도 한 감방'을 소재로 했다고 해서 일부 비평가의 표현처럼 '더 한층 구슬픈 엘레지로 전환'되었다고 자리매김하는 것은 무리한 논리가 될 수밖에 없다. 수인인 통역관이 감방 안에서 계속해서 창을 의식하고 있는 행위는, 이미 외형적인 힘으로 통제되지 않는 자유의지의 존립 문제를 상정하고 있다고 보아도 무방할 것이다.

〈잉여인간〉이 손창섭 소설의 변모에 있어 분수령을 이루고 있다면 그 고개를 넘어선 길에 선도역을 맡고 있는 작품은 〈신의 희작〉이다. 손창섭은 이 자전적 소설을 통해 그의 삶과 문학을 함께 카타르시스했다. 여기에는 두 해 전에 발표된 〈낙서족〉에서 보이던 자기 미화를 위한 수사적 노력이 전혀 없다. 주인공 S도 "좀 더 정확히 말해서 삼류 작가 손창섭 씨"라고 설명으로 밝혀 놓았다.

그의 소설이 직접적 체험의 소산이며 중요한 작품의 대다수가 변형된 자서전이라 할 때, 〈신의 희작〉은 그때까지 발표된 거의 전 작품의 밑바탕을 이루고 있는 유별난 의식의 정체를 해명하는 데 가장 유용하고 확실한 자료가 된다. 스스로 '삼류 작가'를 벗어나고 있다고 판단한 시점이 아니고서 이처럼 자신의 치부를 백일하에 드러내고 공개적으로 평가받기를 요구하는 사태가 가능할 수 있을까? 결국 손창섭은 이 소설을 통해 작품 세계의 변모를 기정 사실화하면서 내외적 궁핍 속에 허덕여 온 자기 영혼의 구제를 꾀하고 있는 것으로 보인다.

면밀하게 관찰해 보면 〈낙서족〉의 도현과 〈신의 희작〉의 S 사이에는 성격과 행동 방식 등 여러 측면에서 유사점이 발견된다. 작가는 도현을 독립투사의 아들로 분장시키고 무모하며 분별이 없긴 하지만 항일 투쟁을 전개하려는 고급한 목표를 세워 보는 우직한 인물로 묘사하고 있다. 체험적 사실을 토대로 소설을 써 온 그가 이와 같은 미화의 탈을 써 보는 일이 마땅치 않다고 인식했다면, 충분히 〈신의 희작〉 같은 모두 드러내기의 소설을 써야 할 필요를 느꼈을 것으로 볼 수 있다.

손창섭은 점차적으로 밝은 삶의 면모를 소설 속으로 이입하면서 자신의 과거와 주변을 정리할 작정을 했을 터이다. 자기 폭로의 수법은 그가 선택한 가장 효과적인 수단이었다. 이처럼 스스로의 존재를 확인하는 소설적 방법은 한 세대를 격하여 전상국을 비롯한 분단문학의 작가들이 과거 아픈 상흔의 현장을 확인하고서야 화해로운 정신적 질서를 되찾는 방법과, 외면적으로 엇비슷하면서 내용적으로는 판이하게 다르다.

전자는 후자와 같이 삶의 진실을 올곧게 세워 보려는 내밀하고 순후한 인간미가 결여되어 있으며, 사뭇 변칙적이고 무감동적이다. 전상국의 〈아베의 가족〉이나 〈여름의 껍질〉에서 보이는 공감과 설득력을 손창섭의 소설이 확보하지 못하는 이유가 여기에 있다고 보아 틀림이 없을 것이다.

우리는 여기에서 왜 손창섭이 보다 밝은 세상을 향해 더듬거리며 걸어 나오지 않으면 안 되었는가를, 소설의 수용 이론에 비추어서 검토해 볼 수도 있다. 전후의 사회상은 1960년대로 넘어가면서 하루가 다르게 달라졌고 점진적인 안정과 경제적 발전을 보이고 있었다. 독자들의 기호도 예전과 같은 데카당한 문학적 기류를 외면하게 되었고, 더불어 작가가 사회를 보는 눈도 변하고 있었을 것으로 보인다. 손창섭 소설의 강렬한 체험적 성향으로 미루어 짐작컨대 1950년대 후반에 이르러 전후문학의 조류가 퇴조하는 마당에 고집스럽게 예전과 같은 부정적 사회의식의 작품을 쓰고 있을 수는 없었을 것이다.

작품의 우열 문제는 논외로 하고 표면에 떠오른 분위기나 정조를 두고 말한다면, 변모 과정의 마지막 단계에 이르러 손창섭의 소설은 초기에 비해 유암하고 화명한 신천지를 열고 있다. 글의 행간을 채우고 있던 희롱기가 모두 걷히고 간결한 문체로 서정적 감성이 문명에 떠오른 이 경향의 작품으로 대표된 것은 1968년에 발표된 〈청사에 빛나리〉와 다음 해 발표된 〈길〉이다.

〈청사에 빛나리〉는 백제의 충신으로 우리가 익숙하게 알고 있는 계백 장군을, 그 아내 보미 부인의 입을 빌려 우유부단하고 불합리한 성격의 소유자로 공격하는 새로운 관점을 보여 준다.

그처럼 용감히 죽을 각오가 계신 어른이 어찌하여 일찌감치 국운을 바로잡는 데 목숨을 걸지 못하였소. 장군도 나라를 이 지경으로 만든 장본인의 한 사람임을 잊지 마시오. 게다가 사후의 명예에만 급급한 나머지 무수한 장정과 애매한 가족의 희생까지 강요하는 죽음이 어찌 사죄가 된단 말씀이오. 비겁하십니다.

망국 위정자들의 소행을 통렬히 비난하는 보미 부인의 정연한 사고는 그 의중을 표현하는 데 넉넉한 조리와 세련미를 갖추고 있다.

〈길〉은 〈신의 희작〉 이후 8년간의 세월이 경과한 다음에 나온 작품이다. 1950년대 후반의 단편들과 〈길〉 사이에는 '어지러운 외나무다리'가 걸려 있다고 해야 할 만큼 격세지감이 있다. 시골서 상경한 소년 성칠이 끝까지 순순한 마음을 잃지 않고 하향하게 하는 작가는, 부정적인 인물들에게조차 따뜻한 인간애를 부어 주고 있다. 성칠은 이 작가의 향일 작업이 빚어낸 대표주자이며, 작품 세계의 변모를 구체적으로 확인하게 해 주는 증빙인 것이다. 엉망으로 비뚤어져 혼몽해 있던 초기 주인공들의 분절적인 의식은, 이 무렵에 와서 완전히 가지치기를 끝내고 분명한 줏대를 세우게 된다.

〈신의 희작〉 이후에 발표된 〈공포〉, 〈환관〉 등의 단편이나 〈장편掌篇소설집〉, 그리고 〈부부〉, 〈아들들〉, 〈통속의 벽〉 등 장편에는 개성적인 인물들의 갈등이나 선과 악의 대립적 구조 같은, 전에는 볼 수 없었던 소설 본래의 절목들이 드러난다. 우리는 마침내 그가 소설가다운 소설가이기를 작심하였음을 추측할 수 있다. 1950년대 후반부터 이 작가가 〈꼬마와 현주〉, 〈마지막 선물〉 같은 동화를 써온 사실은 또 다른 맥락에서 설명해 볼 필요가 있을 터이지만, 여기서는 작가로서의 구원 의지를 암시하는 미소한 징표로서만 짚어 두기로 한다.

손창섭 소설이 이룬 것과 머문 곳

휘트먼은 "추위에 떤 사람만이 태양을 따뜻하게 느끼고 인생의 번민을 통과한 사람만이 생명의 존귀함을 안다"고 했는데, 이는 일상적인 삶의 법칙일 뿐 제작자와 향유자가 서로 다른 예술이나 문학작품에는 통용되지 않기가 쉽다. 고통의 극점에서 살다 간 예술가들이 위대한 작품을 인류에 선물하고 사라진 예화가 허다하기 때문이다.

암실의 습한 공기에서 청량한 대기권으로 탈출했다고 해서 손창섭의 소설이 지속적 발전의 계기를 만들었거나 문학적 성과를 점가시켰다고 볼 수 없는 것은 앞서 지적한 바와 마찬가지이다. 오히려 초기의 치열한 내면 의식이 둔화되고 대중적 경향을 띠게 됨으로써 소설적 긴박감을 느슨하게 만들고 있다. 결국 손창섭은 휴전 직후부터 4 · 19 사이에 '작가로서의 특질'이 가장 잘 나타나는 작품을 모두 써 버렸다는 지적이 온당할 것이다. 전체적으로 보아 손창섭 소설의 문학성은 변모의 과정과 더불어 퇴행의 길을 걷고 있다.

또 하나 이제까지 우리가 지적을 유보해 온 사실은, 동시대의 사람들이 눈앞의 그림처럼 확연하게 겪고 있는 삶의 어려움과 고통을 시대적, 역사적 안목으로 점검해 보려는 의도가 거의 없다는 점이다. 작가 키플링은 바다의 어둠을 묘사하기 위해 실제로 잠수복을 입고 바다 속으로 들어간 일이 있는데 과연 손창섭이 얼마만큼 깊이 있게 자신의 곤궁한 삶으로 대표되는 당대의 사회 현실을 성실히 들여다보려 했는지, 또 그 들여다봄의 긴요함을 인정하고 있었는지는 의문이다.

이 의문은 좋은 평점을 받기란 쉽지 않을 것이다. 예컨대 〈잉여 인간〉에서 천봉우가 6·25 전란의 피해자임을 언급하고도 그 피해적 상황의 역사적 의미에 대해서는 작가가 전혀 주의를 기울이지 않고 있음을 볼 수 있다. 작가로서 시대성, 역사성에 근접하기를 포기하고 자신의 삶과 문학을 구제하는 길로 돌아서 버린 손창섭이, 〈신의 희작〉에서 여러 번에 걸쳐 감동의 표적이 되고 있는 아내 지즈꼬를 따라 일본으로 귀화한 것은 우연한 일이 아닐 터이다.

활발히 논의가 있어 온 전·중반기 손창섭의 소설을 개관해 보면 그 시작이 비길 데 없이 독특하지만 피해와 자조, 반항과 폭력에의 충동, 억울하다는 의식으로 일관된 인간 관찰이 한 방향으로 고정되어 그 단조로움에서 벗어나지 못하고 있는 것이 사실이다. 비록 "남의 빵이 얼마나 쓰고 남의 사다리 오르내림이 얼마나 고된 것인가를 너 스스로 시험하라"고 단테가 〈신곡〉에서 말했지만, 가혹한 표현일지 몰라도 그는 우리 삶의 승급과 고양을 위해서는 넘어서야 할 작가의 한 사람이다.

조연현은 손창섭의 소설을 러시아 문학과 비교하면서, 도스토예프스키의 주인공이 주검 옆에 앉아 있을 때는 '영롱한 감성과 예지'로 빛나지만 손창섭의 경우는 '병인의 발작'에 그치며 전자의 선량이 '전능한 신성'임에 비추어 후자의 그것은 '치인의 못남'이라고 지적했다.

추태의 연출만이 인간의 진상이 아니라는 측면에서 더 심하게 말해 "이것은 문학의 정도가 아니다"라고 말해 볼 수도 있지 않을까 싶다. 개성의 특이성만으로는 심금을 울리는 감동을 줄 수 없음을 작가 자신도 '아마추어 작가의 변'에서 인정하고 있다.

1950년대의 우리 전후소설이 가진 일반적 양상 가운데 하나는 인물의 수동성이다. 다시 말하여 캐릭터의 내포적인 충동에 의해서가 아니라 외면적 상황에 따라 사건이 전개되는 경향인데, 손창섭의 경우도 예외는 아니다.

이러한 경향은 캐릭터의 심리 묘사를 통해 작품의 폭을 확대하는 데 적지 않은 난관을 노정해 왔다. 중심인물들의 의지가 서로 부딪치면서 갈등의 조건을 마련하고 그 힘으로 이야기의 진행을 맞이하지 못한다면, 소설의 극적 효과나 이야기의 재미, 그리고 결말에서의 감응을 몰아다 주는 데 있어 만만찮은 악조건이 미리 약속되는 것이라 믿어진다. 손창섭 소설의 변모 과정에 따른 문학성의 제고가 실현되지 못한 것은 이러한 한계성과도 무관하지 않을 것이다.

그럼에도 불구하고 우리는 손창섭의 소설을 통하여, 비록 단편적이기는 하나 당대 사회의 가장 극명한 내면 풍경을 가장 독특한 소설적 방법에 기대어서 읽어 낼 수 있다. 아울러 크게는 우리 소설이 당착하고 있던 한계성과 주변성의 문제를, 작게는 한 작가의 전체적인 작품 활동이 그려 가야 할 포물선의 진행 방향에 대한 경각심을 일깨울 수 있다.

한마디 더 덧붙여 말하거니와, 손창섭이 우리 문학사에서 점유하는 좌표는 그의 소설이 그러한 만큼 유난히 예외적인 위치에 있으며, 그 예외성으로 말미암아 오히려 문학의 보편적 성격과 형태를 조명해 볼 수 있게 하는 유익한 범례가 되고 있다.

큰 산의 이단자
—이호철의 소설

이호철 선생—소설가. 1932년 함경남도 원산 출생. 1950년 단신 월남. 실향민의 한 맺힌 삶. 변혁의 시대를 가로질러 온 단단한 비판의식. 십수 권 분량에 이르는 작품 세계. 현대문학 신인상, 동인문학상, 대한민국문학상 본상의 수상 작가. 지금도 계속해서 소설을 제작하고 있는 현역 작가.

이는 필자가 만나 글과 삶에 대한 대담을 나눈 이호철 선생의 개략적인 면모이다. 이사하기 전 한국문학사가 있던 마포의 한 호텔 라운지에서 1시간 30분 동안 선생을 뵈었다. 짧은 시간의 만남을 통해 오랜 삶의 여정과 그 삶의 부피 및 중량이 실린 문학 세계의 주인인 선생의 생각을 깊이 있게 듣기란 당초 불가능한 일이었을지도 모른다.

대담을 마치고 마침 부근에 선생과 가까운 문인이자 매주 일요일마다 함께 등산을 하는 '거시기 산우회' 멤버인 조태일 시인의 시인사 사무실이 있어서 함께 들러볼까 하다가 그만두고 헤어졌다. 조 시인이 광주대학교 교수로 내려가 있음에 생각이 미쳤기 때문이다. 선생은 안국동에서 다음 약속이 있다고 하면서 한강 쪽 버스 정류장으로 걸어갔다. 외투의 옷깃을 세우고 작은 검정색 가방을 멘 채 걸음을 옮기는 선생의 뒷모습을 바라보면서, 필자는 문득 그의 단편 〈큰 산〉에 등장하는 마식령산맥 줄기의 이미지를 떠올렸다.

그렇다! 그는 하나의 큰 산이었다. 자신이 직접 체험한 분단 현실과 분단 시대 사회상의 비극적인 양태를 직시하면서, 회피하거나 물러섬 없는 자세로 이를 소설 문법으로 삭혀 낸, 그리하여 우리 문학사에 실향민과 소시민들의 뿌리 뽑힌 삶의 의미를 묶어서 '이호철 문학'이라는 하나의 봉우리를 마련해 놓은 큰 산이었다.

이와 같은 단정적 언표가 경박한 인상주의적 선입관과 겉치레가 되지 않도록 하기 위해, 먼저 단편 〈큰 산〉의 문면을 검토해 보기로 하자. 1970년에 발표된 이 작품 속에는, 이호철 소설의 서사 구조에 있어 본질적인 모티프가 되는 두 개의 지류가 흐르고 있다. 하나는 선험적 체험으로서의 고향 의식이고 다른 하나는 동시대 현실의 내면 풍경인 소시민 의식이다. 어느 첫눈이 내린 날 아침 난데없이 대문 옆 블록 담 위에 등장한 흰 남자 고무신짝 하나가 불길한 징조로 받아들여지면서, 이를 이웃끼리 서로 남의 집으로 던져 버리는 일이 발생한다. 이 눈먼 소시민적 이기주의에 잇대어서 자연스럽게 초등학교 시절 밭에 버려졌던 신짝 하나가 떠올라오고, 그 정황의 배경으로서 큰 산의 의미가 되살아난다. 이 큰 산은 그곳에 그 모습으로 그렇게 있다는 것만으로 항상 화자의 존재, 화자를 둘러싼 모든 균형의 어떤 근원을 떠받들어 주고 있었던 것으로 기술된다.

이때의 큰 산은 결코 작가 개인의 도피처가 아니다. 파란만장한 현대사의 굴곡을 굽어보면서 훼손되지 않은 상태로 오연한 자태를 드러내고 있는 어떤 근원적인 힘, 그것을 우리는 향토애라고 하는 작은 절목에서부터 민족정신이라고 하는 큰 테두리에 이르기까지 우리 삶의 내포적 진정성의 실체로 고루 대입해 볼 수 있다. 그렇게 보면 이호철 소설의 전체적인 표적이라는 것이, 곧 현실적인 삶의 요동 가운데서 큰 산의 힘과 의미를 찾아서 확립하려는 노고의 소산이라 이름 붙여도 무방할 것이다.

필자는 이 글의 제목에 큰 산과 함께 '이단자'라는 어휘를 사용하였는데, 이는 〈이단자〉라는 4편의 연작으로 된 작품이 있기 때문만이 아니다. 그렇다면 왜 이호철 선생의 이름 앞에 이단자라는 이 단스러운 레토릭을 부가할 수 있단 말인가?

먼저 그의 작품 생산과 관련하여 이 용어의 사용이 가능하다. 전후 1950년대에 패배와 반항의 군상을 그린 전후문학의 작가들 가운데, 지금까지 문단의 자기 자리를 지키고 있는 이는 선생밖에 없다. 또한 사회 환경의 변화와 더불어 많은 작가들이 소설적 발화 방법을 바꾸어 다각도로 모더니즘적 요소를 도입하고 있는 데 비하여, 선생은 30여 년을 한결같이 체험적 사건들을 바탕으로 사실적 리얼리즘의 방식을 고수하고 있다. 근래에 와서 그 과거의 문제들을 새로운 시대적 조건의 프리즘으로 조명하는 일에 있어서도 마찬가지다. 변화의 발걸음이 속력을 더해 가면서 변화 그 자체가 당연시되는, 때에 따라서는 무모한 발상의 현실적 적용조차 상투화 되어 가는 세태 속에서 변함없이 본래의 자리를 고수하고 있는 한 작가의 창작 방식은, 상대적인 의미에서 이단적이다.

다음으로 적극적인 현실 참여의 작가로 알려져 있는 선생의 시대적 상황에 대한 구체적 시각을 확인해 볼 때에도 그러하다. 선생과의 대담을 통해 가장 인상 깊게 확인할 수 있었던 것은, 그의 매우 견고한 균형 감각이었다. 그것은 자칫 진보와 보수 양쪽 계열에서 동시에 비난을 가해 올 수 있을 만큼 명료하고 또 독자적인 것이어서, 오늘날의 지식인들로부터 흔하게 들을 수 없는 논점을 가지고 있었다. 그 내용은 이제 대담을 정리하면서 점차로 밝혀지게 될 터이다.

필자는 선생의 삶의 행적에 관하여, 작품과 내면 의식에 관하여, 그리고 당대의 문학적 성향 및 사회상을 보는 눈에 관하여 순차적으로 질문하였고 선생은 거리낌 없는 답변을 내놓았다. 이제 그 대담으로 돌아가 보자.

외로운 실향민, 곤고한 반체제 지식인의 길

— 연보에 의하면 선생님은 원산에서 출생하시고 원산중학을 마친 것으로 되어 있습니다. 6·25 동란이 발발하여 단신으로 월남하시기까지 18년간 그곳에 거주하신 것으로 되어 있는데요.

— 우리 집안은 원산에서 중농 정도의 가세로 있었습니다. 네 살 때부터 조부 밑에서 천자문을 배웠습니다. 처음에는 천자문을 바로 외웠고 다음으로 거꾸로 줄줄이 외워 인근에서 신동 소리를 듣기도 했습니다. 그 당시에는 어른들이 학동들에게 천자문 책을 매어 주곤 했지요. 어렸을 때의 첫 기억으로 남아 있는 것은 육촌 형

164

이 나보다 먼저 이 책을 매어 받게 되자 하루 종일 울었던 일입니다. 책이라고 하는 것이 운명적으로 나하고 관련되어 있다는 느낌이었고, 그 사실을 몰라주는 어른들이 꽤나 야속했어요. 여섯 살부터 마을 서당에서 당시唐詩, 두율杜律 등을 배웠고, 취학 연령이 되어서는 갈마국민학교에 들어갔어요.

2학년 때 미역을 감다가 급류에 휘말린 적이 있었습니다. 나는 그때 물속에서 힘껏 몸을 뒤채어 목을 내밀어 숨을 쉬고는 다시 깊은 물속으로 들어가는 것을 되풀이하여 전혀 물을 안 마시고 혼자 힘으로 뭍으로 나왔는데, 지금 생각해 보면 이 사건에 나의 성격적 특성이 암시되어 있는 것 같습니다. 그 뒤 어떤 난국도 늘 이런 식으로 감당해 왔으니까요.

우리 마을 이름이 현동리現洞里여서 장난삼아 나는 '현동'이란 호를 쓰기도 했습니다만, 앞으로는 '견산見山'이라고 바꾸려고 해요. 그럴 만한 사연이 있습니다. 우리 마을의 또 하나의 이름은 '전산'이었는데 이 호칭이 어디서 유래되었는지 도무지 알 수가 없었어요. 바로 윗마을들은 한자로는 춘산리春山里, 춘악리春岳里로서, 흔히 통용되기로는 아랫보매기, 웃보매기로 불리었는데 금방 뜻이 와 닿지요. 큰 산에서부터 흘러내려오는 강물을 농업용수로 쓰기 위해 그곳 두 군데에다 보를 막았던 것이었어요. 그 강은 바로 우리 마을 앞을 지나 저 유명한 명사십리 옆을 통해 동해로 들어갑니다. 그 강의 건넛마을은 골짜기가 좁대서 가는골, 곧 세동리細洞里라 하고 아랫마을은 벌미라고 불렀어요. 안변평야의 북쪽 끝머리였으니 '들판의 꼬리'라는 뜻이었을 것입니다.

한데, 우리 마을은 토속 이름으로는 전산이고, 행정구역 이름으로는 현동리인 것입니다. 전산이라는 이름이 어디서 유래되었는지 도통 알 수가 없었고, 행정구역 이름으로도 현동리라는 것이 도무지 이해가 가지 않았습니다. 너무너무 멋대가리 없는 이름이지요. 그런데 바로 이 의문이 최근에야 풀렸습니다. 그 사연인즉, 이렇습니다. 아랫마을 벌미는 행정구역 이름으로는 견산리見山里였는데, 그 이름이 바로 우리 마을 토속명 전산이었던 것이죠. 즉 큰 산이 보이는 마을인 견산에서 전산으로 바뀌었을 터입니다.

그렇다면 현동리라는 멋대가리 없는 이름은 어떻게 생겨난 것이며, 어쩌다가 본래의 우리 마을 이름 전산을 아랫마을 벌미에 빼앗겨 그 마을이 견산리가 되었는가 하는 의문이 생겼으나 금방 풀렸습니다. 한일합방 직후 일제의 식민지 경영 일환으로 국세 조사와 전체적인 정리 과정에서 왜놈 말단 행정 직원들의 실수로 말미암은 것일 터입니다. 도면으로만 급하게 일을 처리하다 보니 우리 마을 전산의 견산리가 바로 아랫마을 벌미로 가서 붙었고, 그러자니 이름을 잃어버린 우리 마을에다가, 점심 자리에서 술이라도 한잔 걸쳐 얼큰히 취했던 그 말단 직원이 급한 김에 아무렇게나 현동리라는 엉뚱한 이름 하나를 만들어 붙였던 것이 아니었을까요. 나의 이 짐작이 틀림없을 성싶습니다. 통일되는 날, 이 문제도 제대로 제기해서 해결해야 할 것 같습니다.

— 대개의 작가들은 책 읽기나 글쓰기를 필생의 사업으로 정할 만한 소싯적의 동기를 가지고 있지 않습니까? 선생님의 경우는 어땠는지요?

— 아, 그렇지요. 내게 있어서는 1945년 해방이 되던 해, 원산공립중학에 입학하여 다니면서였습니다. 그 어수선한 무렵에 김소월

과 임화의 시, 이광수와 나쓰메 소세키夏目漱石의 소설 등을 탐독했어요. 특히 시집간 큰누나의 시숙이 〈문장〉지에 이태준의 추천을 받은 소설가 박찬모여서 주로 그 댁에서 책을 빌려다 읽곤 했습니다. 이 무렵의 저돌적인 독서 체험이 결국 내게 작가로서의 길을 예비해 준 셈이지요.

— 6·25 동란이 일어나고 선생님은 인민군에 동원되었다가 포로가 되신 적도 있고 그 이후 풀려나 단신으로 월남한, 매우 극적인 과정을 체험하신 것으로 아는데요.

— 그 당시 고등학교 졸업 시험이 한창이었고 대학 진학 문제로 고민 중이었는데, 전쟁이 나자 그런 문제는 일거에 무산되어 버렸어요. 7월 7일 인민군으로 동원되어 울진까지 나갔다가 강원도 양양 남대천변에서 포로로 잡혔습니다. 그 체험을 토대로 쓴 것이 초기 단편 〈나상〉입니다. 포로로 일촉즉발의 위기를 넘기기도 했는데, 나중에 흡곡에서 자형의 도움으로 현지 주둔 헌병의 허가를 받아 풀려났어요. 그해 12월 단신으로 배를 타고 월남, 부산에 닿았지요.

— 작가 최인훈 씨도 원산중학을 다니고 또 비슷한 무렵에 원산에서 LST로 월남하지 않았습니까?

— 그분은 우리보다 원산고등학교 2년 후배였어요. 직접적인 교분은 없었지만, 월남 체험이나 귀향 의식을 소설 속에서 떨쳐 버리기 어렵다는 점은 피차 마찬가지 아니겠어요?

— 부산에서 고향 잃은 젊은이로서의 서글프고 외로운 생존의 모습이 단편 〈탈향〉에 잘 나타나 있는 것으로 봅니다. 순차적인 시간의 흐름에 기대어 보면, 〈탈향〉의 앞자리에 〈만조〉가 놓이게 되겠

지요? 〈만조〉는 월남하기 전 고향의 풍경을 그린 작품 아닙니까?
이 두 작품 가운데는 광석이나 두찬이 같은 공통된 인물도 등장하
고 있어서 그들이 실제 인물임을 말해 주고 있는 것 같아요. 이러
한 소설의 실명성, 다시 말해 월남을 전후한 체험적 사실의 소설적
전화가 곧 선생님 초기 작품의 성향을 압축해 주고 있는 것으로 여
겨집니다. 다음으로 문단에 나오실 무렵의 사정을 좀 말씀해 주시
지요. 원로 작가 황순원 선생님께서 문단에 추천한 몇 분 안 되는
작가 중의 한 분으로 알려져 있는데요.

　─ 소설 습작은 부산 시절부터였고 당시 부산에서 순간旬刊으로
발행되던 〈문학예술〉에 추천을 받고자 황순원 선생님을 찾아뵈었
지요. 황 선생님은 〈탈향〉을 읽어 보시고 상경하거든 정리하여 문
학예술사로 보내라는 말씀을 하셨는데, 지면을 생각지도 않고 3백
매의 분량을 보냈습니다. 그 이후로 소식이 없다가 환도 후에 다시
서울로 올라오신 황 선생님을 뵈어 사정을 알게 되었습니다. 그래
서 분량을 대폭 줄이고는 발표가 되었는데, 그때가 1955년 7월이
었습니다.

　─ 마침내 30여 년에 달하는 소설 제작의 대장정이 시작되었군
요. 선생님 작품의 전반적인 내용에 관해서는 다시 여쭙기로 하고,
그동안 있었던 몇 차례의 구속, 구금 등에 관해 좀 말씀해 주시지
요.

　─ 1972년 제3공화국이 유신 체제로 들어섰지 않습니까? 그 무
렵 보름간 일본을 방문한 적이 있는데 이 일로 트집을 잡혀서 1974
년 소위 문인간첩단 사건으로 서대문구치소에 수감되었지요. 2심
에서 집행유예로 석방되기까지 10개월 동안 독방 생활을 했고 그

때 이야기를 장편 〈문〉으로 썼습니다. 그밖에, 자잘한 자택 구금이나 연행을 제외하고 가장 고통스러웠던 기억은, 신군부 파쇼 정권이 출현하여 저 남쪽 광주에서 엄청난 일을 벌일 무렵, 5·17 그날 반체제 인사로 구속되어 남산 지하실에서 2개월 동안 조사받을 때였습니다. 태양을 못 보는 괴로움이 어떤 것인지 절감했지요. 그 후 서울 구치소로 이감되어 다시 4개월 동안 영어의 몸으로 있다가 군사재판 2심에서 관할관 확인인가 뭔가로 풀려났어요. 이 경우는 김대중 사건의 계엄법 위반 혐의였습니다.

지금 돌이켜 생각해 보면 모든 세상일이 청천백일 아래 드러나고 마는 것인데도, 그때 그 사람들은 손바닥으로 하늘을 가리려는 무모함을 '조국의 안위와 민족의 번영'이라는 미사여구로 치장하고 있지 않았습니까? 여러 가지로 환경 조건이 달라진 오늘날에도 앙금처럼 지워지지 않고 남아 있는 생각은, 역사적, 시대적 현실이 파행의 길을 걸을 때 그 가운데서 호흡하는 사람들의 삶이 얼마나 궁핍하고 고통스러운 조건 위에 서게 되느냐 하는 것입니다. 구속되고 석방되고 한 일을 자랑할 것까지야 없지만, 작가로서 내 경우에는 그 절절한 체험을 소설로 기록해 두지 않을 수 없었고 그와 같은 기록이 내 소설의 한켠에 자리하고 있습니다. 앞서 말한 〈문〉이나 〈천상천하〉 같은 작품을 예로 들 수 있습니다.

매우 희한한 일로는, 1978년 원주에서 있은 김지하 석방 기도회에 참석한 뒤 소위 '노래 사건'으로 구류 처분을 받았는데, 나중에 정식재판에서 구류 2일이 남아서, 2일간 서울 구치소에 구금되는 웃지 못할 사건도 있었습니다. 이때의 이야기는 〈천상천하〉에 자세하게 썼습니다만(웃음).

분단시대—소시민 사회와 맞서는 문학

　한 작가, 더욱이 당대의 현실 속에서 창작 활동을 계속하고 있는 작가에 대한 평가는 상당 부분에 있어서 유보적인 부분을 남겨 놓을 수밖에 없다. T. S. 엘리어트가 〈전통과 개인의 재능〉에서 지적한바, "문학사라고 하는 것은 후대들의 작품에 의해 부단히 교정된다"는 거창한 개념을 차용해 오지 않더라도, 한 작가의 내부에서 현실의 변화에 대응하는 작가 의식의 교정이 언제든지 가능하기 때문이다.

　이호철 선생의 경우는, 그러나 여느 작가들에게 적용되는 이 교정법으로부터 어느 정도 자유로운 입지에 있다. 이것은 선생의 작품 창작이 마무리 단계에 들어섰다는 의미는 아니다. "미네르바의 부엉이는 황혼에 날개를 펴고 날기 시작한다"는 헤겔의 문명 비평적 언술이 있고 그 의미가 문학이나 예술은 현실의 뒤 끝에서 생성된다는 것인데, 1950년대 이래의 급변하는 시대적 조류에 대응하여 체험적 리얼리티의 소설적 발현이라는 창작 방법에 기대어 있는 그에게는 그 현실의 역사성이 분명한 기준으로 정초되는 만큼 작품의 운동 범주 역시 안정적인 자리를 찾을 수 있기 때문이다. 리얼리즘을 예술의 건전한 경향이라 부르는 사람들의 논리 또한 이와 동궤의 맥락을 가지고 있다.

　〈탈향〉이나 〈나상〉과 같은 초기 작품에 깊게 드리워져 있는 고향 의식으로부터, 〈판문점〉을 넘어서면서 나타나는 시대 사회적 현실 의식과 소시민 문제의 결합, 그리고 후기 장편들에서 본격적으로 추구되고 있는 사회적 병폐와 여러 계층 사람들의 허위의식을 통괄해 볼 때, 한 작가의 건실한 비판 정신이라는 것이 문학이라는 이름의 울타리를 얼마나 포괄적이고 역동적으로 둘러칠 수 있는가를 알아차릴 수 있다. 그러면서 우리가 결코 작위적으로 폄하하거나 포기할 수 없는 휴머니즘의 온기라든지, 우리 민족의 동질성을 모태로 한 남북 간 화해의 접점이라든지 하는 문제를 이 작가가 끈질기게 붙들고 있음도 확인할 수 있다.

　－선생님의 초기 작품, 예컨대 〈탈향〉, 〈나상〉, 〈만조〉, 〈빈 골짜기〉 같은 작품은 고향 체험의 개인적 실감을 객관화된 사실주의적 문체로 서술하고 있습니다. 이러한 서술 태도는 같은 시대에 작품 활동을 하면서 전후문학 작가라는 성향으로 분명하게 구획되었던 손창섭, 장용학, 서기원, 선우휘 등 다른 분들과 얼마만큼의 거리를 가지고 있는 것으로 봅니다. 아울러 대부분의 그때 작가들이 지속적인 작품 활동을 보여 주지 못한 데 비해, 선생님은 "50년대에 출발한 작가이되 50년대적 작가는 아니다", "살아 있는 작가다"라는 지적이 있듯이 끊임없는 작품의 확대재생산을 수행해 오셨습니다. 1955년 〈탈향〉으로 등단한 지 6년 만인 1961년에 〈판문점〉이 발표되었고 이 작품으로 현대문학 신인상을 수상하시지 않았습니까? 〈판문점〉을 전후하여 작품 속에 점차적으로 당대 사회의 구조적 성격을 소설로 해명해 보려는 의욕이 확산되고 있는 것 같습니다.

　－초기 작품들에는 거의 모두 고향을 떠나온 심경의 쓰라림과 내 개인적 궤적의 음영이 깔려 있어요. 〈판문점〉이 쓰일 무렵만 하더라도 분단 문제를 하나의 객체로 바라볼 수 있는 시기가 아니었습니다. 다시 말하자면 그것은 문학 외적인 터부의 압박감이 작용

하는 부분이었지요. 〈판문점〉의 내용과 같이 우리 쪽 기자가 북쪽의 기자와 서로 대등한 입장에서 대화를 나누는 것으로 기술하는 일마저도 예사롭지 않게 보일 정도였으니까요. 오죽했으면 5·16이 나고 나서 〈판문점〉 때문에 며칠간 숨어 있지 않으면 안 되었을까요? 당시 4·19 직후와 5·16 직전에 두 차례에 걸쳐 신문사 취재 기자들 틈에 섞여 판문점에 갔었습니다. 소설 속의 상대역은 비슷한 모델이 있었지만, 서로 주고받는 대화나 소나기 오는 장면은 완전한 허구입니다. 거기서 만난 소련의 기자 한 사람이 인터뷰에 응해 줄 수 있느냐고 물었을 때, 완곡히 사양할 수밖에 없었습니다. 복잡한 국내 사정이 그들과 말 한마디도 함부로 할 수 없게 한 것이지요. 지금과는 격세지감이 있습니다.

　— 그런 상황이라면, 어떻게 보면 〈판문점〉은 매우 운 좋게(?) 세상에 나온 셈이군요. 마치 4·19 이후에 잠깐 반짝한 지적 개방의 분위기 속에서 최인훈의 〈광장〉이 발표될 수 있었던 것처럼 말이지요. 〈판문점〉에서 또 하나 주의해 보아야 할 것은, 주인공의 판문점 행을 전후해서 그의 가정에서 형과 형수가 보여 주는 소시민적 태도가 아닐까 합니다. 이 문제는 그 이후로도 선생님 작품에서 주요한 모티프로 빈번하게 등장하고 있으니까요. 그런 점에서 남북 간의 분단 문제와 남한 체제 내에서의 진행 방향과 관련해서 시사하는 바가 크다고 할 수 있겠습니다. 그 뒤, 1964년에서 1965년에 걸쳐 연재 형식으로 〈소시민〉이 발표되었습니다. '살아가기'와 '살아남기'가 동의어로 받아들여졌던 1950년대의 사회적 상황으로부터 별다른 변화가 없었던 시점에서, 무엇을 해서든지 연명해야 하고 또 그러다 보니 이상론적인 삶의 목표가 실종될 수밖에 없

는 형편에 있었던 사람들을 소시민으로 규정하신 것 같은데요.

— 이 경우의 '소시민'은 어떤 사람이 지적한 것처럼 계급적 관점의 의미를 내포하고 있진 않습니다. 뿌리 뽑힌 서민들의 삶이 50~60년대의 우리 사회의 실상이지 않았어요? 적어도 이 무렵에는 우리 사회에 소위 '부르주아 계급'이란 것이 존재하지 않았습니다. 70년대에 들어서 산업화 시대의 서막이 열리면서 생활이 보다 풍족해지게 되었지만, 60년대 중반 이전까지 대다수의 국민들은 조금 형편이 나아진 전재민戰災民의 수준을 벗어나지 못했어요. 오늘날과 같은, 상상을 초월하는 빈부의 격차나 특권층의 축적이 없었던 것입니다. 다시 말해 그 무렵 〈소시민〉의 소시민은 보편적인 우리 국민들의 모습이었고, 그들이 점진적으로 향상되는 생활 수준과 함께 어떠한 사고와 행위의 유형을 보여 주느냐 하는 것은 그 뒤지요.

— 1962년 〈닳아지는 살들〉로 동인문학상을 수상하신 이래 1989년 〈네 겹 두른 족속들〉로 대한민국문학상 본상을 수상하시기까지, 선생님께서는 주로 중편과 장편소설의 집필에 주력해 오셨습니다.

— 꼭 그렇지도 않아요. 저는 단편 쪽으로 더 맞지 않은가요? 실은 중편 쪽도 단편으로 시작해서 연작 형식이었지요. 〈닳아지는 살들〉이 나중에 〈무너앉는 소리〉, 〈마지막 향연〉 등의 단편 연작과 함께 묶여 〈무너앉는 소리〉란 중편으로 만들어졌다는 식으로 말입니다. 〈남에서 온 사람들〉, 〈칠흑 어둠 속 질주〉, 〈변혁 속의 사람들〉은 6·25 때 고3으로 인민군에 동원되어 울진까지 나갔던 경험을 근거로 한 중편들로서, 발표 당시에 '인물연구노트'라는 부제를

달아 내놓은 연작이었습니다. 그 속에 등장하는 장세운, 장서경, 김정현 등의 인물도 실제로 있었던 사람들이구요. 장편 〈재미있는 세상〉, 〈서울은 만원이다〉는 지방 소녀의 서울 상경을 통해 1966년과 1970년의 서울 생활의 만화경을 그려본 것이고, 〈그 겨울의 긴 계곡〉의 전신인 〈망향가족〉을 한국일보에 연재할 때는 수경사 군인들의 고대 난입 사건을 다루었다가 협박을 당하기도 했지요. 〈문〉은 당초 1976년에 단편으로 썼던 것을 나중에 장편으로 개작하였는데 1974년의 구치소 생활의 경험을 소설로 옮긴 것이지요. 늦은 상복賞福을 안겨 준 〈네 겹 두른 족속들〉은 식민지 시대로부터 분단 현실에 이르기까지 영악하고 민첩하게 시류에 영합하면서 살아가는 사람들의 허위의식을 1968년이라는 시점으로 조금 풍자적으로 부각시켜 보고자 한 작품입니다.

— 그 작품은 예외 같습니다만, 대체로 선생님의 작품들은 처음의 단편이나 나중의 중, 장편을 막론하고 체험적 사실의 소설적 사건화, 그리고 구체적인 모델을 가진 인물의 형상화라는 특성을 가지고 있습니다. 이와 같은 경향은 개인의 삶과 그 삶의 외벽으로서 시대와 사회, 여기에 반응하는 소설 형식을 하나의 꿰미로 연결해 파악하려는 인식의 방법에 근거해 있다 하겠습니다. 선생님의 풍운에 찬 삶이 소설로 전화되어, 매우 효율적으로 시대사의 내면 풍경을 우리에게 보여 주고 있는 것으로 보입니다.

동시대의 삶을 올바르게 자리매김하는 균형 감각

— 선생님께서는 근래에 〈凹凸과 지그재그론〉이라는 아주 독특한

제목의 산문집을 내놓으셨습니다. 이 책은 우리 정치 현실의 양태, 남북 분단 문제, 권력-어용-예술, 인물론 등 네 부분으로 되어 있으며 선생님의 세계관, 역사관 등을 폭넓게 보여 주고 있습니다. 이번에는 이와 같은 현실적인 문제들에 대한 선생님의 생각을 여쭤 보기로 하지요. 먼저 40여 년을 지속해 오고 있는 분단 문제와 관련해서 지금의 우리 상황을 어떻게 보시는지요?

　─ 내 자신이 북에 고향을 두고 온 실향민이어서 그런지는 몰라도, 그동안 사회주의권의 움직임에 대해서는 남다른 촉각을 세우고 있었습니다. 그쪽 방면의 책을 열심히 구해 읽었고, 특히 일본 신문에 우리의 시각과 다르게 게재되는 기사들도 빠뜨리지 않고 찾아 챙겼습니다. 그러다 보니 중국의 문화혁명이나 소련의 개량주의 및 개혁 정책의 기본적인 성격들도 자신 있게 알 만하더군요.

　이 시대에 있어 우리가 정말 중요하게 생각하고 또 노력해야 될 일은, 우리 쪽의 민주화뿐만 아니라 북한의 민주화와 개방을 위해 노력하는 것이라고 봅니다. 그것은 곧 남북 간의 이질성을 극복하는 길이요, 북한을 도와주고 구해 주는 일이 되리라 믿습니다. 여러 가지 잡음 속에서도 한소 간의 국교 수립을 눈앞에 두고 있는 지금, 우리는 진정으로 북한을 도와주어야 합니다. 소련군을 등에 업고 들어와 40여 년에 걸친 전제적 독재 체제를 유지해 온 김일성이, 다시금 한국과 근접하고 있는 소련의 태도에 의해 퇴로를 차단당하고 있는 것은, 어떻게 보면 역사의 섭리요 하늘의 형벌이라고 할 수 있지 않겠어요? 그가 루마니아의 차우세스쿠처럼 비참한 종막을 맞지 않도록, 그리하여 그의 손자나 증손자는 보통의 조선 사람들, 한국 사람들의 평상적인 이웃으로 살아갈 수 있도록 지금부터 도와주어야 해요.

적어도 3대에 걸친 권력 세습이지만 선거를 통해 정권을 내놓아 비극적 결말을 모면한 라지브 간디의 경우처럼은 되도록, 우리 쪽에서도 다각적인 노력을 기울일 필요가 있다고 생각합니다. 그것이 궁극적으로 민족 화합에 도움이 될 테니까요. 이러한 관점과 관련해서는, 좌익 기회주의자들의 행태도 비판받아 마땅할 것입니다. 꼭 누구라고 이름을 들지 않더라도, 개별적으로 북한을 방문하는 일이, 남북의 벽을 뚫어 낸다는 상징적 의미는 있지만, 남북 간의 현실적인 문제 해결에 도움은커녕, 그것을 늦춘 결과가 되지 않았습니까?

— 그렇다면 결국 남북문제의 해결에 공식적인 채널의 운용이 가장 효과적이라는 말씀이 되겠는데, 그 창구가 될 현 정부의 대표성과 문제 해결 의지에 대해서는 어떻게 생각하시는지요?

— 제6공화국이 여러 면에서 만족스럽다고 할 수는 없지만, 그래도 정권의 정당성을 확보하는 정치적 수순은 밟았습니다. 따라서 정치권이 이 문제를 정면에서 담당하여 하나하나 자연스럽게 풀어 가야 합니다. 여기에 나태함이 있다면 그것을 질책하는 방향으로 나가야 하지 않겠어요? 남북문제는 다각도로 주변 여건의 성숙을 촉진하면서, 종내는 양 권력 간의 정상회담으로 활로를 모색할 수밖에 없는 것입니다.

문제는 오늘날의 정치권이 여전히 낡은 머리를 그대로 끌어안고 있다는 점인데, 그러한 사정은 야당이나 재야도 마찬가집니다. 70년대식 해묵은 민주주의의 목청 높이기와 힘겨루기만으로는 사태의 정곡을 돌파할 수가 없어요. 지난해 평양에서 소위 청년 축전이 열렸을 때 재미교포 한 사람이 입북하여, 그 축전을 주관한 간부급 인사 한 사람으로부터 매우 의미심장한 이야기를 듣고 왔답니다. 그가 말하길 "남한의 운동권이 노태우 정권의 퇴진을 위해 민족 문제를 볼모로 잡고 있다"고 하더라는 것입니다. 이는 곧, 남한의 운동권이 남북 간 권력 핵심부의 대화를 가로막는 결과를 초래했다는 뜻인데, 그것이 밀입북 인사들에 대해, 북쪽 권력이 아니라 북쪽 양심의 날카로운 비판적 시각을 대변한다는 사실을 주목해야 할 것입니다.

　―오늘날 우리 문단에는, 방금 선생님께서 말씀해 주신 민감하고 시의성 있는 문제들과 관련한 여러 갈래의 문학 논의들이 있습니다. 1980년대에 창작보다 이론이 훨씬 더 요란한 소리를 내어 온 것도 사실이구요. 특히 운동권의 문학에 이르러서는 창작의 당파성과 경향성 문제, 창작 주체 문제, 내용과 형식 문제 등의 논쟁들이 백가쟁명百家爭鳴의 양상을 보이고 있지 않습니까? 이와 같은 측면에서 우리 문학과 우리 문단을 보는 선생님의 느낌은 어떠하신지요?

　―70년대 황석영의 〈객지〉나 조세희의 〈난장이가 쏘아올린 작은 공〉 이후 산업사회의 문제점을 부각시킨 소설들이 양산되기 시작한 것은 익히 아는 일이고 그러한 조류는 운동성으로서의 문학 이론과 결부되면서 80년대의 다각적인 현장 문학을 배태시켰지요. 내가 지적하고 싶은 것은 그 현장 문학의 진보적 선진성에의 지향에도 불구하고 이를 표현하는 방식이 40~50년대의 혁명이론의 늪에서 탈피하지 못하고 있다는 점입니다. 다시 말하자면 각 작가마다 미리 준비된 이념의 틀을 외압 비슷하게 수용함으로써 창조

적인 문학의 미덕을 방기하고 있다는 뜻이지요. 근본적으로 문학은 문학 자체의 논리로 표현되어야 하고, 이러한 전제 조건이 확립된 다음에 혁신적 사고이든 사상이든 문학 속으로 받아들여야 하지 않겠어요?

이 시대에 살면서 우리는 어떤 방식으로든 시대정신의 성립에 동참하고 있고, 또 현실로부터 도피할 수 없는 법입니다. 그러나 문학의 본질적인 측면에까지 진보냐 보수냐 하는 획일성의 잣대를 갖다 대는 것은 온당하지 않습니다. 이 세기말의 혼란스러운 상황 가운데서 21세기를 바라보는 문학의 역할은, 바로 그러한 상투적 획일성 차원에 서지 않는 일, 즉 상황적 특수성의 보편화 작업에로 나아가야 한다고 봅니다. 국제 정세가 변하고 있고 대내적으로는 국민의 의식 수준이 큰 보폭으로 변하고 있는데, 문학이 그 변화에 상응하는 역동적인 탄력성을 갖지 못하고서는 제 몫을 감당하기 어려울 터이지요.

나는 특히 남북 관계와 관련해서는, 사태의 진전을 비관적으로 보지 않습니다. 메시지의 선명성으로만 덧칠된 일부의 문학적 관점이 급속하게 낡아 가고 진부해져 가고 있어요. 보다 넓게 시야를 열고, 이미 규격화되어 있는 논리의 틀에 얽매이지 않도록 세계에 대한 직접성, 직접 감각을 회복하는 일이 급선무일 것으로 봅니다.

─ 그렇다면 그와 같은 문학 외적인 환경의 완강한 각질을 무너뜨리고 나아갈 수 있는 힘이 문학의 자기 체계 안에 있다고 보시는지요?

─ 있지요. 문학의 내포적인 의식이 현실의 두터운 역기능에 대해 이를 교정하는 역할을 할 수 있습니다. 진실한 인간애와 사회를

보는 올바른 균형 감각을 안고 있는 문학은, 어떤 종류의 그릇된 지배 이데올로기나, 그 외압에도 힘 있게 맞설 수 있고 또 맞서야 합니다. 문학은 어떠한 독재 권력과도 영원히 맞서 저항해야 합니다. 보수 우익의 굳어진 기득권 보호 논리와도 싸워야 하지만, 케케묵은, 현실과 괴리된 이념의 틀이나 근시안적인 좌익 기회주의와도 싸워야 합니다. 내가 보기로는 지금 우리 문학 현실이 전자에 대한 각성은 분명히 드러내고 있으되, 후자의 경직성, 상투성에 대한 인식은 함량 미달인 것 같습니다. 문학의 올바른 균형 감각이란 결코 문학이 순수성의 울타리 안으로 후퇴해야 한다는 말이 아닙니다.

─ 끝으로 선생님의 가족 관계나 앞으로 쓰실 작품 계획과 같은, 보다 개인적인 주변 얘기들을 좀 들려주시지요.

─ 북한에 조부, 부모, 누이동생들을 모두 두고 혼자 내려왔지요. 지금 남한에는 내 쪽으로 십촌 이내의 친척이라곤 아무도 없습니다. 가족은 처와 딸이 있어요. 남북 간의 체제 통합이나 통일 문제도 헤어진 가족을 부대조건 없이 만나게 해 주려는 인도주의적 정신의 합의점이 찾아지지 않고서는 근본적으로 해결되기 어려울 것으로 여겨집니다. 작품은 계속 써야지요. 어떤 사람들은 내 소설들을 두고 '실향민 문학'이란 용어로 설명했지만, 특히 관심 있는 부분은, 우리 분단현실을 오늘날의 시각으로 다시 점검하면서 그 역사적, 시대적 의미를 재조명해 보려는 생각의 구체화입니다.

필자는 실향민으로서 이호철 선생의 통한을 십분 이해할 수 있었다. 함께 일상생활을 가꾸어 오던 가족들이 다시 만날 때, 비록 수십 년의 공백을 건너뛰었다 하더라도 그 거리를 일시에 좁힐 수 있지 않으랴. 이산 1세대들이 모두 타계하고 난 연후에 서로 친척이라는 법률적 지식을 앞세워 만나는 사람들에게 무슨 감격적인 눈물과 민족 동질성 회복의 계기가 개재될 수 있을 것인가.

필자는 한동안 일천만이산가족재회추진위원회의 사무총장직을 맡았었다. 그러한 경험을 문학에 비추어 본 필자의 심경에는, 때로 '픽션의 진실성'이 도저히 '실제로 있었던 사실의 박진감'을 따라잡을 수 없다는 판단이 간헐적으로 찾아들곤 했다.

선생의 분단문학 작품들이 보여 주는 핍진성이나 설득력은, 그가 실향민의 회피할 수 없는 통증과 평생을 씨름해 왔다는 사실에 빚지고 있는 바 클 것으로 보였다.

그의 한 맺힌 삶이 해소될 수 있는 전망이 우리 곁으로 한 걸음씩 가까워질 수 있을 때, 더불어 우리 민족사의 가장 아프고 예민한 분단 문제도 해결의 실마리를 보이게 될 것이리라.

유토피아 소설의 상상력과 현실 의식

―이청준의 〈이어도〉와 〈비화밀교〉

　해변에 서서 바다를 바라보면 배를 타고 수평선을 넘어갈 수 있을 것으로 보인다. 하지만 실제로 물굽이를 따라 나아갈 때 수평선은 그만큼 뒤로 물러서고 마침내 영원히 넘을 수 없는 선임을 알게 된다. 이 글에서 논의하려는 작가 이청준은 〈바닷가 사람들〉이라는 작품 속에서 이와 유사한 정황으로 바다를 관찰하는 이야기를 쓰고 있다.

　이러한 두 가지 사고의 차이는 문학적 상상력과 현실의 삶 사이의 거리를 나타내고 있으며, M. 엘리아데가 구분한 '우주적 사고'와 '역사적 사고'의 차이에 대응된다.

　이 두 가지 사고의 사이에 가로놓여 있는 거리가 비록 원시적 삶의 건강함과 현대적 삶의 병약함이란 도식적 이분법으로 전락할 위험을 안고 있긴 하지만, 반역사주의의 바탕 위에서 문학의 효용성과 존재 양식을 검토하는 비평의 입장에서는, 세계를 보는 하나의 중심적 모티프로 기능해 온 것이 사실이다.

상상력에 의한 문학의 언어가 일상적이고 실재적인 언어로부터 구별되는 것은 N. 프라이가 〈신화문학론〉에서 강조하고 있듯이 그 언어를 표현하는 패턴의 차이에서 기인한다. 이러한 표현법의 힘은 대상을 멀리서 또는 보다 다른 소격 효과를 줄 수 있는 각도에서 바라봄으로써 나오는 것이다.

이 경우 문학의 언어는 독자에게 직접적으로 말하지 않는다. 중요한 것은 무엇을 말하는가에 있다기보다 어떻게 말하는가에 있다. 예술은 "있었던 사실이 아니라 있을 수 있는 사실을 대상으로 한다"는 아리스토텔레스의 〈시학〉 이래, 저 고전적 정의도 결국 이와 같은 맥락 위에서 오늘날까지 그 기본 원리가 이어지는 논리적 근거를 마련해 왔다.

여기에서는 이와 같은 세계 인식의 방법과 언어의 표현 양식에 입각하여 이청준의 소설적 상상력 위에 세워진 유토피아 의식을 〈이어도〉와 〈비화밀교〉라는 두 편의 작품을 중심으로 분석하고, 그것이 집단적 삶의 의식과 연관되는 독특한 문학적 형상화의 전후 관계를 밝혀 보려 한다.

이 주제에 접근하기 위해 앞서 언급한 신화 비평의 관점에 기대게 될 것이며, 동시대 사람들의 집단적 삶에 대한 인식을 보다 공고히 하기 위해 이청준의 작품에 대한 직접적인 분석에 들어가기에 앞서 문학과 우리 기층문화 및 민간 사고의 핵심적인 문제와의 관련성을 우선적으로 살펴보게 될 것이다.

1965년 사상계에 〈퇴원〉을 발표함으로써 등단한 이청준은 그가 '볼 수 있고 느낄 수 있고 생각할 수 있는' 모든 것들이 소설의 제재를 이룬다는 김현의 지적이 있을 만큼 다양하고 폭넓은 관심의 범주를 보여 왔다.

그의 작품들을 통독하면서 살펴볼 수 있는 작품의 유형들을 그 개별적인 작품명이나 발표 연도를 제외하고 유형별로만 분류해 보면,

    1) 고향 체험의 소설

    2) 복고적 예인藝人을 다룬 소설

    3) 유토피아적 체험의 소설

    4) 언어의 사회학적 고찰에 관한 소설

    5) 산업사회의 문제를 다룬 소설

    6) 존재의 절대 고독에 관한 소설

    7) 압제와 폭력의 상징성을 탐구한 소설

등으로 나누어 볼 수 있다.

이와 같은 다양한 내용들이 작품으로 짜여 가는 기술 방법 또한 다양하게 전개되는데, 주제를 독자에게 바로 전달하는 직접화법의 방법을 취하기보다는 빈번히 중간자적인 이야기꾼의 매개를 거치게 하는 특성이 있다. 따라서 자연히 단편소설에도 액자소설의 형식이 많이 나타나고 있다.

이청준의 유토피아 의식과 관련된 소설로서 〈이어도〉와 〈비화밀교〉 외에도 〈당신들의 천국〉과 같은 오랜 취재와 공을 들여 쓴 장편도 있고 〈석화촌〉과 같은 우수한 단편도 있으나, 앞의 둘을 택한 이유는 다음과 같다. 즉 〈이어도〉와 〈비화밀교〉가 동일하게 상상력의 힘을 바탕으로 한 유토피아 희구의 사상을 표출하고 있지만 그

구경究境의 목표에 도달하는 길은 서로 대립적인 문맥 아래에 있으며, 그 같음과 다름의 세부를 확인함으로써 문학과 집단적 삶의 의식이 접촉하는 중요한 방식들을 해명할 수 있을 것으로 보기 때문이다.

앞으로 본론에서 우리는 이 양자 사이의 간극을 구체적으로 논거하는 일을 통해 이청준 소설이 가진 상상력의 깊이와 그 문학성을 들추어낼 수 있을 것이다.

기층문화와 민간 사고

앞의 글에서 잠시 언급한 바처럼 문학과 동시대 사람들의 집단적인 삶의 의식이 어떠한 접점을 유지하고 있는가를 확인하기 위해, 그리고 그것을 작품 분석의 유익한 단서이자 자료로 활용하기 위해, 먼저 우리의 기층문화와 민간 사고와의 관련 양상을 살펴보려 한다.

인류의 문화 발전 과정에서 농경의 출현은 물질적 생활뿐만 아니라 정신적 영역에 엄청난 변화를 가져왔다. 그것은 '볍씨'의 발견으로 요약될 수 있는 하나의 분기점을 가지고 있으며, 윤회전생이라는 불교와 일반적 동양 사상의 기저에 이르기까지 정교한 발전 과정의 모태를 이루고 있다.

농경으로 인하여 인류가 정착 생활을 하게 되었다는 것은 주지의 사실이지만, 그보다 더 큰 의의는 바로 인간의 운명을 일회적이 아닌 다층적인 뉘앙스로 받아들이게 되었다는 점에 있다. 더 나아가 '죽음'도 더 이상 설명될 수 없는 것이 아니고 보편적 인과율에 의해 감내될 수 있는 것으로 끌어당겨지게 되었던 것이다.

그러나 오늘날 도시 문화의 출현과 산업화 시대의 높은 건물 밑에서 획일적이고 강압적인 동일화를 촉발하는 대중문화의 자양분을 섭취하고 성장한 사람들의 사회에서는 이러한 농경문화의 정신적 기반이 필연적으로 쇠퇴기로 접어들 수밖에 없다. 많은 인류학자들이 이와 병행하여 인류의 정신적 위기가 고조되고 있다고 말한 바 있다.

이것은 두말할 것도 없이 합리주의적 질서와 기계화로 말미암아 인간이 자연에 밀착해 온 그 강한 유대가 이제 점점 퇴색되어 가고 있으며, 그만큼 인간이 자연으로부터 풍부하게 얻고 또 향유해 온 상징성을 잃어 가고 있음을 말하는 것이다. 이러한 상징성의 유실은 그들의 정신적 삶의 모습을 표현하는 예술 및 문학에도 그대로 반영될 수밖에 없으며 이에 대한 반대급부가 강력한 탄성을 지니게 될 때 현대의 삶 속에서 오히려 원시 상태를 희구하는 어떤 문화적 흐름, 즉 신화문학의 정초가 형성된다고 할 수 있겠다.

따라서 어떤 미개한 종족이 지금도 밀림에서 행하고 있는 제의가 있다고 한다면, 인류학자의 단순한 관심과 호기심을 넘어 인류문화 전반의 맥락에서 이를 이해하려는 상황으로 발전해 갈 가능성이 있음을 우리는 알게 된다.

예컨대 카시러가 〈국가의 신화〉에서 언급하고 있듯이, 다야크족의 마을 사람들이 밀림으로 사냥을 나가게 될 때 집에 남아 있는 사람들은 손으로 기름이나 물을 만지지 않는 불문율을 지킨다. 만일 그들이 기름이나 물을 만지면 사냥꾼들이 물건을 잘 떨어뜨리고 짐승들이 그들의 손에서 빠져나가게 된다고 믿기 때문이다.

이것은 인과적 유대가 아니라 정동적情動的 유대이다. 여기서 문제가 되고 있는 것은 원인과 결과의 경험적 관계가 아니라 여러 관계가 복합적인 작용 아래 하나의 관습으로 굳어지는 그 강도와 깊이이다.

이와 같은 인류학적 논증이 지금 우리가 논의하려는 체계에서 갖는 중요성은 그것이 여전히 동시대 사람들의 집단적인 삶 의식을 지배하는 기본적인 화소가 되고 있기 때문이다. 그러할 때 예술은 '모방본능'이나 '유희본능'이라는 임의적인 개념으로 설명되기보다, 이러한 인류학적 관찰 아래에서 '역사주의와의 갈등'의 산물이라는 측면에서 접근되는 것이 보다 입체적이고 설득력 있을 것으로 보인다.

원시 시대에서 현대 사회로 그 진보의 과정이 이행되면서 문학의 전시대적 근원이라 할 상상력의 소박한 형상화, 구비 문학의 읊조림과 정동적 이해의 시대를 거쳐 점차적으로 농경 생활에서의 '볍씨' 발견에 버금가는 중량으로 '언어'가 정착되기 시작하자, 사람들의 사고 체계도 정착되고 마침내 기록 문학이 발아하게 되었음은 동서양을 막론하고 공통된 문화 발전의 패턴이다.

그리고 삶의 양태가 보다 역사주의화하면서 삶 의식은 이와 반대로 점차 신화주의화하여 '문학에서의 상상력의 결정적 역할'이나 '상상력에 기초한 문학의 성립'이라는 개념들이 우리에게 생경하지 않고 익숙하게 받아들여지게 되었다. 문학은 그 자체로서만 독자적인 구조나 미학을 갖는 것이 아니라 우리 삶의 여러 모습들과 밀접하게 연관되면서 그것들을 형성하기 때문이다.

그러면 이제부터 지금까지 논의한 문화인류학적 관심 아래 문학

에서의 상상력이 점유하는 비중과 역할을 상기하면서 이청준의 소
설에 대한 분석에 들어가 보기로 하겠다.

유토피아 희구의 신화와 삶의 부서짐, 〈이어도〉

1) 고달픈 삶의 아르카디아

"기독교 정신이 가장 내면적으로 충일했던 시기는 로마 시대"란
말이 있다. 이는 고난과 어려움 속에 신실한 신앙의 저항력이 극대
화되었음을 말한다. 우리의 삶이 언제나 에덴동산의 그림처럼 안
온하고 평화로운 것이었다면, 인류에겐 예술도, 그로 인한 감명도
없었을 터이다.

험하고 믿을 수 없는 바다를 삶의 터전으로 삼고 있는 제주도 사
람들에게 환상의 유토피아로서 이어도의 존재가 전설처럼 전해 내
려오는 것은 당연한 귀결이라 할 수 있다.

긴긴 세월 동안 섬은 늘 거기 있어 왔다.
그러나 섬을 본 사람은 아무도 없었다.
섬을 본 사람들은 모두가 섬으로 가 버렸기 때문이다.
아무도 다시 섬을 떠나 돌아온 사람이 없었기 때문이다.

한번 가면 다시 돌아올 수 없는 섬이라고 할 때 이어도는 죽음의
섬이다. 그런데 언제부턴가 제주도 사람들 사이에서는 이 죽음의
섬을 이승의 생활 속에서 설명하려는 버릇이 생겼다.
그들은 이어도라는 꿈이 있기 때문에 현세의 고된 질곡들을 참

아 낼 수 있었으며, 언젠가 그 섬으로 가서 저승의 복락을 누리게 된다는 희망 때문에 이승에서는 어떤 괴로움도 달게 견딜 수 있었다면, 그 섬은 죽음의 섬이기를 넘어서 구원의 섬이 된다.

이어도가 일상적인 삶과 사고의 바깥쪽인 상상의 세계에 존재하면서도 현세의 생활까지 간섭해 오고 있음을 통해 우리는 죽음을 무릅쓰고 배를 타지 않으면 안 될 운명에 있는 제주도 사람들의 삶을 이해하고 그 고통스러움 속에 열려 있는 하나의 탈출구를 보게 된다.

이어도의 이야기는 해군 함정이 소문으로 떠돌던 제주도 남단의 파랑도라는 섬에 대한 수색 작전을 벌인 지 2주일 만에 섬의 부재를 확인하고 돌아오는 데서 시작된다. 그런데 작전 마지막 날 남양일보 천남석 기자의 실종 사건이 발생한다. 정훈장교 선우 중위는 이 사실을 알리기 위해 신문사를 찾아가서 양주호라는 편집국장을 만난다. 양주호는 천남석이 실종된 것이 아니라 자살했을 것이라 추정하면서 파랑도가 아닌 이어도의 얘기를 들고 나온다.

우리는 여기서 이어도라는 섬의 실재를 해군 함정의 수색 작업에 의지하여 논의할 수 없음을 알아차리게 되는데, 그 알아차림의 구체화를 통해 앞에서 언급한 '예술은 역사주의와의 갈등의 소산'임을 논증할 수 있을 것이다.

왜 이어도의 실재를 과학적으로 설명해서는 안 되느냐 하면 그러한 접근법이 바로 서두에서 말한 바처럼 물굽이를 따라 수평선의 신비를 확인하려 하는 것처럼 불가능한 일이기 때문이다.

이 작가의 상상력을 부력으로 하여 수평선 위에 떠 있는 섬 이어도의 실체를 규명해 보기 위해서는 다음과 같은 몇 갈래의 관찰이 필요할 것이다.

먼저 파랑도와 이어도라는 섬 이름에 대한 혼동의 문제이다. 실종된 천남석도 살아 있는 양주호도 모두 이어도라고 부를 뿐 파랑도라고 부르지는 않는다. 즉 이어도가 상상력 속에 있는 환상의 섬일 때 파랑도는 세상살이의 항간에서 운위되는, 일상적 삶 속의 소문에 근거한 섬인 것이다.

또한 양주호는,

선우 선생, 오늘 저녁엔 나와 함께 이어도를 오신 겁니다.

라는 주정 투의 말을 통해 섬 이어도와 술집 이어도조차 모호하게 잘 구별하지 않고 있다. 거기에다가 천남석의 어머니나 술집 여자의 입에 오르내리는 전래 민요의 이름 또한 이어도이다.

이러한 이어도라는 이름의 혼동 또는 복합적 사용은 중요한 의미를 갖고 있다. 선우 중위의 합리적이고 정돈된 사고로는 그러한 언어 용법이 납득되지 않는다. 양주호는 단순히 '제주도 사람'이란 짤막한 말로 이 모두를 설명해 버리고 만다. 그 설명은 적어도 제주도 사람들에게는 논리적 거부감을 불러일으키지 않을 것인데 그것은 이어도의 체험이 정동적 유대의 체험이기 때문이며, 결국 천남석도 이어도의 존재에 대한 거부로부터 순응으로 그 반응 양식을 바꿔 갔을 것이고 그 결말은 그의 실종이라는 아이러니컬한 상황으로 형태화된다.

고달픈 삶의 현장인 제주도를 떠나고 싶어 하면 할수록 더욱더 그 섬을 떠날 수 없는 역설적인 조건과 더불어 이어도의 존립은 이미 비현실적인 허구의 섬에 그치는 것이 아니라 절실한 바람이 함축된 현실의 한 부분으로 편입된다.

따라서 현실 속에 설정된 이 허구의 섬이 리얼리티를 얻기 위해서는 민요 이어도도, 술집 이어도도 그리고 환상의 섬 이어도도 모두 동일한 사고와 그 궤적의 연장선상에 놓고 생각하는 총체적인 삶의 인식이 필요하다. 그것은 삶의 질서를 무너뜨리는 혼동이 아니라 그 질서의 규격화를 넘어선 원초적이고 체험적인 유대의 인식을 말한다.

또 하나 세심하게 관찰되어야 할 것은 천남석의 죽음과 관계된 전후의 사정이다. 양주호는 천남석의 죽음을 자살로 단정하면서 그가 해군 함정의 작전을 망쳤다는 요령부득의 말을 하고 있다.

사람들은 때로 사실에서보다는 허구 쪽에서 진실을 만나게 될 때가 있지요. 그런 때 사람들은 허구의 진실을 사기 위해 쉽사리 사실을 포기하는 수가 있습니다. 꿈이라고 해도 아마 상관없겠지요. 천남석이 이어도를 만난 것도 아마 그 사실이라는 것을 포기했을 때 비로소 가능했을 것입니다.

문제는 이어도의 실체이다. 이 작가는 교묘한 상황 구성을 통해 삶에서는 경험될 수 없는 환상의 섬이요, 삶의 수평선을 넘었을 때 정동적으로 체험되는 섬이라는 위태로운 균형 감각을 유지하고 있다.

이 위태로움이 안정감을 가지는 경우는 앞서 우리가 살펴본 바 있는 다층적 세계 인식에 근거해 있을 때이다. 그러할 때 천남석의 자살은 존재의 극대화까지 밀고 나아간 새로운 삶의 한 양식으로 받아들여질 수가 있는 것이다.

요컨대 천남석은 자신의 논리를 체험으로 바꾸면서 그 몸을 바다에 던짐으로써 이어도의 환상에 인카네이션(incarnation)을 부여하고, 동시에 물리적 조명으로부터 파산될 위기에 처한 제주도 사람들의 꿈을 지켜 주고 있다.

2) 산문적 현실의 운문화

위의 항에서 살펴본 바 있는 이어도라는 섬의 이름과 민요 이어도는 하나의 삶의 현장에 같은 고리로 연결되어 있는 상징적인 의미를 나타내고 있음을 알 수 있다.

제주도라는 한 삶의 터전에서 이어도의 산문적인 전설이 현존하는 민담으로 남아 있을 뿐만 아니라 그 일반화가 끊임없이 현세의 삶을 직접적으로 간섭하고 있는 것은 보다 깊은 고찰을 필요로 하는 형이상학적 상황 아래에 있다.

제주도 사람들이 그들의 삶 가운데에서 환상적인 섬 이어도를 마치 눈으로 볼 수 있고 손으로 붙잡을 수 있는 것인 양 생각하고 행동하는 혼동된 모습은 곧 우주적 신화의 역사화가 그 당대에 이루어지고 있는 모습과 다르지 않다.

예를 들어 엘리아데가 〈우주와 역사〉에서 설명하고 있는 바와 같이 한 사건이 그 사건이 일어난 당대에 신화로 탈바꿈하는 실제적 경험과 다르지 않다는 뜻이다. 이러한 경험은 대단히 드문 경우인데, 좀 길기는 하지만 그 내용을 인용해 보면 다음과 같다.

제1차 대전 직전에 루마니아의 민속학자 콘스탄틴 브레일로이우
(Constantin Breailoiu)는 우연히 마라무레스(Maramures)에 있는
한 동네에서 훌륭한 민요를 채집, 기록할 수 있었다. 그 민요의 주
제는 사랑의 비극이다. 젊은 구혼자가 산의 요정에 반하여 그들은
서로 사랑했는데, 그 젊은이는 다른 처녀와 결혼을 하게 되었다. 그
남자가 결혼하기 며칠 전에 요정은 질투에 불타 그 남자를 절벽 아
래로 밀어 버렸다. 다음날 근처의 목자들이 그 청년의 시체를 들것
에 실어 동네로 들어오다가 도중에 약혼녀를 만났다. 그녀는 약혼
자인 애인이 죽은 것을 알고 슬프게 통곡을 한다. 그때 그녀의 통곡
은 신화적인 비유에 가득 찬 소박하고 아름다운 여인의 기도였다.
민요의 내용은 대체로 이러한 것이었다. 이 민요를 채집하고 나서
이 민요의 여러 변형들을 추적해 나간 민속학자는 마침내 그것이
단순한 사고사에서 눈덩이처럼 살이 붙은 역사적 사실의 신화화였
음을 밝혀내었던 것이다.

왜 이러한 일이 일어났으며, 또한 그것은 어떻게 일어날 수 있었
을까? 거의 모든 동네 사람들이 그 확실한 역사적 사실―그것은
불과 40년 전의 일이었고 그때의 여주인공이 생존하고 있었으며
그녀의 증언에 의하면 그 역사적 사실이 신화적인 스토리로 윤색
되는 데 불과 3년밖에 걸리지 않았다―과 동시대에 있었던 사람들
인데, 사실 자체만으로는 그들 스스로가 만족할 수 없었던 것이다.
왜냐하면 결혼 전날 밤에 젊은이가 비극적으로 죽는다는 것은 우
연한 사고에 의한 단순한 죽음과는 무언가 다른 것으로 인식될 수
밖에 없고 따라서 그 죽음은 신화적 윤색의 덧옷을 입게 되었는데,

보다 중요한 사실은 동네 사람들이 어느 결에 자신들이 만들어 낸 요정의 질투에 관한 이야기를 사실로 믿고 있었다는 점이다.

이와 같은 관점에서 엘리아데는 민간 기억의 비역사성, 곧 집합적인 기억에서 역사적인 사건이나 개인이 하나의 원형으로 탈바꿈하는 경우를 제외하고는—즉 원형에 의하여 역사적인 특성이나 개인적인 특성이 무효화되어 버리는 경우를 제외하고는—어떤 것도 보존되지 못한다고 하는 문제를 제기하고 있다.

이청준의 소설 〈이어도〉에서 볼 수 있는, 제주도 사람들의 이어도 체험에 대한 신화적 형태는 작품 곳곳에서 드러나는데, 그것이 하나의 집약된 모습을 이루는 것이 이어도의 민요가 운문의 가락으로 불리고 있다는 사실이다. 그들이 섬 이어도와 술집 이어도 그리고 민요 이어도의 개념을 구분 없이 혼동하여 사용하고 있는 미분적인 의식 체계는 역사와 우주의 경계선을 모호하게 체험하면서 살아가는 존재 양식을 대변한다.

이어도하라 이어도하라
이어 이어 이어도하라
이어 하멘 나 눈물난다
이어 말은 말낭근 가라

이 짧은 민요 속에는 제주도 사람들의 애련과 정서가 스미어 있다. 그것은 삶의 무게와 죽음의 무게가 엇갈리는 지점에 좌표를 설정하고 있으므로 내포적인 의식의 비장감을 동반하고 있다. 구체적이고 실재적인 언어로서가 아니라 단단하게 축약되고 다져진 짧은 한 편의 노래를 통해, 콘스탄틴 브레일로이우가 루마니아의 산골에서 채집한 민요와 같은, 동시대 사람들의 의식이 경도되어 있는 정동적 아이덴티티의 발현을 외연적으로 보여 주고 있는 것이다.

이와 같이 강한 사회성을 지니고 있는 언어, 작가 이청준 자신이 '언어사회학 서설'이라는 부제를 달아 몇 편의 소설에서 탐구할 만큼 강하게 의식하고 있는 사회적 언어가 운문화함으로써 문학적 공감대와 설득력을 강화하게 된다. 그것은 이청준이 제주도라는 한 특수한 사회에 전해 내려오고 있는 이어도의 신화를 문학적으로 형상화하되, 그것이 현재에도 살아 있는 과거의 기억이며 또한 제주도 사람들의 전통적인 민간 사고를 그 바닥에 깔고 있다는 문제의 파악에 소홀함이 없었기 때문일 터이다.

이러한 모습은 순차적인 시간의 경과에 따라 이루어질 역사 진행의 과정이 축약됨과 더불어, 역사적 일상성을 우주적 신화의 체계 안으로 편입하는 삶의 문학적 일탈 현상이다. 그리고 산문적인 삶의 현실성을 건너뛰어 운문적인 문학의 상상력이 이 현상을 지탱하는 다리가 됨으로써 있을 수 있는 거부감을 무력화하고 있다.

3) 환상적 행복의 정처

이어도라는 환상의 유토피아를 설정하고 그곳으로 회귀하는 미래를 꿈꾸는 것은 현재적 삶의 고달픔을 이기고 넘어서기 위한 하나의 대응 방식이므로, 고달픈 삶이 해소되거나 완화되지 않는 한 언제나 이어도는 환상으로 남아 있을 수밖에 없다.

이어도는 현실의 삶에다 발을 두고 먼 시선으로 아득하게 바라볼 때의 수평선 위에 떠올라 있는 섬이며 따라서 제주도 사람들의 삶과 이어도는 언제나 그만큼의 거리를 두고 있는 것이면서 심정적으로는 바로 그들의 삶 속에, 그들의 내부에 들어와 있는 것이라는 복합적인 상황을 빚어내게 된다.

여기서 우리가 짚고 넘어가야 할 사실은 이와 같이 산출된 환각의 유토피아가 그 구경究竟에 있어 행복한 결말을 약속할 수 없다는 점이다. 결국 유토피아는 꿈으로 그칠 뿐이며, 그 꿈을 붙들고 살아가는 삶의 환상적 행복에의 주문에 얽매여 있다. 중요한 것은 이러한 비역사적인 꿈이 사람들을 정신적 위안의 극점에까지 끌어올릴 수 있다는 점이다. 작품 속의 유토피아인 이어도가 내내 유토피아로 살아남기 위해서는, 즉 해군 함정의 수색 작전 아래 물리적으로 소진되어 버리지 않고 그 존재의 신비를 지속하기 위해서는, 구체적 제물을 필요로 하게 되는데, 그것은 이미 말한 대로 천남석의 죽음이다.

그리고 여기에 맞물려 있는 유토피아의 환각과 그 존재 양식을 설명해 주는 것이, 천남석의 시신이 제주도로 되돌아오는 마지막 사건일 터이다. 말하자면 천남석의 그러한 사후 회귀는 이어도 환각의 실증인 동시에, 유토피아 환각과 현실적인 삶의 구분을 무화하고 이 두 영역을 하나로 통합하는 상징적인 사건인 셈이다. 삶과 죽음이 동일한 반열에 서 있는 것이라면 시신의 발견이라는 사건이 이미 이 이야기 구조를 벗어나는 특별한 무엇일 수 없다. 그는 곧 살아서나 죽어서나 제주도 사람이었고 동시에 이어도 사람이었던 것이다.

신성 체험과 유토피아의 현실성, 〈비화밀교〉

1) 집단적 의식의 생성과 효능

〈이어도〉에서 환각의 유토피아를 보여 주었던 이청준은 그로부터 10년 후인 1985년에 발표하여 대한민국문학상 본상을 수상한 작품 〈비화밀교〉에서 그와는 아주 다른 유토피아의 존재 가능성을 암시하고 있다.

정치적이면서도 종교적이라는 김주연의 지적에 알맞게 〈비화밀교〉의 유토피아는 현대적이면서 세련된 제의의 형태로 나타나고 있다.

김주연이 언급한 바와 같이, 이 땅에 인류가 생겨난 이후 그들은 복수의 형태로 주어진 인간 조건 때문에 곧 불화와 갈등을 겪어야 했으며, 따라서 질서의 필요성을 아울러 느껴야 했다. 하나의 부족, 혹은 하나의 민족은 그리하여 정치 지도자를 갖게 되었고 정치 지도자는 그 권력의 적법성을 증거하기 위해 종교 지도자와의 제휴를 필요로 하게 되었다.

여기서 이른바 제정일치라는 형태의 출발을 보게 된 것인데, 정치와 종교는 실로 인류의 공동체적 삶의 기원에서부터 그 출발을 함께한 생존 문화의 구체적 표현이라고 할 수 있다. 이와 같은 통치의 겸직은 사회 발전과 더불어 점차 분리되어 가는 것인데, 이러한 언급을 여기에 도입하는 것은 〈비화밀교〉의 세계가 그러한 사실들과 깊이 관련하여 현세적인 유토피아의 존립 가능성에 대한 하나의 전망을 제시하고 있기 때문이다.

어느 지방의 작은 도시에는 언제부터인지 알 수 없는 기이한 풍속이 전해져 오고 있다. 그 행사는 비밀리에 지켜져 오는 것으로 참가해 본 사람만 알고 있을 뿐이다.

설달그믐이면 그 도시 안쪽 변두리에 있는 제왕봉 정상에 올라서 불놀이를 하는 것이 그것이다. 거기에 참가할 수 있는 자격에 특별한 제한 규정은 없다. 한 해 동안 전년 행사의 불씨를 간직해 온 종화주種火主에 의해 점화가 이루어지고 나면, 거기 모인 모든 사람들이 불을 들고 서로 인사를 나눈다. 그들은 산 아래에서의 신분에 관계없이 똑같은 사람으로서 서로 만난다.

이곳은 산 아래에서 이루어지는 모든 세속의 질서가 사라지고 그저 한 가지 이 산 위에서만이 간절한 소망으로…… 나도 그것이 무엇인지는 확실히 말할 수가 없지만…… 하여튼 오직 한 가지 소망에로 자신을 귀의시켜, 그 소망으로 하여 모든 사람들이 한데 뭉쳐서 어떤 보이지 않는 힘을 탄생시키고, 그것을 지켜 가는 숨은 근거지가 되고 있는 셈이지…….

이 행사에 오랫동안 참여해 온 그곳 고을 출신 민속학자의 말이다. 그것은 하나의 제의이다. 작가는 소설 속에서 하나의 제의가 마을 사람들의 집단적 삶에 어떠한 기능을 행사하며 어떻게 보존될 수 있는가에 대한 현세적 모습을 보여 주고 있다.

이러한 신이 없는 시대의 제의, 신의 존재를 더 이상 믿지 않는 시대의 제의는, 혼탁한 삶의 물결을 헤치고 나아갈 정신적 행로를 가늠하게 하는 하나의 척도로 작용하고 있음을 알게 된다.

……하지만 깜깜한 건 자네나 자네의 소설만이 아닐 게야. 세상
엔 그보다 더 깜깜하고 답답한 인간들 천지니까. 세상을 턱없이 간
단하게 생각하고 제물에 자신만만해 사는 사람들 말일세. 그런 사
람들까지 모두 이런 데에 함부로 끌어들여 올 수는 없는 일이지. 하
지만 그 사람들에게도 이런 보이지 않는 힘과 힘의 질서가 존재한
다는 사실만은 감지시켜 줄 필요가 있지 않겠나…….

이와 같은 진술을 통해 우리는 〈비화밀교〉의 유토피아 역시 삶
의 혼탁함에 대한 하나의 대응 방식으로 드러남을 확인할 수 있고,
나아가 그 방식이 무제한적인 포괄성을 갖는 것이 아니라 겉으로
는 둔중해 보이지만 실상 예리한 경각심을 함축하고 있음도 알아
차리게 된다.

〈이어도〉가 집단의식의 개별화된 상태로서 '알고 있음'이요 '체
험 가능성'이라면 〈비화밀교〉는 그 자체로서 '실천함'이요 거기서
한걸음 더 나아가 '연례적 행사'이다. 관념적 지적인 작가라는 일
반적인 견해에 부합되도록 이청준은 이 밀교적 행사의 발생과 효
능을 직접적으로 기술하지 않고 다만 암시할 뿐이다.

그 암시는 우리에게 다음과 같은 두 가지 사실을 새로이 인식하
게 한다. 첫째는 앞서 〈이어도〉에서와 같이 삶의 격랑 속에서 암암
리에 형성된 향토 사회의 누적된 고통을 카타르시스하는 선별적인
공간에 관한 것이요, 둘째는 그 향토 사회의 구성원이 제의의 신성
에 직접 참여함으로써 위안과 기력을 새롭게 섭생하는 현실적 체
험의 유다른 양성화에 관한 것이다.

우리는 민속의 절기 가운데 설이나 중추절이 반복되는 신성 참

여의 제례를 보유하고 있고, 비정기적인 동신제나 당제가 부락민의 삶의 고통을 소거하고 나약한 소망을 부추겨서 강화하는 계기로 기능함을 알고 있다. K. 융의 집단 무의식도 이를 양성화하면 이와 같은 맥락 위에서의 검토가 가능해질 것이다.

정기적 또는 비정기적인 민속의 제례와 산상에 있는 분지의 무대를 설정하고 세속과의 정신적 거리를 유지하고 있는 〈비화밀교〉의 제례는 그 발상이 유사하되 효능은 다르게 나타난다. 전자가 일상적인 삶의 익숙함 속에 안착되어 있는 반면, 후자는 강경한 충격 요법을 동반한다.

이 충격 요법이 소설 속에서 설득력을 얻기 위해서는 〈이어도〉에서와 같이 생활 환경의 증빙이 설득적이어야 하는데, 〈비화밀교〉에서는 꼭 제례를 유지해야 할 당위성의 설명이 될 이 부분에 취약점이 있기 때문에 어느 정도 '관념적 유희'라는 비판이 뒤따를 수도 있을 것이다.

2) 전승의 지혜와 탈기록성

전항의 논의를 더 강화하면, 그만큼 더 비판적 관점도 강화된다. 〈비화밀교〉의 제례는 〈이어도〉의 세계를 떠받치고 있는, 현실과 환각 사이에 일정한 거리를 유지하는 균형 감각이 결여되어 있으며, 삶의 현실성이 부족하고 문학적 상상력이 비대한 절름발이의 형체 위에 서 있게 된다.

물론 소설이 상상력을 기반으로 하는 허구의 세계를 창조하는 것이긴 하지만, 살아가는 사람들의 이야기를 사실적으로 그린다는 또 다른 측면 때문에 리얼리티의 소재가 주목되는 것은 사실이다.

사실주의를 문학의 건전한 경향이라고 하는 표현은 바로 이와 같은 맥락 속에 있다. 그러할 때 〈비화밀교〉가 갖는 취약성은 앞에서 지적한 대로이며, 상상력과 기술 방법의 리얼리티가 조화를 이룰 때 양 측면이 모두 강화됨에 동의하게 된다.

상상력을 통해 엮어지는 제례의 시작과 진행, 배반(이 작가가 자주 사용하는 의미로서의 배반. 예거하면 횃불 춤을 추는 젊은이들의 등장)과 지킴의 연속성이 암시적이고 미완결성을 보인다고 할 때, 위와 같은 사실의 인식을 통해 볼 때에만 그 정황을 바로 이해하게 되리라 여겨진다.

이 독특한 제례가 기록적인 증거물을 남기는 법이 없이 내면적 심리적인 교감과 이해만으로 전승되는 것으로 형상화한 것은 다분히 작품의 내재적 균열에 대한 방위벽의 일종이며, 이 유별난 테마에 보편적인 의구심으로부터 접근하는 이청준 소설의 조심스러움이기도 하겠다.

우리가 앞의 장에서 콘스탄틴 브레일로이우의 일화를 통해 검토한바, 역사적 사실의 신화화, 즉 사실적인 기억으로부터 심증적인 공감으로 이행되는 것 없이는 모든 사실이 세월과 시간의 풍화 작용 앞에서 살아남을 수 없음을 여기서 상기해 보는 것이 유익할 것 같다. 왜냐하면 그로써 이청준이 소설의 리얼리티를 얼마간 손상시키면서도 이 제례의 존속에 대한 탈기록성의 전승 방식을 작가적 본능으로 지혜롭게 알아차리고 있음을 확인할 수 있기 때문이다. N. 프라이가 〈신화문학론〉에서 말하고 있는 '시간 속의 거인들'도 이와 같은 의미에서, 인류에게 남아 있는 문화적 자산의 성격을 논의하고 있다고 할 것이다.

3) 유토피아의 현실적 가능성

이청준의 작품 세계에서 〈이어도〉에서 환상적인 유토피아가, 그리고 〈비화밀교〉에서 현실적인 유토피아가 나타나는 것은 〈이어도〉가 바다를, 또한 〈비화밀교〉가 내륙을 작품의 무대로 하고 있다는 제재와 상황 설정의 차이일 수도 있을 것으로 보인다.

보다 명확해져야 할 것은 〈비화밀교〉의 유토피아가 실질적으로 체험 가능한 것이며, 일상적인 삶에 신선한 충격 효과를 줄 수 있는 가능성을 동반한다고 암시하고 있는 이청준의 속셈이다. 〈이어도〉에서 확산되고 증발하는 유토피아를 보여 주었으며 〈당신들의 천국〉에서 삶의 고난을 넘어서려는 성실하고 줄기찬 노력 끝에 얻어질 수 있는 인간 의지의 개가로서 또 하나의 유토피아를 보여 준 그가, 〈비화밀교〉에서는 과연 무엇을 드러내려 시도하고 있는 것일까?

그것은 각박한 이 시대의 삶과 대비되어 우리의 삶 가운데로 영입될 수 있는 소거와 재생의 존재 양식에 대한 가능성이 아닐까 싶다. 이청준은 그것이 아무래도 이러한 시대 상황과 시대정신(Zeitgeist) 아래에서 가능한 현실적 유토피아의 한 모습이라고 간주하고 있는 듯하다.

그러나 유토피아에서의 삶이 도래한다면 우리가 살아가는 구체적 현실이 증발될 수밖에 없다는 변증법적 관계를 생각할 때, 즉 현실과 낙원이 공존할 수 없음이 에덴의 시대가 끝나고 척박한 토양 위에서의 삶이 시작된 이래 명백한 경험적 예증을 보이고 있음을 계상計上할 때, 소설을 통한 이청준의 시도는 유토피아에 이르는 과정과 그에 따른 세부 사항에 이를 수 있을지라도 유토피아 그 자체에 이를 수는 없다.

우리에게 중요한 것은 바로 그 과정이며 그 과정이 우리의 개인적인 또는 집단적인 삶에 영향력을 행사하는 것이다. 유토피아는 언제나 해변에서 바라보는 수평선처럼 우리 삶과 어느 정도 거리를 유지하고 있다. 그것이 유토피아의 온전한 자리이다. 바꾸어 말하면, 현실적으로 실현 가능한 것이 유토피아일 수는 없다는 사실이다.

유토피아에 다가서기 위한 이청준의 소설적 시도는, 주봉을 밀어 올린 작은 산봉우리들 같은 몇 개의 유토피아를 제시하고 있으나, 궁극적으로 그의 소설이 유토피아의 형상 그 자체를 뭇사람들의 시선 앞에 드러내는 데 목표를 두고 있지는 않다.

그 과정을 통해 유토피아에의 접근이 얼마만큼 가능하다는 인식의 확보와 완전한 유토피아에 결코 이를 수 없다는 단절감 사이에서 우리가 체험하게 되는, 허망함 그것이 곧 이청준이 보여 주는 유토피아의 소설적 발화법이요 유토피아를 향해 그가 우리를 인도해 간 가장 전방 지점이다. 그리고 이는 우리들만의 허망함이 아니라 저 원시 시대 밀림의 북소리와 함께 발아한 초보적인 예술의 형태에서부터 예비된 운명적인 유토피아의 존재 양식인 것이다.

삶의 일상성을 넘어서

지금까지 우리는 인류 문화의 기층적인 속성이 어떻게 민간의 사고에까지 연결되어 있으며, 어떤 양태로 문학에 적용되어 나타나는가를 살펴보았다. 그리고 그러한 가운데 두 개의 유토피아 의식을 보여 주고 있는 이청준의 소설들을 살펴보면서, 제의의 공간과 삶의 공간이 어떻게 관계 지어지며, 삶의 일상성을 무화시키고 그 지평을 넓히는 현대적 신화의 살아 있는 의미가 무엇인가를 점검해 보았다.

확산되는 유토피아로서의 〈이어도〉와 수렴되는 유토피아로서의 〈비화밀교〉, 이 두 세계를 그리고 있는 이청준의 소설을 통해, 우리는 또한 그의 작품 제작법이 꿈과 현실의 경계를 넘어설 수 있는 우주적 상상력에 바탕하고 있음도 확인할 수 있었다.

이청준의 소설뿐만 아니라 모든 문학과 예술은 본질적으로 그림자까지도 반사된 빛의 일종이라고 생각하는 미시적 밀도의 세계 인식에 바탕을 두고 있다. 그것은 마침내 '역사주의와의 갈등'이라는 고전적 이론에로 나아가게 된다. N. 프라이가 〈신화문학론〉에서 누누이 강조하고 있는 '상상력의 소산으로서의 문학'도 결국 이러한 입장을 논리적으로 설명하는 일과 다르지 않을 터이다.

이청준의 소설을 통해, 삶의 어려움과 질곡 가운데 설정된 유토피아가 환상적 행복에의 도피로만 끝나는 것이 아니라 새로운 정신적 활력의 충전을 예비하는 가능태로 전제될 때, 그것은 내면적인 건강함을 촉발하는 유토피아이다. 그리고 이 유다른 이야기 구조의 소격 효과를 통해 우리가 삶의 소망과 의욕을 환기할 수 있다면, 그것은 가치 있는 문학 작품의 읽기를 통해 우리가 거두어들일 수 있는 값진 정신적 수확일 것이다.

역사의 전면과 후면, 왕조사와 민중사의 접점
—김주영의 〈화척〉

1980년대에서 1990년대로 넘어가는 세월의 고갯마루에서 작가 김주영에게는 결코 심상치 않은 하나의 사건이 있었다. 세상의 이목을 집중시킨 '김주영 절필 선언'이 바로 그것이었다. 붓을 꺾은 것으로 알려진 후 1년 동안 대부분의 시간을 여행과 술로 보낸 다음, 그는 1990년 12월 다시 공식적으로 문단에 복귀했다.

그가 원래의 자리로 돌아오는 그 첫 문학적 행사가 〈문학정신〉에서 마련한 '말, 삶, 글'이라는 좌담이었고, 그 자리에 연세대학의 정현기 교수와 함께 참여했던 필자는 그래서 그의 절필 사건의 내막이 무엇인지 비교적 소상히 알고 있는 편이었다.

이 글의 서두에서 장편소설 〈화척〉과 별반 상관없어 보이는 절필 얘기를 꺼내는 것은, 기실은 〈화척〉의 집필 과정과 그 사건이 한 뿌리로 연계되어 있기 때문이다. 그때 필자가 작성했던 좌담 기록인 '가족사의 음영, 떠돌이의 애환, 그리고 민초들의 끈질긴 생명력'을 들추어 보니, 김주영은 절필 행위의 원인으로 소설적 동어

반복에 대한 반성적 성찰, 10년간 계속해 온 신문 연재소설의 상업
성에 대한 인식, 그리고 다음과 같은 〈화척〉 제작상의 문제를 들고
있었다.

그 무렵 50대 초반의 힘 있는 열정으로 〈화척〉을 연재하고 있었
는데, 일 년 반 정도 써 온 시점에서 확인되기로는 확보하고 있는
자료에 여러 가지 문제가 많다는 점이었습니다. 특히 북한에 관한
자료들이 그러했는데, 예를 들자면 개성을 중심으로 한 지도라든지
관련 논문들이 너무 불충분하다는 사실을 북한 자료의 개방과 더불
어 바로 알게 된 것이지요. 그래서 더 공부하고 자료를 보완해서 다
시 쓰겠다는 결심에 앞서, 일단 중단을 결행하는 일이 내 양심에 부
합된다는 판단을 내렸습니다.

그 이후로 김주영은 남북교류협력법에 따라 '북한주민접촉승
인'을 받고 개성 방문을 시도했는가 하면, 국내외의 자료를 수소문
하여 고려 시대 개성 시가지 지도를 손수 마련하기도 했고, 고려
무신 정권 당시 혼란기를 중심으로 기술된 50여 편의 논문을 섭렵
하기도 했다.

이 소설이 한국일보에 연재되기 시작한 것이 1988년 1월부터였
으므로 개정 및 완결판이 상재된 1995년 8월까지는 장장 7년 7개
월의 기간이 소요된 셈이다.

우리는 이미 영웅주의적 소설 구성을 배제하고 민중사관에 의거
하여 민초들의 질박한 삶을 그 밑바탕까지 그려 낸 이 작가의 〈객
주〉나 〈활빈도〉 같은 대작들을 익히 알고 있다. 그렇기에 그가 확

보하고 있는 작가로서의 역량에 의심을 둘 사유가 별로 없는 터이지만, 〈화척〉의 경우 이에 더하여 엄청난 분량으로 투여된 물리적인 노력을 값지게 평가하지 않을 수 없다.

등단 초기 김주영은 주로 자전적이고 가족사적 요소가 강한 작품들을 많이 썼고 이에 해당하는 작품이 〈도둑견습〉, 〈모범사육〉, 〈아들의 겨울〉 그리고 보다 나중에 쓰인 〈고기잡이는 갈대를 꺾지 않는다〉 같은 것들이다. 그런가 하면 한동안은 객지를 떠도는 사람들의 이야기를 통하여 삶의 본질적인 가치를 밝혀 보려 한 작품들을 내놓았는데 이에 해당하는 작품은 〈새를 찾아서〉, 〈쇠둘레를 찾아서〉, 〈외촌장 기행〉 같은 것들이다.

이러한 중간 단계들을 거쳐서 그의 문학은, 지나간 역사 속에서 그 험난한 파고에 가려 제대로 드러나지도 못한 민초들의 핍진한 삶을 장강대하 같은 필치로 걷어 올리는 경계를 열게 된다. 앞서 언급한 〈객주〉, 〈활빈도〉를 거쳐 〈화척〉으로 이어지는 역사 소재의 장편소설들이 그 구체적 작품들이다.

그러므로 〈화척〉은 동시대의 작가 황석영이 쓴 〈장길산〉이나 조정래가 쓴 〈아리랑〉 그리고 김주영 자신의 〈객주〉와 어깨를 나란히 하면서 민중적 시각으로써 지난 시대의 역사를 해석하려 한 방대한 규모의 노작勞作이라 할 수 있겠다.

〈화척〉은 현재까지 김주영의 소설이 나아가 있는 가장 전방 지점이며 그가 이미 〈객주〉에서부터 숱하게 수련한 당대 세태 풍속사의 표현과 풍성한 어휘의 구사, 신분적 상하 관계의 층위와 내밀한 심리적 기저 등을 한 판의 잔치처럼 펼쳐 놓은 소설 마당이라 할 것이다.

천예 계급의 시각을 통한 인본주의 추구

〈화척〉을 읽어 내려가면서 내내 가슴 한복판을 떠나지 않는 감정은 참으로 서글프고 처연한 것이었다. 그러한 감정은 어떤 면에서는 이성적 통어력보다 앞서는 것이며, 이 소설 전반을 통하여 끊임없이 환기되는바 천민들의 삶에 결부된 구조적 비극성으로부터 말미암은 것이라 할 수 있겠다.

이 소설에는 여러 부류의 갈등, 이를테면 계급 대 계급, 집단 대 집단, 그리고 그 계급 및 집단 내부의 갈등이 복잡하게 얽혀 있다. 왕과 신하 사이의 갈등, 벌열층과 천예 부류 사이의 갈등이 계급 간의 갈등이라면, 문신과 무신, 무신과 무신, 노비와 노비 사이의 갈등은 집단 간 또는 집단 내부의 갈등을 형성한다.

작가는 이 많은 갈등의 연결 고리들을 매설해 놓고 그 가운데서 소설의 무게중심을 한두 지점에 고정시키지 않으며 여러 등장인물을 통해 다각적으로 분산시키고 있다. 그리하여 정중부에서 최충헌에 이르기까지 고려 말기 무신 정권 담당자들이 서술의 핵심에 놓이는가 하면, 그보다 더 진중하게 거칠, 걸보, 만적, 비연, 자운선 같은 천골의 인물이 소설을 이끌어 나가는 향도 역을 맡기도 한다.

고려 18대 의종 말년, 문신과 내시들에 의한 무신의 폄하와 학대가 극대화되어 정중부가 난을 일으키고 정권을 잡는 시점이 소설의 시작이다. 그로부터 이의방, 경대승, 이의민 등의 권력자를 거쳐 무신 정권 마지막 수반인 최충헌의 집권에 이르기까지 28년간이 소설의 무대이다.

이 짧지 않은 역사 과정을 통하여 작가는 왕조의 정권 변천사를 드러내는 데 관심을 기울이는 것이 아니며, 그와 같은 역사적 변혁기에 희로애락을 가진 엄연한 사고력의 실체로서 천민들의 삶과 애환, 그 숨겨진 속사정을 소설의 표면 위로 밀어 올리려 한다.

수백 년을 시종하던 사회 제도가 근본에서부터 뒤바뀌고 관습적 가치 기준이 두서없이 무너져 나갈 때, 그 변혁적 상황의 가장 큰 희생자는 역시 무력하고 수동적일 수밖에 없는 천민 집단이었음을 이 소설은 구체적 이야기의 구조를 통하여 보여 주고 있다.

그런 만큼 이 소설이 뚜렷하게 표방하는 시각 가운데 하나는, 그러한 천민 집단의 입지점에서 역사의 파행성을 검증한다는 것이다. 특히 만적을 중심으로 한 화척의 일족이 역사의 중심부로 휩쓸려 들어감으로써 그러한 발화의 효용성을 더욱 확대하는 데 이르고 있다.

〈화척〉은 원래 유기를 만들거나 수렵 등으로 변방에서 생활을 꾸려 가면서, 양민의 마을에 내려와 살 수 없도록 한 유랑민들을 말한다. 이 소설에서는 바로 이 화척 출신의 노비, 예컨대 이의방의 노비가 된 거칠이나 최충헌의 수노가 된 만적을 통해 천민들의 통한을 절실하게 드러내면서, 그들의 사고 및 행위가 역사적 사건의 진척에 깊숙이 개입되어 있다는 민중 지향적 역사관을 설득력 있게 펼쳐 보인다.

이를 위해서 이 소설은 천민들의 민중사와 병행해서 고려 말 무신 정권의 왕조사를 함께 그리고 있으며, 역사의 전면에 나선 왕조사의 기록과 그 배면에 잠복한 민중사의 기록이 각기 인물들의 밀접한 상관성과 더불어 자연스럽게 맞물려 나가도록 안배하고 있다. 그들 천민들이 격변의 소용돌이를 헤치고 살아남기 위한 몸부림 그 자체가 한 시대와 역사의 성격을 형성하는 데 주요한 기능을 담당하였으며, 더 적극적으로는 만적의 난을 통하여 표현되는 새로운 시대적 상황 구성에의 시도에까지 나아가게 되었다는 것이다.

작가는 소설 행간들을 통하여 이들 무자리나 천예 계급들이 인간으로서의 존엄성을 존중받아야 한다는 생각을 촌보도 양보하지 않고 있다. 보잘것없는 신분의 등장인물들에게 그가 투여하는 서술의 치열성이나 그들 사이의 신실한 담화를 통하여 이는 확연히 증빙될 수 있다.

그러할 때 〈화척〉은 한 시대의 정황을 그 바닥까지 투시한 역사 소재의 세태 풍속 소설이면서, 동시에 인간성의 말살에 삶 전체를 던져 저항한 당대 민중의 한과 절규를 세세히 묘파한 인본주의 소설이라 호명할 수 있을 것이다.

한 시대의 구체적 실상에 이른 세태 풍속 소설

우리가 홍명희의 〈임꺽정〉이나 황석영의 〈장길산〉을 소중히 받아들이는 것은 그 작품들이 지닌 역사 해석의 기량이나 미학적 가치 때문이기도 하지만, 간과할 수 없이 중요한 요인은 그 작품이 있음으로써 이야기의 배경이 되는 시대의 풍물과 습속과 생활사를 구체적인 기록으로 얻을 수 있다는 사실이다.

김주영의 유사한 소설들이 모두 그러하지만, 〈화척〉 역시 고려 말의 궁중이나 여염 그리고 노복들이 살아가던 행랑채, 저잣거리나 산판의 풍속도를 빼어나게 그리고 있다. 이러한 부분의 서술은 작가의 상상력에 의해 산출될 수 있는 것이 아니며, 묵은 서책의 책장 및 관련 논문의 갈피를 헤집는 손과 자료나 참고가 될 조언이 있는 곳을 열심히 찾아다닌 발의 수고에 기대어 거양될 수밖에 없는 성과라 할 것이다.

그뿐 아니라 1차적 자료를 자료 그대로의 모습으로 제시하지 않고 거기에 등장인물의 사고와 행위를 부가하여 2차적 판단을 내놓는다는 것은, 곧 역사적 사실에 대한 관찰력과 통시적 판단력이 요구되므로 결코 수월한 작업이 될 수 없다.

우선 이 소설의 전편에 걸쳐 지속적으로 제기되는 것은, 당대 민중의 삶이 얼마나 피폐하고 고통스러웠으며 얼마나 기근과 역병에 시달리는 것이었는가라는 그 실황이다. 백성과 유민들이 벼슬아치들의 침탈 아래 무방비로 놓여 있으며 여염의 여자가 저항조차 못한 채 겁간을 당해야 하며, 마침내 벽란도 저자에서는 인육이 매매되고 여자들은 생계를 위해 머리를 끊어 파는 사태에까지 이른다.

무신들의 세력 다툼과 끊임없이 이어지는 쿠데타는 추악한 권력 쟁탈전 이상도 이하도 아니었고, 당초부터 패덕하고 무력한 왕부는 백성들의 고난에 관심조차 없었던 것이 당대의 시대적 환경이었다.

그 감당하기 어려운 환경 속에서 반상의 층하만은 뚜렷하여, 이의방이 심복으로 부리던 거칠을 거침없이 물고 내는 일이나 이의민의 처 최 씨가 스스로 불러서 동침했던 을술이 붙잡히는 지경에 이르자 혀부터 뽑아 버리는 등의 장면이 숱하게 등장한다. 왕규의 내실이었던 이 씨가 이의방에게 한 말처럼, '나으리의 대수롭잖은 한마디의 농에 천예들은 평생의 운세를 점치며' 살아가야 하는 형편이었다.

그중에서도 수자리 마을 출신의 '물자놈'에 대한 배척은 더욱 심해져서 최충헌의 경우 득세한 이후에도 생명의 은인이었던 만적은 그대로 둔 채 김인준이나 최문준 같은 다른 하속들만 대정이라는 하급 벼슬에 발탁하고 있다.

이와 같은 일들이 암울한 시대의 모습이었다면 그중에서 작가가 의미 깊게 내세우고 있는 상층 계급의 의연한 모습이나 하층 계급의 슬기로운 지혜도 간간이 반짝거리며 돌출된다.

정중부의 거사 때 문신 문극겸의 사리 분명한 태도라든지, 의종이 폐출되어 귀양 갈 때 '죄지은 계집만이 죄지은 지아비의 짝이 될 수 있다'는 국량으로 왕을 배반한 총희 무비를 함께 보내는 태후의 분별 등은 전자에 해당된다.

그런가 하면 후자에 해당하는 천민들의 살아남기 위한 기지와 강단은 소설의 곳곳에서 숱하게 발견된다. 이의방에 접근하는 거칠의 수순, 도금과 윤소의 짝짓기, 이의민의 처 최 씨를 협박하는 도금의 대담성, 만적의 수자리 마을에 대한 통찰력, 자운선의 만적에 대한 짐작 등을 그 예로 들 수 있겠다.

도금에게 자신의 행동거지를 설명하는 거칠의 다음과 같은 어투에서, 우리는 참고 기다리며 잡초처럼 생명력을 이어가는 이들의 생태를 잘 짐작할 수 있다.

당장 얻을 것이 없다손 치더라도 바탕에 쌓아 둘 만한 가치만은 있는 일일세. 잡초는 썩은 잡초 위에 다시 돋아 뿌리를 뻗어 가지 않던가. 썩어 주는 잡초가 있어야 이듬해…… 봄에 다시 잡초가 움을 틀 수 있는 자리를 잡지 않겠나?

이러한 잡초의 생명력이 이들 천예 집단의 생존 논리라면 그러한 인식의 바탕 위에서 추구되는 새로운 세상은 다음과 같은 자운선이 만적의 심성을 추단하는 언사에서 잘 나타난다.

그 사람이 바라는 것은 따로 있지. 보라매처럼 높은 창공에 떠서 삼라만상을 내려다보며 세상의 일이 뻔뻔스러운 것을 꾸짖어 징벌하고 애꿎은 백성들이 침탈에 부대끼는 것을 두고 보지 않겠다는 심산이야. 하늘에 뜬 매의 눈은 30리 안짝의 숲속에 기어가는 들쥐를 볼 수 있네. 그러나 매는 대중없이 사냥을 일삼는 짐승은 아니라네. 기다리지. 딴청을 하고 아주 끈질기게 기다린다네. 배가 고프지만 전혀 내색하지 않을 뿐 아니라 그 유장한 품위에 결코 흐트러짐이 없다네. 항상 멀리 날고 높게 떠 있으면서도 잡초 속에서 벌어지는 작은 새들의 둥지도 눈여겨보는 영특한 짐승이 매라네.

자운선이 상림홍에게 한 이 말은, 그러나 이 소설 속에서는 선언적 의미에 그치고 만다. 만적은 이병주가 쓴 〈바람과 구름과 비〉의 최천중처럼 역성혁명을 위한 세력의 조직에 돌입하지도 못하거니와 황석영의 〈장길산〉에서처럼 천예 계급의 대동 세계를 향해 나아가지도 않는다.

서둘러 말해 두자면 바로 이 대목이 소설 〈화척〉이 끌어안고 있는 주요한 단처가 되는 셈인데, 굳이 만적이 최천중이나 장길산을

212

본떠서 일정한 세력을 형성하지 않아도 무방할 터이지만 위의 언술과 같은 흐름에 비추어 보면 만적은 열렬한 관중의 박수를 받고서도 움직이지 아니하는 출전자처럼 어정쩡한 외양을 노정하고 있는 것이다.

더욱 알차고 돌올한 경계를 기대하며

작가 자신이 서문에서 밝히고 있는 바와 같이 만적과 자운선은 실존 인물이다. 더욱이 만적은 '만적의 난'으로 역사 교과서의 한 페이지를 장식하는 인물이다.

이 소설에서는 만적의 출신 성분과 행적에 관하여 상당히 자세한 복원력을 보여 주고 있으나 그의 계급 차별 제도에 대한 생각 및 '거사'에 관해서는 용두사미 식의 기술에 그쳤다.

우선 그가 거사를 도모하려는 결심의 원인 행위, 즉 동기 부여가 너무 미약하다. 천예 계급의 기본적인 권리 찾기라든지 인간다운 대접에 대한 요구라든지 하는 본질적인 문제는 증발해 버리고, 그동안 잘 섬겨 오던 상전이 패덕한 동생을 죽이는 것을 보고 이를 계기로 인륜조차 지키지 못하는 자를 징치하려 한다는 논리가 고작이다. 아울러 동료들을 결집시켜 변란의 유발로 나아간다는 뚜렷한 과제가 제시되지 않고 최충헌을 징벌한다는 근시안적 목표만이 두드러지는 것이다.

또한 거사를 준비하는 과정이나 보안의 유지에도 평소 만적의 성품에 기인한 치밀성은 찾아볼 수 없다. 만적은 최충헌에게 적발되어서 너무 쉽사리, 그리고 소설적 구도를 강화하는 유다른 변론조차 없이 그 목숨을 내어 준다.

만적이 자운선과 만나기 위해 그토록 생명을 내걸고 접근하는 때가 있는가 하면, 자운선의 집에서 마주 앉을 기회가 주어졌음에도 설득력 있는 거절의 이유 없이 이를 회피하는 것도 납득하기 어려운 편이다.

그런가 하면 너무도 빈번하게 남녀 간의 교접 또는 겁간이나 화간이 이루어지는데도, 수태의 결과가 나타난 것은 부부간인 도금과 윤소의 경우 꼭 한 차례뿐이다. 물론 이와 같은 지적은 지엽적인 문제에 지나지 않지만, 이처럼 작가의 신경이 덜 쓰인 부분이 용이하게 눈에 띄는 것은 만적과 관련된 마무리 부분의 불완전성과 함께 미진한 뒷맛을 남기는 대목이다.

이 소설을 읽어 나가면서 마음으로 무릎을 치거나 작가에게 압도당하는 느낌이 드는 것은, 아마도 그가 자유자재로 구사하는 어휘력과 문장의 표현력 때문일 것이다. 동시대 작가 어느 누구도 흉내 낼 수 없는 다양하고 풍성한 어휘, 번득이며 정곡을 찌르는 재치, 해학적이며 유장한 문장, 육중하면서도 해박한 역사적 관찰력 등은 김주영을 김주영답게, 그리고 〈화척〉을 김주영의 역작 소설답게 하는 요인들이라 하겠다.

'팔 긴 것 보니까 웬만한 강나루도 넘겨 짚겠다', '사추리에 가래톳이 서다', '지기펴고 산다', '구처하기 쉽지 않다는 돝고기', '배젊은 계집', '신발차', '실토정', '숭어띔', '여축없이 잡도리', '꾀바르게' 등등, 잠깐 동안에도 우리는 그가 거느리고 있는 토속적이고 요긴하면서도 적확한 어사나 문장을 여러 묶음 그러모을 수 있다.

　그는 이러한 소도구들을 통하여, 그것을 능란하게 사용하는 하
정배의 등장인물을 통하여, 그리고 그들의 곤고하면서도 끈질긴
삶을 역사적 사실성의 행간에 비끄러맴으로써, 우리로 하여금 탁
발한 역사 소재의 세태 풍속 소설을 탐독할 수 있는 기회를 마련해
준다. 그런 점에서 우리는 김주영과 그의 작품들을 우리 시대의 소
중한 문학적 성과로 받아들이는 것이다.

바다, 토속성 그리고 원시적 생명력의 절창
—한승원의 〈목선〉에서 〈동학제〉까지

일제의 서슬 푸른 탄압과 패권주의가 한창 그 막바지를 향해 치닫던 1939년 늦여름, 정확하게는 음력 8월 26일 한승원은 이 땅에 고고의 울음소리를 내었다. 저 남녘의 바다와 산하 위에 성글게 사위어 가는 따가운 햇살을 받으며 낮게 엎드린 시골 마을, 전남 장흥군 대덕면 신상리를 향리로 하여 그는 이 땅에 왔다.

아버지 한용진과 어머니 박실심 사이의 8남매 중 둘째 아들, 외가 편을 닮아 어려서부터 체구가 컸다고 그는 기억하고 있다. 한승원은 태어난 이듬해부터 두 다리의 오금에 피부병이 생겨 어른들이 걱정했는데, 다리가 떨어져 나갈 정도로 환부가 깊어 면사무소 옆에 있는 조합 병원엘 다녔다. 지금도 그의 두 다리에는 그때의 상처가 '칼자국처럼' 번들거린다.

일곱 살 나던 해 봄, 곧 1945년 4월 한승원은 덕도국민학교에 입학한다. 그해 8월 온 나라를 뒤흔든 해방의 감격이 있었지만 아직 어리고 물정 모르는 그에게, 더욱이 남도의 한촌에 탯자리를 둔 그에게 유난스런 감격의 체험이 있기는 어렵다. 학교는 들어갔으되 숫자를 세지도 못했고 글자를 알지도 못했다. 그러나 이 무렵 할아버지로부터 〈명심보감〉을 배우며 조금씩 세상사의 이치를 깨우치기 시작했다.

남해의 시퍼런 바다가 곳곳에서 출렁거리고 있는 한승원의 소설에 근접하면서, 대다수의 독자들은 아마도 이 작가가 어렸을 적부터 바닷물에 익숙하였으리라 짐작하기 쉽다.

그러나 그것은 사실과 다르다. 대개의 바닷가 아이들이 대여섯에 헤엄을 치기 시작하는데 한승원은 유달리 물 무섬증이 있었다. 더군다나 다섯 살 때 혼자서 집 앞 웅덩이에 빠져 허우적거리다가 죽을힘을 다해 빠져나온 적이 있다. 어린 그에게 바다는 무섭고 어두운 세계였다. 그런 연후에 그가 제대로 헤엄을 배운 것은 열다섯 살 때였으며, 저 완강한 물 무섬증이 적어도 그의 소년 시절 10년을 따라다닌 셈이다.

이러한 체험은 작가에게 소설 창작의 중요한 모티프가 될 수밖에 없다. 바다에 대한 콤플렉스야말로 그가 자신을 소설을 통해 바다의 한복판으로 밀어 넣은 추동력이었을 터이다. 이는 오늘날의 우리 작가들 가운데 6·25에 대해 남달리 많은 그리고 수준 있는 작품을 생산한 전상국이 기실 자기만의 6·25 콤플렉스를 안고 있었다는 사실에 견주어 볼 만하다.

1954년, 한승원은 장흥중학교를 졸업하고 장흥고등학교에 입학했다. 장차 한국 문단의 주요한 중진 작가가 되도록 마련되어 있는 운명적인 길이 이때부터 초입의 면모를 보이기 시작했다. 그는 당연히 문예반에 들어갔고, 지도 교사 김용술과 당시 문예부장이던 선배 송기숙을 만나 문학에의 열정을 북돋았다. 반면에 집안 사정은 극도로 어려워졌다. 아버지가 자동차 사고로 불구가 되어 병석에 누울 수밖에 없었기 때문이었다.

고등학교 2학년인 이듬해, 한승원은 송기숙과 함께 '억불'이란 이름으로 교지를 창간했다. 학교 공부를 작파하다시피 하고 '문학 속으로' 기어 들어갔다. 교지에 수필을 발표하면서 글을 익히는 한편 아직 어린 미각을 쓰디쓴 소주로 길들이기 시작했다.

졸업반이 되었는데 대학 진학이 좌절되었다. 한승원은 졸업 시험을 치른 다음 4기분 납부금으로 한글학회 편 〈국어큰사전〉 한 권과 그동안 읽고 싶었던 책들을 사 가지고, 담임인 김용술 선생에게조차 한마디 말도 없이 귀향해 버렸다. 졸업장을 못 얻는 것쯤은 아무 문제도 되지 않는다고 생각할 만큼 과감했는데, 국어사전은 왜 샀는지 모를 일이다. 은연중에 글 쓰는 일이 그의 운명을 지배하기 시작한 표징이라고 할 수 있을까?

고향 집에서 농사를 짓고 김 양식을 한, 이른바 반농반어에 종사한 1950년대 후반의 3년여는 한승원의 앞날과 관련하여 매우 긴요한 의미가 있다. 외견상으로는 이 기간이 젊음의 날을 기계적인 1차 산업에 소진한 소비의 세월처럼 보인다. 불구가 된 아버지에게 쟁기질, 도리깨질을 배우고 또 김발 막는 법, 김발 다루고 김 키우는 법 등을 이론으로 배웠다. 이 모든 일을 맡아 하던 형이 군대에 간 사이에 그 형이 제대해 올 때까지 일손의 공백을 메웠으니, 어쩌면 작가 자신의 말처럼 '머슴살이'를 한 것인지도 모른다.

농어촌의 일이 다 그렇듯이 육신은 힘이 들었지만, 정직한 땀방울의 뒤편에 있던 그의 정신은 그것대로 할 일이 있었다. 실존주의의 병이 들었고 월간 〈사상계〉를 정기 구독하면서 중학교 준교사 검정고시 준비를 시작했다. 오전에는 쟁기질과 바다 일을 하고 오후에는 책을 읽었다. 독학으로 작가로서의 이름을 이룬 영산포의 오유권 선생을 찾아 소설 작법을 묻기도 했다. 한승원에게 이 기간이 특별히 소중하다는 것은 그의 문학 세계를 지배하는 산문 정신의 모티프가 형성되었기 때문인데, 남해의 바다와 남도 지방의 토속적인 삶을 그 현장에서 온몸으로 감당한 원체험이 없었다면 한승원 소설의 저 줄기찬 저력은 상당 부분 삭감되었을 것임에 틀림없다.

요컨대 작가가 실토한바 단편적이고 서정적이고 시적인 문학의 소양이, 굵고 부피 있는 산문적 성향으로 생장했다고 할 수 있을 터이다. 그가 바다의 호흡과 몸짓을 바로 곁에서 지켜보며 겪어 내지 않았더라면, 초기의 〈가증스런 바다〉와 〈목선〉에서부터 〈불의 딸〉과 〈해일〉을 거쳐 〈새터말 사람들〉에 이르는, 바다 이야기의 웅대한 장정이 펼쳐질 수 없었을 것이 아닌가.

1958년 한승원은 준교사 자격 검정고시를 치렀으나 실패했다. 역시 주경야독은 옛 고사성어 속의 일화였다. 김 양식의 흉작으로 살림이 더욱 어려워졌고 그는 진학을 해야겠다고 마음먹었다.

그러면서 그 이듬해엔 닭을 키우기로 작정하고 그야말로 원시적인 모계 부화로 닭을 불렸다. 닭이 80마리쯤 불어났을 때 콜레라가 덮쳐 하루에 열 마리 정도씩 죽어 갔다. 참담한 심경이었다. 일주일이 지나자 다섯 마리가 남았다.

시절은 자유당 정권의 말기로 부정부패가 극에 달하여 울화에 차 있는 그를 더욱 분격하게 했으며, 아버지가 불구의 몸으로 자유당원 노릇을 하는 것이 매우 못마땅했다.

1960년 봄, 드디어 4·19 데모가 일어나고 이승만 정권이 무너졌다. 아이러니컬하게도 그해 김은 대풍이었다. 그는 자기 손으로 김 양식을 한 이래 가장 많은 수확을 얻었다고 했다.

이 풍작의 축복은 젊은 한승원에게 뭔지 모를 새로운 의욕과 용기를 주었다. 그는 자기의 영혼 속에서 타오르고 있는 창작에의 열정과 그 불꽃을 들여다볼 수 있었고, 마침내 서라벌예술대학 문예창작과의 김동리 선생을 찾아가기로 작심하였다.

1960년대의 새벽을 맞이하는 그 시점, 한반도의 남단 전남 장흥의 한 촌락에서 '작가 한승원'을 예비하는 출범의 전야는 그렇게 그 장막을 걷고 있었다.

문학에의 꿈, 그 창대한 장정의 시발

1961년, 23세의 싱그럽고 젊은 기백과 함께 한승원은 서라벌예술대학 문예창작과에 입학했다. 그러나 대학 초년생으로는 나이가 많은 편이었다.

소설가 이문구, 박상륭, 조세희, 강호무, 한상윤, 시인 이건청, 하현식, 장효문, 조정자, 곽효숙 등을 그 대학 강의실에서 만났다. 한 학년 위에 소설가 김원일, 양문길, 시인 신중신이 있었다. 학보사에서 일하면서 선배 백인빈과 교유가 깊었다. 가히 우리 현대문학의 소중한 산실이 될 공동체였고 한승원은 그 열기 속에 함께 있었던 것이다.

하지만 문학은 꿈이고 대학 생활을 지탱해 나가야 할 삶은 현실이었다. 그는 창신동 돌산 무허가촌에서 외숙과 함께 살면서 이른 봄의 서풍이 얼마나 맵고 시린가를 알았다. 산 밑의 창신국민학교 옆에서 물지게를 져 나르면서 물이 얼마나 귀한 것인가도 알았다.

삶의 어려움 가운데 한승원이 선택한 출구는 역시 문학의 길이었다. 그는 매일같이 중앙 도서관으로 출석했고 열람실이 마감될 시간까지 도스토예프스키, 헤밍웨이, 지드, 사르트르, 카뮈 등을 읽었다. 5·16이 나고 화폐가 교환되고 세상이 시끄러웠지만, 그는 밤을 도와 소설을 썼다. 두 주일 만에 한 편씩을 써 들고 김동리 선생의 방을 들락거렸다. 그런 와중에서 〈폐각을 탈출한 집게〉라는 작품을 써서 김동리 선생의 소설 창작 실기 시간에 발표했더니, 장족의 발전이란 큰 칭찬이 있었다.

마음에 작은 자부심을 간직한 채, 그리고 소설 창작의 기본기를 익히고서 한승원은 1962년 12월 고향으로 돌아간다. 군문에 입대하기 위해서였다. 병역 문제가 해결되지 않으면 취업도 안 되기 때문이었다.

그는 해가 바뀐 1월에 곧바로 입대, 1월 15일에 군번을 받았다. 부대 상황실에서 근무했으며 근무하는 틈틈이 소설을 썼다. 그렇게 쓴 작품이 제대할 때까지 중편 1편, 단편 6편이었다. 제대를 앞두고 서울신문 신춘문예에 〈양키가 살던 양옥〉을 투고했으나 최종심에서 떨어졌다.

1965년 8월, 한승원은 제대를 하고 세상의 저잣거리로 돌아왔다. 제대 후에 아내 임감오를 만나 결혼했으며, 6개월간 처가살이를 했다. 낮이면 스웨터를 짜고 요코 편물기를 돌려 생계를 유지하면서 밤이면 다시 신춘문예에 낼 소설을 썼다.

그가 신아일보 신춘문예에 〈가증스런 바다〉로 입선한 것은 1966년. 연이어 장동 서국민학교로 발령을 받았으며 거기서 아내와 신접살림을 차렸다. 아이들 가르치는 일에 재미를 붙여 소설 쓰는 일도 잊고, 한편으로는 바둑과 장기, 화투에 취해 그리고 술잔과 더불어 정신없이 보냈다. 농번기 휴가를 맞아 읍내 서점에 나갔던 그는 〈현대문학〉을 보고 눈앞이 아찔했고 새로이 정신이 번쩍 났다. 이문구의 추천 완료를 거기서 보았던 것이다. 읍내에서 돌아오는 길에 한승원은 단호히 바둑, 장기, 화투, 술을 끊는 과단성을 보였다. 하기야 그와 같은 정신적 결기 없이 작가 한승원이란 이름이 가능했을 리 없다.

1968년, 고등학교 문예반에서 문학에 뜻을 둔 지 햇수로 15년 만에 한승원은 〈목선〉으로 대한일보 신춘문예에 당선한다. 직장인 학교를 광양중학교로 옮겼고 첫아들 국인國人을 얻었는데, 그 아이가 나중에 대를 이어 작가의 길을 가는 한동림이다.

등단 이듬해부터 〈무적霧笛〉, 〈이색異色 거미줄 소묘〉 등의 작품을 발표하기 시작했고 교직을 광주 춘태 여고로 옮겼다.

1970년 단편 〈미친 소리〉를 쓰면서 풍자적인 작품을 써 보고 싶은 의욕이 들어 그 다음해에 〈멍청강과 이거식〉, 〈거미와 시계와 교사들〉, 〈먹갈치와 노란 수박〉 등을 발표했는데, 작가는 나중에 이 작품들을 풍자라기보다 블랙 유머에 지나지 않는 것이었다고 겸손히 자평했다. 그러나 한승원 소설의 풍자적 성향과 그 기교는 점차적으로 작품 속에 내면화되어 가며, 대다수의 작품에서 독자와의 친화력을 풍성하게 하는 강점이 되고 있다.

한승원이 딸 강江을 얻고 교직을 다시 동신중학교로 옮긴 것은

1970년이다. 규율과 원칙에 예속되기를 견디기 어려워하는 성격이라, 이 무렵에는 예비군 훈련을 받기 싫어 잘못된 호적 나이를 바로잡기 위해 소송을 할 생각을 하고 다녔다.

그의 딸 한강은 1993년 〈문학과 사회〉를 통해 시로, 그리고 1994년 서울신문 신춘문예를 통해 소설로 각각 등단했다. 1995년 연이어 서울신문 신춘문예로 등단한 아들 한동림과 함께 이들 가족은 2대에 걸친 세 사람의 작가 군을 이루고 있다.

알려진 문인 가족들 중에는 형이 시를 쓰고 동생이 소설을 쓴 주요한, 주요섭, 자매가 소설을 쓴 한무숙, 한말숙, 형제가 소설을 쓰고 있는 김원일, 김원우, 형제가 시를 쓰는 김종해, 김종철, 부, 모, 녀가 모두 시인 및 소설가인 김동환, 최정희, 김지원, 김채원 등 여러 전례가 있다. 한승원의 가족에게 중요한 것은 세 사람이 소설을 쓴다는 사실이 아니라 이들의 소설이 우리 문학의 지평 위에서 어떤 좌표를 설정할지에 있다 할 것이다. 여기에 딸 한강과 결혼한, 1995년 중앙일보 신춘문예로 등단하여 활발하게 활동하고 있는 소장 평론가 홍용희까지 가세하여, 이 가계는 여러 연유로 주목거리가 되고 있다.

어쨌거나 한승원은 작가로서의 이름 석 자를 문단에 내걸고 1970년대의 입구에 섰으며, 그로부터 20여 년간 그야말로 영일이 없는 활발한 창작 활동을 보임으로써 스스로의 세계를 치열하게 일구어 나간다.

고향과 소설과…… 험악한 시대의 깨어 있는 정신

한승원의 소설이 처음으로 책으로 묶인 것은 1972년 7월 세운문
화사에서 나온 〈한승원 창작집〉이다. 데뷔작을 포함하여 모두 열
두 편의 작품을 싣고 있는 이 책을 작가는 자비로 출간했다. 나중
에 그가 〈멍청강과 이거식〉으로 적고 있는 단편의 제목은 이 책에
서 〈멍청강과 이거식이〉로 되어 있다. '사족'이라 이름한 작가 후
기에서 그는 이렇게 실토했다.

제 주위의 사람들이 모두 향일성向日性의 바다를 이야기할 때, 저
는 저다운 뚝심으로 늘 배일성背日性으로 기어드는 또 하나의 바다를
내 성장의 터전으로 키우면서 살아왔습니다.

그는 누구보다도 바다를 잘 알고 사랑하는 작가이면서 동시에
언제든지 배리背理로 돌아설 수 있는 바다의 '가증스러움'을 판독
하고 있는 작가이다. 어린 시절부터 그의 삶에 영험 있는 반사경이
었던 바다를 그렇게 받아들일 때, 이는 곧 작가 자신의 신산스러운
삶을 문학적으로 반영하는 태도라 할 수 있겠다. 그런데 그는 이
첫 창작집을 늘 후회되고 내놓기 부끄러운 책이라 말했다.

한승원은 박봉에 시달리면서 세 동생의 뒷바라지를 해야 했다.
그에게 소설 쓰기란 정신적, 물리적 탈출구였다. 그렇기에 그는 소
설을 통하여 가족들과 소설을 쓰는 스스로와 자신의 소설을 구제
했다고 생각하고 있다.

이 무렵부터 개인적인 문제에 치중하던 소재에 대한 관심이 점

차 현실의 부정적인 측면을 풍자하는 쪽으로 발전해 나갔고, 광주 지방을 중심으로 '소설 문학' 동인을 구성하여 함께 활동하기 시작했다. 그때 동인이었던 문순태, 김신운, 이명한, 정청일, 강순식, 이계홍 등이 이 동인 활동을 계기로 문단에 데뷔했다.

1973년 한승원은 단편 〈신화 1〉과 〈신화 2〉를 연작으로 발표했다. 그에게 '연작'이란 창작 형식의 의미는 결코 가볍지 않다. 거기에는 유달리 많은 작품을 쓰는 작가, 항상 가슴속에 이야기의 소재가 넘치는 작가 그리고 세상사의 한 면만을 보지 않고 두루 입체적으로 관찰하는 데 능숙한 작가 등의 설명이 부가될 수 있다.

이야기가 많은 만큼 그의 소설에서는 남녘 바닷가 갯투성이들의 절박한 심사와 뿌리 깊은 통한을 잘 쓸어 담고 있는데, 1974년의 〈한 1 ─ 어머니〉, 〈신화 3〉, 〈한 2 ─ 홀엄씨〉, 〈한 3 ─ 우산도〉 등으로 계속되는 연작에서 이를 명료하게 읽을 수 있다.

이 시기의 한승원은 점차적으로 풍자와 우화적인 표현 방법으로부터 우리 겨레 정서의 근간인 한의 천착으로 자신의 창작 경향을 이동시키면서, 문체에서는 판소리 가락에 맛을 들이기 시작한다. 소설이 무엇이며 소설 문장이 무엇인지, 그것이 자신에게서 어떻게 생육되어야 할지를 깨우친 그는 그로부터 정녕 한승원다운 유장한 서사 세계의 문을 열어젖히게 된다.

남해안 특유의 토속적인 삶과 신비스러운 원초적 생명력, 그리고 민족적인 비극과 한을 응대하는 역사의식의 새로운 개안, 이 모든 삶의 총체성이 체념과 눈물이 아니라 의지와 극복의 미학이어야 한다는 자각이 그의 소설을 전에 없던 활력으로 채우기 시작한 것이다. 그는 역사 공부를 다시 하면서 소설을 썼고, 소설을 쓰면서 역사적 삶의 진실을 더 두텁게 체험했다.

1976년에 발표된 단편 〈참 알 수 없는 일〉, 〈앞산도 첩첩하고〉, 중편 〈폐촌〉 등은 바로 이처럼 변모된 창작 경향의 시금석에 해당된다. 이 시기 이후 한승원은 단 한 해도 거르지 않고 몇 편씩 작품을 발표하면서 20년의 세월을 일관해 왔다. 필자의 생각으로는 아마도 우리 문단에 이처럼 불퇴전의 정력을 가진 작가, 그리고 그 와중에서도 대작을 만들지 않은 작가는 아무도 없으리라 싶다.

〈참 알 수 없는 일〉과 〈앞산도 첩첩하고〉는 서로 비슷한 서사 구조를 가졌다. 복잡한 가족사의 얽힘 속에서 이별과 상실의 아픔을 한의 미학으로 승화시키는, 이름 없는 민초들의 핍진한 삶을 담고 있다는 점에서 그러하다. 반면에 〈폐촌〉은 그 역사의식의 부피가 사뭇 다르다. 갯가 사람들의 빈핍한 삶과 설화적 담화의 동기를 배경에 깔고 있지만, 그 핵심에는 해방 공간의 분열과 6·25의 참화에 대한 냉엄한 비판 정신이 잠복해 있다. 이 강력한 메시지는 얼핏 보기에 저급한 육신의 정욕을 서술하는 데 머무를 줄거리를 운명론적 유대감의 회복과 그것의 화창한 개화로 증폭시키는 힘을 발휘한다.

1977년 한승원은 두 번째 소설집 〈앞산도 첩첩하고〉를 창작과비평사에서 상재한다. 이 소설집에는 중편 〈폐촌〉과 단편 여덟 편이 실려 있다. 여전히 갯바닥 사람들의 이야기, 〈한숨의 앙금〉이나 〈당함의 피멍〉 같은 한의 형상들을 담고 있지만, 전체적으로 살펴보자면 첫 소설집에 비해 사람 사는 세상의 이치를 한결 웅숭깊게 그리고 온기 있게 들여다보고 있다는 후감을 준다.

1978년에는 어문각판 〈신한국 문제작가 선집〉 제11권으로 〈한승원선집〉이 출간되었다. 두 번째 소설집 〈앞산도 첩첩하고〉에 실렸던 작품들을 포함, 중 · 단편 열여덟 편이 한데 묶였다. 신춘문예에 당선한 지 꼭 10년에 이른 시점이다. 이해에 한승원은 직장을 동신여중으로 옮겼다.

어문각판 선집을 순번에서 제외하면 한승원이 세 번째 소설집 〈여름에 만난 사람〉과 네 번째 소설집 〈안개바다〉를 낸 것은 1978년과 1979년이다. 그러니 3년 동안에 무려 다섯 권의 소설집을 내놓은 셈이다. 그것도 교직으로 가족과 형제들을 부양하면서 거둔 열매이니, 예나 지금이나 그는 절륜하다.

〈여름에 만난 사람〉은 대다수의 연보에서 1979년 출간으로 되어 있으나, 필자가 실제로 책의 판권을 확인해 본 결과, 1978년 2월 시인사 간행이다. 〈앞산도 첩첩하고〉 이후에 발표된 것들 가운데서 '비슷한 몫'을 한다 싶은 것들만 한데 묶었다고 작가는 '책머리에'에서 밝혔다. 모두 아홉 편에 달하는 이 소설들에서 그 비슷한 몫이란 남북 분단의 문제를 비롯하여 이 땅에 살고 있는 사람들의 공동체적 아픔을 함께 나누려는 성의 있는 마음가짐, 바로 그것이다.

〈안개바다〉는 1979년 4월 문학과지성사에서 나왔다. 연작으로 쓰인 〈석유 등잔불〉, 〈안개바다〉, 〈꽃과 어둠〉 가운데 뒤의 두 편이 여기에 실렸으며 그 외에 세 편이 더 있어 모두 다섯 편의 작품을 수록했다.

바닷바람을 쐬며 살아온 삶, 민족적 수난사의 파고를 겪으면서 서로 죽이고 죽는 사람들, 작가는 이런 생각들에 한없이 처연해져서 이 책에 실린 〈벌 받는 사람들〉을 써 놓고 '어이없게도' 울었다고 했다.

아마도 자신의 소설을 앞에 두고 울 수 있는 작가는 행복한 작가일 것이다. 그런 점에서 한승원은 천생의 작가이다. 천생의 작가가 언제나 평범하게 교직에 매달려 있을 수는 없었다. 한승원은 1970년대의 마지막 해를 보내면서 이윽고 교직을 그만두고 글만 쓰기로 작정했다. 세 동생들의 학교 공부가 모두 끝났고, 각기 독립해 나갔기 때문이기도 했다.

이해에 한승원은 불경과 노장을 공부하기 시작하면서 전작 장편 〈해일〉을 발표한다. 이 작품의 발표 역시 그의 작품 창작의 궤적에서 상당한 무게가 실려 있다. 본격적인 장편 시대를 예고하는 신호탄이기 때문이다.

이리하여 한승원은, 1980년대의 아침을 맞이하면서 전업 작가요 장편 작가로 달려 나갈 준비를 모두 마쳤다. 또 하나 새로운 삶의 장을 열면서, 그는 남도에서의 십수 년에 걸친 오랜 교직 생활을 마감하고 서울 입성을 준비한다.

서울 입성, 치열한 작가 혼, 풍성한 열매

1980년 1월, 저 남쪽 광주에서 처참한 살육의 소용돌이가 있기 넉 달 전, 한승원은 식솔을 이끌고 서울의 우이동으로 이사했다.

나중에 5·18이 일어나자 이 판국에 황차 소설이 무엇이냐고 고민했으며, 한동안 글을 쓰지 못하고 심하게 위장병을 앓았다. 이 무렵 작가 윤흥길과 많은 이야기를 나누었고 니코스 카잔차키스의 소설과 그의 〈영혼의 자서전〉으로부터 많은 위로를 받았다. 거기서 자신이 해야 할 일이 소설 쓰는 일임을 다시금 깨우쳤다.

이때의 한승원은 그 자신이 사뭇 우회적으로 표현한 바대로 '인권을 앞세우고 건너와 있는 외래 사람들'에게 실망을 거듭하고, '그들을 인두겁 쓴 사람이 되게 한 밑받침 종교들'에 반발을 느끼게 된다.

그런 까닭으로 한승원은 무당을 찾아 무가를 공부하고 방방곡곡으로 무당들의 큰 굿을 보러 다녔으며 도자기 굽는 가마도 쫓아다녔다. 참다운 민족문학이란 어떤 것인가를 생각했고 이때 '불'을 소재로 한 일련의 소설들을 구상했다.

이해에도 작품 제작은 여전하여 중편 〈구름의 벽〉, 〈누이와 늑대〉, 단막 희곡극 〈천사의 덫〉 등을 발표했다. 또한 1979년에 발표한 장편소설 〈해일〉을 〈그 바다 끓며 넘치며〉로 제목을 바꾸어 도서출판 은애에서, 두 번째 장편소설 〈신들의 저녁노을〉을 문학사상사에서 각각 출간했다. 이 중 중편 〈구름의 벽〉 및 장편 〈그 바다 끓며 넘치며〉로 한국소설문학상을 수상한다. 나중에 있을 한국문학작가상, 현대문학상, 대한민국문학상, 이상문학상 등 다채로운 수상 경력에서 그것은 첫 번째 문학상 수상이었다.

중편 〈누이와 늑대〉는 농촌의 가난하고 무식한 가족을 그리고 있지만 그 주제는 공해 문제이다. 김원일의 〈도요새에 관한 명상〉이나 조세희의 〈난장이가 쏘아 올린 작은 공〉과 더불어, 이 작품은 1970년대 산업화 과정의 민감한 상처를 들추어 보이고 있다. 작가는 '특정한 사건과 관계없는 허구'라고 밝혔으나, 실제로는 전남 담양의 수은 중독 사건을 그린 것으로 알려져 있다.

〈그 바다 끓며 넘치며〉는 나중에 3부작의 장편 〈해일〉 중 제2부로 편입되고 이 소설의 앞뒤로 제1부 〈비나리 갯비나리〉, 제3부

〈해당화 붉은 꽃잎〉이 구비되어 한 질의 대하 장편을 이루게 된다.

〈신들의 저녁노을〉 역시 '한꺼번에 쓰고 몇 번 고친 것', 곧 전작 장편인데 이 소설의 창작 기조에 대해 작가는 책머리에서 다음과 같이 설명했다.

이 소설을 쓰면서, 나는 들꽃이나 산짐승의 싱싱한 야성이라든지, 바다짐승의 뜨겁고 질긴 생명력이라든지, 소설적인 재미라든지를 잃지 않아야 한다고 늘 생각했다.

이 '야성'과 '생명력'을 축약한 한 음절의 단어를 고르라면, 한승원은 서슴없이 '불!'이라 할 것이다.

1981년에 불을 뼈대로 한 연작 중편 〈불배 1〉, 〈불곰 2〉, 〈신딸 3〉, 〈불의 아들 4〉를 쓰고 1982년에 〈불의 문 5〉를 쓴 것은 바로 그 주제를 함축했다 하겠다. 이 작품들은 나중에 〈불의 딸〉이란 장편소설로 묶인다.

1981년과 1982년에 각각 〈극락산 1〉과 〈극락산 2〉를 연작으로 쓰면서 그는 단편보다는 중편을, 중편보다는 장편을 써야겠다고 생각했으며 중편도 낱낱이 흩어지는 것이 아니라 한데 묶으면 장편이 될 수 있도록 쓰자고 작정했다.

1981년 한 해 동안에 한승원은 오래전에 썼던 풍자적인 성격을 띤 소설들을 모아 〈신화〉라는 제목으로 갑인출판사에서, 또 다른 소설집 〈날새들은 돌아갈 줄 안다〉를 문학예술사에서, 그리고 장편소설 〈지신〉을 고려원에서 각기 출간했다. 참으로 대단한 저력이 아닐 수 없다.

〈날새들은 돌아갈 줄 안다〉에는 모두 일곱 편의 소설이 실려 있으며, 교편을 잡고 있던 광주 시절과 고향 장흥의 장동 산골 및 바다 이야기가 높은 빈도를 차지하고 있다. 상, 하 두 권으로 된 장편소설 〈지신〉은 특히 바다 속에서 산 물개의 강인한 생명력에 초점을 맞추고 있다.

〈극락산〉 연작은 6·25 동란 중에 부모를 잃고 극락산 서남쪽 등성이 밑에 있는 외가 마을에 찾아가는 남매 이야기의 연작이다. 동생 만수는 광견병으로 죽고 누이 순덕이 얼른 커서 시집가 아이를 낳고 또 낳고 하리라 다짐하는 장면으로 끝나는데, 이 속에는 사람이 타고난 살기나 원초적 생명력에의 탐구 그리고 불교의 인연설과 예기 체계의 구체적 형상들이 갈무리되어 있다.

1982년에 한승원은 연작 중편으로 〈포구 1〉을 시작하고, 전작 장편 〈바다의 뿔〉을 동화출판공사에서 펴낸다. 이 장편은 〈그 바다 끓며 넘치며〉의 뒷이야기로 나중에 대하 장편 〈해일〉에 편입될 때 제3부의 〈해당화 붉은 꽃잎〉으로 개제된다.

이해에 중편 〈누이와 늑대〉로 대한민국문학상 본상을 수상하고, 일본 신조사新潮社의 〈한국현대문학 13인집〉(高山高麗雄 편)에 단편 〈물 아래 긴 서방〉을 〈해신海神〉으로 개제하여 수록했다.

1982년 연작 중편 〈포구〉의 두 번째 작품인 〈포구의 달 2〉를 발표했으며, 역시 연작 중편으로 쓴 앞서 언급한바 〈불배〉, 〈불곰〉, 〈신딸〉, 〈불의 아들〉, 〈불의 문〉 등 다섯 편을 묶어 〈불의 딸〉이란 장편소설로 문학과지성사에서 펴냈다. 〈포구의 달〉로 한국문학사 제정 한국문학작가상을 받았으며, 삼성출판사의 〈제3세대 한국 문학〉 중 한 권으로 〈한승원〉이 출간되었다.

그는 이 작품들을 통해 줄기차게 추구한 불의 의미를 〈불의 딸〉
'작가의 말'에서 이렇게 적었다.

　도자기 공장을 쫓아다니면서 가마에 불 지피는 것을 보고, 바실
라르를 기웃거리고, 무당들을 만나면서 불의 자궁과 불의 생명력에
대한 생각을 했고, 그것이 내 뼈 속에 어떻게 와서 닿아 있는가를
생각하기 시작했다. 생목처럼 싱싱하고 질긴 악마적인 힘과 불의
의미를 천착해 갔다.

1984년 〈포구〉 연작인 〈달의 회유 3〉까지를 완성하여 앞서 쓴
〈포구〉와 〈포구의 달〉을 포함, 장편소설 〈포구〉로 정음사에서 출간
했다. 이해부터 그동안 전작 장편만을 써 오던 한승원은 장편을 연
재로 쓰기 시작했는데, 〈한국문학〉에 장편 〈황성荒城〉을 그리고 〈불
교사상〉에 장편 〈아제아제 바라아제〉를 연재하게 된다. 일본 신조
사에서 나온 〈한국 현대 단편소설〉(中上健次 편)에 단편 〈기찻굴〉이
수록되었다.
　1985년에는 장편 〈아제아제 바라아제〉가 삼성출판사에서 나오
고, 범한출판사에서 펴낸 〈현대의 한국 문학〉 시리즈에 〈한승원〉
권이 포함되어 출간되었다.
　〈아제아제 바라아제〉를 통하여, 한승원은 여승들의 출가와 방황
그리고 고뇌와 깨달음을 열어 가는 과정을 그리려 했다. 진성과 순
녀라고 하는 두 여인을 대비의 축으로 하여, 진정한 자유인이란 무
엇이며 인간의 진실은 어디에 있는가 하는 고통스런 물음을 던지
려 했던 것이다.

이 소설은 나중에 제2부 〈사람의 길 구름의 길〉과 제3부가 추가되어, 모두 세 권에 달하는 〈아제아제 바라아제〉라는 제목의 대하 장편으로 다시 꾸며진다. 또한 이 작품은 동일한 제목으로 영화화되기도 했다.

1986년 〈한국문학〉에 연재하던 장편 〈황성〉의 제1부를 끝내고 콩트집 〈풋과일은 안 먹어요〉를 도서출판 산하에서 출간했으며 장편 〈신들의 저녁노을〉을 개작하여 〈폭군과 강아지〉라는 제목으로 개제하고 문학사상사에서 출간했다.

한편 〈귀천〉이라는 제목의 전작 장편을 탈고, 이를 문학과지성사와 일본의 각천출판사에서 동시에 출간했다. 나중에 장편 〈해일〉의 제1부로 묶이는 장편 〈갯비나리〉를 월간 〈소설문학〉에 연재하기 시작했다. 1986년 한 해에 한승원은 진행 중인 집필분을 제하고라도 모두 네 권의 작품집을 내놓은 것이다.

1987년에도 한승원은 권수로 네 권의 작품집을 낸다. 동아출판사의 〈우리시대 우리작가〉 시리즈로 〈한승원〉 권이 나왔고 샘터사 간으로 〈한국전래동화집〉을 편해 내었으며 중편소설집 〈미망하는 새〉를 정음사에서 내었다. 그리고 소설집 〈저승길마저 새치기하는 여자〉를 작가정신에서 내었다. 장편 〈갯비나리〉를 계속해서 연재하면서 또 하나의 전작 장편 〈탑〉을 탈고했다.

1988년 서울올림픽으로 온 나라가 시끌벅적하던 시절에도 소설을 통한 한승원의 구도 여행은 중단이 없었다. 그동안 연재해 오던 장편소설 〈갯비나리〉를 문학사상사에서 출간했으며, 이 작품으로 현대문학상을 수상했다. 아울러 선집 〈폐촌〉을 열림원에서 출간했다.

이 지점에 이른 한승원의 문학 세계는 몇 가지 기준을 세워 상찬을 내놓을 만큼 충분한 축적을 이루었다. 우선 그는 어느 누구도 따라잡을 수 없고 흉내 내기조차 어려운 다산성多産性의 작가라는 점이다. 동시에 단순히 작품의 분량만이 많은 것이 아니라 그 하나하나가 치열한 작가 의식과 문제의식을 반영하여 일정한 수준 이상의 문학성을 포괄하고 있다는 점이다. 이에 덧붙여서 여러 차례에 걸친 문학상의 수상으로 작가와 작품에 대한 객관적 평가의 좌표 설정이 가능해졌다는 점이다.

이러한 성과들은 일차적으로 작가 개인의 광영일 뿐만 아니라, 좀 더 범위를 확장하면 우리 문학의 소중한 자산이요 열매라 호명하지 않을 수 없다. 한승원은 이러한 빛나는 경력과 유장한 소설적 호흡 또는 상상력을 디딤돌로 하여 보다 총체적인 문학의 시각을 열어 나갈 대하 장편을 구상한다.

결과적으로 그는 1989년부터 그 대하 장편 〈동학제〉의 집필을 시작하게 되는데, 우리가 그의 문학적 연대기를 여기에서 또 한 단락으로 구분하는 것은 위에서 거론한 사유들 때문이다. 이 말을 다르게 바꾸면, 작가로서의 한승원은 30년 가까운 세월을 초지일관 지속적인 창작열을 불태우는 데 여념이 없었으므로, 외형적인 사건과 더불어 연대기를 구분하는 일 자체가 무의미하다는 것이다.

지천명의 세월, 원숙하고 따뜻한 시각의 소설

1989년, 작가로서도 그러하지만 인생의 굴곡에서 한승원은 지천명知天命에 이른 원숙한 연륜으로 접어든다.

그 50대의 서막을 여는 첫 해에 한승원은 연작 중편 〈불 꺼진 창〉을 발표하고 대하 장편 〈동학제〉의 들머리를 열면서, 무려 여덟 권의 작품집을 상재한다. 그야말로 괴이한 저력이 아닐 수 없어서, 이제 탄복하기를 그칠 수밖에 없다.

그동안의 창작 생활을 통해 수상한 각종 문학상 수상 작품을 한 데 모아 총정리한 수상 작품집 〈목선〉과 〈누이와 늑대〉를 시몬출판사에서 냈다. 문학과지성사에서 낸 〈우리들의 돌탑〉은 이해 일본 각천출판사에서 낸 〈탑〉과 같은 소설로 일문판을 전면 개작한 것이다.

이 중 〈우리들의 돌탑〉은 이 시기에까지 이른 한승원 문학의 여러 면모를 함축하고 있어 그 내용을 살펴볼 필요가 있다. 이 소설은 통시적 역사의 조망과 공시적 삶의 현실성을 함께 아우른 수작의 장편소설이다.

한승원이 등단 초기에 현실의 부정적인 측면을 비판하고 풍자하는 경향을 보이다가, 점차 고향을 배경으로 한 토속적 정서와 끈질긴 생명력, 민족사의 비극으로부터 말미암은 한과 역사의식에 천착하는 확대 변화의 경향을 나타낸 것은 이미 살펴본 바와 같다. 이러한 확장과 더불어 작품의 미학적 가치가 희석되지 않고 함께 증폭될 수 있었던 것은, 그가 소설의 재료로 삼은 원체험의 진실성, 그리고 소설적 인물들에게 공여하는 따뜻한 애정의 눈길로부터 말미암을 터이다.

이 소설을 읽어 나가면서 가장 먼저 눈에 들어오는 대목은, 참으로 복잡하게 얽히고설킨 가족사이다. 한승원의 장편치고 어느 것 하나 그렇지 않은 작품이 없지마는, 이처럼 난마처럼 얽힌 등장인물들의 관계 설정을 통해 작가는 구체적인 삶의 모습들을 실감나게 펼쳐 나간다.

이 소설이 끌어안고 있는 여러 가닥의 의미망 가운데 가장 주목을 요하는 것이 있다면 그것은 한 세대 이전의 6·25 동란과 우리 시대의 광주민주화운동을 비극적 역사의 유사한 닮은꼴로 기술하고 있다는 점이다.

비극의 역사는 피의 대물림으로 전해지고, 그것을 실제로 드러내는 것은 저 광주의 엄청난 살상 속에서 취발이란 이름으로 신출귀몰하던 종식이를 통해서이다. 작가는 이 경우의 종식이를 이념으로 무장시키지 아니하고, 겨드랑이에 날개가 있는 아기장수 전설의 모티프를 빌려와서 탈역사화된 공간으로 이동시킨다. 말하자면 작가의 목표는 소설의 결미에 등장하는 광주 미문화원 방화 사건 같은 투쟁이 온당하냐 그렇지 못하냐 등의 논쟁에 있지 않다. 처참을 극한 삶의 형상이 외관적이고 즉물적인 탐색의 대상이 될 수 없으며, 그 깊은 바닥에 잠재해 있는 심층적이고 구조적인 인식의 매개에 의해 설명되어야 한다는 관점이 거기에 있다.

그렇기에 이 질곡의 역사는 물리적인 해결책으로 치유되지 않는다. 진만이 별반 의미가 없어 보이는 돌탑 쌓기를 계속하면서 마음으로부터의 참회를 시도하는 것은 바로 그 때문이다. 작가는 '이 땅의 모든 피 묻은 곳에' 그러한 마음의 돌탑을 쌓아야 한다고 강변하고 있는 듯하다.

한승원은 이 소설을 통해, 통시적 역사의 해석을 공시적 사회사의 굴곡 속에서 새롭게 걷어 올린다. 과거는 현재의 전신이며 현재는 과거의 연속선상에 있다. 큰 부피의 이념적 논리로 그러한 역사의 평가를 준엄하게 발설하는 것이 아니라 풀뿌리처럼 말없이 끈질기게 살아가는 사람들의 고뇌에 기대어 동시대 세태와 삶의 진실을 드러낸 것이 이 소설이다.

또한 이 1989년에 연작 장편 〈아버지와 아들〉 및 한승원 문학선 〈포구의 달〉을 도서출판 나남에서 냈으며, 장편소설 〈왕인(王仁)의 땅〉을 동광출판사에서 내었는데 이는 나중에 〈바다가 푸르다는 것은 거짓말이다〉로 단행본의 제목을 바꾸게 된다. 아울러 이 작가의 첫 수필집 〈나무는 스스로 가지치기를 한다〉를 성정출판사에서 내게 되었다.

다음 해인 1990년에는 소설집 〈누군들 나그네가 아니랴〉가 도서출판 동아에서 나왔고 〈아제아제 바라아제〉의 제2부 〈사람의 길 구름의 길〉이 삼성출판사에서 나왔다.

1991년은 참으로 바쁜 해였다. 장편소설 〈홍부의 칼〉이 고려원에서 출간되었고 대하 장편으로 묶인 〈해일〉 세 권과 〈아제아제 바라아제〉 세 권 등 여섯 권이 몇 달 간격으로 모두 범조사에서 출간되었다. 또한 장편소설 〈그대 어느 하늘 밑을 헤매는가〉가 지학사에서 나오고 이 작가의 처녀 시집 〈열애일기〉가 문학과지성사에서 나왔다. 또한 장편소설 〈포구〉와 〈사랑학습〉이 각각 도서출판 장락과 동화출판공사에서 나왔다.

1992년 한승원은 주목할 만한 중편 〈사람의 껍질〉과 〈까치노을〉을 발표하고 대하 장편 〈백년한〉의 집필을 시작하며, 작품집 〈겨울폐사〉를 중원사에서 간행하는 한편 자선 대표 작품집 〈내 고향 남쪽 바다〉를 청아출판사에서 간행한다.

〈사람의 껍질〉은 딴살림을 차린 아버지로 인해 어머니가 개가하

고 뼈아픈 고통을 맛보아야 하는 아들을 통하여, 노년에 이르러서
새롭게 되새겨 보는 삶의 참된 의미와 본질을 탐조한다. 매우 철학
적이고 관조적인 시각이 포함되어 있으며, 한승원 특유의 복잡다
단한 가족사와 스토리의 재미가 어우러져서 속도감 있게 읽힌다.
다만 우리가 아직 강도 있게 지적하지 않은바, 구체적 세부의 서술
중에 작품의 전체적인 세력과 거리가 있는 트리비얼리즘들이 자주
눈에 들어오는 느낌을 떨치긴 어렵다.

〈까치노을〉에서 한승원은 그야말로 원숙한 눈으로 세상살이의
이치와 인간사의 속사정들을 소설적 담화로써 풀어낸다. 이 작품
에 대한 발표 당시의 비평문 '이야기로서의 소설'(〈문예사조〉 1992
년 8월호)에서 필자는 다음과 같이 쓴 적이 있다.

〈까치노을〉은 당골네 무당의 딸인 '중년 여자 종희'를 중심인물
로 하여 그녀의 삶에 얽힌 한과 애증 그리고 끈끈한 인간관계들을
회상해 나가는 외양을 취한다. 그녀를 사이에 두고 애정의 경합을
벌이던 영수와 상철은 모두 요절하고 남편 홍병탁에게서도 전혀 인
간적인 감응력을 느끼지 못한 채 중년의 허망한 좌절감을 안고 살
아가는 그녀의 정황은 처연하기 그지없다. 그녀는 고향 이야기를
글로 쓰기 위해 가족과 헤어져 옛 집을 찾아오고 영수의 늙은 어머
니를 만나며 세월의 장막 뒤편으로 사라진 과거의 기억들을 하나하
나 되살린다.

이 작품 또는 이와 같은 유형의 소설이 갖는 미덕이자 강점은, 있
는 그대로의 사건을 물 흐르듯 자연스럽게 독자들에게 펼쳐 보임으
로써, 이야기를 읽는 즐거움과 더불어 삶의 깊이 있는 굴곡을 지나

친 긴장감 없이 더듬어 볼 수 있게 한다는 사실이다. 작가의 작위적인 의지나 메시지의 강박감이 앞서 있는 소설에서는, 한승원의 소설에서 얻을 수 있는 순후한 인간애나 정동적인 공감을 기대하기 어렵다. 종희의 심장한 사고를 통하여 작가는 부분 부분에서 범상한 세계 인식의 차원을 넘어서는 관조적 성찰의 지평을 열어 놓기도 한다. '감각의 모가 없어진다는 것은 사랑할 수 없게 된다는 것', '세상은 다음 세대 사람들이 건강한 얼굴을 하고 살고 있을 때 밝아지는 것', '세상에는 사실은 진실이라는 것이 없고 진실 비슷한 것이 있을 뿐이라는 것' 등의 레토릭이 바로 그러한 보기에 해당되며 작가 한승원의 숙련된 글쓰기 행보를 알아차리게 하는 요인이 된다.

1993년 한승원은 장편 〈새〉와 〈시인의 잠〉을 발표하고, 연작 소설집 〈새터말 사람들〉을 문학과지성사에서, 그리고 수필집 〈허무의 바다에 외로운 등불 하나〉를 고려원에서 각각 간행한다. 그리고 〈왕인의 땅〉에서 제목을 바꾼 장편소설 〈바다가 푸르다는 것은 거짓말이다〉를 교원문고에서, 또 다른 장편소설 〈연가〉를 도서출판 벽호에서 각각 간행한다.

〈새터말 사람들〉은 한승원이 동시대에 어울려 살아가는 사람들에게 더욱 따뜻한 시선을 던지며 상생의 원리를 소설로 설파하고 있는 작품이다. 필자는 '세태 소설의 토양과 그 열매'(〈현대문학〉 1993년 12월호)에서 이 작품에 대해 다음과 같이 평가한 바 있다.

한승원의 〈새터말 사람들〉은 모두 7편의 소설을 수록하고 있는

데, 그중 〈돌아온 사람들〉과 〈새터말 사람들〉은 각기 2편과 3편의 연작으로 되어 있다. 그러나 이들 연작에는 우리가 윤흥길의 〈아홉 켤레의 구두로 남은 사내〉나 조세희의 〈난장이가 쏘아 올린 작은 공〉에서 본 바와 같은 스토리의 계속성은 없다. 다만 동일한 공간 환경과 동일한 토속적 정서를 가진 사람들이 저마다의 때깔로 살아가는 모습들을, 그 편린을 잘 조합해 놓았을 뿐이다. 그리고 그러한 소설 기술 방법은, 우리가 앞서서 검토해 본 세태 소설론의 각론에 부합한다 할 만큼 당대적 삶의 공시성을 잘 드러내고 있다.

또 하나 이 소설집에서 유의할 만한 구조적 패턴은 주요한 인물들이 만들고 있는 애정의 삼각관계이다. 〈사랑의 껍질〉의 이지운, 구정자, 최동영, 〈까치노을〉의 영수, 종희, 상철, 〈돌아온 사람들 2〉의 박정민, 옥자, 순실 등이 그 반복적인 모티프의 세 항이 된다. 이들이 이루는 삼각관계는 걷잡을 수 없는 애정의 절박성에서 연유하기보다는 환경이나 계층과 같은 구조적 성향의 의욕을 대변하고 있는 편이다. 그렇기에 이들 상호 간에는 그 애정의 취득을 위한 적극적 행위보다 내성적 번민이 더 앞서 있다.

애정의 삼각관계는 기실 매우 통속적인 소설적 그림으로 치부될 수 있다. 한승원은 구태여 이를 부정하려는 기색이 없다. 예컨대 대학생과 창녀의 사랑이라는 통속적인 주제를 가지고서도 알렉산드르 뒤마는 〈춘희〉를 썼고 도스토예프스키는 〈죄와 벌〉의 소재를 얻었는데, 한승원이 그 평이한 재료로써 어떤 장대한 서사적 사건을 시도해 보지 못할 이유는 없다. 그러나 이 소설집에는 역사적이고 통시적인 사건의 엄숙성보다는 잘고 보잘것없는 삶의 보편성에 깊은 관심이 가 있다.

그의 소설들은, 또한 깔끔하고 수미상관한 마무리를 보이기보다 분명한 결구가 없이 열려 있는 마무리의 방식을 택한다. 지나친 제스처가 없는 화해의 기운, 반농반어의 인습적 조건을 잘 살리고 있는 배경 처리, 〈새터말 사람들〉의 다양한 인간미 등이 그의 소설을 세태 소설이게 하는 요인들이다. 우리는 거기서 오영수의 〈갯마을〉이나 이문구의 〈우리 동네〉와 같은 결이 거칠면서도 속으로 훈훈한 세태 풍속도를 볼 수 있다.

1994년 한승원은 역작 대하 장편소설 〈동학제〉를 전 7권으로 완성하여 고려원에서 출간하고 장편소설 〈시인의 잠〉을 문이당에서 출간한다. 〈동학제〉에 대하여서는 아직 적잖은 논의가 진행 중인 형편이지만 그 규모와 내용에서 우리 현대문학사에 하나의 획을 긋는 작품임을 쉽사리 짐작할 수 있다. 그런 이유로 그해 이후에도 그에게 두 편의 장편소설이 있지만, 이 글에서는 〈동학제〉를 그의 작품 세계 말미의 기준점으로 삼은 것이다.

1995년 한승원은 장편소설 〈까마〉를 문학동네에서, 또 장편소설 〈아버지를 위하여〉를 문이당에서 내고, 두 번째 시집 〈사랑은 늘 혼자 깨어 있게 하고〉를 문학과지성사에서 낸다. 그리고 선집 〈해변의 길손〉을 동아출판사에서 낸다.

1996년에 들어서는 단편 〈다시 아버지를 위하여〉와 〈와불을 찾아서〉 등 두 편을 발표했으며, 9월에 향리와 약간 떨어진 전남 장흥군 안양면 율산리로 낙향했다. 작가 자신의 고향이자 이청준, 이승우 등 쟁쟁한 작가들을 배출한 그곳 남녘 바닷가에서 그가 앞으로 또 무엇을 써서 그 이름에 값할지는 알기 어렵다.

그러나 이런저런 경로로 필자가 납득하기로는, 그는 진정 작가로서 제2의 인생을 다시 시작하려고 했다. 그가 그때까지는 소설과 더불어 생활을 해결하고 가족을 부양해야 했으나, 자녀들이 모두 장성하고 걱정 없이 되었으니 소설만을 위하여 그의 남은 날들을 불태우려 했을 것으로 짐작된다.

세상 모든 사람들이 앞 다투어 몰려드는 서울의 저 복잡한 회색 사각지대 삶터를 떠나, 그는 과감히 향리로 그 근거지를 옮겨 갔다. 지금에 이른 한승원 문학을 지렛대로 하여 그가 앞으로 어떤 웅혼하고 창대한 문학의 암반을 움직여 보일지를 우리는 주목하려 한다. 아마도, 아니 결코 그는 허송의 세월을 그 갯가 바람에 날려 보내지 않을 것이다. 그런 점에서 그는 미더운 작가이고 여태의 작품 활동 관행을 통해 그것을 증명했다.

역사적 삶의 갈등과 화해의 방식
―전상국의 소설

뤼시엥 골드만이 〈소설 사회학을 위하여〉의 서두에서 "소설은 주인공과 세계 사이의 대립으로 특징 지워지는 서사적 장르"라고 쓰고 있듯이, 소설은 사회를 반영하는 거울이며 그 사회가 안고 있는 첨예한 문제와 문제적 개인을 대결시킴으로써 동시대 사람들의 삶의 갈등을 드러낸다.

6·25를 소재로 한 전상국 소설의 주인공들이 부각시키고 있는 삶은, 역사의 파행성에 덜미를 잡힌 채 그 과거의 늪에서 허우적거리는 모습으로 제시된다. 건강하지 못한 삶이 연역적 구도로 도입됨으로써, 작위적인 선택의 여지없이 감당해야 하는 부당한 피해와 아픔이 강조된다.

〈아베의 가족〉의 어머니는 모든 생활력을 상실한 식물과 다를 바 없다.

어머니가 한국에서의 그 강인한 생활력을 잃고 폐인이 돼 버린 것과는 너무나 대조적으로 아버지는 싱싱하게 부풀어 올랐다. 아버지는 한국에서 전형적인 실업자였다. 아버지에게 맞는 일이 아무것도 없었다. …… 아버지가 일 나갈 때마다 우리에게 어머니를 잘 살펴라고 당부했다. 우리는 문득 생각날 때마다 자살 방조자가 되지 않기 위해 허둥허둥 어머니의 소재를 확인하곤 했다. 어머니는 대체로 아파트 속에 죽은 듯이 누워 있는 게 보통이었다.

어머니가 절망과 무력함으로 '빈 쌀자루처럼 휘주근하게 늘어져 버린' 것은 미국으로 이민 오면서 백치인 아들 아베를 버리고 왔기 때문이다. 그녀가 짊어지고 있는 아베의 중량은 곧 자신이 전쟁을 겪으면서 침탈당한 정신적 외상의 중량이다.

아버지가 한국에서 실업자일 수밖에 없었음은 전란 중에 지은 죄에 가위눌려 있었기 때문이며 그러한 강박관념이 존재하는 공간과 유리된 이국에 정착하자 비로소 '싱싱하게 부풀어 오를 수' 있었던 것이다.

그는 전란 중에 고향에 들르기 위해 일보러 낙오했다가 발각될 것이 두려워 아군 패잔병들을 사살했으며, 허기져 찾아 들어간 집의 일가족을 몰살시켰다. 그가 고국에서 아내의 전남편의 자식이며 흉물스러운 백치 아베에게 지순한 애정을 기울인 것은 과거의 죄에 대한 보상 심리에서이다. 물론 이 소극적인 보상 행위가 그의 가위눌림을 벗겨 주지 않으며 이 작가의 역량이 그 정도에서 그칠 만큼 가볍지도 않다.

피해자로서의 아내, 가해자로서의 남편 사이에서 짜이는 역동적인 소설 구조는 〈여름의 껍질〉에서도 유사한 형태로 나타난다.

국민학교 교사인 아내 용영분은 전쟁 중에 입은 피해로 심신을 타격당하고 불감증의 석녀가 되어 있다. 그런데 남편 한충구는 백치인 처제 영채의 문제를 맡고 나선다. 그가 영채에게 기울이는 정성은 한낱 동정심에서 우러난 상투적인 것이 아니라 '이이가 영채를 무슨 실험 대상으로 쓰고 있지 않나' 하고 아내가 의심할 정도로 매일 매일 철저하다.

그에게도 어떠한 방식으로든 보상해야 할 숨겨진 과거가 있다. 그는 어렸을 때 본 아버지의 죄상과 이복형제 기중이를 살모사에 물려 죽게 한 공포, 그리고 고아로 할아버지네를 찾아 떠돌던 고독한 어린 시절을 기억하고 있다.

피해자로서의 수치심, 가해자로서의 죄의식은 이들의 일상적인 삶을 지배하는 중압감으로 작용한다. 우리는 여기서 불행한 가족사에 깊숙이 개재되어 있는 아베나 영채와 같은 백치가 전상국 소설에서 점유하고 있는 상징적 의미를 해명해야 할 필요를 느끼게 된다. 그들의 백치는 유전인자가 결정해 준 것이 아니라 전란의 참화 속에서 강제된 것이기 때문이며, 그러한 사실이 사건 전개의 필연성을 단단하게 다지는 데 도움이 되고 있다.

안방으로 끌려 들어가면서 나는 내가 할 수 있는 온갖 힘을 뻗쳐 발버둥 쳤다. 나는 무심결에 내 배를 그러쥐며 애원하는 손짓도 해 보았다. 있는 힘을 다해 소리를 질렀다. 넓적한 손아귀가 내 입을 막았다. 나는 그 짐승들의 냄새를 맡았다. 그것은 노린내였다. 짐승들의 흰 이빨이 보였다. 그들은 낄낄낄 웃음소리를 내고 있었다.

— 〈아베의 가족〉

어머니가 방아확 곁에서 한 사내에게 당하고 있었다. 내 위에 몸을 덮친 사내의 입에서 훅 단내가 끼쳤다. 나는 울음을 터뜨릴 여유도 없었다. …… 내가 그 참을 수 없는 고통을 발악처럼 내지르며 정신을 잃기 전 마지막 본 것은 방앗간 문짝을 제치고 들어온 또 다른 한 사내가 손을 털며 어머니 쪽으로 다가가고 있는 모습이었다. 그렇게 어머니 쪽으로 다가가던 세 번째 사내가 악을 써 울고 있는 영채 쪽으로 몸을 돌리는가 싶었는데 어느새 영채의 몸이 땅바닥에 내동댕이쳐지고 있었다. 영채의 머리통이 땅바닥에 부딪치는 그 둔탁한 소리를 들으면서 나는 의식을 잃었던 것이다.

— 〈여름의 껍질〉

〈아베의 가족〉에서는 아베를 임신 중인 어머니가 시어머니와 함께 외국 군인들에게 난행을 당한 뒤 달도 차기 전에 ‘술가재처럼 형태가 제대로 잡히지 않은 핏덩이’를 낳았으며, 〈여름의 껍질〉에서는 세 살까지 그런대로 의사표시를 할 줄 알던 영채가 아버지의 죄로 고향을 쫓겨나는 길에 어머니와 언니가 짓밟히는 것을 보고 울다가 내동댕이쳐진 후 구제 불능의 저능아가 되어 버렸다.

그 어머니의 정조 상실과 함께 이 백치들이 세상에 내던져진다는 사실은 자못 의미심장하다. 이러한 어머니의 실절은 〈사형私刑〉, 〈하늘아래 그 자리〉, 〈침묵의 눈〉 등 여러 작품 속에도 나타난다. 외국 군인에게 가족애의 온상인 어머니의 정절이 훼손됨으로써 전란의 파고 속에서 민족적 순결과 고유성이 파괴됨을 볼 수 있으며, 뒤이어 태어난 백치는 광란의 역사가 그 뒤안길에 남겨 놓은 암울한 우리 삶의 상징적 실체임을 알 수 있다.

따라서 이들의 삶이 비정상적으로 어긋나고 있음은 당연한 귀결이다. 결국 아베를 두고 출국한 어머니는 폐인이 되고 영채의 어머니는 가출을 하고 만다. 수난의 과거가 기록된 아베 어머니의 일기장을 두고 친구가 물었을 때 그 아들 진호가 '역사책'이라고 대답하는 대목은, 개인의 삶이 어떻게 부당한 역사의 흐름에 침몰되었는가를 탄력 있게 시사한다.

그러면 이처럼 참담한 삶이 극복되는 계기는 없느냐는 질문을 우리는 할 수 있는데, 이 작가는 나름의 대답을 준비해 놓았다.

전상국 소설의 등장인물들이 저지른 죄악은 의도적인 범죄라기보다, 인공 치하에서의 회피할 수 없는 정황에 의거하고 있다. 이러한 가족의 관점은 이데올로기를 배제하고 감성적 화해를 실현시키는 전제조건이 된다.

범죄심리학에서는 범인이 범행 장소를 다시 확인한 후에 안심하려 함을 믿고 있다. 그러나 전상국의 소설심리학은 치욕의 현장과 그 치부를 알고 있는 사람들이 다시 드러나면서, 숨겨진 과거의 폭로를 통해 피해자의 굳게 닫힌 마음을 열고 있다.

여기서 치욕의 현장이란 아득한 세월 저편의 피해와 가해로 얼룩진 삶이 묻혀 있는 고향 땅이다. 그곳에 용서받기 어려운 죄나 씻을 수 없는 피해의 과거가 남아 있으므로 귀향을 결행하지 못하는데, 이 오랜 삶의 관습이 무너지는 것은 타향으로 유랑하는 가족들의 삶이 어떤 절박한 한계에 부딪혔을 때이다.

〈아베의 가족〉에서 진호가 GI로 지원하여 고국에 나오는 것은, 가족들의 의식을 압박하고 있는 동복형 아베의 행방을 찾기 위해서이다. 그가 아베에 관련되어 있는 형벌과도 같은 가족사의 진상을 바로 이해하는 것은, 어머니가 살던 샘골을 찾아들어서이다. 〈여름의 껍질〉에서도 남편 한충구가 아내와 장모의 불행 및 아픔을 해독하기 위하여 아내의 고향인 반곡리를 찾아간다. 거기서 그는 '아내의 그 차가운 얼굴에 잠시나마 화기를 넣어 줄 바람'이 무엇인지 발견한다.

그러한 계기는 고향이라는 공간 환경 속에서만 살아 있으며, 엄밀한 의미에서 그들의 삶은 고향을 중심으로 한 '링반데룽' 현상을 보인 것이다. 이 고향은 김병익의 지적처럼 '단순히 태어나고 성장한 지리적인 곳이 아니라 우리 자신, 그리고 우리의 집단적 삶의 뿌리'이다.

우리는 귀향이 어떻게 문제 해결의 열쇠가 되며 어떤 경로로 화해를 불러오는가에 주목할 필요가 있다. 전상국의 소설에 있어 고향으로의 회귀와 피해 의식의 해소는 시간의 순차성을 갖는 별개의 사건이 아니라 동시에 이루어지는 동류항이다. 아픔의 자각이 역사의 현장에서 이루어지고 이를 통해 소생한 소박한 인간애가 승화된 힘으로 어긋난 삶의 치료제가 된다. 여기서 고향 의식은 등장인물의 본능이자 신념이다.

전상국 소설의 귀소 본능은 이청준의 작품에서 보이는 탈향 의지와 좋은 대조를 이룬다. 〈눈길〉, 〈살아 있는 늪〉 등에 나타나는 이청준의 고향은 고달프고 역겨운 기억만 남아 있는 곳이기에 주인공이 그 영향권에서 벗어나려 애쓰지만, 종내 의도와는 반대로 따뜻한 시선을 회복하게 되고 새롭게 돌아보는 장소이다. 〈이어도〉의 천남석은 그 몸을 바다에 던짐으로써 물리적 조명에 의해 파산될 위기에 처한 고향―제주도 사람들의 꿈을 지켜 준다.

화해의 결말은 동일하나, 이청준의 고향은 차가운 선입관으로부터 온기를 되찾아 가는 현실적인 삶의 터전인 데 비하여, 전상국의 그것은 강압적 위해의 희생자들에게 부대조건 없이 깊은 연민과 따뜻한 인간애를 되살려 주는 아르카디아의 이상향과 같은 곳이다.

따라서 고향에서 이루어지는 전상국 소설의 화해 방안은 다분히 정동적인 것이며 부하된 역사적 비극의 부피에 비해 논리적 설득력이 약한 느낌을 준다. 그것은 전상국 개인의 고충이 아니라 분단 시대를 살고 있는 우리 모두의 숙제이기도 하다.

〈여름의 껍질〉에서 한충구는 장인이 목매달려 죽고 아내의 가족이 추방당한 반곡리를 찾아가서, 지금껏 겪고 있는 그들의 고통을 이해하게 될 뿐 아니라 자신의 죄의식까지 씻어 내는 힘을 얻는다. 예정에도 없는 하룻밤을 그곳에서 묵으면서 그는 서울의 아내와 감격적인 통화를 하고 아내와의 사이에 극적인 전환점을 마련한다.

> 남편이 짐짓 야만스런 소릴 골라 한다. 그런데 하나도 천하지 않게 들린다. 중요한 것은 그 당장 내 몸에 이상한 조짐이 오기 시작한 일이다. 무릎을 꿇고 마룻바닥에 꿇어앉은 내 몸을 칭칭 감았던 밧줄이 느슨 느슨 풀려 나간다. 몸이 자유롭다고 느낀 순간 나는 조금씩 움직여 본다. 그러자 내 몸에서 뭔가 우적우적 부서져 내리는 소리가 난다. 차갑고 질긴 중년 계집의 몸뚱이에서 한풀 껍질이 벗겨져 나가자 그 탈바꿈의 첫 번째 반응은 내 몸속에 깊이 사내를 들이고 싶은 치열한 정염의 불꽃이었다.

> —〈여름의 껍질〉

이제 그들 부부는 불감증을 이겨 낼 수 있을 것이며, 평범한 사람들로 밝게 살아 나갈 수 있는 발판을 얻은 것이다.

그러나 전상국 소설의 화해가 그걸로 끝나는 것은 아니다. 화해의 지점은 종착점이 아니라 출발점이다. 거기서부터 그야말로 살아볼 만한 인간다운 삶이 시발된다는 암시를 이 작가는 빈번하게 사용한다. 그 앞길 또한 순탄하게 내다보이지 않는다. 하지만 가슴 속에 응어리진 피해 의식과 증오가 해소되는 마당에 다가올 삶이 아무리 고통스러운 것일지라도 감내해 낼 수 있는 단련이 되어 있다.

고향에서 이루어진 이 때늦은 화해야말로 진작 찾아냈어야 할 건강한 생활력의 원천이다. 고향에서 발효되는 순후한 인간애는 화해의 공간을 채우는 통과제의적 매개물이다. 공산주의에 이용당한 사람들도 이 작가에게는 연민의 대상으로서 화해의 대열에서 제외되지 않는다. 이 작가의 따뜻한 시선은 그들 모두가 피해자이며 심지어 가해자까지도 피할 수 없는 환경으로 인해 자기도 모르는 사이에 악인이 되어 있는 피해자라는 심층적 의미를 부각시키고 있다.

그것은 소설이 도달하려는 목표가 이데올로기 교육에 있지 않다는 소극적 관점에서가 아니라, 40년이 넘도록 이 산하를 강압하고 있는 분단의 비극을 치유할 방향 탐색이라는 적극적 관점에서 이해되어야 할 것이다. 신동욱의 표현처럼 "그의 작품에서는 단 한 번도 도식적인 흑백의 양분법에 의해 이념의 물결이 휩쓰는 예를 그린 적이 없다."

연작으로 된 6편의 작품이 모여 이루어진 장편 〈길〉은 그의 소설에서 처음으로 월남 실향민의 스토리가 구체적으로 등장하는 작품인데, 따라서 돌아갈 고향이 없는 반면 혈연의 문제를 통해 피해자들의 고통이 해소되고 새로운 삶의 자리에 정착해 가는 모습을 보여 주고 있다.

전상국의 소설은 우리에게 6·25의 상처로 인한 삶의 어긋남이 얼마나 심각한지, 그리고 과거의 수난사와 현실의 삶을 꿰뚫고 있는 우리 민족의 환부를 어떻게 보살펴야 할지 일깨워 준다. 즉 삶을 시대적인 갈등과 얽매임으로부터 자유롭게 하는 힘은, 소박하고 따뜻한 인간애를 바탕으로 한 화해에서 비롯된다는 것이 그의 생각이다.

사회의식의 깊이와 그 문학화에 이르는 도정

— 김용성의 〈잃은 자와 찾은 자〉에서 〈기억의 가면〉까지

김용성은 간결하고 평이한 문체로 정확하고 객관적인 서술의 행보를 유지하고 있는 작가이다. 그의 작품들은 당대의 공시적인 문제들에 대해서 강렬한 사회학적 관심을 함축하고 있으며, 타락해 가는 사회 속에서 타락해서는 안 될 정신적 순수성을 끈질기게 추구해 왔다. 그것을 표현하는 소설의 제재는 우리 사회의 여러 면모에 폭넓게 이르고 있으며, 그 다각적인 성과로 인하여 우리 문학이 끌어안고 있는 소중한 작가의 한 사람으로 기록되고 있다.

바로 그 김용성의 출생지는 일본이다. 1940년 11월 22일 고베神戶에서 아버지 김명수와 어머니 강신원 사이의 3남매 중 장남으로 이 세상에 왔다. 부친은 경기도 포천 사람으로 몰락한 집안에서 농업에 종사하였으나, 일제 말기의 어려움과 궁핍을 벗어나고자 서울 출신의 규수와 결혼한 후 일본으로 건너가서 기계 기술을 익혔다.

그래서 김용성이 일본에서 태어났던 것인데, 그는 고베의 어느 학교 교실에서 여섯 살의 어린 나이에 폭격으로 죽은, 수도 없이

많은 시신들을 목격하게 된다. 그 충격으로 그는 세상을 우울하게 바라보는 아이가 되었다고 술회한 바 있다. 세상을 '우울하게' 받아들이는 반성적 성찰의 시작, 어쩌면 거기에서부터 '작가 김용성'의 여린 움이 돋고 있었는지도 모른다.

2차 대전 말기 미군의 공습이 갈수록 심해지던 1945년 6월, 그러니까 해방을 두 달 앞두고 김 씨 일가는 폭격을 견디기 어려워 귀국을 결행한다. 배를 타고 여수를 거쳐 열차 편으로 서울에 와서 맨 먼저 궁정동에서 살았다. 일본에서 김용성의 이름은 '마코도誠'였는데, 서울에 와서는 광산光山 김 씨의 돌림인 용鎔 자를 찾아 지금의 이름으로 불리게 되었다.

처음 서울에 온 그가 우리말을 잘 모르는 것은 당연했다. 동네의 아이들은 그를 '쪽발이'라고 놀렸다. 그렇게 우리말과 글에 서툰 채 삼청국민학교에 입학하여 학교를 다녔는데, 국어 점수는 대체로 30점 정도에 그쳤다. 그 언어 장애가 해소되기까지는 2년의 세월이 걸렸다.

김용성이 우리 나이로 아홉 살 되던 1948년, 체신부 직원이었던 부친이 위암으로 청량리 밖 위생병원에서 두 차례 수술한 끝에 사망했다. 험악한 외풍의 바람막이로서 부친이 건재해 있어도 살기가 어려웠던 시절, 그의 가족은 하는 수 없이 모친의 친정이 가까운 서대문 밖 현저동으로 이사했다. 김용성은 학교를 옮겨 안산국민학교로 전학을 했다.

그의 대표적인 장편 〈도둑일기〉를 포함한 몇몇 소설의 무대가 영천과 서대문 일대로 되어 있는 것은 그의 성장지인 이곳에서의 삶을 체험적으로 반영하고 있기 때문이다. 구 형무관 학교와 담 하나를 사이에 두고 연접해 있던 그의 옛집은, 그의 표현에 의하면 '6·25와 더불어 슬픔과 눈물로 점철'되어 있다.

1950년 6·25 동란이 발발하자 인민군 탱크가 서울까지 진입해 왔고, 김용성은 그 탱크가 서대문 형무소의 철문을 부수고 들어가는 엄청난 광경을 목도하게 된다. 그리고 죄수들이 쏟아져 나와 "인민군 만세! 김일성 만세!"를 부르며, 전날까지 "국군 만세! 이승만 대통령 만세!"를 부르던 연도의 구경꾼들까지 덩달아 전혀 다른 만세를 부르는 모습을 보았다. 학교에서는 그 인자하던 교감 선생이 이제는 자기가 교장이라며, 위대한 김일성과 스탈린에 충성해야 한다고 목청을 높이는 모습도 보았다. 김용성은 이때부터 '인간의 이중성'을 실감하게 되었고 이는 나중 그의 작품 처처에 각기 다른 차림으로 출현한다.

일본이 전쟁으로 위험했던 만큼 서울 또한 그렇게 위험했다. 1950년 7월 말 김용성은 공습을 피하고 또 식솔을 줄이고자 하는 모친의 뜻을 따라 막내 동생 용태龍泰와 함께 포천의 큰댁으로 피신했다. 거기서 여름을 지내고 수복이 된 후 서울로 돌아오니, 집은 불타 버렸고 그 자리에 판잣집이 세워져 있었다.

그의 〈도둑일기〉에 등장하는 판잣집, 서울은 물론 일선까지 다녀오는 구두닦이 행각, 서울역에서의 석탄 훔치기 등은 이 무렵에 실제로 그가 체험한 사실을 바탕으로 한다. 이 시절의 심정적 동향, 전쟁을 바라본 시각에 대해 작가는 이렇게 술회했다. "무엇을 선택할 능력이 없는 한 소년이 전쟁에 부대끼며 체험한 것은 오직 한 가지—전쟁은 파괴를 그림자처럼 거느리고 있는 괴물이라는 것이다."

이러한 수준의 사고, 이러한 부피의 인식이 가능했던 만큼, 국민학교 6학년인 그에게 '문학'이 있었다. 이때 그는 소설이란 것을 처음으로 대했으며, 그것은 외사촌으로부터 빌린 겉장 떨어진 이광수의 역사소설 〈이차돈의 사死〉였다. 이 소설과의 만남을 시발로, 그에게는 차츰 '될성부른 나무'의 흔적이 나타나기 시작한다. 전쟁으로 한 해를 쉬고 1년 늦게 국민학교를 졸업한 다음, 김용성은 1954년 배재중학교에 입학했다. 이때도 여전히 구두닦이를 했으며, 구두약에 노란 물이 든 손가락을 보고 친구가 담배 피우는 줄 오해하는 사단이 있었을 만큼 그는 가난했고 힘들었고 슬펐다.

고등학교는 학비를 내지 않고 공부할 수 있는 학교를 찾았다. 그는 무려 24 대 1이라는 놀라운 경쟁률을 뚫고 교통고등학교 업무과에 합격을 했고, 이 학교 재학 시절에 오랜 문우인 작가 양문길을 만났다. 이 실업계 겸 공업계 고등학교에는 문예반을 중심으로 묘하게도 문학하는 전통이 살아 있었으며, 김용성은 무턱대고 40매짜리 소설을 한 편 써서 교지에 실었는데 그것이 그의 40년 문학 성상星霜에 첫 작품이었다. 재학 중에는 대학에서 시행하는 학생 문예 작품 공모에 두어 번 입선하기도 했다.

이때 그가 살던 곳 부근 영천 시장 북쪽 끝머리에 책 대본집이 하나 있었는데, 그는 여기서 〈전쟁과 평화〉, 〈바람과 함께 사라지다〉 등의 대작들, 그리고 헤르만 헤세와 투르게네프와 도스토예프스키와 앙드레 지드의 소설들을 빌려서 탐독했다. 그는 자신의 초기 소설에 번역 투의 문장 냄새가 나는 것이 그 체험 때문이며, 이 외국 소설에 대한 다독이 자신의 문학에 토대와 자양이 되었다고 믿고 있다.

　4·19 혁명이 일어나던 1960년, 고등학교를 졸업하고 취직을 전제로 하여 야간인 국제대학 영문과에 입학하였으나 정부가 혼란한 와중이라 취직을 할 수가 없었다. 이 향방 없던 때에 그의 눈앞에 새로운 목표가 나타났다. 한국일보에서 화폐개혁 전의 돈으로 육백만 환을 걸고 장편소설 공모를 발표했던 것이다. 고등학교 학우였던 양문길을 통해 김원일, 김원두, 신중신 등과 교유하면서 문학의 꿈을 키우던 때였다. 김용성은 도서관에 틀어박혀 소설 쓰기에 몰두했다.

　그래서 김용성의 입신작 〈잃은 자와 찾은 자〉가 탄생했다. 그는 이 현상 공모를 통해 무엇인가를 성취하겠다는 욕구도 있었지만 솔직하게 한국일보에서 내건 대단한 현상금이 탐이 났다고 했다. 당시의 그 금액이 얼마만한 가치에 이르는지 판단이 잘 안 되지만, 나중에 그가 그 당선금의 절반으로 20평 남짓한 기와집을 사서 이사했다고 하니 대략 규모를 짐작할 만하다.

　그러나 욕심이 재능과 노력보다 앞설 수는 없었다. 그는 어렸을 때부터 겪어 온 대동아 전쟁과 6·25 동란을 바탕으로 북한군으로 자원해 갔던 주인공과 국군이었던 또 하나의 주인공을 내세웠다. 자신의 체험은 어린 시절의 목격밖에 없으므로, 국립, 시립 도서관의 책들을 뒤지며 '철저한 거짓말' 곧 완벽한 허구를 준비했다. 그리고 두 주인공이 각기 같은 편인 중공군과 미군의 총격에 죽는 아이러니컬한 상황을 연출함으로써 전쟁이 어떤 방식으로 얼마나 무섭게 인도주의와 인간중심주의의 적대 세력인가를 밝혔다. 그의 나이 스물이 갓 넘었을 때의 일이었다.

　〈잃은 자와 찾은 자〉는 그를 작가의 길로 들어서게 했으며, 작품을 써서 이름을 얻고 또 생계를 유지할 수도 있다는 자신감을 갖게 했을 터이다. 그렇기에 그가 군에서 제대한 후 짧은 직장 생활을 거쳐 일찍부터 전업 작가의 길로 들어서지 않았나 싶다.

이 요란한 등단으로 문단에 얼굴을 내민 후, 이듬해인 1962년 중편 〈도전하는 혼〉을 썼다. 그리고 문학 공부를 제대로 하기 위해 등단할 때의 심사위원이었던 황순원 선생께 청원하여 학교를 경희 대학교 영문과로 옮겼다. 그리하여 나중에, 지금 이 글을 쓰고 있는 필자와도 선후배의 인연이 닿았으며, 그가 늦깎이로 대학원에 진학함으로써 필자는 그와 한 교실에서 공부하는 행운(?)을 누리게 된다.

경희대 영문과를 다니는 동안 김용성은 에드거 앨런 포, 토마스 하디, 윌리엄 포크너, 어니스트 헤밍웨이에 주로 관심을 갖고 있었다. 그리고 앞서의 상금 덕분에 형편이 나아져서 서대문 천연동, 충정로 3가 등지로 이사하며 살았다. 1963년에는 단편 〈제6열 인간〉과 중편 〈버림받은 집〉을 발표했으며 그해에 경희대에서 4학년을 마쳤다.

대개의 한국 현대문학 작가들이 단편에서 출발하여 중편과 장편으로 확대 발전해 가는 것이 상례인데, 김용성은 처음부터 장편으로 시작했고 초기에도 중편을 시도한 비교적 호흡이 긴 작품 성향을 가지고 있었다.

어려운 가정환경과 생활 여건을 뚫고 여기에까지 이른 것은 가히 입지전적인 의지와 노력의 결과였다고 말할 수 있겠다. 이 어려운 시절이 말하자면 작가 김용성의 문학적 성과를 예비하는 준엄한 수업 기간이었던 것이다.

다각적인 현실 체험의 문학적 변용

대학을 졸업하자마자 김용성은 곧바로 군에 입대했다. 군대 생활을 제대로 체험하겠다는 각오로, 해병대 간부 후보생에 지원했던 것이다. 필자 또한 해병대 출신이어서 익히 아는 터이지만, 그 무렵의 해병대 훈련과 내무생활의 고됨이란 필설로 형용하기 어려운 바가 있었다.

1965년 1월, 훈련이 끝나 소위로 임관하고 포항 사단에 배치되어 보병 소대장으로서 군 생활을 시작했다. 그로부터 1969년 4월까지 만 5년간 그는 군대에서 "고도의 교육을 받은 지적이고 이상적 인간일지라도 본능적이고 충동적인 인간으로 전락할 수 있다는 것과 군대 조직을 움직이는 것은 인간이 아니라 메커니즘이라는 것"을 배웠다.

그 보병 소대장 생활 첫 해에 단편 〈아플락싸스〉를 썼으며, 나중에 이 시기의 체험을 바탕으로 자신의 평판작이 되었던 중편 〈리빠똥 장군〉을 쓰게 된다. 그러나 그것은 1971년의 일이다.

군문에 머무는 동안, 그는 시간을 쪼개어 계속 작품을 썼다. 1966년에 단편 〈환멸〉 등 4편을, 1967년에 단편 〈벽〉 등 2편을, 그리고 1968년에 단편 〈불상〉 등 2편을 발표했다. 이는 기실 놀라운 일이다. 그 고된 군 생활을 헤치고 지속적인 작품을 발표한 것도 그렇거니와, 아무리 한국일보 장편 공모로 이름을 얻었다 할지라도 신인 작가가 그처럼 지속적으로 발표 지면을 확보하는 일이 결코 용이하지 않았을 것이기 때문이다.

이러한 대목들은 결국 그가 가진 작가로서의 끈기와 성실성으로

밖에는 설명할 길이 없다. 이 무렵의 작품들은 주로 군 생활의 체험과 연관된 것들이 많았으나 그다지 그의 마음에 드는 작품은 없었다.

군인의 신분으로 김용성은 1968년 1월 중앙대학교 영문과 출신의 규수 이근희와 결혼하고 12월에 장남 홍중을 얻음으로써, 한 가정의 주인이 되었다. 험준한 시대사의 파고 속에서 가족 구성원의 의미를 유다르게 체험해 온 그로서는, 그 당시가 이를테면 인생의 한 전기轉機에 해당하는, 하나의 단계를 넘는 시기였다.

1969년 4월, 그는 월남전 때문에 연장되었던 복무 기간을 임시 대위 계급장을 끝으로 청산했다. 그리고 곧바로 5월, 한국일보 기자로 입사했다. 이래저래 한국일보는 그와 인연이 깊은 셈이다. 군 생활 5년간이 길고 지루하긴 했으나 그동안 '수직적 사고'에 익숙해 있던 그에게 세상은, 사회는 낯설게만 보였다. 그러나 그 '낯설다'라는 인식이 그로 하여금 작가로서, '제2의 생'을 다시 출발하게 하는 추동력이 되었다.

한국일보 기자로 일하던 그 첫 해에 단편 〈덜미 잡힌 사내〉 등 3편을 발표하고, 다음해인 1970년 김포 임진강변의 군 생활에서 얻었던 체험을 토대로 하여 단편 〈거짓말쟁이〉를 발표했다. 이해에 차남 욱중이 출생했다. 기자와 작가는 같은 글 쓰는 직업을 가졌으되 그 시각과 사유의 방향이 상당히 다를 수밖에 없다. 그는 '작가'에 충실하고 전념하기 위하여 이태에 걸쳐 붙들고 있던 '기자'를 버리기로 결심하고 1971년 한국일보를 퇴사했다. 그리고 곧바로 앞서 언급한 〈리빠똥 장군〉을 〈월간 문학〉에 분재하기 시작했으며, 이를 〈문학과 지성〉에 재수록했다.

김용성의 저서 가운데 작고한 문인의 행적을 뒤쫓아 그 작품 서지와 작품 세계, 그리고 전기적 사실과 작품의 관련성 등을 총괄적으로 수록한 것으로 〈한국 현대문학사 탐방〉이 있다. 한 작가를 단기간에 전체적으로 파악하는 데 있어서는 더없이 좋은 길잡이가 되는 책이다. 김용성은 이 책의 서두를 1972년 9월부터 주 1회 한국일보에 르포 기사로 연재하면서 시작했다.

이 연재가 꼭 1년이 걸렸는데, 이는 기자로서 문화부 일을 할 때 구상했던 것으로, 생각보다 반응이 좋았다. 이 연재를 계속하는 동안 1973년까지 〈조그만 영토〉를 비롯하여 모두 6편의 단편을 발표했다. 이때의 문학사 탐방은 10년 후인 1982년 6월부터 12월까지 주 1회로 한국일보에 제2차 연재가 이어지게 된다.

1972년 김용성은 강력한 풍자 정신으로 동시대 독자들의 가슴, 그리고 동시대 삶의 중심을 두드린 장편 〈리빠똥 사장〉을 일간스포츠에 연재한다. 그러면서 단편 〈조상기眺翔記〉 등 4편을 발표했다. 이듬해 1975년 첫 작품집인 〈리빠똥 장군〉과 장편 〈리빠똥 사장〉을 예문관에서 간행했으나, 그 제목의 어의語義에서부터 발산되는 비판 의식과 풍자성으로 인하여 당시 박정희 정권에서 발동한 긴급조치 제9호에 걸려 광고 한번 해 보지 못하고 만다. 이해에도 단편 〈마魔의 자유〉 등 3편을 발표했다.

두 번째 작품집 〈홰나무 소리〉는 1976년 현암사에서 나왔다. 첫 작품집 〈리빠똥 장군〉은 1970년대 발표된 것들을 수록한 반면, 여기에서는 문단 데뷔 이후 이때까지의 전 기간에 걸쳐 발표된 작품 가운데 13편을 추렸다. 후기에서 작가 자신의 진단에 의하면 데뷔 이래 15년간의 작품이 대체로 '비극적 관점'에 입각해 있다는 것인데, 그것은 아마도 그가 살아온 신산스러운 세월과 관련이 있을 터이다. 그는 추후 '도태되지 않고 창조하는 인간'을 그리고 싶다는 소망을 적어 두었다.

1976년에 단편 〈도주〉 등 4편을 발표하는 한편, 장편 〈정죄淨罪의 산〉을 여성지에, 그리고 또 다른 장편 〈내일 또 내일〉을 한국일보에 연재하기 시작했다. 이처럼 한국일보와 끊임없는 관련을 보여 주는 것은, 그를 가까이서 겪어 본 사람들이 그의 인품과 기량을 십분 인정한다는 증좌에 다름 아닐 것이다.

1977년에는 그동안 살던 충정로 3가에서 아현동으로, 개봉동 밖 철산리로 전전하다가 마침내 관악구 남현동 지금의 집으로 이사했다. 이해에 단편 〈뻐꾸기에서 기러기까지〉 등 2편을 발표하고 작품집 〈화려한 외출〉을 갑인출판사에서 묶어 냈다.

1978년에는 장편 〈내일 또 내일〉, 〈야시〉, 〈오계의 나무들〉 등을 간행하고 〈떠도는 우상〉을 부산일보에 연재하기 시작했으며 중편 문제작 〈밀항〉을 그 다음해까지 3부의 연작으로 발표하기 시작했다. 중편집 〈밀항〉은 1981년에 단행본으로 간행되었는데 여기에는 〈밀항〉 외에 〈그날의 행방〉, 〈안개꽃〉 등 3편의 작품이 실려 있다.

〈내일 또 내일〉은 이규화, 강진우 등 당대 젊은이들의 전형성을 가진 탁월한 인물들을 창조하면서 장안에 화제를 뿌렸다. 비극적 세계관을 배경으로 세 남자와 세 여자의 위선, 욕망, 사랑, 희생을 펼쳐 보임으로써 당대 사회의 정체성과 그것의 핍진한 의미를 소설 문법으로 걷어 올린 작품이었다. 이 소설에는 외형적 사회 현상의 배면을 읽어 내는 작가의 깊은 눈과 이를 비판적으로 바라보는 작가의 비판 정신이 잘 드러나 있다.

1979년에는 장편 〈그것은 우리도 모른다〉를 매일신문에 연재했으며, 1980년에 장편 〈나신裸身의 제단〉을 경향신문에 연재했다. 1981년에 단행본으로 나온 〈나신의 제단〉은 베트남 전쟁에 참전하고 돌아온 세 명의 주인공들을 중심으로 그들이 각기 다른 사회 계층 속에서 어떻게 서로 다른 삶을 영위하고 있는가를 보여 준다. 작가의 표현에 의하면 전쟁터에서 '동류항同類項'이었던 그들이 어떻게 어떤 '이류항異類項'으로 변화해 가는지 추적하는 것인데, 이와 같은 접근법은 이 작가가 우리 사회의 본질적 성격을 끊임없이 탐색해 나가는 또 하나의 도정道程에 해당한다.

김용성은 1980년 동인지 〈작단作壇〉의 일원으로 가입하고 이를 통해 전상국, 김원일, 유재용, 김문수, 김국태, 현기영, 최창학, 한용환, 이진우 등의 동년배 작가들과 교유하며 그 문학과 삶의 폭을 넓혀 나간다. 필자가 이 작가를 처음으로 가까이 만난 것은 이 무렵이었으며, 작단의 동인들이 그때 우리 제자들이 가까이 모시고 있던 스승 황순원 선생과 자주 자리를 함께하면서였다.

여기까지 김용성은 '불혹'의 나이를 넘기고 있었고 문필에 임하여 소설을 써 온 지 20년, 그러니까 지금 현재까지의 40년 문필 생활에 비견해 보면 대략 절반의 기간을 지나고 있었던 시점이다. 그는 그동안 강력한 사회의식과 비판적 안목으로 우리 사회의 정체성과 부정적 측면의 의미를 구명하고, 그것을 딛고서 발아할 수 있는 새로운 소망의 내일을 조망해 왔다. 그리고 이와 같은 태도를 소설 제작의 성실성을 통해 증명했던 것이다.

원숙한 세계관과 사회의식의 형상

1982년 김용성은 그의 삶과 작가로서의 길에 있어서 시사점이 될 만한 몇 가닥의 행적을 보인다. 우선 그는 그동안 빈번히 연재해 오던 신문 소설에 회의를 품고 될 수 있으면 신문 연재를 하지 않으리라 자신에게 다짐한다. 전업 작가로서 상당한 수준의 금전 치환이 가능한 이 연재를 거부키로 한 것은, 사실 상당한 각오와 자기 독려가 없이는 어려운 일이다.

다음으로 오래전부터 품어 온 뜻을 따라 만학晚學이긴 하나, 경희대 대학원에 진학했다. 필자가 이때부터 이 작가와 석사과정 및 박사과정을 함께 다닌 연고로, 그 무렵의 그의 늦은 대학원 생활을 손바닥 안의 그림처럼 익히 알고 있는 편이다. 그런데 그때는 경희대 대학원의 새 르네상스 시절이었다. 어떻게 만학의 바람이 불었는지 신봉승, 전상국, 조세희, 조태일, 정호승, 박남철 등 우리 문단의 쟁쟁한 문인들이 한 강의실에 함께 앉은 진풍경, 한국 문단사에 전무후무한 상황이 전개되었던 것이다.

그런데 그때 김용성은 누구보다도 성실하고 부지런했다. 한 번도 결석이나 지각을 하는 법이 없었고 발표나 과제물도 우리들 같은 젊은 축들보다 항상 앞섰다. 지금에야 전업 작가들이 많이 있고 또 그것으로 생활이 유지되기도 하는 시대이지만, 필자로서는 그때까지 전업 작가로는 살기가 어려운 우리 문단 풍토에서 저 작가가 저만이나 하니까 버티고 나왔구나 하는 느낌이었다.

그의 눈매는 본인의 작위적인 의지와 관계없이 날카롭게 보이는 쪽이다. 그는 언젠가 어느 주점에서 전혀 상관도 없는 사람들로부터 이유 없이 왜 째려보느냐는 시비를 당한 적이 있다고 술회했다. 그는 정직하고 무거운 눈으로 세상을 바로 보려 애쓰는 작가이다. 그가 가진 강렬한 사회사적 관심, 사회의식은 일찍이 그가 대학의 사회학과를 가고 싶어 했다는 고백을 통해서도 그 밑동을 짐작해 볼 수 있다. 반면에 안으로 갈무리된 그의 심성은 매우 따뜻하며 또 공의롭다. 필자는 한 번도 그가 부당하게 남을 비방하는 언사를 내놓는 것을 보지 못했다. 이를테면 그의 비판 의식에는 항상 납득할 만한 이유와 설명이 있었다는 것이다.

그와 더불어 술자리에 있을 때, 혹 식대를 계산할 의향이 있을 양이면 매우 빨리 움직여야 한다. 그는 대체로 자신이 참석한 모든 자리의 식대를 모두 자신이 내려는 쪽이다. 이것이 해병대 장교 시절부터 몸에 밴 지휘관의 기질인지, 아니면 어린 시절의 어려웠던 기억에 대한 반사작용인지 필자는 잘 알지 못하겠다. 그런데 중요한 점은 그가 전업 작가로 거의 무직에 가까웠을 때에도 그러하였으니, 이는 분명 그의 무엇이든지 먼저 감당하려는 공의로움의 자세에서 말미암은 것이라 여겨진다.

1982년에 앞서 일러둔바 〈한국 현대문학사 탐방〉을 다시 연재하기 시작한 김용성은 1983년 자신의 성장지인 서대문 일대를 배경으로 하여 장편 〈도둑일기〉를 〈현대문학〉에 연재하기 시작했다. 다음해 2월 이 작품으로 제29회 현대문학상을 수상했으며, 그 직후 경희대에서 〈채만식의 태평천하 연구〉로 석사 학위를 받고 곧바로 박사과정에 진학하게 된다. 〈한국 현대문학사 탐방〉은 개정 보완되어 현암사에서 다시 간행되었다.

〈도둑일기〉는 1980년 현대문학에서 한 권이 나왔고, 이후 1992

년 2부를 〈동서문학〉에 연재한 다음 1, 2부 2권으로 동서문학사에서 다시 나오게 된다.

〈도둑일기〉의 1부는 6·25 동란기로부터 4·19 혁명 직전까지의 1950년대를, 제2부는 그 이후 10년간, 즉 1960년대의 시간을 무대로 펼쳐진다.

소설의 중심인물 한수, 중수, 성수 삼형제는 이 격동의 근대사와 더불어 삶의 첫 장을 연 전쟁고아로 출발한다. 이들의 성장과 성인화 과정을 통하여, 이제는 이들이 중추가 되어 있는 우리 사회의 난맥상과 그 원인을 추적하는 이 소설은 지나치게 엄숙한 표정을 짓지 않고서도 분단 모순과 계급 모순의 민족사적인 문제들을 폭넓게 조감한다. 지금까지 이 두 가지 민족 모순에 대응한 작품들이 허다하게 산출된 것은 사실이지만 그 통상적인 주제의 심화를 위해 이 작가가 새롭게 제기하고 있는 글쓰기의 방식, 이른바 성장소설 형식의 도입은 선택된 과제에 이르는 길을 매우 원활하고 설득력 있게 열어 나간다.

〈도둑일기〉는 우리 문학사에 거의 그 전통이 없다시피 한 부피 있고 체계적인 성장소설의 지평을 개척했다는 사실만으로도 주목할 만하다. 더 나아가서는 큰형 한수가 사업가로, 둘째 중수가 소설가로, 막내 성수가 성직자로 삶의 목표를 설정하고 자의적으로 그 단계를 밟아 나가는 사정을 통해, 동시대 현실의 밑그림을 효율적으로 부각시키고 있다. 아울러 이들 형제의 서로 다른 목표와 성격 유형은, 서로 대비되는 사회 세력들의 행로와 가치관 및 현실 반응의 양태를 총괄적으로 검증하기 위한 주밀한 배합이라 할 것이다.

이렇게 본다면 〈도둑일기〉가 단순한 성장 소설이 아니라 강력한 사회학적 관심으로 지나간 1950년대와 1960년대를 조명하고 있다는 사실을 쉽사리 수긍할 수 있게 되는 셈이다. 그중에서도 큰형 한수의 경우, 곧 이제는 도둑질에 대한 변명거리로서의 명분도 없고 따라서 인도주의적 차원에서 용서받을 만한 근거도 없는 시대에 반성 없이 도둑질을 계속하는 인간형에 대해, 작가는 날카로운 비판의 칼날을 세우고 있다 할 것이다. 전후의 혼란한 사회가 정비됨과 함께 산업 자본주의의 시대로 이행하고 물질 만능주의의 팽배가 진실된 가치의 타락을 가속화시키는 시대에 대한 경각심, 그것이 한수의 언행을 그려 나가는 작가의 심중에 자리 잡고 있을 것임에 틀림없다.

이 글의 서두에서 이 작가의 성장사를 통해 살펴본 것처럼, 〈도둑일기〉는 작가의 직접적 체험의 반영과 사회학적 관심 또는 견식이 조합되어 산출된 수작이다. 그 제목을 두고 장 주네의 〈도둑일기〉를 운위하는 이들도 있으나, 전혀 다른 종류의 이야기이다.

1985년 김용성은 인하대학교 국문과 소설 담당 교수로 부임함으로써 만학의 열정이 객관적 성과에 이르게 된다. 1986년에는 〈아카시아 꽃〉으로 제1회 동서문학상을 수상하고, 작품집 〈탐욕이 열리는 나무〉를 문학사상사에서 간행한다. 그리고 경희대 대학원에서 드디어 〈한국 소설의 시간의식 연구〉라는 논문으로 문학박사 학위를 취득하기에 이른다. 한국 나이로 마흔여덟, 지천명知天命을 눈앞에 둔 만학이었으되, 그의 열심과 성실성은 후학들의 귀감이 되기에 족했다.

1989년에는 작품집 〈슬픈 양복 재단사의 나날〉을 묶어 내었고,

1990년 장편 〈큰 새는 나뭇가지에 앉지 않는다〉를 펴낸 다음 이 작품으로 1991년 대한민국문학상을 수상했다. 이 수상작은 한 중진 작가의 시대와 사회를 보는 균형 잡힌 시각을 보여 주면서, 당대의 첨예한 명제였던 학생 운동이나 노학 연계 투쟁에 대해 올바른 내포적 의미망을 제기하고 있다.

우선 등장인물들의 입체적 운동 범주와 사실성에 대한 공감이 매끄럽게 객관화되어 있다는 점이다. 단순한 운동권의 학적 박탈자인 조예수가 점진적으로 확고한 의식과 균형 감각을 획득해 나가는 과정에 무게와 설득력이 있다. '해전총'의 대표였던 '백'의 결별이나 분신에까지 이르는 방선구의 배신을 동료들이 선별적으로 받아들이는 대목도 현실적인 사태의 바닥과 든든하게 연결되어 있어 보인다.

다음으로 이와 같은 인물들을 하나의 연결 고리로 묶어 주는 상징적인 장치로서, 예수 그리스도의 사역에 의지한 중의법적 의미의 활용이 효율적으로 도입되었다는 점이다. 주 예수에 대응한 조예수란 이름, 운동의 지도자 가운데 한 사람인 남민철이 개척 교회를 이끄는 전도사이며 목회와 운동을 동일한 차원에 상정하고 있는 상황, 희생의 덕목에 대한 강조, 나무 십자가를 메고 나아감, 대단원에서 애순이의 "오오, 오빠, 오오, 예수!"라는 부르짖음 등이 모두 이를 함축적으로 드러내고 있다 하겠거니와, 참으로 척박한 시대적 배경에 견주어 종교적 수준의 결단과 희생이 전제되지 않고서는 역동적인 저항력을 확보하기 어렵다는 깨우침을 자연스럽게 걷어 올린다.

그리하여 김용성이 궁극적인 답변으로 제시하는 대안은 "누구나

K이다", 즉 누구나 은밀한 조정과 표면적 행동을 포괄하는 대표자로 올라설 수 있다는 민중 주체의 사고이다. 막심 고리키의 〈어머니〉에서 볼 수 있는 변모 양상과 마찬가지로, 도입부의 평범한 조예수는 결미에 이르러 마침내 시대적 전형성을 갖춘 문제적 인물로 떠오르게 된다.

이 시기의 젊은 작가 김인숙이 퇴락하고 병약한 분위기의 초기 소설에서 의욕적인 변신을 보인 바 있지만, 이미 확정된 세계를 가진 한 중진 작가가 우리 사회를 향해 내놓은 엄중한 도전에 대해 우리는 경각심을 갖지 않을 수 없었던 것이다.

1992년에는 콩트집 〈고장난 시계는 고쳐서 씁시다〉를 간행했으며, 연말인 12월 문예진흥원의 기금을 지원 받아 두 달간 남미 한국 이민자들의 실상을 소설화하기 위해 취재 여행을 떠났다. 1994년에 〈도둑일기〉 3부를 〈동서문학〉에 연재 완료하였고, 1998년 앞서 취재 여행의 결과로 전작 장편 〈이민〉 전 3권을 밀알출판사에서 간행하였다. 늘 이 사회의 구석이나 배면에서 소외된 자, 두려움과 추위와 사랑의 결핍으로 떨고 있는 자를 형상화하던 그의 '작가의 눈'은, 이번에는 그 시선을 멀리 들어 이역만리 먼 곳의 힘겹고 슬픈 풍속도를 우리의 시계視界 안으로 끌어당겨 준 것이었다.

이제껏 살펴본 모든 소설들에 있어서, 이 작가가 보는 동시대 우리 사회는 언제나 위기의 국면에 있었다. 그의 소설은 그 질곡의 상황에 대한 경고를 발하는 예언자요, 그 과정을 면밀히 지켜보는 기록자이며, 동시에 그 가운데서 인간적 희망을 포기하지 않는 조력자였다.

그가 2004년 상재한 장편 〈기억의 가면〉에서는, 작가 자신의 생애 기간에 발발한 태평양 전쟁, 6 · 25 동란, 베트남 전쟁 등 세 전쟁을 중심축으로 하여 그 배경을 한국, 일본, 브라질, 중국, 베트남 등 동아시아 여러 나라의 불우한 역사 위에 펼쳐 보았다. 이 장대한 시간적, 공간적 환경을 가로지르거나 배회하면서, 그는 소설이 사실과 상상 양자를 거멀못처럼 붙들고 있는 문학 장르이며, 궁극에 있어서는 그 서사적 구성이라는 것이 실체적 삶의 고통을 이해하고 위무하는 형식이어야 함을 반증하고 있다.

첫 작품 〈잃은 자와 찾은 자〉 이래 40여 년의 작품 활동을 통하여, 그가 로브그리예의 표현처럼 '문학사가 포용하고 있는 초상화 전시장'에 내놓은 그 숱한 인물과 이야기들이, 이 소설에 이르러서는 상기와 같은 통합적 의미 아래 질서 있게 통어되고 있는 느낌이다. 그런 점에서 그는, 김동리가 〈사반의 십자가〉를 자신의 대표작으로 명명했듯이, 이 작품을 그렇게 불러도 무방할 듯싶다. 이 작품에 요산문학상, 경희문학상, 김동리문학상이 한꺼번에 주어진 것은 결코 우연한 일이 아니다.

40여 년 자신의 세계를 가꾸어 온 작가가 지난 시대의 역사적 굴곡을 다시금 뒤돌아보며 거기에 스스로의 문학 세계 전반의 중량을 부하한 것을, 우리는 결코 가볍게 보아 넘기지 못한다. 모든 것이 속도의 빠르기와 변화의 수준을 자랑하는 시대에, 과거의 거울을 통해 동시대의 삶을 정확한 무게로 비추어 내는 중진 작가가 건재하다는 사실이 우리의 소중한 행복이 아닐 수 없다.

가족사의 수난에서 민족사의 비극으로

―김원일의 소설

　작가 김원일은 1966년 작품 활동을 시작한 이래 줄기차게 6·25를 소재로 한 소설을, 아니 소설만을 써 왔다. 그것은 6·25가 '국가불행시인행國家不幸詩人幸'이라는 동양 고시가의 경구처럼 소설의 소재에 있어 하나의 보고寶庫가 될 수 있다는 역설적인 측면에서, 그리고 6·25의 그늘에서 성장기를 보낸 이 작가의 개인사에 비추어서도 타당한 설명이 주어질 수 있다.

　―왜 6·25를 소재로 한 소설만을 오랜 세월을 두고 일관되게 써 왔느냐는 질문은 이미 여러 번 받으셨을 줄 짐작됩니다. 대담을 시작하면서 먼저 그 사유에 대해 정리하고 넘어가는 것이 순서이겠습니다.

　―대체로 세 가지 각도에서 말할 수 있겠습니다. 첫째로, 내 성장기 체험에 있어 가장 핵심을 이루는 부분이기 때문입니다. 빈곤, 굶주림 같은 생존의 원초적 문제들이 여기에 결부되어 있으며, 그

것은 아버지라는 울타리가 부재한 가운데 이 문제를 해결하지 않으면 안 되었던 일가족의 수난사이기도 했습니다. 아버지의 행방을 불명으로 얼버무리지 않고 월북임을 밝힐 수 있었던 것은 극히 최근의 일인데, 40대 후반에 이르도록 그럴 수밖에 없었던 가위눌림이 결코 만만한 것이 아니었습니다. 나의 소설들에는 우선 그와 같은 가족사적 밑뿌리가 내재해 있을 것입니다.

둘째로는, 6·25의 소설화가 단순히 우리 민족 내부의 국소적인 차원에서가 아니라 세계사적인 시각으로 확대될 수 있는 성격의 작업이라는 점입니다. 자유와 평등이라는 각기 다른 주장을 가진 이데올로기에 의해 세계가 동서로 갈라진 이래 새롭게 발발한 최대 규모의 전쟁이라고 한다면, 이는 우리의 비극인 동시에 세계의 비극이란 성격을 가지고 있습니다.

셋째로, 작가로서의 소설관을 들 수 있겠는데, 전쟁이라는 격동기, 전환기에 인간의 본질적 바탕이 잘 드러나고 소설을 통해 형상화되는 삶의 모형들도 용이하게 드라마틱한 구성력을 획득할 수 있다고 보는 관점입니다. 예컨대 일상적인 삶 속에서 하나의 죽음을 끌어내려면 그 소설적 장치가 예사로울 수 없는데 전쟁을 배경으로 했을 때는 그와 같은 죽음이 보편적 사건이 되고, 등장인물의 극적인 행동반경도 사실성의 확립이라는 문제와 서로 배타적인 관계를 갖지 않기 쉽습니다.

6·25 전쟁과 분단 현실을 소재로 한 소설들은 1970년대 이래 산업화 시대의 문제를 다룬 소설들과 함께 우리 소설 문학의 주요한 두 축을 형성해 온 것이 사실이다. 전상국, 윤흥길, 이문열, 유

재용, 홍성원, 하근찬, 조정래, 이병주 등 우리 문단의 주요한 작가들이 형성하고 있는 분단 문학의 소설적 의미망 가운데 김원일의 작품들은 분명한 자기 세계의 영역을 가지고 있다.

김원일은 그가 언급한 바와 마찬가지로 분단 현실과 관련된 체험적 사실들의 생생한 기억을 가지고 있고, 이를 소설로 변용하는 데 있어 자주 동심의 시각을 활용하고 있다. 〈어둠의 혼〉의 갑해나 〈노을〉의 갑수가 순진한 소년의 눈으로 바라볼 때, 이 소설들의 캐릭터가 운동하고 있는 범주는 가족공동체의 도덕성을 환기하는 공간으로 형태화된다. 〈노을〉의 갑수가 그 아버지 김삼조의 행위, 즉 '사람을 잡는 백정'으로 변모해 버린 행위의 근간이 어떻게 좌익 이데올로기의 시현 과정과 결부되는가를 검토하는 것은 차후의 일이다.(〈노을〉이 29년의 시차를 두고 대비되는 시점을 교차하여 사용하고 있는 것은 이와 같은 순서 개념과 무관치 않을 것이다.) 한 가족이 누려야 할 공동체적 삶의 소중함이 파괴되어 버린 절박한 상황, 소년의 가슴에 각인해 놓은 그 상흔이 당대적 삶의 보편적인 존재태였다면, 김원일의 소설들에 있어 가족적 체험이 민족사의 비극으로 끌어올려질 수 있는 통로는 이미 개방되어 있다 할 것이다.

김원일의 소설들은 허장성세로 과장하는 법이 없이 시대, 역사적 현실에 대한 문학의 책무를 감당하려는 의지를 끈기 있게 붙들고 있다. 그가 계속해서 제작해 온 분단 소설들은 말할 것도 없거니와 좀 다른 색다른 관심을 포괄하고 있는 작품들, 예컨대 〈도요새에 관한 명상〉이나 〈바람의 강〉 같은 소설을 보아도 병들어 가는 사회나 죄에 대한 참회를 진술하는 작가의 날선 시각을 따갑게 느낄 수 있다.

거창 사건을 그린 〈겨울 골짜기〉를 출간하고 난 후 한 인터뷰에서 작가는 "6·25 관계 소설을 많이 써 왔지만 항상 핵심을 건드리지 못했다는 죄책감이 있었습니다. 그에 대한 속죄 의식으로 거창 양민 학살이란 구체적 사적을 작품화해야겠다는 생각을 가졌지요. 거창 사건은 6·25가 남긴 가장 쓰라린 상처의 하나입니다"라고 말하고 있다.

많은 한국의 작가들이 그러하듯이 김원일 역시 단편과 중편을 통해 기반을 다지고 장편에 이르러 그 작가적 역량의 개화를 이룩한 작가이다. 〈어둠의 혼〉이나 〈미망〉 같은 초기의 뛰어난 단편이 그 이후의 작품들에 계속되는 모티프를 가지고 있고, 따라서 그의 작품 제작이 동어 반복의 확대재생산이라는 덜 긍정적인 관점으로 귀결될 가능성이 있다 하더라도, 그에게 있어 장편으로의 이행이라는 이 변화 양상은 대단히 유의미하다.

왜냐하면 6·25 동란과 관련된 한 시대의 외형적 현상과 내포적 진실을 소설이라는 등불로 비추어 보는 데 있어서, 그의 장편들이 우리 문학사에 흔하지 않은, 외형과 내포의 시각을 아우른 총체적 점검이라는 가늠대를 사용하고 있기 때문이다. 그리하여 당대의 삶이 그 바닥에 깔고 있는 인간애의 물줄기를 길어 올리는 어려운 일을 감당함으로써, 한편으로는 현재진행형으로 계속되는 과거의 상흔과 화해하는 방식을, 다른 한편으로는 아직도 종전이 아니라 휴전 상황인 분단 현실의 치유와 극복 방안을 제기하려 한다.

— 장편으로 된 작품 가운데 〈불의 제전〉은 현재 제1부 〈인간의 마을〉 두 권이 출간되어 있고 아직 미완의 형태로 남아 있습니다.

제1부만 보아도 이 작품이 그리게 될 스토리와 의식 수준, 그리고 분량을 짐작할 수 있을 정도여서 많은 논자들이 주목하고 있는 형편입니다. 기회가 있을 때마다 〈불의 제전〉의 완성에 대한 의지를 표명하신 것으로 알고 있는데…….

— 그동안 〈불의 제전〉에 다시 매달리지 못한 것은 자료 준비도 준비거니와 여기에 임하는 호흡을 다시 한 번 가다듬는다는 의미가 있습니다. 첫째로, 소설적 허구의 세계에 등장하는 우익의 상대역이 꼭 남로당이어야 하는가라는 문제입니다. 그 당대의 현시적인 역할을 남로당이나 빨치산이 담당했다 하더라도 분단 시대의 문학이 제 구실을 하기 위해서는, 또 오늘날 남북 간의 대결 양상을 보아도, 그 시대 좌익의 뿌리를 북로당까지 파고 들어가야 하리라 여겨집니다. 〈불의 제전〉에서 내 아버지의 캐릭터가 투영된 인물로 그리려 하는 조민세가 해주로 소환되는 것, 북쪽에서 전쟁을 맞는 장면을 그리는 것 등은 바로 그와 같은 당위성의 추구와 관련이 있습니다.

둘째로, 〈불의 제전〉을 통해 밝혀 보고 싶은, 전쟁의 발발 원인을 구명하는 일입니다. 지금까지 남북 당국은 전쟁의 도발 책임을 서로 상대방에 전가하는 태도를 견지하고 있습니다. 6월 25일을 기해 전쟁을 전면적으로 확산시킨 책임은 분명히 북쪽에 있다고 믿습니다. 그러나 6 · 25 이전의 산발적인 유격전, 여순 반란 사건과 제주도 4 · 3 사건 등 소규모의 전쟁 형태가 계속적으로 지속되고 있었다는 내인內因을 성찰해 본다면, 전쟁이 적어도 남북 간의 공동 책임 아래 시발되었다는 지적을 뒤집기는 어려울 터이지요. 이것을 남북에 분산해 살던 민초들의 삶을 통해 구체화해 보려는 것입니다.

　문학의 발화 방법은 역사의 기술과 달라서, 역사적 기록의 그물
로 걸러 낼 수 없는 삶의 진정성을 미세한 인간애의 탐지기로 포착
할 수 있다. 그러므로 작가는 역사라는 성긴 그물망을 믿지 않기
십상이다. 6·25 동란이 피아 쌍방에 얼마만한 피해를 남겼는가를
기록하는 것은 역사의 책임이지만 전란의 와중에서 자식을 잃은
한 어머니가 있다고 할 때 그 통한에 찬 심경을 구체화된 사고와
행위의 모습으로 보여 주는 것은 문학의 소임이다.

　문학사가 걸작들을 징검다리로 해서 성립된다는 아나톨 프랑스
의 표현을 빌려 온다면, 그 걸작들은 시대성의 제약을 넘어서는
생명력을 확보한 경우이다. 그러한 힘은 시대 현실에 대한 즉물적
인 반응이 아니라 표면적인 흐름의 배면에 잠재해 있는, 시대적
전형성의 하부구조를 이루는 삶의 진실에 초점을 맞출 수 있을 때
얻어질 터이다. 김원일은 현대사의 가장 첨예한 쟁점을 소설이라
는 문학 장르로 추적해 온 작가로서 이 문제에 확고한 주관을 가
지고 있었다. 그것은 또한 진보적 리얼리즘의 방법으로 그의 소설
을 재단한 바 있는 몇몇 평자들의 논리에 대한 답변이자 반박이기
도 했다.

　─ 톨스토이의 〈전쟁과 평화〉가 퇴색되지 않는 이름을 얻고 있
는 것은 역사적 서술의 관점으로 그 작품을 쓰지 않았기 때문입니
다. 한 시대를 배경으로 움직이는 인물들의 모습으로서가 아니라
세월의 풍화작용에 침식되지 않는 인간성과 그 관계들의 깊이를

당대적 삶의 총화로 그리고 있는 것이지요. 그러할 때 문학으로 형상화된 역사적 사실은 동시대의 연장선상에 놓이게 되고, 과거의 기억에 대한 반추로서가 아니라 바로 오늘의 생동하는 삶 속에서 응분의 기능을 수행하게 되리라 봅니다. 1920년대 후반 미국의 경제 공황을 다룬 작품들이 당대에는 대단히 수준 있게 논의되었지만, 지금 그 명맥을 놓쳐 버린 경우를 한 예증으로 들 수 있겠습니다.

그것은 사실이다. 황석영의 〈장길산〉이 조선조 숙종 연간의 극적劇賊 '장길산 부대' 사건을 다루고 있지만, 결코 조선 시대의 역사적 기록을 되새겨 보자는 것이 아니다. 1975년에서 1985년까지 10여 년에 걸쳐 쓰인 〈장길산〉의 표적은 바로 우리가 살고 있는 현세의 삶이며, 그 삶에 가해지는 왜곡과 억압과 폭거에 대한 분쇄를 민초들의 결집된 힘으로 밀고 나아가자는 주장을 담고 있다.

위의 답변을 통해 김원일이 구체적으로 언급하지는 않았지만 그러한 세계관에 입각해 소설을 쓰고 있다는 태도를 표명함에는 "문학을 통한 분단 극복의 요체는 민중, 민주, 자주 의식의 표현이며 이런 입장에서 김원일의 접근 방식은 지나치게 추상적"이라는 일견 도식적 판단 기준들에 대한 분명한 거부의 의도가 숨어 있다. 그래서 그에게는 80년대의 소설―특히 80년대 후반이 그렇겠지만―은 "이론이 무성하고 작품이 이를 따라잡지 못하는 기형적인 상황"으로 인식되고, "현실의 실상이 밑바탕이 된 작품이 더 많이 나와야 할 시기"에 이른 것으로 보일 것이다.

문예이론에 정치적 성향의 채색이 지나치게 되면 문학성 확립의 긴요함이 도외시되는 사태가 올 수 있고, 또 그것이 오늘날 우리 문학의 한 모습임에는 틀림이 없다. 이런 경우에도 동양 문화권에 두루 통하는 '지나침이 부족함만 같지 못하다'는 저 이름 있는 아포리즘이 적용되어야 하지 않을까?

─〈환멸을 찾아서〉와 〈바람과 강〉이라는 작품은 6·25라는 소재를 붙들고 있으면서도 상당히 특이한 면모를 보여 주는 소설로 여겨집니다. 전자는 소설 무대의 확장이라는 측면에서 그렇고 후자는 참회와 죽음이라는 겉보기의 사실 밑에 내재해 있는 주제 의식의 깊이라는 측면에서 그렇습니다.

─〈환멸을 찾아서〉는 특별한 사정이 있는 한 이산가족의 이야기입니다. 자진 월북한 박중렬의 비망록이 바다로 떠내려 오면서 스토리가 시작되는데, 북한에서의 생활을 다룬 작품들에서 나타나게 마련인 추상적인 서술로의 침몰을 경계했습니다.

〈바람과 강〉은 그동안에 상재한 장편들 가운데서도 특히 애착이 가는 작품입니다. 이 소설에서 중요하게 생각한 것은 인간이 죽음이라는 삶의 마감 형태를 통하여 어떻게 자연과 합일되어 가는가에 있었습니다. 말하자면 한국인이 가지고 있는 토착적인 죽음관, 내세관 같은 개념이 되겠지요.

〈환멸을 찾아서〉에 등장하는 박중렬은 경북 영덕 지방 게릴라 부대 출신으로 월북하여 대남 사업에 종사했다. 그의 비망록에는 지리적인 묘사와 같은 사소한 디테일에서부터 자신의 숙청과 복권 등의 경과가 비교적 세밀하게 기록되어 있다. 이문열의 〈영웅시대)를 볼 때 북한에서 주인공 이동영의 행적이 이문열 자신의 표현처럼 '보통명사화'되어 있는 데 비하면, 〈환멸을 찾아서〉가 다른 소설들보다 적어도 한걸음 더 나아간 형상력의 일면을 갖추고 있음을 인정할 수 있다.

표면적으로는 이 비망록이 오윤기라는 중학교 교사와 그의 친구에 의해 박중렬의 가족에게 전달되는 과정의 기록에 불과하지만 이 한 권의 공책에 얽힌 사연들을 통하여 가족 이산의 통증과 수십 년에 걸친 한 맺힘이 얼마나 가열한 것인지를 잘 드러내고 있다. 이 소설을 통해서도 6·25가 역사의 갈피 속에 묻힌 과거의 사건이 아니라, 우리 삶의 현장에 맞닿아 있는 오늘의 절박한 문제적 상황임이 부각된다.

아울러 초기의 작품에서부터 비롯된 아버지의 상실이라든가 남북 간의 이념 대립에 관한 논쟁보다는, 인도적, 동포애적 차원의 치유가 더욱 절실하다는 시각 등이 반복적인 형태소로 나타난다.

나의 세대가 남의 장단에 춤을 춘 서툰 어릿광대로서 총칼로 피로써 피를 불렀다면, 이제 나의 자식과 손자 세대에서는 그 일이 백두산을 허물어 평지로 만드는 노력만큼 어려운 일일지라도 이미 잊힌 말이 되어 버린 민족으로서의 사랑이 사랑을 불러야 함이리라…….

'박중렬의 비망록 마지막쯤의 한 구절'이 의미하는 바와 같이 6·25를 직접 체험한 마지막 세대로서 김원일이 분단 문제에 접근하는 자세는 역시 개인이나 가족사의 비극을 자재로 하여 민족사

전체의 비극이라는 확대된 해석에 이르고 있다.

〈바람과 강〉은 자기 의사와는 반대로 변절자가 된 이가 고뇌와 참회를 통해 죽음과 화해하는 과정을 소설로 만들었다. 1950년대를 작품의 주된 배경으로 설정하던 김원일은 이 소설에서 일제 강점기까지 시야를 넓혀 통시적인 안목으로 민족사의 비극에 부딪히는 평범한 사람들의 통증을 되살리고 있다. 6·25가 이 소설의 중심적인 대상이라는 논자들의 글은 일종의 오해이며 6·25가 차지하는 좌표를 확인하는 데 그칠 뿐이다. 말하자면 6·25는 주 인물 이인태의 문제가 아니라, 6·25로 인해 고통과 어려움 속에 그의 삶을 시발시키는 정명구—작가 자신의 소싯적을 반영하고 있는 것으로 보이는 인물—의 문제이다.

죽음에 이르도록 계속되는 이인태의 고뇌는 최지관이라는 붙박이와의 만남, 어울림, 대화를 통해 그 밑동이 드러난다. 이 소설은 분명 떠돌이와 붙박이의 얽힘의 세계이지만, 정명구와 최지관의 아이들을 여기에 덧붙여 계열화할 수는 없다. 비록 "풀 먹인 창호지를 뒤지에나 쓰려고 꾸게 놓은 꼴"인 한 촌읍을 배경으로 하고 있으나, 여기에는 '밝음'으로 예시되는 정명구의 미래와 같은 끈질긴 생명들의 질서가 있다. 이 작가가 소중히 하고 있는 것은 이인태의 고뇌와 자연 회귀의 방식, 그리고 이 민초들의 생명력일 터이다.

시대적·공간적 환경 구성의 치밀함과 함께 이 소설은 풍수, 소리패, 장터거리 모습, 독립운동, 6·25 전후사 등에 관한 자료 수집과 연구를 바탕으로 한 시대, 한 촌읍의 풍속도를 실감 있게 제시하고 있는 노작이기도 하다.

— 작가의 체험적 사실들이 가장 리얼하게 서술된 것으로 보이는 〈마당 깊은 집〉은, 작가로서의 원숙미를 보여 준다는 평가와 서정성만 강조된 개인적 회고 취미에 불과하다는 지적을 동시에 받은 바 있습니다만…… 손창섭 같은 작가에게서 볼 수 있듯이 이처럼 작가가 자신의 얘기를 적나라하게 쓰게 될 때는 하나의 단계를 정리하는 징후로 볼 수 있지 않을까 합니다.

— 글쎄요. 그런 분기점이 된다고 생각하지는 않습니다. 그저 〈마당 깊은 집〉 같은 작품을 쓸 때가 되었기에 썼다고 여겨질 뿐입니다. 이 작품에는 특히 어머니의 성격적 특성이 그 어려운 시기를 살아가는 데 어떻게 작용하였는가가 그려져 있습니다. 살아 나가는 것이 아니라 살아남는 것이 문제였지요.

작가는 수긍하지 않았지만, 그가 40대 후반에 이르러 아버지의 월북을 시인했듯이, 스스로의 삶에 대한 관조적인 시각이 획득된 다음에서야 참담하리만큼 불우했던 어린 시절의 고백론을 원색에 가깝도록 재기술할 수 있었을 터이다. 왜 재기술이냐 하면 〈미망〉이나 〈노을〉에서 볼 수 있는 어머니, 아버지와 소년의 모습이 곧 다른 이름을 빌린 그의 가족사의 수난과 다르지 않기 때문이다.

— 전반적인 작품 세계를 통하여 보면, 둘 이상의 시점을 교차시킴으로써 주제에 대한 다각적인 접근의 효과를 얻는 경우가 많이 있습니다. 여기에 대해 특별히 주의를 기울이는지요.

— 사실 기법 문제는 별반 신경을 쓰지 않습니다. 다만 그렇게 하는 것이 효과적일 것이라는 의식은 분명히 있지요. 〈도요새에 관한

명상〉의 경우는 성격이 다른 네 명의 가족 구성원을 대비하기 위하여, 각자의 시점이 전개될 때 마다 그에게 적합한 어투나 분위기로 문장 스타일을 조정했습니다. 〈불망〉 같은 작품에서도 전통적 가부장제의 문제를 표현하는 데 적합하도록 과거와 현재를 병치하는 방법을 택했습니다.

이러한 시점이나 문제는 기실 그의 주요한 작품 거의 모두에서 찾아볼 수 있다. 〈노을〉이나 〈겨울 골짜기〉 같은 작품은 아예 단락이 과거와 현재, 산과 마을로 구분되어 있고 〈환멸을 찾아서〉도 표면적 사건 전개와 비망록의 진술이 병행된다. 소설의 중심 테마를 두고 네커의 입방체처럼 여러 방면에서 접근해 보려는 이 작가의 용의주도함은 결국 세계를 보는 시야의 치밀함과 넓음 등을 말해 준다.

특히 〈도요새에 관한 명상〉에 있어서는 6·25의 체험의 고통에 갇혀서 현실 적응에 실패하는 아버지와 세속과 분별없이 타협하는 어머니, 사회적 모순에 부딪히면서 겉으로는 닫히고 안으로만 열린 세계를 안고 있는 형과 물화된 가치관의 현실주의자인 동생의 입지를 각기 달리 설정하고 이를 작품 속에서 발언하게 함으로써, 오늘날 우리 사회에 부하되어 있는 다층적인 문제들을 일그러진 가족공동체의 연결 고리로 수렴하고 있다.

— 앞으로 염두에 두고 있는 작품 창작의 방향은?

— 〈불의 제전〉 이후 단편을 쓸 기회가 있으면 6·25와 같은 역사적 사실에 대한 관심을 현세적 삶의 현장으로 돌려 실험성이 강한 작품을 써 볼 작정으로 있습니다. 실험 정신 없이는 문화의 진

보가 불가능한 것이며, 그런 의미에서 이인성 같은 작가의 소설에 특별한 가치를 부여하고 싶습니다.

늘 책상 앞에 원고지를 두고 있으면서 늘 원고에 쫓기는 이 작가에게서 이제 좀 쉬었으면 한다는 푸념을 들을 수 없었다. 그와 같은 끈기와 뚝심이 〈어둠의 혼〉과 〈노을〉을 거쳐 〈불의 제전〉으로 나아가는 현대사의 중심을 향한 총체적 시각과 그 서사적 형상력을 공급하는 동력원이 되었으리라.

작품 활동 초기에 절박한 상황 속에 함몰된 인간의 고통과 번민, 좌절을 그려 오다가, 30대에 이르러 그 가운데서 희망, 질서, 화해를 발견하는 세계로의 점진적인 진입을 시작하고, 근래에 이르러서는 시대적 조건에 대응하는 다양한 계층의 사람들이 어떤 삶의 행로를 꾸려 가는지를 형상화하는 작가 김원일의 소설 작업. 그것은 고달픈 노동임에 틀림이 없겠지만, 그만큼 우리 문학사에 뚜렷한 족적을 남겨 놓은 것이다. 작가로서 그의 앞날을 예의 주시하고자 하는 데는 필자에게 대체로 다음과 같은 몇 가닥의 배경이 있다.

이 작가에게는 〈어둠의 혼〉이나 〈어둠의 축제〉와 같은 제목에서 볼 수 있듯이 70년대 초반에 '어둠'이라는 용어를 독창적으로 개발해 사용하였을 만큼, 그리고 잊혀 가는 우리말을 적절하게 되살려 쓰고 있을 만큼 모국어에 대한 뜨거운 열정이 있다. 또한 〈어둠의 혼〉이나 〈노을〉처럼 소년의 눈으로 좌익 이데올로기를 정면으로 바라보게 하는 스토리 전개, 그리고 〈겨울 골짜기〉처럼 군이 민을 대량 학살하는 내용도, 절대 권력의 압제가 팽배해 있던 작품 발표 당시로서는 모험적인 시도였다는 것이 사실이다. 아울러 앞서 논거한 바 있는 〈불의 제전〉을 통해 추구하려는 새로운 역사 해석의 지평을, 이 작가가 그간의 관행대로 신실하게 밀고 나아가리라는 믿음성을 주고 있다.

장편소설을 장편소설답게 남겨 놓은 작가 가운데 우리는 도스토예프스키를 빼놓을 수 없다. 도스토예프스키가 그린 러시아를 통하여 우리에게 다가오는 것은 〈까라마조프 가의 형제들〉에서와 같이 산만하고 세밀한 일들이며, 이 딱딱한 자료들에 흥미를 갖도록 밀어붙이는 그의 역량이라고 존 메이시는 말하고 있다. '전혀 중요하지 않은 사람들의 약점과 어려움에 나타난 선과 악의 문제'를 다루는 그의 소설은 김원일의 〈불의 제전〉을 떠올리게 한다. 메이시가 지적한 도스토예프스키의 천재성 중에 모자라는 오직 하나는 유머 감각인데, 김원일은 이 점에서도 유사하다.

그런데 〈죄와 벌〉의 두 젊은이, 라스콜리니코프와 소냐의 고통 속에서 도스토예프스키는 "전 러시아를 보았으며 사랑이 러시아와 세계 전체를 구제하는 장래를 꿈꾸었는데" 김원일의 장편들이 이 수준의 어디에까지 이를 수 있을지는 주목거리이다. 여기에는 한 작가의 심오한 철학이나 폭넓은 세계관, 그리고 한국 문학의 취약지대인 '사상을 담은 문학' 등의 난제들이 걸려 있다.

그러나 다른 소설적 성과는 모두 접어 두더라도, 지금까지 김원일이 6·25를 소재로 쓴 소설을 통하여 우리가 "부정한 평화일지라도 옳은 전쟁보다는 낫다"는 휴머니즘적 인식을 거두어들일 수 있었다면, 어느 누구도 이 글이 쓰이는 지금까지 20여 년에 걸친 그의 정신적 고투를 쉽사리 평가절하 할 수 없을 것이다.

_3

윤흥길의 〈장마〉
분단 비극의 깊이와 화해의 길목

조세희의 〈난장이가 쏘아 올린 작은 공〉
산업사회의 하층민, 또는 꿈과 절망의 형상

조정래의 초기 소설에서 〈한강〉까지
문학을 통한 역사 해석의 광활한 지평

황석영의 소설
근대성의 극복, 또는 민중적 역사관의 서사

서영은의 〈먼 그대〉
우리 시대의 정신적 모험주의

최인호의 〈깊고 푸른 밤〉
분노와 좌절의 극단, 그 공간 이동

이문열의 〈변경〉
문학의 외길로, 지천명의 언덕을 넘어

복거일의 〈비명을 찾아서〉
유토피아 의식의 반어적 형상

분단 비극의 깊이와 화해의 길목
—윤흥길의 〈장마〉

　　윤흥길은 1942년 전북 정읍에서 출생하여 전주 사범과 원광대 국문과를 졸업했다. 1968년 한국일보 신춘문예에 〈회색 면류관의 계절〉이 당선되어 문단에 나왔으며, 1970년대에 〈장마〉, 〈아홉 켤레의 구두로 남은 사내〉 연작 등 많은 문제작을 발표하여 일약 주목받는 작가의 한 사람이 되었다.

　　창작집으로 〈황혼의 집〉, 〈아홉 켤레의 구두로 남은 사내〉, 〈무지개는 언제 뜨는가〉 등이 있고 장편소설로 〈묵시의 바다〉, 〈순은의 넋〉, 〈에미〉, 〈완장〉 등이 있으며, 한국문학작가상, 현대문학상, 한국창작문학상 등을 수상했다.

　　〈장마〉, 〈에미〉 등 그의 우수한 작품들은 일본과 구미 각지에서 번역 출간되어 큰 반향을 불러일으켰으며, 〈봉선화〉로 유명한 일본 작가 나카가미 겐지와의 문학 대담이 〈동양에 위치하다〉라는 책으로 출간되기도 하였다.

　　1973년 계간 〈문학과 지성〉에 발표된 중편 〈장마〉는 윤흥길의 대표작이자 한국 중편소설 사상 크게 성공한 작품 중의 하나로 평가받았다.

윤흥길의 작품 세계는 몇 가닥의 지류로 분류해 볼 수 있다. 남북의 분단 현실과 그에 수반되는 모순의 문제에 초점을 맞춘 작품이 있는가 하면, 산업화 시대의 굴절에 의한 계층 간의 갈등 문제에 주안점을 둔 작품이 있다. 그리고 교직 체험을 바탕으로 하여 순진한 어린이의 눈으로 괴기스러운 세상을 바라보는 작품도 있다.

여기에 수록된 문제작 〈장마〉는 그중 첫 번째 항목에 해당하는 작품이며, 강대국들의 자국 이기주의와 군사적 편의주의로부터 말미암은 이데올로기의 대립을 인도주의적 차원의 화해로 승화시키는 강력한 힘을 발휘한다.

이 작품을 읽고서 우리는 왜 소설이 필요하며 복잡하고 신산스러운 세상살이의 여러 절목 가운데서 소설을 통하여 우리가 무엇을 얻을 수 있는가를 깨우칠 수 있다. 그렇게 정신적으로 승급되고 고양된 무형의 힘, 이것은 곧 이 파편화되어 가는 시대에 우리가 문학에 거는 작으나마 소중하기 그지없는 소망이 아닐 수 없다.

〈장마〉는 6·25 동란의 여진이 채 가시지 않은 격동과 비극의 시대를 배경으로 하고 있다. 이 작품의 무대가 된 마을에서 바라다보이는 건지산에 봉홧불이 오르면 읍내에 시가전이 벌어지는, 이 작품 속의 설명에 의하면 "전쟁이 북으로 물러갔다고는 하지만 아직도 빨치산들이 읍내 경찰서를 습격하고 불을 지를 만큼 어수선한 때"의 사건들을 다루고 있다.

〈장마〉에 등장하는 인물들은 서로 대립적인 방향성을 가진 두 군집으로 나누어진다. 작품의 화자이자 전반적인 소설 속 사건의 목격자인 '나'의 눈에 그 구분은 매우 확연하게 드러난다.

할머니와 고모와 삼촌은 좌익 성향의 입지를 가지고 있다. 삼촌 순철이 빨치산으로 입산하였기 때문이다. 반면에 외할머니와 작은 이모와 외삼촌은 우익 성향의 입지를 가지고 있다. 외삼촌 길준이 육군 소위로 일선 소대장으로 입대하여 전방에서 전사하였기 때문이다. 이 모든 가족을 함께 감싸 안아야 하는 아버지와 어머니는 이러지도 저러지도 못하는 중간 지대에 서 있다.

그런데 여기서 중요한 것은 한 가족과 인척간의 이와 같은 구분이라는 것이 정치적 이념이나 이데올로기 문제와는 아무런 상관이 없다는 점이다. 이들은 어떤 주의 주장이나 가치 판단을 앞세워 대립하는 것이 아니며, 할머니와 외할머니를 중심으로 사지에 나간 아들의 안위를 걱정하는 극히 인정적인 차원의 소망을 극대화하고 있을 뿐이다.

그러므로 이 작품 속에서 할머니와 외할머니의 불화는 구조적으로 예정되어 있는 것이며, 어떻게 그 불화가 발생하고 깊어지며 종국에 이르러서는 해소와 화해의 길목으로 접어드는가 하는 것이 이야기의 줄기가 될 수밖에 없다.

서울의 외가가 난리를 피하여 '나'의 시골집으로 합류하면서 두 가구가 한 집에서 살게 된다. 할머니가 거처하는 큰방과 외할머니가 거처하는 건넌방으로 구분하여 살면서 처음에는 그다지 의가 나쁘지 않았다.

시기는 장마철이다. 이 소설 속에는 계속해서 비가 내리고 있다. "밭에서 완두를 거두어들이고 난 바로 그 이튿날부터 시작된 비가 며칠이고 계속해서 내렸다"로 시작된 서두에서 "정말 지루한 장마였다"로 끝나는 결미에까지, 길고 지루한 장마는 이 소설을 통하여 작가가 발화하는 중심 사고를 뒷받침하는 주밀한 장치이다.

전란의 뒷감당이 사람들이 살아가는 현장에 떨어졌을 때 그것을 몸으로 겪으며 어떻게 해서든지 그 시대 현실의 질곡을 넘어서야만 하는 곤고한 과정을, 작가는 장마라는 한 차례 계절적 기후 현상으로 상징화하고 있는 것이다.

이 장맛비와 빗속을 뚫고 동네 개들이 "무슨 군호나 되는 듯이" 짖기 시작하는 소리를 동반하며 건넌방의 외할머니에게 기막힌 소식이 전해진다. 아들의 전사 통지서였다.

그 후 어느 날 오후 "장대 같은 벼락불이 건지산 날망으로 푹푹 꽂히는 험한 날씨"에, 외할머니는 마루 끝에 서서 건지산의 빨치산들이 벼락에 맞도록 저주한다. 안방의 할머니가 우당탕 문을 열어젖히며 악담을 퍼부을 것은 당연한 순서이다. 전사한, 그리고 전선에 나간 아들의 대리자로서 이 두 안사돈이 의절하듯 갈라서는 것은 앞서의 언급처럼 미리 예비되어 있다.

그런 와중에 '나'는 하나의 큰 사건을 일으키는 장본인이 된다. 형사에게 양과자, 곧 초콜릿을 얻어먹고 삼촌이 야밤에 집에 다녀간 일을 실토하고 만 것이다. 그로 인해 아버지가 읍내 경찰서로 붙들려 가서 일주일 동안 모진 일을 당하고 돌아오게 된다. '나'는 문밖출입을 금지당하고 할머니로부터는 안방 출입도 못할 정도로 배척당한다. 자연히 '나'는 외할머니 쪽에서 시간을 보내게 되지만, 양쪽 진영을 동시에 그리고 객관적으로 관찰하는 일은 멈추지 않는다.

이 소설이 중반을 넘어서면서 하나의 주술적 믿음이 이야기의 전반을 지배하기 시작한다. 그것은 "소경 점쟁이가 예언했다는 그 날"인데, 그 삼촌이 돌아온다는 날에 대한 할머니의 미동도 없는 확신이 소설을 밀고 나가는 주력을 형성한다.

할머니는 식구들을 독려하여 잔치 준비를 한다. 객관적 정황으로 보면 삼촌이 돌아오는 것은 소문내지 아니하고 비밀에 부쳐야 옳을 듯한데, 할머니는 그렇게 하지 않는다. 심지어 예의 형사가 집안을 기웃거려도 관심조차 없다. 동시대의 첨예한 이념적 대결 논리는 벌써 강력한 확신으로 발동된 정동적 모성의 적수가 아니다.

그런데 그날 집으로 찾아든 것은 살아 있는 아들이 아니라 아이들의 돌팔매질에 쫓기는 한 마리의 큰 구렁이였다. 할머니는 혼절하고 외할머니가 나서서 늙은 감나무 가지에서 뒤란을 거쳐 숲이 우거진 대밭으로 구렁이를 인도한다. 그러는 중에 자연스럽게 구렁이는 삼촌이 죽어 그 혼령이 모습을 입고 집으로 찾아온 화신이라고 인정하는 분위기가 납득되고 있다.

졸도한 지 서너 시간 만에 의식을 회복한 할머니는 외할머니를 큰방으로 초청하고, 두 안사돈은 손을 맞잡고 흔연한 화해에 도달한다. 자식 사랑에 대한 공감대 위에 함께 섬으로써, 아무런 부대 조건이나 유보 사항이 없는 화해에 이른 것이다.

여기까지 이르는 크고 작은 사건들의 징검다리, 그리고 그 사건들의 사이를 채우고 있는 소설적 어조와 분위기의 설득력에서 가히 〈장마〉가 우리 분단 문학이 배태한 탁발한 작품임을 실감할 수 있다.

그날 저녁에 또 까무러친 할머니는 일주일을 버티다가 마침내 눈을 감는다. 임종의 자리에서 할머니는 '나'의 죄를 용서하고

'나'도 할머니의 모든 걸 용서한다.

'나'와 할머니의 이 또 다른 화해는 역사의 파고 속에서 힘겹게 전개되어 온 우리의 삶과, 그것을 바라보는 관찰자로서의 시각 사이에 개입되어 있는 인식의 거리, 또는 그 불협화음을 좁히고 해소하는 작업에 해당된다.

우리가 이 소설을 이해하고 감상하기 위하여 가장 우선적으로 생각해야 할 대목은, 바로 이러한 화해의 의미들일 것이다. 그러한 소설적 결말의 배면에는 시대적이고 역사적인 현실을 바라보면서 일정한 평가와 판단을 제기하는 작가의 의식이 잠복해 있다.

그리고 그것은 좌익과 우익의 대립과 쟁투로 점철된 우리의 불행한 현대사를 어떻게 치유하고 어떻게 새로운 삶의 활력으로 전환시켜 나갈 것인가라는, 소중하고도 무게 있는 질문에 대해 근거 있는 답변을 마련하는 일과도 다르지 않다. 요컨대 이 작가는 그것을 이론적인 차원이 아닌 심정적인 차원에서 준비했으며, 그렇게 함으로써 오히려 더 웅숭깊은 감응력과 소설의 문학적 묘미를 보여 주었다 할 것이다.

이 소설의 분위기를 유다른 체험의 세계로 이끌고 들어가는 힘은, 주술적 믿음과 그 영향력을 보편적인 삶의 바탕 위에 펼쳐 보이는 작가의 역량에 기대어 있다. 외할머니가 꿈을 통하여 아들의 죽음을 예감하는 서두에서부터 할머니가 입산한 아들과 구렁이를 아무런 의심 없이 동일시하는 막바지에 이르기까지, 그 토속적인 민간 신앙의 기괴한 전파력이 소설을 읽어 나가는 동안 점진적으로 우리의 내부를 잠식해 들어오는 것을 느끼게 된다.

그런가 하면 소설의 등장인물들이 사용하고 있는 지방 사투리는 그와 같은 수용미학적 동화 현상을 부축하는 주요한 요소라 할 수 있겠다. 때로는 작가의 능청스럽고 의뭉스러운 서술적 언어의 구사도 이와 잘 배합되어 있다.

우리가 보다 유의해서 관찰해 보면, 이 소설이 '동만'이라는 이름을 가진 국민학교 3학년짜리 소년의 관점에 의해 서술되고 있지만, 기실은 그것이 사건 당시의 관점이라기보다는 성숙한 연륜 이후의 회상 시점으로 지탱되고 있음을 알아차릴 수 있다.

예를 들어 형사한테 속은 것을 안 다음 "그것은 그때 나이의 내겐 어른들에 의해서 기록된 최초의 치명적인 배신이었다"라고 적고 있거나, 집안으로 들어오는 구렁이를 바라보면서 "그러나 나는 별수 없는 어린애였다. 한순간의 공포를 견디고 나서 나는 고함을 지르며 돌팔매질을 해 대는 패거리들과 조금도 다를 바 없는 하나의 어린아이로 재빨리 되돌아왔다"라고 적고 있는 것을 통해 이를 증명할 수 있다.

'순진의 눈'을 가진 어린아이를 전면에 내세워 소설적 효과의 거양을 꾀하면서도, 소설의 전모를 통하여 소정의 역사의식을 내세우려는 작가의 의도가 은연중에 그러한 서술 유형을 형성한 것으로 보인다.

이 소설의 수준을 제고하는 또 하나의 요인이 있다면 그것은 적확하고도 유려한 이 작가의 문장력이라 하겠다. 장마철을 묘사하면서 "아무데나 손가락으로 그저 쿡 찌르기만 하면 대꾸라도 하는 양 선명한 물기가 배어 나왔다"고 표현한 곳이 있는데, 우리는 작품의 도처에서 이처럼 단단한 문장들을 쉽사리 만날 수 있다.

지금까지 살펴본 여러 요인들이 상승 작용을 일으키면서 〈장마〉

는 어느 누구도 폄하할 수 없는, 우리 분단 문학의 천정을 친 작품으로 공인되기에 이르렀다. 더불어 〈장마〉와 같은 작품을 우리 문학의 중요한 소득으로 수확하고 향유할 수 있는 행복은 결코 가벼운 것이 아니라 할 수 있겠다.

산업사회의 하층민, 또는 꿈과 절망의 형상
—조세희의 〈난장이가 쏘아 올린 작은 공〉

1970년대 중반에 〈난장이가 쏘아 올린 작은 공〉이란 한 편의 소설로 우리 문학사에 지울 수 없는 이름을 얻은 조세희는 이 소설을 필두로 한 우수한 문학성을 가진 작품들과 더불어 당대 사회의 가장 민감한 환부를 헤집어 보인 공적을 남겼다.

1970년대적 상황의 구조적 모순 속에서 그 상처의 아픔이 얼마나 절박하며, 우리가 얼마나 무관심하고 몰염치하게도 그것을 인식조차 못하고 있는가를 환기시키는 그의 소설은 한 시대 양심의 대변자요 도덕적 이정표에 해당된다.

조세희는 1942년 경기도 가평에서 출생했다. 서라벌 예대 문예창작과와 경희대 국문과를 졸업했으며, 1965년 경향신문 신춘문예에 〈돛대 없는 장선葬船〉이 당선되어 문단에 나왔다.

대학을 졸업하고 〈진학〉, 〈문예중앙〉 등의 편집 일을 하며 직장에 충실하는 동안 그는 작품을 쓰지 않았다. 이 10년에 이르는 작가로서의 침묵을 깨고 1975년 〈뫼비우스의 띠〉를 발표함으로써 돌연 새로이 작품 활동을 시작했으며, 연이어 〈칼날〉, 〈우주여행〉, 〈잘못은 신에게도 있다〉, 〈내 그물로 오는 가시고기〉 등 난쟁이 가족을 소재로 한 연작소설을 계속해서 써내면서 우리 문학계와 젊은 층의 독자들에게 돌풍을 일으켰다.

이 돌풍의 핵심이 되는 작품 〈난장이가 쏘아 올린 작은 공〉은 그에게 12년 만에 부활된 동인문학상 수상의 영예를 안겨 주었다. 그는 또한 1978년부터 새로운 문학 형식을 시도, 이른바 짧은 소설 (short story)로 쓰인 〈난장이 마을의 유리 병정〉, 〈오늘 쓰러진 네모〉, 〈어린 왕자〉 등 20여 편을 발표하여 여러 측면에서 주목을 끌기도 했다.

조세희가 그의 소설 속에서 형상화한 '난쟁이'는 우리로 하여금 매우 깊은 자유의 공간으로 침잠할 것을 요구한다. 그는 이 특정한 유형의 인물 또는 인물군을 통하여 많은 것을 발화하고 있다. 이때 '인물'이라고 하면 소설의 중심에 있는 난쟁이를 의미하지만, '인물군'이라고 하면 그 난쟁이를 포함하여 정신적인 불구와 통증을 겪고 있는 많은 유형의 난쟁이성_性 인물들을 뜻하는 것이다.

영국의 조나단 스위프트는 〈걸리버 여행기〉를 통하여 거인의 나라와 난쟁이의 나라를 그리면서 당대의 영국 사회를 신랄하게 풍자한 바 있는데, 우리의 조세희는 난쟁이 또는 난쟁이성 인물들의 삶과 꿈, 그리고 그 꿈이 여지없이 부서질 때 마주치는 절망의 형상들을 통해 산업화 시대의 모순과 질곡을 예리하게 적출하고 있다.

조세희의 '난쟁이'가 1970년대의 사회 상황에 대한 비판의 칼날을 벼리고 있다면, 우리는 여기서 1970년대적 상황에서 무엇이 첨예한 문제이며 그에 대한 소설적 반응이 무엇을 의미하는가를 한

번 더 짚어 보고 넘어가는 것이 온당한 순서라 할 수 있겠다.

우리 소설은 1970년대에 이르러 대체로 두 가닥의 주요한 줄기를 형성한 바 있다. 하나는 1950년 6·25 동란 이래의 분단 모순에 대응하여 분단 시대 삶의 역사성과 그 의미를 추적하는 소설들이다. 다른 하나는 1970년대부터 바야흐로 그 서막이 오르기 시작한 산업화 시대의 삶과 그로 인한 계층 간의 격차 및 불균형한 분배 문제, 곧 계급 모순에 대응한 소설들이다.

전자에 많은 관심을 기울인 작가로 김원일, 전상국, 홍성원, 한승원, 이문열, 조정래 등을 들 수 있고 후자에 기량을 집중한 작가로 황석영, 조세희, 윤흥길, 이문구 등을 들 수 있을 것이다.

이 두 가닥의 분명한 줄기는 서로 상승 작용을 유발하며 1970년대가 소설이 흥왕한 시대로 특징지어지는 데 결정적인 동력원이 되었으며, 분단 모순과 계급 모순의 무거운 시대사적 과제에 맞서서 소설의 문학 외적 역할에까지 논의의 진폭이 확장되도록 한 바 있었다.

조세희가 그의 소설을 통하여 밝혀 보려 한 산업화 시대의 문제점은 그 발생 배경이 궁극적으로 자본주의의 자기 증식이라는 구도 속에서 파악되어야 마땅하다. 가내 수공업이 주요한 생산 수단이었던 시절에는 소생산자의 노동 행위가 사용 가치의 추구에 바탕을 두고 있었지만, 산업화 시대로 변이되어 오면서 점차로 분업화된 노동이 교환 가치의 극대화에 바쳐지게 되었음은 사회 경제사적 근거와 더불어 활발히 논의되어 왔다.

그 노동에 임하는 사람들의 심정적 차원에서 바라보자면, 가장 주목되어야 할 사항이 바로 이제 더 이상 노동을 통해 땀 흘리는 즐거움을 확보할 수 없다는 점이다. 문학은 이러한 정신적 퇴행의 현상에 가장 예민하게 반응하는 예술의 분파이며, 조세희는 이를 확연히 알아차리고 이 문맥을 그의 소설 기저에 도입하고 있다 하겠다.

게오르그 루카치가 자본주의 사회에서 의식의 속성 및 능력과 관련하여 "이들은 더 이상 인격의 유기적 통일체로 결합되지 못하며, 마치 외부 세계의 온갖 대상들과 마찬가지로 인간이 소유할 수도 있고 내다 팔 수도 있는 사물로 전환되고 만다"고 설명한 것은, 그 사용 가치의 휘발과 교환 가치의 팽배에 대한 비관적 인식을 함축하고 있다. 자본주의가 현실의 지고한 가치를 점령해 버린 산업화 시대에서 진정한 의미의 사용 가치는 교환 가치의 물결에 휩쓸려 스스로의 존재 증명을 내세울 수 없게 되어 버렸다.

이처럼 물화된 세계에 맞서는 문학의 반동적인 힘은 뤼시엥 골드만이 지적한바 "부르주아 이념의 기본 축인 합리주의가 그 극단적인 표현에서 예술의 존재마저 부인하게 된다"는 완강한 저항력과 마주치게 됨으로써, 결국 산업화 시대의 문학이 고달프고 힘겨운 싸움을 예정으로 한 험로를 걸어갈 수밖에 없도록 마련되어 있다.

루카치가 〈소설의 이론〉 서두에서 "별이 빛나는 창공을 보고 갈 수가 있고 또 가야만 하는 길의 지도를 읽을 수 있던 시대는 얼마나 행복했던가? 그리고 별빛이 그 길을 훤히 밝혀 주던 시대는 얼마나 행복했던가?"라고 반문하고 있는 것은, 삶과 영혼의 일치를 거리낌 없이 서사화할 수 있었던 시대의 행복론을 돌이켜본 것이다.

그러한 면에서 오늘날의 작가들은 과거의 작가들보다 불운하다. 골드만은 아예 "몇몇 특수한 경우 이외에 부르주아 의식을 드러내는 위대한 문학은 불가능하다"라고까지 단정하고 있다.

그럼에도 불구하고 산업화 시대는 작위적인 의지로 내던져 버릴 수 없는 우리의 현실이며, 아울러 그러한 시대에 소설을 쓰고 소설을 통해 사회의 본질적 성격을 탐색하며 그 진면목을 들추어낸 작가들의 노고는 결코 쉽사리 평가절하 될 수 없다.

앞서 언급한, 조세희를 비롯하여 산업사회의 경제적 불평등과 노동 현장의 불합리성을 소설 문법을 통해 비판하고 나선 작가들은 그러한 대접을 받을 만한 위치에 있다 할 것이다. 아울러 여기서 중요한 사항은 이들의 작품이 산업화 시대에 대한 소설적 안목을 어떻게 열고 있으며, '성장의 과실'을 조화롭게 분배할 윤리적 지침을 어떻게 상정하고 있느냐 하는 점이다.

현대 소설에 노동의 개념을 최초로 적용했다고 평가되는 황석영의 〈객지〉나 〈삼포 가는 길〉, 곤고한 노동자들의 삶을 충격적으로 제시함으로써 당대 소설에 분명한 획을 그은 조세희의 〈난장이가 쏘아 올린 작은 공〉, 도시 소시민의 삶에 서린 불행과 애환을 상징적 알레고리의 기법으로 드러낸 윤흥길의 〈아홉 켤레의 구두로 남은 사내〉, 독점 자본의 강력한 위력에 대비하여 외지고 그늘진 농민들의 삶을 부각시킨 이문구의 〈우리 동네〉 같은 작품들은 그 소설적 안목과 윤리적 지침에 일정한 답안을 효율적으로 제시한 경우이다.

이 소설들은 기본적으로 당대의 현실을 가진 자와 못 가진 자의 이분법적 대립 구조로 파악하고 있으며, 가진 자가 왜곡된 방식으로 유산 계급의 이익을 추구하는 행위가 얼마나 큰 타격이 되어 못 가진 자의 고통스럽고 빈한한 삶을 무너뜨리게 되는가를 추적하고 있다.

이상의 논의를 통해 우리는 조세희의 문학이 점유하고 있는 문학사적인 좌표 및 유사한 성향의 작품들과 이루고 있는 친족 관계를 살펴본 셈이다. 그의 난쟁이는, 자신의 문학이 그 열악한 노동 현장의 현실을 우리의 공감대 위에 올려놓기 위해 죄악의 도시를 향해 내민 가장 날카로운 촉수이다. 그 촉수는 이념의 칼날로 무장하지 아니하고 따뜻하고 보편적인 인간애에 호소하는 방식을 취하였으며, 그것이 우리 가슴 깊은 곳까지 울리는 감동적인 힘을 발휘하였던 것이다.

〈난장이가 쏘아 올린 작은 공〉에는 물론 난쟁이 일가가 소설의 중심에 있다. 난쟁이와 그의 아내, 그리고 두 아들과 딸 하나가 그들이다. 영수, 영호, 영희라는 이름을 가진 난쟁이의 아이들은 세 단락으로 나뉘어 있는 이 소설을 한 단락씩 차례로 맡아 서술을 진행해 나가는 작중 화자이기도 하다. 큰아들 영수는 이 소설에서는 그 이름이 등장하지 않으나, 시간 및 공간적 조건이 동일하게 얽혀 있으므로 연작 소설이라 불러도 거의 문제가 없는 창작집 〈난장이가 쏘아 올린 작은 공〉의 다른 작품들에서 그 이름으로 드러난다.

난쟁이는 기력이 지쳐서 이제는 더 이상 낡은 철제 공구들을 가지고 수도를 고치는 등의 일을 할 수 없으며, 그들이 사는 낙원구 행복동(참으로 시니컬한 지명이라고밖에 할 수 없는)의 무허가 주택은 철거를 앞두고 있다.

철거촌에는 매매 브로커들이 등장하고 딸 영희는 그들 중 한 사람을 따라가서 잠자리를 같이 하며 지내다 집문서를 훔쳐서 돌아온다. 이 소설에서는 그 전모가 모두 나타나지 않으나 영희의 아버지 난쟁이는 벽돌 공장 굴뚝 속에 떨어져 죽었다.

마지막 대목에서 영희는 "까만 쇠공이 머리 위 하늘을 일직선으로 가르며 날아갔다"라는 서술을 내놓을 환상을 본다. 영희는 큰오빠 영수에게 "아버지를 난장이라고 부르는 악당"은 꼭 죽여 버리라고 말한다.

그런데 이 소설의 이와 같은 이야기 구조는 그 이야기의 뼈대 사이를 채우고 있는 작고 섬세하고 호소력 있는 작은 삽화들에 비하면 그다지 중요하지 않다. 조세희 소설의 설득력 또는 미더움은, 바로 그러한 구체적 세부의 정황이 짧고 간결하면서도 전체의 면모와 메시지를 집약하는 제유법적 기능을 포괄하는 데 있다 할 것이다.

이 소설 그리고 소설집에는 지속적으로 지섭이라는 이름의 대학생이 등장한다. 그는 일종의 교사요, 교술자이다. 〈일만 년 후의 세계〉라는 제목의 책을 읽고 있으며 나중에는 그것을 난쟁이에게 읽도록 한다. 그는 그야말로 진실한 동료로 난쟁이의 편에 서며, 철거반원에 물리적으로 맞서는 실천력을 보이기도 한다.

겉보기에 무력하기 그지없는 그의 행위는, 그러나 실제적으로는 질기고 강하다. 예컨대 난쟁이나 큰아들 영수에게 작용하는 정신적 교화나 전파력은, 지섭의 정신적 후예라 지칭할 만한 다른 소설의 주인공 윤호에게서도 약여하게 나타난다. 이는 삶이나 인생관 전체의 문제이며, 그러할 때 지섭은 이 소설에 펼쳐진 사태 전반을 해석하는 작가의 시각을 대체하고 있다.

지섭이 철거반의 책임자에게 난쟁이의 집이 "오백 년이 걸려 지은 집"이라고 강변하는 대목은 자못 의미심장하다. 지섭은 천 년도 더 될 수 있지만 편의상 오백 년이라고 한다고 말한다. 그러한 지섭의 인식, 더 나아가 작가의 인식 속에는 뿌리 없이 살아온 천민들의 삶을 역사의 잣대로 계수하는 그 엄정한 역사의식이 숨어 있다.

난쟁이의 큰아들이 인쇄 공장에서 노비 매매 문서를 접하게 되는 장면이나 영희의 꿈에 증조할머니의 동생이 주인에게 맞아 죽은 장면이 나오는 것은 과거 역사의 노비 문제와 오늘날 산업사회 하층민의 문제가 역사적으로 거리가 있을지라도 그 본질에서는 동일하다는 작가의 판단을 반영하고 있는 것이다.

난쟁이의 큰아들은 방송통신고교 강의를 들을 라디오를 '최후의 시장'에서 구입했다. 그런데 영희에게 줄이 하나 끊어진 기타를 사 주기 위해 라디오를 보다 나쁜 것으로 선택할 수밖에 없었다. 그 후 그 기타는 영희의 객관적 상황을 아주 잘 표현하는 소도구가 된다. 말하자면 조세희는 이러한 사물이나 사건의 상징화에 능숙하다. 영희가 팬지 꽃 두 송이를 공장 폐수 속에 던져 넣는 장면은 그 능숙함의 가장 높은 부위라 할 만하다. 작가 스스로도 이를 "자신이 믿는 부분인 미학"이라 자평했다.

작가 조세희와 그의 난쟁이 가족들은 이토록 궁핍이 극한 상황 가운데서도 마지막 꿈을 잃지 않는다. 그것은 우주인과의 교신이라는 지극히 비현실적인 방식으로 제시되는데, 기실 이들이 현실의 옹색하고 한정된 방벽을 넘어서기가 불가능에 가깝다는 점과 소통이 된다.

그러므로 이들에게 꿈은 절망의 다른 이름이다. 서로 상반되는 이 두 개념을 동일한 끈으로 한데 묶을 수 있는 것은 둘 다 본원적인 순수성을 훼손하지 않고 있기 때문이다. 꿈이 순수한 만큼 절망도 순수하며, 그 순수한 절망이 현실적으로는 모든 가능성의 차폐 상태에 이르지만 이를 넘어서는 환각과 상상력의 공간에서는 마침내 아무도 가로막을 수 없는 정신적 탈출구를 확보하게 되는 것이다.

지섭이 난쟁이를 우주인이라 부르는 데는 그러한 사고의 확장이 전제되어 있다. 또한 소설의 결미에서 까만 쇠공이 하늘을 가르며 날아가는 그 환각의 표현은, 난쟁이 또는 난쟁이성 인물들이 끌어안고 있는 현실 탈출의 절절한 소망에 구체적 형상을 부여한 것이라 할 수 있겠다.

이들의 삶에 뒷그림자가 되어 있는 도시 '은강'은 이 모든 소설적 장치들을 매설하기 위해 작가가 건설한 가공의 도시이다. 은강에서 일어나는 산업사회의 문제들은 결코 '난쟁이'들만의 것이 아니라 바로 우리의 문제이며, 이 땅에 자본주의의 금전만능 사상이 후퇴하지 않는 한―후퇴할 가능성은 전혀 없어 보이지만―우리의 삶이 그 문제로부터 자유롭지 못할 터이다. 그 비극적인 산업사회의 한복판에서 우리는 살고 있다.

문학을 통한 역사 해석의 광활한 지평

—조정래의 초기 소설에서 〈한강〉까지

1980년대 이후 한국 문학의 대표적 성과를 지목하라고 한다면, 적지 않은 평자들이 조정래의 〈태백산맥〉을 비롯한 〈아리랑〉, 〈한강〉 등 대하 장편들에 표를 던질 것이다.

아닌 게 아니라 이 큰 부피를 가진 작품들은, 〈태백산맥〉이 당대를 휩쓴 사회 변혁의 물결에 힘입어 그동안 금기시되어 온 좌익 파르티잔의 문제를 정면으로 다루면서, 〈아리랑〉이 시대를 거슬러 올라가 현대사의 원점인 20세기 초반부터 만주와 미 대륙에까지 걸친 민족적 삶의 구체성을 다루면서, 그리고 〈한강〉이 20세기의 한복판을 관류하는 공동체적 생명력을 총체적으로 형상화하면서, 오랜 세월의 끈기와 노고 위에 세워진 소설적 수확의 노적가리들이었다.

이 작품들이 붙들고 있는 역사 해석의 지평에 있어서 가장 새롭게 눈에 들어오는 것은, 과거 우리에게 익숙한 영웅주의적 역사관을 문학에 적용하는 일을 과감하게 버리고, 민중사관의 시각을 전면에 내세워 우리 민족사의 실체적 삶과 그 진실에 접근하고 있다는 점이다.

먼저 〈태백산맥〉을 보면 당대의 시대적 상황을 그린 다른 작가들이 항용 그러했던 것처럼 6·25 동란을 전후한 혼란상을 '이데올로기 대리전'이라는 상투화된 인식의 창을 통하여 보지 않고, 민족 내부의 자기 체계 안에서 그 가장 밑바닥으로부터 원인과 결과의 맥락을 도출하고 있으며, 우리 현대사의 비극적인 상황으로부터 말미암은 억압과 피억압의 상관관계와 그 역전의 굴곡, 즉 '계층 간의 갈등'이라는 쟁점을 소설의 표면으로 밀어 올리고 있다. 〈아리랑〉이나 〈한강〉에 나타난 민중적 의식이나 정서는 더 말할 나위도 없다.

거두절미하고 이 기념비적 소설들은 그 내용과 분량이 시사하고 있듯이 우리의 힘겨운 역사적 삶에 총체적이고 다각적인 방법으로 대응한 문학적 저항 정신의 소산이었다. 그렇기에 이는 우리 문학사의 소중한 산출로 기록될 장편 문학이 아닐 수 없다.

그런 만큼 이 소설들은 〈태백산맥〉에서부터 작가 조정래를 단번에 중요한 동시대 작가의 반열로 진입하게 하였고, 이 묵시적 합의를 부정할 논리적 근거를 찾기 어렵게 만들었다. 그러나 중요한 것은 그를 일약 스타덤으로 끌어올린 이 소설들이, "아침에 일어나 보니 유명한 사람이 되어 있었다"는 바이런의 저 이름 있는 레토릭이 표방하는 바와 같이, 단순한 속성 재배 방식에 입각해 있는 문학의 소산이 아니라는 사실이다.

그것은 50여 년에 걸친 분단사에 비추어 본다 할지라도 작가가 소설 쓰기에 투여한 세월이 결코 짧지 않다는, 시간 개념에 근거하는 해명으로 그치지 않는다. 한 작가가 독창적인 역사 해석과 사상적 관점, 생동하는 인물군과 복합적인 작품 구성을 포괄하여 우리 문학사에 하나의 에포크를 이룰 만한 야심작들을 완성하기까지 그러한 성숙을 예비한 전사적 작품 활동의 궤적이 없을 수 없다는 의미다.

그런 점에서 이 글에서는 먼저 조정래의 초·중기 중·단편 작품들의 세계를 먼저 살펴보고, 계속해서 〈불놀이〉, 〈태백산맥〉을 거쳐 〈아리랑〉과 〈한강〉이 가진 문학적 의의와 성과를 살펴봄으로써, 우리 시대 문학의 한 분수령을 이룬 조정래의 소설을 통시적으로 그리고 총체적으로 구명하는 데 목표를 두려 한다.

초·중기 작품을 수록한, 거장을 예비한 〈박토의 혼〉

조정래는 뛰어난 스토리텔러이다. 그는 초기에 카투사, 기지촌 등 유별난 얘깃거리가 많은 소재를 자주 선택했고, 분단 문제에 관해서는 차츰차츰 관심의 농도를 더해 왔다. 〈청산댁〉, 〈한, 그 그늘 자리〉에서 부분적으로 언급되기 시작한 분단 현실은, 〈어떤 전설〉, 〈20년을 비가 내리는 땅〉에서 작품의 전면으로 나서고 있으며, 중편 〈유형의 땅〉과 장편 〈불놀이〉에서 본격적으로 검토되고 있다. 이 무렵까지도 우리의 눈에 익숙한 소재로서의 분단 문제가 식상함을 면할 수 있었던 것은, 폭넓고 흥미 있게 소설적 스토리를 끌고 나가는 스토리텔러로서의 역량에 힘입은 바가 적지 않았다.

미술에 비유한다면 화가가 색채의 기본적 성격이나 묘화에 숙달하는 것과 같이, 작가로서 그의 역량을 예비한 초·중기의 작품들에서도 이미 만만찮은 기량과 패기를 엿볼 수 있다. 무엇보다도 그는 넓은 시야를 가졌다. 일제 강점기에서 남북한 간의 상쟁을 거쳐 월남전과 오늘날 산업화 시대의 현장에 이르기까지 통시적인 시간대의 계보가 형성된 작품을 여럿 볼 수 있거니와, 〈불놀이〉의 경우에는 그 진폭이 조선 시대의 동학란에까지 거슬러 올라가기도 한다.

이 작가의 중, 단편집 〈박토의 혼〉은 바로 그의 초·중기에 발표된 9편의 소설로 묶여 있으며, 이는 그가 1970년 〈누명〉과 〈선생님 기행〉으로 〈현대문학〉의 추천을 받아 등단한 이후 1970년대에 크게 평단의 주목을 받지 못한 가운데 한 편 한 편 공들여 써낸 작품 모음이다.

이 작품집을 면밀히 통독해 보면 어떻게 하여 지금의 대형 작가 조정래가 가능했는지를 어렵지 않게 짐작할 수 있으며, 동시에 각기의 작품들이 시대사의 질곡을 이기고 끈질긴 생명력을 지속해 오는 민초들의 삶을 매우 감동적으로 서술하고 있음을 확인할 수 있다.

우선 전체적인 면모를 살펴보면, 역사의 파행성을 넘어서는 결연하고 완강한 의지를 담고 있는 작품으로 〈박토의 혼〉, 〈시간의 그늘〉 등을 들 수 있고, 산업사회의 자기 증식과 비정함에 맞서는 작품으로 〈동맥〉, 〈빙하기〉, 〈마술의 손〉 등을 들 수 있다. 9편 중 하나 남은 〈어떤 솔거의 죽음〉은 좀 색다른 작품으로서, 체험을 통해 얻은 판단에 대한 확신을 목숨과 맞바꾸는 한 화가의 예술혼을 그려 낸다.

이 모든 작품들에서 우리가 특히 주목해야 할 부분은 객관적 설득력을 안고 생동하는 인물들이다. 작중인물은 어떠한 방식으로든 작가를 대신하며, 이들은 결국 작가의 주관이 객관화되어 확립된 실체라고 할 수 있다. 작가 조정래는 이들을 통하여 역사와 시대를 바라보는 스스로의 안목에 구체성을 부여하는 한편, 견고하면서도 따뜻한 인간애의 활력을 작품의 행간 속에 효율적으로 갈무리함으로써 소설적 감동을 추수하는 데 소홀하지 않으려 한다.

그러면 이제 〈박토의 혼〉에 등장하는 인물들에게 조정래가 부하하고 있는 주관이란 대체 어떠한 것인지를 살펴볼 차례이다. 그것을 점검하는 통로는 앞서 좀 색다르다고 언급한 바 있는 단편 〈어떤 솔거의 죽음〉에서 오히려 잘 발견될 수 있을 것 같다.

어느 성주가 자신의 영정을 그릴 화가를 찾는다. 화가 '그'는 성주의 탐욕스러운 모습을 있는 그대로 그렸다가 끝내 목숨을 잃게 되는데, 스승이 칭찬했던 것처럼 "꺾일지언정 휘어지지 않는 심성"을 끝내 허물지 않는다. 반면에 동문수학을 했던 지루는 성주의 모습을 인자하고 후덕하게 그리는 곡필을 마다하지 않는다. 형장으로 끌려가는 '그'는 조금의 동요도 없는 담담함을 유지한다.

마치 한 편의 설화와도 같은 이 소설의 무게 있는 암시법을 통해, 작가는 외형적인 조건에 흔들리지 아니하는 단단한 의지력의 결정을 보여 준다. 이 의지력이 자식을 향하는 어머니의 무조건적인 애정으로 환치될 때, 거기에 〈박토의 혼〉이나 〈청산댁〉 같은 작품에서 목도할 수 있는바 모성의 절대적인 동력이 발현된다. 전란의 여진을 걸러 내고도 남음이 있는 어머니의 한과 자식의 안위에 대한 집념, 그리고 그에 잇대어져 있는 인고의 세월이 무엇을 근원으로 하는지 요량해 볼 수 있게 한다. 기실 이러한 어머니의 초상은 조선조의 〈사씨남정기〉에서부터 윤흥길의 〈에미〉에 이르기까지 우리 문학사의 마당 위에 넓게 펼쳐져 있는 모성의 캐릭터들과 동일한 유형이기도 하다.

그런가 하면, 그 의지력이 확고한 뿌리 의식을 가진 아버지의 역할을 요구할 때, 우리는 〈메아리 메아리〉와 〈회색의 땅〉 같은 작품을 만나게 된다. 〈메아리 메아리〉에는 온갖 난관을 넘어서 가족을 지키려는 아버지의 내면을, 〈회색의 땅〉에서는 엄청난 과거사를 숨긴 채 연좌제의 피해를 당한 아들에게 이를 해명하지 아니하는 아버지의 비밀을 드러낸다. 우리는 이 작품들을 통하여, 분단의 비극을 직접적으로 체험하며 살아야 했던 이들의 삶이 얼마나 고통스러운 것이었으며, 그것이 어떠한 유형으로 다음 세대에까지 결정적인 피해를 입히게 되는지를 알아차릴 수 있는 것이다.

이때 재미있는 대조는 장남인 형과 차남인 동생의 입지이다. 형은 작가가 세상의 격렬한 변화와 충돌하도록 마련한 탐색의 첨병이며, 동생은 아버지와 형을 한꺼번에 관찰하면서 사태를 분석하고 정리하는 역할의 관측자이다. 이 둘의 사고와 행위를 긴밀하게 조정하면서, 작가는 두 세대에 걸쳐 암울한 음영을 드리우고 있는 분단 시대의 삶을 조명한다. 〈메아리 메아리〉에 나오는 형수는, 한편으로 형의 비극적 삶에 대한 표징이면서 다른 한편으로는 조카딸 인희의 생육과 관련하여 새로운 모계 형성의 주인이 되기도 한다. 작가가 1970년대의 현실 속에서 파악할 때, 남북의 분단과 대결 상태는 과거 완료의 종결이 아니며, 현재진행형으로 계속되고 있는 것이라는 판단이 부각되어 있는 셈이다.

〈시간의 그늘〉은 일제 강점기에서부터 현재까지 장구한 기간을 포괄하고 있는데, 각기의 시대를 움직인 부정적인 세력에 편승하여 재산과 명예를 얻은, 그러나 지금은 중풍으로 폐인이 된 '의원님'을 주인공으로 하고 있다. 그의 아들은 자신을 계승하는 길로 들어섰으나, 운동권 학생으로 군에 입대해 있는 손자 원규는 성향이 판이하다. 손자는 그에게 시니컬한 어조로 조목조목 걸고넘어지는 비판의 편지를 보내온다.

있을 수 있는 모든 장애물을 넘어서 신분 상승의 목표를 달성해 온 '의원님'의 의지력은 앞서 예거한 작품들의 그것과 유사하되, 손자의 입을 빌려 그의 부정적 행적에 대해 작가가 던지고 있는 단죄의 채찍은 맵고 날카롭다. 마치 채만식이 쓴 비유법적 유토피아 의식의 소설 〈태평천하〉에서, 윤직원과 손자 종수의 대립 관계를 보는 듯한 느낌이 든다.

궁극적으로 이들 모계 및 부계의 제1세대들은, 자기들이 감당하지 않으면 안 되었던 처절하고 절박한 삶의 형태가 후대에까지 넘어가지 않기를 갈망하고 있으며, 그것은 곧 우리 시대의 보편적 세상살이의 이치를 반영하고 있기도 하다. 〈박토의 혼〉과 〈회색의 땅〉을 보면, 어머니 또는 아버지가 아무도 모르게 자식들의 이름으로 저금통장을 만들고 예금을 해 온 상황과 마주치게 되는데, 이 사건은 혼탁한 시대의 물결이 다음 세대로 범람하는 것을 차단해 보려는 의도가 상징적으로 압축된 것이라 할 수 있겠다.

다음으로 이 작품집에서 산업화 시대의 궁핍을 극도의 수준에까지 투시함으로써, 비인도적이고 야멸친 세상인심을 고발하는 소설이 〈동맥〉과 〈빙하기〉이다. 〈동맥〉은 염색 공장에서 일하는 여공들의 비참한 현실을 그리고, 〈빙하기〉는 구두닦이 소년들의 비참한 생존 현장을 사실적으로 진술함으로써 우리의 가슴 밑바닥을 아프게 두드린다.

또한 시골에 전기가 들어오고 텔레비전 수상기가 보급되면서 발생하는 문화 충격을 희화적으로 나타낸 〈마술의 손〉은 앞의 두 작품과 더불어 자본주의의 위력이 점점 거세어지고 모든 가치가 금전의 다과로 평가되기 시작하던 시대의 초입을 예각적으로 보여 주는 작품이다.

길지 않은 우리의 현대사에서 주요한 민족적 모순점을 논거하자면 별다른 이의 없이 분단 모순과 계급 모순을 떠올릴 수밖에 없을 터인데, 조정래의 이 작품집은 그 두 가지 주요 모순의 세항들을 구체적으로 해부하는 소설들로 채워져 있다.

여기의 작품들이 거느리고 있는 스토리의 재미, 인물의 생동감, 사건 전개의 사실성, 메시지의 무게, 토속적인 정서, 배경의 객관성 등 여러 항목들은 조정래라는 작가를 떠받쳐 준 소설 작법의 탄탄한 디딤돌이 되어 왔다.

그로부터 〈태백산맥〉을 필두로 한 대하 장편들에까지 이르는 30년의 대장정은, 조정래 개인의 성숙이자 우리 소설 문학의 성장 과정을 함축하고 있는 기간이다. 중, 단편 위주의 시대에서 대하 장편의 시대로 이행된 경과가 거기에 결부되어 있기도 하다. 우리 문학의 어제와 오늘, 더 정확히는 작가 조정래의 어제와 오늘을 해명하기 위하여, 우리는 우선 이 앞선 작품들을 정치하게 읽지 않으면 안 될 것이다.

계층 간의 갈등과 이성적 개안, 〈불놀이〉

〈불놀이〉는 한과 죄악으로 얼룩진 과거의 부채를 어떻게 청산해야 할 것인가에 대한 이성적이고 합리적인 해결책을 제시하려 한다. 그 해결의 방안이 새로운 시각으로 받아들여진다면, 우리 역사의 가장 치열한 부분에 대한 뜻 깊은 문학적 해석이 될 수 있을 것이며 그러한 의미 공간이 소설이 누릴 수 있도록 허락된 몫이기도 할 것이다.

그의 세계 인식 방법은 어떠한 형태이든 억압하는 자와 억압받는 자의 관계로 설정되고 있다. 거의 모든 작품을 통해 우리는 이 도식을 확인할 수 있다. 〈불놀이〉에서 '우리만의 삶의 아픔과 고뇌'를 그리고자 한다는 작가의 말은, 이데올로기 대리전으로서의 6·25가 아니라 그 역사의 격동기와 함께한 우리 사회의 오랜 계층 간의 억압 관계와 갈등을 소설로 쓰겠다는 의미일 터이다. 미해결된 6·25의 문제를 본격적으로 다룬 〈유형의 땅〉이나 〈불놀이〉가 이문열의 〈영웅시대〉처럼 이념의 실상 또는 허상이라는 행로에 관심을 두지 않고 인과응보의 세상살이 법칙에 바탕을 두고 있는 것도 그 때문으로 보인다.

〈유형의 땅〉에서 천민 출신인 천만석은 어렸을 때부터 지주 계급인 최 씨 문중의 가혹한 학대를 받으며 자란다. 그로 인하여 아버지가 죽도록 매를 맞는가 하면 소작을 금지당하고 집에서 쫓겨나기도 한다. 이러한 한 맺힘은 천만석이 인공 치하에서 인민위원회 부위원장을 맡으면서 처참한 대량 학살의 복수극으로 발전한다. 그의 아내 점례와 인민군 대장의 추악한 불륜을 목격하고 이들을 잔혹하게 살해한 후, 그는 고향으로부터 도망쳐서 30년 세월을 공사판으로 떠돌며 숨어 산다. 그의 가족은 인민군에게 몰살당했으며, 늘그막에 만난 아내 순임도 자식을 버리고 도망친다. 아들 철수를 고아원에 맡긴 그에게는 스스로 목숨을 끊는 길밖에 남아 있지 않다.

이 땅에서 이데올로기가 남긴 것은 폭력과 살인이며, 죄지은 자가 설 곳은 유형의 땅밖에 없다는 작가의 시각이 예리하게 드러난다. 비록 발단이 이해되지 못할 바는 아니더라도 죄는 지울 수 없다는 냉엄한 논리가 그 당사자에게 결코 안식과 화해의 결말을 마련해 주지 않는다.

이러한 상황 논리는 〈불놀이〉에서도 동일한 구조로 드러난다. 네 편의 독립된 중편이 교묘히 배합되어 하나의 장편으로 짜인 〈불놀이〉는 〈유형의 땅〉과 거의 유사한 모티프를 가지고 있다. 중편 〈유형의 땅〉에서 이루어진 사건 전개의 기본적 패턴이 장편 〈불놀이〉에서 분량의 확대와 의미의 심화를 가져오며, 그 연장선상에 대하소설 〈태백산맥〉이 놓인다. 〈불놀이〉에서도 죄인 배점수의 과거는 용서받지 못하며, 참담한 질곡의 역사 속에서 죽고 죽인 자들의 후예인 그 아들들에 이르러서야 비로소 의미 있는 화해의 계기가 마련되고 있다.

〈불놀이〉는 부역을 했던 대장장이와 대학 전임강사인 그의 아들, 그리고 부역자의 손에 죽은 학교 선생과 월부 책장사인 그의 아들이 이루는 두 집안의 두 세대 간의 관계를 기축으로 하고 있다. 지배자와 피지배자, 가해자와 피해자로 드러나는 이들의 상관관계는 과거와 현재의 시차에 따라 전도되고 있으며, 그 전도의 과정에서 신분의 수직 이동에 따른 한 맺힘과 한풀이의 복수극이 맞물려 있다.

작가는 각 단락의 시점 변화와 함께 추리소설의 기법을 연상케 하는 원인 규명 작업을 통해, 시대적인 삶의 기저에 얽혀 있는 한의 깊이와 가열성을 점진적으로 캐어 낸다.

서장 격인 '인간연습'은 무려 38명에 달하는 인명을 살해한 배점수가 황복만이란 가명으로 29년을 살아오면서 이룩한 사회적 안정이 과거를 추궁하는 한 통의 전화로 허물어지는 과정을 그리고 있다. 그가 "고혈압이라는 생명의 위험 수위에 처하고 당뇨병이라는 목숨의 노략질에 시달리게 된 원인"은 "배점수를 죽이고 나서 황복만을 무사히 살리기 위해 소모한 신경의 탓"이었다. 전화를 건 신찬규가 자신의 혈육일지도 모른다는 의구심은 그를 더욱 치명적으로 강타한다.

'인간의 문'은 배점수의 아들 형민이 신찬규의 전화를 받고 아버지의 고향을 찾아가서 숨겨진 진실을 확인하는 내용이다. 형민은 신중걸 노인으로부터 사건의 전말을 전해 듣고, 아버지가 "천민의 서러움과 공산 혁명을 구분하지 못한 채" 무수한 살인을 하고 백치가 된 친자식을 버렸다고 판단하게 된다. 이러한 각성은 전후 세대인 형민에게 새롭고도 충격적인 체험이며, 분단 시대의 삶이 그 저변에 묻어 놓고 있는 미해결의 과제가 결코 현실과 유리된 것이 아님을 입증하게 한다.

'인간의 계단'은 배점수에게 남편이 살해되고 몸까지 짓밟힌 신찬규의 어머니가 얼마나 처절한 한을 품고 살았으며, 유복자 찬규가 10년 동안의 추적 끝에 어떻게 배점수를 찾아내는가를 보여 준다. 그녀를 긴 가슴앓이 끝에 죽음으로 몰아가는 원한에 찬 삶과 배점수를 찾아 월부 책장사로 떠돌아야 하는 찬규의 10년 세월은, 아무런 과오 없이 감당해야 하는 억울한 피해의 양상이다.

'인간의 탑'은 혼수상태에 빠져 입원한 배점수가 일말의 참회 속에 고통스럽게 죽어 가는 과정을 그리면서, 찬규와 형민으로 대표되는 후대의 관계 설정을 골자로 한다. 두 집안의 아들이 소설의 결미에 이르러 배점수가 죽어야 한다는 사실의 정당성에 대해 묵시적 합의에 도달하고, 또 신찬규가 문중의 잘못을 시인하며 말 없는 전화로 조의를 표하는 것은, 곧 조정래가 확장한 화해와 문제 해결의 새로운 지평이다.

전란의 여진이 계속해서 중층적 대물림으로 남게 된다면, 우리는 결코 비틀려 있는 역사의 사슬을 벗어날 길이 없다. 그렇기에 〈불놀이〉는 이미 많은 분량의 노력을 소모한 과거 사건의 해명에 머무르지 않고 의욕적으로 미래를 제시하는 힘 있는 소설로 읽힐 수 있을 것이다.

이 작품의 전편을 통해 우리는 비록 문면에 드러나 있지 않더라도 우리 역사에 대한 이 작가의 중요한 관점을 확인할 수 있다. 6·25가 이데올로기 청부 전쟁의 성격을 띠고 있기는 하지만 그 와중에 노정된 동족 간의 살육전은 이념과 체제 문제와는 거리가 멀고 오히려 사회 계층 간의 갈등에 의한 감정적 보복에 의거하고 있다는 견해이다.

배점수의 증조부와 조부는 열렬한 동학교도였다. 조선조 지배계층의 횡포에 대한 민초의 항거가 동학란이었다면, 그 지배계층의 후예인 지주계급에 억눌려 산 세월을 한풀이하는 것이 배점수의 복수극이었다.

　그 애들은 인절미를 배꼽이 튀어나오도록 먹지만 자기는 개떡 한 번 푸지게 먹을 수 없는 것도 으레 그러려니 했다. 숨바꼭질에서 술래 노릇만 하는 것도, 말타기 놀이에서 말 노릇만 하는 것도, 학교를 가는 대신 나뭇짐만 지는 것도, 다 당연한 것으로 생각했다. 상것이고 가난하기 때문에…… 이 말이면 다 그만이었다. 그러나 점수는 속마음까지 비실거리고 흐물거린 건 아니었다. 분한 일을 당하면 꼭 꿈에서 보복을 하곤 했다. 꿈에서는 언제나 자신이 당한 것 이상으로 그 애들을 두들기거나 짓밟았다. 그리고 자기는 어른이 되면 절대로 아버지처럼 살지 않겠다고 벼르고는 했다. 점수의 마음속에서 아버지는 논 가운데 누더기를 걸치고 서 있는 허수아비로밖에는 보이지 않았다.

　배점수의 한풀이는 신 씨 문중에 새로운 한 맺힘을 배태시키고 마침내 그들의 후예인 찬규에 의해 비참한 최후를 맞게 된다. 그런데 그동안 신분 상승을 이룩한 배점수에 비해 하층 계급으로 떨어진 찬규는 그 새로운 격차를 문제 삼지 않는다. "찬규는 배점수의 철저한 변신을 꾀한 뻔뻔스러운 생존은 미워했지만, 그가 이룩한 엄청난 경제적 성공은 결코 질투하지 않았다." 그것은 문제 해결에 대한 이 작가의 접근 방식이, 전상戰傷의 마무리와 함께 계층 간의 갈등이 악순환으로 이어져서는 안 된다는 경각심을 포함하기 때문이다. 전상국의 화해를 주제로 한 소설들에서 흔히 볼 수 있는 바와 마찬가지로 이 작가에게도 서로 다른 이데올로기의 상충은 본질적인 문제가 아니다.

　나는 당신 아버지를 용서하진 않지만 내 입장에서 미워하지도 않아요. 왜냐하면 당신 아버지가 처했던 입장을 이해하기 때문이오. 이 말은 우리 신 씨 문중이 저지른 횡포가 잘못되었음을 시인하는 것이오. 그러나 당신 아버지가 자행한 행위는 분명 옳지 않았고 용서될 수 없는 일이오. 당신 아버지 논법대로 한다면, 어마어마한 재산을 가진 당신 아버지는 이제 누구의 손에 찔려 죽어야 되는지 알겠지요? 바로 나처럼 가난한 사람들의 손이오. 이 얼마나 유치한 논법이오.

　신찬규라는 인물이 풍기는 조작적인 냄새에도 불구하고 이 부분은 작가가 제시한 주제의 함축성 있는 정리라 할 수 있다. 이 대목이 설득력을 가질수록 소설 구조의 단단함과 감동이 더해질 것이며, 그런 면에서 찬규의 행적에 대한 묘사는 어느 정도 아쉬움을 남긴다.

　찬규가 배점수를 추적하는 행위는 개인적인 보복 차원을 넘어서 민족적 도의의 확립으로 나아가야 한다. 그런데 이 중량을 감당하기에 작중의 찬규는 너무 정태적이다. 배점수나 형민이 실제의 인물로 보아도 무방할 정도의 리얼리티를 갖고 있는 데 비하면, 찬규는 결말을 유도하기 위하여 작가의 전지적 해설을 대변하는 듯하다. 찬규를 감싸고 있는 안개가 짙을수록, 우리는 그가 보여 준 논리적인 응징의 방법이나 관용에 당황하게 된다.

　또한 피해자의 가해자의 제2세대로서 형민과의 화해도 찬규의 일방적 허용에 의해 결정되며, 상대역인 형민은 부친의 죄상을 인정하고 처분만 기다리는 소극성을 면치 못하고 있다. 이 작가의 전반적인 작품 세계에서 이러한 문제들은 찬규로부터 〈태백산맥〉의 염상진에게로 넘겨지는 과제이다.

차가운 이성적 인물로서 찬규의 완벽성이 의심스러운 것은, 이 문제가 한 개인의 정신적 성숙만으로 해결되어서는 안 되며 두 집안 간 가족사의 비극이 마무리되는 데 그치는 것이 아니라, 한 국가의 집단적 질서를 뒤흔든 역사의 굴곡을 해명하는 데까지 나아가야 할 것이기 때문이다.

그들의 화해가 필연적인 상황에 의해 지배될 수 없었을까 하는 미진함은 침묵으로 끝나 버리는 마지막 대화에까지 남게 되는데, 이러한 개인적 차원의 묵인이 민족적 차원의 타결로 상승될 때 우리는 보다 의미가 확장된 화해의 의식을 체험할 수 있을 것이다. 〈불놀이〉의 역사 인식과 그 접근 방식의 이러한 한계는 물론 〈태백산맥〉 이후의 소설들에서 충분히 해소되고 있지만, 바로 이러한 문제점에 당착했던 창작 경험이 그것을 가능하게 했을 것임을 미루어 짐작할 수 있다.

그럼에도 불구하고 동일한 사건을 두고 여러 방면에서 접근하면서, 이 소설은 분단 상황을 극복하려는 고양된 의식의 한 범례를 보여 준다. 그것은 감정이나 개인의 이익을 앞세울 것이 아니라 냉정한 이성으로 합리적인 해결책을 모색해야 한다는 안목을 일깨우는 것이다. 이와 함께 역사적 사실에 대한 재평가가 항상 새로울 수 있으며, 그럴 때 문학이 시대적인 삶의 갈등에 효험 있는 치료제로 기능함을 인정할 수 있을 것이다.

탈이데올로기의 역사관과 그 육화, 〈태백산맥〉

우리의 근대사가 어느 한 부분도 온전하고 합당한 형상으로 그 자리를 보전하였다고 말하기는 어려운 형편이지만, 〈태백산맥〉이 이 작가의 작업실에서 제작되던 1980년대는 그야말로 격동과 변혁의 시대였음을 부인할 수 없다. 광주 민주화 운동으로부터 시발되는 역사적 삶의 '제자리 찾기'는 동시대와 사회의 혼돈된 가치관과 누적된 민족 모순의 척결을 표적으로 하면서, 여기에 부응하는 주체 세력에서도 '주변부로부터 중심부로의 공간 이동'을 가능하게 했다. 다시 말하자면 강고한 지배 이데올로기의 그늘에서 산발적으로 분산되어 있던 민초들의 삶이 우리 사회의 전체적인 모습을 규율하는 중심 세력으로 부상하게 되었다는 사실이다.

조정래의 〈태백산맥〉은 이와 같은 사회 변혁의 물결과 함께, 작가의 오랜 끈기와 노고 위에 세워진 문학적 성과이다. 현실적으로 우리에게 부하되어 있는 민족 모순 가운데 가장 치명적인 것이 분단 상황이라면, 작가는 이 힘겨운 상대를 붙들고 씨름하면서 그 본질적인 성격과 전후 문맥을 구명하기 위하여 〈태백산맥〉이라는 이름을 가진 총체적 시각의 돋보기를 우리에게 마련해 주었다.

모두 열 권의 방대한 분량에 달하는 이 대하소설의 다양한 관점 가운데 좌익 파르티잔의 사고와 행위가 구체적 서술로 그려지기 위해서는 앞서 언급한 사회 성격의 변환이 필요조건이었고, 우리 문학은 〈태백산맥〉에 등장하는 소설 문법들의 구체적 세부를 통하여 고통스러운 우리 근대사의 현실적인 모순점들을 다각적으로 가늠해 볼 수 있는 잣대를 얻게 되었다.

〈유형의 땅〉과 〈불놀이〉에서 가열한 역사 체험의 당사자가 조직적인 사고 능력을 갖춘 인텔리가 아니라 본능적인 행위의 기민성이 앞서는 무지한 인물이었음을 살펴보면, 기실 〈태백산맥〉의 염상진을 통해 작가가 발화하고 있는 추체험으로서의 역사 해석이 오랫동안 자신의 내부에 다독거리며 갈무리해 온 축적된 세계 인식의 전경화前景化임을 알 수 있다. 실제로 〈태백산맥〉을 쓰기 시작하면서 그는, 언젠가 사석에서 "조정래의 명료한 사고는 〈불놀이〉의 배점수가 아니라 〈태백산맥〉의 염상진에게서 보아야 할 것"이라고 호언한 바 있다.

〈유형의 땅〉과 〈불놀이〉 그리고 〈태백산맥〉에 걸쳐 일관되게 확인되는 것은, 그에게 더 문제되는 것이 이데올로기의 옳고 그름이나 선택이 아니라 사회 계층 간의 갈등과 그 와중에서 포착되는 인간관계의 핍진한 진정성이라는 점이었으며, 〈불놀이〉에서 확연하게 드러난 인과응보의 세상살이 법칙은 바로 그러한 면모를 대변하고 있다.

그러면 〈태백산맥〉에 이르러 그와 같은 측면이 어떻게 나타나고 있는가를 살펴보는 것이 다음 순서이다. 이 소설의 주된 무대가 되어 있는 보성 벌교는 호남의 곡창 지대이며, 따라서 수대에 걸친 지주와 소작농의 계층 분화가 극심하였고, 근대적 의식의 각성에 따라 소작쟁의가 빈번하였던 지역이다. 힘겨운 노동이 그에 상응할 만한 대가를 지불받지 못하는 것은 고사하고, 지배 계층의 부당한 갖가지 횡포와 인권유린이 자행되는데도 그들과 관변 세력의 결탁으로 인하여 서민들은 이를 하소연하는 일조차 포기할 수밖에 없는 통분한 현실이 눈앞에 있었다. 이러한 불평과 불만의 응어리가 가슴에 맺혀 '한'을 이루고 있었지만 흘러 나갈 물꼬를 찾지 못하고 있었다면, '보다 나은 세상'이나 '살 만한 세상'을 향한 민중의 열망은 폭발적 잠재력을 안고 있었다는 설명이 가능하다.

이 시한폭탄의 뇌관에 불길을 당긴 것이 바로 좌익의 혁명 사상이었고, 그것이 가진 강렬성이 현실 부정적인 농민들로 하여금 직접적인 가담을 하지 않더라도 심정적인 동조자가 되게 하기에는 충분한 조건이 되었다는 것이 작가의 논리이다. 예컨대 여순 반란 사건과 같은 무장 항쟁이 역사에 기록될 만큼 큰 부피를 가질 수 있었던 것은 바로 그와 같은 동조 여론과 지지 세력이 그 지역사회에 편만해 있었기 때문이라는 관점은 충분히 설득력이 있다.

참말로 순사가 들었다 허먼 몽딩이 찜질 당헐 소리지만 서방님 앞이니께 허는디, 사람덜이 워째서 공산당 허는지 아시오? 나라에서는 농지 개혁 헌다고 말대포만 펑펑 쏴질렀지 차일피일 밀치기만 허지, 지주는 지주대로 고런 짓거리 허지, 가난허고 무식헌 것들이 믿고 의지헐 디 없는 판에 빨갱이 시상 되먼 지주 다 쳐읎애고 전답 노놔 준다는디 공산당 안 헐 사람이 워디 있겠는가요, 못헐 말로 나라가 공산당 맹글고, 지주덜이 빨갱이 맹근당께요.

〈태백산맥〉에서 작가가 각별한 애정으로 그리고 있는 중도파의 인물 김범우에게 그의 집 소작인인 문 서방이 하는 말이다. "문 서방을 어찌 무식하다 할 것인가"라고 생각하는 김범우는 "충청도보다는 전라도가, 전라북도보다는 전라남도가 더 좌경 세력이 강하다는 것과 문서방의 말과는 상통"하고 있음을 깨닫는다.

다음으로 살펴보아야 할 것은 분단 현실에 대한 이 작가의 판단
이 어떠한 각도로 소설에 작용하고 있는가 하는 문제이다. 그것은
김범우와 쌍벽을 이루면서 이 소설의 주동 인물로 등장하고 있는
염상진의 말과 행동을 통해 드러난다. 물론 염상진이 소설에서 내
세우는 논리는 '사회주의 건설'이다. 따라서 그의 논리에서는 좌익
계열이나 북로당이 가지고 있는 민족 모순의 원인 행위는 직접적
으로 논거되지 않는다. 그것은 소설적 인물 설정의 규범상 피할 수
없는 일이다. 작가는 이러한 측면을 이미 파악하고 있고, 그 점에
대한 보완을 위해 부분 부분 김범우의 시각을 활용하고 있으며, 궁
극적으로는 휴전 협정이 조인되고 빨치산이 사멸하는 소설의 결미
에 이르러 이를 제기한다. 그러면서도 김범우의 형 김범준과 이해
룡의 대화를 통해 있을 수 있는 반론에 대비하고 있다.

염상진은 '사회주의 건설'의 당위성에 관해 단군의 건국이념인
'홍익인간'이 왕조를 거듭할수록 짓밟혀 왔고 반만년의 역사는 가
장 비인간적인 착취의 부끄러운 외양을 보이고 말았다는 인식으로
부터 그 시발점을 잡고 있다. 그리하여 남한 땅에는 민주주의라는
미명하에 지주 계급과 친일 세력이 합세하여 남한만의 나라를 세
우고 말았으며, 이것이 결코 용납될 수 없기 때문에 "봉건 계급 제
도가 일소된 나라, 착취 계급을 완전 소탕해 버린 나라, 그야말로
홍익인간의 정신을 되살리는 새 나라를 세우는 것이 해방의 의미"
라고 생각한다.

결국 이 작가는 분단의 책임을 외세 열강의 각축에 의한 지정학
적 사태로 돌리지 않고 남북 양측이 모두 그만큼의 악역을 감행했
다는 균형 있는 비판 의식을 보여 주고 있다. 그러면서도 김범우의

체험을 통해 외세가 이 땅에서 자행한 만행을 함께 부각시키기를 잊지 않는다.

마지막으로 우리가 주목해야 할 것은 이 소설의 전반을 관류하는 이념적 대립 가운데서도 작가가 견고하게 붙들고 있는 신실한 인간애이다. 양심적인 지주 김사용, 비판적 지식인 서민영, 건실한 의식을 가진 안창민, 장하섭, 이지숙, 하대치 등이 염상진 및 김범우와 더불어 노정하는 휴머니즘의 파노라마는 이데올로기의 예리한 칼날을 무디게 할 만큼 힘이 있다. 우리가 〈태백산맥〉을 통하여 거두어들일 수 있는 공감과 감응력은, 겉으로 잘 드러나지 않는다 하더라도 이러한 인간중심주의에 빚지고 있는 바가 크다.

〈태백산맥〉은 그 분량이 말해 주는 대로, 우리의 힘겨운 역사적 삶에 총체적이고 다각적인 방법으로 대응하는 문학적 저항 정신의 소산이다. 분단 시대의 다음 순번에 놓여야 할 것이 민족 화합의 통일 시대라면, 그 통일 시대를 앞당기는 민족적 저력은 분단 시대의 깊이 있는 바닥에 이를 만큼 명확한 시대사적 통찰이 없고서는 불가능한 일이다.

그리고 그러한 통찰의 프리즘이 우리 민족 내부의 중첩된 모순점들을 여과해 내지 않으면 안 될 시점에 도달했다고 할 때 우리는 〈태백산맥〉이 마련해 놓은 문학의 응전력을 가치 있는 것으로 받아들이게 되었던 것이다. 그 〈태백산맥〉의 시도와 완결이 1980년대의 변화하는 시대의 모습과 더불어 가능했다는 사실은, 또 하나 우리의 아픈 상처를 확인해 주는 일이기도 하다.

민족적 삶의 구체성과 공동체적 생명력, 〈아리랑〉과 〈한강〉

〈아리랑〉과 〈한강〉은 〈태백산맥〉의 뒤를 잇는 창작 성과인 동시에, 이 세 대하 장편이 우리 민족사를 문학을 통해 해석하는 전무후무한 일대 장관을 형용하게 한다. 그렇기에 이는 작가 한 사람의 광영이 아니며 우리 문학의 넓이와 깊이를 구체적 작품으로 더하게 한 성과라 일컬을 만하다.

〈아리랑〉을 쓰기 위해 작가는 중국 만주, 동남아 일대, 미국 하와이, 일본, 러시아 연해주 등지를 취재 여행차 다녔으며, 3년에 걸쳐 지구를 세 바퀴 반 정도 돈 이 지역들은 소설 속에 사건의 무대로 등장하고 있다. 모두 12권에 달하는 이 소설이 완간되자 '조정래 노벨 문학상 추천을 위한 1천만 명 서명'이 추진되었는가 하면, 프랑스의 아르마땅 출판사에서는 이 작품의 완역 출판 계약을 체결하기도 했다.

작가는 이 작품을 통해 "식민지 역사 속에서 민족의 독립을 위해 피 흘린 모든 사람들의 공은 공정하게 평가되고 대접되어 민족 통일이 성취해 낸 통일 조국 앞에 겸손하게 바쳐지는 것"을 염두에 두었다고 스스로 적었다. 〈태백산맥〉에서 역사를 거슬러 올라가 식민 시대의 민족적 정체성을 다시 점검하면서, 그 식민 시대로부터 민족 분단이 시발되었다는 명료한 역사의식, 그러한 까닭으로 식민 시대의 공과가 민족 통일의 미래에 일정한 소임을 다해야 마땅하다는 총체적이고 통시적인 역사관이 그 속에 잠복해 있는 것이다.

〈아리랑〉이 식민 시대의 민족 수난과 투쟁의 의미를 직시하려는 의도를 갖고, 그것을 소설로 발화하는 한편, "나라를 빼앗기게 된 어지러운 상황"에 세계 여러 나라로 떠돌아야 했던 유이민들의 삶을 일일이 추적했다면, 그것은 이 작가가 발굴한 나라 사랑과 역사 바로 세우기의 한 방식이었다. 이 발로 뛰어다니며 실천한 작가의 올곧은 역사의식 앞에서는, 비교적 오랜 연원을 가진 순수 또는 참여문학의 해묵은 논쟁 따위는 무색한 것이 되고 만다. 다만 작가 자신이 실토한 대로 제1부 제3권은 정작 북쪽 땅을 가 보지 못하고 묶을 수밖에 없었으니, 분단의 사슬이 참으로 끈질긴 것임을 실감하지 않을 수 없다.

〈아리랑〉이 가진 창대한 서사적 구조 속에는 그간 우리가 치욕의 바다에 던져두었던 당대의 삶이 민족 생존의 다기한 투쟁으로 다시 이해되어야 한다는 줄기찬 작가 의식이 흐르고 있다. 그것은 민족혼과 민족 공동체의 삶에 대한 새로운 인식이요, 그 민족 수난사를 극복한 저항 정신을 문학적 형상력으로 제시한, 전혀 새로운 지평에 해당하는 것이다.

〈한강〉은 앞서의 소설에서와 같은 역사의식 또는 문학적 형상력을 20세기 한복판, 민족 공동체가 이루고 있는 삶의 중심부로 이동해 온 작품이다. 우리가 우리 내부에 끌어안고 있는, 그러나 그 정체성에 분명한 호명을 부여하기가 쉽지 않았던 삶의 실체와 한 맺힌 아픔들, 그리고 그것을 견디어 온 민초들의 끈질긴 생명력을 다시 총체적으로 그렸다.

작가는 우리 현대사를 압축하여 "분단의 강화 속에서 경제 발전을 이룩해 낸 시대"라고 적었는데, 그 언표가 지시하듯이 분단 문제와 경제 문제가 삶의 실질이 되고 있는 동시대를 전체적으로 조망하려는 시도를 붙들고 있었다. 분단의 그늘에서 평생에 걸친 피해를 감당해야 했던 뒷세대, 외화를 벌어들이기 위해 이국땅에 피와 눈물을 뿌린 이름 없는 사람들에 대한 관심과 애정은 그 중요한 절목들이 된다.

물론 대하 장편이 갖고 있는 작품의 특성상 집중적이고 섬세한 예술성이나 완결성을 가진 구조적 짜임새 등에 너무 많은 요구를 할 수는 없다. 그러나 초·중기에서부터 이 대목에 철저한 단련을 거쳐 온 작가인 만큼, 이 작가는 그러한 부분에도 그다지 큰 취약점을 드러내지 않는다. 그렇기에 한 시대를 대표하는 한 작가를 그와 같은 수준으로 보유하고 있다는 것은, 우리 문학이 누리는 축복 중의 하나가 되는 셈이다.

이 글은 그 시작과 만료의 기간이나 예정된 분량에 비추어 〈아리랑〉과 〈한강〉에 대한 본격적인 작품론으로 진입하지 못했으며, 이를 추후의 과제로 남겨 둘 수밖에 없다. 그러나 초·중기의 작품론과 〈태백산맥〉을 비교적 자세히 살펴보는 일을 통해 조정래 문학의 전체적 성격과 그가 문학을 통해 열어 왔고, 또 열어 가고 있는 역사 해석의 광활하고 새로운 지평을 조망할 수 있었다. 조정래의 소설들은 역사적 삶의 현실과 문학의 언어를 통한 응전력이 어떻게 큰 그림으로 악수할 수 있는가라는, 문학의 효용성에 대한 하나의 존재 증명으로서도 그 값어치를 확인하게 한다.

근대성의 극복, 또는 민중적 역사관의 서사
―황석영의 소설

'근대성(modernity)'이란 용어는 근대의 시대 구분에 따른 논의와 시각에 따라 '현대성'으로 치환되어 사용되기도 한다. 그러나 굳이 이 양자의 개념적 차별성을 제기하자면 '근대성'은 모더니티에 대한 전면적인 성찰을 강조하면서 그 전반에 대한 비판적 검토를 중시하는 반면, '현대성'은 모더니티의 영향력과 당위성을 부각시키는 입장에서 주로 사용된다(장성만). 이 용어가 가지고 있는 구조적 의미의 두 측면은 그런 점에서 '당대적(contempor-ary)'이란 용어의 의미와 구별된다.

이 용어가 적용되는 대상 및 방식에 따라 '사회·역사적 근대성'과 '미적 근대성'으로 구분될 수 있으며, 전자는 산업혁명과 자본주의에 의해 야기된 개념인 데 비해 후자는 이러한 변화의 부정적 산물에 대한 거부와 부정을 가리키는 것으로서 주로 예술적 미학의 영역과 관련되는 개념이다.

근대성이란 문자 그대로 근대사회의 특성을 나타내는 의미의 집합인데, 서구의 경우 르네상스와 종교개혁, 지리적 발견과 산업의 발전 등 큰 변화들이 일어나는 16세기를 그 출현 시점으로 받아들이고 있다. 그러나 모더니티 자체는 18세기 계몽주의 철학에서 확고한 체계를 갖추게 되며 19세기에 이르면 산업주의(industrialism)를 근간으로 하는 사회적, 경제적, 문화적 변동과 같은 뜻을 지니게 된다(김성기). 서구에 있어 근대성이란 개념은 중세 봉건사회의 종막 이후 서구 역사의 진행 과정과 현재에 이르기까지의 시간 개념 전체를 통칭하는 포괄적 의미망을 갖고 있는 셈이다.

봉건사회의 종막은 근대 자본주의(capitalism)를 사회적 기반으로 하는 시민사회의 출현을 뜻하며, 이는 문학에 있어서 생산과 소비 사이에 유통의 개념이 개입하고 그 과정이 형성됨으로써 양측에 함께 영향을 미치는 문학이 근대문학이라는 규정이다(조동일). 근대의 개념이 정치적으로는 국민국가요 사회, 경제적으로는 자본제 생산양식의 시작과 그 전개 과정(김윤식)이라는 논거에 이르기까지 하나의 통시적 관점을 이루는 원리로 작용하고 있다.

근대성을 반영하고 있는 근대사회의 주요한 특징으로는 1) 경제적 측면: 자본주의 경제가 발전하여 공업화와 도시화가 진행됨 2) 사회적 측면: 신분에 있어 특권층이나 동업조합 같은 단체가 소멸되고 자유롭고 평등한 개인이 사회 구성원이 됨 3) 정치적 측면: 개인의 기본 인권이 보장되는 입헌정치가 확립되며 국민적 통일을 바탕으로 한 국민국가가 성립됨 4) 문화적 측면: 문화, 사상, 인간의 이성을 신뢰하는 과학적 합리주의가 사상계를 지배하며 과학기술을 생산 과정에 응용함으로써 기아와 질병으로부터의 해방이 성취됨(방성수) 등의 특성이 제시되고 있다.

　물론 이와 같은 근대사회의 특성과 근대성의 개념은 구체적 사안에 대한 가치 판단 이전의 사회사적 경과를 중심으로 한 것이며, 특히 서구의 역사 과정에 따른 경험적 사실들을 토대로 한다는 제한점이 있다. 또한 근대성이란 개념 자체가 구체적 사실, 이를테면 문학에 있어 작품 자체를 대상으로 하는 실질적 검토에 이르지 않았을 경우 모호하고 추상적인 영역에 머물러 있을 수밖에 없는 것이어서, 우리의 역사적 현실 가운데서 그 개념의 적용을 문제 삼는 것이 응당한 절차일 수밖에 없다.

　일찍이 임화의 '이식문학론'에서부터 언급되기 시작한 우리 문학의 외래적 영향, 그 영향의 근대적 성격 문제와 관련하여, 식민지 시대를 거쳐 오늘의 분단 시대에까지 이르는 사회, 역사적 근대성의 의미를 살펴보는 일은 곧 우리 문학과 우리 삶의 정체성을 확인하는 일과 다르지 않다. 이것은 또한 주변국 또는 주변 역사의 상황과 맞물려 있는 형편으로서, "일본 근대문학의 기원은 근대 한일 관계의 기원"이라거나, "근대와 타자의 문제라는 관점으로 근대의 실험실로서의 식민지 문제"라는 논의들이 이의 예증에 해당한다.

　상기의 논의는 우리 문학의 근대 및 근대성의 전개와 경과 과정이 일제 치하 식민 시대의 상황을 중요한 시기로 하며 그와 밀접한 상관성 아래에 있다는 사실을 환기한다. 이를 한일 관계사의 측면에서, 또는 그것을 기반으로 한 주체적 측면에서 두루 관찰해야 할 과제가 남아 있음을 기억해 둘 필요가 있다. 이와 같은 논의는 근대성 문제가 문학과 그 집단, 동양과 서양, 주체와 타자, 인간과 인간 혹은 집단과 집단의 관계에 관한 문제라면, 이는 연대기적인 개넘에 그치는 것이 아니라 질적인 개념(조영복)으로 발전한다는 성격을 보여 준다.

기실 실체적 내용에 있어 우리의 '근대'는 개항 이후 서구 사조의 도입, 일제의 식민 수탈, 그리고 그 결과로 뒤이은 분단 시대의 전개라는 역사적 실상들을 그 바탕에 두고 있는 것이다. 그러한 까닭으로 서구의 근대가 표방한 근대적 자각과 자의식보다는 국가적 위기의식과 공동체적 인식이 더 비중 있게 작용한 측면이 강하다. 따라서 우리가 우리 문학의 근대성을 살펴보는 눈에 있어서는 우리의 시대사적 체험과 그에 걸맞은 관찰 방식이 적용되어야 마땅할 것으로 본다. 이는 근대성의 지표를 올바로 설정하기 위해서 제국주의적 담론인 비교문학적 시각과 반제국주의적 담론인 내재적 발전론을 넘어 국제적 시각의 도입을 모색해야 한다는 주장(최원식)으로의 확장 가능성을 예비하고 있는 대목이기도 하다.

민족 모순의 소설적 발화와 근대성의 극복

서두에서 다소 장황하게 근대성의 개념과 그 적용 방식에 관해 언급한 것은, 이 글이 황석영 소설의 근대성과 그 극복의 문제를 다루는 까닭에서이다. 근대성의 개념을 통해 살펴본 몇 가지 절목들, 그리고 이에 대한 '공동체적 인식'은 비단 황석영뿐만 아니라 대다수의 우리 작가들에게 공통적으로 적용되는 반강제적 규범이었다. 따라서 황석영의 소설을 구조적으로 깊이 있게 읽는다는 것은 그 속에 있는 근대성의 본질적 성격을 탐색하는 일이며, 또 근대성의 본질에 대한 이해가 그의 소설을 분석적으로 구명하는 데 효율적인 잣대가 되는 셈이다.

이러한 시각으로 황석영에 접근하기에 앞서, 우리는 그의 소설에 배경으로 놓여 있는 '국가적 위기의식'의 정체를 좀 더 분명하게 확인하고 넘어갈 필요가 있다. 그것은 그가 본격적으로 문학 활동을 시작한 1970년대 이래 민족 모순의 주요한 실체로 규정되기 시작한 분단 모순과 계급 모순의 소설적 발화법을 그의 소설과 연관하여 미리 살펴 두자는 의미이다.

분단 모순의 진원지이자 우리 민족사상 최대의 비극으로서 6 · 25 동란은, 조국을 두 동강으로 갈라놓았다는 표층적 사실과 함께 동시대를 살고 있는 수많은 개개인의 생애에 지울 수 없는 심혼의 상처를 안겨 주었다. 문제는 이 상처의 그루터기가 '과거완료'의 사실이 아니라 지금도 내연하는 '현재진행형'이라는 점이다.

외면적으로 한반도의 분단이 고착화됨과 우리의 의식 체계 및 문화 관습에서 건강한 활력이 위축됨은 결코 서로 떨어져 있는 별개의 항목이 아니다. 6 · 25가 한국 현대문학사를 관류하여 하나의 줄기를 이루는 소재가 되어 온 것은, 그 여파의 자장이 여전히 우리 삶의 뿌리에까지 미치고 있기 때문이다. 작가들의 이에 대한 인식이야말로 분단 문학의 다양한 시도와 전개를 가능하게 한 원동력이라 할 터이다.

시대 현실에 반응하여 패배와 반항의 군상을 그린 전후 소설들, 그리고 이데올로기와 인간성의 갈등에 관념적으로 접근한 소설들을 거쳐, 1970년대 소설에 이르면 분단 문제가 소설의 주요한 주제로 등장하는 사정을 훨씬 상회하게 되고 1980년대에 들어와서는 본격적인 장편소설과 미체험 세대의 작품이 등장하게 된다.

이와 같은 흐름에서 우리는 '국가불행시인행國家不幸詩人幸'이라는 동양 고시가의 경구처럼 6·25가 소설의 소재에 있어 중요한 보고寶庫가 되어 왔고, 분단 이후 반세기를 훨씬 넘긴 세월의 경과가 문학을 체험에서 분리시켜 역사적 안목 아래 정리할 수 있는 시간상의 간격을 확보해 주었음을 확인할 수 있다.

이러한 현상은 또한 통일 시대와 남북 간 화해의 전망을 탐색해 나갈 앞으로의 시대에서도 그러할 터이다. 남북한이 국토를 통일하고 문화를 통합하는 문제만큼 절실하게 우리 민족의 정신사를 압박하는 것이 없다고 한다면, 분단 문학의 발전적 진행 단계야말로 민족사의 환부를 보살피는 작업이며, 직접적으로 밝은 해결의 길이 보이지 않더라도 꾸준하게 천착되어야 할 과제이다.

물론 문학이 이를 위해 구호나 행동을 앞세울 수는 없으며 그 해결의 가능성과 방안을 정신적 결정으로 응축하여 제시하는 데 그치겠지만, 이를 통해 우리 사회의 관심과 의욕을 환기하는 일은 민족과 역사 앞에 선 문학의 책무이기도 할 것이다.

분단된 조국의 비극을 언급할 때, 우리는 단순히 국토의 분단만을 말하지 않는다. 크게는 민족 동질성의 균열로부터 작게는 일상적 삶의 밑바닥에까지 침투해 있는 쓰라린 고통에 이르기까지 끈질긴 멍에로 남아 있는 분단 상황의 극복을 전제하지 않고서는, 자유롭고 진취적인 우리 민족의 진로를 그려 보기가 불가능하다. 그럼에도 불구하고 그 극복이 오늘 내일의 일이 아님이 분명한 이상, 우리는 분단의 능선을 넘어서 통일의 길로 시대사의 물줄기를 전이시켜 갈 정신적 단련을 구체적으로 제시해 보는 데 게을러질 수 없는 처지에 있다. 오늘날 우리 분단 문학이 서 있는 지평은 바로 이와 같은 숙제를 안고 선 자리라 해야 옳을 것이다.

이와 같은 특수성이 자체적인 체험과 반응의 양식을 설명하는 데 머물 때에는 한 특정한 문화의 개별성을 드러내는 데 그치겠지만, 문학적 형상력을 통하여 역사적 계기의 의미 공간과 공감의 영역을 넓혀 나갈 때에는 보다 확장된 보편성을 확보하게 된다. 이는 곧 우리 문학의 소재적 측면에서 가장 큰 줄거리를 이루고 있는 분단 현실을 어떻게 형상화하여야 세계문학의 무대로 나아갈 발판이 마련될 수 있을 것이며, 그에 앞서 어떻게 특수한 상황의 주변성과 한계성을 극복할 수 있을 것인가라는 커다란 부피의 질문과 관련되어 있다.

1970년대에 들어서면서부터 분단 문학과는 또 다른 하나의 축을 이루면서 계급 모순의 여러 문제에 응전하며 산업화 시대의 문제를 다룬 소설들이 아연 활기를 띠기 시작했다. 분단 상황이라는 지울 수 없는 민족 모순을 끌어안은 채 삶의 질적 수준을 향상시키는 경제 건설이 여러 형태로 진척되면서, 문학 또한 이에 상응하는 발 빠른 변신의 행보를 옮겨 놓게 된 것이다. 그런가 하면 우리 사회의 곳곳에서 산업화 시대의 들머리에서 파생되는 부정적 현상들이 양산되었고, 소설은 이 불균형성에 대해 예리한 경각심으로 반응하였다.

그런가 하면 이처럼 정공법의 소설적 대응과 함께 흥미 위주의 호스티스 소설이나 기업 소설 등이 양산되어 동시대 문화의 한 특성으로 자리 잡았는데, 그것은 나중에 나온 〈인간시장〉류의 오락성 소설과 미학적 가치 분류에 있어 상호 소통되는 맥락을 가지게 된다.

엄밀한 의미에서 이 작품들이 변동하는 사회의 역사철학적 계기를 형상화한다거나 소설의 사상적 깊이를 예시할 수 있다고는 할 수 없다. 그것이야말로 이러한 세태 소설이 그 자체에서 안고 있는 단처이며, 현실의 내포적 진정성을 뚜렷한 문학의 열매로 거두어들일 수 없게 하는 한계이다. 1980년대의 '운동 개념으로서의 문학'에 논리적 기반을 공여한 박현채의 탁발한 논문 〈문학과 경제〉에 비추어 보면 이는 보다 잘 드러난다.

그러한 1980년대의 민족 문학 주체 논쟁에서는 소생산자를 구 중간계급으로 분류하고, 신 중간계급인 '화이트칼라'가 전면적으로 부상한 반면, 소생산자는 경제적 차원에서 볼 때 그 삶의 양식을 문화 공간으로 옮겨 갔다는 설명이 있다. 이 말은 소생산자가 자본주의 경제를 견디지 못해 쇠락했다는 의미이며, 오늘날과 같은 산업화 시대에 있어서는 작가나 문필가만이 소생산자의 기능을 담당하고 있다는 해석이다.

작가를 생산자라는 가늠대 위에 올려놓는 일은 매우 경제적인 관점인데, 실상 작가들의 소설 생산과 생활 수단의 접점이 과거에 비해 대단히 광범위해지고 긴밀해졌다는 사실을 인정한다면, 이 논법에 그다지 큰 무리는 없어 보인다. 물론 다음의 질문이 기다리고 있다. 그렇다면 중간계급으로서 작품 생산자인 작가들이 이 산업화 시대에 필적하는 소설을 어떻게 제작해야 할 것인가라는 문제가 떠오르게 되는 것이다.

어쨌거나 문학이, 그리고 그 생산자인 작가들이 현실의 검색 및 개량에 임하는 본연의 임무를 포기할 수는 없는 일이다. 특히 현실을 서사적 형상력으로 재창조하는 소설은 구체적인 담화의 구조를 통해 파편화되어 가는 세계의 공동체적 유대를 되살려 놓아야 할 책무를 안고 있다. 루카치가 힘주어 말한 '새로운 서사 세계'는 바로 이러한 측면에의 강조일 터이다.

분절적 세계의 부정적인 모습에 세미한 관찰의 시각으로 접근하거나 총체적인 대응력으로서의 일정한 가치 체계를 창출하거나 간에 소설이 이 시대의 본질을 각기의 방식으로 부각시키고 그에 대한 개성 있는 해석들을 부가해 나갈 때, 우리는 우리의 정신적 텃밭을 지속적으로 가꾸어 나가는 활력 있는 충전의 공간을 갖게 될 것이다. 산업화 시대의 부정적 현실들이 아무리 그로테스크한 형상으로 우리 삶의 앞길을 막아선다 할지라도 이를 폭넓은 시선으로 조망하고 해결의 방책을 모색하는 힘은, 곧 문학이 가진 정신주의의 덕목에 크게 의지할 수 있을 것으로 본다.

지금까지 살펴본 분단 모순과 계급 모순의 한국 문학적 상황은, 그것을 확인하고 이해하는 것으로는 아무런 소용이 없다. 당대 우리 문학의 지평 위에서 어떻게 그 두 가지 모순의 실체를 해소하고 극복할 수 있느냐, 그것의 실현을 위한 문학적 응전력은 어떤 작가에 의해 어떻게 가꾸어질 수 있느냐가 문제되어야 하는 것이다.

그와 같은 인식의 초점에 근거하여 황석영의 소설을 살펴보면, 이 작가가 분단 모순과 계급 모순의 양자에 걸쳐 그 문제의식을 매우 깊이 있게 천착하고 있음을 알 수 있다. 그뿐 아니라 양자 각기의 문제가 문학적 표현을 획득하는 데 시발적 기능을 담당했으며, 또한 그것의 확대 발전 과정에 중요한 디딤돌이 되는 소설들을 창작해 왔음도 확인할 수 있다.

분단 문제를 민중적 관점에서 다룬 〈한씨연대기〉 같은 작품, 그리고 앞서 언급한바 노동의 현장을 다룬 〈객지〉 같은 작품이 바로 각기 영역의 시발적 기능을 담당한다. 남북 대립 또는 그것을 중요한 빌미요 구실로 하여 장구한 기간에 걸쳐 철권의 독재 정권이 왜곡한 역사적 현실이, 그의 장편 〈오래된 정원〉이나 〈손님〉에 잘 나타나 있다. 이 철저한 문제의식을 역사의 갈피 속을 헤집으며 시간적 환경을 뛰어넘어 매설할 때에 〈장길산〉을 만나게 되고, 이를 국제 관계에 대한 비판적 인식의 지평으로 확대할 때에 〈무기의 그늘〉을 만나게 된다. 아울러 소설 형식과 사실성의 울타리를 비본질적인 것으로 보는 유연한 시각에 이르러 근작 〈심청〉을 보게 된다.

황석영의 이러한 창작 이력과 시도들은, 서두에서 지루하게 펼쳐 놓은 근대성의 논의들에 비추어 보면 곧 그것의 극복에 관한 소설적 발화법임을 어렵지 않게 확인할 수 있다. 근대성의 여러 제한 조건들, 그것을 넘어선 시야의 확보와 소설 장르로의 발현에 대한 관점이, 때로는 현실 공간에서 때로는 역사 공간에서 또 때로는 비사실적 순환의 공간에서 형상력을 얻은 그 구체적 증빙으로 그의 소설들은 존재한다. 그의 소설들을 동시대의 민족 모순에 대한 리얼리즘적 개선 방안의 개진인 동시에, 오랜 숙제로 우리 역사에 부하되어 있는 근대성 극복에 대한 통시적 의미망의 제시로 받아들이는 이유가 거기에 있다.

이 글에서는 먼저 대하 장편 〈장길산〉을 작품 자체로 살펴보는 일을 통해 민중 개념의 문제를, 그리고 세 장편 〈무기의 그늘〉, 〈오래된 정원〉, 〈손님〉을 발표 순서에 따라 살펴보는 일을 통해 〈장길산〉으로부터의 민중 개념 변화와 전근대성의 극복 및 새로운 인식 영역의 확장이라는 문제를 순차적으로 검토하게 될 것이다.

민중 개념의 역사 공간으로의 전화, 〈장길산〉

뤼시엥 골드만은 〈소설 사회학을 위하여〉의 서두에서 "소설은 타락된 사회에서 타락된 형태로 진정한 가치를 추구하는 이야기로 규정될 수 있으며, 주인공에 있어서 이 타락은 주로 매개화 현상, 즉 진정한 가치가 내재적 차원으로 끌려 들어감으로써 자명한 현실로서는 사라져 버리는 현상으로 표현되고 있다"고 규정하고 있다. 소설을 이와 같은 문학 형식의 개념으로 받아들일 때, 작가의 세계 인식 방법은 부정적인 사회 현실에 대해 비판적인 관점을 마련하는 일로부터 시작된다.

1970년대를 소설의 시대라 명명해 왔고 또 분단 시대의 폐해와 산업사회의 문제점을 부각시킨 소설들이 그 이름에 값할 만한 수준과 분량을 보여 주었으며, 그 70년대 초반부터 민중 문학의 실천적 명제가 구체적 움직임으로 나타나기 시작한 것은 이러한 태도의 연장선상에 있다. 이때의 문학은 당대 사회가 드러내는 진행 방향의 기미에 민감한 안테나를 세울 수밖에 없다.

1970년 조선일보 신춘문예에 〈탑〉이 당선되면서 본격적으로 작품 활동을 시작한 황석영은 "성실하게 삶을 살려는 선의의 인간과 그 상황의 배반감에 관한 추구로 요약"(김치수)될 수 있는 초기의 작품 세계에서부터 전형적인 리얼리즘의 창작법에 동의하는 작가들의 편에 서 있었다. 앞서도 언급한 바 있지만 "그의 〈객지〉에 이르러 비로소 우리 문학에는 생산과 노동의 문제가 등장한다"는 지적이나, "전통적인 방법을 답습하는 충실한 묘사가로서 소설적 구조가 일련의 사회참여 문학에서 볼 수 있는 생경한 요설이나 웅변으로 의식되지 않는다"는 언급, "그가 사회의 여러 가지 문제 중에서 평등이라는 문제에 가장 큰 관심을 집중하고 있다"고 본 시각 등을 통해 이를 용이하게 확인할 수 있다.

그가 내놓은 〈객지〉, 〈삼포가는 길〉, 〈돼지꿈〉 등의 선집에 실린 소설들은 그 나름대로의 의미를 평가받았거니와, 그의 작가적 역량을 종합적으로 증거하기 시작한 것은 〈장길산〉 이후의 장편소설에서이다. 특히 〈장길산〉은 홍명희의 〈임꺽정 林巨正〉에 필적하는 역사소설로 수차에 걸쳐 논거되어 왔으며 전 10권에 달하는 스케일의 방대함이나 스토리의 박진감, 50여 명에 달하는 중요 등장인물의 형상화, 영웅주의적 구성 방식을 지양하고 민중사관에 입각한 선명한 주제 의식, 당대의 풍물 및 풍속에 관해 세밀한 묘사를 획득하고 있는 소설적 배경의 구축, 고전적 풍취와 현대적 감각이 함께 어울리면서 역사소설이 범하기 쉬운 의고적 어투를 배격하고 있는 문체의 묘미 등을 두루 고찰해 볼 때, 우리 문학사에서 분명한 위상을 점거하는 소설적 성과로 손꼽힐 수 있을 것이다.

〈장길산〉은 역사소설이지만 현실의 모순에 대한 강력한 비판의 뜻을 담고 있는데, 이는 현재적 관심이 역사에 의탁해서 표현된다는 것을 뜻한다(김병익). 다시 말하여 〈장길산〉이 조선조 숙종 연간을 시대적 배경으로 하고 있으나, 이 소설의 내용에 기대어 실제로 작가가 발화하고자 하는 것은, 1970년대 중반 이래의 현세적 고난 가운데 있는 서민 대중의 삶이 갖는 의미와 그에 대한 침해의 부당성을 밝혀내는 비판적 성찰이었다.

여기서 황석영의 〈장길산〉에서 주목하고자 하는 측면은, 조선조 및 현세적 삶에 있어 억압받는 자들의 질곡과 고통이 동일한 조건

으로 주어져 있다는 가설을 세우면서, 이를 타개하고 나아갈 미래
적 전망과 그 전망의 구체적인 모습으로 그려지는 새로운 대동 세
계의 존재태가 작품 속에서 어떻게 드러나고 있느냐 하는 문제이
다. 황석영 문학의 기초를 이루는, 현실과 문학의 대립에서 현실은
문학이 지향하는 이상적 상태에 대한 결손을 지닌 것(권오룡)으로
나타난다면, 그 결손이 작품을 통해서 어떻게 보완되고 있는가를
살펴볼 때 우리는 삶의 가치를 정당하게 누리며 살아갈 수 있는 세
상의 형태가 이 작가의 소설에서 어떻게 추구되고 있는지 추적할
수 있을 것이다.

그것은 또한 "역사적 소재를 빌려 현실 비판, 혹은 그 드러남의
전이 방법으로 처리하는 유형의 소설"(김윤식)이 바람직한 세계를
구현하는 소설적 태도에 대한 확인이 될 수 있으리라 본다. 이와
같은 입장에서 볼 때 〈장길산〉의 후반부에 나타나는 미륵 신앙의
용화세상은 민중들의 투쟁에 의해 쟁취되는 이상 세계를 설정하고
있는 실천적 이상 세계의 표상이라 할 수 있을 것이다.

"이홍직의 〈국사대사전〉이나 신구문화사의 〈한국인명대사전〉에
도 나오지 않고 민중사학적 관심에서 최초로 쓰인 강만길의 〈한국
근대사〉에도 전혀 언급되지 않고 있는 장길산을 소설의 소재로 발
굴"(김병익)한 것도 놀랍지만, 극히 미소한 사료의 기록을 총 3,600
면의 대하소설로 재생산한 배면에는 활달하고도 끈질긴 작가의 상
상력과 그 힘이 내재해 있다고 본다. 장길산에 대한 체계적 사료의
정리와 그 전거에 관한 기록은 정석종의 저서 〈조선후기 사회변동
연구〉에 유일하게 수록되어 있으며, 〈조선왕조실록〉 등 장길산 사
건의 관련 문헌을 토대로 이를 조선 후기의 사회 세력과 정치 운동

이라는 큰 범위 아래에서 논의하고 있다.

조선 시대 17세기 말은 기민충基民層의 운동이 격앙되던 시기로서 '해서의 광대도적' 장길산 부대의 활동이 그 대표적인 경우이며, 그들은 구월산을 중심으로 숙종 때 전 기간에 걸쳐 전국적으로 횡행하지만 장길산은 끝내 체포되지 않았고, 이 장길산 부대는 그간의 승려 세력, 한성 내의 서류庶類들과도 결탁하여 왕권에 도전하였다는 기록이다.

소설 〈장길산〉은 이와 같은 역사적 사실과 시대적 상황의 바탕 위에서 출발하고 있다. 앞서 말한 바처럼 이 소설에는 50여 명의 중요 인물들이 등장한다. 장길산의 행적이 스토리의 수미首尾와 중간 부분의 주요한 흐름을 감당하고 있기는 하지만, 전체적인 골격은 녹림과 시정의 대소두령, 세상의 개혁을 꿈꾸고 있는 승려들, 검계와 살주계에 소속된 천민과 노비들, 미륵 신앙을 추종하는 백성들 등의 저항적이고 체제 전복적인 세력들의 다양한 사고와 행위의 조합에 의해 이루어진다.

이들은 마치 〈수호지〉의 호걸들처럼 제각기 성격적 특성과 활동 영역을 가지고 있다. 이러한 인물들의 부분적인 역할이 당대 사회를 지배 계층의 관점에서가 아니라 피지배 계층의 관점에서 접근하는 해석 방법으로 전체화될 때, 우리는 〈홍길동전〉이나 〈허생전〉이 보여 준 제도권 내에서의 개혁 의지와는 전혀 다른, 기존의 체제에 대해 파괴적인 민중 의식을 발견하게 된다.

이 세력들에는 광대, 노비 등 천민, 중인, 신흥상인, 비판적인 선비, 승려 등의 다양한 신분 계층들이 포함되어 있다. 이들이 소설 속에서 서로 밀접한 관련성을 갖도록 배치한 작가의 창작 태도는,

당대의 극단적으로 부조리한 세상을 근본적으로 개혁해야 한다고
보고 그 방안으로 제시되는 두 가지의 이념적 대전제에 의존하고
있다. 하나는 "조선의 이씨 왕조가 다하고 정씨 왕조가 도래"한다
는 〈정감록〉의 도참비기설이고, 다른 하나는 "중의 부처가 아닌 상
것들이 부처"로서 미륵불의 새로운 세상이 열릴 것이라는 미륵 신
앙의 메시아니즘이다.

전자는 부분적인 언급들로 소설 속에 나타나지만, 후자는 특히
소설의 마지막인 9, 10권에 이르러 실천적인 행동을 동반하여 구
체화되고 있다. 이는 당대까지의 성불을 위한 수련의 도량이나 호
국 불교의 전통을 가진 일상적인 불교의 모습이 아니라, 하나의 사
회혁명 운동을 촉발하는 이데올로기의 모습을 띠게 된다.

작가는 소설을 마무리하면서 장길산으로 하여금 도참비기서의
예시적 구도에 입각한 초월자의 출현을 부정하면서 "진인은 따로
이 있는 게 아니라 역병에 쓰러져 가는 백성들이 다시 살아 환호하
며 춤추는 세상에서 서로 정을 주고받으며 살아가는 모든 이가 진
인"이라는 민중적 시각의 진일보된 논리를 결정화한다. 이때 작가
가 의도하고 있는 용화세상은 초월자의 선도에 의해 주어지는 것
이 아니라 당대 민중의 끈질긴 합력에 의해 확보되는 총체적인 삶
의 형태인 것이다.

이러한 창작 방법은 G. 루카치가 그의 〈역사소설론〉에서 일관되
게 주장하고 있는, 구체적 민중 생활의 반영과 그 이념적 기준으로
서의 민중성 문제가 작품 내재적 연관관계의 필연성을 가져야만,
부르주아 사회에서의 진정한 역사소설을 생산하는 데 이르게 된다
는 논리와도 소통된다. 그러므로 "황석영 식으로 말하자면 가장 천

한 것들이 가장 강하게 욕망한다"와 같은 지적은, 곧 〈장길산〉이
"이 세계는 극락이 아니라는 것을 분명하게 깨닫고, 그것을 깨달은
그만큼 초월 세계의 도래를 앞당기기 위해 열심히 싸우는" 민중들
의 실천적 이상 세계 추구를 극명하게 부각시킨 소설임을 인식할
때 가능(김현)하다고 하겠다.

"역사적 사실에 있어서 조선 후기 숙종 연간에 일어난 미륵 신앙
사건은 이상 사회의 실현을 초월자의 출현에만 의지함으로써 그
실현의 실천 방법상 결정적인 결함이 있었고 이 점이 실패의 가장
큰 원인으로 지적될 만큼 혁명적인 사건으로 진전되지 못하였다"
(임철규)고 할 때, 지금까지 살펴본 바처럼 소설로서의 〈장길산〉은
이 취약점을 민감하게 알아차리고 그 반대 논리를 소설의 중심 사
상으로 펼쳐 놓았다.

이러한 작가의 창작법은 역사적 상상력의 날개를 달고 있을 때
에만 가능하다. 〈장길산〉이 사실史實의 기록이 아니라 역사소설이
라는 구분을 유지하고 있을 때, 소설이 사실의 미비와 과오를 보완
하면서 시대적 간격의 제한조건을 넘어설 수 있음을 인정할 수 있
다. 이러한 소설적 형상력의 자유로움은 허구적 상황을 통해 사실
보다 더한 진실을 추구할 수 있는 소설 형식의 강점이기도 하다.

〈장길산〉이 조선 시대의 역사적 사실을 소재로 쓰였지만 그 소
설적 효용성이 적용되는 곳은 바로 현세적 삶이다. 그것은 이 소설
이, 소설에서의 시대성과 유사한 압제적 상황이 전개되던 1974년
에서 1984년까지에 걸쳐, 수차례 중단의 압박을 받아 가며 쓰였음
을 보아도 알 수 있다.

이 시기가 고통스러운 물리적 통제와 불합리성으로 일관된 시대

였으며, "황석영과 그의 장길산은 한결같은 일관성을 가지고 그 변화들을 수렴하고 종합하여, 혹은 더 나아가 앞서 제기하고 추진하면서, 그럼에도 때로는 그것을 초월하고 뛰어넘어 그 변화의 10년을 이끌어" 왔고, 그로써 "다른 시대에 기대어 우리 시대를 상징화하는 작업을 통해 우리의 보편적 삶의 구조를 특수한 상황과 연결시키는 역사의 현존성을 우리에게 제시"(김병일)하고 있는 것이다. 〈장길산〉의 이와 같은 제작 연대 문제를 두고 권순긍은, 허균의 〈홍길동전〉이 봉건 해체기, 홍명희의 〈임꺽정〉이 민족해방 운동기에 쓰였음과 비교하면서, 우리 시대의 민주화 운동기에 있어 민중의 집단적인 힘이 그만큼 필요했기 때문이라고 진단하고 있다.

이렇게 본다면 〈장길산〉은 역사적 사실에서 소재를 구한 역사소설이지만 결코 과거의 기록에 얽매여 있지 않으며, 박경리의 〈토지〉나 김주영의 〈객주〉 등의 대하소설과 더불어 민중의 역동적인 힘과 의지 및 집단의식을 부각시키려는 목표를 가지고 있다고 할 수 있겠다.

이는 김명인이 〈장길산〉의 후반부가 실제로 80년대 초반의 일련의 충격적 사건들과 그 당시 민중들의 동향이 상당히 반영된 부분이 있다고 보고, "잡다한 주변 계층의 산발적 주력화와 그로 인한 운동의 전반적 우발성이야말로 멀지 않은 장래의 주력 계급에 의한 조직적 투쟁을 예감하게 하는 징후"라고 분석함으로써, 〈장길산〉이 주변 계층의 동향에 소설의 중심을 두었기 때문에 한계를 갖는다는 기존의 평가들을 부정하고 있음에 비추어 보면 더욱 분명해진다.

여기서 정석종이 숙종 연간의 사서史書들을 통해, 산간에서 미륵 신앙과 같은 민중적 종교로 새로운 이상 사회의 실현을 위하여 불교를 전파하는 산인山人 등과 신분적 질곡을 무력으로 타파하기 위하여 활동하는 극적劇賊과의 만남이 쉽게 가능할 수 있었을 것이라고 보고, 그것이 승려 세력과 장길산 부대와 한양의 서류층의 만남이었으며 새로운 사회의 실현을 위한 움직임으로 발전할 수 있었던 것이라고 추론하였음과 비교하여, 우리 시대에 소설 〈장길산〉을 통해 제기될 수 있는 사회적 또는 사회 의식적 개혁이 어떠한 의미를 갖고 있는가를 결과적으로 정리해 볼 필요가 있다.

첫째로 〈장길산〉은 왜곡된 사회 현실에 대해 역사적인 상상력을 동원하여 직접적인 문제 제기를 하고 있다. 작가는 예술적 감별 과정의 여과를 거친 소설화라는 안이한 보호망을 설치하지 않고 현실의 전면적 개선에 대한 주장에 있어 조금도 누그러진 완충장치를 사용하려 하지 않는다.

둘째로 그와 같은 개선 과정의 주체를 이루는 집단의 모습이 기존의 정치 세력이나 제도권의 구성원들에 의한 점진적 시도로써 확립되는 것이 아니라, 피압박자인 민중의 자발적인 논리와 투쟁에 의해 형성되어 나가야 함을 확신하는 태도를 견지하고 있다. 이것은 곧 〈장길산〉이 쓰인 시기에 우리 문학의 주류를 이루고 있던 민중 문학의 논리이기도 하다.

셋째로 민중의 힘으로 쟁취되는 새로운 세계가 타협이나 협상의 방법이 아니라 현존 질서에 정면으로 역행하는 혁명적 방법에 의거해 있다는 점이다. 이때 그 수단으로 제시되는 것은 물리적인 힘에 반작용으로 대응하는 또 다른 물리적인 힘이다.

이렇게 볼 때 당면하고 있는 시대의 존재 형태를 〈장길산〉에서 볼 수 있는 집단적인 민중의 힘으로 변혁할 수 있다는 것이 이 소설의 기본적인 발상이 된다. 그것은 올바른 진행 방향을 상실한 것으로 보이는 현실의 구체적인 실상에 바탕을 두고, 이에 대해 집합적인 힘의 행사를 통해 바람직한 이상 세계를 추구하는 소설적 행위이며, 동시대의 삶 가운데서 황석영이 소설로써 형상화한 근대성 극복의 소중하고 직접적인 사례라고 규정할 수 있을 것이다.

왜곡된 현실의 실체적 진실, 그 후의 장편들

〈장길산〉을 뒤이은 황석영의 장편들, 곧 〈무기의 그늘〉, 〈오래된 정원〉, 〈손님〉, 〈심청〉은 각기 소설의 소재와 주제가 다르지만 잘못된 역사의 진행 방향이 노정한 왜곡된 현실과 그 실체적 진실을 드러낸다는 점에서는 일치한다. 그리고 그 실체적 진실의 소설적 형상력은, 우리가 서두에서 살펴본바 근대성의 여러 부정적 요소들을 넘어서는 하나의 방향 제시가 되고 있다.

〈무기의 그늘〉은 황석영 자신의 월남전 참전 체험을 바탕으로 하고 있으며, 한국의 분단 문제와 간접적인 상관성을 가지고 있다. 강대국에 의한 약소민족의 비애를 그리되, 그것을 여러 층위에서 다각적으로 관찰하면서 끊임없이 월남에 있어서 '미국이란 무엇인가'와 동시에 '한국이란 또 무엇인가'라는 질문을 환기한다. 그리고 그 밑바닥에는 전란을 겪고 있는 '인간 존재란 무엇인가'라는 원론적인 질문이 잠복해 있다.

그렇기에 이 소설에 등장하는 월남은 월남만의 공간 환경이 아니다. 〈장길산〉에서 통시적인 역사의 환경을 거슬러 올라갔듯이,

여기에서는 공시적인 국경의 공간을 넘어간다. 전근대적 제국주의와는 그 얼굴이 다르되 심장은 매한가지인 근대 이후의 제국주의가 그 가운데 있다.

〈오래된 정원〉은 작가의 옥중 체험이 반영되어 있으며, 개인의 자유와 사회적 규범 사이의 날카로운 긴장 관계를 소설의 문면으로 형상화한다. 당연히 그 사회적 규범이 잘못된 방향으로 작동했을 때, 개인의 삶이 어떻게 유린되고 파괴되는 것인가에 강세가 있다.

사회 변혁에 투신했던 한 젊은이가 18년간의 옥살이를 마치고 허약한 중년이 되어 세상에 나왔다. 그를 가슴에 품었던 여인은 병으로 세상을 떠났다. 이 막막한 세월의 거리, 감당이 어려운 삶의 형식 변화는, 소설의 이름을 차용한 시대적 난관의 실체이다. 그런데 그 와중에서 '더 나은 삶에 대한 꿈을 추구한 세대의 초상'으로 작성된 〈오래된 정원〉은, 전근대적인 제도적 폭압과 구속의 한계를 일상적 현실 가운데서의 노력과 인내를 극대화하는 방식으로 넘어서려 했다. 그리고 그것이 소설적 치장과 어울려서, 지루하게 계속되는 서사를 유의미하게 수납되도록 하는 힘을 얻었다.

〈손님〉은 그의 북한 방문 전력이 창작에 사실성을 더하고 또 생각의 깊이를 더했을 것으로 짐작되는 소설이다. 남북한 인적 교류를 미국이라는 제3국을 매개로 하여 실현하는데, 이는 두말할 나위도 없이 분단 역사의 인위적 장벽을 허무는 의지적 방향성을 포괄한다. 그것이 선전 구호의 차원이 아니라 살상의 역사를 함께 체험한 그 옛 사람을 만나는 차원에서 서술되는 형식은, 한편으로는 시대적 추세를 반영하는 것이며 다른 한편으로는 이념의 대결에서 심정적 화해의 길로 나아가야 한다는 당위성을 표방하는 것이다.

그런데 여기 매우 주목할 만한 하나의 변모가 있다. 시도 때도 없이 과거의 시점에 이미 세상을 떠난 유령들이 소설 공간을 배회하며, 주인공의 눈앞에 나타나 생시와 같이 말을 걸어오는 상황의 설정이다. 리얼리즘 계열의 대표적 작가 황석영이 왜 이처럼 파탈의 방식을 동원하는가의 문제이다. 아마도 그처럼 자유로운 방식이 아니고서는 탈선의 역사를 다각적으로 조명하기 어려울 터이며, 실체적 진실을 구명하는 일의 엄중함에 비추어 볼 때 소설적 사실성이란 한낱 사소한 도구 이상이 아니라는 작가의 인식 변화도 동반되었을 터이다.

그리고 그러한 변화가 보다 전면적으로 나타나 소설의 외양을 얻은 것이 근래의 작품 〈심청〉일 것이다. 황석영의 '심청'은 인당수에 빠지지 않고 중국으로 팔려 간다. 그 15세에 출발한 심청은 중국인, 영국인의 첩으로, 일본인의 처로 살다가 여든의 나이에 제물포로 귀환한다. 작가는 이 소설을 통해 한 여인의 기구한 운명, 근대화의 물결에 밀려 근본이 뒤흔들리던 18, 19세기 동아시아의 운명을 그렸다.

〈심청〉이 동아시아의 근대화를 상징하는 소설인 것은, 곧 동아시아 전역에 편만했던 전근대적 역사에 대한 비판적 평가와 근대성 극복의 강력한 의식이 서사적 표현을 얻었다는 의미와 동일하다. 〈장길산〉에서부터 시작된 리얼리즘의 예리하고도 진중했던 세계 인식의 방법이, 여기에 이르러 소설적 형식과 유형에 얽매이지 않는 유장한 결말을 도출한 셈이다.

지금까지 살펴본 곤고한 그리고 장대한 소설의 창작 과정과 그것을 추동해 온 그의 삶은, '근대성'이라는 관측의 창을 통해 바라볼 때 지속적인 비판과 저항 정신의 소산이었고, 근대성의 여러 굴곡을 넘어서려는 의지의 표출이었다. 1970년 〈탑〉에서 오늘의 〈심청〉에 이른 그의 길이 그 다음 단계를 어떤 외형과 내포로 준비할지, 기다리며 지켜보는 것이 이제 우리의 몫이 되겠다.

우리 시대의 정신적 모험주의

―서영은의 〈먼 그대〉

1980년대의 우리 소설을 되돌아보면, 가장 먼저 눈에 들어오는 것이 그 중반 이후 주제의 이념적 편향성이다. 그것은 80년대 초반의 위축된 소설 문학에 새로운 활력을 섭생하게 하였으며, 아울러 새로운 산문 시대를 예고하는 동인이 되었다. 반면에 다른 측면에서는 소설을 당파적 구획화의 그늘 속으로 몰아넣어 문학의 다양성이 미덕으로 통용될 수 있는 분위기를 압박하는 역기능을 노정하기도 했다.

이러한 상황은 문학이 자기 체계 안에서 작품의 형식과 내용을 확립하기보다, 시대나 사회의 전반적인 흐름에 조응하면서 그 진로를 탐색하는 경향이 우세하였음을 말해 준다. 다시 말하면 문학이 시대사의 굴곡에 접촉하면서 이에 대한 어떤 입장을 표명해야 하고, 사회 구성원으로서의 작가가 공동체적 삶의 실상에 대해 응분의 책임을 감당해야 한다는 논리가 하나의 주류를 형성하였던 것이다.

　80년대 초반이 '시의 시대'로 불리어 온 것은, 우리가 익히 알고 있다시피 당시의 극단적인 정치적 압제가 문학의 상징적이고 암시적인 기능을 촉발하였고, 따라서 구체적 스토리로 형상화해야 하는 소설보다는 시를 통해 발화하는 것이 현실적으로 한층 유효하였기 때문이다. 이 달갑지 않은 자물쇠를 풀어내는 열쇠는, 결국 문학 외적인 시대사가 민주화라는 도도한 물줄기를 형성하면서 '표현의 자유'라는 기본권 위에 드리워진 무거운 압제의 장막을 걷어준 데 있다.

　물론 80년대 소설이 후반으로 넘어오면서 동시대 삶의 모습과 결부되어 그 수준에 두루 미치는 개화기를 열었다고 해서, 전 시대의 소설적 경향과 격리된 별종들을 생산한 것은 아니다. 70년대 이래 우리 소설의 두 축을 이루어 온 분단문학과 산업화 시대의 문제점을 다룬 문학이 여전히 질과 양에 있어 압도적 우위를 보이고 있고, 우리가 앞서 지적한 이념 지향의 문학, 즉 노동 현장의 문제점에 접근한 소설이나 정치적 관점을 강하게 표명한 운동권 작가의 소설은 바로 산업화 시대의 쟁점에 날카롭게 대립한 소설들과 동궤의 맥락을 가지고 있다.

　그런데 우리는 여기서 지금까지 논거한 소설들과는 다른 태도를 가진 소설을 주목해 볼 필요가 있다. 그것은 문학의 다양성이라는 항목이 단순한 도피적 주장이 아니며, 오히려 폭넓은 현실 감각을 되살림으로써 첨예한 비판 정신에 의거한 문학의 위상을 올바르게 정초해 줄 수도 있는 까닭에서이다. 뿐만 아니라 이념적 주의 주장이 결코 문학의 주인이 될 수 없다는 입장에 있는 작가들의 입지가, 순문학의 울타리 속으로 침잠한 현실 불감증의 결과라고 함부로 매도되어서도 안 될 것이기 때문이다. 그들이 그들의 방식대로 시대나 사회의 중심을 향해 내뻗고 있는 더듬이의 역할이 집적된 바탕 위에서, 오늘날과 같은 '소설의 시대'가 가능하다는 균형 잡힌 시각이 요구된다.

실제로 80년대를 가로질러오면서 낭만적 세계관의 상상력을 기반으로 하는 이문열의 소설, 함께 희비를 나누며 어울려 살아가는 소시민들의 세태를 그린 박영한의 소설, 내면적 고통의 격렬함에 엄정한 초절주의로 맞선 서영은의 소설 등이 대단한 반향을 일으키며 동시대의 독자들에게 수용되었음을 적시해 보면, 우리의 논의가 긴요한 것임을 인정할 수 있을 터이다.

여기에서는 이와 같은 측면에서 1983년도에 이상문학상을 수상한 서영은의 〈먼 그대〉를 분석해 보고자 하는데, 먼저 이 작품이 가지고 있는 내재적인 논리를 점검해 보고, 다음으로 우리의 현실적인 삶과 연관되는 감응력의 성과를 추적해 나가려 한다.

세찬 바람에 펄럭이기를 갈망하는 정신의 갈기

〈먼 그대〉는 '마흔 고개를 바라보는 노처녀'이며 '출판사 교정원'인 문자라는 한 여인이 겪고 있는 고통의 기록이다. 그녀의 동료들에게는 '그녀의 등 뒤에만 유난히 시린 바람'이 회오리치고 있는 듯이 여겨지는데, 그것은 세상의 고난을 자발적으로 짊어진 수도자의 모습이 아니다. 또한 자신의 영혼을 구제하기 위한 향상심에 의거해 있지도 않다. 그녀가 치열하게 붙들고 있는 것은 각박하기 이를 데 없는 환경으로 부하된 삶의 조건을 감당하는 일일 따름이다.

마르쿠스 아우렐리우스가 〈자성自省일기〉에서 "고통은 괴로워하는 자가 그 한계를 알고, 그 공포에다 상상력을 가하기만 하면, 못 참을 것도 없고 또 영속하는 것도 아니다"라고 말한 것처럼, 문자의 캐릭터는 고통스러운 삶의 극점에서 이를 객관화함으로써 어느 순간 무너져 나갈지도 모르는 고투의 끈을 다잡고 있다.

서영은 소설의 주인공 거의 모두가 그러하듯이, 문자에게서 우리가 가장 먼저 발견하게 되는 것은 그 비상식적이며 비일상적인 사고 형태이다. 한수라는 지극히 무책임하고 비도덕적이며 처자가 있는 사내를 사랑하면서 문자가 보이는 반응은, 세상의 여자들이 남자를 사랑하는 방식과는 참으로 판이하다.

한수가 불우한 시절에도, 출세를 했을 때도, 또다시 낙백하여 돌아왔을 때도 그녀의 사랑은 한결같이 순종적이며 맹목적이다. 어린아이 옥조를 빼앗기면서도 불평을 말하지 않는다. "그의 모질고 이기적인 성격을 엿볼 때마다 문자는 맘속으로 울고 입술로는 웃는다." 한수를 더욱 사랑함으로써 복수할 수 있다고 믿는 문자는 확실히 보통의 여자들과는 다른 사람이다.

이 답답한 인내와 방향감각이 없는 성실성은 어디서 오는 것일까? 그 대답은 문자의 외형적인 행위에서는 찾아볼 수 없다. 그녀는 아무도 모르는 내면 깊숙한 곳에 자못 형이상학적인 답변을 숨겨 놓고 있다.

문자가 세상 사람들 앞에 은닉하고 있는 것은 "남루한 옷차림의 이 도령이 도포 속에 감춰 가지고 있던 마패" 같은 것이 아니며, "또는 텔레비전이나 영화에서 가난한 여주인공이었던 여자가 알고 보니 무슨 재벌 총수의 딸이더란 식의 돈 많고 지위 높은 아버지" 같은 것도 아니다. 작가가 말하듯이 "남들이 눈치 채지 못하는 자기 맘속의 어떤 그윽하고 힘찬 상태", 그걸 뭐라 해야 할지 알 수 없는 그 무엇이다.

서영은의 전반적인 소설 세계를 통해 볼 때, 우리는 이러한 상태를 '정신적 모험주의'란 이름으로 부를 수 있을 것이다. 범상한 사람들의 감정 유희를 모두 건너뛰어 버린 탈속의 의식―거기에는 안락한 삶이나 아기자기한 사랑의 밀어 같은, 고통을 감내한 뒤끝에 얻어지는 보람이 없다. 정신적 모험주의를 표방하는 주인공들은 고통의 조건을 회피하지 않을 뿐 아니라 스스로 그 고통 속으로 빠져 들어감으로써 "만족을 모르는 채 항시 세찬 바람에 펄럭이기를 갈망하는 정신의 갈기"를 세우려 한다.

문자의 격렬한 의지는 고통이 끝난 다음의 삶을 향한 미래지향적 방향성을 추구하지 않으며, 고통 그 자체에 모험적인 투쟁으로 부딪쳐 가는 데 뿌리를 두고 있다. 소설에서 이 메시지가 너무 강력한 나머지, 보기에 따라서는 그녀가 고통 받는 자신을 도락하고 있는 듯한 느낌을 줄 정도이다. 서영은의 다른 작품에 등장하는 인물들, 예컨대 〈살과 뼈의 축제〉의 '나', 〈사막을 건너는 법〉의 노인, 〈삼각돛〉의 함명훈 기자, 〈산행〉의 남편, 그리고 〈그리운 것은 문이 되어〉의 여소운 등이 모두 이러한 정신적 모험주의의 주인공들이다.

그러나 고통에 대한 보상이 목표가 아닌 만큼 왜 고통을 참아야 하는지에 대한 답변이 구체적인 형태로 주어지기는 어렵다. 작가 서영은은 그의 소설 문법에 의해 이미 이 사실을 알아차리고 있는 것 같다. 〈먼 그대〉에서 문자의 심적 상태가 몇 가지 우화적 기법을 빌려 암시적으로 표현되고 있음을 보면 이를 잘 알 수 있다.

작가가 가장 주된 상징적 의미로 사용하고 있는 암시는 "짐을 얹고 또 얹고 그러는 동안 자기 속에서 그 짐을 이기는 영원한 힘을 이끌어 낸 불사의 낙타"에 있다. 문자는 아이 옥조를 한수에게 보내고서도 "네 힘으로 네 속에서 낙타를 이끌어 내야 한다"고 생각한다. 가장 어려운 상황에 처했을 때 문자 속에서 벌떡 몸을 일으켜 세운 낙타는 이렇게 외치고 있다.

고통이여, 어서 나를 찔러라. 너의 무자비한 칼날이 나를 갈가리 찢어도 나는 산다. 다리로 설 수 없으면 몸통으로라도, 몸통이 없으면 모가지만으로라도, 지금보다 더한 고통 속에 나를 세워 놓더라도 나는 결코 항복하지 않을 거야. 그가 나에게 준 고통을 나는 철저히 그대로를 가지고도 살 수 있다는 것을 보여 줄 테야. 그래, 그에게뿐만 아니라, 내개, 이런 운명을 마련해 놓고 내가 못 견디어 신음하면 자비를 베풀려고 기다리고 있는 신에게도 나는 멋지게 복수할 거야!

낙타는 사막이라는 환경의 악조건을 건너는 다리이다. 낙타가 갈증을 물리적인 힘으로 견딜 수 없는 마지막 순간에 이를 때 등의 굳기름을 물로 바꾸는 것은 사태의 해결책을 자기 내부에서 발견하는 것인데, 문자가 고통에 대응하기 위해 마련한 자기 최면이 낙타의 생리와 흡사하다면 그 비유는 〈먼 그대〉를 탄탄한 암시적 의미망을 가진 소설로 밀어 올리는 데 유익하다.

이와 유사한 암시는, 문자가 높고 가파른 언덕을 올라가는 도중
에 다리를 쉰 고목나무에서 전해 받은 '신선한 영감'에서도 나타
난다.

　한 가지를 지니고 있다. 그의 가지 하나하나가 모두 하늘을 어루
만지려는 갈망의 손으로 보였다. 저토록 높은 데까지 갈망의 손을
뻗치기 위해서는 아마도 그의 뿌리는 자기 키의 몇 배나 깊이 땅속
으로 더듬고 들어갔을 것이다. 생명수를 찾아 부단히, 차고 견고한
흙 속으로 하얀 의지를 뻗쳤다. 나무의 뿌리가, 자신의 발밑에 맞닿
아 있다는 것을 생각하면 문자는 시린 삶의 아픔이 가시는 듯한 위
안을 느꼈다.

서영은은 이런 종류의 암시를 꽤 즐겨 사용하고 있다. 〈삼각돛〉
에서는 "부장도 과장도 국장도 아닌, 단지 머리가 희끗희끗할 뿐인
노老기자가 대통령이나 장관들 앞에서도 다리를 꼬고 앉아 그의
경륜에서 우러나는 무서운 질문들을 던질 때" 권력이 저절로 견제
된다는 논리를 펴고 있는데, 이때 노기자의 모습은 〈먼 그대〉에서
고목의 이미지가 현실적인 삶에 적용된 정신적 친족 관계를 형성
한다.
　〈먼 그대〉에서는 또한 리비아 사막에서 살아온 유목민들에게 전
설처럼 전해 내려오는 지도에 관한 이야기를 하고 있다. 그 지도에
는 사막의 땅속 깊은 곳으로 흐르는 푸른 물길이 그려져 있고 이
길을 '신의 길'이라 부르는 데, 사막의 오지에서 나오지 않는 사람
들만이 물길이 어디에 있는지 안다는 것이다. 이 상징적 에피소드

역시 자신의 고통스러운 삶을 정신적 심연의 바닥에 갈무리해 두고 있는 사람들의 선험적 유대를 의미한다.

서영은이 효과적으로 사용하고 있는 이와 같은 삽화들은 문자의 비일상적 행적을 떠받쳐 주는 보조 기능을 담당하고 있으며, 그것은 논리적 설명으로서가 아니라 감응력에 기대어 호소하는 방법에 입각해 있다. 즉 낙타와 관련된 생물학적 지식으로서의 그 품성을 원용하는 데 그치는 것이 아니라, '사막을 건너는 다리'로 우리에게 익숙해 있는 낙타의 결연한 이미지를 십분 활용한다는 말이다.

고통의 심연을 비추어 보는 동시대의 손거울

문제는 문자와 같은 캐릭터의 심리 상태가 어떻게 해서 1980년대의 타산적인 도시 문화 속에서 살아가는 우리들에게 '신선한 충격'일 수 있는가 하는 점이다.

문자의 고통은 기본적으로 한수와의 관계에서 출발한다. 한수는 문자에게 극심한 고통을 가중시키기 위해 존재하는 인물이다. 문자는 그에 대해 주변의 모든 사물을 '마이다스의 황금'으로 변모시킬 만큼 열정을 갖고 있지만, 단 하나의 보답도 받지 않았고 또 바라지도 않았다. 문자가 당면한 것은 결국 한수와의 성격적 갈등이 아니라 자신과의 가열한 싸움이었다.

한수는 작품 속에 고정되어 있고 살아 움직이는 것은 문자의 정신이다. 이때의 한수는 한 인간에게 주어지는 시련이나 역경의 다른 이름일 뿐이다. 한수를 이와 같은 캐릭터로 처리함으로써 〈먼 그대〉는 통속적 사랑이야기로 떨어질 위험을 내포한 스토리를 가열한 정신적 모험주의라는 극채색의 빛깔로 포장할 수 있었다.

　대다수의 우리는 문자의 경우와 같은 자학적 고통 가운데 서기를 꺼려한다. 그러나 볼테르의 표현처럼 "행복은 꿈에 지나지 않고 고통은 현실"이다. 오스카 와일드가 〈옥중기〉에서 피력하고 있듯이 "고통이 참으로 하나의 계시가 된다"고 할지라도 우리는 그것과 마주서기보다는 비켜가기를 원한다. 그러면서 영악하게도 우리는 고통의 영접을 포기했을 때 삶의 저 깊은 골짜기를 속속들이 걸어볼 수 없다는 사실도 알고 있다.

　우리가 가지 않은 그 미지의 세계를 문자는 우리 앞에 펼쳐놓는다. 이 얼마나 편리한 심리적 대사 행위인가! 문자는 소시민의 굴레를 둘러쓰고 살아가는 우리에게 드물게 보는 간접 체험의 전수자이며, 우리는 여러 방면에서 포기와 도피를 강요하는 80년대식 삶의 질곡 가운데에서 이를 기꺼이 받아들인 '우매한 현자'들이었다. 〈살과 뼈의 축제〉에서 주인공이 장님을 두고,

　당신은 행운아요. 내가 수없이 넘어지고 상처를 입으면서도 아직 반밖에 못 온 길을 당신은 단 한 번의 희생(실명)으로 대번에 목적지까지 와 있으니 말이오.

라고 중얼거리는 대목은 음악을 듣는 귀를 위해 스스로 눈을 버린 '사광의 일화'를 상기시키면서, 곧 문자의 행위가 표방하는 중핵적인 삶에로의 진입과 연결되어 있다. 다시 말하거니와 우리는 그러한 장님이 될 의지도 용기도 박약하다. 그럼에도 불구하고 우리 내부에는 그와 같은 삶의 진면목과 맞부딪치기를 갈망하는 진정성

이 내재해 있음을, 작가는 그의 다른 소설 〈틈입자〉와 〈산행〉의 아내를 통해서도 환기시킨 바 있다.

니체는 그의 〈화려한 지식〉에서 "크나큰 고통이야말로 정신의 최후 해방자이며 이 고통만이 어김없이 우리들을 최후 깊이의 심연에까지 이르게 한다"고 했는데, 〈먼 그대〉는 그 심연과의 만남을 기피하는 왜소한 현대인에게 갖가지 고통스러운 삶을 비춰 보며 성찰하는 데 유용한 하나의 손거울을 건네주었다. 이러한 작은 거울들이 모여 전신을 비춰 볼 수 있는 대형 거울을 이룰 때, 문자의 삶은 개체적 자아의 성에 유폐되어 있는 것이 아니라 다른 사람들과 함께 어울려 살아가는 보다 가치 있는 것으로 평가절상 될 것이다. 그 절상된 삶은 이제 작가가 아닌 우리 독자들의 몫이다.

서영은의 소설들이 말해 주듯이, 시대적이고 사회적인 성격의 첨예한 명제를 붙들고 있지 않더라도 문학은 냉엄한 엄숙주의를 내세우면서 작중인물과 독자와의 사이를 공통된 이해와 감응력의 끈으로 이어 줄 수 있다. 그것은 한편으로 작품 자체의 견고함을 말하면서, 다른 한편으로 과거에 그러했듯이 우리 시대에 있어서도 여전히 소중한 문학적 다양성의 소임을 말하고 있다.

분노와 좌절의 극단, 그 공간 이동
—최인호의 〈깊고 푸른 밤〉

최인호의 〈깊고 푸른 밤〉은 〈문예중앙〉 1982년 봄호에 발표되었다. 발표와 동시에 많은 화제를 모았고 그 화제에 대한 평가의 방향이 긍정적인 편이었으며 마침내 우리 문단의 권위 있는 문학상인 이상문학상의 제6회 대상 수상작으로 결정되었다.

당시에 심사를 맡았던 백철, 김동리, 최정희, 김윤식, 김화영, 이어령 등 작가와 평론가들은 이 작품을 크게 칭찬하면서 '선정 이유서'에서 다음과 같이 밝히고 있다.

최인호의 〈깊고 푸른 밤〉은 소설 공간을 미국으로 확대하여 현대 인간의 좌절과 그 개체에의 회복을 세계의 문맥 속에서 파악하고 있다. 한 가수의 얼굴과 목청을 통해 보여 준 뛰어난 묘사력, 풍부한 감성, 그리고 예리한 비평 정신은 현대 휴머니즘의 서사시적 가능성을 충분히 보여 주고 있다.

이 글이 쓰인 지 십수 년이 지난 오늘, 필자의 시각으로는 '개체에의 회복'이나 '한 가수의 얼굴과 목청' 등 부분적으로 동의하기 어려운 개념 또는 표현이 없지 않지만, 대체로 대상 작품의 본질적 의미를 잘 짚고 있다고 생각된다.

'현대 인간의 좌절'이란 물질문명의 다기한 외형들이 당대 문화의 천정을 치는 상황 속에서 제도적으로 또 개별적으로 파멸해 가는 삶, 또는 그 좌절을 지칭할 것이다.

'세계의 문맥'이란 말은 단순히 작품의 배경이 미국으로 확장되었다는 소재적 차원을 넘어서, 그것이 1970년대 이래 우리 사회의 한 속성이 되었던 아메리카니즘 곧 미국 지향주의의 단초를 드러내면서, 우리 문학의 소설적 공간 확대에 하나의 시범적 기능을 수행했다는 인식을 포괄하고 있을 터이다.

그리고 '현대 휴머니즘의 서사시적 가능성'이란 표현 속에는, 이 소설의 주인공과 마찬가지로 암담하고 곤고한 삶을 꾸려가야 하는 우리가 이 소설을 통해 어떤 휴머니즘의 이삭들을 추수할 수 있을지를 유의해 보아야 한다는, 절실하고 간곡한 권유가 함축되어 있는 것으로 보인다.

이처럼 이 소설은 작품 자체로서 당대의 우리 문학에 유의미한 체계를 형성하였거니와, 작품 외적으로 작가 스스로의 창작 경향과 그 변모의 궤적에 비추어서도 중요한 시금석이 되리라는 기대를 모았다. 그것은 달리 말하면 작가 최인호에게 건 문단 일반의 기대요 주문이었으며, 그러한 주문의 배면에는 문학의 정통성과 본격 문학의 가치에 대한 우리 문단 원로들의 우려가 깔려 있었던 것으로 알려져 있다.

　최인호는 20대 초반 약관의 나이에 1967년 〈견습환자〉로 조선일보 신춘문예에 당선된 이래 활발한 작품 활동을 보여 왔으며, 산뜻하고 흥미로운 이야기 구조, 감각적이면서도 정확한 문체, 서정적인 분위기와 속도감 있는 배경의 전환 등으로 금방 자리를 잡았던 작가이다.

　그의 이와 같은 장점들은 한편으로는 쉽사리 대중적 취향과 악수할 수 있는 것이어서, 1970년대를 풍미한 〈별들의 고향〉에서 볼 수 있는바 동시대 감성의 충실한 대변자라는 긍정적 역할과 대중문학에의 지나치고 무분별한 경도라는 부정적 역할을 함께 노정하기에 이르렀다.

　최인호의 초기 작품들은 크게 두 가지로 분류할 수 있다. 〈가면무도회〉, 〈다시 만날 때까지〉, 〈뭘 잃으신 게 없습니까〉, 〈미개인〉 등과 같이 사회현실 속에서 문제의식을 나타낸 작품들이 있는가 하면, 앞서 언급한 〈별들의 고향〉을 비롯하여 〈내 마음이 풍차〉, 〈타인의 방〉 등 소설집에 실려 있는 작품들처럼 개인적인 현실에 무게중심을 두고 세태의 풍속과 의식을 드러낸 것들이 있다.

　〈깊고 푸른 밤〉이 발표될 무렵, 최인호의 작품 성향은 현저히 후자 쪽으로 기울어 있었으며, 바로 그러한 점 때문에 뛰어난 재능을 가진 이 작가가 작가의 사회적 책임이라는 항목에 보다 깊은 관심을 가져줄 것을 요망하는 공감대가 형성되었던 셈이다.

　〈깊고 푸른 밤〉은 그 기대와 요망에 부응할 만한 소설적 요소들을 만만찮은 부피로 끌어안고 있는데, 그것은 이상문학상 수상 작품집에 함께 수록된 이 작가의 또 다른 우수작 〈이상한 사람들〉 연작에서도 유사하게 발견된다. 말하자면 강력한 사회 인식을 소설을 통하여 표방하되, 그 방식이 그동안 줄곧 그를 따라다니던 통속성의 너울을 벗어던지고 감각적이면서도 문학적인 실과를 수확하는 차원에 도달하고 있다는 사실이다.

또한 〈깊고 푸른 밤〉은 이야기의 배경을 태평양 너머 미국으로 끌고 들어가서 그 이질스러운 토양 위에서 오히려 말하고자 하는 바의 진면목을 효율적으로 생육할 수 있었다. 이러한 공간 이동 및 확장이 그때까지는 우리 소설에서 흔하게 마주칠 수 있는 것이 아니었다는 점은 분명하다. 그로부터 10여 년이 지난 오늘에야 그것이 다반사인 형편이지만, 낯선 풍광과 경물 중에서 익숙한 의식의 요동을 작성해 보인 이 작품의 성과는 결코 쉽사리 폄하될 수 있는 것이 아니었다.

삶의 동통疼痛과 분노의 출구

〈깊고 푸른 밤〉은 두 사람의 중심인물에 의해 지탱되고 진척되는 이야기이다. 한 사람은 '그'라고 표현되는 이 소설의 주인공이다. 작가가 시종일관 3인칭인 '그'의 관점을 차용하면서 분석적이고 전지적으로 사건을 설명하고 있으므로, 이 소설의 시점은 '전지적 작가 서술'로 분류할 수 있다.

전지적 작가 서술은 작가가 전지전능한 신과 같은 입장에서 등장인물의 행동을 묘사하기도 하고 내면 심리를 해설하기도 하는 방식이다. 이 경우 화자의 위치는 자유자재로 변동될 수 있어서 작중 인물과의 사이에 개재되는 거리를 최소한으로 좁힐 수 있다. 화자는 인물의 외면과 내면을 직접적으로 언급하기도 하고 또 객관적인 각도에서 서술하기도 한다. 그래서 이 시점을 때로는 '올림푸스적 시점'이라 부르는 것이다.

전지적 작가는 그가 원하는 대로 인물의 인생관이나 생활 태도, 그리고 사랑, 윤리, 관념 등을 용이하게 표출할 수 있어서 삶의 총체적 면모를 그리는 장편소설에서는 대개 이 방법을 사용하게 된다. 김동인의 〈태형〉이나 최인훈의 〈광장〉은 이 서술 방식을 효율적으로 활용하여 소기의 목표를 달성한 경우라 할 수 있겠다.

중편으로서의 〈깊고 푸른 밤〉이 '그'를 앞세우며 이 서술 방식을 사용하고 있는 것은, '그'에 관한 정보를 축약하거나 조절하면서 요령 있게 독자들에게 전달해야 할 필요성을 반영하고 있다. 요컨대 표면적 사건의 밑바탕이 되는 원인 행위들은 모두 멀리 한국에 있고, 그것의 외형적 형상이라 할 결과적 사건들만 미국에서의 일인 것이다. 만약에 사건을 외면적으로 관찰하는 방식의 서술 시점으로 이 소설을 풀어 나가려 했다면, 작가는 핍진한 메시지를 전달하면서도 박력 있게 독자들을 작품의 핵심으로 인도하진 못했을 것이다.

전지적 작가 서술에 의해 면모가 밝혀진 '그'는 글쓰기 직업을 가지고 있었고 신문 연재소설을 썼으며, 또 한 사람의 중심인물인 준호가 가수로 활동했을 때 노랫말을 써 주기도 했다. '그'는 한국에 아내와 두 아이를 남기고 미국으로 왔다. 그가 왜 미국으로 왔는가를 밝히는 것은 곧 이 소설의 주제를 밝히는 일이 되기도 한다.

준호는 '그'의 고등학교 2년 후배이며 동생의 친구로, 한때 제법 유명한 가수였으나 대마초 흡연 사건으로 가요계를 떠났다. 만약에 범법자로 다루어졌다면 길어야 일 년 집행유예 정도로 끝났을 것을, '사회적 여론'으로 두들겨 맞아 4년간 격리되고 어쩔 수 없이 낭인浪人 생활을 할 수밖에 없었다.

이후 준호는 여러 사업에 손을 대었으나 끝내 파산 지경에 이르렀고, 도피처로 미국을 선택하여 밀입국한 채 눌러 살려 하고 있다. 준호에게는 겨우 중고차 한 대가 남아 있으며 할렘가의 싸구려 방에서 아무런 대책 없이 지내고 있다. 준호에게도 한국에 남겨 둔 아내와 두 아이가 있다.

이 소설은 이 두 인물이 로스앤젤레스에서 만나 샌프란시스코로 여행 갔다가 다시 로스앤젤레스로 돌아오는 노상路上의 이야기이다. 샌프란시스코에서 정준혁이란 겨우 안면만 있는 이의 집에서 하룻밤을 유숙했다가 돌아오는 길에 이들은 길을 잘못 들고 차는 노변 난간에 부딪혀 부서진다.

이와 같이 뚜렷한 목적도 없이 살아가는 두 사람의 노정을 따라 전개되는 이 소설은, 그러한 과정에서 벌어지는 사건의 행간을 채우고 있는 광포한 분노와 암담한 좌절의 기록이다.

그는 자신의 분노에 겁을 집어먹기 시작했다. 그는 자신이 피로해진 탓이라고 생각했다. 신경쇠약이 재발된 모양이라고 그는 스스로 심리 분석을 해 보기도 했었다. 지난 십여 년 동안 한시도 제대로 쉬지 못하고 혹사한 탓으로 신경이 팽팽한 바이올린의 현처럼 끊어져 버린 모양이라고 자위해 보기도 했다. 그러나 참을 수 없는 분노는 더 이상 긴장과 자제로써도 눌러 진정시킬 수가 없었다. 분노는 그의 입을 뛰쳐나오고, 그의 손끝은 불수의不隨意 근육처럼 움직였다. 술좌석에서 그는 술만 마시면 마주 앉은 사람들과 싸웠고 어떤 때는 병을 깨고 술상을 뒤집어엎어 버리기도 했었다. 그가 여행을 떠나온 것은 그런 모든 분노의 일상생활에서 도망쳐 온 것이었다.

이 인용문을 통해 보면 '그'에게도 준호와 같이 '분노를 끓어오르는 용광로처럼 가슴깊이 간직'하고 살아야 할 사유가 명료한 밑그림으로 이미 마련되어 있다.

그런데 이들의 분노는 결미의 좌절을 향해 나아가면서 자포자기한 중에 그 본래적 성격의 변질을 가져온다. 비록 마리화나의 위력을 빌리긴 했으되 '그'는 절벽 길을 내려 바다에 이르면서 분노의 불길을 잠재운다. "처절하게 패배했다는 것을 깨달았을 때 그의 분노는 참다랗게 재를 보이며 소멸"되었다면, 그 소멸은 이성적 가치 판단에 의한 소멸이 아니다.

도스토예프스키는 〈백치〉에서, "격분도 어느 극에까지 도달하면 인간은 거의 그 격분이 유쾌해져 될 대로 되라는 자포자기적 기분으로 점점 더해 가는 쾌감을 즐기면서 아무런 억제도 없이 분노에 스스로를 내맡기고 만다"라고 썼는데, 최인호가 이 소설을 종결 처리하면서 작성한 분노의 소멸이란 어느 면에서는 도스토예프스키의 통찰에 의한 희화적 결말과 닮아 있다. 그러면서 그 비이상적 상황을 수긍하도록 잡아끄는 힘이 최인호의 소설과 그 문장이 가진 설득력이라 할 수 있겠다. 그것은 감각적이요 감성적인 흐름을 가진 글의 힘이기도 하다.

준호의 아내와 그 아이들의 육성 테이프는 이들의 좌절을 재촉

한다. 여러 번 들은 테이프일지라도 마지막 순간의 그것은 결정적 계기로 작용한다. 이들에게 외향적인 출구는 희망 없이 막혀 있다. 작가가 여기서 제시하는 길은 내성적인 성찰의 단계, 곧 모든 가능성이 사라져 버린 그 자리에서의 편안한 탐색의 시발일 뿐이다.

어쩌면 조지 오웰의 〈1984년〉과 유사한 이 끝마무리에 우리가 심정적으로 동조하거나 한걸음 더 나아가 찬성표를 던질 수 있기 위해서는, 그 절망이 순수해야 한다. 일찍이 알베르 카뮈가 그의 〈수첩〉에서 "절망이 순수한 것은 한 가지 경우밖에 없다. 그것은 사형 선고를 받은 경우이다"라고 극단적으로 말했는데, 〈깊고 푸른 밤〉의 경우는 두 등장인물의 삶이 회복의 통로를 폐쇄해 버렸으므로 오히려 순수할 수 있을 터이다. 남다르게 명민한 작가 최인호가 이러한 감정적 유로流露와 그 기미를 놓칠 리 없으며, 우리가 이 소설을 값있게 받아들이는 바탕에는 작가의 그처럼 기민한 순발력이 개입되어 있다 하겠다.

소설적 공간 이동, 또는 노상路上의 소설

〈깊고 푸른 밤〉이 미국을 배경으로 하고 있다는 사실은, 이 소설적 정황이 시간 및 공간 개념의 파괴를 의도하는 작가의 사유 체계에 기초하고 있다는 말과 다르지 않다. 실제로 그는 작품 속에서 도로를 질주하는 차 안에서 시간 개념과 공간 개념이 마비되기 시작한다고 진술하고 있다.

작가는 이 파괴의 도식을 그리면서 매우 뜻 깊은 레토릭 하나를 보여 준다. 그것은 '그'와 미국의 시간 및 공간과의 냉엄한 절연성이다. '그'가 미국의 한 간이 음식점에서 식사하는 30분 동안 만난 사람들, 그들이 '그'에게는 30분의 전 인생을 살고 있다는 것이다. 그리하여 작가는 다음과 같은 대단히 단정적인 언표를 과감히 내놓는다.

그가 이제 식사를 끝내고 그 낯선 음식점과, 낯선 도시를 떠난다면 그들은 죽음을 맞이하게 될 것이다.

미국이라는 환경적 장치에 대한 인식이 이러한 수준이라면 장차 미국의 풍요와 자유 그리고 다른 미국적인 무엇들이 등장인물의 내면세계를 간섭할 여지란 거의 없는 것이다.

그렇다면 미국으로의 소설적 공간 이동이 갖는 의미가 무엇인가를 새로이 되새겨 볼 필요가 있다 하겠다. 작품 내부에서는 "미국으로의 여행은 그가 스스로 선택한 유배지로의 여행"이란 답안이 마련되어 있다.

여기서 '유배지'는 제기된 질문에 대한 답변에 하나의 핵심적인 요소가 될 수 있다. 유배지의 개념이 유배 현장에서의 사건만으로 그 성격을 배태할 수 없으며 거기에까지 이른 전 단계의 행적에 비추어 설명할 수밖에 없는 것이라면, 우리가 앞서 이질성의 토양 위에서 효율적인 메시지를 전달하려 했다고 한 그 메시지는 미국적 환경과는 당초 무관한 것이다.

다만 준비된 메시지가 돋보이도록 치장하는 환경 조건을 가장 효율적으로 설정하기 위해 작가는 '그'와 준호를 미국으로 보내었으며, 그런 점에서 폭발적인 분노를 아슬아슬하게 갈무리하고 좌절의 극점에까지 이르는 과정을 편의하게 매설하는 데 미국은 유익한 기능을 공여供與했다 하겠다. 그런데 바로 이 지점은 소설 〈깊고 푸른 밤〉과 우리가 익히 알고 있는 영화 〈깊고 푸른 밤〉이 그 주제 의식에서 결연히 갈라서는 대목이다.

영화의 줄거리는 소설과 매우 다르다. 같은 작가에 의해 각색되었으면서도 영화에는 1970년대의 무분별한 미국 지향주의, 미국 제일주의에 대한 강력한 경고가 내포되어 있다. 이는 이문열이 〈추락하는 것은 날개가 있다〉에서 형상화하는 데 실패한, 좀 더 심하게 말하면 그러한 문제의식의 단초를 성립시키지 못한 아쉬움을 흔연히 채워 주는 느낌을 준다.

영상 문화와 문자 문화의 차이라든지, 영화의 사건 구조와 상업적 성공과의 관련이라든지 하는 부차적 해설들을 끌어오지 않더라도 이 두 문화 패턴 사이의 변별성은 충분히 납득이 갈 만하다. 〈깊고 푸른 밤〉은 소설이 소설이기 위해서, 또 영화가 영화이기 위해서 어떻게 자기 충족적 논리를 따라갈 수밖에 없는가라는 명제에 모범 답안으로 제시될 만한 요인을 지니고 있다 하겠다.

이 작품이 표방하고 있는 또 하나의 특성은 노상路上의 소설이라는 점이다. 작품의 초입에서부터 끊임없이 숫자로 호명되는 도로명이 등장하고, 그 도로를 따라 달리는 가운데 사건이 발생하고 생각이 교차되며, 마침내 노상의 바닷가에서 결미에 이른다.

우리 작가 가운데 김주영이 〈새를 찾아서〉나 〈쇠둘레를 찾아서〉 그리고 〈외촌장 기행〉 등 노상소설을 여러 편 제작한 바 있지만, 최인호의 이 노상은 떠돌이의 애환이나 방랑자의 정감과 같은 감정적 유희와는 이미 거리가 멀다.

도로는 거대한 이동 벨트이며 그 위를 굴러가는 차들은 빠르게 조립되는 상품들처럼 보인다. 운전을 하는 준호나 쉴 새 없이 방향을 잡고 주위를 환기시키는 그나 무시무시한 메커니즘에 이기는 길은 살인과도 같은 전쟁에서 쓰러지지 않는 길이었다. 지도는 그들의 유일한 나침반이었다.

현대 문명의 조명 아래 황폐한 의식을 붙들고 세상의 거센 물결에 떠밀려 파편화되어 가는 삶이 지금 '거대한 이동 벨트' 같은 도로 위에 있다. 그들의 지도는 삶의 지도일 수 없다. 차창 밖 풍경이 한 번만의 해후로 영원히 잊힐 것이라는 이 소설의 한 문장처럼 소외와 단절의 삶을 안고 가는 사람들, 그들의 분노와 좌절의 극단을 날카롭게 들추어 보인 소설이 〈깊고 푸른 밤〉이다. 끝까지 남는 하나의 이의가 있다면 그러한 그들의 밤이 어떻게 '깊고 푸를' 수 있겠느냐는 것이다.

문학의 외길로, 지천명의 언덕을 넘어
—이문열의 〈변경〉

　작가 이문열이 대하 장편소설 〈변경〉의 집필을 끝냈다. 제1부가 1986년 8월부터 쓰이기 시작했으니, 제3부가 마무리된 1998년 11월까지 무려 12년이 넘는 세월의 대장정을 달려온 셈이다.

　그의 〈변경〉은 1989년 2월에 탈고된 제1부와 1992년 12월에 탈고된 제2부가 각기 3권씩 단행본으로 상재되어 있다. 그런데 제3부를 마저 끝내고 책으로 묶으려다 보니, 전체적으로 분량이 늘어났다. 그간 대개의 책들이 본문 글자를 키웠고 또 부분적으로는 보완할 곳도 있어, 결국 1, 2, 3부 각 4권씩 모두 12권에 이르는 방대한 부피를 끌어안게 되었다.

　문제는 그의 이 회심작이 그만한 서술의 분량에 이르렀다는 데 있지 않다. 이문열 개인에게 있어 이 작품은 자신이 꾸려 온 삶의 이력 또는 작품 활동의 행적 전체를 설명하는 이야기 방식이다. 이데올로기의 허상을 좇아 북으로 간 아버지와 그 뒤에 남은 가족들의 이야기인 〈영웅시대〉, 그리고 그 뒤를 이어 계속되는 역사 과정

속에서 이 척박한 땅에 뿌리내리고 살아야 했던 후대들의 이야기인 〈변경〉은 그야말로 이문열 자신의 가족사이다.

그는 이 두 작품에 그동안 숨기고 아껴 두었던, 자신의 겉과 속에 있는 상처를 모두 담았다. 그런 점에서 〈변경〉의 완성은 우리 문학에 굵은 족적을 남기고 있는 한 작가가 자기 정체성을 확인하는 일이요 신산스러웠던 자기의 삶을 카타르시스 하는 일이며 궁극적으로 자기 존재를 증명하는 일이다.

동시에 이 작품은 남북 간의 이데올로기 대립과 동족상잔의 전란으로부터 말미암은 파행의 역사가 우리의 삶에 드리우고 있는 검고 짙은 그늘을 보여 주고 있으며, 그것이 산업화 시대의 개막과 천민자본주의의 후안무치한 속성에까지 이르는 세부적이고 구체적인 과정을 드러내고 있다. 그러므로 1970년대 초반에 도달한 이 작품의 서술 영역 끝머리는 그의 가족사가 개인적 차원에 머물지 않고 곧바로 우리 시대 보편적 삶의 양태로 전이되고 확산될 수 있음을 증거한다. 말하자면 그의 내밀하고 절박하고 고통스러운 삶의 이야기들은 동시대를 살아가는 우리 모두의 슬픔이요 아픔으로 치환될 수 있는 성격의 것이다.

사정이 그러하다면, 그가 〈변경〉의 집필을 마친 그 시점에서 그를 만나 저간의 심경을 들어보는 일에 뜻이 없을 수 없었다.

이문열이 서울을 떠나 한 작은 시골 마을에 둥지를 틀고 있다는 사실은 이미 널리 알려진 바이다. 그를 만나기로 한 날, 오후에 강의가 있는 터라 시간을 절약하기 위해 필자는 아침 일찍 출발했다. 영동고속도로의 덕평 체인지에서 국도로 빠져나가 이천 방향으로, 또 좁은 시골길로 30여 분을 달렸다.

'부악문원'. 그가 그 시골 마을에 작은 성채처럼 지어 놓은 삶터의 이름이다. 마을 뒤로 작은 야산이 팽창하면서 봉우리를 이룬 그 산의 지난 이름이 부악산負岳山이요 지금은 설봉산이라 부른다는데 그는 어감이나 의미를 보아 '부악'을 선택했다.

그는 이곳을 마지막 거처로 생각하고 있었다. 어느덧 '틀어박힐 둥지'가 되어 버렸고, 덩치가 너무 커져서 '몸을 가볍게' 하여 빠져나가기가 어렵게 되었다고 했다. 그 삶터의 전면에는 숙생들이 기숙하고 공부하고 행사도 가질 수 있는 시설의 건물이 들어서 있고, 거기서 산마루 방향으로 살림집과 별채의 서재가 자리 잡았다. 부악문원 일대는 마침 추색이 짙어, 작은 관목들과 키가 조금 자란 수풀과 낮은 들풀들이 모두 황금빛 우수에 잠겨 있었다. 탈속한 서정. 가히 작가의 집이었다.

필자는 그의 서재에서, 또 서재 바깥의 뜨락을 거닐며 2시간 30분 동안 얘기를 나눴다. 전날 밤, 〈변경〉의 마지막 대목을 손질하느라 새벽 늦게야 잠들었다는 그는 피곤한 중에서도 어떤 확신에 찬 말을 내놓을 때는 눈빛이 예리하고 깊었다. 필자는 그와의 대화 속에서, 한 이름 있는 작가의 소탈한 일상과 꾸밈없는 속내를 읽었다. 그렇게 긴장을 풀고 무장을 해제할 수 있는 이문열을 만난 것만으로도, 그날의 걸음은 매우 상쾌했다.

20년을 쌓아 온 소설의 노적가리, 그리고 〈변경〉

— 선생님이 우리 문학에 이루고 있는 작품의 양과 질을 요약해서 말하기는 쉬운 일이 아닙니다. 지금까지 써 오신 작품의 분량에

대해 좀 말씀해 주시지요.

— 장편이 17편인데 단행본의 분량으로는 40권이 됩니다. 단편집이 5권인데, 여기에 실린 작품이 아마 모두 45편일 것입니다. 아직 책으로 묶이지 않은 중·단편이 3편 있습니다. 그리고 잡문집이 1권(자유문학사에서 나온 〈시대와의 불화〉) 있지요. 그 외에 '평역'이라 이름 붙은 〈삼국지〉와 〈수호지〉 20권을 합하고, 〈문학산책〉 등 이러저러한 책들을 모두 모으면 제 이름을 달고 세상에 나온 책이 80여 권이 될 것으로 보입니다.

— 이 선생님이 지금 여기 부악문원에 자리 잡고 계시는 그 의미의 바탕에는 80여 권의 서책으로 표상되는 작가의 이력, 그리고 한국 문학의 한 굵은 줄기가 잠복해 있는 셈이겠습니다. 여기 함께 있는 숙생들과의 일은 어떠신지요?

— 문원에 머물고 있는 분들은 대개 대학을 졸업하고 문학에 뜻을 둔 경우이며, 그 가운데는 심상대 씨처럼 문단에서 작품 활동을 하고 있는 작가도 있습니다. 한 주에 한 번 강독회를 하고 때로 작품에 대한 합평회도 합니다. 강독은 플라톤과 아리스토텔레스를 텍스트로 정하여 예닐곱 명이 함께하는데, 내년 6월까지는 플라톤을, 그 이후는 아리스토텔레스를 읽도록 예정되어 있습니다. 한 주에 영어 원문을 대략 30쪽 내지 50쪽 정도 읽습니다. 그 동학^{同學}가운데 그리스어에 능한 분이 있어, 의미상의 혼란이 있을 때는 그리스어 원문을 대조하여 판정을 내리기도 합니다.

— 이 선생님께서 1948년생이시니 올해로 지천명의 고개를 넘고 계시는군요. 이 연륜에 개인적 자전의 한 매듭에 해당하는 소설, 〈변경〉을 완성한 감회가 만만찮을 것으로 여겨집니다.

— '울적한 나이'입니다. 지나온 날들이 이리저리 눈에 밟히는 나이이기도 하구요. 내 삶의 관리 방식에 대해 다시 생각해 보기도 합니다.

오십을 앞두고 이제 내 생애에 남아 있는 물리적 시간을 가늠해 보면, 살아갈 날이 살아온 날보다 훨씬 짧습니다. 작가로서도 서른에서 쉰까지 이십 년간 작품을 썼다면, 앞으로 칠십까지 작품을 쓴다 해도 꼭 지나온 세월만큼 밖에는 남아 있지 않아요. 문제는 이미 써 버린 이십 년이 아니라 남아 있는 이십 년을 채울 '시간의 질'이 어떻게 되겠느냐는 것이겠지요.

또한 이런 생각도 해 봅니다. 제가 문학청년이던 시절, 밤을 새워 가며 감동적인 명작들을 읽던 기억이 지금도 생생하게 살아 있는데, 내가 쓴, 또 쓸 작품 어느 것이 그러한 명작의 목록에 낄 수 있을까 하는 것입니다.

— 그것은 한 작가로서 작품 활동의 전체 궤적을 한눈에 훑어보는 반성적 성찰이겠군요. 그리고 그것은 이 땅의 어느 작가를 막론하고 외면할 수 없는 자기 작품의 위상에 대한 자문自問이겠습니다. 동시대의 다른 작가들에 관해서는 어떤 생각을 갖고 계신지요?

— 많은 좋은 작가들이 작가로서의 '이름' 때문에 세속적으로 넘어가는 경우가 안타깝게 여겨집니다. 저 자신도 그러한 위험에 무방비로 노출되지 않도록 경각심의 날을 벼려 보곤 합니다. 당장 이름을 들면 누구나 알 만한 작가들이 지금 전혀 작품을 쓰지 못하고 있는 사례가 여럿 있지 않습니까?

거기에 비하면 황순원이나 이청준 같은 작가들이 엄정한 자기 관리를 통해 지속적으로 작품을 써 온 것은 우리 작가들에게 소중한 타산지석이 될 것으로 봅니다. 마음을 터놓고 가까이 지내는 분들도 있습니다. 김원일 선생께는 주기酒氣가 약간 있을 때에 쉽게 '형님' 소리가 나옵니다.

― 〈변경〉이라는 호명과 관련하여, 세계 문학의 주변부 혹은 변경에 있는 우리 문학의 처지에 대해서는 어떻게 보시는지요?

― 아닌 게 아니라 이 문제는 근래에 제가 가장 심각하게 숙고하고 있는 대목입니다. 제 소설의 세계무대 진출이라는 문제를 현장에서 몸으로 겪으면서 우리 문학의 세계화에 가로놓인 장애물이 얼마나 높고 험난한지를 실감했다고 할까요?

얼마 전 프랑스 출판사의 초청을 받고 현지를 다녀오면서 우리가 국내에서 생각하는 문학 상품의 시장과 서구의 그것이 너무도 다르다는 것을 다시 한 번 깨달았고, 그것을 깨닫는 절차는 어떤 면에서는 대단히 '모욕적'이었습니다. 또 언론에 알려진 뉴욕 출판사와의 에이전트 계약에 있어서도, 저들이 요구하는 것은 우리 문학의 바탕 위에서 갖는 원본으로서의 진품성이 전혀 중요하지 않다는 것이었습니다. 요컨대 작가 자신이 저들의 출판 성향에 적합하도록 작품의 내용을 요약해 주거나 아니면 저들이 알아서 그렇게 하겠다는 것입니다. 만약에 앞으로 한국 작가들이 세계 문학 시장에 작품의 목록을 내건다고 할 때, 이와 같은 구조적 판도를 익히 파악하고 있어야 할 터입니다.

일본의 경우 하루키의 소설이 일본 내에서는 '변종' 취급을 받지만 서구의 독자들이 읽었을 때 별반 이질감이나 거부감을 느끼지 않는 정황은, 이러한 형편에 있어 하나의 시금석이 된다 하겠습니다.

분단 현실을 보는 시각, 그 반영으로서의 문학

— 부친으로부터 비롯되는 남북 분단 현실의 직접적인 체험, 그에 대한 유다른 관심과 작품을 통한 표현 등에 비추어 볼 때 남북한 관계에 대한 이 선생님의 인식이 남다를 수밖에 없겠지요? 11월 18일 첫 출항하는 금강호를 타고 금강산에 다녀오기로 되어 있으시지요?

실상 금강산 관광과 관련된 정부의 정책에 찬반양론이 있는 것을 무시해서는 안 되리라고 봅니다. 특히 휴전선 이북이 고향인 실향 이산가족들의 경우, 이들의 의사를 대변하는 월간 종합잡지 〈동화〉에서 조사한 바에 의하면 '금강산 관광을 가겠다'는 의사를 밝힌 숫자는 8.8퍼센트에 불과하다고 합니다. 거기에는 분명 이 분단 역사 이래의 떠들썩한 사건을 냉소적으로 바라보는, 그것이 이산가족 문제 해결을 포함한 인적 교류의 확대에 전혀 도움이 되지 못한다고 보는 비판적 시각이 숨어 있을 것입니다. 금강산 관광의 성격 자체가 경제적 비즈니스의 범주 안에 국한되어 있다는 것이지요.

— 저도 다녀와서 언론사에 금강산을 본 소감에 대해 글을 쓰기로 하고 갑니다. '현대' 측의 금강산 관광 및 여타 개발 사업의 추진과 정부의 승인은 이른바 대북 개방 유도 및 햇볕 정책의 일환일 것입니다. 거기에는 거기대로 합당한 전제가 있겠지요. 그러나 제가 다녀와서 글을 쓸 때는 그 마음의 자세가 남달라야겠다고 생각하고 있습니다.

적잖은 사람들이 우리가 북한을 지원하는 것이 북한 인민들을 위한 구휼의 명목으로 쓰이지 않고 군사 목적으로 전용되지 않느냐고 말합니다. 우리는 그러한 우려로부터 자유롭지 못하며, 따라서 맹목적으로 북한을 돕는 일이 결코 지혜롭지 않다는 반성을 하지 않을 수 없습니다.

'햇볕 정책'이란 용어의 의미와 그 우의성寓意性에 대해서도 적절하지 못한 부분이 있습니다. 나그네의 외투를 벗기려는 바람과 해의 시합에 시험 대상이 된 나그네는 그들이 자신의 외투를 벗기려 하는 줄 모르고 있지만, 북한은 이를 손바닥 들여다보듯이 알고 있습니다. 그럴 때의 '햇볕'이 따뜻하다는 성격만으로 북한의 외투를 벗길 수는 없지 않겠습니까?

동서독의 경우에는 명백한 힘의 차별성과 우위라고 하는, 그야말로 적나라한 힘의 논리와 더불어 화해 및 협력의 방안을 익혀 나갔습니다. 우리 남북한의 경우에는 그와 많은 부분이 다르며, 심지어 외부적 조력 없이 남북을 일 대 일로 비교했을 때 군사력에 있어 우리가 뒤지는 부분도 있을 터입니다.

그런 만큼, 남북 관계의 모든 부면에서, 그리고 금강산 관광을 통해 북한을 관찰하고 판단하고 평가하는 데 있어서도 냉정하고 이성적인 시각이 필요하다 하겠습니다. 근래 북한을 다녀온 우리 사회의 소위 '이름 있는' 인사들이 무엇 때문인지, 다시 북한에 가기 위해선지 아니면 무슨 눈치를 보아야 하는지 북한을 우호적으로만 쓰고 있는 것은 비판받아 마땅하다고 봅니다. 그런 점에서 저는 금강산을 다녀오는 그 전 과정에 있어서 북한의 응대하는 태도와 준비와 진행에 관해 본대로, 느낀 대로, 부정적인 측면이 있다면 있는 그대로 쓸 참입니다. 그래야만 작가로서 제가 이 요란한

376

나들이에 동참하는 의의가 있지 않겠습니까?

— 분단 시대에 있어서 한 사람의 지식인이, 또 한 사람의 작가가 북한 사회의 존재 양식을 바라보는 시각은 결코 가볍지 않은 중량을 가질 것입니다. 더욱이 이 선생님처럼 그것을 바탕으로 파급효과가 큰 작품들을 생산해 온 경우에는 더욱 그렇겠지요.

이를 여러 작가들의 공통된 관점을 포괄하는 방향으로 확대하고 그 공통점을 사적史的으로 통시적으로 정리해 보면, 곧 우리 분단 문학에 관한 한 이 선생님의 〈영웅시대〉에서 〈아우와의 만남〉에 이르는 작품들이 변화하는 시대의 남북 관계에 대한 시각을 특징적으로 드러내고 있다고 생각합니다.

〈영웅시대〉를 쓰고 나서 이 선생님께서 조선일보에 〈달보다도 더 먼 북한〉이란 짤막한 글을 쓰셨는데, 그것은 소설의 주인공 이동영을 북한으로 보내면서 북한에 대한 빈약한 정보로 인하여 그를 '보통명사의 바다'로 들여보내는 것 같았다는 실감 있는 진술이었습니다. 그에 비해 〈아우와의 만남〉에 이르면 북한이 지속적인 폐쇄 정책을 고수하고 있음에도 불구하고 오늘날 북한에 대한 우리의 정보 체계와 접촉 면적과 인식 유형이 격세지감을 느낄 수준에 이르렀음을 알게 됩니다.

어쨌거나 남북 대치 상황이 반세기를 끌어 온 우리에게 있어, 그 환경적 조건을 작품으로 수용해 온 우리 작가들에 있어, 분단문학이란 하나의 숙명적 굴레와도 같은 것이겠지요. 그러한 분단문학의 전개 과정을 바라보는 이 선생님의 생각은 어떠신지요?

— 〈영웅시대〉를 쓸 때 북한에 대한 자료가 부족했고 북한을 잘 몰랐던 것은 사실입니다. 나중에 고치기는 했지만, 소설 속에서 북

으로 간 이동영이 1952~1953년 무렵 트럭도 아닌 기차를 타고 평양과 원산 사이를 오가는 장면이 있는데, 이는 전란 중에 파괴된 기간 시설을 염두에 두면 어림도 없는 일입니다. 아무튼 이러한 형편으로 북한에 대한 작품 내부의 서술을 시작했었습니다.

굳이 분단문학이 아니라 하더라도 문학은 전체적인 사회 현실에 대해, 내포적 인식의 기능을 가진 프리즘을 통하여 그 내부의 여러 요소들을 분광해 보는 작업이 아닐까요? 인위적 차단 장치를 넘어서 프리즘이 기능을 온전히 행사할 수 있을 때 문학의 자유와 가치가 있지 않을까요? 예컨대 햇빛은 겉보기에 투명한 무색이지만, 프리즘을 통과시켜 보면 선명한 일곱 가지 색깔이 나타납니다.

그런데 제가 생각컨대, 우리 분단문학은 그처럼 색깔에 따른 단계적 구분이 가능할 것 같아요. 그리고 그것 전체를 모으면 분단문학의 총체적 의미가 형성되는 그런 색깔 말이지요. 저는 이와 같은 논리의 생각을 〈변경〉 제3부에 썼습니다.

분단문학의 첫 단계는 '청색 시대'가 되겠지요. 황순원의 〈카인의 후예〉처럼 북이 악의 대명사로 등장하는 시대 말입니다. 두 번째 단계는 '보라 시대'라 할 수 있는데, 이는 최인훈의 〈광장〉에서처럼 붉은빛을 배경으로 대비되어 비추이는 남북 관계를 수용한 문학이라는 뜻입니다. 세 번째 단계를 '황색 시대' 또는 '주황 시대'라 부를 수 있겠습니다. 주로 1970년대의 분단문학 작품들로서 유년 시절에 체험한 6·25에 대해 상당 부분 가치 판단을 유보하고 있는 작품들입니다. 그리고 마지막으로 '적색 시대'입니다. 조정래의 〈태백산맥〉이 나오고 빨치산의 수기가 맨얼굴로 등장하는 시대의 작품들, 그래서 그 빨간색이 충격과 경이를 던져 주던 시기를 말합니다.

분단문학이 우리 민족의 총체적 정신사 아래에서 온당한 균형 감각을 갖기 위해서는, 이제 청색의 문학과 적색의 문학이 한 자리에서 함께 논의될 수 있어야 한다고 봅니다. 〈변경〉에서 인철을 문학 지망생으로 설정한 것도, 이를테면 문학으로 획득할 수 있는 그러한 균형성의 시각을 확보하기 위한 것이라 해도 좋을 것입니다.

이와 같은 분단문학의 총체성 문제와 관련하여 최인훈의 〈광장〉이 돋보인다 하겠고, 타계한 작가 이병주의 〈지리산〉은 보다 신중하고 우호적인 재평가가 필요하다고 생각하고 있습니다. 항간의 주장처럼 〈지리산〉이 극우적인 주장만 담고 있다는 것은 작품의 한 면만을 주목한 결과가 아닐까 싶습니다.

체험으로서의 문학, 관념으로서의 문학

— 대다수의 작가들이 구성하고 있는 작품 세계를 보면 일정하게 특징적인 면모가 있고 그것을 그 작가의 창작 경향이라고 말합니다. 그런데 이 선생님의 작품들은 워낙 그 분량도 많지만 영역도 다양다기해서, 그 작품 내부의 세계를 몇 가닥으로 구획하기가 쉽지 않아요. 오늘은 대략 이 선생님의 직접적이고 구체적인 체험을 담은 작품들과 그렇지 않고 지적 상상력과 관념적 세계관을 담은 작품들로 나누어 논의해 보았으면 좋겠습니다.

우선 체험적인 소설과 관련해서는 〈그해 겨울〉이나 〈그대 다시 고향에 가지 못하리〉가 성장기의 개인적인 상흔들을 담고 있다면 〈영웅시대〉나 〈변경〉이 모두 가족사의 음영을 담고 있지요. 〈영웅

시대〉의 '열이'나 〈변경〉의 '인철'은 누가 보아도 작가 자신의 성격이 투영되어 있는 인물임을 알 수 있습니다. 〈세계의 문학〉에 〈영웅시대〉의 연재를 끝낼 때 선생님은 그 말미에다 열이를 두고 "그 아이는 자라 지금 이 소설을 쓰고 있다"고 적시하기도 했었습니다. 그 구절은 나중에 단행본으로 책이 묶일 때 빠졌습니다만, 그 어린 시절의 체험이 얼마나 깊이 작가를 강박하고 있었는지를 증명하는 것이라 하겠습니다. 이 대목에서 월북한 부친 얘기도 좀 해 주시지요.

— 저의 분단소설 또는 가족사소설의 모티프가 되는 아버지는 성함이 이원철입니다. 아직 생사 확인을 못하고 있습니다.

소설에서 직접적인 체험을 표현하지 않는다고 하더라도 간접적인 체험 역시 체험입니다. 또한 직접적인 체험을 그대로 소설적 상황으로 차용할 수 없는 것이 대부분이기 때문에, 한 작가의 작품은 결국 '체험'과 '창조'의 혼합이 될 수밖에 없어요. 그래서 가끔 저는 이렇게 말합니다. "모든 소설은 자전적이다. 동시에 모든 자전은 소설적이다."

전에 노르망디를 여행하게 되었을 때, 플로베르가 쓴 〈보바리 부인〉의 배경이 되었던 '리' 마을을 방문한 적이 있었습니다. 안내인에게 가장 기념할 만한 장소가 어딘지 물었더니, '마을 전체'라고 대답했습니다. 실상 그랬습니다. 그 마을 전체가 소설의 무대 그대로였고, 19세기 서구 사실주의의 대표적 작가로서 플로베르는 철저한 현실의 복사로서 소설적 배경을 활용했던 것입니다. 심지어 플로베르는 '보바리는 바로 나다'라고 술회할 만큼 그 사실성에 충실하려 했었습니다.

플로베르의 예는 매우 특별하여 두루 통용되기 어려운 유형이지만, 작가들의 현실적 체험이 작품에 반영되는 그 상관성의 문맥을 보여 주는 예증으로서는 매우 유효합니다. 작가는 그가 처한 시간적, 공간적 환경과 직접, 간접 경험으로부터 결코 벗어날 수 없다 하겠지요.

— 이번에는 직접 체험과 거리가 먼, 지적 사유를 바탕으로 한 작품 얘기를 좀 해 보지요. 이 선생님이 쓰신 종교 소재의 작품 가운데 기독교의 구원 문제를 다룬 장편 〈사람의 아들〉이 있습니다. 그리고 제가 특별한 감동을 갖고 읽은 작품으로는 소설로 쓴 예술론 〈금시조〉가 있습니다. 물론 이 작품들은 작가의 직접 체험과는 거리가 있습니다. 하지만 두 작품이 모두 수작이 드문 지적, 사상적 계보의 소설 가운데 중요한 지위를 점하고 있는 까닭으로, 몇 말씀 언급이 있었으면 합니다.

— 〈사람의 아들〉을 처음에 중편으로 썼다가 나중에 장편으로 개작한 것은 알고 계시는 바와 같습니다. 헤브라이즘의 문화에 익숙하지 않은 우리 문화 풍토에다 1년이라는 짧은 기간의 준비로 기독교의 구원 문제라는 절대 명제에 대든 것이, 시쳇말로 '무식하면 용감하다'에 해당하는 사태였어요. 더욱이 불교가 철저하게 논리적인 교리를 가진 반면, 기독교의 교리는 이성적인 논리로 납득되는 것이 아니지 않습니까?

지적 호기심에 충일하여 복음서와 서신서들을 읽으며 성서백과 대사전, 신학대사전 등을 구비해 놓고 준비했었습니다. 유대인들이 '야훼'의 이름을 입에 올리는 방식 등에 관해 부분적인 실수도 있었습니다. 그것도 젊은 날의 열심이요 패기라면 그렇게 말할 수 있겠지만, 지금으로서는 그렇게 무모한 도전(?)을 감행할 수는 없을 것 같습니다.

〈금시조〉는 '예술지상주의에 대한 믿음'과 같은 기분을 되새기게 합니다. 예술지상주의만으로 소설이 될 수도 없고 저 자신이 그렇게만 소설을 써 온 것도 아니지만, 그것이 문학을 대하는 태도의 하나가 될 수 있다는 생각은 여전히 변함이 없습니다.

— 근자의 우리 문학이 새롭게 체험하고 있는 것이 IMF의 시대적 상황입니다. 지난번 제2회 21세기문학상을 받은 중편, 〈전야 혹은 시대의 마지막 밤〉이 바로 그 IMF 상황을 다룬 것이지요. IMF의 원인과 해결의 방안에 관해서 그간 많은 논란이 있었지만, 이것을 우리의 문화 전통과 정신사의 깊숙한 곳에서 재해석하고 새로운 내면적 활력의 교훈으로 증폭시키는 데는 세월이 조금 더 필요할 것 같습니다. 그렇기에 이 소설에는 선생님의 다른 작품들에서 발견하게 되는 범상하지 아니한 처방, 부연하여 말하자면 문제의 표층을 꿰뚫고 지나가는 듯한 느낌이 없습니다.

— IMF를 맞고 있는 이 시점이 '전야'에 해당하는지 '시대의 마지막 밤'에 해당하는지를 제목으로 질문한 것은 역시 그 의미가 아직 불확정적이기 때문입니다. 그러나 우리 사회의 여러 부면들, 심지어 남녀 간의 불륜 문제에까지 배어 있는 거품의 의미를 적출한다든지, 여기에까지 이른 사태의 책임이 동시대의 구성원 모두에게 있다는 논리를 강조한다든지 등은 치밀하게 예비했던 것입니다.

저로서는 IMF의 피해와 책임을 지나치게 단순화하여 특정한 누구누구를 단죄하고 끝낼 수 있는 것처럼 왜곡하는 시류에 반발의 뜻을 갖고 있었고, 이 소설이 우리들의 '포괄적 책임'을 대표적으로 전달하는 형식이 될 수 있을 것으로 생각했었습니다. 다만 그것을 소설적으로 구성하는 방식이 지나치게 연역적인 짜임새로 드러나지 않을까 걱정되었습니다.

지금 선 자리를 다지며, 다시 세계무대를 향하여

— 지난달 제가 일본의 학술 심포지엄에 갔다가 메이지 대학에서 강연을 할 기회가 있었습니다. 그때 한일 문학의 관련성에 대해 애기하면서 〈장군과 박사〉에 대해 언급했었어요. 그 대학 문학부 교수들과 대학원생들의 우리 문학에 대한 관심이 높았고 이 선생님과 이 선생님의 작품에 대해서도 잘 알고 있었습니다. 앞으로 작품의 번역 등 해외 활동에 대해 어떤 계획을 갖고 계신지요?

— 그동안 일본의 문학인들이 우리 문학을 문학 그 자체로 보지 않고 정치, 사회적 문제와 관련시켜 보아 왔고, 그것이 일본 지식인 사회에 하나의 관행이 되어 왔습니다. 일본에서 김지하나 황석영의 작품이 문학 외적 광휘로 치장되곤 한 것이 그 때문이었지요. 근래에는 이 관점이 많이 수정된 것 같아요. 그러나 아직도 일본에서 책을 낼 때는 서울에서 바로 동경으로 가는 것보다 뉴욕이나 파리를 거쳐, 다시 말해 미주나 유럽에서 마련된 평가 그리고 대리인을 거쳐 동경으로 가는 것이 더 효력을 발휘하는 실정입니다. 한일 간의 내실 있는 문화 교류가 이루어지면, 그리고 앞으로 일본 문화 개방의 긍정적인 영향력이 나타나게 된다면 조금씩 달라지겠지요.

지금까지 해외에서 제 책이 출간된 수량은 프랑스 7권, 이탈리아 4권, 스페인 4권, 독일 2권의 순이고 일본은 저도 모르게 나온 책 1권을 포함하여 이제 3권이 됩니다. 우리 문학도 이제는 정말 세계 시장으로 눈을 돌려야 하고 그 눈을 바르게 떠야 하며 미리 대비하는 준비가 필요할 것 같습니다.

─ 이 선생님의 작품이 번역될 때 걱정되는 것은 그 문장의 유려함이나 우리에게 익숙한 정서의 밑바닥을 두드리는 그 감응력이 온전히 전달되겠느냐는 문제입니다. 사실 이는 한국 문학의 해외 소개에 있어 가장 근본적이면서 전반적인 문제이겠지요.

언젠가 "선생님의 작품이 계속해서 베스트셀러가 되는 이유 가운데 중요한 한 가지가 문장이 부드럽고 잘 읽히는 것이라고 생각합니다. 문장을 그렇게 쓸 수 있는 비결이라도 있습니까?"라고 누군가가 물었을 때, 이 선생님은 웃으시면서 '그것은 산업 비밀'이라는 재미있는 답변을 하셨습니다. 혹시 그 '산업 비밀'을 한 번 더 설명해 주실 수 있을까요?

─ (웃으며) 제가 3년간 대학 강단에 있을 때, 특히 진력하고 싶었던 것이 문장에 대한 강의였습니다. 저는 지금도 독자들에게 제 글이 부드럽고 인상적으로 읽히길 기대할 때는 리듬에 맞추어서 씁니다. 우리에게 익숙한 리듬이란 3 · 4조나 7 · 5조 아니겠어요? 산문에는 리듬이 필요 없다고 한다면 이는 틀린 말입니다. 또 어감의 선택도 중요하다고 봅니다. 예를 들어 '꽝', '팍', '땅' 등의 소리가 문장 속에 들어갈 때 그 의미에 있어서도 부드러운 느낌을 유발하기는 어렵지 않겠습니까?

─ 세종대학에는 3년 동안 계셨지요? 적잖은 작가들이 대학에 자리를 잡은 다음에 작품을 못 쓰고, 또 마침내 대학의 자리를 박

차고 나가는 모습을 보여 주었습니다. 선생님의 대학 강단은 어땠습니까?

— 대학에 1984년부터 3년 동안 있었습니다. 작가라는 일 외에는 가르치는 일이 제게 잘 맞는 것 같아요. 제가 사범대학을 다닌 일 이외에도 중학교와 학원에서, 또 가정교사로 학생들을 가르친 경험이 많습니다.

대학으로 갔을 때에는 문학을 보다 체계적으로 공부하고 강의하면서 내 문학의 논리화를 도모해 볼 수 있지 않을까 하는 생각도 있었고, 그 논리화가 일정 수준에 도달하는 순간 그 감옥에 빠지고 말 것이라는 우려도 있었습니다. 3년의 세월이 그 나름대로 뜻이 있었지만 작가로서의 길에 큰 도움이 되지는 못했습니다. 요컨대 그 기간 동안 거기에 온몸을 담그지 못하고 발목만 적셨다고 할까요?

— 그러나 일반적인 교수들이 강의하는 방식에 비해 아무래도 다른 점이 많았을 텐데요?

— 국문과의 커리큘럼을 실용 위주로 재편성하려는 노력을 했고, 또 그렇게 강의하려고 애썼습니다. 국어야말로 그래도 가장 비싸고 가장 많이 팔리는 언어 아닙니까? 그것을 대학원에 진학할 10퍼센트 정도의 학생을 위해 지나치게 고정적인 틀에 얽어매는 일은 바람직하지 않다고 생각했던 것이지요. 문예 편집이나 방송 문예와 같은 실전 과목들이 강화되어서, 국문과를 졸업한 학생들이 유관 분야로 진출한 다음 수습 단계를 거치지 않고서도 바로 실무에 뛰어들 수 있도록 해야 한다는 생각은 지금도 변함이 없습니다.

— 너무 시간이 많이 지났군요. 이곳에서 살아가는 선생님의 삶

은 어떨까요? 우리 시대의 〈변경〉에 해당하는 것일까요, 아니면 그 중심부와 연맥되어 있는 것일까요?

— 〈변경〉의 세 주인공 가운데 인철은 그의 주변 경험을 문학을 통해 진술하기로 하며 중심부로의 편입을 거부하게 됩니다. 문학을 주변 경험으로 한다는 데 반대할 분들이, 아니 기분 나빠할 분들이 계실지 모르겠습니다만, 문학은 주변부에서 중심부를 해석하고 평가하고 비판하고 교도할 수 있는 것이 아니겠습니까?

— 이 선생님 가족은 어떠십니까? 소설에 형제들이 등장하고 있어서 독자들이 궁금해하는 부분입니다. 또 여기엔 누구누구가 함께 살고 계신가요?

— 제 형제로는 두 형님과 누님 그리고 여동생이 있습니다. 형님들의 성함은 묵, 연으로 각기 외자이며 제 이름도 열烈입니다. 문열文烈은 필명인 셈이지요. 큰 형님은 시인 지망생이었고, 작은 형님은 지금도 소설을 쓰십니다.

우리 가족은 모두 이리로 옮겨 와서 여기서 삽니다. 위의 두 아들아이는 대학생 이상이니 큰 걱정이 없으나 막내 딸아이가 지금 이천에 있는 고등학교를 다니고 있어요. 서울서 학교 다니는 아이를 전학시켰지요. 그래서 그 아이가 우리 집의 실세(?)입니다. (웃음)

— 이 선생님의 작품이 더욱 진척된 성과를 거두고 그와 더불어 우리 문학도 보다 유장한 경계를 열어 갈 수 있기를 기원합니다.

유토피아 의식의 반어적 형상
—복거일의 〈비명을 찾아서〉

"별이 빛나는 창공을 보고 길의 지도를 읽을 수 있던 시대, 그리고 별빛이 그 길을 훤히 밝혀 주던 시대는 얼마나 행복했던가"라고 헝가리 태생의 문예이론가 루카치는 그의 〈소설의 이론〉 서두에서 반문하고 있다.

영혼 속에서 타오르는 불꽃과 별들이 발하고 있는 빛이 본질적으로 동일하다는 인식에 근거한 이 역사철학적 행복론은, 선험적 삶의 지형학을 위해서가 아니라 제1차 세계대전의 전운에 휩싸인 서구 사회에 비판적 이념의 지표를 제기하고 그 방향을 올바르게 정립하려는 지극히 현실적인 의도를 내포하고 있다. 그로부터 70년이 흐른 오늘의 인류 사회에 있어 그러한 창공의 별빛은 이미 흑암의 그늘 아래 숨어 버렸다.

영혼과 삶이 원환의 형상으로 맞물려 있는 세계를 더 이상 체험하지 못하는 시대적 상황은, 인류의 역사와 함께 그 꿈과 이상향을 그려 온 유토피아 문학에 있어서도 금세기 이래 근대적 변형 모형으로서 부정적 유토피아(Negative Utopia), 반유토피아의 계보를 형성하게 하였다.

도연명의 〈도화원기〉나 허균의 〈홍길동전〉이 그러하고 토마스 모어의 〈유토피아〉가 그러하듯이 원망顧望 공간을 장애 없이 설정하는 데 유리한 외진 섬에서 시작되던 유토피아는, 근대 예술사조의 체계 안으로 편입되면서 점차 리얼리즘의 자장에 의해 영향을 받기 시작했다. 미래의 사회에 대한 경고로서 헉슬리, 자미아틴, 오웰 등의 소설을 두고 에리히 프롬은 '부정적 유토피아'라고 명명한 바 있다.

현대의 삶과 문학 속에서도 여전히 명맥을 이어 오고 있는 유토피아 의식은 가장 열렬한 이상주의를 가장 엄밀한 과학성과 결합하려 한 마르크시즘의 유토피아나, 환상의 세계로부터 학술적인 분석과 현실 적응의 척도로 끌어내려진 아나키즘의 유토피아, 심지어 테크노피아와 같은 양태로 전개되어 가고 있다. 이들의 현실 인식은 물화된 세계의 정신적 피폐를 반영하고 있어 이제 제시될 수 있는 유토피아의 전망도 결국 부정적 유토피아의 연장선상에 위치할 것이라는 내다봄을 굳게 해 준다.

서양 문학에서 유토피아 소설이 본격적으로 시작된 토마스 모어 이후 4세기 동안 다양한 서사적 형상력이 축적된 데 비하면, 우리 문학에서는 그런대로 체계가 갖추어진 〈홍길동전〉, 〈허생전〉으로부터 4세기가 지나도록 이청준이 쓴 몇 편의 소설을 제외하고는 거의 불모지대에 가깝다. 이러한 문학적 지평 위에서 오랜 침묵을 깨뜨리고 새로운 체계의 반유토피아 소설로 등장한 복거일의 〈비명을 찾아서〉는 충격적인 작품이다. 그 제재의 특이함과 작품 기법의 새로움도 돋보인다.

작가는 소설의 말미에서 길을 가리켜 줄 하늘의 북극성을 마음 든든하게 생각하면서 "길이 보이는 한 도망자가 아니라 망명객"이라 자신에게 이르며 먼 대륙으로 가는 첫걸음을 내딛는 주인공 기노시다 히데요를 보여 주는데, 이 북극성과 그리스 하늘에 비치는 루카치의 별빛 사이에는 영혼과 삶의 일치를 지향하는 공통분모가 내재되어 있다.

그러나 꿈으로부터 삶이 분리되기를 강요당하는 절망적인 상황, 일제의 식민 통치가 이직도 계속되고 있다는 전율할 만한 가상의 역사 속에서 유실되어 없어진 길을 찾아가는 기노시다의 별에는, 저 옛날 그리스의 별이 인도하던 완결된 삶의 모범은 없다.

1980년대 후반기를 보내고 있는 우리 현실의 삶과 꿈이 얼마나 이질적으로 대립되고 있는지를 알레고리적 표현을 통해 보여 주고 있는 이 소설이 그 특이함과 새로움으로 전해 주고 있는 신선한 충격 효과는 그러한 역사철학적 평가와 관련될 때 더욱 잘 드러나게 될 것이다.

이 글에서는 한국 현대소설에 나타난 유토피아 의식의 형상화 가운데에서도 반어적 모티프를 형성하고 있는 〈비명을 찾아서〉를 작품 자체의 분석에 역점을 두어 살펴보면서 반유토피아 소설의 모형과 그 문학사적 위치를 가늠해 볼 터인데, '낙원'이라는 좋은 우리말이 있음에도 불구하고 논의 중에 굳이 '유토피아'란 용어를 사용하기로 한 데는 몇 가지 이유가 있다.

첫째로, 낙원이란 용어가 유토피아란 용어 가운데 내포되어 있는 이상향이란 의미를 포괄적으로 수용하지 못한다는 단점이 있

고, 둘째로, 유토피아 의식의 전도된 형상을 비교, 검토할 우리의
문학이 없기 때문에 이를 견주어 볼 작품과 이론을 서양 문학에서
임차해 와야 하는데 그러할 때의 상호 소통에 대한 고려의 문제가
있고, 셋째로는, 이러한 용어의 개념을 한국문학사의 맥락 속에서
정립하고 하나의 구체적 어휘를 선택하기까지 유토피아라는 말을
잠정적으로 사용하겠다는 필자의 작심에서 기인한다는 사실을 밝
혀 두고자 한다.

허구적 세계의 사실성, 그 자리바꿈

한 편의 장편소설을 상재하면서 이름을 얻은 이 작가의 야심작
〈비명을 찾아서〉에는 '경성, 쇼우와 62년'이란 부제가 붙어 있다.
일본이 소화 연호를 사용하기 시작한 해가 1926년이므로 소화 62
년은 바로 발표연도인 1987년을 말한다. 이토 히로부미가 죽지 않
고 살아서 위험스런 군부를 잘 통어하고 미국과의 전쟁이나 국공
전쟁에서 이긴 장개석의 중화민국과 깊은 유대를 가지면서, 일본
이 1910년 이래 한일합방을 오늘날까지 지속시키고 있다는 가공
할 만한 가상의 역사, 작가의 말을 빌리면 대체역사(Alternative
History) 위에서 이 소설은 출발한다.

일본에 의한 조선 역사의 말살, 왜곡은 이젠 거의 완벽하게 되었
습니다. 70년이 넘는 세월의 이끼를 얹어서, 그 가공의 역사가 이젠
진실처럼 자연스럽게 보입니다. 과연 조선 사람들이 지금 노력한다
고 해서 자신들의 역사를 되찾을 수 있을까요?

조선인이면서 조선인 사상범의 계도 역을 맡고 있는 하꾸야마의 논리가 일상의 삶 속에 보편화되어 강한 설득력을 얻고 있는 상황이다. 대동아공영권이라는 일본의 제국주의적 유토피아가 조선인들을 모두 '역사의 미아들', '얼치기 일본인'으로 만들어 버렸으며, 화려하게 수식된 이 유토피아는 칼 만하임이 논파한, 유토피아를 가장한 이데올로기의 차원으로 떨어져 있다.

문제는 이 명제를 거부할 방법뿐만 아니라 그 신념이 발아할 여지조차 없다는 데 있다. 물리적인 힘과 정신적인 능력이 모두 완벽하게 조절되고 관리되는 이 상황은 참으로 무서운 가상이다. 이와 같은 가상의 역사를 바탕으로 극단적인 압제의 사회를 그리면서, 현실에 대한 경고와 반성을 촉발한다는 의미에서 이 소설은 프롬이 부가한 '부정적 유토피아'란 이름에 대한 하나의 구체적인 실례가 될 것이다. 분노마저 잃어버린 사람들에게 남은 것이 "맑은 하늘을 나는 흰 물새 한 마리"와 같은 평정의 상태일 때 "무지는 힘이다"와 같은 오웰의 반어적 표현이 통용될 수 있을 것으로 보인다.

이 소설의 부제 '경성, 쇼우와 62년'으로 표현되는 작품 속의 세계와 그 속에 등장하는 또 하나의 소설 〈도우꾜우, 쇼우와 61년의 겨울〉의 세계는 면밀하게 계산된 대립 구조의 탄력성을 유지하고 있다. 전자는 가상의 역사 위에 있고 후자는 그 가상의 가상이면서 실제로는 현실적 상황과 일치한다. 다시 말하면 제작된 허구와 허구화된 현실이 대립되어 있으며 그들 본래의 자리를 서로 바꾸어 점유하고 있다.

메이지 42년 10월 24일 추밀원樞密院 의장 이또우 히로부미 공작
은 조선의 자객 안주우공安重根이 쏜 부라우닝 권총 탄환 세 발을 가
슴에 맞고 만주 합이빈哈爾濱 역두에서 69세를 일기로 운명하였다.

사실과 일치하는 이 사건이 작품 속에서는 가상의 사건으로 기
록되어 있다. 이토 히로부미의 죽음을 분기점으로 사실과 허구의
길을 역전시키고 있음은 주목해 볼 필요가 있다.

그의 죽음은 훌륭한 정치 지도자의 한 사람이 일본의 정치 무대
에서 사라졌다는 의미 외에도 또 하나의 중요한 의미를 가졌다.
…… 그가 갑작스럽게 죽자 그를 중심으로 한 온건파는 그 구심
점을 잃었고 정부에서는 아리모또山縣有朋 공작을 중심으로 하는 강
경파가 득세하기 시작했다.

안중근의 실패가 항일 운동의 전반적인 패퇴 및 소멸을 의미하
고 있는 것이 작품 속의 무대인데, 그 가운데에서 다시 제시된 가
상으로서 저격의 성공이 일본의 군국주의를 가속화시켜 결국 패망
의 길로 들어서게 했다는 상황 설정이다. 여기에 비추어 우리는 역
사의 강물과 함께 흘러온 민족적 성쇠의 유로를 다시 돌이켜보게
되는 진지한 내성의 기회를 갖게 된다.

이러한 출발점에서 시작하여 이 소설은 한일합방으로부터 오늘
날에 이르는 우리 역사 전체를 역설적 시각으로 통괄하여 해석해
보려는 거창한 포부를 그 표피 밑에 숨겨 놓았다. 다만 한 인물의
죽음을 통해 역사의 분기점을 설정하고 있는 영웅주의적 사관으로

압제와 고통 속에 서 있는 삶의 모습을 조명하는 것이 과연 얼마나 효과적이겠는가 하는 의문은 남게 된다.

허구의 지평 위에서 삶을 바라보는 역설적 구성법은 이 소설의 전체 구조를 형성하고 있는 기본적인 틀이며, 그것이 하나의 형식으로서 작품 속에 자리 잡을 수 있는 것은 디테일의 묘사에 있어 '사실주의에 입각하여 충실하게' 하고 있기 때문이다. 시종 작품의 핵심 인물인 기노시다와 그 주변 인물들의 행적을 추적해 볼 때 이러한 측면은 잘 밝혀질 수 있다.

소설은 있음직한 사실을 그리는 서사적 장르인데, 이 소설의 스토리는 결코 없는 것임을 화자나 독자가 모두 알고 있으며 실제 사실을 뒤집어놓은 데서 출발한다는 잠정적 합의가 전제되어 있다. 따라서 소설로서의 기능을 수행하기 위해서 캐릭터의 사실성은 더욱 필수 요건의 하나가 된다.

주인공 기노시다 히데요는 39세의 회사원이며 우리 주변에서 흔히 찾아볼 수 있는 평범하고 전형적인 성격으로 소설의 전면에 나타난다. 1년 12월로 나누어져 있는 이 작품 속에서 우리가 만나는 1월의 기노시다는 평범한 회사에서 칭찬받을 만한 업무 수행 능력을 갖고 있고 부하 직원 도끼에를 사랑하며 시를 써서 첫 시집을 내려 준비한다. 이처럼 지금의 우리 사회에서도 쉽게 찾아낼 수 있을 만한 인물을 주인공으로 설정한 것은, 너무 큰 부피의 비전형적 무대 설정으로 인해 비현실의 세계로 휩쓸려 가 버릴지도 모르는 소설의 줄거리를 현실적인 차원으로 끌어내리는 데 유익하다.

12월에 이르러 한 민족의 역사가 지닌 뿌리를 찾아낸 다음 그 무거운 짐을 지고 떠나는 문제적 인물로 입체적 발전을 가져오기까지, 그에게 부여되어 있는 몇 가지 특징적 사실들은 결미에서 그가 코페르니쿠스적 전환을 보여 주게 될 때를 은연중에 뒷받침하고 있다. 우수한 협상 능력, 과작寡作이긴 하나 모국어(일본어)에 대한 사랑으로 시를 쓰는 일, 아내가 아닌 여자를 사랑함, 친가 및 처가와의 관계 등은 모두 소설의 진행 방향을 지시하는 데 적절한 수준으로 관련되어 있다.

기노시다의 가족과 친척들, 그가 사랑하는 도끼에나 업무상 협상의 상대역인 앤더슨, 회사 상사와 동료들은 그의 사고가 작동하는 방향과 행적을 부각시키고 있을 뿐, 거의 정태되어 있는 평면적 인물들이다. 기노시다만이 위험스런 공간 속에서 차츰 위험스런 인물로 발전해 간다. 한 인물만을 주축으로 하여 하나의 문제의식을 개인적인 차원에서 민족적인 차원으로 증폭시키는 방식은, 소설의 전후 문맥을 명징하게 연결시키는 데는 도움이 되겠지만, 치열한 갈등 구조의 대결 상태를 관통하여 여기에 걸맞은 단련된 주제의 결정체를 획득하는 데는 허약한 조건일 수도 있다.

하지만 이러한 제약 조건을 뒤덮을 만큼 강렬한 주제 의식과 더불어, 적절한 장면의 분위기 묘사, 자작시를 통한 감정의 제어와 순화, 인간관계에 대한 합리적 통찰 등의 세부적이고 세련된 기교들이 그러한 허약함을 부축하고 있다.

이 소설은 그 부제가 뜻하듯이 바로 한반도의 오늘을 바탕에 깔고 있는데, 정치, 경제, 사회적 정황이 실제의 정황과 거의 일치되고 있다. 정치적 통제 체제, 언론의 제약, 올림픽 개최, TV 드라마 논쟁, 무역 개방의 요구, 반상회, 공습경보, 운동권 학생들의 데모와 최루탄 진압, 직업 군인의 사회 진출 등은 곧 우리 사회에서 쟁점이 된 항목들이다. 비록 허구의 세계에 근거를 두고 직접적 사회 비판과 거리가 있다는 안전판을 마련하고 있을지라도, 이 소설의 문제의식은 첨예한 현실적 갈등의 핵심을 건드리고 있다.

각 장의 에피그램을 통하여 제시되고 있는 주변 정세나 인물, 언론매체 등은 동북아 국가들의 관계사나 특정한 언어—일본어에 대한 정통한 이해 없이는 불가능할 것으로 보인다. 이와 같은 부가적 요소를 소설의 체계 안으로 선별하여 수용하지 않고 꼭 그 문전에다 세워 놓을 필요가 있었는지 의문이 들 수 있는데, 허구적 사실로 허구적 세계의 존재 증명을 보완함으로써 그 사실성의 바닥을 튼튼하게 하고 있다는 측면은 긍정할 수 있을 터이다.

삶과 꿈, 대립에서 맞물림으로

기노시다는 회사 동료들과의 회식에서 반체제적 지식인 사노 교수의 말을 인용하여 "꿈이 있어야 현실이 보인다"고 말한다.

사노 히사이찌란 역사학자가 한 말이지. 그 사람은 현실주의자와 이상주의자를 구분하는 것은 별 뜻이 없다는 거야. 꿈이 있어야 비로소 현실이 보인다는 거지. 현실이란 것은 그냥 보이는 것이 아니고, 세상을 바라볼 수 있는 어떤 관점을 가졌을 때 비로소 보인다는 거야. 그리고 그 관점을 부여해 주는 것은 꿈이라는 거지.

혼자 택시를 타고 집으로 돌아가면서 그는 "꿈이 없는 삶이 삭막하다면, 꿈을 안고 부대끼는 것도 어려운 삶이었다"고 생각한다.

허구와 현실의 대립이 이 소설의 골격을 지탱한다고 할 때, 이 대목에서 삶과 꿈에 대한 대립적 인식은 소설의 전체적인 내용을 명료하게 함축하고 있다.

기노시다의 삶은 한 가정의 가장이며 회사원이자 시인이라는 조건들로 이루어져 있다. 반면에 지방 도시의 한 헌책점에서 운명적으로 만난 〈조선고시가선〉으로부터 비롯되는 아슬아슬한 뿌리 찾기는 그의 꿈이다. 대립적 상태에 있던 이 삶과 꿈이 유기적으로 맞물리면서 이 소설은 점차 그 맞물림의 면적을 넓혀 가는데, 마침내 소설이 끝나는 순간 일치점에 이른다. 소설의 마지막에서 더 이상 그의 삶은 꿈과 떨어져 있지 않고 꿈 자체를 실천하는 것으로 된다.

회사에서의 기노시다는 내지 명문 출신의 부하 직원 도끼에에 대한 내성적 사랑을 가꾸고 있으며 합작 투자 업무의 실무 책임자이다. 그의 사랑이 내연하는 불길로 끝나고, 합작 투자 과정에서 결정적인 공헌을 함에도 불구하고 승진에서는 내지인에게 뒤지며, 도끼에의 후임 직원 채용에 있어서 겪게 되는 조선인과 내지인 차별과 같은 소설적 장치들은 그에게 조선인이라는 자각과 반성을 일깨워 주도록 마련되어 있다. 그 후의 일본 출장은 이러한 자각을 심화시키며 결국 그를 사상범으로 소설의 표면에까지 밀어 올리는 요건을 제공한다.

그가 시를 쓰는 인물임은 잃어버린 조선어를 추적해 가는 데 합리적인 환경과 힘을 부가해 주며, 장모의 장례식으로 인한 소공 스님과의 만남, 그의 체포로 인한 아내의 탈선, 그리고 가정을 파괴하는 일인 헌병 장교의 살인 등은 그의 가족 관계가 소설의 진행과 관련되는 측면을 부각시켜 준다.

평범한 회사원인 기노시다의 일상적 1월과 절체절명의 결심으로 '비명碑銘을 찾아서' 떠나는 급박한 12월 사이에는 깊은 간극이 가로놓여 있는데, 우리가 이 커다란 틈을 큰 무리 없이 수용할 수 있는 것은 개인적 차원의 서사성으로부터 민족적 차원의 서사성을 일구어 가는 단계적 사건들의 징검다리들이 튼튼하기 때문이다. 이러한 연결 고리를 통해 그의 평범한 삶이 평범하지 않은 삶으로 변모해 가는데, 그 시발은 조선어의 해독과 조선 역사의 확인이라는 '불온한' 꿈을 키우게 되는 데 있음을 알 수 있다.

기노시다의 꿈은 잃어버린 조국에의 탐구이며 그것은 유실된 언어를 재구하려는 노력으로 나타난다. 모든 기록이 말살되고 기억이 퇴색한 가운데 이 노력을 진척시키는 지표는 '숨어 있는 책'의 발견이나 '금지된 책'의 열람이다. 전자는 1) 〈죽산박씨 족보〉, 2) 〈조선고시가선〉, 3) 〈조불사전〉, 4) 〈님의 침묵〉, 5) 〈조선왕조실록〉, 6) 〈조선어 회화〉, 7) 〈조선통사〉 등이며, 후자는 가) 〈도우꾜우, 쇼우와 61년의 겨울〉, 나) 〈독사수필〉, 다) 〈뉴스월드〉, 라) 〈글로우브〉 등이다.

유실된 조국의 실체를 탐색하려는 꿈이 숨겨진 책을 찾고 망각된 언어를 익히는 데 국한되어 있음은 언뜻 나약한 지식인의 자기 성찰에 머무는 소극적인 것으로 비추어질 수 있으나, 일단 이 소설에 전제된 시대 상황을 인정하고 들어간다면 그러한 불평은 큰 의미가 없는 것으로 된다. 왜냐하면 오늘날 일본의 제국주의가 제2차 세계대전의 종전과 더불어 패망하지 않았다고 가정할 때 상상할 수 있는 최악의 사태가 이 소설의 시대적 배경으로 되어 있기 때문이다.

기노시다의 삶과 서책으로 이어진 꿈이 어떻게 관련되어 있는지를 스토리의 진행 순서에 따라 위에서 부여한 기호를 붙여서 살펴보면 다음과 같다.

1월— 직장 상사인 다나까 부장으로부터 가)를 입수한다.

2월— 처남 도시오로부터 나)를 얻고, 시집을 전하려 지방의 큰 아버지 댁에 갔다가 1)을 보게 되며, 그 지방 헌책점에서 우연히 2)를 구입한다.

3월— 모교 도서관에서 3)을 복사하여 2)와 병행하여 조선어 재구의 연구에 몰두한다.

4월— 합작 투자의 협상 대상자인 앤더슨으로부터 다)를 받아 '식민지 문제 특집'에서 상해 임시정부의 존재를 확인한다.

6월— 장모의 장례식을 치르기 위해 내려간 원산의 석왕사에서 소공 스님으로부터 4)를 전해 받는다.

7월— 회사의 업무로 일본으로 출장 가서 경도 대학 도서관에서 5), 6), 7)을 확인하거나 복사한다.

8월— 합작 투자 회사 일본 지점의 브라운넬로부터 라)를 받는다.

10월— 귀국시 세관에서 불온 서적 소지로 체포된다.

12월— 아내와 불륜의 관계를 맺고 딸을 폭행하려 한 일본 헌병 장교 아오끼를 살해하고 상해 임시정부를 찾아 망명의 길을 떠나며 가장 먼저 책부터 챙긴다.

이 정리는 개괄적인 것이지만 그의 직장, 가정, 사업을 통한 삶이 망각 속에 묻혀 버린 조국의 실체를 추적하고 그 빈약하지만 끈질긴 꿈을 찾아 떠나게 되는 사건 전개와 탄력적으로 연결되어 있음을 확인할 수 있다.

2월 지방 도시의 서점에서 〈조선고시가선〉이란 한 권의 책을 발견하는 것이 기노시다에게는 운명적인 자각의 발단이다. 1월에 〈도우꼬우, 쇼우와 61년의 겨울〉에서 '무엇에 머리를 맞은 듯' 받았던 충격이 흘러갈 물꼬를 찾은 것으로 된다. 또 하나의 결정적 변환은 지방의 산사에서 소공 스님으로부터 만해의 〈님의 침묵〉을 전해 받은 다음 그 의발衣鉢의 전인이 되었음을 자위하는 6월의 일이다. 모든 민족문화와 정신이 말살된 상황에서 숨어 있던 이 한 권의 책은 흙 속에 묻혔던 민족혼의 실체로 제시되며, 어느 정도 우발적이기는 하나 그 이후 결미까지의 충격적인 마무리를 완충해 주는 디딤돌이 되고 있다.

1월의 기노시다는 '무력한 분노'나 '익숙한 체념'에 길들어 있다.

빚진 것 없고, 달리 신세를 크게 진 사람 없고, 통행금지 한번 어겨 본 적 없이 조심스럽게 살아 온 덕분에, 몸 성하고 앞으로의 사회생활에 장애가 될 경력 없고, 그러니 부채는 없는 셈이지. 아니지, 조선인이라는 커다란 부채가 있지……. 하지만 그거야 어쩔 수 없는 것 아닌가? 오천만 조선 사람들 모두에게 해당되는 것이니. 따지고 보면, 제법 충실한 대차대조표인가?

기노시다는 '어쩐지 특별한 뜻이 있는 것처럼 느껴지는' 39살의 1월에 자신의 삶을 대차대조표로 만들어 보면서, "조선인이라는 부채는 조선 사람들 모두에게 해당되는 것이니 어쩔 수 없는 것 아닌가?" 하고 반문한다. 무서운 것은 조선인들이 내지인들로부터 받은 압제와 모멸에도 불구하고 조선이 일본의 식민지라는 사실을 모르고 있다는 데 있다. 더 무서운 것은 그러한 사실의 왜곡보다도 그것을 비판할 건강한 역사의식의 당위성조차 예감하지 못하고 있다는 점이다.

망명객으로 길을 떠나는 12월의 기노시다는 그 내면의 논리가 정제된 문제적 개인의 모습으로 나타난다.

아파트를 나서자, 맑고 차가운 새벽 공기가 가슴을 채웠다. 그는 깊이를 모를 슬픔에 새 삶에 대한 차분한 기대가 섞이는 것을 느꼈다. 저만큼 아오끼의 차가 보였다. 그는 마음속으로 그것에게 고갯짓을 한 다음, 고개를 들어 하늘을 올려다보았다. 동이 트고 있었지만, 별들은 아직 초롱초롱했다. 작은곰자리를 찾았다. 높다란 아파트에 가려 보이지 않았다. 그래도 그의 길을 가리켜 줄 북극성이 거기 걸려 있다는 생각은 그의 마음을 든든하게 해 주었다. 그는 가슴에 고인 슬픔을 깊은 곳으로 밀어 넣었다. '길이 보이는 한, 나는 도망자가 아니다.' 그는 자신에게 일렀다. '길이 보이는 한, 난 망명객이다. 내가 나일 수 있는 땅을 찾아가는 망명객이다.' 배낭을 추스르고서, 그는 먼 대륙으로 가는 첫걸음을 떼어 놓았다.

그러나 기노시다의 어깨는 소설의 중심 테마인 민족사의 중량이 실릴 만큼 강하지 못하다. 비록 민족적 통한과 울분을 상징적으로 함축하고 있을지라도, 그의 떠남은 그 자신만의 삶과 꿈을 동반하고 있다.

　상황의 격렬함에 대응하는 민족주의자로서는 나약한 그의 망명에는 두 가지 문제가 있다. 하나는 상해 임정의 몰락이 보여 주듯이 갈 데까지 가 버린 형편이란 점인데, 그 때문에 하늘의 '길을 가리켜 줄 북극성'은 기노시다 개인의 별일 뿐 조선 민족의 별이 아니다. 다른 하나는 임정으로의 망명에 힘 있는 희망적 전망이 주어질 수 있도록 소설의 전개 과정에서 뿌리 찾기의 행적을 강화, 확대할 수도 있었을 것이란 점이며, 그렇게 될 때 동료 인물의 설정이나 주인공의 행동반경의 확산으로 보다 확실한 퍼스펙티브를 남기는 소설이 될 수도 있었을 것으로 보인다.

　이 소설에서 우리는 지금까지 보아 온 지속적인 가치 추구의 삶과는 궤적이 다른 모습의 삶이 대조적으로 등장하는 것을 주목할 필요가 있다. 그것은 꿈이 없는 삶, 꿈을 포기해 버린 삶이다. 일본의 식민지 아래에서 비극적인 조선 지식인의 모습을, 우리는 불온 사상범의 교화를 위해 기노시다를 설득하는 하꾸야마에게서 볼 수 있다.

　우리 사상보국연맹은 조선의 일반 대중이 조선인이라는 것을 잊도록 하는 임무를 맡았습니다. 직장에 나가서 일하고 집에 돌아와서는 아이들 커 가는 것을 바라보면서 조그만 소시민적 행복을 추구하는 조선 반도의 선량한 필부필부들에게 그 무서운 지식이 퍼져 그들의 행복을 깨뜨리지 못하도록…… 분명 우리는 그들을 속이고 있습니다. 그러나 그것은 그들을 위해 하는 것입니다. 우리는 가야마 선생의 본을 받아서 조선 대중에게서 위험한 지식의 불을 빼앗아 감추는 '불행한 푸로메떼우스'들인 것입니다.

삶의 안과 밖이 모두 통제되고 조절되는 시대에 살아남기 위한 그의 타협 논리는 그대로 일제하의 춘원이나 육당의 논리에 대입될 수 있다. 기노시다는 사상보국연맹의 일원이 되기를 권하는 하꾸야마의 처지와 그 인간적 성실성은 이해한다. 그 반대 명제로서 그들의 주장에 제대로 맞서는 반론을 펼 수는 없었지만, 자신이 갈 길에 대해선 알고 있었다.

그것은 그를 '진정한 시인'이 되게 하는 길이었다. '평생에 괜찮은 시 열 편을 쓰는 것'이 삶의 목표라고 했을 만큼 소박한 시인이었던 그가, '자신의 문제는 판단의 문제가 아니고 용기와 힘의 문제임을, 그러한 용기와 힘은 누가 줄 수는 없음'을 깨닫게 되었을 때, 우리는 강압적 체제의 이데올로기와 개인의 자율적 소신 사이의 첨예한 대립을 보게 된다.

이 소설은 평범한 일상적 삶에서 비명을 찾아 떠나는 극한적인 삶의 정신적 상승에 이르기까지 이 대립을 지속적으로 발전시켜 가는 논리적 전개 과정을 따라가고 있다. 그 체제와 개인의 대립은 삶과 꿈의 대립이 현상적으로 드러난 모습인데, 소설의 결미에서 삶과 꿈이 통합의 길로 들어섬과 동시에 개인의 자율적 결단이 기존 체제의 각질과 이데올로기의 강압성을 무너뜨리고 스스로의 행동 논리에 입각하여 망명의 길을 떠나게 하는 결과를 가져온다.

하지만 삶이 꿈으로 채워져서 양자가 합일되고 대립적 구조가 소멸될 때, 이 소설의 삶을 떠받치고 있던 균형성은 상당한 침해를 받게 된다. 그 삶과 꿈이 계속해서 사실적 기반 위에 서 있기 위해서는 섣불리 유화된 희망적 전망을 배제하는 수밖에 없고, 따라서 꼭 이 소설이 가늘지만 강렬하고 극적인 청신호를 끝머리에 내걸어야 했는가는 다시 생각해 볼 문제로 남게 된다.

헉슬리나 오웰의 소설이 전도된 유토피아의 세계를 그리면서 인간의 마지막 진실과 자존심마저 냉혹하게 버려 둔 채로 끝나는 것은, 이미 그 상황 인식에 있어 저 19세기 리얼리즘이 미완이요 불충분이라고 타매할 만한 시대적 조건과는 다른 지평 위에 서 있기 때문이다.

이 소설에서 제기된 가공할 가상의 역사를 통해, 삶과 꿈의 어긋남이 극심할 때 그 통합을 위한 노력이 얼마나 형극의 길인가를 보여 주는 것만으로도 이 소설은 우리 문학 가운데 그 평가받을 영역을 확보할 수 있을 것이다.

유토피아 소설의 새로운 지평

〈비명을 찾아서〉를 유토피아 소설의 한 갈래인 반유토피아 소설이라고 분류한 언표 속에는, 현실로부터 이탈하려는 유토피아의 속성을 뒤집어볼 때 거기에 오히려 보다 확고한 현실성이 내재해 있다는 이중적 의미가 포괄되어 있다.

유토피아 사상이 그 자유분방한 상상력의 진폭에도 불구하고 문학 속에서 리얼리즘의 시야와 관련되는 것은, 하우저의 표현처럼 "예술은 모든 환상과 극단을 향해 문을 열어 놓았음에도 불구하고, 물론 방식의 차이는 있지만, 자연과학과 마찬가지로 현실에 밀착된 것"이기 때문이다. 즉 예술적 형성물은 비록 때로는 현실과 거리가 먼 설계에 따라 생겨나긴 하지만 항상 현실의 자재로 이루어짐을 보게 되는 것이다.

"세르반테스나 스위프트 같은 사실주의 작가들의 기사가 풍차와 싸우고 말들이 국가를 세우는 구상을 하는 데 방해할 무엇이 있을 것인가"라고 브레히트가 시니컬하게 되물을 때, 그 되물음 다음에는 "일상으로부터 주체를 해방시켜 자유로운 유토피아의 세계에서 자아실현을 추구하는 모든 노력에도 불구하고 예술은 지칠 줄 모르고 적나라한 현실, 직접적 경험, 그리고 순수한 삶의 모습을 표현하는 데 밀착해 있다"는 논지가 함께하고 있다.

유토피아 문학의 현실 감각은 역사적 전개 과정을 거쳐 근대로 이행되면서 더욱 분명해지며 집권력과 물질문명의 팽배, 정신적 황폐함에 대응하여 '부정적 유토피아'의 출현을 보게 됨은 앞에서 언급한 바와 같다.

우리 문학사에서의 유토피아 사상은 삼국시대 불교적 도량^{道場} 이래 단편적으로 계속해서 나타나고 있는데, 그것이 시가문학에서의 도화원 사상이나 서민들의 민담, 민요 등을 통한 부분적인 노출을 넘어서, 하나의 수미일관한 형체를 갖춘 세계를 보인 것은 허균의 〈홍길동전〉과 박지원의 〈허생전〉에 이르러서이다. 두 소설 사이에는 신분 제도의 개혁과 경세제민의 합리적 실현, 초인적 주술과 현실적 경제경영론 등 현격한 차이가 있기는 하다. 하지만 새로운 삶의 터전으로서 이상향의 섬을 마련했다는 점, 그것이 당대 현실에 대한 역동적인 비판 의식을 근거로 한다는 점, 사회사적 측면에서 만족할 만한 구체적인 세부에는 이르지 못했지만 이상국이 하나의 완결된 체제를 갖추고 있다는 점을 살펴보면 유토피아 소설로서의 특성을 여실히 보여 주고 있다.

그러나 홍길동의 비사실적 행적, 허생의 도피적 결말 같은 것은 서양의 유토피아 소설에 비해 치열한 문제의식을 도발시키지 못하고 있으며 급기야 '비쩍 마른 유토피아'(김윤식)란 호명을 부여하게 하였다. "홍길동과 같은 인물이 사실적 형상력을 얻기까지 황석영의 〈장길산〉에 이르는 4백 년 세월이 필요하였다"는 지적은 음미할 만하다.

한국 현대문학사에서 유토피아 소설의 존재는 희귀하다. 이청준이 쓴 몇 편의 소설들 〈이어도〉, 〈당신들의 천국〉, 〈비화밀교〉를 내놓고는 거의 찾아보기 어려운 정도이며, 이러한 사실은 사상적 성숙보다 기교의 세련을 앞세운 어설픈 문학적 진보의 결과 중 하나라는 데 기대어 생각할 수도 있을 듯하다. 더구나 근래 서구의 유토피아 문학이 도달해 있는 부정적 유토피아에 있어서는 더 말할 나위가 없으며 한두 편의 단편―전상국의 〈육아일기〉 등―으로만 보여 온 것이 고작인 것 같다.

당연히 서구의 문학만이 우수한 것이 아니고 유토피아 소설만이 소설인 것은 아니다. 그러나 우리 문학의 연륜과 그에 부합되어야 할 다양성을 계상해 볼 때, 이 문제는 새롭게 성찰해 보아야 할 필요를 느끼게 한다.

부정적 유토피아, 반유토피아 소설은 재앙과 불행의 미래를 예견하는 데 그치는 것이 아니라 우리가 그 경고에 따라 깨우치기를 원한다. 그것이야말로 이 소설 형식의 존재 이유이다. 모어의 〈유토피아〉에서 오웰의 〈1984년〉에 이르기까지 서구 유토피아의 형상의 전도에 4세기가 소요되었는데, 〈홍길동전〉과 〈허생전〉 이후,

같은 기간이 경과한 우리 문학사에는 어떠한 형태의 유토피아 소설이 준비될 수 있을 것인가?

이러한 바람에 부응하듯 때마침 하나의 역설적인 세계를 축조함으로써 오늘의 사회 현실을 전혀 새로운 시각으로 조명할 수 있도록 해 준 복거일의 〈비명을 찾아서〉는, 우리에게 전례 없는 충격이자 반가움으로 다가오게 된다.

이 반유토피아 소설의 시추에이션을 현실이나 미래의 상황에 비추어 보고 판단의 자료로 삼는 것은 우리들의 일이다. 그런 점에서 이 소설은 한국 현대사를 관류하고 있는 갈등과 불합리성의 본질이 무엇인지를 상대적으로 드러내 주고 있으며, 진부한 표현으로 들리는 민족정신의 발양이 얼마나 소중한 과제인지도 되새기게 해 준다.

그것은 가상의 역사를 통해 비극적인 사회 현실을 읽고 있는 우리의 공감대가 주어진 세계를 허구의 환상으로 도외시해 버리지 않음, 즉 이 소설의 반어적 진실과의 만남이다.

남은 문제들

〈비명을 찾아서〉가 유토피아 계보의 문학에 하나의 획을 긋고 있는 데에는, 가상의 역사를 그리면서도 환상의 토대 위에 서 있지 않고 튼튼한 현실 인식을 바탕으로 한다는 사실이 그 바닥에 깔려 있음을 지적한 바 있다.

"대체 역사를 바탕으로 틀을 짜고 묘사는 사실주의에 입각해서 충실하게 한다면 뜻밖의 효과가 나올 수도 있겠다"는 작가의 진술에 비추어 볼 때, 그리고 비록 대체 역사에 의거하고 있다 할지라도 그 내부적으로는 완결된 전체성과 리얼리티를 확보하고 있어야 한다는 점에서, 이 소설은 몇 가지 숙제를 남기고 있다. 그 가운데서 가장 중요하게 여겨지는 것은 조선의 역사 및 언어에 대한 완벽한 소멸과 망각의 문제이다.

1910년 한일합방 이후 소화 62년(1987년)까지의 중간 과정을 모두 현실과 일치시키고 있다는 측면에서 볼 때 그 기간은 77년이다. 작가의 계산법에 의하면 1) 1940년대 말까지 조선어가 이 땅에서 완전히 사라졌다, 2) 일상생활에서 쓰이지 않은 것은 20년쯤 전일 것이다, 3) 그 기간은 현재에서 60년 전인데 그때 15살이었다면 지금 조선어를 제대로 기억할 것이다, 4) 따라서 75살 이상이면 지금도 조선어가 자연스러울 가능성이 있다고 기노시다를 통해 판단하고 있다.

언어의 변화가 오래 지속되는 예비적이고 점진적인 약화에 의해 준비되는 것이라는, 즉 세대교체에 의해 가능하다는 언어학자(A. Dauzat)의 학설은 언어의 무작위적 변화를 말한 것이니 여기서는 타당하지 않다고 하고 작가의 계산에만 따를 때에도, 많은 75세 이상의 노인이 조선어를 이면적으로 사용하고 조선의 역사를 기억하고 있을 확률의 개연성을 무시할 수 없다.

반면에 현세에 생존하는 많은 사람이 15세까지 사용하던 언어를 칼로 베어 내듯이 잊어버리고, 그때까지 체험해 온 한 나라의 역사가 아틀란티스 대륙이 물속으로 가라앉듯이 완벽하게 공동의 기억으로부터 소멸되는 상황은 쉽게 납득이 가지 않는다. 창씨개명으로 인한 할아버지의 자진自盡을 13세와 19세 때에 목격한 백부와 고모가 생존해 있는데, 일상적인 언어생활과 도서관의 자료에 이르기까지 철저한 조선어 말살과 조선사 왜곡이 가능할 수 있을까? 비록 서적이나 기록과 같은 외면적 사실은 없앨 수 있을지 몰라도 체험이나 기억은 내면적, 심리적인 것이므로 강제적인 수거가 불가능하다.

비록 "이집트의 콥트어를 위시한 중동의 여러 언어는 그럴 만한 이유도 없이 어느 시점에서 갑자기 증발, 사어화 되었다는 기록이 있다"(김원우)고 하나, 한일합방이라는 사실을 그대로 살리고 또 발표 연도(1987년)의 시의성을 함께 붙잡으려고 함으로써 발생한 이 시간적 간격의 부자연스러움을 설명하는 데는 어느 정도 석연치 않은 앙금이 남는다. 허구적 세계가 갖는 사실성 가운데 이러한 작은 벌레구멍이 발견되면, 이 대체 역사를 지탱하고 있는 버팀목의 힘이 약화되기 때문이다. 정작 조선이라는 하나의 나라가 완벽하게 말살되었다면, 조선 서적을 소지한다는 사실이 고대사 연구의 수준으로 치부될 수도 있겠고, 따라서 불온 사상범으로 과격한 취조나 구금을 당하지 않을 수도 있지 않을까?

그 외에 〈님의 침묵〉을 만날 때와 같은 사태 전환의 우연성, 결미에서의 살인 행위의 작위성과 지나치게 용의주도한 사후 조치, 잠잘 수 없는 상황에서의 아내의 깊은 잠 같은 것도 이 소설이 기발한 흥밋거리가 아니라 강도 높은 사회의식의 문학으로 읽히는 데 장애 요소라면 요소이다.

하지만 사실 이러한 문제점들은 그다지 심각하지 않다. 대체 역사란 무거운 이름을 편리한 투망으로 사용한다면, 앞에서 예거한 허구적 세계의 사실성 문제는 한꺼번에 덮어 버릴 수도 있다. 그런데도 필요 이상으로 그 세부를 들추어내는 것은, 이 소설이 남겨 준 신선한 충격과 그 의의를 더 소중한 독서 체험으로 간직하기 위해서이다.

유토피아 계보의 문학으로서 드물고도 특이한 작품 세계를 구성하면서, 알레고리적 시각으로 1980년대에까지 이르는 사회 상황 전체를 조망하는 단단한 소설적 성과를 거두어들임으로써, 복거일은 한국 문학사에서 하나의 의미 있는 거점을 확보하게 되었다. 반어적 상상력과 비판적 역사의식으로 우리에게 반성하는 삶의 진지함을 일깨워 준 이 작품 이후에 두 번째로 발표된 소설 〈높은 땅 낮은 이야기〉에서도 그의 문장과 구성력, 일상성 속에서 놓치기 쉬운 삶의 진실을 세밀하게 포착해 내는 작가로서의 역량은 입증된 바 있다.

아이디어의 참신함과 서사 구조의 형상력으로 먼저 눈에 띄는 〈비명을 찾아서〉를 통독하면서 우리에게 여전히 하나의 아쉬움으로 남는 것은 '사상을 담은 문학'의 빈곤이라는 헤어나기 어려운 우리 문학의 취약성이다. 〈홍길동전〉 이후 4세기 동안 계속된 유토피아 계보 문학의 공소함은 결코 쉽게 간과해서는 안 될 문제이다. 한국 문학 속의 유토피아 사상이 한국적 리리시즘과의 교호 작용으로 파편화되어 버렸다고 할 수 있을 터이나, 저 근세 이전의 문학 가운데서도 발견되는 한 특유한 문학적 맥류의 정처가 구체적인 논리로 형상화되지 못하고 오늘날까지 부유해 왔음은 아쉬움일 수밖에 없다.

그러할 때 문학 기법은 후진하고 사상이 범람하던 괴테의 독일이나 도스토예프스키의 러시아가, 소설가라기보다 사상가라고 해

도 좋을 이들의 문필에 힘입어 '세계 수준의 문학'으로 세계 문학
의 중심부에 자리할 수 있었음은 하나의 부러움이다. 여기에 또 하
나 우리 문학이 넘어서지 못한 한계성과 주변성이 남아 있기 때문
이다.

_4

잃어버린 길 찾기로서의 소설

— 양귀자의 〈숨은 꽃〉

〈원미동 사람들〉의 작가 양귀자가 오랜 기간 뜸을 들여 내놓은 중편 〈숨은 꽃〉은 작가 자신이 화자로 등장하는 자전적 소설이다. 이상문학상 수상 작품이라는 객관적 평가를 통해서도 짐작할 수 있듯이, 이 소설에는 만만찮은 몇 가닥의 논점들이 잠복해 있다.

작가는 소설 속에서 규칙적인 장편 연재 외에는 속수무책으로 글이 쓰이지 않는 상황을 진술하고, 시작부터 미로의 글쓰기는 난생 처음 경험하는 일이라고 토로한다. "단편소설에 손대 본 지가 햇수로 3년, 전교조 원년의 그 치열한 투쟁의 한 자락을 그린 단편 〈슬픔도 힘이 된다〉를 발표한 것이 마지막"이었다고 직접적인 설명을 부가하고 있다.

우리가 우선적으로 주목해야 할 점은 이 힘겨운 자기반성을 담은 자전의 기록, "마녀의 주술 때문에 춤을 멈출 수 없어 쩔쩔매는 동화 속의 불행한 공주"처럼 글 쓰는 일과 밀착해 있으면서도 제대로 글을 써 낼 수 없는 사정의 기록이 갖는 보편적 성향의 문제이

412

다. 말하자면 매우 내밀한 개인적 차원의 문제인 듯한 이 상황이, 기실은 동시대의 화농한 상처 한 부분을 날카롭게 드러내고 있다는 사실이다.

'슬픔도 힘이 된다'는 진술이 아무런 감동도 주지 못하는 세상의 변화, 소련과 동구권의 대변혁이 몰고 온 파장이 상식적인 삶의 예감까지 붕괴시키려는 듯이 보이는 혼돈의 와중에서, 보다 나은 세상을 향한 공동체 의식에 기반을 두었던 글쓰기의 붕괴가 그 원인이라는 것이다. 작가, 더 정확하게는 작중 화자의 인식이 그러할 때, 소설을 쓰지 못하는 소설가라는 주제는 당연히 하나의 사회 문제로 증폭될 수 있다.

90년대 초반에 발표된 조성기의 〈통도사 가는 길〉이나 박상우의 〈시인 마태오〉에서도 이와 유사한 의미 구조를 볼 수 있었거니와, 당대적 삶의 형상 가운데서 지식인으로서 작가의 역할을 되묻는 반성적 성찰이 소설로 쓰일 때, 잃어버린 글쓰기의 기력을 회복하려는 고투의 노력이 결코 개별적인 트리비얼리즘의 수준으로 폄하될 수 없기 때문이다.

화자는 글이 쓰이지 않아 여행을 떠나는 행위를 은연중에 도가 넘치는 호사로 치부하면서도, 또한 그것을 글 쓰는 일의 일정한 영역에 국한하지 않고 전반적인 삶의 태도를 새롭게 검증해 보려는 시도로 받아들인다. 이 양면적인 태도는 그가 소설 쓰기와 노동의 상관성을 가늠하는 시각에서도 그대로 나타난다.

소설 쓰기가 노동의 한 양상으로 분류되는 것의 미덕이 문학의 폐쇄화를 막아 준다는 데 있으며, 이는 곧 문학이 어떻게 하면 한 시대의 진정한 동반자가 될 수 있을지를 일러 주고 있는 것처럼 들린다고 할 때, 그의 의식 속에서 소설과 노동의 개념은 서로 손을 내밀어 악수할 수 있다. 그러나 그는, 문학의 절대화나 신비화를 편들고 있지 않으면서도 이 노동이 목숨 걸고 살아가는 우리 모두에게 제대로 '일용할 양식'이 되어 본 적이 있었던가 하는 경계심 때문에 이 뼛골 빠지는 노동을 노동이라 부를 수 없다고 실토한다.

이 이율배반적인 문학과 노동의 상관관계는 삶과 글쓰기의 갈등으로 환치되어 있는 셈인데, 그것은 화자의 딸에게 녹음기가 내장된 앵무새를 선물한 한 시인, 곧 깨어진 언어에 절망하고 서울을 떠난 시인의 예화를 통해서도 암시되어 있다.

여로형의 외관과 주체 정립의 길

소설을 생산하지 못하는 소설가라는 도식을 우리가 일찍이 이청준의 세계에서 쉽사리 목도할 수 있었다면, 명확하게 이름 지을 수 없는 무엇인가를 찾아 떠나는 여로형의 소설은 떠돌이의 애환을 다룬 김주영의 중반기 작품 중에서 몇몇을 떠올릴 수 있다. 〈새를 찾아서〉나 〈쇠둘레를 찾아서〉 같은 것들이 그것이다.

화자는 회의에 찬 표정으로 서울을 떠난다. 소설이 쓰이지 않는다고 여행을 도모하는 일이 사치스럽게 여겨지고 생전 안 하던 짓을 하는 자의 가슴 속으로 온갖 의문이 스며드는 채로, 잃어버린 글쓰기의 의욕과 잃어버린 삶의 활력을 찾아 나선다. 귀신사라는 절에 도달하여, 그는 김종구라는 매우 문제적인 인물을 만난다. 15년 만에 만난 이 인물과 이 인물이 환기하는 네 개의 삽화, 그리고 이 인물의 현재적 삶의 실상을 통해, 화자는 자기 자신을 해명하려는 곤고한 싸움의 실마리를 잡는다.

화자와 김종구 사이에는 어떤 절박한 인과 관계가 개재해 있지 않다. 하급의 대중소설에서 있을 법한 비정상적인 이성 접촉 따위는 어디에도 없다. 화자는 화자대로, 김종구는 김종구대로 확고하고 변별적인 의식을 소유하고 있는 형편인데, 화자의 혼몽하던 세계관이 초점을 되찾아가는 것은 김종구의 그것에 대비되어 보일 때이다. 그런 점에서 김종구라는 인물은 화자가 집요하게 붙들고 있는 명제에 있어서 하나의 효력 있는 반사판이면서, 동시에 자칫 평면적으로 흘러가 버렸을지도 모르는 서사적 담론 구조에 기복과 굴곡을 배치하는 중층적 기능을 갖게 된다.

김제의 금산사 입구에서 걸어서 30분, 자동차로 10여 분 거리에 있는 귀신사는 분명히 실재하는 물리적 공간이다. 뿐만 아니라 드러나는 아무것도 없으면서 모든 것을 다 가지고 있는 낡고 허름한 풍경이 가장 오래도록 화자의 마음에 머물러 있는 대상이었다. 그런데도 결국 "귀신사는 거기 없었다"는 명료한 언표를 불러올 만큼 목하 어수선한 보수공사 중이다. 이는 그 절의 마당에서 모래무덤에 파묻혀 버린 '우담바라화'와 마찬가지로, 대단히 완만한 어투이면서도 자아와 세계의 불화를 날카롭게 부각시키는 이야기 전개 방식이다.

이 우울하게 가라앉은 뒷그림 앞에서 화자는 우연히 김종구를 만나게 되고 자연스럽게 그와 관련된 네 개의 삽화를 떠올린다. 작가는 그 회상에 대한 요설이 지루해지지 않도록, 그리고 무미건조한 과거사의 나열이 되지 않도록 각 삽화의 중간 중간에 표면적인 사건의 진행을 병행시키고 있다.

김종구의 동생 숙자의 담임이었던 화자가 숙자의 무단결석 사유를 알기 위해 찾아갔을 때 그는 사는 일이 먼저라는, 즉 먹고사는 것의 질서를 말했는데 그의 무례가 오히려 화자에게는 "말로 자기를 이야기할 줄 아는 사람"으로 납득된 바가 있다. 또한 험상궂은 파도가 으르렁거리는 바다의 통통배 위에 더할 수 없이 평화롭게 누워 잠들어 있던 기억도 떠오른다. 그런가 하면 검정 염소를 도살하면서 진저리쳐지는 느낌과 묘한 비애를 함께 유발하던 것이 또 하나의 기억인데, 이때의 비애란 참혹하게 짐승을 죽이는 일에 결부되는 위선과 결단코 타협할 수 없는 국외자로서의 비애이다.

화자는 이 국외자적 비애야말로 그를 공사판을 떠돌면서 살게 한 요인이라고 판단하면서, "삶의 비밀을 엿본 자에게 붙박이 삶이 가능하기나 할 것인가"라는 깊이 있는 레토릭을 사용하고 있다. 김종구에 대한 마지막 기억의 삽화는, 밤물을 보러 나간 10여 척의 배가 밤에 안개를 만났을 때 마을에서 횃불과 징소리로 안개 길잡이를 하는데, 징을 잡은 김종구가 무아지경에 몰입하여 "안개 장막을 찢고 먼 바다로 내닫던 그 징소리"를 울리던 모습이다.

그때나 지금이나 화자에게는 김종구의 행동 양태가 불가사의하기만 하다. 하지만 사회생활 초년 시절에 본 김종구의 모습이 유별난 체험이 되었던 것은 사실이지만, 스스로에 절망하여 길을 떠나온 지금의 참담한 심경에 속 깊이 비추이는 반응의 정도와는 경우가 다르다. 요컨대 화자는 지금의 김종구를 보면서, 또 그가 몰아다 주는 과거의 기억을 반추하면서 가식 없는 삶, 허위를 벗어 던진 삶의 실체를 생생하게 육안으로 목격하고 있는 것이다.

콩을 식물성 고기라고 하는 말이 식물과 동물을 생피 붙게 만드는 것이라든지, 머릿속에 먹물 담아 놓고 주위에 검정 물 뿌려 대는 인간하고는 길게 상종하지 않겠다든지 하는 그의 결연한 상황 인식의 방법은, 단순성의 세계관이 가진 순수함과 명료함의 미덕을 잘 정초하고 있다. 바로 이러한 속성이 복잡다단한 도회에서 지식 노동으로 탈진한 화자의 심상에 신선한 각인을 남기는 충격 요법으로 작동한다.

이 핍진한 영향 관계가 극명하게 표현된 대목이 김종구와 함께 살고 있는 황녀라는 여자의 단소 연주 및 그에 대한 화자의 반응이라 할 수 있다. 주어진 삶의 현장에서 있는 그대로의 실체를 드러내면서 살아가는 이들에게서는 도덕적, 윤리적 기준을 넘어서는 진실성이 발산된다. 그것이 화자에게 새로운 삶의 기력을 섭생하게 하는 동력원으로 되면서, '진짜 인간의 냄새'와 '가짜가 풍기는 악취'를 구분하는 준거로 제기되는 것이다.

숨어 있는 꽃말 찾기─출구의 존재 방식

글쓰기의 미로를 헤매다가 문득 여행을 떠난 화자가 김종구라는 실로 간단하지 않은 '숨은 꽃'을 만나고 그에게서 자신의 질곡을 벗어날 대응 방식을 엿보는 것이 이 소설의 핵심적인 줄거리이다. 서술의 분량에 있어서도 김종구에 관한 부분이 절대량을 차지하고 있다.

그렇다고 해서 김종구나 그와의 관계를 통하여 어떤 드라마틱한 사건이 벌어지는 것도 아니며, 일상적인 삶을 흔들어 놓을 만한 관점의 혁신이 돌발하는 것도 아니다. 화자는 시종일관 담담한 어조로 신변잡사들을 병렬하고 있으며, 그 지속적인 술회를 통하여 자신이 끌어안고 있는 내면적 고통과 심경의 변화를 차근차근 우리에게 납득 시킨다.

김종구의 삽화들에 이어서 그는 또 다른 삽화들을 부가하고 있는데, 그 하나는 '칼릴 지브란'이라 호명되는 한 불우한 수재의 이야기이다. 화자가 생각하는 지브란은 물론 〈예언자〉의 저자 지브란이 아니다. 여고 시절 문학 서클에서 만난 수재 지브란이 서울의 명문 국립대학에 들어가고 '불온 조직의 괴수'로 수배되며 나중에는 고문의 후유증으로 정신이 이상해져 버린다는, 폭압적 정치권력의 시대에 드물지 않게 볼 수 있었던 사태가 제시된다.

강남 어느 화가의 작업실에서 그를 본 화자는 그의 화두 "청와대에서 왜 날 안 부르지?"라는 기묘한 발화를 듣고 그 암호야말로 일종의 꽃말 같은 것이라고 생각한다. 뛰어난 운동가였던 그가 하필이면 청와대를 들먹이고 있다는 것으로 그는 재기불능으로 치부되고 있었지만, 화자는 세상에 불경스럽고 추악한 꽃말을 담은 꽃은 없다고 보고, 국가 권력에 유린당한 순결한 정신이나 한 천재가 불행한 시대를 만난 숙명 이상의 그 무엇을 그의 암호에서 찾아내려 한다.

지브란 역시 김종구와 마찬가지로 화자에게는 진실성의 망울을 숨기고 있는 또 하나의 숨은 꽃이다. 그 꽃말의 비밀을 알 수 있다면 화자 자신도 두 다리까지 꽁꽁 묶인 것 같은 절박감, 그 미로에서 빠져나올 수 있을 것으로 여겨진다.

그러나 지브란에게서는 구체적인 미로 탈출의 단서가 발견되지 않는다. 김종구를 통해서 암시되는 새로운 인식의 열림이 인식에서 행위의 지평으로 한 걸음 나아갔다면, 지브란에게서는 그 인식의 방식을 투시해 보는 지점에서 그친다. 두 사람이 가지고 있는 삶의 배경과 상대적으로 작용한 환경이 다르기 때문이긴 하지만. 작가는 이러한 사실들을 논리적으로 대비해 보는 일에는 전혀 관심이 없다. 왜냐하면 이 소설이 수미쌍관한 논리적 설명의 수순을 따라간 작품이 아니라 내면 심상의 흐름을 드러내 보임으로써 읽는 이의 정동적情動的 이해를 재촉하는 쪽으로 방향을 잡고 있기 때문이다.

그러면서 등장하는 또 하나의 인물은 '산에 푹 빠진 의사 소설가', 아니 '소설가 의사'이다. 그가 의사로서 경험한 이야기들이 화자에게 오래 깊게 남아 있는데, 그것은 진료 과정에서 드러나는 운명론적인 힘에 관한 것이다. 기술적인 차원의 의학으로서 도저히 해명할 수 없는 '드러나지 않는 이 힘, 그러나 분명히 작용하고 있는 이 힘'의 뜻이 무엇인지 알 수 없다는, 그래서 산에 가지 않고는 배길 수 없다는 그의 고백이 화자에게 가장 강력한 떨림을 주는 이유는 무엇일까?

그것은 세상 어디에서나 '귀신사에서 본, 모래더미에 파묻힌 이름 모를 꽃'처럼 정확한 언어로 풀이될 수 없는 영역이 남아 있다는 공감을 촉발한 까닭이 아닐까? 이와 같이 범상하면서도 용이하지 않은 결론을 추수하기 위하여 작가는 이 소설을 쓰면서 화자를 그 갑작스러운 여행길로 몰아 낸 것이 아닐까?

'숨어 있는 꽃들의 꽃말 찾기'처럼 소설을 써 보려 덤빌지도 모르겠다는 화자의 의욕은 아마도 그 값을 얻을 수 있을 터이다. 꽃이 왜 숨어 있어야 하는가라는 문제를 더듬을 때와 꽃이 숨어 있는

방식을 더듬을 때의 성과가 같을 수는 없다. 보다 소설 외적으로
말하자면, 아울러 작가가 소설 속에서 작품명의 실명과 창작 주변
의 정황을 들어가며 자전적 성격을 확정해 주는 사정에 기대어서
말하자면, 이 작가에게는 이 소설이야말로 그 꽃말 찾기가 소설적
형상력을 얻은 실증이라 할 수 있을 것이다.

세계와의 불화와 의식의 방목
—하일지의 〈경마장 가는 길〉

1990년이 저물녘에 출간된 하일지의 장편소설 〈경마장 가는 길〉
은 매우 특이한 면모를 가진 작품이다. 무명의 작가가 6백 면에 달
하는 장편을 전작으로 내놓아 화제를 촉발했다는 사실도 그러하지
만, 근본적인 창작 태도나 소설의 구성 요소들을 다루는 방법과 같
은 내포적인 측면에서도 그러하다.

오늘날의 우리 소설에 여전히 폭넓은 공감대를 형성하고 있는
전통적인 창작 방법을 거부하고, 새로운 시도를 감행한 하일지의
이 데뷔작을 우리는 어떻게 받아들여야 할 것인가. 또한 우리 문학
의 현 단계에 비추어 어떠한 자리에·이 작품을 정초해야 할 것이
며, 그 문학적 성과와 한계는 어떻게 평가해야 할 것인가.

이 글은 주로 이와 같은 질문들에 대한 답변의 형식이 될 것이
며, 이를 위해 우선 글의 들머리에서 전통적인 창작 방법과 대비하
여 그가 확보한 새로움의 구체적인 내용이 무엇인가를 살펴보는
것이 좋을 것 같다.

창작 주체와 수용자를 아울러서 대체로 우리가 익숙해 있는 소설의 문맥은, 사실성에 기초한 이야기의 형식, 시대적 전형성을 표방하는 인물의 형상화, 극적인 사건 전개를 용이하게 하는 구성 기법, 메시지의 의미 기능이나 교화력을 가진 주제의 함축성 등을 가능한 한 포괄적으로 끌어안고 있는 경우이다. 이러한 절목들은 얼핏 서구의 진보적인 리얼리즘 이론가들이 문학사에 이름 있는 저 19세기 작품들의 내용을 선별적으로 수용하면서 호명한바, '비판적 리얼리즘(Critical Realism)' 계열의 소설적 경향에 대한 각론처럼 보이기도 한다.

그러나 바다 건너의 사회주의 리얼리즘이 얼마만한 논리적 위의를 가지고 있고 모더니즘의 자기 증식이 얼마만큼 변화 발전을 거듭하고 있는가라는 따위의 상황과는 별개의 문제로, 우리가 당착한 사회 현실의 창을 통해서 전통적인 창작 방법의 우세를 설명하는 일은 충분히 가능하다. 마치 무슨 영화 속의 활극과 같은 격변의 현대사를 꾸려 가면서 역사의 진실이 제 음색으로 현장의 존재 증명을 발휘하기가 난감한 현실과 마주했을 때, 작가가 쉽사리 사실성, 전형성, 계도성 등의 항목을 외면할 수 없다는 말이다.

하일지는, 그가 '작가의 말'에서 밝히고 있듯이, 이 질긴 관습의 끈을 과감하게 잘라 버리려 한다. 소설을 시작하기 전에 그는 "근본적으로 하나의 문학작품을 읽는다는 행위는, 그리고 그 작품을 읽고 어떤 반응을 일으켜야 하느냐 하는 것은 전적으로 독자의 자유에 해당하는 문제이고, 따라서 독자는 자신의 자유에 이르는 책임을 다해야 할 일이지 작가에게 그것을 전가해서는 안 될 일이다"라고 사뭇 오만하게 쓰고 있으며, 소설을 마친 다음에는 "나는 나의 독자들에게 무엇인가를 가르치거나 깨우치게 하려고 내 글을 쓰지 않는다"라고 단정적으로 표현하고 있다.

객관화된 외형적 가치 기준을 거스르고 나설 때, 그에게 열려 있는 탈출구는 결국 내포적 의식의 실체를 걷어 올려 이를 매개로 현실에 대응하는 것이 될 수밖에 없다. 사정이 그러하다면 우리는 그의 소설적 발화법이 궁극적으로 동시대의 어떤 다른 창작 경향 및 작품들과 동궤의 맥락을 가지게 될지 미루어 짐작할 만하다. 그것은 곧 이인성의 〈낯선 시간 속으로〉, 최수철의 〈고래 뱃속에서〉, 김수경의 〈자유종〉, 최병헌의 〈냉귀지〉 같은 작품이 될 것이다. 아울러 그 사조에 있어서는 후기 산업사회의 복잡다단한 의식과 부정 형성의 사유 체계를 반영하는 포스트모더니즘, 또는 더 거슬러 올라가서 '지금, 여기'의 확정적인 현실만을 발판으로 요동하는 의식을 붙들고 있는 누보로망 등의 경향에 기본적인 바탕을 두게 될 것이다.

물론 우리 사회의 객관적 통념으로부터 말미암을 비판과 비방 앞에 전신을 드러내기를 두려워하지 않는다고 해서, 그의 운신이 절대적인 자유를 획득할 수 있다는 보장은 없다. 어느 비평가의 지적처럼, 독자를 가르치지 않겠다는 작위적인 의지 역시 하나의 가르침으로 작용할 수밖에 없는 연관 관계 속에서 소설이 상재되고 또 읽혀지기 때문이다.

문제는 그의 이 야심작이 의식의 자유로운 방목을 어느 정도까지 치열하게 수행하고 있으며, 그리하여 작가의 단순한 문학적 배설을 넘어서 어느 수준까지 그 의식의 정체를 해명할 언어의 그물을 펼치고 있는가에 있다고 하겠다.

이 부분에 설득력 있는 성과가 검출될 때에, 비로소 그가 선택한 제재와 상황의 특이함이 기존의 유사한 작가들과 변별되는 새로움에 이르렀다고 인정할 수 있지 않을까.

비현실적 방법으로 현실의 척도에 맞서는 이질적 존재감

먼저 이 소설의 스토리부터 살펴보기로 하자. 전체적인 사건의 형상은 몇 줄의 문장으로 정리될 수 있을 만큼 단순하고 간략하다.

R이라는 인물이 5년 반 동안의 프랑스 유학을 마치고 박사 학위를 받아 돌아온다. 그로부터 4개월 반 동안 R은 극심한 사회적 관습과 문화적 형태의 이질감 가운데에서 좌충우돌하며 살아간다. 유학 시절에 동거했던, R이 학위 논문과 신춘문예 응모용 평론을 써 주었던 J라는 여자가 R의 주된 상대역으로 등장하여, R의 자아와 세계가 벌이는 대립과 갈등의 파노라마에 중심적인 매개체 역할을 맡는다. 요컨대 J의 마음은 R로부터 떠나 있으며 지난날의 부채와 관행이 그녀를 R의 곁에 머물게 하고 있으니, 두 인물 사이의 조화로운 만남은 이미 끊임없이 반복되는 적대적인 부딪침으로 대체된 셈이다.

R의 아내나 두 사람의 가족 및 주변인물들이 담당하고 있는 역할은 J와의 관계로 대변되는 세계와의 불협화음의 범주 안에 있으며, 난마처럼 얽힌 R의 의식을 더욱 부추기는 데 소용된다. 마침내 R은 이처럼 어긋난 인간관계와 문화적 충격을 문면으로 형상화하기 위하여 〈경마장 가는 길〉이라는 소설을 쓰기로 작정한다.

그렇다면 그토록 R의 의식을 휘청거리게 하는 이질감의 실체는 무엇일까. 우리는 소설의 첫머리에서부터 5년 반의 유학 생활 끝에 한국의 모든 현실을 낯설게 바라보고 있는 R의 눈을 볼 수 있다. 그의 말과 행위는 흡사 한국에서 한 번도 살아본 적이 없는 외국인의 것으로 느껴질 만큼 생소함을 호소한다. J가 타고 마중 나온 자동차도, 여관의 숙박계도, 투사처럼 되어 버린 지식인들의 모습도 도무지 그에게는 마뜩치가 않다. 이러한 R의 반응 양상은 다소 과장된 감이 없지 않지만, 작가로서는 5년 반의 외유가 그의 내면에 메우기 어려운 공동을 불러들였으며 그것은 곧 R과 같은 처지에 있는 이가 당면할 수밖에 없는 이질감이 극대화된 외양이라고 간주하는 듯하다.

소설이 진행되면서 외제 박사 R은 그의 학력과 수고에 부응할 만한 아무런 자리도 차지하지 못한다. 대학에서는 시간 강사로 머물러 있고, 그의 금의환향과 더불어 오랫동안 고생한 가족들이 받아야 할 수혜는 아득하게 멀리 있다. R에게는 이 평탄하지 못한 자리 찾기의 원인을 탐색하려는 현실적 안목이 결여되어 있다. 기실 그가 그러한 현상을 한국적인 현실로 받아들이고 발 빠른 행보로 이를 극복하려는 의지를 갖춘 인물이었다면, 이 소설의 주인공이 될 수는 없었을 것이다.

그러할 때 R의 일그러진 의식은 폐쇄된 자아의 회로를 맴돌면서 몇 가지 편집적인 증세를 나타낸다. R은 계속해서 J에게 멸시에 찬 대우를 받고 있다고 생각하며 왜 그래야 하는지 이유를 알 수 없다고 불평한다. 그러면서 프랑스에서와 같이 J와의 온전한 섹스를 갈망하지만 번번이 실패한다. 그에게는 J가 그럴 수 없다는 원론적인 명제만 남아 있으며, 나중에 J와의 간극이 돌이킬 수 없도록 벌어지자 그녀의 부모에게 프랑스에서의 일을 폭로하기도 하고 그 대가로 금품을 요구하기도 한다.

또 하나 R이 끈질기게 추구하고 있는 것은 아내와의 이혼이다. 아내는 이에 동의하지 않는다. R은 이혼 후의 생계라든지 두 아이의 처리 문제에 대해 합리적인 제안을 내놓기도 하지만 아내는 막무가내이다.

앞서도 지적했지만, R에게는 이 두 여자가 가진 한국적인 현실의 저변을 성찰하고 이해하려는 노력이 전혀 없다. 그는 그의 방식대로 사유하고 그것을 고집스럽게 관철시키려 함으로써 서로 다른 사고와 의식 체계의 상충을 날카롭게 부각시킨다. 어쩌면 대단히 희화적으로 보이기도 하는 이 사건들 사이를 부유하면서, R의 내면은 세계와 화해하지 못하는 자아의 다기한 면모들을 그 깊은 바닥이 보이도록 비추어 주는 거울처럼 작동되고 있다.

이 작가는 왜 굳이 R이나 J 같은 이니셜을 작중인물의 이름으로 고집하고 있을까. 또한 왜 R이라는 3인칭 주인공을 내세워 철저하게 사건의 외적 관찰로 일관하고 있을까. 소설의 시점에 있어 화자가 작품의 외부에 있으면서 3인칭으로 자유롭게 움직이는 작품 내부의 인물을 조명하는 작가 관찰자 서술은, 그 인물이 가진 내면의 심상을 읽어내는 데 적지 않은 어려움이 있다. 화자가 소설의 등장인물이면서 자신의 이야기를 직접 전달하는 방식으로 쓰이는 1인칭 서술과 비교할 때는 더욱 그렇다고 할 수 있을 것이다. 그럼에도 불구하고 이 소설에서는 주인공의 내면이 전편에 걸쳐 세밀하게 드러나고 있는데, 그것을 위한 지엽적이면서도 줄기찬 서술들이 그다지 지루함을 유발하지 않는 이유는 곧 이 작가가 가진 담화

능력의 뛰어남에 있다 하겠다.

영문 이니셜 한 글자로 된 이름에서 우리는 작가의 작명법 취향으로 유추해 볼 수도 있는 인물의 성격에 대한 정보를 전혀 얻을 수 없다. 또한 작가는 주어진 사건들에 대해 임의적인 판단을 가하기를 극도로 꺼려하고 있다. 이러한 사태는 그가 소설 내부의 일들에 대한 간섭을 의도적으로 배제하고 내포적인 흐름을 자연스럽게 유지하면서, 작품 전체를 객관화의 토대 위에 두겠다는 작심에서 나온 것으로 보인다. 주변 인물의 호명에 있어 '뚱뚱한 사나이'나 '가죽잠바'와 같은 이름이 그러한 태도의 소산이겠거니와, 때로는 'R의 아버지의 아들' 같은 우스꽝스런 표현이 튀어나오기도 한다.

그렇다면 그와 같은 객관화 작업을 통해 얻을 수 있는 소득은 무엇일까. 우리가 서두에서 확인한바 이 작가의 소설 창작 방법이 구체화된 그러한 대목들을 통해, 우리는 작품 속에 살아 있는 캐릭터의 심정적 동향을 있는 그대로 명료하게 짚어 볼 수 있다. 말하자면 R이라는 인물에게 부하될 수 있는 선입관이나 편견의 군더더기를 걷어 내고 그의 의식이 움직이는 공간을 정직하게 추적함으로써, 오히려 효율적이고 면밀하게 그 내면의 태깔을 보여 줄 수 있다는 말이다.

R이 J나 다른 인물들에 대한 검색의 시각을 운용할 때에는 결코 외면적인 사건이나 행동을 통해 핵심에 이르는 법이 없다. 예컨대 R이 "자네 남자 있지?"라고 J에게 질문하는 장면이 있는데 J의 외형적인 조건에서 그러한 인식의 요소가 발견되는 것이 아니라 R의 내부에서 조합되고 정돈된 인식의 결과로 불분명한 환경 조건 아래에서도 정확한 감지력이 가동되는 방식이다.

경우에 따라서는 이 객관화의 세밀함이 정도를 넘어서 대구에 있는 집의 방 구조나 고속버스에서의 비디오 화면, 그리고 J와 통화가 되지 않을 때 혼자서 술을 마시는 장면 등에 이르면 불필요할 만큼 지나친 트리비얼리즘의 차원으로 떨어지기도 한다.

R 개인으로서는 그의 사고와 행위 모두가 절대적인 객관성과 합리주의를 동반하고 있다. 다방에서 주먹으로 J의 얼굴을 가격하는 일이나 J가 빚을 갚기 위해 자신에게 창녀 노릇을 해야 한다고 주장하는 일 등에는 그 나름대로 분명한 사유가 전제되어 있다. 음식도 식당에서 꼭 육개장만 주문할 만큼 그는 외골수이다. 이 확신에 찬 R의 특징적 성격을 그대로 추종하다 보면, 어느 결에 우리에게 그 감응력이 전파될 만큼 강렬한 흡인력을 느끼게 된다.

R이 시종일관 사용하고 있는 말투도 주목할 만하다. "너는 왜 안 먹느냐?", "너는 이런 물건들이 없으면 못 사느냐? 물건들에 치어서 어디 숨이나 쉬겠느냐?", "그것이 무엇인고 하니 너를 사랑한다는 그 사람에게 너는 나와 삼 년 반 동안 프랑스에서 함께 살았다는 걸 이야기해야 한다는 점이다" 등의 어투는, 마치 신파 시대 근엄한 교육자의 질책을 연상하게 한다. R의 비극은 현실적인 가치 척도를 가진 사람들과 비현실적인 방법으로 맞서야 하는 부단한 대결 상태의 곤비함 가운데에서 생성된다. 여기에 R의 어투는 일정량의 수확을 거두고 있으며, 처음의 생경함이 가셔질 무렵에는 국외자의 목소리로서 상당한 적절함이 있음을 수긍하게도 한다.

치열한 자기표현의 분출구

지금까지 검토해 본 바와 같이 이 소설은, R이라는 인물의 4개월 반 동안에 걸친 소외된 자로서의 편력을 통해, 그의 의식 구조가 쳐 놓은 그물에 숱한 세상살이의 편린들을 거두어들이고 있다. 그것은 한 방향으로 정제된 성향을 가지고 있지 않으며, 그 뒤끝에서 두루 통용될 수 있는 하나의 원리나 법칙을 탄생시키지도 않는다. 그러함에도 우리가 한 개인의 자유로운 의식을 디딤돌로 하여 복잡다단한 세상과 대결하는 정신적 운동의 집요함을 받아들이게 된다면, 그것이야말로 은연중에 이 작가가 노린 노획물일 것이다. 시대 현실에 대한 무감각이 한 작가가 소유해야 할 사회적 도덕성의 결핍을 반증한다는 타매가 있을 수 있겠으나, 문학의 다양성을 버릴 수 없는 미덕으로 인정하는 한 이 작품이 우리 소설이 이룬 노적가리의 한편에 제자리를 마련하는 일을 강압적으로 막을 수는 없을 터이다.

소설의 결미에 이르면 한순간 느닷없이 전지적 작가의 시점이 작품 속으로 뛰어드는 곳이 있다. 필자로서는 적지 않게 당혹했던 이 부분은, 서술 분량으로 볼 때 6백 면 가운데 2면이 조금 넘을 뿐이며 그때까지의 소설 전개와 특별히 다른 내용이 함축되어 있지도 않다. 이 부분 이후에 R의 이야기가 계속되고 있어 에필로그 식의 후일담도 아니다. '나'라는 화자가 R의 심적 상태를 직접적으로 설명하는 이와 같은 예외가 도입된 이유가 무엇일까.

만약 R을 외적으로 관찰하는 일로써 그의 의식을 드러내는 데 일정한 한계가 있기 때문에 그에 대한 전지적 설명을 부가할 필요를 느꼈다면, 작가는 당초에 설정한 자신의 방침을 배반한 형국이 된다. 아마도 그렇지는 않을 것이다. 도리어 R의 행적을 객관화하여 관찰자로서 이를 서술해 온 소설 전체를 다시 한 번 객관화하여 '나'의 관점에 회부함으로써 작가 스스로가 완전히 증발하여 작품 자체가 소리를 낼 수 있도록 하기 위한 암시적 장치가 아닐까. 이때 '나'와 작가가 작품의 외부에서 분리될 수 있느냐 없느냐의 문제가 남아 있긴 하지만, '소설의 거리'에 대한 전문적인 논문을 작성한 바 있는 이 작가로서는 한번쯤 시험해 볼 수도 있는 구조일 것이다.

이것이 소설의 총체적인 부피에 견주어 본질적인 중요성을 갖지는 않을 것이므로, 그 전지적 작가 서술 중에서 중심적인 절목을 추려 보기로 하자. R은 '이 한국이라는 데는 무서운 데'라고 했는데, 그렇게 말할 만한 근거는 앞에서 검증해 본 바 있다. 또한 R은 '형상화해야겠다는 강한 충동'에 대해 말했는데, 이 언사는 궁극적으로 이 소설의 종착점이 될 〈경마장 가는 길〉의 집필에 잇대어지는 요긴한 심경의 토로일 것으로 보인다.

R은 소설의 여러 곳에서 경마장에 관한 글을 쓰려 하는데, 정작 경마장이라는 어휘의 이미지, 그리고 그것이 형성하는 의미망에 대해서는 일언반구의 언급도 없다. 이미 작가가 써 놓고 출판을 기다리고 있는 것으로 알려져 있는 〈경마장은 네거리에서……〉나 〈경마장을 위하여〉에 이르면 어떠할지 모르되, 이 소설 〈경마장 가는 길〉에서는 단지 R의 치열한 자기 표현욕이 찾아낸 분출구의 다른 이름일 뿐이다.

세계와의 대결에서 실패한 R이 저간의 이야기를 형상화하기 위해 선택한 경마장이 '글쓰기의 공간'이라는 해명도 있었지만, 작가는 이를 물리적인 의미로 상정하기보다는 자아를 깊이 있게 파헤쳐 보려는 의도의 감각적 이미지로 구체화한 것으로 여겨진다.

작가는 소설을 끝맺으면서 맨 처음의 서두를 8행의 분량으로 다시 반복하고 있다. 2월 16일 R이 돌아왔으며 시간이라는 것은 어떤 식으로든지 이미 그에게 주어졌다는 범상한 문면을, R을 K로 바꾸어 표현하고 있는 것이다. 즉 R이 자신의 이야기를 K라는 인물을 빌려 〈경마장 가는 길〉이라는 소설로 쓰기 시작했다는 뜻이다.

이 수미쌍관한 마무리를 지켜보면서, 우리는 작가의 전기적 사실과 상당 부분 일치하는 소설이 그 자신의 이야기가 아닌가 하는 의구심을 품게 되는데, 작가는 소설을 시작하기 전에 단호하게 '현실 세계에서 있었던 일이 아니라 작가가 순전히 상상에 의하여 꾸며 낸 것임'을 밝혀 두었다. 작가와 작품의 분리 문제에 대한 긍정 및 부정의 논리를 차치하고라도, 작품 속의 상황은 그의 실제적 체험에 빚지고 있는 바 클 것으로 보이며, 어쨌거나 우리는 그의 체험과 상상력의 교직으로 산출될 다음 작품들이 더 깊은 의식의 바닥을 두드리는 성과에 이르길 기대해 본다.

전체주의의 무서움과 저항의 정신

—고원정의 소설

1985년 1월, 고원정은 〈거인의 잠〉이란 단편으로 중앙일보 신춘문예 소설 부문에 당선됨으로써 우리 문단에 얼굴을 내밀었다. 작가가 되기까지 그의 치열한 수업 기간을 곁에서 지켜본 필자로서는 당초 응모할 때의 제목이 〈장군의 잠〉이었음을 알고 있었고, 작품의 내용과 별반 상관도 없는 '거인'이라는 단어가 돌출하게 된 사정과 관련하여 이 표면화되지 않은 사건이야말로 당대의 정치적 상황을 직접적으로 설명해 주는 하나의 단서라고 단정할 수 있었다.

기실 제목을 고쳐서라도 당선시킬 수밖에 없었을 만큼 그의 이 작품은 날카로운 주제 의식과 독특한 구성 기법을 포괄하고 있었고, 그러한 강렬한 개성은 우리 문학사의 어디를 짚어 보아도 유례를 찾아보기 힘든 정치적 알레고리의 세계를 열어 나가는 동력이 되었다. 특히 첫 창작집 〈거인의 잠〉에 수록되어 있는 초기의 작품들은 대체로 내용과 형식의 양면에 걸쳐 이 처녀작의 연장선상에 놓이면서, 그의 소설이 가진 새로운 면모가 일회성의 '사건'으로 머물지 않음을 증거해 주고 있다.

우리가 여기서 새삼스럽게 논의하지 않더라도 1980년대의 전반기에 정치권력의 파행에 관한 스토리를 구체적으로 서술할 수 있는 표현의 자유가 강압적으로 박탈되어 있었음은 주지의 사실이다. 그와 같은 시대의 장벽을 비켜가기 위하여 고원정이 선택한 소설의 무대는 제3세계라는 공간 환경이다.

〈거인의 잠〉, 〈칼 1〉, 〈칼 2〉, 〈수사학, 그 경향과 대책 1〉, 〈수사학, 그 경향과 대책 2〉, 〈눈감는 불빛〉 같은 작품들처럼 사건이 발생하는 장소가 그렇게 설정되어 있는 경우는 말할 것도 없거니와, 〈잘있거라 아프리카〉처럼 제주도로 여겨지는 지역을 근거로 하고 있는 작품에서도 동일한 공간이 심정적 차원에서 계속해서 환기되고 있다.

작가는 자신의 소설 무대를 제3세계로 옮기면서 한편으론 난폭한 감시자의 눈길을 차폐하는 동시에, 다른 한편으로는 우리의 현실이 제3세계의 그것과 마찬가지로 타락한 권력의 폭압과 수사학적 변명에 침윤해 있다는 인식을 노출하는 셈이다.

이 이중적인 효용성을 확보하는 공간 환경 위에서, 그는 왜곡된 방법으로 출발한 정치권력이 본질적으로 타락할 수밖에 없으며 이를 가속화하여 파멸에 이르게 하는 요인은 곧 권력에 대한 탐욕임을 밝히려 한다. 〈거인의 잠〉에 나타난 장군의 정신적 파탄에서부터 〈눈감는 불빛〉에서 볼 수 있는 두 지도자의 권력욕으로 인한 실패에 이르기까지 그의 시각은 이러한 사태를 매우 세밀하게 포착하고 있다.

타락한 정치 지도자가 파멸하고 만다는 원론적인 명제가 동시대의 진행 방향에 대한 작가의 도덕적 경각심을 반영하고 있지만, 우리가 그의 소설에서 보다 중요하게 받아들여야 할 것은 그처럼 일반론적인 정의가 아니다. 이 작가의 재기가 반짝거리는 부분은 오히려 정치적인 권모술수가 작성되고 시행되는 경과 과정을 날카롭게 부각시킴으로써 거기에 결부되어 있는 온갖 교활성과 잔인성을 작품의 표면으로 밀어 올리는 데 있다 할 것이다.

〈지사의 거울〉 같은 작품을 보면, 고고한 민족주의자요 사상가였으며, 민주화 투쟁으로 국제인권상까지 수상한 재야의 거물이 등장한다. '선생님'으로 호칭되는 그는 외진 곳에 유폐되어 있고, 화자인 나는 그의 회고록을 대필하는 위치에 있다.

이럴 수가.

선생님은 자신을 위해 목숨을 던졌던, 경호원 최 군의 기록을 완전히 없애 버리라고 지시하는 것이었다. 20대 후반에서 40대 후반까지의 결코 짧지 않은 세월을, 선생님 한 사람을 우러르며 살았던 그 사내를, 가족조차도 돌보지 못하면서도 그 어떤 보수나 대가도 원하지 않았던 그 사내를. 하긴 그건 당연한 일일지도 몰랐다. 어리석은 자가 가질 수 있는 것은 아무것도 없으므로.

독립운동을 과장하고 단식 투쟁을 미화하며 방북 기도를 윤색하는 선생님의 위선을 냉혹하게 관찰하고 있는 화자는 경호원 최 군의 아들이다. 더구나 화자의 조작에 의해 선생님이 청와대로부터 입각 권유가 있을 것으로 기대하고 있는 장면에 이르면, 우리는 실소를 금치 못하기에 앞서 소설적 상황을 그토록 탄탄한 조직력으로 끌고 나아가는 작가의 재능과 주밀한 구성법에 놀라지 않을 수 없다. 한 지도자가 가진 명성과 그 실상 사이에 얼마만한 격차가 존재할 수 있는가라는 측면보다 그것을 단계적으로 드러내는 솜씨가 더 놀랍다는 말이다.

이와 같은 작가의 단계적 과정 드러내기가 압권을 이루는 작품은 〈수사학, 그 경향과 대책 1〉 및 〈수사학, 그 경향과 대책 2〉이다. 앞의 작품을 보면, 절대 권력자인 '어른'의 심장마비 복상사 사건을 공표하기 위한 측근들의 발표 문안이 무려 여섯 차례에 걸쳐 작성되는 모습을 볼 수 있다. 그러면서 그 하나하나의 문안에 우리 사회의 가장 민감한 쟁점들을 결부시킴으로써, 이와 유사한 사건들의 공식화 과정을 총괄적으로 그려 낸다. 아울러 맨 마지막 문안을 완성시키기 위한 희생자의 선택에 있어 문안의 초안 작성자인 측근이 지목되는 극적 반전을 시도하여, 자칫 평면적인 나열의 수준으로 떨어질 우려가 있는 상황의 전개를 탄력성 있게 마무리한다.

정치권력의 속성과 이에 맞물려 있는 사태들의 진면목을 뒤집어 보이는 고원정의 소설들에 있어서 그 뒤집기의 핵심은, 섬뜩할 만큼 무서운 조직의 자기 보호 논리에 비논리적으로 맞서는 개인의 자유로운 정신이다. 이 도식이 더욱 확장되었을 때, 우리는 전체주의적 완강함이 극도에 달한 군대에서 개인적인 주장과 투지를 누그러뜨리지 않는 저항의 방식으로서 대하 장편 〈빙벽〉의 세계를 만나게 된다.

조직화된 전체주의의 비정함이 〈칼 1〉, 〈칼 2〉, 〈코뿔소의 고독〉

같은 작품에 잘 갈무리되어 있으며, 이 부동의 장애물과 마주섰을 때 개인으로서는 결국 자기를 죽임으로써 저항의 의지를 나타낼 수밖에 없는 '칼 한 자루의 사상'이 생성하기도 한다.

궁극적으로 이 작가는 전체주의적 상황의 극복 가능성에 대해 어떠한 청신호도 전제하지 않는다. 〈대령들은 아무도 죽지 않는다〉에서 볼 수 있듯이 세상이 바뀌었음에도 불구하고 구시대의 실세가 여전히 살아 있으며, 술집 여자의 소박한 반항에도 잔혹한 죽음으로 응답하는 무서운 세계가 그대로 잔류하고 있는 것으로 나타난다.

내 몸뚱이는 세상의 가장 깊고 어두운 곳을 향해 점점 쑤셔 박혀 들어갔다. 살모사, 대령은 말했었다. 네년이 세상에 살았었다는 자취마저도 감쪽같이 없애 줄 수가 있어. 마치 태어나지도 않았던 것처럼. 그게 힘이란 거지. 알겠어? 아아…… 마지막으로 나는 생각했다. 그들은 결코 죽지 않고…… 우리들만이 죽는구나…….

이때의 죽어 가는 여자는 단순히 한 술집 여자가 아니라 권력이 가진 힘의 반대편에 서 있는 모든 사람들의 총칭이다. 〈다윗의 돌멩이〉나 〈새들은 병영에서 죽지 않는다〉와 같은 작품들에서도 이와 같이 무서운 힘의 실체가 살아 있으며, 따라서 정치권력의 문제를 제재로 한 고원정의 소설 제작은 저항과 부정의 정신이 제 음색으로 현장의 존재 증명을 발성할 수 없는 세계의 무서움을 지속적으로 걷어 올리는 작업이라 할 수 있을 것이다.

무서운 세계에 스스로도 무섭게 다가서는 저항 정신

1988년과 1990년에 각각 창작집 〈거인의 잠〉과 〈칼 한 자루의 사상〉을 묶어 낸 고원정은, 1989년 중반부터 전작으로 출간하기 시작한 대하 장편 〈빙벽〉을 모두 내놓았다.

일찍이 필자는 〈90년대에 맞서는 한 작가의 자기 성찰〉이라는 고원정에 관한 다른 글에서 〈빙벽〉과 관련하여 다음과 같이 쓴 바 있다.

고원정을 두고 '90년대를 기약하는 대형 작가'라 부르는 이들이 있다. 이와 같은 단정적 언표는 대체로 그가 80년대의 끝머리에서 부터 전작으로 발표하기 시작한 대하 장편 〈빙벽〉의 규모와 성과에 기대어 있다. 아닌 게 아니라 그의 〈빙벽〉은 주제의 강렬함이나, 치밀하면서도 속도감 있게 사건을 전개시켜 나가는 작품의 구성력, 인물의 전형성 및 이야기의 재미 등 여러 항목에 걸쳐 대작으로의 완성 가능성을 점치게 한다.

〈빙벽〉은 앞에서도 언급한 바와 같이 전체주의의 강고함과 개인의 자율성이 노정하는 예각적인 대립의 구도 위에 있으며, 그러한 점에서 두 권의 창작집에서 주조를 이루고 있는 저항의 정신과 동궤의 맥락 아래에 있다. 군대 사회를 배경으로 그 이전까지 철저하게 금기시 되어 온 미답지를 과감하게 걸어 나감으로써, 이 소설에는 권위주의적 군사 문화를 넘어서려는 결연한 의지가 숨어 있다.

또 하나 이 소설의 모티프를 이루는 줄기는 작가에게 하나의 강박관념으로 작용하고 있는 것으로 보이는 가족사로부터의 부채 벗기에 잇대어져 있을 것이다. 그러한 방향에서 보자면 첫 창작집에 실린 단편 〈소금기둥〉이 〈빙벽〉의 원형에 해당된다. 완고하기를 넘어서 한 종파의 교조처럼 굳어 버린 할아버지, 할아버지의 그늘 밑에서 음화 식물처럼 주눅이 든 할머니, 아버지, 어머니, 그리고 이러한 가족사의 구조를 통해 본능적으로 증오와 복수심을 가꾸어 가고 있는 주인공은 〈소금기둥〉과 〈빙벽〉에 걸쳐 한결같은 외양으로 움직이고 있다. 〈소금기둥〉이라는 금기 설화의 제목을 사용하는 심리적 저변은, 이 스토리가 작가에게 반드시 서사적 형상력으로 발화되지 않으면 안 될 절박성으로 잠복해 있었음을 반증해 준다.

물론 〈빙벽〉은 그 분량에 값하도록 여러 방면의 다기한 요소들을 내포하고 있고, 주인공의 설정에 있어서도 〈소금기둥〉의 화자 '나'로부터 현철기와 박지섭이라는 분화된 두 사람의 중심인물로 발전하게 된다. 영웅 만들기를 시도하는 군대의 전체성에 적극적으로 저항함으로써 사건 전개의 열쇠를 쥐고 있는 철기와 비정상적인 일들에 대한 광포한 반응의 욕구를 가슴 깊이 누르며 살아가는 지섭은, 창작 동기의 현장으로 거슬러 올라가 볼 때 변별적으로 분화된 인물이 아니다.

이는 대단히 의미심장한 지적이 될 수 있는데, 예컨대 이상의 〈날개〉에 나오는 주인공 및 아내와 헤르만 헤세의 〈지성과 사랑〉에 등장하는 나르치스 및 골드문트와 마찬가지로 한 인물의 성격이 가진 대칭적 양상일 수 있다는 뜻이다. 우리의 내부에 현실과 직접적으로 부딪치는 철기와 이를 반성적으로 성찰하는 지섭이 공존하고 있다는 의미이며, 이러한 구분법이 통용될 때 〈빙벽〉의 세계는 곧 우리의 삶 가운데로 끌어들여질 것이다.

〈빙벽〉에서 철기와 지섭이 보기에 따라 동전의 양면처럼 한 캐릭터의 범주로 조합될 수 있고 그러한 복합적인 시각의 운용이 가능하다고 할 때, 그 바탕에는 〈소금기둥〉이란 표본 모델의 단편이 있다. 마찬가지의 논리로 정치적 알레고리 소설의 개화를 가능하게 한 원형을 찾아본다면, 그것은 아마도 〈회색의 손〉이 아닐까 싶다.

고등학교 교실을 소설의 배경으로 하여 교육 현장의 문제를 말하는 것이 아니라 축약된 사회악의 악랄함과 교활함을 제유법적으로 제시하는 데는, 전상국의 〈우상의 눈물〉이나 〈돼지새끼들의 울음〉에서 확인할 수 있는바 빗대어 말하기의 면모가 생생하다. 그러나 전상국이 보다 더 크고 교활한 사회악의 존재 형태를 드러내는 데 비해, 고원정은 교육자와 피교육자 양편의 부당성에 공히 동조하지 않음으로써 현실적인 피해를 불사하는 저항 정신의 소재를 밝히고 있다. 〈회색의 손〉의 '나'는 작품 속에서 연령이나 작품 외적인 소설 제작 연도로 보아도 이 작가가 조형한 많은 저항적이고 부정적인 캐릭터를 가진 인물들의 원형에 해당된다 할 것이다.

예를 들어 문제화된 사건의 성격이나 작품의 배경이 되는 공간 환경은 다르지만, 근본적으로 〈회색의 손〉에 있는 '나'와 〈칼 1〉에 있는 이브라힘 알 무사는 동일한 구조적 얼개 가운데에서 존재한다. 두 힘의 길항과 접전으로부터 말미암은 중간 지대에서 결국은 자기 자신을 내던짐으로써 내포적 충일의 극대화를 도모하는 비타협적 의지의 동류들이 거기에 있다.

골드만이 소설을 정의하여 '타락한 사회에서 타락한 방법으로 진정한 가치를 추구하는 이야기'라고 말한 바 있지만, 고원정은 섬뜩할 만큼 무서운 세계에 그 스스로도 무서운 방법으로 다가섬 으로써 저항 정신의 극점을 명료하게 들추어 보이는 데 이르는 것 이다.

다양한 시도, 동시대의 쟁점을 잘 그려 낸 작가

만약 고원정이 정치적 알레고리의 소설만을 고집하던 등단 초기 의 작품 경향에 머물러 있었다면, 우리는 참으로 선명하고 독특한 세계를 가진 한 사람의 작가를 목도할 수 있었을지는 모르되 작가 로서는 정태적 매너리즘의 함정으로부터 탈출하기 어려웠을 것이 다. 그는 이러한 상관성의 문맥을 잘 알아차리고 있었으며, 그리하 여 미리 마련된 창작의 형틀을 변형하거나 새로운 영역에의 탐색 을 병행하는 일을 게을리 하지 않았다.

요컨대 역사적 사실을 현실적인 사건 속으로 끌어들여 이 양자 간의 조응을 모색한다든지, 자신의 주변에서 일어났던 일을 확장 하여 소시민들의 세속성을 적발한다든지, 더 나아가서 서구의 미 니멀리즘 소설 수준에 근접할 만큼 파편화된 의식들을 나열하고 이를 하나의 의미망으로 재구성한다든지 하는 다양성의 확보에도 일정한 노력을 보이고 있다는 말이다.

역사와 현실의 교감을 다룬 작품으로는 〈비둘기는 집으로 돌아 온다〉, 〈독수리는 홀로 날은다〉, 〈평화로의 긴 여로〉 등을 들 수 있 다. 그의 콩트집 〈대감들 청문회에 불려오다〉에서는 역사가 현실의 거울이 되고 현실이 역사의 후속편이 된다는 도식이 극명하게 부각되어 있으며, 이를 통해 고금을 관류하는 세상살이의 이치들을 발견해 내고 있다. 두 번째 창작집 〈칼 한 자루의 사상〉에 실려 있는 세 편의 작품은, 말하자면 그러한 그의 역사 인식이 소설의 서사 구조 속으로 편입된 결과이다.

〈비둘기는 집으로 돌아온다〉에서는 김시습이, 〈독수리는 홀로 날은다〉에서는 권필이 재야인사로 환치되어 정치권력의 현재성과 역사성이 악수하고 있으며, 〈평화로의 긴 여로〉는 소시민의 현실 안주라는 현재성에 이로부터 유추될 수 있는 여러 가닥의 역사적 사건들이 결부되고 있다. 이처럼 전례가 드문 특이한 관점은, 그가 '역사문학연구소'라는 사무실에서 꽤 오랫동안 근무했다는 전기적 사실에 빚지고 있는 바 클 것으로 보인다. 정작 그만큼 역사적 지식이 축적되는 기간이 없었다면, 고원정의 소설적 행보가 여기에까지 이르기 어려웠으리라는 의미이다.

작가의 주변 문제를 다룸으로써 세태소설로 분류될 수 있는 작품으로 〈껍데기?〉, 〈뿔을 위한 묵념〉 등을 들 수 있다. 이러한 작품들의 후미에 〈한국문학〉에 연재된 장편 〈하귀리 미수동〉이 놓일 것이며, 작가는 언젠가 이 작품에서 그의 고향 제주도의 100년사를 소설로 정리할 것이라는 계획을 술회한 바 있다.

소시민들이 세상과 타협하고 현실에 안주하려는 성향을 비판적으로 검토하는 작품으로는 앞서의 〈뿔을 위한 묵념〉과 〈넝쿨장미를 위하여〉, 〈평화로의 긴 여로〉, 〈한양호일〉 등이 있다.

그랬다. 넝쿨장미는 피었다. 그것은 참으로 오랜 우리 부부의 소망이었다. 담장에는 넝쿨장미가 늘어진 아담한 양옥집을 갖는 것…… 연애 시절이나 신혼 무렵에 한 번쯤 꿈꾸어 보지 않은 사람도 드물리라. 하지만 누구나 그 꿈을 이루지는 못한다. 나는 마침내 여기에 이르렀다. 그 길은 말단 사원에서 차장에 이르는 길이었고, 콩나물시루와 같은 전철 통근에서 에어컨 달린 중형 승용차에 몸을 실은 쾌적한 출퇴근에 이르는 길이었고, 가불하기 바쁘던 신세에서 증권 시장 동향에 신경을 곤두세워야 하는 처지까지의 길고 긴 노정이었다.

이 소시민적 행복을 침해받지 않고 유지하기 위해 〈넝쿨장미를 위하여〉의 '나'는 운동권으로 숨어 다니는 처남을 단호하게 축출한다. 작가는 이러한 심정적 동향을 싸늘하게 주시하면서, 표면적으로는 그 소시민의 입장에서 발화함으로써 오히려 설득력을 증폭시키는 방법을 활용한다.

그런가 하면 〈한 끼 밥을 위한 명상〉을 통해서 이제껏 담론성을 앞세워 사실적 서술로 일관해 오던 태도를 변경, 단편적으로 분화된 사유의 편린들을 자동기술법의 연쇄성으로 얽어내는 일을 시도하고 있다. 그는 이와 같은 '명상' 시리즈를 연이어 써 나갈 것이라고 했다.

정치적 알레고리의 소설 기법에 덧붙여 우리가 살펴본 여러 가지의 다양한 노력들에도 불구하고, 고원정의 세계가 강렬한 빛을 발하는 부분은 여전히 전체주의의 무서운 폭압에 자유로움의 저항 정신으로 대응하는 작품들이다.

이들이 공유하고 있는 첨예한 주제 의식이나 대칭적 구도 및 부

인물의 시각 활용과 같은 장점들이 고정화된 형식적인 구속력에
발목을 잡히지 않는다면, 그리고 1인칭 화자의 시점에만 의거하는
단조로움이나 경우에 따라 너무 급박한 장면 전환 및 휴머니즘의
온기에 대한 소홀 등속의 단처가 개량되어 나간다면, 우리는 고원
정이라는 작가와 더불어 계속해서 좋은 소설을 읽는 기쁨을 누리
게 될 것이다. 그가 다루는 제재들로 인하여 고원정은 가장 동시대
적인 작가이면서, 또한 동시대의 쟁점들이 가진 본질적인 성격을
가장 잘 그려 내는 작가임에 틀림없다.

비극적 세계관의 형식 실험
—구효서의 소설

구효서는 1987년 중앙일보 신춘문예에 단편 〈마디〉가 당선되어 작가로 입신한 이래, 20편에 가까운 단편과 3편의 장편을 내놓았으며, 지금도 전업 작가로서 활발한 창작 활동을 계속하고 있다.

1990년 11편의 중·단편을 묶어 〈노을은 다시 뜨는가〉를, 1991년에 1편의 장편과 3편의 단편을 묶은 〈늪을 건너는 법〉과 장편 〈슬픈 바다〉를, 그리고 1992년 2월에 장편 〈전장의 겨울〉(상·하)을 상재함으로써, 그 질적 수준뿐만 아니라 분량에 있어서도 주의 깊은 논의가 요구되는 시점에 이르렀다.

일찍이 창작집 〈노을은 다시 뜨는가〉의 해설을 쓰면서, 필자는 '유년의 기억과 현실 체험'이라는 제목으로 그의 작품 세계에 대해 다음과 같은 잠정적인 진단을 제시한 바 있다.

이제까지 우리는 구효서의 소설이 가지고 있는 구성 방식의 패러다임을 전제해 놓고, 이를 작품의 발표 순서에 따라 순차적으로 점검해 보았다. 과거와 현실의 두 서사 구조가 직조물의 씨줄과 날줄처럼 이중적으로 짜이면서 고향, 유년 체험과 현실 체험의 대립적 형상화가 매우 독특한 방식으로 시도되고 있음을 작품의 실제를 통해 지적해 보았다. 공동체적 삶의 기억이 보존되어 있는 공간으로서의 고향은 많은 작가들로부터 관심의 표적이 되어 왔거니와, 구효서의 경우 그곳에 현실의 파고를 잠재울 수 있는 실마리로서 과거의 상흔이 숨어 있고, 그것이 무조건 덮어둘 일이 아니라 다시 발굴하여 그 의미를 성찰해 보아야 하는 대상이라는 면모에서는 전상국 소설의 고향 의식과 유사하다. 또한 그것에 대한 무의식적인 거부감으로부터 점진적으로 따뜻한 온정의 불씨를 되살려 간다는 면모에서는 이청준 소설의 고향 의식에 견주어 볼 수 있다. 주로 '나'라는 주인공의 사고와 행위를 통해 체험적 사실의 작품화에 임하고 있는 사소설적 창작법은, 그의 세계가 공연히 판만 크게 벌이는 겉치레의 추수주의로 전락할 위험성을 방호해 준다.

이 글이 쓰일 무렵, 그리고 그로부터 적어도 단편 〈스프링클러의 사랑〉(〈민족과 문학〉, 1991년 여름)이 발표되기 이전까지의 구효서는 탄탄한 전통적 소설 문법의 토대에 발을 두고 서 있었다. 〈노을은 다시 뜨는가〉에 실린 10편의 단편과 1편의 중편, 그 이후에 발표된 〈누각을 찾아서〉, 〈자동차는 날지 못한다〉, 〈들판 위의 여자〉 등 3편의 단편, 그리고 장편 〈늪을 건너는 법〉에 이르기까지 그가 이 익숙하고 견고한 창작 방법의 성채를 무너뜨릴 기미는 별로 보이지 않았다.

이때의 전통적인 소설 문법이란 내용에 있어서는 1인칭 서술을 중심으로 한 체험 위주의 사실적 스토리 전개에, 형식에 있어서는 단계적인 연결 고리들을 긴밀하게 얽어매고 또 수미쌍관하게 마무리하는 얼개의 운용에 해당된다. 추리소설의 방식을 도입한 장편 〈늪을 건너는 법〉에 있어서도, 비서술적인 자료의 도입이나 명료한 결론을 유보하는 등의 경미한 변화의 조짐이 나타나지 않는 바는 아니나, 전체적인 범주에 있어서는 기존의 관행을 그다지 벗어나지 않는 형편이었다.

그러던 것이 단편 〈스프링클러의 사랑〉과 〈아이 엠 어 소피스트〉(〈문학과 사회〉, 1991년 가을), 〈테러, 테러리스트, 테러리즘〉(〈작가세계〉, 1991년 가을), 〈확성기가 있었고 저격병이 있었다〉(〈현대문학〉, 1991년 10월)에 이르러서는 그의 소설에서는 물론이거니와 우리 현대문학에 있어서도 전례가 없는 새로운 창작법의 출현을 선언하는 급박한 변모의 형상을 보이고 있는 것이다. 더구나 장편 〈슬픈 바다〉의 경우에는 그것이 한층 강화되고 총체화되어, 작가로서의 그의 이름과 더불어 우리 문학에 새로운 창작법이 가능할 수 있다는 인식을 보편적인 공감대 위에 세우게 하였다.

5년에 걸친 창작 기간을 두고 처음의 출발 당시와 지금의 상황 사이에 이처럼 큰 창작 방법의 굴절을 가져오게 한 요인은 과연 무엇이었을까? 그리고 그것이 구효서 개인에게 있어 어떤 의미를 가지며, 시대 및 사회적 배경과의 상관관계는 어떻게 설명될 수 있을 것인가?

이와 같은 한 묶음의 질문에 대한 답변을 마련하는 동안, 우리는 먼저 그의 창작 방법을 유다른 방향으로 이끈 세계관의 변화를 찾아내게 될 것이다. 아울러 1990년대로 들어선 이래 대체로 침체 국면을 벗어나지 못하고 있는 우리의 소설 문학에, 그가 다른 젊은 작가들과 더불어 낯선 목소리의 세대로 새로운 분위기와 활력을 공급하는 데 한 역할을 맡고 있음을 목도할 수 있을 것 같다.

기실 전통적인 소설 형식에 의거하여 작품을 제작하고 있을 때의 구효서는 세계의 외압을 거역하는 자아의 대응 방식이 동어 반복의 발화법을 유지하고 있었고, 그것이 결이 고운 주물을 지속적으로 생산하는 견고한 형틀로 기능할 수 있었다. 그러나 형틀 자체의 감가상각이 마침내 교체의 시기를 예정하듯이 얼마만큼의 주조가 이루어진 다음에는 그 외형을 변화시키는 일이 필요해지며, 한 유형에 고정된 작가로 남지 않고 끊임없이 새로운 세계에 도전함으로써 폭과 깊이를 가진 작품의 제작자가 되기 위해서 실제로 작가들은 이 변화에의 요청을 적극적으로 수용하기도 한다.

이렇게 본다면, 구효서의 과감한 변신은 그의 작품들이 일정한 수준을 유지하면서 유사한 세계관의 형상화를 반복하고 있을 때 이미 예감할 수 있는 일이었고, 그래서 필자는 앞서 인용문을 내세우며 언급한 해설에서 다음의 두 가지 단정적인 결론을 이끌어 내기도 했다. 첫째로 그가 사용하고 있는 스토리의 이중 구조가 매우 선명하고 그 구조를 통해 여러 편의 수준작을 만들어 낸 만큼 이제 과감하게 용기의 교체를 시도할 때가 되지 않았는가 하는 점이며, 둘째로 지금까지의 그의 소설이 보여 준 단단한 성과로 미루어 볼 때 그에게는 초기의 정형화된 울타리를 밀어내고 보다 광활한 개척지로 나아갈 힘이 있다고 믿어진다는 점이었다.

아직도 그가 창창한 앞날을 남겨 두고 있는 소장의 현역 작가이며, 그러한 측면에서 그의 새로운 형식 실험이 크고 무거운 뿌리를

형성할 작업의 서장에 불과할지도 모른다. 필자가 보기에는, 적어
도 그가 그의 작품을 면밀히 읽고 있는 전문적인 독자들의 기대를
오히려 한발 앞서서 충족시켜 주면서 그러한 글쓰기의 행보를 유
지해 나가는 데 어려움이 없을 것 같다.

물론 작품 세계의 획기적인 변화를 도모하는 그의 작업이 작가
자신의 개별적인 수요에 기대어서만 해명될 수는 없다. 그러한 실
험적인 소설을 내놓고 있는 젊은 작가들이 적지 아니하며, 그것은
또한 동시대의 문학이 수용하고 있는 세태의 내면 풍경과도 관련
되어 있기 때문이다.

문학의 현장성이 강력하게 제기되고, 운동으로서의 문학이 주류
를 형성하여 가치 지향적인 이념이 풍미한 1980년대의 문화 현상
이 퇴조하면서, 그 절대적인 분량의 자리는 일시적인 공동空洞으로
남아 있었다. 많은 장편소설과 대하소설들이 출간되고 전작장편의
활성화를 볼 수 있었지만 부피에 값할 만큼 주목을 끈 작품이 별로
없었으며, 기존의 이름 있는 작가들은 시대사의 요동으로 인해 형
성된 이 공동의 자리를 메우는 데 역량을 발휘하기보다는 예전의
창작 성향을 계속적으로 지키는 편이었다.

이 빈자리를 향해 나아가는 일은 실로 상당한 위험을 동반하는
일이기도 했다. 마저 터지지 아니한 시대정신의 가장 민감한 뇌관
이 거기에 묻혀 있는 것 같았고, 섣부른 동조 또는 거부가 불러올
비판이 날카로운 칼끝처럼 잠복해 있는 것 같았다. 그 자리를 두려
움 없이 점유하기 시작한 젊은 작가들이 구효서, 박상우, 박인홍,
심상대, 최시한, 서정인, 최윤 등이었고, 그들의 작품은 지금까지
의 소설에 대한 반성적인 성찰과 새로운 소설 형식의 탐색으로 나

타났다.

　작가에 따라서는 그동안 축적해 온 글쓰기의 유형을 전도한 경우도 있었고, 당초부터 일관되게 가꾸어 온 글쓰기의 방식을 부분적으로 수정한 경우도 있었지만, 중요한 사실은 이들에게서 거의 공통적으로 이념 및 가치 지향성의 폐기 처분을 확인할 수 있었다는 점이다.

　이 확고한 사실에 비추어 볼 때 1990년대의 벽두를 장식하고 있는 포스트모더니즘 논의도 논리 자체의 자가발전에 의한 부상일 수 없으며, 그토록 완강하던 이념적 시대정신의 무력화에 뒤이어 비로소 말문이 열렸다고 할 수 있는 셈이다.

　이 작가들은 당대 사회의 내면적이고 본질적인 문제들에 대해 주위의 눈길을 의식하지 않고 끈기 있게 마주 섰으며, 탐색의 전략에 있어서는 저마다 다양하고 개성적인 더듬이를 작동시켰다. 구효서는 진실과 거짓이 이분법적으로 명료하게 구획되는 가치 지향성의 세계를 현실 속에서 설정하기 어렵다고 느끼기 시작했으며, 그리하여 이성적이고 윤리적인 판단을 유보하거나 배제하는 서술의 형식을 개발하는 데 착수하였다.

　객관적인 자료만의 나열이나 컴퓨터 화면을 그대로 옮겨 놓은 문면, 화자가 실종되고 독자에게 넘겨진 정보를 통해 독자 스스로 판단하게 하는 서술법 등이, 동시대 문학 논의에서 가치중립성을 체득한 정신의 소산이라고 평가받고 있음은 이와 같은 배경 앞에서 가능했던 것이다.

　그러면 이제 전통적 소설 문법을 단호하게 거부하고, 불확실성, 결정 불가능성의 세계에 가치중립적인 태도로 접근하기 시작한 그의 단편들부터 살펴보기로 하자.

〈스프링클러의 사랑〉은 어느 잡지사 사무실을 무대로 하고 있다. 부장 직책을 가진 서른다섯 살의 사내나 소냐라는 이름으로 명명되어 있는 여자 외에도 일상적인 사무실에서 볼 수 있는 인물들이 나오고 있으며, 표면적으로 일어나는 일들도 어느 사무실에서나 가능한 외양을 갖추고 시작된다. 그러나 소설이 진행되면서 구효서의 작품에서는 사뭇 의외라 할 수밖에 없는 상황들이 벌어진다.

범상한 사건에 잇대어져 매우 과감한 자의식이 노출되기도 하고, 별반 연관성이 없어 보이는 상상력이 도입되기도 하며, 중요하지 않은 개념이 확대되어 소설의 전면으로 나서거나 현실 및 비현실의 구분조차 모호한 사태가 충격적으로 전개되는 것이다. 특히 맨 마지막 장면에서 소냐가 약을 먹는 일이나 회장을 죽이려는 일, 그리고 건물이 함몰하는 일 등은 그것이 실제 상황인지 그렇지 아니한지 잘 분간이 가지 않으며, 그녀를 바라보는 사내의 입지도 불분명하기 그지없다.

그럼에도 불구하고 우리는 이 작품에서 구효서가 힘들여 말하고자 하는 바를 어렵지 않게 알아차릴 수 있다. 지금 그에게 표면적인 사건의 흐름은 그다지 문제가 되지 않는다. 무감각하고 무감동한 일상의 그늘 아래 숨죽이고 있는 자의식이 극도로 억압되었을 때, 얼마만큼 심각하게 일그러진 내면의 형상이나 광포한 적의로 치환될 수 있는지를 적시하려 하기 때문이다. 아마도 그는 이러한 사정을 사실적인 표현 방식으로 드러내는 일에 한계가 있음을 느꼈을 것이다.

후기 산업사회의 곳곳에 깔려 있는 이름 없는 권력들의 압제는 너무도 간교한 얼굴로 치장하고 있는 것이어서, 순수하고 정당한 저항조차 명분 없는 불평분자의 넋두리로 간단하게 처리해 버릴 수 있는 메커니즘을 마련해 놓고 있다. 이 극단적인 현실의 극악함에 대응하여 그 실체를 밝혀 보려는 소설적 요구에 당착했을 때, 그가 작성한 소설 문법은 일상적인 사건 속에 비일상적인 의식이 자유롭게 개입하는 형식 파괴의 길로 전환될 수밖에 없었을지도 모른다.

〈아이 엠 어 소피스트〉에는 화자가 증발하여 단 한 줄도 그가 서술하는 육성을 들을 수 없다. '한국금융조합' 홍보실에 과장 직책으로 있는 박상의라는 인물에 대해 면밀하게 조사된 정보가 컴퓨터에 수록되어 있고, 소설은 그 컴퓨터 디스켓을 화면으로 풀어 보여 주는 작업일 뿐이다. 말하자면 정보 자료의 순차적인 나열에 의한 의미의 조합으로 소설이 구성된다. 컴퓨터 앞에 앉아 화면을 바라보기로는 작가나 독자나 마찬가지여서 가치판단에 대한 작가의 안내가 결여되어 있지만, 두말할 것도 없이 정보의 산출과 구성은 작가의 몫이다.

우리는 이와 같은 소설의 가능성을 일찍이 짐작해 본 바가 없었다. '관리되는 사회'의 속성과 컴퓨터 세대의 능숙함이 악수함으로써 산출된 이 독특한 소설은, 그러나 대단히 많은 자료들을 체계적이고 효율적으로 전달하면서 일일이 풀어서 문장을 만들지 않으면 안 되는 서술 기법으로는 도저히 따라잡을 수 없는 잡다한 현실의 면면을 수용한다.

대상자 No. 3840087로 분류된 박상의라는 인물이 입버릇처럼 뇌까린 '대한민국도 공산주의라면 얼마나 좋을까', '정치적으로 오해 받습니다' 따위의 언동 때문에 정보기관의 추적을 받게 되나, 결국은 대수롭지 않은 사실임이 밝혀져 조사가 중단된다는 것이 전체적인 스토리이다. 이 조사 중단을 지시하는 분류 코드의 명칭이 'I am a sophist'이며, 소설에서는 이 명칭의 의미조차 각주로 처리되어 있다. 대상자 박상의가 이와 같은 조사가 실시되고 있음을 알고 있다는 정보는 보이지 않는다.

마치 조지 오웰의 〈1984〉를 연상하게 하는 이 거대한 조직과 관리의 사회를 해명하는 데 있어서 구효서의 전략은, 〈스프링클러의 사랑〉에서와 마찬가지로 적절한 대응력을 갖추고 있다. 치밀하게 조작된 정보의 전달, 일반적인 또는 극적인 삽화들을 기호화하는 능력, 부분적으로 숨어 있는 재기와 유머 감각, 그리고 이와 같이 미세한 단자들이 결집되어 정보화 사회의 냉엄한 실상을 걷어 올리도록 장치한 의미망의 확보 등이 그 구체적인 항목들이다.

〈테러, 테러리스트, 테러리즘〉과 〈확성기가 있었고 저격병이 있었다〉는 내용은 서로 상이하나, 형식에 있어서는 〈아이 엠 어 소피스트〉의 연장선상에 있다. 전자는 '연구저작물 배타적 사용권 설정 계약서'의 문안을 그대로 옮겨 놓음으로써 이 계약서의 행간에 포괄되어 있는 의미들을 환기하고 있으며, 후자는 군에서 발생한 저격 피살 사건을 다루는 문안을 그대로 옮겨 놓음으로써 고통스러운 갈등의 심리 상태조차 냉담하게 객관화하고 있다.

이처럼 컴퓨터 파일이나 계약서 또는 보고서 등을 소설의 문장으로 활용하는 파격적인 형식 속에는, 자기 이익과 권리를 앞세우는 후기 산업사회의 냉혹한 계산 법칙이나 치밀하게 조직화되고 관리되는 정보화 사회의 비인간화에 대한 저항의 정신이 내재되어 있는 것이다. 구효서는 그 저항의 방법을 저항 상대방의 본질적 성격에서 빌려오고 있으며, 그것은 적으로써 적을 제압한다는 이치처럼 만만찮은 실효를 거두어들이고 있다 할 것이다.

구효서의 이러한 글쓰기 영역의 확장은 그의 야심적인 장편 〈슬픈 바다〉에 이르러 더욱 증폭되고 총체화된다. 이 소설은 앞으로 도래할지도 모르는 우리 사회의 암담하고 처절한 앞날을 그린 미래 가상소설이다. 작가는 우리가 그동안 허다하게 보아 온 대체 역사나 공상과학에 바탕을 둔 가상소설과는 다르게 초보적인 사실성의 제약 조건조차 개의하지 않고 유장한 우화적 상상력을 가동한다. 현대사회를 구성하는 소도구가 되면서도 설화 시대의 빛바랜 담화들이 여전히 현실을 간섭해 오는 모티프가 될 만큼 그의 상상력은 폭넓게 펼쳐진다.

창왕이라는 젊은 소설가가 불길한 미래를 암시하는 한 음산한 도시를 찾아간다. 그 도시는 늘 푸르스름하고 점성 있는 안개에 덮여 있으며, 도시와 인접해 있는 바다에는 온 수면에 기름띠가 떠 있고, 열흘씩 검은 비가 내리기도 한다. 이러한 상징적인 환경 파괴와 더불어, 농가 소득 증대라는 미명 아래 콜롬비아산 독향초가 집단 재배되고, 젊은이들은 마약과 음악에 탐닉하며, 사람들이 단절과 소외의 철책에 갇혀 있는, 정치, 사회적 절망이 이 도시를 채우고 있다.

각기 구원과 좌절을 상징하는 불새와 밤꾀꼬리가 정면으로 대립하지도 아니하고 적극적인 치유의 방략이 모색되지도 아니하며, 따라서 미래에 대한 그의 인식 형태를 비극적 세계관이라고 부를 수밖에 없다. 인간이 만들어 낸 환경 공해가 마침내 인간을 처참하게 파멸시키고 말지도 모른다는 예리한 경각심이 말미에서 검출될 수 있다면, 우리가 순간순간 전율하며 이 그로테스크한 소설적 묵시록을 끝까지 읽어 내는 일이 소중한 체험으로 치부되어야 마땅할 것이다.

니나나 요끼나 두피와 같은 무목적성의 명명법, 아무런 어원적 근거도 없이 그 도심의 크고 작은 구식 건물들을 뽕타운이라 부르는 불확정성의 상황 구성 등에서 알 수 있는 것처럼, 이 미래 사회의 핵심적인 문제는 진정한 의사소통이 차단되었다는 데 있다. 이들이 스스로를 구원할 수 있는 것은 '콤(커뮤니케이션)'밖에 없다고 술회하고 있듯이, 여러 등장인물들이 끊임없이 타인과의 소통을 시도하지만 쉽사리 통로가 열리지 않는다.

문제는 거기에서 끝나지 않는다. 창왕이 악몽과도 같은 그 도시를 떠나 본래 살던 도시로 돌아왔을 때, 거기도 벌써 반광으로 어둡게 가려져 있고, 맵고 아린 냄새가 을씨년스런 바람을 타고 검은 하늘 아래를 음산하게 맴돌고 있으며, 사납고 슬픈 바다가 이미 서편 언덕 너머에서 검붉게 끓어 넘치고 있다. 구효서는 그가 비극적 세계관으로 설계한 극악한 상상력의 도시가 마침내 우리 현실 가운데서 시발되고 있다는 가차 없는 경고를 보내고 있는 것이다.

세계와 미래를 바라보는 그의 시각이 이 지점에까지 도달했을 때, 그의 소설이 기존의 전통적인 소설 형식을 고수하고 있다면 오히려 이상한 일이 아닐 수 없다. 〈슬픈 바다〉 속에서 창왕의 몽상을 통해 그가 적고 있는 소설에 대한 회의론은, 그래서 유의하여 살펴볼 만하다.

나의 소설은 이미 내용으로부터 끈이 떨어진 채 공중을 떠다니는 사악한 시니피앙의 껍데기들과 과연 얼마나 다를까. 내가 터무니없는 열정에 사로잡혀 밤낮으로 소설에 쏟아 놓았던 언어들은 결국 우리들의 공중, 즉 하늘을 더럽히는 먼지의 탁함을 더하는 일이 아니었을까.

세계관과 창작 방법이 조화롭게 만나는 일조차 점점 위태로워져 가는 동시대 현실의 가변성과 유동성을 침통하게 직시하면서, 구효서는 이제 규격화되고 고정화된 의식의 그물로는 그 실상을 제대로 붙잡을 수 없다는 논리를 소설을 통해 증명하였다. 그런 점에서 1980년대 후반, 처음 소설을 쓰기 시작하던 시기의 구효서와 전통적인 소설 형식에 선명한 반기를 들고 나선 이 시기의 구효서 사이에는 어지러운 외나무다리가 걸려 있다. 그것은 또한 급속도로 변하는 사회상의 본질적인 쟁점들을 함축하고 있기도 하다.

아마도 그는 계속해서 그러한 형식 실험의 소설들을 써 나갈 듯하다. 그의 고통스러운 작업이 축적되면서 소설 속의 세계가 더욱 황폐해지고 구제 불능의 사태로 발전해 갈 가능성이 높지만, 실제의 사회에서는 그 역방향으로 사태가 진전되어 가길 우리는 바란다. 그리고 그것이 가능하도록 하기 위한 우리의 노력에 이 작가가 매설한 경보장치가 힘 있는 조력자로 기능할 수 있기를 기대한다.

마지막으로 한 가지 아쉬운 점이 있다면, 〈슬픈 바다〉 이후 〈전장의 겨울〉로부터 다시 그가 구축하고 있는 의식의 모양새나 변화 양상을 점검하지 못했다는 점이다. 여기서는 그 작업을 차후의 숙제로 남겨둘 수밖에 없겠다.

성과 속, 그 수직과 수평의 축
—이승우의 소설

　우리 문학이 안고 있는 취약성 가운데 그 정도가 오래고 깊은 항목 하나를 들기로 한다면 필자는 사상성의 부재, 혹은 사상을 담은 걸작의 부재를 지적할 것이다.

　작가 이승우를 논의하는 이 자리에서 바로 그러한 사상성의 확보라고 하는 문제와 관련하여 종교 문학, 특히 기독교 소재의 문학을 언급해 보는 일은 매우 의의가 있다고 생각된다.

　"종교적인 인자가 소설의 문학성을 부축해 주고, 소설이 종교적 교리의 의미를 평이한 해석의 차원으로 끌어 낼 수 있을 때, 우리는 탁발한 종교 소재의 소설 문학을 만나게 될 것"이라고 필자는 다른 지면에서 언급한 바 있다. 그런데 소설의 미학적 가치에 내포적인 부피가 광대한 종교성의 조력이 공여된다면, 사상을 담은 문학이라는 아포리아는 활달한 해소의 길을 열 수도 있을 터이다.

　더욱이 이승우는 기독교 소재의 소설들을 통하여 이 점을 명민하게 알아차리고 있는 듯하며, 그의 기독교적 체험과 상상력을 십분 활용하여 범박한 사회사적 스토리를 두 겹의 중층 구조로 확장하는 유다른 형상력을 보여 주고 있다.

그런 점에서 이승우의 겹친 꼴 이야기 구조는 상당한 효력과 설득력이 있어 보인다. 신성과의 접속에 관한 문제가 그것만을 위하여 전개되지 않으며, 반드시 세간의 저잣거리를 동반하고 있다. 요컨대 교의가 환상의 형태로 용해되어 소설의 이야기 구조 속에 산포되어 있으며, 그것이 그의 소설을 유연한 소설의 자리로 밀어 올리는 요인이 되기도 한다.

예를 들어 압제적 권력의 상징적 의미를 성경의 가시나무 이야기에 빗댄 〈가시나무 그늘〉의 인용 대목에서도 그는 사사기 9장의 장과 절을 밝히지 않고 하나의 우화처럼 처리해 버린다. 그런 연후에 이를 고대 페니키아 식인의 신 몰록과 그의 신화적 권력을 설명하는 에피그램으로 활용하는 것이다.

우리 근대 문학에 도입된 기독교 사상이 동시대의 정신적 교사이길 포기하지 않은 계몽적 성격은 득과 실의 양면을 모두 가지고 있었다 하겠거니와, 종교적 신성의 소설적 형용에 해당하는 이승우의 세계 인식에는 어쩌면 이와 유사한 강박관념이 자리 잡고 있다고 해야 할 것이다. 그것은 그가 작품 활동을 시작한 1980년대 초반의 사회사적 환경과 무관하지 않다. 운동 개념으로서의 문학을 지속적인 관심으로 바라보는 그의 작품 세계, 그리고 이를 반복적으로 신앙적 관념과 결부하여 서술하고 있는 창작 태도가 이를 잘 말해 준다.

우리는 기독교 신앙과 서구 정신 문명의 총화를 하나의 잣대로 재어보면서, 가치 지향적인 전범으로서 〈실락원〉과 가치 부정적인

전범으로서의 〈데카메론〉을 동시에 떠올릴 수 있다. 바라건대 이
승우가 근대의 계몽주의적 기독교 문학 문인들이 그러했던 것처럼
개인적인 체험의 절박성에 그치지 아니하고 종교적 진리의 심오한
해석을 바탕으로 사상을 담은 문학을 심화해 가는 모범을 보여 주
었으면 한다.

그리고 이러한 요청은 이승우의 소설들을 응대하고 있는 동안
내내 우리에게 인식상의 준거 틀 가운데 하나로 따라다닐 것이다.

수직과 수평의 축, 성과 속의 교직

이승우는 1959년 전남 장흥, 그에 앞서 이청준과 한승원을 세상
에 내보낸 바 있는 장흥에서 출생했다. 중앙대 부속 중, 고등학교
를 졸업하고 서울신학대학에 재학 중이던 1981년, 〈한국문학〉 신
인상에 매우 독특한 중편 〈에리직톤의 초상〉이 당선되면서 문단에
나왔다.

1987년 첫 창작집 〈구평목 씨의 바퀴벌레〉를 출간한 이래 〈일식
에 대하여〉, 〈세상 밖으로〉, 〈미궁에 대한 추측〉 등의 창작집을 내
놓았으며 1991년 데뷔작을 개작한 장편 〈에리직톤의 초상〉을 비롯
하여 〈가시나무 그늘〉, 〈따뜻한 비〉, 〈황금가면〉, 〈생의 이면〉 등의
장편소설을 상재한 바 있다.

앞서도 언급하였거니와, 그리고 이 작가의 신학대학 및 대학원
수학이라는 이력에서 짐작할 수 있는 바이거니와, 이승우는 드물
게 보는, 기독교의 이해에 정통한 작가이다.

그는 첫 작품부터 시작해서 종교적인 수직의 축과 사회사적인

수평의 축을 소설 제작의 두 가닥 줄거리로 상정하였으며, 종교적 성향이 소설의 폭과 깊이를 제한하는 부정적 도그마로 작용하지 아니하고 오히려 그것을 기력 있게 발양하는 강점을 보여 준다. 이 씨줄과 날줄의 교직은 성경 본유의 의미, 곧 십자가의 본질과 관련해서 합당한 설명이 주어질 수 있다.

성경에서 하나님이 계시는 자리를 두고 '너희 안에 거하시는 하나님'이라고 할 때, 그 '너희 안'은 'in your heart'가 아니라 'among you'이다. 다시 말하여 '너희 마음속에 계시는 하나님'이 아니라 '너희들의 관계 속에 계시는 하나님'이라고 해석해야 옳다는 말이다. 이 사람들 사이의 관계는 수평의 축이 존재하는 근거와 양식을 말하며, 그것의 기반은 서로 간의 화평하고 은혜로운 교제에 있다.

엄밀한 의미에서, 구약 성경적 의미에서 한 개인의 신앙이 바로 서 있다는 것은 그와 하나님의 관계가 수직적으로 건강하다는 의미이다. 우리는 키에르케고르의 표현처럼 신 앞에 단독자로 서야 하는 실존적 인간이며, 각기 개인이 신성의 주체와 일 대 일의 대응 관계를 갖는다. 아브라함의 하나님, 이삭의 하나님, 야곱의 하나님은 각자에게 유일한 하나님이다. 한 신앙인이 하나님을 '아버지'라 부를 때, 그의 자녀 역시 하나님을 '아버지'라 호칭한다.

그런데 'among you'라는 표현은 이 수직적 관계에 못지않게 중요한 사람들 상호간의 상관성을 지칭하며, 예수 그리스도의 십자가 희생은 이 두 축의 교차 지점을 상징한다고 할 수 있다. 예수 그리스도를 화목제의 제물이라고 한다면 그것은 신과 사람들, 사람들과 사람들 사이의 관계 회복을 함께 목표로 하고 있다고 할 수 있는 것이다.

이승우가 마련하고 있는 수평적 세계 인식의 방법은 주로 1980년대의 군사 독재와 압제적 상황을 지속적으로 환기하면서, 권력의 부당한 힘과 그로 인한 피해의 상황을 점진적으로 들추어 나간다. 수직의 축을 '성'으로, 수평의 축을 '속'으로 호명할 수 있다면, 그의 소설은 엘리아데가 종교의 본질을 기술한 저서의 제목 '성과 속(The sacred and the profane)'으로 그 개념을 요약할 수 있겠다.

이러한 논의들은 그가 기독교의 본격적 이해를 밑바닥에 두고 있기에 가능하다 하겠으며, 그 점이 남다른 형이상학적 사고를 펼쳐 보일 수 있는 선험적 조건일 것으로 보인다. 그는 〈당신의 자리〉에서 "종교는 죄의식의 토양에서만 번식하는 이상한 식물이다"라고 적었는데, 말을 바꾸어서 "그의 기독교 소재 소설은 신성의 본질에 대한 탐색과 이해가 있음으로써 수준 있는 예술성을 담보한다"고 진술해야겠다.

현실적 담화의 구조와 수평성, 소설적 치환의 구조와 수직성

먼저 수평의 축에 중심을 두고 이승우의 소설을 살펴보면, 몇 가지 테마에 따라 다음과 같은 분류가 가능해진다.

동시대 현실에 관심을 가진 작품, 운동권 젊은이들을 내세우거나 소규모의 편집실에서 일하다가 불안감과 강박관념에 쫓겨 숨어야 하는 사정을 그린 작품으로 〈구평목 씨의 바퀴벌레〉와 〈아틀란티스〉 같은 것이 있다. 특히 〈구평목 씨의 바퀴벌레〉 같은 작품은,

매우 사소하고 일상적인 현실로부터 점층적으로 사건을 전개하는 방식이다. 그 일상의 표피 아래에 숨겨진 일들을 발굴해 나가는 데서 작가로서의 재능을 짐작하게 한다.

한 개별적인 인간이 가지는 심적인 고통과 권력의 메커니즘을 조합한 작품으로 〈그의 실종〉이나 〈수상은 죽지 않는다〉를 들 수 있다. 이 부당하고 강압적인 권력의 문제는 장편 〈가시나무 그늘〉에서 보다 심층적으로 다루어지게 된다.

평범한 현실을 살아가는 소시민의 애환과 그 질박한 삶의 언저리를 사실적으로 드러낸 작품에 〈신들의 질투〉와 〈홍콩박〉이 있다. 〈신들의 질투〉는 한 인쇄소를 배경으로 순진한 노동자를 능란하게 요리하는 교활한 사용자를 그리고 있고, 〈홍콩박〉은 세속적 인물의 요령부득인 삶의 태도를 열거하면서도 그에게 부하된 진솔한 인간애를 잘 갈무리하고 있다.

그런가 하면 민족사적인 분단의 비극과 숨겨진 가족사의 비극을 다룬 작품으로 〈유산일지〉와 〈일식에 대하여〉가 있다. 전자는 행방불명 된 아버지를 기다리는 어머니의 숙원을 어머니와 함께 감당해야 하는 한 가장의 입지를 통하여, 그리고 그에 심정적으로 연관된 아이의 출산을 통하여, 분단과 가족 이산의 통한을 솜씨 있게 걷어 올린 작품이다. 또한 이 작품에서는 판문점으로 진출하려는 학생 데모대를 등장시켜, 역사적 사건과 현실적 사건을 함께 어우르는 유익을 살려 내고 있기도 하다.

후자인 〈일식에 대하여〉는 〈세상 밖으로〉와 이야기의 짝이 되는 작품이며, 세월의 갈피 속에 숨겨진 음울한 가족사를 합리적이고 이성적인 시각의 조명으로 추적해 나간다. 이러한 추적의 방식은 장편 〈생의 이면〉에서 보다 확장되어 적용되고 있다.

그의 장편 가운데 수평의 축을 위주로 한 작품으로는 연애소설 〈따뜻한 비〉가 있다. 캠퍼스에서 만난 두 남녀의 깊은 사랑 이야기를 운동권의 사건들, 그리고 일부의 종교적 색채와 함께 그린 이 소설은 그야말로 종합적인 연애소설인 셈인데, 그렇다고 해서 연애소설 그 이상을 넘어서는 악센트를 전달하지도 않는다.

그럴 때 우리가 이승우의 소설에서 느끼게 되는 긴장감이나 새로운 사고의 구조는, 상당 부분 종교적 영역에서 할당되어 넘어온 것임을 새삼스럽게 알게 되는 것이다.

지금껏 살펴본 작품의 성격은 주로 수평적 관점에 근거한 것이지만, 이승우는 이 이야기들의 행간 곳곳을 수직적 담화로 채워 놓고 있다. 직접적인 발화의 유형을 보이지 않는 작품에서도, 그 내면을 흘러가는 기층적 사유 체계에 그러한 성향이 잠복해 있음을 느낄 수 있다.

반면에 겉모양의 이야기는 매우 다양하고 다채하다. 예를 들어 〈미궁에 대한 추측〉 같은 작품은 미궁의 건축 동기를 네 개의 가설로 나누어 살펴봄으로써, 진리는 여러 방면에서 관찰이 가능하다는 레토릭을 입증해 보인다.

그가 아무리 종교적 인자를 유다른 후원군으로 확보하고 있다 할지라도 현실적이고 수평적인 이야기의 축조에 능란하지 못하다면, 우리는 좋은 작가로 그를 만날 수 없었을 것이다.

이제 수직의 축을 중심으로 그의 대표적인 작품들을 살펴볼 차례이다.

이승우의 데뷔작인 〈에리직톤의 초상〉은 에리직톤(Erisichton)이란 흥미로운 존재의 입지점을 어떻게 해석하느냐에 따라, 그 해석의 프리즘을 통과한 소설의 태깔이 달라지도록 되어 있다. 에리직톤은 그리스 신화에 나오는 인물로, 신의 징벌에 의해 자기 살을 뜯어 먹다 죽고 마는 비극적 결말의 주인공이다.

만약에 우리가 수직의 축을 강조하여 설명하자면, 에리직톤은 오늘날 종교적 진리와 대척적인 자리에 선 현대인의 초상이라 규정할 수 있다. 종교적 신성을 세속의 물살에 흘려보내고 마침내 그 응답으로 황폐한 자리에 설 수밖에 없는 현대인들은 바로 우리들 가운데 부지기수로 널려 있다.

그러나 수평의 축으로 무게중심을 이동시켜 관찰하자면, 에리직톤은 강압적 권위와 무차별한 폭력에 저항 정신의 의지력으로 맞서는 자유인의 표본이라 할 수 있다. 권력과의 싸움은 그것을 가지지 못한 자의 감당하기 어려운 고통이요 대개의 경우 무참한 패배로 끝나는 것이지만, 정신적 자유주의자들이 그 과정 자체에 의미를 두는 한 작위적인 의지를 말살할 수 없다. 소설 속에서 알렉산더 델브류크라는 인물이 기독교 교리에 대하여 세속적 관점을 극한 해석을 내놓는 대목도 이와 관련하여 생각해 볼 부분이다.

물론 작가는 이 내면의 용량이 큰 담화의 구조를 맨얼굴로 펼쳐놓지 않았다. 집안 사정으로 신학의 길을 포기하고 신문 기자가 된 화자와 정 교수의 딸 혜령, 그리고 여타의 주변 인물들을 표면적인 이야기의 조류에 흘려보내고 있으며 이야기의 표면에서도 수직 및 수평의 축에 대한 인물들의 태도가 반영되고 있다.

이러한 이중적 또는 중층적 구조는 그의 작품들에 일관하여 나타나는 모티프가 되며, 두 축의 조합에 탁월한 역량을 보인 〈가시

나무 그늘〉에서는 권력의 폭압적 측면을 두 차원의 이야기를 통하
여 설득력 있게 풀어내었다.

　작가는 성경의 우화와 신화적 상상력으로 권력의 속성과 그것이
진전하지 못할 때의 위험성에 대해 끈질긴 환기의 신호를 보낸다.
서두에서 언급한 바 있는 사사기 9장의 가시나무 이야기, 그리고
페니키아의 식인 신 몰록의 신화를 원용함으로써 권력 본유의 자
기 방어력과 자기 증식을 강력한 암시의 체계로 설명하는 것이다.

　그러면서 작가의 수평적이고 현실적인 인식의 촉수가 닿아 있는
곳은 저 1980년의 남쪽 '광주'이다. 미리 던져진 관념의 그물망에
의해, 이 작품은 동시대에 '광주'를 다룬 다른 소설들이 안고 있는
획일적인 창작 방법으로부터 아주 멀리 떨어져 있다. 이 작품을 통
하여 이승우는, '광주'에 대한 부분적인 외형의 조작과 상관없이
그 본질이 이미 폭압적 권력에 의해 강요된, 회피할 수 없는 희생
양이었음을 반증하고 있다.

　이러한 중층적 이야기를 실어 나르는 인물은 문희규라고 하는
소극적인 인물이며, 그는 자신의 비참한 죽음을 통하여 그 비극성
을 증거한다. 관찰자로서의 화자 역시 마지막 대목에서 '광주'의
와류에 휩쓸리면서, 조연의 자리에서 주연의 자리로 중심 이동을
겪게 된다.

　수직의 축이 현저히 강조되어 있는 작품으로는 그 외에도 〈예언
자론〉, 〈못〉, 〈고산지대〉와 장편 〈생의 이면〉 등이 있다.

　〈예언자론〉은 한 소설가가 자신도 모르게 자신에게 부하되는 소
설가의 영역이 아닌 예언자의 능력과 마주치면서, 절필하고 산사
로 숨게 된다는 내용이다. 이 단선적인 작품에서 크게 짐작할 수는

464

없다 하겠으나, 작가는 범상한 일상사의 배면에 언제나 비일상적인 예외성, 곧 육신의 차원이 아닌 영혼의 차원이 상존함을 염두에 두고 있다 하겠다.

〈못〉은 그 제목에서부터 상징성이 완연하다. 이 작품 역시 신비주의적 신앙과 못의 종교적 의미, 그리고 분단의 비극과 정치적 압제의 문제 등 수직 축과 수평 축의 모티프들이 대량으로 포괄되어 있다. 예수의 몸을 뚫은 못이 희생의 징표였던 만큼, 소설의 배경이 된 시대의 못도 아프고 무거운 형편이다.

장편 〈생의 이면〉은 신앙의 길과 세속의 길이 어긋날 때, 그 갈림길에 선 한 작가의 내면, 그것도 어린 시절부터 격심한 고통과 고독의 과정을 지나온 그의 내면이 얼마나 처연하게 탈색되었는가를 비추어 준다.

작가 이승우가 이 두 갈래를 하나로 통합해 보이려는 시도는 오히려 단편 〈고산지대〉에서 적극적으로 이루어지고 있다. 민중신학적 신앙관을 가진 최찬익, 신비주의적 신앙관을 가진 몽크 김, 그리고 관찰자인 화자의 삼분법은 이 작가의 세계에서 익히 보아 오던 도식이다. 다만 다소 조작적으로 보이기는 하나 마지막 장면에서 몽크 김을 통해 두 상반된 지류를 한 줄기로 통합해 보려는 노력은 온전한 세계관의 정립에 관한 작가 자신의 고뇌를 반영하고 있다 하겠다.

수난절에 십자가의 고난을 재현하는 몽크 김의 행위가 실행은 물론 의미 규정에서도 간단하지 않은 것처럼, 수직과 수평의 축을 통합하려는 시도가 용이할 리 없다. 종교적으로는 그것을 위해 예수 그리스도가 십자가에서 죽었던 것이다.

그렇기에 이승우의 이 어려운 길 찾기는 소설적 성과에 앞서 감투敢鬪의 정신에서부터 주목할 만하며, 우리 문학은 그러한 이승우를 낯설고도 소중한 작가로 끌어안고 있는 것이다.

그 이후 작품에 보이는 새로운 방향 탐색

그런데 그 이승우에게 허여되었던 소설적 환경, 곧 종교적인 수직의 축과 사회사적인 수평의 축이 변동 없이 지속적인 작품 제작의 형틀로 기능할 수는 없는 일이다. "세勢는 시時에 따라 변하고 속俗은 세勢에 따라 바뀌는 법"이기 때문이다.

수직의 축은 기실 세태의 변화에 따라 유동하는 환경 조건이 아니다. 종교적 신성은 세상의 현실과 이미 그 향방과 궤도가 다르다. 그러나 그것이 소설적 구조로 치환되어 있을 때, 요컨대 소설 내부에서 수용되고 발화되는 방식에서는 반드시 그렇지만은 않다.

더욱이 이승우 소설의 경우, 수직의 축이 수평의 축과 긴밀히 연관되어 있고 이 양자의 상호 조합을 주요한 소설적 덕목으로 하고 있으므로, 사회사적인 상황의 변화는 수평의 축에 직접적으로 반영되는 동시에 수직의 축을 표현하는 방식에도 충격을 가하게 된다.

우리가 익히 알고 있는 바와 마찬가지로 1990년대 중반을 넘어서면서 시대와 세태는 놀랄 만한 속도로 달라지고 있다. 문학에만 국한하여 살펴보더라도 문자 매체가 더 이상 동시대 사람들의 엄중한 교사이기를 포기할 수밖에 없으며, 그 자리를 영상 매체의 편의한 감각과 발 빠른 기동성이 메워 가고 있다.

가치관과 세계관이 달라지고 그것을 드러내는 창작 방법이 달라지며, 다양성과 다원주의의 미덕을 기치로 내건 포스트모더니즘의 조류가 이전의 리얼리즘 또는 모더니즘의 방식을 압도하고 있다.

1970년대 이래의 민중문학론과 그것이 확장 발전된 민족문학론 그리고 1980년대를 풍미했던 운동 개념으로서의 문학이나 문예전선 운동 등은 차츰 논의의 표면에서 그 이름이 사라지고 있는 것이다.

이승우 소설에 반영되었던 수평의 축의 환경 조건이 이토록 달라지고 있는데, 그의 소설이 사회사적 변화 이전 단계의 문맥을 그대로 유지해 나가기는 힘든 일이다.

그렇다면 그가 어떻게 자신의 소설 문법을 변화시키고 있으며 그것이 그의 근작들에 어떻게 나타나고 있고 그와 같은 사실들이 의미하는 바는 무엇인가를 살펴볼 차례이다.

이승우는 앞에서 살펴본 작품 이후 주목할 만한 작품 두 편을 발표했다. 하나는 중편 〈갇힌 길〉(〈문학사상〉 1996년 11월호)이고 다른 하나는 단편 〈목련공원〉(〈현대문학〉 1996년 12월호)이다. 여기서는 〈목련공원〉과 〈갇힌 길〉의 순서대로 작품의 내부를 들여다보면서, 겉으로는 별반 상관이 없어 보이는 이 작품들의 내포적 발화법이 그의 수직 또는 수평의 축과 어떤 구조적 연계성을 갖고 있는지 검색해 보려 한다. 아울러 그러한 연관은 향후 이승우 소설에 대하여 어떤 전망을 예고하고 있는지 살펴보려는 것이다.

〈목련공원〉은 이승우답게 꽉 짜인 구성과 섬뜩한 아름다움, 음울한 검은 빛깔 이미지의 소설이다.

가정을 가진 한 남자가 있고 '목련'이라는 찻집의 주인인 한 여자가 있다. 이들은 우발적으로 만나고 깊은 관계에 빠지며 남자의 가정에 문제를 야기시킨다. 여자는 남자의 사정에 대해서는 전혀 무관심하다. 자기 내포적 충동을 뒤따라가며 자기 위주로 행동한다.

여자의 행동 방식을 혐오하면서도 마치 그녀의 주술에 걸린 것처럼 자신을 그녀에게 내던질 수밖에 없는 남자에게, 여자와의 만남은 가히 '운명적'이다. 이때 운명적이라는 언표는 그가 세상의 이러저러한 관계성들을 자유로이 조절할 수 없다는 한계에 당착했다는 말과도 같다.

여자는 비상식적이요 비논리적인 반응태로 남자의 일상을 압박한다. 남자에 대한 여자의 정신적 병탄은 어쩌면 여자 자신으로서도 통어할 수 없는 차원인지도 모른다. 왜냐하면 여자는 그 삶의 유형을 자신의 기층적 기질, '본질적' 기질로부터 공여 받고 있기 때문이다.

이러한 여자의 존재 양식을 탁월한 알레고리로 표현한 것이 곧 여자가 사육하고 있는 사마귀이다. 여자와 사마귀의 대비는 매우 예각적이어서, 앞서 언급한 섬뜩하고 음울한 느낌을 현저히 소설의 문맥 밖으로 드러나게 한다.

그런가 하면 남자의 아내는, 여자와는 또 다른 방식으로 강압적이다. 아내는 지극히 이성적이요 논리적인 반응태로 남자에게 육박해 온다. 남자는 여자에게 대항력을 상실한 것과 마찬가지로 아내에게도 대항력을 상실하고 있다.

어느 순간 운명적으로 사랑에 빠지고 그로 인해 가정의 파탄을 초래하며 쉽사리 죽음의 문제에까지 근접하는 것이 우리에게 익숙한 일은 아니다. 그러나 그것을, 그 존재의 극단적인 모습을 소설의 이야기 구조 속으로 가라앉힌 것은 이승우의 저력이다.

이 소설에서는 이승우가 흔하게 사용하던 수직 또는 수평의 축 구도가 내면화되어 있다. 신성과 인본주의의 양자를 가름함으로써 두 축의 의미 구분을 시도하려는 경직성에서 벗어나기로 한다면, 그 내면화가 어떤 것인가에 대한 대답을 마련하는 일이 그렇게 어렵지는 않다.

이 소설에서 수직적 의미 구조는 남자에게 부하되고 있는 불가항력적인 삶이 조건이요, 수평적 의미 구조는 그로 인하여 남자가 삶의 현장에서 부딪혀야 하는 외형적 사건들이라 할 수 있겠다. 후자는 전자로부터 영향을 받지만, 만약 남자가 후자의 중요성을 이성적으로 인식한다면, 또 그래야만 전자의 무분별함을 경고할 수 있는 것이다.

비록 그 겹친 꼴 구조의 방향성은 달라졌다 할지라도, 이야기를 통하여 이 두 축의 교직을 추수하는 이승우의 창작 방법은 여전히 자기 소설의 관행을 내포적 실체로 끌어안고 있는 셈이다.

〈갇힌 길〉은 이 중의적 구조를 보다 선명하게 드러낸다. 그 드러냄 정도의 차이는 사실 그렇게 중요한 것이 아니다. 한 작품 한 작품에 제각기 몫이 있는 법이어서, 지금 우리가 점검하는 방식과 같이 미리 설정된 도그마를 덮어씌우는 일이 그다지 의미가 없을 수도 있다. 그러나 이러한 구조적 얼개와 그 의미망에 대한 해명이 없이는 한 작가를 종합적인 시각으로 평가할 수가 없다. 그런 점에서 수직과 수평의 축은, 이승우 소설의 체계적 설명에 따르는 하나의 필요악인지도 모른다.

1인칭 화자인 '나'는 여자로부터 배신을 당하고 도시를 떠나 있기로 결정한다. 화자가 찾아가기로 한 곳은 친구 P와 그의 집이 있는 곳, 친구가 초청한 곳이다. 그런데 그곳의 지명이 '천산'이다.

이곳은 범상한 공간적 환경이 아니다. 천산이라는 지명도 그러하거니와, 거기에 친구가 지었다는 집과 함께 천상에 대한 묘사의 유형이, 이미 일상적인 공간이나 집이 아님을 증명한다.

P의 집은 '구름과 바람이 태어나는 곳, 구름과 바람과 풀과 나무와 공기가 어울려 천상의 음악을 빚어내는 곳'에 자리 잡고 있다. 이 집은 관념적인 자리에 위치해 있으며 상식적인 삶의 환경을 일탈해 있다.

문제는 거기서 그치지 않는다. 화자가 천신만고 끝에 P가 사는 마을 천산을 찾아 그 초입으로 들어서려 할 때, 마을 사람들의 거센 반대와 축출에 직면하게 된다. 사람들은 그를 '공사'의 염탐꾼으로 생각하는 것인데, 여기서는 과연 공사가 무엇을 하는 기관이며 이제 무엇을 하려는 계획을 갖고 있는지 전혀 설명되어 있지 않다. 화자의 태도는 지극히 단순하고 단선적인데, 사람들의 태도는 오리무중으로 복잡하다. 이를 단적으로 드러내는 것이 마을 입구 여관집 사내의 반응 방식이기도 하다.

전체적으로 이 소설의 이야기 구조나 지향점은 요령부득이다. 현실과 비현실이 과도하게 중첩되거나 때로는 긴장감 없이 교체되고 있으며, 이러한 서술적 상황이 말미에서 화자가 죽음에 이를 때까지 계속된다.

그러나 이 소설은 한 인간이 삶의 한계에 부딪혔을 때 새로이 열어 보이려는 현실 일탈의 의지를 줄기차게 전개하고 있는데, 그것이 의의를 가질 수 있는 이유는 그 나타내 보임의 의지 때문이 아니라 그 방식 때문이라 하겠다. 그리고 그 방식의 바탕은 역시 우리가 이승우의 소설에서 익히 보아오던 구도 아래에 있다.

화자가 살던 공간이나 화자의 태도는 일상적이요 수평적인 것이다. 하지만 P가 살던 마을이나 공간 환경이나 마을 사람들의 태도는 비일상적이요 수직적인 것이다. 이 두 성향이 다른 이야기의 흐름을 교차시킴으로써 이 소설은 한 인간의 정신적 일탈 과정이 가지는 아픔과 어려움, 절망과 허무, 그리고 온당한 균형 감각의 상실을 적시하고 있다.

이상의 두 소설에서 살펴보았듯이 이승우의 최근 작품들은, 그가 익숙하게 사용하던 성과 속의 두 발화 기점을, 그 두 축을 내면화하고 내포적으로 운용하고 있다. 그것은 사회사적 세태의 변화에 따라 작가의 관심이 변화한 결과이기도 하고, 또 작가로서는 새로운 방향성의 모색이기도 할 것이다. 다만 이를 통해 한 작가가 가꾸어 온 세계관이나 인식의 유형이 쉽사리 변질되기 어려운 것임을 넉넉히 짐작할 수 있다.

아마도 이승우는 이런 유형의 소설을 더 써 나갈 것이며, 만약 그 서술 방식이 유다른 방향으로 변모할 때에는 그가 새로운 세계 인식의 들머리에 서 있다고 받아들여도 크게 틀리지 않을 것이다.

길이 있는 사상성의 문학화

적지 않은 우리 작가들이 시나 단편소설에서 출발하여 장편소설 작가로 넘어간 이력을 갖고 있다. 이승우 역시 중·단편에서 장편으로 나아가기도 하고 도로 돌아와 단편에 머무르기도 하였다. 그런데 그의 장편들은 단편의 조직적인 짜임새와 매운 맛에 비해 어느 정도는 헐겁고 싱거운 감이 있다.

분량으로 장편을 따지는 매우 순진한 독자가 아니라면, 장편이 삶의 여러 굴곡을 총체적으로 추구하면서 그에 걸맞은 서사 구조와 서사적 형상력을 확보해야 함을 알고 있다. 그리고 장편이라면 어느 정도는 독자들에게 읽을거리를 공급하는 활성적 측면도 고려되어야 할 것이다.

그러나 이렇게 말한다고 해서 이승우가 장편소설을 쓰기에 적합한 작가가 아니라는 뜻은 아니다. 그의 중·단편이 쌓아 올린 빛나는 성과에 견주어 볼 때, 장편으로서의 특징적인 함량에 아쉬움이 있다는 의견일 뿐이다.

또한 지금까지 이승우가 수직의 축과 수평의 축을 거멀못처럼 함께 엮어내는 소설 문법을 보여 주었던 만큼, 이제는 어쩌면 그 질긴 강박감의 각질을 깨고 나아가야 할 때인지도 모른다. 아울러 지나친 사회사적 명제에 대한 관심은 지나친 청결 의식만큼 스스로에게 부담이 될 수도 있을 터이다.

그런 점에서 〈목련공원〉이나 〈갇힌 길〉 같은 그의 근작들은 시대적 환경의 변화와 더불어 작가의 내부에서 새로운 세계관과 창작 방법의 모색을 시도하는 시금석에 해당한다고 말할 수 있겠다. 물론 그의 새로운 시도가 이미 확립해 놓은 수직 그리고 수평의 축을 얼마만큼 효율적인 원군으로 활용하면서 설득력 있는 소설 공간을 마련해 나가는가는 그 다음의 과제이다.

"그러나 보아야 할 해안은 다른 데에도 있다. 찾아볼 조개도 더 많이 있을 것이다. 이것은 앞으로 내가 할 일의 시초에 지나지 않는다"라고 린드버거가 읊조렸듯이, 창창한 문필력과 종교적 사상성의 저변을 가진 이승우가 밟아 볼 지평은 참으로 넓을 것이다.

우리 문단의 지형도에 비추어 상대적으로 젊은 연륜에, 기독교 신앙의 돕는 힘으로 깊이 있는 사상성의 문학화를 시도해 온 그와 더불어, 우리는 한국 문학의 한 단처가 괄목한 수준으로 메워질 수 있길 기대해 본다.

안과 밖의 조합, 이야기와 글쓰기의 동행
—전경린의 소설

전경린의 〈여름휴가〉가 수상작으로 결정된 한국문인협회의 대한민국소설문학대상 본심 심사평에서, 필자는 그의 작품에 대해 이렇게 썼다. "그 세계관이 자폐적 범주에 머무르지 않고 외향적으로 작용하는 역동성을 지녔으며 동시에 이야기의 서사성을 잘 운용하고 있다는 데서 높은 평점을 받았다."

전경린을 두고 이렇게 말할 수 있었던 것은 그 한 작품에 국한되어서가 아니며, 이는 한편으로 이 작가의 세계가 가진 성격적 특성이면서 다른 한편으로 유사한 창작 경향과 작품 환경을 가진 동시대의 다른 작가들로부터 전경린을 구별하게 하는 대목이 된다.

격동의 현대사를 담아내면서 우리 문학은 1970년대와 1980년대를 리얼리즘적 인식으로 일관해 왔고, '사회 현실을 반영하는 문학' 또는 '운동 개념으로서의 문학'이란 강박감이 상당 부분 희석된 1990년대 이후부터는 다양한 다원주의의 시대적 풍조가 확산되어 왔다.

　　문학은 더 이상 문학 외적 조건에 얽매인 포로가 아니었으며, 사소한 개인의 일상이나 내면세계가 그 중심 주제가 될 수 있음을 구체적인 작품을 통해 증명했다. 과거 리얼리즘 시기의 일에 대한 후일담 소설, 동시대의 세태를 반영하는 소설, 실패한 사랑이나 숨겨 둔 사랑에 관한 여성 작가들의 소설, 외형적 조건 없이 젊고 어린 시절을 되돌아보는 회고체의 소설 등이 그 자리를 채웠다.

　　1995년 동아일보 신춘문예 중편소설 부문에 〈사막의 달〉이 당선되면서 문단에 나온 전경린은, 바로 이러한 다원주의 시대 작가의 중요한 출발점 형성에 합류한다. 실제로 그가 써 온 주요한 작품들은, 그러한 시대적 성격과 문학적 가치를 함께 붙들었기에 평가를 받은 셈이다. 지금까지 그가 수상한 한국일보문학상, 문학동네소설상, 21세기문학상 등이 모두 여기에 해당한다.

　　동시대 문학의 성격이 개별적이고 내면 지향적인 측면을 생생하게 나타내는 가운데 전경린이 특히 주목받을 수 있었던 이유는, 그와 같은 성격을 보유하였으되 그의 소설들이 다른 작가들이 항용 그러한 것처럼 출구 없는 공간에 유폐되어 있기를 거부하는 서사 방식을 개발한 덕분이었다.

　　21세기문학상 수상작인 〈메리고라운드 서커스 여인〉을 한 예로 들자면, 환경적 조건이 철저히 자폐적인 얼개로 둘러싸여 있지만 그 궁벽한 환경을 헤치고 인간애의 깊이 있는 성격과 명료한 지향점을 이끌어 내고 있다. 거기에 감각적이고 우수 어린, 그리고 핵심을 정확히 꿰뚫는 문장력이 가세하여, 등단 4년의 짧은 연륜에도 불구하고 이청준, 이문열에 뒤이어 그 상을 수상할 수 있는 필요조건을 생산했던 것이다.

뿐만 아니라 대다수 그의 소설들에는, 다양성의 미덕이 존중되면서 많은 작가들의 작품에서 사라지기 시작한 소설의 이야기성, 서사적 담론이 살아 있는 장점이 있다. 이 이야기성은 소설을 읽는 재미와 직접적으로 소통되는 요소이면서, 작가와 독자가 화해롭게 악수할 수 있는 뒷받침 역할을 수행한다. 세상이 변하고 생각이 달라져도, 그 방법이 다를 뿐 장르 자체의 운명이요 속성인 이야기의 재미를 정면으로 거부할 소설은 없다. 전경린은 바로 이 지점에 알맞게 그 소설의 뿌리를 내렸다.

이러한 서사적 성격과 방식에 의거한 전경린의 소설들은, 미학적 가치뿐만 아니라 그 숫자에 있어서도 만만치 않은 수준에 이르렀다. 어느덧 작가로서 그의 창작 활동도 10년 세월을 넘기고 있다. 짧은 기간 안에 적잖은 문학적 성취를 이룬 만큼, 뛰어난 작가를 보기 어려운 때에 앞으로 그에게 거는 문단의 기대는 매우 크다. 그런데 그 새로운 기대라는 것도 결국은 지금껏 그가 써 온 작품의 연장선상에 있을 터이므로, 그의 작품들을 다시 살펴보는 이러한 글들이 소용에 닿는다 하겠다.

〈염소를 모는 여자〉와 〈여자는 어디에서 오는가〉는 여성의 삶과 운명에 대한 인식을 다루었고, 그것도 주로 자신의 실제적 체험을 밑바탕에 깔고 있는 것으로 보인다. 〈아무 곳에도 없는 남자〉는 삶과 죽음의 구분을 넘어서는 치열한 사랑의 문제를 시대적 성격과 결부하여 썼고, 그 점은 앞서 전경린 소설의 특징적 성격이라 언급한 부분에 맞물려 읽힌다. 〈내 생에 꼭 하루뿐인 특별한 날〉이나 〈검은 설탕이 녹는 동안〉에 이르면 그러한 소설적 특성이 유지되면서 표현 방법에 있어서는 훨씬 더 과감하고 유장한 모습을 드러낸다.

이러한 소설적 시도와 실험들을 거쳐서 전경린이 도달한 소설적 정류장은 2권으로 된 역사 장편 〈황진이〉이다. 우리에게 익숙한 역사적 인물을 소재로 했으되, 그 역사성을 감각적으로 해석하고 오늘날의 문맥으로 읽어 내는 시각을 담아, 일약 베스트셀러로 발돋움했다. 외향적으로 열린 눈과 사태의 핵심을 포착하는 예민한 감각, 그리고 소설의 재미를 매설하는 기량이 이 소설에서 효력 있게 빛났던 셈이다.

'대한민국소설문학대상' 수상작인 〈여름휴가〉의 작품론이 될 이 글의 서론이 이렇게 길어진 것은, 그러한 경과 과정을 검증하지 않고서는 그 단편 한 편이 가진 중량과 의미망을 한자리에서 올바르게 가늠하기가 쉽지 않은 까닭에서이다. 〈여름휴가〉를 들여다보기에 앞서서 그의 단편 가운데 돌올한 작품이자 21세기문학상 수상작인 〈메리고라운드 서커스 여인〉을 다시 한 번 점검하고 넘어가려 한다. 결국 이 글은 그 두 단편에 대한 작품론이 될 예정이다.

보편적 사랑과 선택의 충돌—〈메리고라운드 서커스 여인〉

이 소설은 그 우울하고 음산한 소설적 환경을 도시의 길거리에서 열면서 출발한다.

삶을 돌보지 않고 구멍 난 옷을 입고 떠돌아다니며 너무나 간단히 옷을 벗는 가난하고 권태로운 서커스 여인…… 그녀는 알지요. 삶의 굴욕과 침묵을 버린 뒤에 우리가 바라는 궁극은 죽음이라는 것을.

소설의 여주인공이 될 여자를 소개하는 방식에 있어 이처럼 처절한 어조이기는 쉽지 않다. 그러나 이미 내친걸음인 터이라, 작가는 그 여자를 메리고라운드 서커스의 단장인 '최모'라는 자에게로 인도한다. 그는 폐쇄된 섬 유원지 주인의 세 번째 아들이며, 약간 곱추인 비정상적인 모습의 사내이다. 최모는 여자를 데리고 그 유원지 섬으로 간다.

이 소설의 배경이 되는 모든 풍광은 하나같이 비정상적이며 기괴하기 이를 데 없다. 심지어 여자도 접시를 돌리는 기술을 가졌을 뿐 아니라, 공중에 뜰 수 있는 희한한 재주를 가졌다. 그것이 사실적으로 가능하냐 그렇지 않으냐를 따지기에는, 소설 전체의 외양이 이미 평범한 일상성으로부터 현저히 일탈해 있다.

이 그로테스크한 환경적 조건 아래에서 인간으로 살아가는 문제의 어떤 원리나 법칙을 일구어 낼 수 있다면, 이 소설의 탈일상성은 효율적인 배경 장치일 수 있다. 전경린은 여기서 바로 그 점에 성취를 보였다. 예컨대 '류'라는 남자와 더불어 형성하는 삼각관계는, 그 설정 자체가 주변부적인 것이지만 사태의 심각성은 정론적 인간관계에 비해 하등 다를 바가 없다.

류는 최모에게 소속되어 있다. 여자 또한 최모의 그늘 아래 있다. 류가 가진 중성적이며 중심을 벗어난 파탈의 분위기는 여자의 음화식물과 같이 어둡고 편집증적인 분위기를 만나 강력한 접착력을 발휘한다. 스물네 살이 되는 류는 중국인이며 자신이 전생엔 여자였고 고관의 첩이었다고 말하는 예외적 인물이다. 이미 죽음의 경계에 두려움을 느끼지 않는 여자의 탈일상성이 류의 탈일상성과 충돌하도록 유도함으로써, 이 소설은 외관의 부피가 큰 사건이 없이도 소설의 지반 전체를 흔들어 놓는 파괴력을 발생시킨다.

이 소설의 중점적인 핵심은, 앞서 언급한 모든 소설 환경을 바탕으로 이 삼각관계가 유발하는 서사적 담론의 파장을 확장해 가는 데 있다. 그것은 대체로 두 가지의 시각으로 읽을 수 있다. 하나는 사랑과 질투와 소유욕에 관한 인간애의 본질적 성격에 관한 것이며, 다른 하나는 이 폐쇄된 섬에서 세 사람의 인간관계가 갖는 지배와 피지배의 권력 구조와 사랑의 문제가 어떻게 상관되느냐에 관한 것이다.

전자는 모든 인간에게 보편적으로 작용하는 사랑의 방식이며, 후자는 인간관계를 통해 손익 계산을 하는 자에게 선택적으로 작용하는 사랑의 방식을 말한다. 이 소설에서는 그 양자가 서로 영향을 미치되, 마침내 전자의 방식이 후자의 방식을 극복하는 유형으로 귀결된다. 후자가 전자에 영향을 미치기에는, 세 사람 모두 너무도 문제적이고 예외적인 인물들이기 때문이다.

여자와 류는 그 눈부신 고요 속에서 비밀스럽게 찻잔 속으로 들어가 서로의 무릎을 맞대었습니다. 그리고 찻잔이 빙글빙글 돌아가는 동안 웃지도 않고 서로를 뚫어지게 쳐다보았습니다. 여자의 커다란 갈색 눈동자와 류의 구두약처럼 검은 눈동자가 고리처럼 단단하게 걸렸습니다. 삶의 얼굴을 빈틈없이 끌어안고 있는 느낌이었어요.

"당신은 류를 사랑하고 난 당신을 사랑하오. 그리고 류는 내 것이오. 나에게 팔린 몸이지. 나와 함께 떠나면 당신은 안전하고 평화롭게 살아갈 수 있소. 그러나 당신이 류를 사랑한다면 나는 그에 상응하는 보복을 할 것이오. 그런데도 류를 사랑하오?"

　최모는 의자를 침대 앞으로 끌어당겨 털썩 앉았습니다.

　"나를 태운 짐승을 내쫓는 것, 그건 나의 병이죠. 날 그냥 두어요. 일생 동안 이 순간처럼 무언가를 원해 본 적은 없어요."

　앞의 예문은 보편적 방식의, 그리고 뒤의 예문은 선택적 방식의 사랑하는 태도를 지시하고 있다. 최모가 가졌던 수많은 그 여자와의 교접도, 맨얼굴의 직접적인 협박도, 아무런 영향력을 발생시키지 못한다. 여자와 류가 절박한 상황인 만큼, 최모의 경우도 그렇다. 최모는 자신이 죽음보다 더 먼 곳으로 아득히 사라져 가는 것을 느낀다. 작가는 그가 "겨우 한 번의 겨울과 한 번의 봄과 한 번의 여름과 한 번의 가을이 흐르는 사이에 그토록 많은 것을 여자에게 빼앗겨 버렸다"고 썼다.

　그런데 우리가 여자와 류의 원론적 사랑에 지지를 보내기로 한다면, 우리는 그만큼 최모에게도 동정심을 허락해야 한다. 그의 잘못이 아닌 것이다. 바로 이 자리에 전경린 소설의 값어치가 있다. 그것은 곧 서로 충돌하는 문제의 반대편에 서 있는 자들 모두에게 마음 한쪽을 열어 주지 않으면 안 되도록 소설적 상황을 구성하는 재능을 말한다. 이는 또한 문제의 중심과 외곽을 두루 관통하는 시각과 그것을 소설적 재미에 잇대어 보이는 능력, 이 글의 서두에서 언급한 전경린 소설의 특징과 소통되는 것이다.

　이 소설이 돋보이는 또 하나의 명료한 강점은, 소설을 읽어보지 않으면 느낄 수 없는 문장의 힘이다. 예리하고 정확하며 서정적 감각이 살아 있고 때로는 섬뜩하도록 귀기 어린 부분이 있는 문장력

은, 선천적인 타고난 것과 후천적인 훈련을 쌓은 것이 함께하지 않
으면 어려웠을 터이다.

이처럼 독특하고 수준 있는 작품을 제작할 수 있었다면, 약관이
었던 이 작가를 문학상 수상자로 결정한 이들의 안목에는 전혀 문
제가 없다. 그리고 그렇게 축적되기 시작한 문학적 역량은, 그 이
후의 전경린 소설들을 밀고 나가는 추동력이 되었을 것이다.

일상으로부터 일탈과 되돌아가기의 거리—〈여름휴가〉

이 소설은 이혼한 부부와 두 아이의 여름휴가, 엄밀히 말해 피아
노 학원 원장인 여자 '묘정'의 여름휴가를 소재로, 시골에 있는 전
남편 Y에게 아이들을 갖다 맡기는 일로부터 시작된다. 여자의 이
름이 묘정이라는 것, 그 기이해 보이면서도 무언가 어긋나게 느껴
지는 이미지처럼, 이 소설도 일상으로부터 일탈하는 삶의 방식과
그에 대한 예각적인 인식들을 드러내고 있다.

전경린의 일탈적 인식이란 앞의 소설에서 이미 살펴본 바 있거
니와, 그것은 범상한 삶의 갈피 아래에 잠복해 있는, 흔히 그냥 지
나치기 쉬운 우리 삶의 진면목을 적출하는 효과를 유발한다.

차를 세우자 아들은 냉큼 아빠에게로 달려들었다. 부자 상봉 뒤
에 좀 어색한 부녀 상봉이 이어지는 사이, 묘정은 곁눈으로 Y를 흘
긋 보았다. 이번에도 묘정은 허방을 딛는 듯 놀랐다. 얼굴은 표나게
변하는 것 같지 않은데, 해마다 키가 줄어드는 것 같았다. 저렇게
작았었나…… . 적어도 함께 살 때는 작다는 생각을 해 본 적이 없

었다. 묘정과 세상 사이를 가로막고 선 가늠되지 않는 높이의 벽이었고, 밖으로 나갈 수 없었던 긴긴 울타리였고, 세상으로부터 바랄 수 있는 모든 것이 오직 그를 통해서만 오던 유일한 통로였고 희망이었다. 그렇기 때문에 한편으로는 여지없는 절망이기도 했다.

전남편에 대한 거리감을 드러내는 매우 적확한 표현의 묘를 볼 수 있는 대목이다. 전지적 작가 시점을 사용하고 있는 이 소설은, 이 거리감과 단절감을 그의 남편에게도 똑같은 유형으로 부하한다. Y도 묘정이 돌아서자 그 뒷모습을 쳐다보면서, 묘정이 그의 뒷모습에서 발견한 것을 보고 있다.

문제는 이러한 단절감을 드러내는 데 그치는 것이 아니라, 그것의 원인 행위와 경과 과정과 결과를 서술하는 과정을 통해, 한 여자의 내면세계와 그 채색을 극명하게 드러내는 데 이 작가가 보여주는 소설적 수순에 있다. 그것은 단순한 어려움이나 불편에서 시발하여 "운명의 내부에 씨앗처럼 박혀 있던 프로그램"에 이르기까지 광범위한 진폭을 갖는다.

이 암울한 내면을 부축하는 장치도 여러 겹으로 확보되어 있다. 강 상류 쪽에 있던 조그만 찻집의 찻집 여자, 아이들을 재운 후에 집에서 가장 가까운 모텔에서 만나던 남자, 남편에게 구타당하며 사는 여동생과 유부남과 간통 사건을 일으키는 여동생, 자기 환상 속에 살며 극단적으로 권위적인 아버지 등이 모두 묘정의 심리적 공황 상태를 보조하기 위해 소설 속에 줄지어 선, 잘 준비된 장치들이다.

모텔의 남자는 어느 날 냉연히 돌아선 묘정에게, "오지 못하는 이유를 설명해 달라고, 어떻게든, 무슨 말로든 자신을 좀 납득시켜 달라"고 하지만 묘정은 끝내 아무 대답도 할 수 없다. 그 남자와의 사랑은 이 여자의 가슴을 울리는 절실한 애정 행각이 아니었던 까닭에서이며, 그것은 묘정의 행위에 진정성을 부여할 수 있는 대상이 결락되어 있음을 상대적으로 증명한다.

묘정의 가족 구성원들이 하나같이 부정적 사태를 동반하고 나서는 것은, 이 작가가 세계를 보는 비판적 시각과도 관련되어 있을 터이로되, 소설 내부에서는 그 중심 주제를 어두운 세상의 통로로 운반하기로 한 작가의 의도를 반영하고 있다. 아닌 게 아니라 이 작가는 동일한 사건이나 사물을 대하는 태도에 있어서도, 이러한 부면을 탐색하는 눈이 유난히 발달해 있는지도 모른다.

소설 속에서 묘정은 우연히 박물관에 들어서게 되고 거기서 뜻하지 않은 '고향'과 마주서기도 한다. '선사시대부터 통일신라까지'가 기획 전시되고 있는데, 그 전시의 내용이 곧 자기 고향인 옛 아라가야 지역이었던 것이다. 그런데 이러한 소설의 구성 요소는, 꼭 그것이 아니면 안 되는 소재적 의미, 다시 말해 소설 전체의 구조적 성격에 복무하는 긴요한 부분으로서의 가치는 없다. 그것이 아닌 다른 사건이었어도 큰 차이 없이 무방했을 것이다.

이러한 현상은, 이 작가의 소설이 아주 잘 짜여진, 수미상관한 단편의 구조를 지향하지 않는다는 측면을 뜻한다. 작가는 소설적 의미를 명확하게 수립하는 따위에 어떤 책임감을 느끼지 않으며, 의식이 흘러가는 대로 소설의 흐름을 유지하면서 중심 주제를 다방면에서 조명하는 동시다발의 글쓰기 행보를 유지한다. 그것은 전경린 소설의 특별한 성격이면서, 동시에 그가 다른 형식의 글쓰기로 전이하기가 결코 쉽지 않을 것이란 느낌을 강화한다.

이러한 소설적 성격에 윤기를 더하는 것이 타고난, 그리고 숙련을 거친 대단한 문장력이다. 이는 신경숙이나 김형경과 같은 동시대의 여성 작가들이 거의 공통적으로 가지고 있는 작가로서의 장점이기도 한데, 이해를 돕기 위해 몇 줄의 문장을 여기 옮겨 와 보기로 한다.

다리 위에서 묘정은 차를 세우고 두 손으로 가슴을 눌렀다. 손바닥에 피가 흥건하게 고이는 듯했다.

현실을 과거로 만드는 결단, 그 외에는 삶을 바꿀 방법이 없었다.

마분지로 만든 것같이 얄팍하고 각진 신도시는 비를 맞으면 가만히 녹아 버릴 것만 같았다.

모텔을 나오니 이슬이 맺히는 축축한 공기 속에 찔레꽃 내음이 새하얀 망사 너울처럼 얹혀 있었다.

이 네 문장은, 소설의 진행 순서에 따라 아무런 의미의 상관성 없이 필자가 임의로 뽑아 옮겨 온 것이다. 각기의 문장이 가진 예민하고 감각적인 느낌, 사태를 요령 있게 설명하는 정확한 표현, 효율적 예증을 보여 주는 비유적 상상력, 그리고 촉각, 후각, 시각을 함께 활용하는 소설적 분위기의 생성 모두 이들 문장과 그 힘을 통해 가능한 것들이다.

이러한 여러 가지 다양하고 복잡한 기제들을 두루 동원하여, 작가는 묘정이라는 여자가 처한 물리적 형편과 심리적 상황을 하나의 꿰미로 묶어 내면서, 한 여자의 단순한 여름휴가에 얼마나 많은 삶과 세월의 중량이 부가될 수 있는가를 증명해 보인다. 묘정과 전남편의 관계에 있어, "마음이 돌아갈 수 없는 섬처럼 몸에 포위되어 있는" 사정은 바로 이러한 두 측면의 한 연결고리를 대변한다.

사는 날은 또 다른 날로 그녀를 데려다 놓을 것이다. 그런 사이사이 잠시 안심한 여자처럼 웃기도 할 것이다. 묘정은 알고 있었다. 쥐덫 같은 삶의 창가에서 유일한 구원은 더 적게 원하는 것……. 묘정은 물에 잠기는 피아노를 구하러 가기라도 하듯 폭우 속에 액셀러레이터를 밟았다. 차가 휘청 미끄러졌다가 이내 균형을 잡고 내달렸다. 빙판같이 미끄러운 길이었다.

이 여자의 '사는 날'에 무슨 특별한 변화나 탈바꿈이 있을 리 없다. 한 단편소설에서 그와 같은 사건은 얼마든지 가능한 일이며, 세상에 그러한 단편소설도 즐비한 것이지만, 전경린의 소설이 제작되고 읽혀지는 지점은 그러한 소설적 성격의 무대와는 멀리 떨어져 있다. 그러나 전경린은 자신이 서 있는 곳의 좌표를 정확하게 읽을 줄 알고 그것의 장점과 단점을 명민하게 알아차리는 작가이다. 지금까지 작가로서 그가 얻은 이름은 바로 이 자기 정체성 판단이라는 문제와 연관되어 있다.

그러면서도 그는 내면 체계를 굴착하는 편협한 방식에 몰두하지 않고 그 내면을 조명할 수 있는 외부의 빛을 여러 가지 소설적 장치를 통해 이끌어 들이는 작가이다. 거기에 조직적이고 선험적인 예단이 배제되어 있기는 하나, 소설의 이야기성과 그것을 떠받치는 뛰어난 문장력이 가세함으로써, 우리로 하여금 그의 소설을 읽고 또 다음 소설을 기다리는 기쁨을 누리게 한다.

정체성과 전문성을 찾아가는 새 길
—김경욱의 소설

새로운 세기가 출범의 돛을 올린 지 벌써 여러 해째다. 오늘날의 우리 작가들은 이 시대를 어떻게 받아들이고 어떻게 반응하고 있는 것인가? 물론 20세기에서 21세기로 시대 구분의 기준이 변경된다고 해서 당장 경천동지할 만한 사태가 발생하는 것은 아니다. 역사의 운동성이 그러한 동력선 바깥의 표찰로 인하여 궤도를 흩뜨릴 까닭도 없다.

그러나 그럼에도 불구하고 이 세기의 전환 시점을 일정한 무게가 실린 시각으로 살펴보아야 할 이유가 있어 보인다. 지금 당장의 현시적인 사회사는 전대의 관행과 그 연장선상에 잇대어져 있되, 이를 전체적이고 통시적인 범주로 확대해 나가면 결국은 변별적 시대정신의 마디를 연도와 연대와 세기의 분절에서 찾을 수밖에 없을 터이기 때문이다.

그러하기에 19세기의 사실주의 및 자연주의의 세계관으로부터 20세기의 초현실주의와 그 여러 변종들의 등장에 이르는 과정이 세기의 변환을 중심으로 분별되어 있는 것이다. 더욱이 지금 도래한 이 새로운 세기는, 백 년을 단위로 하는 한 세기의 변경을 넘어서 2천년대의 천 년을 시발하는 상징적 이정표가 되고 있기도 하다. 요컨대 지금 여기서 우리 문학이 끌어안고 있는 시대정신과 그것을 부축하고 있는 환경 조건들을 점검하는 일은, 그것 자체로서 이미 문학의 역사적 방향 탐색이라는 성격을 내포하지 않을 수 없다.

시대를 조금 거슬러 올라가 보자. 우리 문학에서 1990년대는 그 전 시대와 확연히 구별될 수 있는 변화의 조류와 함께 시작되었다. 1990년대 이후의 문학은 1980년대에 투쟁의 도구로 화두시 되던 그 문학 외적 광휘를 갖고 있지 못했으며 무원칙 다변화의 시대적 조류에 밀리는 한편 대중문학과 상업주의 문학의 대두로 인한 가치관의 혼란을 겪어 왔다.

본격, 순수, 고급문학이라는 호명이 통속, 대중, 상업주의 문학이라는 호명보다 우위에 있다는 인식조차 이제 일반화될 수 없을지도 모른다. 이를테면 문학의 전제 조건이 되는 객관적 사회상이 국내외에서 동시다발적으로 변모하였고, 그런 만큼 문학의 자기 체계 안에서도 전반적인 환경 변화에 대응하는 자발적 방향 찾기와 정체성의 추적이 시도되었다.

새로운 세기의 우리 문학이 당면할 가장 무거운 과제는, 지금 이 동시대에서부터 숙제로 넘겨지는 바로 그 문학의 정체성 찾기가 되지 않을까 싶다. 이념과 가치관이 부재한 문학, 영상 문화 또는 사이버 문화의 막강한 위력 앞에 숨죽이고 물러앉은 문학, 이러한 현실적 상황 가운데 문학다운 문학, 소설다운 소설이란 무엇인가

를 확립하려는 노력 자체에 많은 난관이 가로걸릴 것임은 불을 보
듯 밝은 일이다.

그러나 그렇다고 해서 문학이 현실의 검색 및 개량에 임하는 저
고색창연한 본연의 임무를 내던져 버릴 수도 없다. 특히 현실을 서
사적 형상력으로 재창조하는 소설은 구체적인 담화의 구조를 통해
파편화되어 가는 세계의 공동체적 유대를 되살려 놓아야 할 책무
로부터 자유롭지 못하다.

그러니 문제가 남는다. 시대적 상황과 문학 현실이 극과 극을 이
루는 이 양자 간의 외나무다리를 어떻게 건너야 할 것이며 어떤 약
방문으로 이들을 조화로이 만나도록 할 것인가를 탐문해 보지 않
을 수 없다. 이는 참 곤고한 질문이다. 이 복잡다단한 시대에 어느
누구도 그에 대한 정답을 마련할 수 없는 까닭에서다.

정체성의 확립, 그리고 전문성의 확보

그런데도 답안을 내놓아야 한다면, 답안의 작성자가 여러 부류
라 하더라도 그 답안의 형상은 엇비슷할 것이다. 분절적 세계의 부
정적인 모습에 세미한 관찰의 시각으로 접근하거나 총체적인 대응
력으로서 일정한 가치 체계를 창출하거나 간에, 소설이 이 괴기스
러운 시대의 본질을 각기의 방식으로 부각시키고, 그에 대한 개성
있는 해석들을 부가해 나갈 때, 우리는 우리의 정신적 텃밭을 가꾸
어 나가는 활력 있는 충전의 공간을 갖게 될 것이라는 그런 답안일
터이다.

그 답안은 문학 또는 소설 자신이 세계를 바라보는 주체적 시각,

세계 해석의 정제된 관점, 이른바 세계에 대응하는 자기 정체성의 확립이라는 문제를 먼저 마련한 다음에야 일관성 있게 작성될 수 있다. 산업화 시대 그리고 소비 시대의 부정적 현실들이 완강하게 우리 삶의 앞길을 막아선다고 할 때, 이를 폭넓은 시각으로 조망하고 해결의 방책을 모색하는 힘은 문학의 자기 정체성, 자기 확신을 결여하고서 발아할 수 없을 것이기 때문이다.

이 정체성 확립이라는 언표에 덧붙여 한 가지 더 말하기로 한다면, 그것을 작가 각자의 개성과 함께 추구하고 성안해 나갈 전문성의 확보라는 문제다. 그것은 동시대 문화와 문학, 그리고 소설의 숲에서 작가 자신의 고유한 표지를 부착한 나무 한 그루, 그것도 애써 키우고 돌보며 자랑할 만한 가치 있는 나무 한 그루를 만들어 나가는 일이다.

이를테면, 앞으로의 시대에 있어 우리가 분단국가의 국민으로서 남북 화해와 통일 성취의 당위적 결론으로부터 자유롭지 못하다면, 이 문제를 다루는 작가는 여기에 대한 조사 연구와 전문적 식견에서부터 평범한 독자 대중과 비교하여 남다르지 않으면 안 된다. 예컨대 남북이 상호 개방의 문을 부분적으로나마 열기 시작했을 때, 이문열이 쓴 〈아우와의 만남〉 같은 소설은 이 분야의 소재적 측면에서 발 빠른 순발력을 보인 경우에 해당한다.

이 경우에 있어 한 걸음 더 나아가자면 그것이 남북 간의 대치 상태를 넘어 한민족 문화권, 또는 한, 중, 일 3국을 포괄하는 동아시아론에 이르기까지 어떤 전면적 의미망과 뒷그림들을 형성할 수 있는지 충분한 전문성을 확보해야 마땅하다. 21세기는 바로 그러한 전문성의 시대이며, 이는 과거와는 다른 새로운 방식으로 새로

운 시대의 흐름 가운데 둥지를 마련해야 하는 소설의 경우도 예외
가 아니다. 앞으로의 독자들에게 작가는 존경받는 교사이기 어려
우며, 전문적이고 유용한 정보를 소설을 통해 설득력 있게 전달하
는 매개자로서 우대될 가능성이 더 큰 것이다.

이와 같은 전문성의 확보를 두고 독자가 실효적 성과를 기대하
는 반면에, 작가는 그 수수의 방정식 가운데 자신의 메시지와 미적
가치 인식을 포함시켜 매출할 수밖에 없다. 이러한 논리가 어설프
게 적용되면 앞서 언급한 문학의 정체성을 그 밑동에서 훼손할 가
능성이 없지 않다. 그러나 그것이 새로운 세기에 있어서 소설이 독
자와 연접하는 하나의 통로가 된다면 이를 도외시하기는 어렵다.

작가가 작품을 통해 매설하고 있는 문학적 전문성이 그야말로
전문적 영향력과 파급효과를 거양할 수 있다면, 그것은 역방향으
로 문학의 정체성을 확립하는 데 힘을 거들 것이다. 이 두 영역의
조화로운 만남, 그 만남의 지점에 소설의 좌표를 설정하는 일, 이
것을 새로운 세기의 작가들에게 주문할 수밖에 없다.

김경욱의 소설, 새로운 감각 또는 식견

이러한 시각에 비추어 김경욱의 장편소설 〈황금사과〉, 그리고
그가 그동안 써 온 소설들은 앞서 언급한 정체성이나 전문성의 문
제와 관련하여 매우 사려 깊은 주목을 요구한다. 그는 정체성의 대
목에 있어서는 그간의 작품 활동을 통해 새로운 시대의 감각을 민
첩하게 수용하는 기동성을 십분 발휘했고, 전문성의 대목에 있어
서는 이번 장편소설을 통해 주제론적 측면에서 다시 새로운 영역

의 개간 가능성이라는 저력을 드러내었다. 이를테면 그는 새로운 세대의 정체성을 보여 주었고, 또 이 세대에 있어서 새로운 전문성을 개간하고 있다 하겠다.

1990년대 중반부터 이제까지 김경욱이 쓰고 단행본으로 묶은 소설은 모두 다섯 권 분량. 이 가운데 〈바그다드 카페에는 커피가 없다〉(1996년)와 〈베티를 만나러 가다〉(1999년)는 소설집이고, 〈아크로폴리스〉(1995년)와 〈모리슨 호텔〉(1997년), 그리고 이번의 〈황금사과〉는 장편소설이다.

그의 단편들은 영화와 영상 이미지, 뮤직과 음악적 율동에 익숙한 젊은 세대의 감각을 소설의 바탕으로 수용하고 있으며, 그는 그것을 통해 새로운 감각의 소설 문법을 형성해 가는 젊은 작가군의 선두에 서 있다. 그의 장편소설 역시 1980년대 젊은 날의 분위기를 넘어서는 1990년대적 의식을 반영하면서, 비정형적 가치관의 형상적 이미지나 보컬 또는 록 같은 음악의 의미를 소설 그 자체의 의미망에 결부시키는 새로운 소설 창작 방식에 입각해 있다.

이를 요약해서 말하자면, 지금껏 그의 소설은 소설 작법의 새로움이나 신세대적 실험성에 경도되어 있었던 셈이다. 그런데 이번에 내놓은 〈황금사과〉의 경우는, 그 새로움의 영역을 달리하여 소설의 주제 또는 소재적 측면에서 하나의 미답지를 열어 나가는 면모를 보이고 있다. 기실 그간의 우리 소설들이 우리 시대 또는 우리 시대의 독자에게 던지는 메시지의 효용성을 경시하고 어설픈 감상주의나 실험성으로 지탱해 온 혐의가 있는 만큼, 이 부분은 괄목해서 살펴보아야 마땅하다는 느낌이다.

〈황금사과〉는 역사소설 및 추리소설의 성격을 가진 고전적 취향을 표방하면서, 그것의 발을 딛는 자리는 가장 현대적 또는 현실적 상황의 얼개 아래에 두고 있다. 말하자면 이 소설은 과거와 현재의 조합, 그 고색창연한 과거와 정돈된 이성의 현재를 직선으로 연결하는 구도로부터 시작한다.

소설의 화자는 서양 중세 경제사에 대해 박사 논문을 쓰고 있는 인물이다. 그가 어느 날 우연히 소르본 대학 도서관의 고문헌실에서, 오랜 과거와 직접적으로 맞부딪게 되는 문헌 하나를 발견한다. 그것을 발견하고 출구를 찾아 나오기 위해 그 책을 불태워야만 하며 나중에 그 위치를 되짚어 갈 수 없는 기묘한 공간 환경이 설정되어 있기는 하나, 그 어색함은 전체적으로 전개되는 이야기 위의에 떠밀려 별다른 영향력을 발휘하지 못한다.

화자가 발견한 책은, 바스커빌 출신의 프란체스코회 수도사 윌리엄이 14세기 초에 쓴 것의 채록 편집본이다. 그 기록에서 윌리엄은 베르송이라는 지역의 피에르 주교로부터 급히 와 달라는 전갈을 받고, 베르송을 찾아간다. 거기서 윌리엄은 피에르 주교의 죽음으로부터 이단 재판이나 화형, 그리고 흑사병 등 여러 사건과 재앙에 이르는 참혹한 현실을 목도하고 이를 기록으로 남긴다. 그 기록을 이어받은 화자의 진술이 이 소설 〈황금사과〉로 되는 셈인데, 작가는 이처럼 미로와 같이 복잡한 서사 형성의 과정을 통하여 극단적인 상황, 한계상황에서 발생하는 세상사, 인간사의 여러 절목을 복합적으로 관찰한다.

작가는 스스로 이 소설을 두고 작품이 아니라 하나의 텍스트라고 호명했다. 그것은 단순한 이야기로서의 소설이 아니라, 이야기가 서사적 외연과 내포를 형성하는 그 구성 방식 자체에 대한 인식

을 말한다. 그것이 소설 작법에 있어서 일정한 형식 개념으로 일반
화된다면, 소설이 작가가 생산한 이야기의 범주를 넘어서 역사로
서의 과거, 또는 현실적 상황에 대응하는 삶의 보편적 의미를 추출
하는 데 이르지 않겠는가.

　요컨대 김경욱의 이 소설은 그것이 움베르토 에코의 〈장미의 이
름〉을 패러디했건 그렇지 않건 간에, 과거와 접촉하는 새로운 서사
영역을 개척한 것은 사실이다. 또 그 시선의 초점에 있어서도, 시
간적, 공간적으로 그동안 우리에게 익숙한 지점보다 훨씬 더 멀리
확장하고 훨씬 더 크게 증폭했다는 평가를 받을 만하다.

　다만 그 새로운 상황, 참신한 태깔로 시발된 이야기의 구조를 좀
더 수미상관하고 뜻 깊게 마무리하는 기량에 유의하는 것이 좋을
것 같다. 이러한 현상은 그가 그 다음에 발표한 〈거미의 계략〉(〈문
학사상〉 2002년 7월호) 같은 단편에서도 볼 수 있는 것으로, 그가 새
로운 감각을 가진 젊은 작가이면서 이야기의 영역에 있어서도 충
실한 무게를 확보한 비중 있는 작가이기를 요망하는 그 기대감과
관련되어 있다.

　서두에서 언급한 정체성과 전문성은 고정불변의 것이 아니라 새
롭게 형성되는 것이며, 작가에 의해 능동적으로 만들어지는 것이
다. 우리가 김경욱에게서 볼 수 있는 이 새로운 특성들이 우리 문
학의 지경을 넓히고 북돋우기를, 우리는 지속적으로 관찰하며 기
다릴 것이다.

새로운 서사성, 새로운 모험주의
─천운영의 〈바늘〉

　새로운 세기의 서막을 연 그 첫 해 말미에, 천운영이란 한 젊은 여성 작가가 〈바늘〉이란 첫 창작집을 들고 우리 곁에 나타났다. 같은 제목의 단편소설로 신춘문예를 통해 등단한 지 이태 조금 못 미치는 기간이다.

　이 작가는 신예로서는 드문 일이라 할 만큼 '예외적 작가', '새로운 리얼리티' 등의 언사로 치장된 적잖은 주목과 찬사를 받고 있으며, 그것은 '새로운 세기의 소설이 어떤 모습으로 갈래지어질 것인가'라는 보다 큰 부피의 질문과 그의 소설이 맥이 닿아 있는 형국으로 설명되고 있다.

　기실 앞으로의 우리 소설이 어떤 경계를 열어 갈 것인가라는 문제는 논의만 무성했지 실체적 결정론으로 제시될 수 없는 것이었다. 구체적인 작품으로 제시되지 아니한 논리의 공소함이 여기서인들 별다른 도리가 없었던 셈이다.

　그러나 그런대로 지난 세기의 한때를 풍미했던 리얼리즘적 세계관이나 형식 실험 또는 문체론적 창작 방식은 더 이상 지속적 효용성을 갖기 어려울 것이라는 인식의 공유가 대체로 설득력을 얻고 있는 형편이었다. 그런데 천운영의 새로운 작품 세계는 여기에 하나의 답안이 될 자질을 갖추고 있으며, 그것이 필자가 그를 특히 주목하는 사유에 해당한다.

그의 소설은 전통적인 사실주의의 경향과 새로운 방식으로서의 실험적 정신을 모두 갖추거나 혹은 모두 갖추지 않았다. 이를 한번 더 풀어서 말하자면, 그의 소설은 사실성과 실험성을 발전적으로 통합하여 새로운 서사 전략과 그 성과를 거두어들이는 그 유다른 체험을 우리에게 선사한다는 뜻이 된다.

그보다 한 시기를 앞당겨 등단하여, 활달하고 거침없는 상상력과 유려하고 미끈거리는 문장력으로 세기말의 도시적 감수성을 날카롭게 들추어 보이던 신경숙, 은희경, 윤대녕 등 일련의 작가들이 있다. 그에 비하면 천운영의 소설은 전통적이며 안정적인 이야기 구조 위에 있다. 그의 소설은 필요 이상으로 들뜨거나 튀지 않는다. 심지어 적확하고 예리한 문체마저도 다시금 곱씹어야 제 맛이 나는 중의적 성격이 있다. 그는 분명 소설적 사실성의 등뼈에 충실하려 했다.

반면에 그의 소설적 실험성이 민감한 촉수를 내밀고 있는 영역은 언어의 유희에 있는 것이 아니라 의식의 모험주의에 있다. 즉자적 폭발력을 지닌 듯 위태로워 보이면서도 그것이 의식 내부의 불꽃으로 갈무리되고 있는 등장인물들의 문제는 그 해법이 의식의 울타리 안쪽에 숨어 있다.

우리는 일찍이 이와 유사한 정신적 모험주의의 작품 세계를 목도한 바 있다. 왜 있지 않은가. 서영은의 〈먼 그대〉에 등장하는 '문자'의 이미지를 떠올려 보라. 사막을 건너는 낙타의 결연한 이미지를 끊임없이 자기 자신 속에서 발굴하고, 그로 인해 오히려 실존적 고통을 즐기는 듯한 캐릭터를 지녔던 그 문자의 이미지 말이다.

천운영 소설에 등장하는 인물들은 한결같이 그러한 정신적 고투를 실존의 극점까지 밀고 나가는 기괴함으로 그늘지고 얼룩져 있다. 그런데 그것이 소설의 음습한 지반을 깊게 형성하면서, 이 부박하고 정처 없는 세대에 소설이 울릴 수 있는 겁주기와 깨우치기의 종소리가 된다면 이를 어찌할 터인가.

그런데 리얼리즘 시대의 잔광이 아직 완연하던 시절의 서영은이 한 개인의 심정적 풍향에만 초점을 맞추어도 무방했다면, 천운영은 그 경우가 조금 다르다. 그는 당대의 문화적 상황과 그 변동의 진폭이 규율하는 환경적 조건을 임의로 넘어설 수 없는, 이를테면 훨씬 복잡한 리얼리티를 배경으로 소설을 쓸 수밖에 없다. 리얼리즘 시대의 미덕이 역사의 언덕 너머로 이울고 만 지금, 그 누가 사실성의 문제를 실험성의 문제와 결부하여 소설화할 것인가.

우리가 천운영을 주목하는 것은 오래 되지 않은 그의 소설적 경륜으로 바로 그 변화한 세대의 '문학적 지구'를 떠멘 시지프스의 포즈를 자처했기 때문이다. 물론 그것이 얼마나 성공적이냐는 별개의 사안이지만, 그렇게 시작하는 한 젊고 패기만만하며 한편으로는 신중한 이 작가를 이 시대의 '예외적' 사례라 호명하는 데에는 동의하지 못할 이유가 없어 보인다.

'예외적' 인물들, 그 웅숭깊은 내면의 빛과 어둠

천운영 소설의 주인공들은 한결같이 여자들이다. 그 여자들 가운데 젊고 예쁜 데 관심이 있는 인물은 단 한 명도 없다. 심지어 〈숨〉이나 〈행복 고물상〉이나 〈유령의 집〉에서처럼 나이 많고 흉물스러운 여자가 소설의 중심에 버티고 서 있는가 하면,〈월경〉이나 〈등뼈〉나 〈포옹〉에서처럼 치명적인 신체적 결함을 끌어안은 채 나타나고 있다. 설사 그렇지 않다 할지라도 〈바늘〉이나 〈눈보라콘〉이나 〈당신의 바다〉의 경우는 종잡을 길 없이 깊고 어두운 자신 또는 타인의 내면에 눈길을 던지고 있는 여자들을 앞세운다.

왜 그러할까? 이 단도직입적인 질문에 대한 대답은 곧 천운영 소설의 존재 방식과 그것이 지닌 장점을 요약하는 것으로 될 터이며, 이 대답이 수긍할 만하다면 우리는 그의 소설이 지닌 값어치를 납득하는 것으로 될 터이다.

동시에 우리가 그의 소설들을 읽어 나가면서 유의해야 할 것은 그 웅숭깊은 내면의 어둠이 어떤 유형으로 매설되어 있으며 그것의 의미망이 무엇을 포획하고 있느냐는 점이다. 과연 단지 '어둠의 자식들'을 생산하는 것이 이 소설들의 본령일 것인가.

성급히 답부터 내놓자면, 그렇지 않기 때문에 그의 소설들에 뜻이 있다. 어둠의 세계는 항상 그 상대적 측면을 준비한다. 이는 밝고 어둡다는 단순한 이분법적 구분에 근거해 있는 것이 아니다. 천운영 소설의 강점은 어둠의 극단이 내포하고 있는 멸실滅失의 예감과 그로 인해 떨고 있는 영혼의 울림과 같은, 어둠 그 내부에서 솟아오르는 힘, 요컨대 모든 거품을 헤치고 마침내 도달한 맨 밑바닥에서 세차게 되돌려지는 반탄력 같은 것이다. 그러할 때 어둠 그 자체가 오히려 빛의 방식으로 전환되는 유연한 소설적 방정식이 그 가운데 있다.

〈숨〉의 할머니는 손자를 대하는 여느 할머니의 정서를 전혀 갖고 있지 않다. 소의 생육을 만지며 살아온 생애에 걸맞도록 동물적 본능이 팽배해 있는 그로테스크한 육친으로서의 할머니이다. 오히려 인간적인 나약한 마음을 보여 주는 이는 화자인 그 젊은 손자이다. 〈행복 고물상〉의 마흔 살 먹은 '아내'는 주기적으로 남편을 구타하는, 맹수의 이미지를 느끼게 하는 여자이며, '독골할멈'은 그에 못지않게 옹골차고 집요한 노인이다. 〈유령의 집〉의 '그녀'는 어떤가. 이들보다 전혀 덜하지 않다. 그녀는 그야말로 자기가 매표소를 지키는 유령의 집 내부의 유령 역할을 맡아도 무방할 수준이다.

이 여자들을 거느린 천운영의 소설은 무엇인가. 도대체 무엇을 하자는 것인가. 잘 관찰해 보면, 이 나이 들고 추하고 편집증적인 여자들은 하나같이 자신의 역할에 충실하다. 단 한 번도 그 역할에 대해 회의하거나 주춤거리는 법이 없다. 이 여자들의 상황은 실제로 존재하는 많은 그와 같은 여자들의 상황을 특히 심리적으로 강력하게 반영하고 있다. 그것은 작가가 이 여자들을 통하여 현실적 고통스러움의 정체와 그 깊이를 매우 독창적으로 체현하고 있다는 설명과 다르지 않다.

〈월경〉의 여자는 '스무 살' 어린 나이이나 그 몰골과 생각 모두가 늙은이의 온갖 굴곡에 필적한다. 호르몬 이상으로 인한 극심한 신체적 결함과 더불어 다른 사람들, 특히 자기 부모를 냉소적으로 응시하는 당돌한 시각을 내보인다. 〈등뼈〉의 여자는 뼈가 유난히 도드라진 병적인 외형을 가졌으며, 상대역인 남자에게 이상한 열기를 가진 병균으로 가득 찬 벌레처럼 느껴지곤 했다. 〈포옹〉의 여자는 곱사등이이다. 짐짓 부풀린 옷이나 긴 머리로 이를 감추려 해도 그 운명론적인 '몸'은 끝내 여자의 삶을 곤두박질치게 한다.

이 불구의 여자들은 그 결함을 감싸 안은 채 혼자만의 천형으로 침잠하지 않는다. 그들에게는 가까운 상대역이 있고 그들과의 관계성을 통해 결함의 통증이 더욱 크게 증폭된다. 그러한 아픔의 확장과 전이를 통하여 결함의 실체가 더욱 선명하게 각인되어 온다.

〈월경〉의 여자는 풍성한 여자인 '은하수 계집'에게, 〈등뼈〉의 여자는 요추가 어긋나는 동거 남자에게, 그리고 〈포옹〉의 여자는 청도 출신 여자에게 각자의 무거운 짐을 나눈다. 이것은 이를테면 곤궁하고 빈핍한 자들이 서로의 체온을 나누는 방식과는 다르다. 이때의 고통은 상대방의 것인 동시에 자기 자신의 것이다. 고통의 향연에 동참한 동역자로서 각기의 위상이 유사할 뿐, 동질감의 확인을 통한 인간애의 각성이나 회복 따위의 수순은 당초에 없다. 그런데 이보다 더 그와 같은 고통스러움의 강도를 완강하게 표현할 수 있을까.

남아 있는 〈바늘〉과 〈눈보라콘〉과 〈당신의 바다〉의 여자들을 다시 검증해 보자.

음울하고 신산스러운 가족사, 가망 없이 질척거리는 마음으로 붙들고 있어야 하는 현실적인 삶이 이 여자들 앞에 펼쳐져 있다. 남자의 몸에 문신을 뜨는 〈바늘〉의 여자는 결코 그 어머니로부터 자유롭지 못하다. 〈눈보라콘〉에서 점집을 하는 어머니, 또는 보조

이발사인 아버지의 자식은 그 어머니, 아버지로부터 대물림된 삶의 형질을 벗어날 길이 없다. 남편의 정신적 외상 앞에 속수무책인 〈당신의 바다〉의 아내에게 또한 무슨 다른 선택이 있겠는가.

천운영은 이들을 그 소설의 구릉이 형성한 단애 밑으로 던져두기를 서슴지 않았다. 작가는 그 인물들을 내버렸으며 일견 조금의 애정도 보여 주지 않는 듯하다. 그러나 어찌 모르겠는가. 그 한 인물을 그려 내면서 작가가 쏟았던 애정이 그처럼 냉혹한 버려두기의 방식이라면, 그 척박한 땅에서 각기의 인물들이 자기 음색으로 소리를 내고 자기 빛깔로 옷 입고 나타날 것을 기다리는 작가의 애정이 어딘가에 잠복해 있다는 것을.

어쩌면 그것은 작중인물에게 능동적 에너지를 부여하는 훌륭한 방책인지도 모르겠다. 특히 이와 같은 성격의 인물들에게는. 아닌 게 아니라 작가는 우리가 그들에게 허여하는 불규칙한 관심을 노리고 있었으며, 그 값싼(?) 관심의 인화성과 더불어 그들의 캐릭터가 생생하게 타오르기를 기다리고 있었는지도 모른다.

직접 체험의 발화 방식과 중층적 구조의 설득력

작가가 직접 체험한, 또는 체험을 찾아 직접 발로 뛴 소설이 저 1980년대 부근의 거대 담론 시대에나 가능한 것이 아니었다. "사람 사는 곳마다 청산이 있다"는 옛말처럼, 소설 가운데 공여될 수 있는 체험적 사실이란 어느 시대에나 그 방식을 달리하며 존재할 것이다.

천운영은 남다른 노력으로 그 체험의 현장을 찾아 다녔다. 문신,

도살, 곰장어 잡기, 심지어 출판사 교정 일까지 그가 서술의 전문
성을 보여 주는 대목들은 하나같이 자신이 현장 체험을 한 것들이
다. 때로는 부라보콘이 출시된 해가 언제이며, 전국적으로 쥐잡기
열풍이 분 해가 언제인지도 조사해야 했다. 이러한 체험적 기반을
다진 소설의 이야기들은 단숨에 독자들의 신뢰를 얻어 내는 효력
이 있다.

이 작가는 알고 쓰는 것과 모르고 쓰는 것의 차이를 잘 알고 있
었다. 그리고 그것은 그에게 있어서 하나의 전략이 아니라 작품을
쓰는 태도의 근본에 해당하는 것으로 보인다. 일찍이 키플링이 바
다의 어둠을 묘사하기 위하여 잠수복을 입고 바다 밑으로 들어갔
던 일을 문학사가들은 작가 정신의 귀감으로 간주했었다.

천운영은 거의 모든 소설에 비정상적인 인물과 일탈의 의식을
흘어 놓았다. 그것은 구체적 현실과 갈등 및 길항을 일으키며, 우
리 삶이 가진 중층적 구조의 층위를 환기시킨다. 간혹 이 갈등 구
조가 너무 거세어서, 〈포옹〉 같은 작품에서 나타나는 만남의 우연
성 같은 것이 별반 문제가 되어 보이지 않는 경우도 있다.

그것은 작가로서는 하나의 강력한 저력이다. 그의 중층적 구조
가 가진 대립항 사이의 긴장 관계가 선명할수록 소설적 설득력은
확대된다. 때로 날선 칼질로 뼈마디의 육질을 발라내듯 정확하고
날렵한 문체는 또 다른 저력이다.

하지만 이러한 여러 장점들을 복속시킨 채 그가 정녕 이 시대의
새로운 모험주의를 지향하는 작가로 우뚝 서기 위해서는 여러 과
제가 있다. 아직 신예의 작가로서 지나치게 빨리 그 작품 세계가
고정화되는 것은 바람직하지 못할 터이다. "셰익스피어는 백만 인

의 성격을 지녔다"는 말이 있지 않은가. 굳이 여러 유형의 인물, 여러 채색의 이야기들, 여러 방식의 구성 기법들을 두루 탐색하고 시험할 필요는 없겠지만, 섣불리 자기 세계에 정착하는 안일함은 피해야 할 것이다.

그리하여 이 새로운 정체성을 깃발처럼 매단 그의 소설과 더불어 새로운 세기, 새로운 리얼리즘의 길이 시발될 수 있게 되기를, 그가 공들여 생명력을 불어넣은 예외적 인물들과 더불어 작가 자신 또한 장차에 존중받는 예외적 작가로 자리매김 되기를 기대해 본다.